临潭文学 **70**年

洮州温度

小说卷一

北 乔 主编

敏奇才 花 盛 执行主编

作家出版社

临潭文学，从高原走来

——序《洮州温度》

北 乔

《洮州温度》对临潭 70 年来的文学作了一个小结。对于临潭文学，自然是一件大事。借此梳理和综述临潭文学，也相当有必要。

基本判断是，就一个县而言，临潭文学有理由值得自豪。

临潭古称洮州，早在新石器时期就有先民在此生息繁衍，千百年来一直是陇右汉藏聚合、农牧过渡、东进西出、南联北往的门户，被史家称为北蔽河湟、西控蕃戎、东济陇右的边塞要地，是唐蕃古道的要冲地段，史称"进藏门户"，是始于宋、兴于明、止于清的有名"茶马互市"。临潭县总面积为 1557.68 平方公里，境内属高山丘陵地带，海拔为 2209—3926 米，平均海拔为 2825 米。全县辖 16 个乡（镇）、141 个行政村，总人口近 16 万人，有汉族、回族、藏族、蒙古族等 10 个民族，少数民族人口占总人口的 26%。临潭处于青藏高原东北边缘，是离西藏最近的雪域高原。明代将军沐英西征并屯边军民，江淮之风得以在流传。农区与牧区、藏区与汉区接合部特有的地理人文环境，形成了多民族文化的互动。高原、大山和无边的草场，辽阔之中，也会让人孤独。江淮遗风的长久滋润，使得这里的人们粗犷里不失纤细、豪爽里温婉之风习习。

临潭作家群中的作家，基本上还生活在高原，创作极富高原品性。他们将心灵的成长、文学的行走与地域文化精神有机结合在一起。在他们看来，文学不是事业，而是生活的一部分，是自在绽放的格桑花，是大雪纷飞时的一盏心灯。这是其独特之处。李城、李志勇、扎西才让、王小忠、丁颜、敏彦文、牧风、花盛、敏奇才、陈拓、彭世华、薛贞、唐亚琼、葛峡峰、禄晓凤等作家、诗人，近年来，对大报大刊攻城掠地，四处斩获各类奖项。他们是临潭人，作品中的临潭气质从未消失。他们都在生活的第一现场，与生活对话，与世界倾诉，作品的生活气息浓郁，文化质感浓烈，生活的诗性与文学的诗意得到较好的交融。

特殊且丰富的自然地理、地域文化，饱受多民族风情浸染，是临潭文学创作独特的资源。更为重要的是，临潭的作家、诗人对这些资源的运用具有高度自觉性和表达的文学性。他们扎根生活，让文学真正接地气。以小镇为叙事场域，是他们不少人的选择，小说、散文如此，诗歌也是如此。

在生活和文化中，小镇的确是带有众多明示和隐喻之地。可以说，真正了解了乡镇，就能感知当代中国。在乡村人眼中，小镇是城市，在城里人看来，小镇属于乡下。应该说，小镇处于乡村和城市之间，既拥抱城乡的双重属性，又被城乡排挤在外。或许，小镇是乡村到城市的过渡地带，这样的表述更为恰当。这与临潭的处境十分贴合，临潭就是处于平原与高原的过渡区。过渡，也意味着交汇。小镇如此，临潭也是如此。对于创作而言，以小镇为承载地，既可以与乡村紧密相连，又能倾听城市的脚步。时下，农村正走在小康路上，城市向原生态回望，小镇是双方的聚焦点。临潭作家几乎人人都在文学中守住小镇，这在其他地域性作家群中是不多见的。尽管他们中的有些人早已离开了乡镇，有的还离开了临潭，但心灵和作品依然与小镇拥抱在一起。更难能可贵的是，他们时常会回到自己儿时的乡村或者翻进大山走村入户。他们没有认为这是在体验生活，而是源于内心本真的渴望。

始终潜在生活之中，创作如同血液的流动，这使得临潭作家能够抵近朴实之美，又自然地书写出临潭某些隐秘的存在。这在我们的想象之外，但亲切地参与他们的日常生活。藏、回、汉等多民族的风情，既是作品的外在气质，又是作品的内在气韵。他们在熟悉的状态下，写出了我们的陌生。

高原，总是空旷的，人烟稀少所生出的孤独，以及大山阻隔所带来的寂寞，恰恰是文学创作的迷人动力。如此，临潭作家都有追问生命的冲动和行为，在苍茫里寻找温暖，在辽阔里积攒力量。从这一向度来看，临潭诗歌好于其他文学体裁，是有道理的。诗歌，是情绪最直接也是最快捷的表达路径。写诗是一种释放，诗歌又可以是取暖的烛光。临潭有许多诗人，他们都已经把写诗当作了生命行走的方式，诗歌与他们一起生活，一起品味人生。诗本就在他们的灵魂里、血液里，他们是一群具有生命自觉性的诗人。与高原一样，他们不趾高气扬，不卷入汹涌的喧哗，让自己的诗歌静静地流在心中，和高原风一起与群山默默相守。

满怀诗意，挣脱诗的约束，接受散文的从容，散文诗当是比较好的创作路径。临潭作家正是如此。可以说，他们中间没有写过诗、没有写过散文诗的少之又少。而这之中，散文诗为他们所青睐，绝大多数人都涉足过散文诗创作，有许多散文诗的质量相当高，影响也很广泛。或许，散文诗这样的位置，与小镇、与临潭都有着某些本质性的联系。

如果论及临潭文学的关键词，"孤独"是最鲜明的。除上述提及的地理原因，还有一个极为重要的因素，这就是临潭作家的文化心理状态。

江淮遗风，一个"遗"字道尽了临潭人内心的乡愁。有些临潭人的祖上从别处迁移而来，但多数临潭人是江淮人的后裔。在建筑、饮食等方面，处处可见江淮身影。当地百姓至今还保留着

南京先人的穿着打扮和喜庆习俗，口唱"茉莉花"的歌谣。更值得注意的是，临潭境内至今还有不少庙宇供奉着徐达、常遇春、李文忠、胡大海、沐英等明朝功臣的塑像，有18位之多，当地人称之为"十八位龙神"。每年端午节，还有民间自发组织的"龙神会"。著名历史学家顾颉刚于20世纪30年代撰写的《西北考察记》中有一段话说："洮河流域一带的汉人都说祖先来自南京、徐州、凤阳三地，乃'初明截乱来此，遂占田为土著'。许多人家比如刘姓、宋姓、李姓、朱姓等都有家谱，记录着可以追溯到明代封过官的祖先。"近些年来，不少临潭人还远赴南京寻祖，因为据祖上传说，他们的先祖都是南京人，几百年前从遥远的江南迁徙到西北，他们的家，在"应天府绫丝巷"。

乡愁，随岁月流转而弥坚，坚固于生命和文化之中。在异域扎根生活了一代又一代，然而内心那个遥远的故乡，也在隐约生长。看似安稳的生活中，漂泊的情愫依稀飘忽。乡愁是伤感的，但又充满淡淡的美好。临潭文学中的乡愁，不仅有"江淮遗风"这样的，还有更深层次的对于人的精神和存在的探寻。由乡愁到孤独，直到生存状态的叙事，使临潭文学获得极强的生命力和感染力。临潭文学终日行走于山大沟深的高原之路，倾听大地的呼吸，仰望天空的浩瀚，感悟人间的喜怒哀乐。这是文学的使命所在，也是临潭作家一直实践的创作理想。

在举世瞩目的脱贫攻坚战中，临潭是中国作家协会的对口帮扶县。为此，中国作家协会本着"以文化润心，以文学提神"的帮扶宗旨，在派出扶贫干部、积极筹措帮扶资金的同时，着重开展"文化扶贫"。在《人民日报》、《人民日报》（海外版）、《人民文学》等报刊以及网络媒体，以纪实、散文、诗歌和图片等多种形式宣传临潭脱贫攻坚的做法与成绩，以及临潭极具魅力的旅游资源。《文艺报》以前所未有的气魄，把文化扶贫做到实处，用两个专版集中展示临潭本土作家的文学、摄影作品，进一步展现临

潭人民扑下身子抓扶贫、竭尽全力奔小康的精神风貌和走在幸福路上的欢笑。动员各方力量，支持扶贫助困，为脱贫提供智力支持。协调社会力量为临潭县各级学校、贫困村等筹集图书、学习用品、文体设施和衣服等帮扶物资。帮助50名语文老师进京到鲁迅文学院免费接受培训学习，为他们开阔视野、提升文化素养。动员数十名作家倾情撰写反映临潭人文风情和旅游资源的散文诗歌，结集出版《爱与希望同行——作家笔下的临潭》。组织40多名临潭本土作者，开展"助力脱贫攻坚文学培训班"，让业余写作者向编辑学习，为大家相互交流学习提供了平台。现在，又帮助出版《洮州温度》，大视野地介绍临潭文学70年的成绩。

《洮州温度》的面世，是临潭文学史上的一件大事，也是我们进一步了解临潭的一个重要窗口。希望临潭文学越来越好，希望文学给予我们更多的温暖和力量。

对我个人而言，来临潭挂职扶贫，竟然学会了写诗，并出版了诗集《临潭的潭》。从古典的意味与现代的想象之间走过，进入高原内部，将神秘与隐喻引领到字里行间，临潭而立，自然的潭映出生命行走的心灵之潭。以诗歌的方式较全面、深入地书写了临潭的人文地理和旅游资源。

我由衷地感谢临潭，感恩这片土地上的人们。

海　眼

人们相信，这里曾经是大海

海鸥的飞翔，扑打远古的传说

一个熟睡的少妇，月光的舌头游弋闪着幽光的肌肤，

　性感战栗

地平线，微喘的唇线，飘忽风的迷茫

焦土苍凉，激情过后的虚无，一块

无人问津的腊肉扔在山间

洁白的羊群，模拟浪花，血肉之躯，丢失水的性灵

牧民手中的皮鞭，枯萎的渔网，吆喝里，巨尘碎石

　掠过砂纸

只是小小的水塘，天空雨水的弃儿

这是海的眼睛，大海留在高原的思念，这里通向遥

　远的大海

我们生活在大海的故乡

海眼，人们把悲凄放牧成想象

穿过青稞地，爬上山坡

土城墙步履蹒跚，一汪水潭

是它的情欲，明亮的头颅

一只蓝色的兽，困在高原的群山之中，岁月的囚徒

　　　　　　　　——摘自《临潭的潭》

　　我喜欢这首诗，这是我在高原临潭的某种感受，也能从另一个侧面了解临潭，了解临潭文学。

　　让我们一起祝福临潭文学，祝贺临潭的作家诗人，向临潭人民致敬。

　　　　　　2019 年 3 月 28 日于甘南临潭斜藏河畔

目 录

马认真

海洪涛

上帝对人说道："我医治你，所以要伤害你。我爱你，所以要惩罚你。"

——泰戈尔《飞鸟集》63节

一

"县二中的马认真入党了！"

这个消息不胫而走，没上半月，洮州城乡的许多中小学教师和社会人士都知道了，大家都奔走相告，互相传播，拍手叫好，赞叹不已，无不为之高兴。

二

人们给马老师起了个绰号叫"马认真"。他大概是遇到了一位认真的父亲，生下这么个认真的儿子，早在襁褓之中时，就认真吮吸阿妈的乳，把阿妈的奶头吸得发疼，阿妈忍不住，便认真地打了他一巴掌，把小屁股打得发红，他便认真地哭一阵子。到了五岁，认真的阿大送他入清真寺念经。他认真地学了两年，到七周岁时，能把阿拉伯文《古兰经》流利无阻地背下来。七周岁那年，认真的阿大又送他上小学，让他认真地去学习汉文书。从那一年起，直到离开大学，十五年间三十次的大考，只有高中毕业时名列第二，其他二十九次，都因他认真而夺得了全班第一名。

他还长了一副认真的躯体和模样儿：身材高大而宽壮；脸蛋滚圆而红润；眼大眉浓，英姿勃勃。在青海当了多年"土皇帝"的马步芳的一个侄女儿也看上了这个认真而孤僻的小伙子。

这位小姐的生母本是洮州富豪黎举人的孙女。马认真其貌不扬，可这位小姐却是西宁城里一朵花——比赵飞燕丰满，比杨玉环窈窕，比蔡文姬聪明，蔡氏只会吹胡笙，这位马氏小姐在上海音专就学，十八般乐器无所不能。她偶尔扬声高歌，曾几次醉倒若干名四十年代的"王孙公子"。她为什么会看上家庭人均只有三亩地的马认真？首先是因为生母的关系，"美不美，泉中水；亲不亲，故乡人"嘛。其次，因围绕着小姐献殷勤的英俊少年，一个个眉清目秀、面皮白净、风度潇洒、能说会道，虽不学无术，却会怜香惜玉。唯独马认真举止土里土气，言语拙拙讷讷，表现憨憨敦敦，她觉得别有风度，"很好玩"，所以，虽然他在复旦中文系念书，她却不远百里，每周必去拜访，要约他在桂林公园浪大半天。还有一个原因，她觉得这位"乡巴佬"为人忠厚，心地善良，专一不二，在任何情况下都不会遗弃她，而且最容易驾驭、指挥。何况他学业认真，成绩突出，后必成才，跟上他不会受罪。所以，他对她虽不太感兴趣，不太热情，她对他却异常热情，十分亲近。

一九四八年放了暑假，这位马氏竟然执意要随同马认真去洮州，马认真觉得这不成体统，不合道德，拒不答应，但总是纠缠不过这位口似悬河、舌如利刃的小姐，硬是“同路不舍伴”，与马认真共乘一车，启程前往。一路上这位小姐更显热情，撒娇呈媚。若是一般青年，面对这如花似玉的小姐百般妩媚的样儿，没有不动情的。可这马认真却不，一路上无论乘火车，还是乘汽车，始终与这马氏小姐保持一定距离，面孔木然冷峻，目不斜视，心不邪想，哑然无语，简直像关云长在曹营守护刘皇叔的夫人一样本分、正经，其纯贞守自达到了十分认真的程度。

到了洮州马家庄，一踏进马认真的家门，见了马认真的阿大，她就理直气壮地问道：“你老人家评评理，我很喜欢他，他竟然不愿意，难道我配不上？”

“哎呀！我的娃，他有媳妇儿呢，难道没告诉你？”

“他说了，但我不相信，总认为他找借口推我呢！”

“你看这像啥话，叫你跑这么远路，唉！万事是真主的定然，这件事没定在你的头上啊，实在叫人……”

“她难道不是学院毕业的？”马小姐继续追问。

老人莞尔一笑：“是农家学院毕业的，专业是上粪、薅草、打梿枷；扫地、做饭、喂鸡娃……”

小姐满面通红，拒绝接受老人所送五十块银元的盘缠，愤愤然拂袖而去……

三

解放战争结束了中国半封建半殖民地的吃人制度，也结束了马认真的求学生涯，他虽然没有在复旦毕业，却也受到洮州唯一一所中学的“敦聘”，当上了中学教师。

马认真还是那一股子“依然我故”的认真劲儿，过着认真而寂寞的生活，当着认真而踏实的教师，与人无争，与世无碍，很少与人往来。同事们课余打麻将、玩扑克、下象棋缺人时，就想起了马认真，往往会把他叫来。他虽然不会玩，也要认真地陪同别人，让别人痛快地娱而乐之。歌舞场所、运动场边他轻易不去，一旦去了，往往要认真地观看到底，恋恋不舍地最后离去。

他二十一岁，正逢历史新纪元的盛世之年，参加新青团（后改名"共青团"）是时代的召唤。他认真地写了申请，表示认真地争取。新青团组织对这样认真的青年，自然要认真地考查。考查了四五年，直到一九五四年，考查结果得知：

（一）他家有四口人，竟然有十二亩旱田，而且父亲不参加劳动，在县城里开了间小铺子。他阿爷在中国最后一个封建王朝当过贡生，心甘情愿地想给满清贵族当走卒，虽然没有当上什么官儿。

（二）一九四九年秋，洮州解放的前夜，在此国共决战的严重时刻，他父亲在马家庄当了八十四天的"伪保长"（和袁世凯当洪宪皇帝的日数恰恰相等）。

（三）一九五三年，马步芳的本家叔公马良在藏区叛乱，马认真的阿舅正在藏区做生意，把他唯一的一匹马连同三百银元的本钱、身上穿的皮袄，全"送"给了叛匪而只身逃回家。

（四）和军阀马步芳的侄女的罗曼史，在这小小的地方，几年来被人们当作旷古奇闻，争相传播。他二人虽没结婚，却已构成相当复杂的社会关系。

原来对马认真半开着的新青团大门，现在严严地关闭了。他在那高大威严的门外不甘心地徘徊怅望。他没有灰心，仍然在认真争取，眼巴巴地望着那独特的、对他极富吸引力的大门，简直是望眼欲穿。他憧憬着那大门大发善心，能怜悯同情他，放他进去，做一名梦寐以求的先进青年。

一九五七年，因为他"狡猾"成性，"反动"透顶，当"右派"猖狂进攻时，他"佯装"规规矩矩，没有"乱说乱动"，暂时"蒙混"过了关。过了一九五八年春节，当号召"交心"的时候，党支部杨书记反复动员，号召人人交心，个个说心里话，交心越彻底越好。

马认真仍在认真争取，岂肯不交心。交什么呢？他挖空心思，似乎还是无"心"可交。杨支书除了大会动员、一般号召之外，又找他个别谈话，耐心启发："你虽然超了团龄，但还可以争取入党嘛！能否经得起考验，就看你交心表现如何！"

马认真继续认真地、不分白天黑夜地"挖"，他觉得似乎五脏六腑都挖出来了，挖到可以看穿心魄了，但还是挖不出使杨支书满意的东西。到了二月二十八日，杨支书作了一个决定：给最后一天，凡是未写交心材料的，非写出不可，而且最少不得少于两千字，这任务完不成决不罢休。

于是马认真更加认真了。他认真地写了长达两千一百余字的交心材料。绞尽脑汁，总算超出"指标"一百余字。支书一看，当场予以表扬："这是我校最有水平的一份交心材料。"

他在材料中写道："我虽然没有只专不红的思想和言论，但我却有行动，我以自己的教学行动，实践了右派的教育方针：走白专道路。所以我教的课程，平均分数比其他任何一门课都高，全州会考，三次受到上级表扬。因此，我是右派言论的忠实执行者，不只是个传声筒。"

这就是"贼不打自招"——马认真暴露很快，三个月就自招了。他是借"交心之机，行反党之实"。所以"三不"（不戴不打不揪）对他不适用，要对具体人具体对待。

马认真从一九五〇年争取到一九五八年初，也没争取到入团的大门，却争取到了出学校的大门——戴上右派帽子，开除公职，遣送返乡监督改造。

四

马认真回到马家庄后的第三天，有三个学生偷偷地来到他家中看他。他大吃一惊，好像闯下了什么大祸似的对学生说："不得了啦，你们怎么跑到我这儿来了？不明白吗？我是人民的敌人！到我家来你们会犯错误，后果不堪设想……赶快走吧！以后永远不要再来了！"他和学生还没有说上几句话，就不近人情地连推带搡把娃娃们赶走了。临别时，他眼含泪花，用低沉的声调叮咛学生："你们以后要很好地听党的话，认真念书，努力争取入团，然后再争取入党！记住！"

学生走后，他先是久久地在房间来回踱步，好像在反复认真地用步子量着这房子有多宽多长，然后坐在炕头上久久地沉思，再然后是连续三天的不吃、不喝、不言不语、睡而不眠的卧床……

马认真的社会地位变了，政治面貌变了，生活条件变了，劳动对象也变了。黑板变成了田地；粉笔变成了锄头；教案夹变成了背篓，但他认真争取的态度依然如故。在新的条件下，他由"与世无碍"变成了"社会障碍"。"与人无争"基本没变——但也并非绝对地"斗争"。二十一年中，突出之"争"约有三次。

第一次：一九五八年大炼钢铁时，家家交"烂铁"，人人捐"废铜"。这任务又硬又紧，迟交一天不行，少交一两更不得了。交任务的前夜，马认真和他阿妈把家里所有的铁器铜货一一搬出，连一把切菜刀也没有遗漏（把它留在家里就会变成破坏公社食堂的锐利武器）。内有他爸专门从河州城里定制的大小铜锅、暖锅、火壶、汤瓶①等，一件件图案精美，一个个明净闪光，实在漂亮得很。面对这满地"废铜烂铁"，阿妈脸色变阴沉了；一贯不苟言笑的马认真却笑了，而且笑得那么憨甜。他想：这次一定会超额完成任务，一定会记一功而补一过。

阿妈最后将汤瓶提在手中，准备留下。一贯对阿妈百依百顺的儿子这次却破天荒地不服从阿妈了，他开口说：

"阿妈呀，这汤瓶可不能留啊！"

"我的娃，我老了，我要用它。再说，这也没二斤重，公家少这么一点点……"

"阿妈！你留下的不只是一个汤瓶，而是一点私心啊！咱们对党可不敢有一点点私心！再说你留着它想搞迷信，这可叫我咋办呀！"说着，他双膝跪地，流泪号啕，双手不住地拍打着大腿面。

第二次：一九六〇年深秋的一天，马认真的媳妇儿劳动回来时怀里揣来了队里的四个洋芋。他大为惊骇，又吼叫开了：

"哎呀！不得了啦，我怎么遇上了这么个婆娘，我太命苦了啊！你为什么不知羞耻，这样的不廉洁奉公，竟然做贼……我没把你教育好，我的'古那哈'②太大了……"

婆娘也忍不住了，她没好气地说：

"你拿不来分毫，还叫啥呢？肚子饿了不偷不由人！我只偷了四个孬洋芋，有人还整袋整袋地偷呢！……"

马认真暴跳如雷，吼声更大："你这婆娘屁嘴还犟得很，你难道不知饿死事小，失节事大！'志士不饮盗泉之水，廉者不受嗟来之食'！你不听话就给我滚！你滚！"

---

① 伊斯兰教徒礼拜前沐浴净身时用的小水壶。

② "古那哈"，阿文译音，即罪恶。

早想和马认真分道扬镳的婆娘，巴不得书呆子男人说声"滚"。闹腾了七八天后，二人终于离了婚。女人带上唯一的孩子——五岁的女儿远嫁新疆，去填肚皮。从此，马认真又开始了他的人生道路上漫长而认真的鳏居生涯……

第三次：一九七二年八月，远山近坡一片金黄，大川小滩麦浪滚滚。队里庄稼早已透熟，但还没动一镰，颗粒纷纷落地。队长却率领大军向坟滩进军，向死人要粮，以便更好地学大寨、赶昔阳。一天，马认真硬着头皮给队长跪倒了，他用颤抖的声音哀求着说：

"队长啊！庄稼淌光了，真可惜呀！我求你别……最好先收庄稼吧！要不先派我去割田，再派一个民兵监督我，我保证拼老命去割田！"

"你不要胡说，开荒、修地是中央的号召！队里的事你没权发言，再要是胡说你小心！"

"……"

另外，据马家庄治保会的档案记载，马认真在监改期间，表现规矩，劳动踏实。具有事实有二百七十多件，其中有三件在方圆百里传为奇闻：

（一）马认真能认真地读毛主席的书，听毛主席的话，下决心做毛主席的好公民（没资格做毛主席的好战士）。他能把《论人民民主专政》——全文八千三百多字，像七岁背《古兰经》一样，背得滚瓜烂熟。七十年代初，他竟能把《毛主席语录》流利无阻地背下来，还背会了毛主席的诗词三十七首。

别以为他有奇特的记忆力，他的二老只生他一副应脱之胎，该换之骨，并没有生给他聪明绝顶的脑瓜。下地回家，曾多次把锄头、棉夹夹忘在地头。马认真之所以能够熟背这么多东西，是他多年"锲而不舍"、认真争取的结果。他给自己定了一个制度：起床后不背不洗脸；吃饭前不背不端碗；睡觉前不背不上炕；上了炕不背不闭眼。常年如此，从未间断，即使在"文革"的年月、刮"十二级台风"的日子里或"一打三反"运动中，挨打批斗之后，照样坚持背书，往往在吟诵时摇头晃脑、嘤嘤嗡嗡，一时忘却了肉体的疼痛，排除了精神的苦恼，自有别种乐趣。他说背诵"最高指示"：罚站弯腰不知困，拳打脚踢不觉疼，怒骂训斥受得住，干活还把书默诵。

（二）认真地接受监督改造，每周总要主动、极其认真地汇报一次思想。有一次他淌着眼泪向大队治安主任汇报着说：

"我真该死！我的反动立场确实顽固啊！昨晚夕我做了一个梦，从梦中吓醒了。这个梦表明我的反动思想根深蒂固！我竟然顽固地留恋我的过去……"

"你梦见什么？"

"我竟然梦见我又回到了学校，登上了讲台，给毛泽东时代的青年学生讲课，讲的是李白的《梦游天姥吟留别》，竟然指手画脚地讲，学生们专心致志地听讲，看来学生们都中了我的毒，被我拉拢争夺过来了……哎呀！主任啊！梦由心头起，我若是不留恋过去，不妄想混入人民教师的队伍，不企图腐蚀争夺接班人，我绝不会做这样的梦！你看，这还了得，你说我的思想有多反动！……"

（三）一九六二年春，马认真的阿爸、阿妈两天之内相继殁了。马认真十分认真地"破除迷信、解放思想"，大革回族风俗习惯之命，没站"折那在"①，不念《古兰经》，把二老草草埋掉，没有哭上一声，没掉一滴眼泪。

一九七六年九月，震惊世界的噩耗传来了，毛主席逝世了，

_____

① "折那在"，伊斯兰教的殡礼仪式。

马认真哭呀哭，哭得死去活来。一连几天，他饭没吃一口，水没喝一杯，夜夜不能入睡，只是痛哭、哀叹。监视他的人发现了这种情况，而且发现他哭肿了眼睛，感到很惊奇。十天后，马认真在自己家中墙上挂着的毛主席像两边贴上了一副对联，"没有共产党就没有新中国，没有毛主席就没有共产党。"有人问他："这下联书报上没见过，你怎么给写上了？"他认真地拿出五十年代争取入团时学过的《中国共产党的三十年》，说："这上面有，毛主席挽救了党，挽救了红军，挽救了中国革命，所以说没有毛主席就没有共产党！"

说着说着，他又哭开了："毛主席殁了，这是中国的灾难！是全人类的不幸啊！"

五

马认真从当了教师就开始认真争取，到马家庄又认真争取了二十一年。到一九七九年三月，否极泰来，喜从天降，终于争取到了彻底平反，恢复公职。县落办室专程派人来到马家庄，给马认真送来通知，并催他速去办理相关手续。

他好像在睡梦中一样，根本不相信这是事实，茫然不知所措，久久凝神无语。来人又催促时，他十分痛苦而认真地说："哎呀，领导，党没有冤枉我啊！为什么要给我平反？我确实有罪，我真正应该长期改造，二十多年前，组织上调查的情况完全合乎实际，没有丝毫出入。我爷爷确实当过清朝末年的贡生，我父亲也确实当过八十多天马家庄的最后一位伪保长。我呢，被国民党反动军阀马步芳的侄女也确实缠过，我一家三代罪人，实在不该给我平反啊……"

马认真得知真的要给他平反，恢复公职，让他仍去做教师时，他泪水潸潸地吟了一首七言诗：

　　　　二十一年历艰辛，
　　　　脱胎换骨得新魂。
　　　　尚有余热育桃李，
　　　　呕心沥血报党恩！

六

　　平反后，马认真被安排在县二中当教师。时过数载，他又得到"五最先生"的绰号。学校有人为其写了一篇《五最先生传》，今将全文抄录于后，以便让读者了解马认真老师平反后工作、学习、生活之一斑：

　　五最先生者，八十年代之奇人也。由于性格倔异，事事认真，且有"五最"之懿行，因此为号焉。"五最"者何？

　　一曰起床最早。年近花甲，老态龙钟，早操时节，最早出场。或带头排在前列，或尾随跟之于后。服从指挥听哨声，走、跑、踏步与生同。其做操时，姿势不够标准，风度实欠优美，任凭观者讪笑，先生泰然处之，若浑然不觉者也。

　　二曰熄灯最晚。电影散场，电视结束，猜拳小饮者尽欢而散，聚精输棋者悻悻而归。楼上个个窗户失明，楼下家家灯烛敛光。先生室内依然可见灯泡白光与秃头红光相映成趣。或精心备课，摇头晃脑默诵熟记；或细批作业，字斟句酌补缺纠误。在何时入寝，先生从不语人，世人无从知之。

　　三曰管教最严。听课者一时注意飘移，先生雷霆大发；做题者偶尔疏忽大意，先生火冒三丈。迟到早退，从不稍宥；缺交作业，岂容回家。一日某生未做习题，悄然溜之，先生发觉，追出校门，赶到街头，厉声呵斥，行人惊之以为抓小偷，观者笑之认定父教子。

四曰衣着最简。今之为人师者，必先讲究仪表。西服笔挺，革履铿锵，长教师之威风，受学生之尊敬。即使不学无术，亦能昂首阔步。但先生不以为然，衣犹布料，鞋仍布底。固然干干净净，却有补补纳纳之嫌。远望则其貌不扬，近观则实为寒碜。经济拮据，令人怜悯？非也。有生贫欲辍学，先生慨然资助；政府发行公债，先生巨额认购。月得高薪，有福不会享；补发万元，有钱不会花，实乃愚不可及者也。

五曰观念最陈。鳏居十八载，身后太萧条。领导多方关照，为之寻伴觅侣。初则断然拒绝，继则婉言谢绝，三则吞吞吐吐，四则支支吾吾，五则怯怯点头，六则勉强应承。婚后夫唱妇随，胜似鸾凤和鸣。然未及一月，竟对老伴下"逐客令"，逼其返乡生产。领导出面调停，并为之迁转户口，先生竟然热泪纵横，哽咽泣诉曰：

"敬爱的领导同志啊，噢——根本不成！'一夫不耕，十人受饥；一女不织，十人受寒。'她原是一农民，自当务农为本，今将户口迁转，岂不是虽然也长两只手，竟在城市吃闲饭？为地方加重负担，为国家增添困难，对四化建设尤为不利！罪过哟，罪过！回去吧，快回……"

七

最近，学校党支部发展了三名党员，其中就有马认真老师。

全校老师都参加了党员宣誓大会。会上请党员代表发言时，马认真跃然登上了讲台，大家估计他一定慷慨地发表演说，滔滔不绝地抒情表态。出乎意料的是他站在讲台上久不出声，只见他两腿发抖，嘴唇颤动，热泪盈眶，最后吞吞吐吐、结结巴巴地挤出了一句话：

"我……我要……为党好好地……教书……"他激情难抑、老泪喷涌、泣不成声……在一阵暴风雨般的掌声中昏倒在讲台上。

黄河颂

刘文学

　　一泻千里的伟大胸怀，造就了中华民族刚毅、坚韧的不屈性格。从高原巴颜喀拉山发端，带着雪山的凌寒和冰洁的傲气，冲出茫茫草原，蜿蜒、穿徊于峻嶒的大峡谷，呼啸着藏地桀骜不驯的呐喊和明亮色彩。黄河，第一次融入黄土氛围的壮观莽原之后，温情、坦荡地回眸着皇天后土上"花儿"的芬芳和"少年"的浪漫。

　　——你听！发自肺腑的悠扬、粗犷声里，回荡着高原儿女们赤诚的情感和永恒！当婉转的花儿漫得山花烂漫，春天迟迟不愿离开沟壑和陇上时，吟诵的大水兀自舒展开巨膀，甩出一声穿云裂锦似的高亢秦腔！

　　大辉煌的悲欢离合，顿时弥漫于陇上铁汉和关中儿女们的胸膛里，呼啸于大林莽和凝重的黄土地上。悲怆、壮烈的腔调，把秦皇汉武的英雄史诗，用西部农民淳朴执着的独有感受，尽情、任性地宣泄和挥发出来。这时，我们的黄河已捎带上信天游和走西口的婉约，进入了中原大地。

　　平地见日的原野风清月明，星光映照着大河，风樯划破高天的寥朗和悠远。咏唱着远古的悲壮故事和无限情思，大河即将和大海相拥汇合。这个时候，黄钟大吕的赞颂强烈地发出中和升平之声。

——永恒华夏阔大、包容的仁爱之心亘古独立，千年不变……

一、雪山之子

明亮明亮的蓝天下，草原在早晨清冷的空气中飘荡着乳白的烟雾。濡湿的草地残留着寒夜的倦怠和惺忪。此时，残月还在天际，旖旎如离别的目光。贡布才旦的帐圈里，羊群的鼓噪和毛雌牛焦虑不安的鸣叫，将黎明染上一层妩媚妖艳的朝霞。

女主人卓玛边系腰带，边呵叱着牧羊犬嘎嘎的扰闹。当她走进帐圈里，鼓胀了一夜奶水的几头毛雌牛立时停止了烦躁，待她轻柔的双手挤压奶膀时，白色的奶香顿时飘散开来。

草地的丰满是苗壮旺盛的绿色不息的濡染。肥壮的牛羊像割之不尽的牧草，育了一茬又一茬。贡布才旦打着心满意足的哈欠，腆着肚子，从温暖的帐房内低头钻了出来。他看着忙碌的妻子的背影，嘴角流出一丝笑意。

太阳已升高在峡谷对面的雪山巅上，晨风吹过倾斜的谷地和咆哮的水流，漫过芳草滩，把高原洁净、清爽的气息吹进牧人的心中和身上。六月丰满、迷人的草原在朝阳灿烂的映照下，显示出蓬勃的生机。卓玛忙碌着帐圈的活计的时候，贡布才旦已经将羊群放出帐圈。霎时间，清晨草地上安谧、恬静的气息被欢腾的羊群打破，卓玛惬意地擦着额头上的汗珠，手提满桶的新鲜牛奶，走向帐房。此时，黄河水像一条银链，静静地从峡谷流向朦胧的群山深处。

在上游稍显平缓的地域，是才建成不久的大峡电站，它就像从天而降的明珠一样，在雪山和草原上闪耀着光华。自从它诞生于黄河上游之后，寂寞、荒僻的大峡谷中，就有了勃勃生机。每天三次往返于河上的游船，将游人从百里之外运到此处观摩游览。今天又是一个晴朗的好日子，当贡布才旦喝完卓玛煮好的第一顿奶茶和糌粑，骑上大青马，赶着羊群向峡谷中走去时，第一趟游船正满载旅客驶向大峡。

草原六月的天气说变就变。正午时刻，雪山上空渐渐地升起一层乌云，眨眼之间，就已经将多半个天空布满。不到一刻钟的工夫，浓云密布的天空变得乌中带黄，黄中透黑。汹涌的云朵扭动着、挤压着向山野肆无忌惮地压下来。突地而起的狂风呼啸着掠过大峡谷和草原，夹裹着沙石打得行人睁不开眼睛。

这是草原惯有的大暴雨，当地俗称白雨，来得凶猛，结束得也快，而且对人畜造成的伤害很大。有时候行走在茫茫草原，突然白雨来临，避之不及的行人会被它淋成重病。只有藏民的光板羊皮袍是躲避白雨的最好工具。晴时防晒，冻时御寒，夜晚休憩时又是随身的被褥。特别是在草原放牧时，又是防御大白雨最有效的雨具。

窒息人的狂风刮了一会儿，豆大的雨点夹杂着冰雹的白雨越下越大，山野景物转眼之间消失于雨雾雷电之中。刚才还是晴朗明媚的草原，此时已被暴雨吞噬。

惦记着在山上放牧的贡布才旦，卓玛耐不住焦虑地走出帐房，抱着羊皮袍，迎着狂风暴雨向山坡上艰难地走去。因为贡布才旦早晨上山放牧时，看着天气晴朗，没穿羊皮袍，只穿了一身迷彩服。当卓玛走到山坡的高处时，倾盆大雨已使得她举步维艰。突然，浪涛滚滚的黄河上隐隐约约地传来微弱的呼叫声。卓玛透过雨帘吃力地望过去，看见黄河上的游船倾斜在岸边，河中的波涛中有人在漂浮挣扎。卓玛立时睁大双眼，扔下手中的羊皮袍，踉跄着冲下山坡。

河中挣扎的是一对母子和游船上的工人，大白雨降临后，游船触礁在岸边，船上的母子正好周末乘船去看望在电站工作的父亲。游船突然发生故障，母子掉入河中，船上的工人为救她们，也跳入水中。卓玛见此情景，一边往河岸边跑去，一边呼喊着贡布才旦。情急之中，她想起怀中的手机。立刻蹲下身子拨通了贡布才旦的手机，不管男人听到听不到，声嘶力竭地呼喊起来。

河水中的三人挣扎着向下游漂去，卓玛一边在岸上跟着跑，流着泪，嘴里咒骂着贡布才旦怎么还不到来。白雨继续狂掠着草原和峡谷，天地内只有暴雨的倾泻和电闪雷鸣。突然，大青马上的贡布才旦像利箭似的冲开雨雾，人和马疾速地冲向河边。没等卓玛反应过来，身穿迷彩服的贡布才旦的身影已跃入滚滚的波涛中。待卓玛赶到岸边时，贡布才旦已经将奄奄一息的孩子救上了岸边，当他把孩子递到卓玛手内，大眼睛快速地注视了卓玛一下，然后头也不回地跃入大河，风雨中的母亲已没了踪影。贡布才旦和风浪搏击着，奋力游向下游。在一阵寻找和漂浮后，他触摸到已近昏迷的母亲。急忙将她用左手夹住，右手拼力地划水，向岸边艰难地游去。

狂风掠过大峡谷，卷着雨水向雪山呼啸而去，雨渐渐地小了。当贡布才旦精疲力竭地把水中的女人救上岸后，只觉得体内已成空壳，大脑一片空白。当他想歇息时，卓玛再一次催他救人。贡布才旦又义无反顾地扑入河中，向着浊浪汹涌的黄河舒展开高原男人的魂魄，和雪水洁净过的洪流融为一体，渐渐地消失在下游。他凝固的最后记忆里，只有群星灿烂的草地上卓玛迷人的歌声：

在那晴朗的东山顶上，

有卓玛姑娘永久的守望。

系大红腰带的汉子才旦，

载着美丽的仙女飞向远方。

二、黄河飞渡

黄河冲出积石峡，立时，狂傲、急躁的身躯，在豁然开阔的原野一下子变得温驯、收敛起来。藏地的黑土在大河家开阔的沃野上消失了主流旋律。随之而来的是新月之下的绿意盎然。回族和保安族、撒拉族聚居的黄河流域是传统水手们繁衍、生息的地方，也是伊斯兰文化在僻壤的山野和湍急的黄河上，无声传播和发展的地区之一。这里，又是河州花儿婉约之中挥发高亢的沃土。马拉黑就是个人物！

俗语：河州的眼镜大河家的刀，和政的花儿满山飘。此地三绝中，马拉黑全占上了。马拉黑身高一米八六，高鼻隆目，稀疏的胡须优雅地在脸庞上装饰出穆斯林男人的英武和精明。马拉黑会打漂亮的保安腰刀——祖传三代是刀子匠，到他的手里更是把保安腰刀的传统技艺发挥得炉火纯青。因为他是大河家一带头等的男子汉。马拉黑又是黄河上的"浪里白条"——积石山优秀的水手中，他是木排上的领头羊，筏子客中马拉黑的水上功夫更是了得。

那年黄河发大水，后河滩的百八十口老少乡亲被困在庄子里，眼看就要被洪水吞噬，情况万分危机的时刻，年轻、剽悍的水上王子马拉黑独自驾驭着牛皮筏子，闯过洪水咆哮的十里险滩，闯过大风大浪，硬是和随后赶来的众人，把正处于绝望中的乡亲们救出了绝境。马拉黑为救众人差一点儿送了命，但马拉黑又娶到了最美的姑娘菊花……

星光渐渐稀疏，一弯新月淡淡地高挂在天空。洪水过后的山坡上，参差不齐地蜷伏着几十座简陋的窝棚。为救众人大病一场的马拉黑，今夜第一次从昏睡了三天的窝棚里摇摇晃晃地钻了出来。他尽情地呼吸了一口秋夜新鲜、清凉的空气，目光瞥视月光下遭受了洪水肆虐的黄河湾，满目凌乱，一片凄凉。他逡巡着这一切，心内暗生凄惶。突然，一阵轻柔、婉转的花儿，由一个年轻的女声小心翼翼地吟唱着，透过月夜清凉的空气，送入他的耳边：

中间是黄河两边是崖，

峡口里有两朵云彩；

云彩搭桥你过来。

心上的花儿哈漫来。

白牡丹白着耀人哩，

红牡丹红者破哩；

尕妹的跟前有人哩，

没人是陪你者坐哩。

身体虚弱的花儿把式马拉黑听到此，精神为之一振，他丢开了手中拄着的柳木棍，猫起腰，蹑手蹑脚地寻着歌声向前疾走了几步，兀地又停了下来，脸上立时透露出惊讶、诧异的神色，歌声仍在继续：

椒子红了口张开，

手提上篮篮了摘来；

心里有话口难开，

花儿啦漫给者上来。

喉咙里好像有小手在挠一样，惊喜万分的花儿把式，黄河浪尖上的蛟龙马拉黑的病立刻退了多半，不由得向对方送去从胸腔里飞出的即兴而成的花儿：

上山的鹿羔下山来，

平川的大地里卧来；

叫一声尕妹跟前来，

阿哥的跟前哈坐来。

马拉黑的歌声一起，轻微、慌乱的脚步声响了几下又停了下来，一个像新月似的娇美身影闪进了山坡上的灌木丛。马拉黑笑了笑，青春的脸上闪现一丝狡黠和倾诉似的表情：

尕鹁鸽带的哨子响，

飞到者瓦蓝的天上；

铜铃铛的声音当啷啷响，

你唱者我心里渗上。

不远处的窝棚内老人们的身影向外观望了一下，又迅速缩回屋内。马拉黑急忙转过身来，兴奋地询问旁边的连手尔里：

"她是谁？我以前怎么没见过！"

——"你又没在这个庄子上，一年到头多一半时间在水上漂，外面浪，连大河家都很少见到你。怎么能认识她？"尔里嘲讽似的看着张皇失措的马拉黑，装作卖关子的样子，不回答他。

"驴日下的东西，不买起贱哩买起了贵哩，看我不剥了你的皮！"马拉黑嘴里笑骂着，一把揪住了尔里的右耳朵问："说不说，再迟半步老子就不客气。"瘦小的尔里赶快告饶："轻一点，先人！我说还不好吗。"马拉黑松开手，尔里揉着发红的耳朵，把头凑在他的耳边轻声说："大汉依斯哈的三姑娘菊花，她可是十里滩上的'人梢子'。"

"我就要摘这朵'人梢子'！"马拉黑使劲拍了下大腿，向前又走了几步，扯开喉咙唱了起来：

> 川口的果子碗口大，
> 风吹着跌不者地下；
> 阿哥的心上绾疙瘩，
> 开心的钥匙配下。

静默了片刻后，一阵清柔婉约的女声回过来花儿的对答：

> 黄河上过了半辈子，
> 浪尖上耍花子哩；
> 我维的阿哥是金鹞子，
> 人伙里甩稍子哩。

马拉黑看了尔里一眼，挠挠后脑勺，嘴里自语："遇上对手了？我就不信盘不下你！"他的傲气逊色了许多，急切的声调霎

时变得轻缓起来:

> 大石头根里的清泉水,
>
> 风刮是水动弹哩;
>
> 这个朵妹的好乖嘴,
>
> 说话是心动弹哩。

菊花声调少了许多羞怯味,嗓门也比刚才亮了:

> 太子山高了尖对尖,
>
> 打碗花赛过了牡丹;
>
> 我维的阿哥是尖子尖,
>
> 人里头挑下的少年。

尔里偷偷笑了起来,贼坏贼坏地推了马拉黑一把:"还不把话给菊花回了!"马拉黑兴奋地搓了搓双手,把腰板一挺,右手插在腰上,左手搭在左耳边,漫着花儿向菊花待的地方走去:

> 黄河干了海旱了,
>
> 河里的鱼娃儿见了;
>
> 不见的朵妹可见了,
>
> 心里的疙瘩儿散了。

第六天清晨,阳光刚刚展露灿烂的笑颜的时候,全庄子的父老乡亲簇拥着精神焕发的马拉黑和羞怯的菊花姑娘,向河边走去。胡须花白的大汉依斯哈老人随众人走了一段路后,矜持地在坡前伫立不动。菊花娘却在众人的后头偷偷地抹眼泪。

阳光下的黄河，早已从无缰的野马似的状态之中恢复了宁静。黄色的浊浪轻轻地喧嚣着，巨蟒样的河流扭动着宏大的身躯，向着东方蜿蜒而去。马拉黑和菊花姑娘双双登上牛皮筏子，马拉黑挺直身板，用坚定和不容置疑的语气说：

"请回吧，乡亲们，我马拉黑多则半年，少则仨月一定回来。我要把大地方的本事学好，赶快回来建设咱们的家园！"说完放飞了筏子，和菊花头也不回地顺水而去……

三、后土秦韵

塬上峁上，一双双粗大的手攥着镢头，拧着犁把，把祖祖辈辈用汗水浇灌、耕耘了几千年的贫瘠土地，又进行隆重的精心耕作。地下安眠着远古自伏羲、轩辕黄帝到春秋战国以来，人生战场上树为历史形象的列祖列宗。地上，皇天荒地的大氛围、大寂寞，造就了黄河摇曳出的苍茫大地上永不停息的壮烈悲歌和坚韧不屈。

黄河造就了黄土地的苍凉明亮，黄土地又成全了黄河的永恒咆哮和繁衍生息的华夏文明史！

你看！遥远、神秘的苍穹之下，四顾茫茫，无边无际。莽密的荒山荒原和缺少绿意的丘陵蔓延无尽的历史皱褶。天的压抑承接于洪荒的原野。大地的沉重苍凉，却被勇往直前的巨大河流蜿蜒、摆动出无限的勃勃生机。

于是，你独自走在杳无人迹的黄河之畔，寂寞顿生，面对黄土的包围和苍天的压抑有难以言尽的心思时，一声悲壮、高亢的歌吟漫过黄河险滩，穿过荒原丘陵和塬上峁上，给你就要窒息的心境内以强烈的感动和希望。你循声望去，一个身高八尺的粗壮汉子，正手扶犁把，擦着汗水，宽厚的胸膛内尽情地发出刚才我们所听到的激昂歌声。如果穿上铠甲，他和秦坑内英武的兵马俑是不二的模样。而且他的歌声正是源自秦皇大帝时代的原汁原味。这就是西部皇天后土上永久的"交响乐"和民间正统历史的教科书——秦腔！

几千年中华民族生存和奋斗的壮观历史，却被一个如此拙朴、憨直的农民在荒凉的土地上叙述出来，虽然算不上人间奇迹，但也算是让象牙塔内才高八斗的权威们大跌眼镜的事情！

国盛归统一，凝聚出大秦，秦地生秦恨，秦恨发秦音，秦音出慷慨悲歌。祖辈维系生命延续的豪迈诗话，不是叙述个人和家族的悲苦得失，也不是为自己倾诉儿女私情。大字不识几个的山野农民，相聚和劳作时不是想着怎么样叙述个人的困苦，而是抬头张嘴之间，立刻就能将忠义诚信、精忠报国、视死如归、天下责任等正统的豪情历史演义成戏词，有板有眼地唱诵出来。

从陇原大地到塞上江南宁夏，从青藏高原到关中平原，秦腔的回音不绝于耳。你能想象这些魁梧、忠厚的西部汉子身体内所流淌的血和黄河之水一样，源远流长，充满壮士的英雄之气！作者曾经生长的故乡古洮州临潭一带的地域，至今各村寨的地名称呼，仍保持着军事建制单位的名称。如果内地称王庄、赵庄，在这里就成了王旗、赵旗、张旗、刘旗等。

内地走农贸市场叫赶集，在这里叫逢营、赶营、到营上去。因为军事中枢的大营设在那里，那里就成了政治、经济的聚集地。

内地农民崇拜的神祇不是观音就是财神龙王等，这里的农民崇拜的却是他祖先们的军事统帅和百战百胜的战将。每年农历五月初五端阳节，传统的十八位龙神上城隍大庙赛神时，粗壮的农民们抬的神像竟然是常遇春、沐英、胡大海、李文忠等历史人物。面对众家神祇，这些平日间拿惯了犁锄和锨把镢把的汉子们，竟然唱念做打，手眼身法步，步步到位。秦音秦声，有板有眼地演唱起先辈们的历史故事来。

荡气回肠，情绪激荡。碧蓝如洗的高原天空之下，发自肺腑的刚直中正之音，不需要任何现代音响扩音设备，就能在塬峁山野间传出十几里外。每当这个时候，你站在滚滚东去的黄河岸边，听着嘹亮婉转、起伏跌宕的秦腔之声，看着苍莽起伏的山潮涌荡和黄土大地的神秘律动，你就会觉得你的来自现代城市文明的一切知识和见识，都会显得那么苍白和贫乏。

"天行健，君子以自强不息！"《周易》乾卦精神的含义包容了源自黄土地和黄河文明坚忍不拔的精髓。秦腔悠扬的欢音和苦音，却把它用激昂的旋律贴切地表达出来……

八月的一天，露水在朝阳未出之先，已将秋作物和灌木山草染成了深绿和浅黄色。歇息了一夜的山雀和百灵，享受着清晨新鲜、纯净的空气。欢闹地啁鸣着，寂静的山野平添了几分生动的气息。

七十二岁的老全福，还努力挺直着腰板，穿着簇新的黑色中山服，两目炯炯有神地向九丈崖走去……

老全福是闻名百里的秦腔大唱家。

十三岁的时候，日本鬼子的飞机轰炸省城，却错把这里当成目标，在炸弹的轰炸声中，老全福的父母和哥哥全部遇难。老全福逃难流落到西安，在易俗社内的茶园当跑堂的。耳濡目染，日久生情。不知不觉地将易俗社老生泰斗刘毓中的全部唱腔和表演记了个滚瓜烂熟。捎带着还把著名大净（大花脸）田德年的戏词和腔调熟记于心。

十七岁那一年夏天的一个早上，老全福烧滚了一炉开水，乘空旷的茶园内暂时无人，想着昨夜刘毓中的压轴戏《三滴血》，喉咙痒痒地就唱了起来，唱到忘情处，动作也上来了。大约有一顿饭的工夫，他正唱得额头出汗、忘乎所以的时候，背上被人狠狠地抽打了几下。老全福定神一看，见茶园周老板凶神恶煞似的挥舞着棍子，嘴里还恶狠狠地骂着：

"我把你碎崽娃子，不好好给我干活，一大清早在这里唱戏，看把炉子烧成啥样了！"

此时满屋子的水汽烟气，一炉开水烧干了，大锅被烧了个洞。再迟一步，火将烧了茶园子。老全福立时吓了个半死。看着周老板频频打来的棍子，调转身子就跑出茶园子。在西安城流浪了几天，听着解放军逼近的炮声，加之胡宗南的队伍在到处抓丁，想想离开家乡已经五六年了，该回去看看了。仗着这几年挣的几个血汗钱还藏在身边，在朋友杨老板的帮助下，撒开步子向关山以西走去。

老全福回到家乡，正赶上村子里正月搭台子唱戏。班子里的压台老生郎师碰巧生病，几个会首和社头头急得搓手叹气，后日的亮箱戏《回荆州》的老生刘备无人替代，眼看就要砸锅出笑话，恰好老全福从西安回到家中。乡间人不知道老全福是茶园子内的茶炉苦力，还以为从西安回来的个个都是戏剧学院毕业的科班生。三个老头立刻像三顾茅庐似的请老全福出山救场。起先老全福想着为唱戏闯祸挨棍子的事摇头坚辞。最后三个老人中的本家长辈刘二爷发开了脾气，无奈之下，他答应之余提了两个条件，

一是戏场上无父子，班子内所有人无论长幼，都要听他调度。二是从现在开始，不论多苦多累，五更天起来随他练功，体罚打骂不许记仇生怒。

老人们马上全部答应。当天老全福调集庄子里演戏的全部农民，重新按正规的程式化的要求调教训练了一天一夜，第三天鸣锣开场后，老全福的老生刘备上场亮相，嗓音一出，轰动全场山野，立刻就成为方圆百里的头号"歌星"。

此间乡村从农历正月开始一直到九月，各个村镇都有庙会唱戏。老全福以刘师冠名的班子，成为四乡百里家喻户晓的秦腔班社。紧接着，解放大西北的扶风战役结束之后，解放军翻越关山，前锋部队直逼西省。这一天正是人称刘师的老全福娶亲大喜的日子。在招呼众人忙得晕头转向的时候，一位不速之客找上门来。老全福先是一怔，紧接着兴奋地想说什么的时候，被来人用眼色制止。

来人是西北野战军侦察连的杨连长，在西安时就和老全福认识。老全福逃出西安城的时候，还是他把老全福送出城外，并言日后将会到西省找他。等贺喜的乡亲们散去后，两人密谈了一会儿，头遍鸡叫的时候，老全福扔下新婚的媳妇，和化名杨老板的解放军连长匆匆消失于黎明前的黑夜。等到西省战役结束后，人们在彭德怀的部队中发现了他。老全福竟然是解放军的侦察兵。

"我们一同去新疆吧，那里的人民需要我们去解放他们！"杨连长问他。

"——新疆解放了还打不打日本人？"老全福梗着脖子，瞪大眼睛问。

杨连长扬声大笑："好我的你哩，五年前日本就被咱们打败了，现在连蒋介石都跑到台湾啦，还打什么日本？"

"那俺爹娘兄弟就白白死了？"老全福气得脸红脖子粗地质问杨连长。倔强地自语："你们不打了我打，我打不了我的儿子孙子打，我非要把小日本揍一顿，给我爹娘兄弟报仇不可！"

正好这时本家长辈老刘四爷，代表本庄和四乡八里的乡亲找部队，要老全福回乡，庄村大众离不开他。从此，老全福作为乡村农民艺术家唱了一辈子戏，儿孙们一提起此事就抱怨他：如果当初不离开部队，如今也是个离休干部，我们也是干部子弟，不会是今天的农民。

老全福不理睬儿女的埋怨，依旧种地唱戏。但对日本鬼子的仇恨仍耿耿于怀。等大儿子长到十八岁，立刻让他参军入伍。三个儿子中两个当过兵，五个孙子中有四个在部队服役。老全福的三儿子刘亮继承了老爹的艺术细胞和倔脾气。音乐学院毕业后在市歌舞团任乐队指挥。

八十年代初期，改革开放，一个日本友好访问团去敦煌千佛窟之前在省城停留，市里领导安排歌舞团晚上给外宾演出。并要求全体演职人员上台之前先向外宾鞠躬致意。到乐队指挥刘亮上台，只见他直撅撅地走上台后，直接后背对着台下，梗着脖子，面无表情地开始指挥演出。演出结束后市里领导陪外宾上台与演员握手，大指挥刘亮却早已找不着人影。事后团里领导找他谈话，刘亮倒振振有词：

"小日本鬼子不是好东西，我爷爷奶奶和叔叔都死在他们手里，我恨他们都来不及，凭什么我给他们鞠躬！"老全福听到三儿子的这一举动，大喜过望，仰天长啸：

"好啊老三！好啊爷的儿！有骨气，有忠臣良相的侠义风骨。"并为此连唱了三天的拿手戏《辕门斩子》。逢人就说儿子的壮举："什么叫骨气，不卑不亢，贫贱不能移、富贵不能屈就是骨气。见了日本人连国仇家恨都忘了，还给他们鞠什么躬？真正地——羞煞人了哇！"说到最后语句成了唱腔，连表情都成为吹胡子瞪眼的戏剧动作……

今天又是老全福家不寻常的日子，最小的孙子刘志国参军离家的时候到了，昨晚，老全福严肃地当着全家人的面对孙子说：

"娃娃呀，爷爷一辈子讲的就是个精忠报国，忠孝仁义。我们身子底下是历朝先人的坟茔，头上是老祖宗黄帝时就有的青天。喝的是黄河水，流的是黄河的血，我们从未欺负过别人，但我们不能忘记被强盗伤害过的历史。日本鬼子杀害了咱们多少的同胞啊！

"——你太爷，你太太，你的两个爷爷，还有咱死在他们屠刀下的千千万万的中国人！—— 一定替我看好国家的大门，千万要防着这些短腿的日本人，他们是狼啊！……"

阳光绚烂地照耀在清粼粼的黄河上，碧蓝如洗的天空欣慰地舒展明媚的色彩。丰收的黄土地上，山野塬峁流动着希望的绿色和丰腴。众人簇拥着一身崭新军装的刘志国走出村外，来到黄河边的大路旁，正要上车的时候，突然，从九章崖上传来苍老、高亢的秦腔之声。

只见老全福手拄拐杖，面对滔滔黄河，目光注视着赶赴部队的孙子，先唱了一段《辕门斩子》杨延景的唱腔，"贤爷休把功劳表"，满门忠烈的愤慨之情，被他宣泄得淋漓尽致。随后又是一段《赵氏孤儿》中老程婴悲苦的苦音慢板。最后唱了一段描写抗日战争苦难历史的现代戏《血泪仇》中王仁厚老汉的苦二六板，"手拖孙女两泪汪，两个孩子都没娘……"两行清泪顺着老人饱经风霜的脸颊滚落下来。

崖下河边上，眼含热泪的孙子望着九章崖上苍老、倔强的爷爷，庄重地行了第一个军礼，然后头也不回地上车而去！

悲愤、激昂的秦音腔调，顺着奔流不息的黄河水，传到很远很远的地方……

　　十四年抗战，中国老百姓遭受的苦难是黄河儿女永远牢记的《血泪仇》！是黄河奔向大海的原动力！是黄河上秦腔儿女们的最强音！

（原载《西部文学》2006年第2期）

阿爸和爸爸

李 城

乌鸦多结从亚日大庄回到了木道那。同来的还有一瘦一胖两位身材高大的陌生人。

瘦点的那人身穿藏青色氆氇藏袍，显出文质彬彬的学者模样；胖子是个裹着袈裟的喇嘛，面带笑容，一副乐观豁达的气度。看上去两人都四十五六的年纪，与阿克洛哲基本是同龄人。

亚日部落的几个牧人将他们送到寨口，就牵着马回去了。乌鸦多结帮客人提着简单的行李，领他们向寨子里走来。

在乔德尔塔前，他们停下了脚步。那座塔并没有按一般佛塔的样式修建。它通体为四边形，每向上一层就向里收缩一点，形成一级级台阶的样式。据说，标准的佛塔大致是佛像的造型：塔基是莲座，塔座是跏趺而坐的佛腿，塔身即佛身，塔顶如同佛头及佛冠。乔德尔塔并没有与之对应，它呈现出简洁明快的几何体，几乎是一座通向天空的阶梯——无论从东南西北哪一面看，都是一座宽阔坚实的阶梯，将天空和大地衔接起来。

男人们背上垫着羊皮，背着大石块从底层的门里进去，沿着里面的楼梯一层层向上攀登；而塔外每层平台上都站着几个人，将木板或装满了碎石的柳条筐用绳索吊上去。丹巴石匠已经带出了几个徒弟，他们正在将大石块的平面向外一块块码起，石块的间隙揳进石片。他们虽然不用泥土灰浆之类的黏合物，墙面却十分平整，有如刀削。

工地上的人们都注意到了乌鸦多结带来的两位不速之客。黑鼻子仙巴迎上前去，向两位客人弯了弯腰，接着对乌鸦多结说："菩萨保佑，你总算回来了。"

胖喇嘛问仙巴道："这座塔是谁设计的？好大的气派哦！"

"是阿克洛哲，嗷嘞。"仙巴回答道。他见那位颇有贵相的喇嘛称赞设计者，愈加自豪起来，就加上一句："没想到吧？木道那虽然是小地方，也有大学问家呢。"

瘦高个连忙问道："阿克洛哲闭关结束了吗？白玛姑娘在不在？"

仙巴说："阿克洛哲什么时候结束闭关，别人一般是不能过问的，嗷嘞。白玛姑娘在次仁拉康。两位先在次仁拉康休息一下吧。需要我们做什么，就尽管吩咐。"

瘦高个看上去有点激动，环顾四周感叹道："洛哲啊，你可选了个好地方。现如今，这样清静的地方已经少见了！"

乌鸦多结也得意地说："要不，我一个云游四方的僧人怎么在这儿落脚呢！"

白玛此时并不在次仁拉康。

自索南龙布老爷和巴桑说了那样难听的话以后，就很少看到她的笑脸了。而且，她好像还有意躲着我。我担心我们会因此又疏远起来，就约她一起去了吐谷浑城堡。我想找机会跟她开开玩笑：你和索白好了，不会连原来的朋友都不要了吧？

我们在城堡里里外外察看一番，没发现什么异常，银库依然是安全的。只是城堡里的气味实在难闻。越到银库的房间附近，腐尸味就越浓。门锁依然挂在门扣上，但它被撬坏了，锁簧歪在一边。打开门，地上铺着的石块全都垒在地窖口，臭味是从石块的缝里冒出来的。

我俩忍受不了那气味，急忙关上了门，挂上了锁子。

"六个人，刀吉怎么下得了手啊。"白玛说着，一脸的悲悯。

"木道那多亏有他，"我为刀吉辩护说，"只有野牦牛刀吉的名字，才能镇住诺卜、加布那样的坏蛋。"

她依然失神地望着那个房间。

"没有刀吉，木道那会有更多麻烦。"我找理由安慰说，"我刚来时不了解刀吉，其实他跟你说的一样，是个正直仗义的人。他心里的公道就是木道那人的公道，是流浪者的王法。"

她辩驳说："我知道你们议事会规定的终身监禁只是约束行动自由，并不是把那些盗贼全部处死。"

"刀吉的行为，算是对寨规的补充吧。寨规偏重于引人向善，但不足以震慑恶人。假如有一个恶人，他可能会让一百个无辜的人死于非命，那么出于对那一百个无辜者的保护，就该毫不留情地惩治那个恶人。"

"就你会说。"她瞪了我一眼，打住了话题。

我们两人将我以前住过的房间收拾了一下，等乌鸦多结一回来，他就可以住进去了。然后白玛打扫教室，我用左手在黑板上练习写字，因为我被烧伤的右臂不能举到那样的高度。

结果写出的"马牛羊"几个字都是反的，而且笔画歪斜，无法辨认。我怕白玛看见，赶紧用袖子擦掉了。重写，笔画依然歪歪扭扭，仿佛蚯蚓打架。

"白玛，"我沮丧地说，"你看，我连字都写不成了，不当和尚还能做什么呢。"

其实白玛已看见了，回过头去正抿着嘴笑呢。她放下扫帚，走上前来从我手里要过粉笔，在黑板上工工整整写下了这样几行汉字——

　　混沌初开，乾坤始奠。
　　气之轻清上浮者为天，
　　气之重浊下凝者为地。

看着她那方正端庄的汉字，我惊得合不上嘴。愣了半天我才叫道："你会写字？白玛，你会写这么漂亮的汉字，我怎么不知道啊？"

她淡然一笑说："来木道那以前，我阿爸一直教我学藏文和汉文。我背会了一本汉文启蒙书，那是他的一位汉族朋友送给他的。我还记着不少古诗呢，可惜现在都忘了。"

我高兴地说："白玛，我要向阿克洛哲建议，你也来做学校的老师！"

"一手好字！"突然一个高大的身影出现在门口，几乎遮住了室内的光线。他用洪亮的声音说："我看，白玛姑娘完全可以当老师的。"

这个人就是刚到木道那的瘦高个客人。在胖喇嘛与流浪僧人们闲聊的时候，他就让乌鸦多结领着，来这里寻找白玛。

他上上下下打量着白玛。他面容清瘦，两鬓已经灰白，但修剪得十分整洁，看得出他是一个温文尔雅的丈夫和父亲。他虽然将自己打扮成普通藏人，但给人的感觉仍是一位博学而又谦逊的汉族学者。

乌鸦多结和我拥抱了一下，然后介绍道："这位扎西先生是阿克洛哲的朋友，我在亚日大庄遇上的。他听到阿克洛哲在木道那，就非要来这里看看不可。一块儿来的还有一位有趣的印度朋友哈塔先生。"

扎西先生拍了拍我的肩膀，开玩笑说："你要招聘老师是吗？我也背诵过那本汉文启蒙书呢！"

他又拉住了白玛的手，以慈祥的眼神盯着她："姑娘，你长这么大了……真不敢相信啊。"

我想起阿克洛哲说过的话：他在拉萨学经的时候，曾经有位汉人朋友，名叫扎西。莫非就是他？那次在奥塞尔洞的时候阿克洛哲只提到了这个名字。现在我似乎感觉到，这个人的出现，可能要揭开白玛的身世之谜了。

白玛不好意思地说："扎西先生，以前我们并没有见过面啊。您是第一次来木道那吧？"

"哦，当然当然。"扎西察觉到自己的唐突，急忙松开白玛的手说，"我们是没见过面，一次也没有。你知道吗，我和阿克洛哲可是老朋友啦——当然那时，你还没有出生嘛。"

扎西先生的话果然触及到了白玛深藏心底的疑问。她掩饰着激动，试探地问道："扎西先生，我一个偏乡僻壤的姑娘，不知道该怎么和您说话。我想问一下，您和我阿爸是在什么地方认识的？您能告诉我吗？"

"是在拉萨，分手时我们都不到三十岁。一晃就是十八年啊。"

十八年前，不就是白玛出生的时间吗？

白玛急切地追问道："那么，您应该见过我的阿妈，对吗？她叫什么名字？现在在哪里呢？"

扎西先生犹豫起来，而白玛焦急地盯着他期待答案。

扎西先生红着眼圈反问道："孩子，难道，你阿爸他一点也没告诉过你吗？"

白玛摇摇头："您是他的朋友，应该知道他的脾气。您也和他一样不想告诉我实情，是吗？"

"我很想告诉你，白玛。你阿妈非常漂亮，你身上就有她的影子。她出身于拉萨一个贵族家庭……可是十八年前，我就离开那里了。"

我在次仁拉康为两位客人安排了房间。扎西先生不像他的同伴那样四处走动跟人谈笑，而是待在自己的房间里，显得面色沉静而略带忧郁。

他把我叫到客房里说："拉杰老师，这次我到藏区来有重要的事要办。我得很快赶回亚日大庄去。我希望离开木道那之前，能和阿克洛哲见上一次面。你懂我的意思吗，拉杰老师？"

我说："扎西先生，阿克洛哲闭关期间是不能打扰的。但您是他的朋友，又是远道而来，我想他会理解的。"

"那么，你是有办法让我很快见到他了？"

"先生，我当然愿意马上去通知他。"

我没有马上离开，我得抓住这个时机试探试探——作为一种交换，他或许会适当透露一些实情的。我说："扎西先生，要是您知道白玛的身世，我想您应该告诉她。这对她很重要。看得出来，您了解白玛的父母，而且您也是很关心白玛本人的。"

扎西先生微笑道："我明白，拉杰老师。从她的口中我也知道，阿克洛哲并没有告诉她这方面的任何事情。这样吧，拉杰老师，等我和阿克洛哲交换过意见，再答复你，好吗？"

我第二次进入乔木冈日雪山之腹。

阿克洛哲依然和那位一百年前坐化的喇嘛相对而坐，沐浴在神奇的光芒当中。他们面前堆放着许多经卷和手稿，就像两位学者在引经据典，进行着旷日持久的学术探讨。

我在阿克洛哲身边停住了脚。

宁静的氛围很快使我放松下来。我仿佛置身于被温暖的积雪覆盖的世界，没有了时间和空间的概念，完全与自然合一，单纯而永恒。

"你来得正好，拉杰。"阿克洛哲睁开眼睛，显得神采奕奕，"我几乎忘记了自己的存在，走出这山洞的愿望也正在减退。如果没有外力把我拉回现实，我可能也会像面前这位尊者一样，让灵魂回归自由。这种让许多喇嘛行者终其一生追求的境界，对我来说已是近在咫尺了。可是，这对我不一定合适。如果我仅仅为了自己得到解脱而修行，就会犯自私自利的罪，而佛的要求却是利己利人。你说对吗，拉杰？"

我说："阿克洛哲，我知道木道那和亚日部落的事让您无法安心在神圣的经卷里。对不起，我又是来替人传话给您，不然我是不会无缘无故打扰您的。一位自称是您朋友的扎西先生来到了木道那，他希望尽快见到您。"

"我已经知道了，拉杰。你身上也带了那位朋友不安的气息。"阿克洛哲笑着说，"你知道扎西先生来木道那是为了什么？是为了他的女儿白玛。"

虽然我早有如此的预感，但他的话还是让我吃惊。我曾经怀疑白玛不一定是阿克洛哲的女儿，但没想到她竟然是那位汉人的女儿。看来，白玛对自己身份的怀疑是有道理的，她身上确实有着汉人的血统。

"上次你打算刨根究底，现在好像没有隐瞒的必要了。"阿克洛哲说。接着，他向我讲述了当初的情况。

扎西先生在拉萨驻藏大臣官邸供职期间，噶厦政府一位负责联络工作的小官员名叫彭措南杰，经常带女儿去那里做客。那女儿名叫央珍，和现在的白玛一个模样。时间一长，年轻英俊的扎西先生便与央珍感情日深，并于一九一一年藏历新年结为夫妻。第二年，当央珍腹中的女儿快要来到人世的时候，不幸发生了壬子事变，所有在拉萨的汉人遭到驱逐。彭措南杰为了保住自己在噶厦政府中的位置，就顺应时势，断然否定了那桩婚姻的存在，迫使汉族女婿扎西先生离开央珍，随同其他汉族职员一起，自印度绕道返回内地。扎西先生并没有马上回到内地，只是暂居亚东，等待时局的变化或者寄希望于岳父的开恩。他离开拉萨不久，女儿白玛就出世了。作为扎西先生的朋友，阿克洛哲向央珍的阿爸求情，允许等待在亚东的扎西先生回到拉萨，让他们夫妻、父女团圆。彭措南杰一边审时度势，一边拖延时间，希望形势向好的方向发展。在确定了局势好转暂时无望的情况下，彭措南杰出乎意料地告发阿克洛哲为亲汉分子。亲汉分子是与汉人同样遭到驱逐的。由于彭措南杰同时逼迫央珍放弃对那混血儿的抚养，央珍就委托阿克洛哲，让他把孩子交给扎西先生。当阿克洛哲怀里揣着白玛赶到亚东时，扎西先生已经回到内地去了。

阿克洛哲说："十年前，扎西先生随同内地代表团去拉萨访问十三世达赖喇嘛——那次访问使内地和西藏陷于僵化的关系得到了缓和——他特意去找央珍，希望重续姻缘，可是央珍早已是别人的太太了。他自然也知道了女儿的下落。"

"为什么不告诉白玛这一切？"

"一旦说出真相，她就不再是我的女儿了。拉杰啊，也许你不能理解，我跟白玛十八年的父女亲情，同样是我不能割舍的世俗因缘。"

"那么，扎西先生的到来，会改变您的想法吗？"

"就看扎西先生的态度了。"阿克洛哲怅然叹道，"要是他愿意让白玛继续做我的女儿，这个秘密将永远保留下去。"

阿克洛哲回到自己的房间时，跟扎西先生久久地拥抱在一起，使旁边的哈塔先生大为感动。哈塔先生红着眼圈拍拍两人的脊背说："好啦好啦！人生聚散无常，悲中有喜喜中寓悲，何必执着于此啊！"

大家坐定以后，白玛提着茶壶脚步轻盈地走了进来，为大家倒上奶茶。她虽然脸上保持着平静，实际上却是手忙脚乱，在为扎西先生倒茶时，奶茶从碗里溢了出来。

阿克洛哲看看她说："白玛，你去告诉穆萨和麦叶，为我们的远道而来的贵客准备最好的饮食。"他又找借口支开她，"你也应该在那里帮帮他们，看着让他们把最好的手艺拿出来。"

可怜的白玛眼里立刻噙满了泪花。她不好意思地向两位客人弯了一下腰，就顺从地离开了。

阿克洛哲知道白玛已经走远，就开口问扎西先生道："你想带走她是吧？"

"我还没征求你的意见呢。"扎西先生盯着阿克洛哲的眼睛说。

"你可是她的亲爸爸啊。"阿克洛哲说出这话时虽然面带微笑、神态自若，但眼神里还是掩饰不住即将失去女儿的怅然。

扎西先生说："你把她从小抚养至今，你才是她真正的阿爸。自她来到世上，今天我才第一次见到她，有什么资格在这儿说话啊……"

这时，索白斜背着快枪大大咧咧地走了进来。

阿克洛哲指着索白喝道："谁让你把那魔鬼的铁棍子带到这儿来的？滚出去！"

索白愣了一下，耸耸肩，转身出去了。他再次进来时，背上就没有那"魔鬼的铁棍子"了。他扫了两位客人一眼，对阿克洛哲说："听说您刚从山洞里出来。我阿爸和尼玛叔叔让我向您问好呢。再过几天，我就记不住这句话了。"

阿克洛哲生气地看着他的侄儿："知道了。现在请你出去，我们在谈重要的事。"

"是吗？那确实是一件重要的事。"索白着意看了看扎西先生，还说了一句"见到您真高兴。"然后就迈着傲慢的步子，左摇右晃地出去了。

话题重新回到白玛身上。

……

夕阳西下的时候，阿克洛哲带客人去观瞻乔德尔塔。

其时塔顶上施工的人们已经撤下来，格桑卓玛和麦叶正忙活在乱哄哄的男人们中间，为他们分发饭食。

阿克洛哲带着客人专门参观乔德尔塔，使黑鼻子仙巴大受鼓舞。他兴奋地向客人炫耀："修这座塔的是著名的丹巴石匠！"他端着气说，"他的祖先在大渡河边，修过千年不倒的十三丈高碉，嗷嘞。阿克洛哲设计的乔德尔塔比那还高得多，差不多伸到云端里去……"

阿克洛哲打断仙巴的话，让他叫丹巴石匠来。

正在吃饭的丹巴石匠用手背抹着嘴巴，畏畏缩缩地来到阿克洛哲跟前。他是个矮小单薄的人，四十岁左右，胡子拉碴，一对小眼睛似乎充满着惶恐。他下意识地搓着两只手，手掌上的茧子发出干涩的声音。

"你就是丹巴石匠？"阿克洛哲问。

那人急忙点了点头。

为了缓解他的局促不安，阿克洛哲笑着说："你不会也是一个流浪汉吧？"

丹巴石匠回答说："老家在大渡河边的嘉绒。我的阿爸受到邀请修建过亚日寺院的佛殿，把我也带过来混一口饭吃。如今阿爸老了回了老家，我就接替了他。我来木道那时索南龙布老爷说了，他会付给我报酬的。"

阿克洛哲说："这不必顾虑，我们也不会亏待你。要是索南龙布老爷额外给你一些银子，你将会有双份的工钱。重要的是修建的质量，我可是从一开始就对仙巴说明了的。"

丹巴石匠避开阿克洛哲的目光："我……我知道。"

哈塔先生也饶有兴趣地问道："这种样式的佛塔，我只在西藏的江孜见过。请问石匠师傅，修这么高，在技术上有保证吗？"

丹巴石匠辩解似的说道："我们嘉绒地方的高碉外壁不分层，像刀削一样齐刷刷的。阿克洛哲设计的这种分层式石塔，稳定性应该更好。要不，阿克洛哲为什么会把它设计成这样呢？"

从丹巴石匠的神情中，阿克洛哲似乎也觉得这座塔里潜藏着什么问题。但他没有表露他的疑虑，让仙巴为每人拿来一支火把，带我们进入塔内。

里面的光线已经很暗了，感觉有点儿阴冷。仙巴高举着火把在前面引路，一边担保似的说："我监工时检查过每一块石头，不会有什么问题的，嗷嘞。"

一行人沿着楼梯曲曲折折地向上攀登。每层的情况大致相同，只是间架在逐渐缩小而已。

阿克洛哲和哈塔先生走在最后。阿克洛哲似乎无意间问哈塔先生："仅仅依照经文上记载的样式，会不会建造好一座佛塔呢？"

哈塔先生有口无心地答道："最好把它保留在经文里。如果非要建造的话，就把它建造在众生的心里，那样它就永远不会倒塌。修造佛塔之风兴起于印度，如今那里还剩下几座？也许您听说过这样的话：聚集的终将分离，建造的必遭毁坏。"

阿克洛哲沉默不语了。

我们登上了第十三层。这一层只圈了半人高的石头外墙，正好供我们居高临下，观看木道那全景。

夕阳已经收尽余晖，西边天际横陈着由红变黑的一道晚云。俯视寨子里的板屋，仿佛孩子们随意搭建的玩具一样。仙巴喘着气说："你们试试，伸出手来真能摸到云彩呢！"

危楼高百尺，手可摘星辰。莫非这真是一座危楼？我似乎觉得脚下的楼板已经摇晃起来。

扎西先生的兴趣似乎并不在此。

他一直沉默不语，现在对阿克洛哲说："洛哲，我来木道那不只是那一件事……我想请你明天跟我们一起，去一趟亚日大庄。"

"我可没有闲心跟你们游山玩水。"阿克洛哲开玩笑地说。

扎西先生却是认真的。他说："我从前年就来到西北，成立了藏民文化促进会，主要是联络藏族上层人士，向外界披露西北马家军阀土皇帝的作为，以期得到全国各界的关注。洛哲啊，也许你还不知道，由于马家军阀的投机钻营，他已经成了西部这个省的代主席，而且很快会成为主席的。如果那样，老百姓就永远处在封建制度的蹂躏之下，没有出头之日了。这次我要在亚日草原召开部落头人及知名人士参加的秘密会议，发动大家联合起来，一致抵抗马家军阀的野蛮统治，最终推翻那个从清朝延续至今的荒唐政权。我听更敦嘉措活佛说，你的话在这片草原上是很有分量的，亚日部落头人尼玛和其兄贡布都敬重你。我希望你能支持我的工作。更敦嘉措活佛的态度也很积极，是他特意推荐了你。"

"哦，是这样。听起来很有意思啊。"阿克洛哲笑道。

哈塔先生爽朗地说："阿克洛哲，那你还顾虑什么？我也是扎西先生的积极支持者。中国有句话叫'乱世出英雄'，你应该到更大的范围里显显身手嘛。"

阿克洛哲没有理会哈塔先生，对扎西先生说："听说内地有红白两个党派，一会儿握手，一会儿翻脸。不知你是哪个党派的？我们木道那人可不需要那么热闹。我只希望他们吃饱穿暖，再加上一点儿自由就足够了。"

"党派和主义并没有那么可怕，洛哲。"扎西先生笑着说，"我就是以红色党派的身份，在白色党派执政的政府里做事。我在拉萨期间的亲身感受是，藏族同胞需要内地政府真心实意的关心和爱护。可是你知道，由于地处边远，生存条件严酷，过去派到藏区的官员往往自认为是受了贬谪，去那里敷衍塞责空耗时日；而能够与藏族同胞打成一片、有责任心的官员，往往得不到信任，甚至受到猜忌。我想，通过我们这一代人的努力，应该彻底改变这种状况，挽回中央政府在藏民心目中的信誉和威望。腐败无能的封建王朝被推翻了，我作为新政府中的一员，应该为藏汉两个民族的团结协作奔走呼号。"

阿克洛哲说："扎西先生，我也记得我们在拉萨的时候，你时常会发一些牢骚，批评你的上级。如今让马家军阀又担任这个省的最高行政长官，可见这个政府并没有多少改进。现在中原一片战乱，你们有什么精力可以顾及边远藏区？就靠发动一些不怕死的牧民，拿着腰刀和抛石索，去与马胡子的正规军队作战吗？"

"你说得没错，洛哲，"扎西先生叹道，"我也知道，只有国家强大，政治开明，官员清正廉洁、秉公办事，地方才能安定，百姓才能安居乐业。可是，这一切是等不来的。它要靠我们每一个人去努力，去奋斗，去争取。我们不能在那一切条件还没有具备的时候，就眼睁睁地看着让无辜的百姓遭难吧。"

"阿克洛哲，"哈塔先生有点激动地说，"扎西先生是对的。我也准备在扎西先生召集的会议上讲讲，亚日寺院加重教民负担，没有节制地聚敛钱财，使可怜的牧民受穷而让寺院上层僧侣过着奢侈的生活，那种做法违背了释迦佛祖的初衷。你是知道的，藏传佛教尊奉的第二佛陀宗喀巴曾制定过严格的教规戒律，才使得格鲁巴教派发展壮大起来，并且兴盛不衰。阿克洛哲，你在这方面更有发言权的！"

阿克洛哲说："是，一个强壮的人是不容易被别人打败的，却常常是自己打败自己。至于我，就不必要去了吧。你们知道，木道那不过是一个流浪者的避难所，它不是一个部落。木道那没有头人，也没有寨主，除了议事会谁也代表不了大家。我不过是个自由的修行者，而且是受到亚日寺院某些人责难的人。因为我有女儿白玛，他们甚至不承认我是个喇嘛。的确，我不属于哪一座寺院，也不属于哪一个教派，甚至是不是喇嘛，我自己也搞不明白。所以，我不想因为我的参与使矛盾激化，也不想把木道那由此推向灾难的深渊。"

灰蛾和蚊虫绕着火把，因了那灿烂的诱惑，纷纷一头扎进火焰，在轻微得几乎不能听到的"刺啦"声里，将微小的身躯转换成了另外的元素。

四周的山峰黑黢黢的，仿佛愈加向我们逼近，使我们即刻陷入了黑暗的罗网之中。山脊刚硬的轮廓之上是深邃无极的夜空，大而明亮的星星一时比一时接近我们的头顶，就像真的可以伸手摘取。

　　接着，一种奇异的景象出现了。

　　不知不觉中，天空慢慢改变着颜色，直至察觉出来，头顶上已经布满了五彩的虹光，如同夕照中绚丽的彩云一样。紧接着，那虹光形成一个罩子，将乔德尔塔以及塔上的我们完全罩住。寨子以及四周的山峰都隐没于黑暗中，唯有塔顶上的我们，沐浴在柔和的光晕里。

　　哈塔先生闭上眼睛，双手合十举于额头，默默祈祷着。扎西先生显出疑惑的表情，好奇地观察着周围的情景。

　　只有阿克洛哲仰望着上空，面色平静地微笑着。

　　　　突然，一轮巨大的红日升了起来。

　　　　蛮荒的大地一片单调的褐色。

　　　　清澈的河水潺潺流淌过来。

　　　　苗壮的植物苞芽从土壤中顶了出来。

　　　　绿色迅即蓬勃起来，蓊郁成林。

　　　　巨型爬行动物漫步其间，发出声声吼叫。

　　　　光线一闪，又是混沌一片。

　　　　荒漠。雷电。暴雨。洪水。

　　　　小草又从地下冒出嫩芽……

　　　　城市的高耸建筑。地上和空中横行着钢铁怪兽。

　　　　战争。杀戮。瘟疫蔓延。

　　　　绿色又被荒漠迅速吞噬，浑浊的河水泛着泡沫。

火光。爆炸。蘑菇云。

又是寂静，又是混沌一片……

光线渐渐暗淡下来，那虚幻的景象也随即消失。由于大家手中的火把早已熄灭，黑夜马上将我们吞没了。

……

（选自长篇小说《最后的伏藏》第 22 章）

藏獒裸奔

马 旭

朋友，你可能知道青藏高原的藏獒，是世界上公认为最古老、最威猛、最高大的犬种；尤以机智灵敏、不惧暴力，对主人无限忠诚而被誉为"东方神犬"。然而，即使你是藏獒专家，你绝对不知，无论你是男是女，有多陌生，只要你赤身裸体、不慌不忙地出入帐圈帐房，多强壮凶悍的藏獒，也不会追你，拦你，咬你。其实，黑道上早有所传，特大贼盗，确依此法偷牛盗马，且走运率竟百分之百。我却因此实践而抱憾终身！

照实说，一提起那些体大如驴、吼声如狮的青藏牧獒，我这心房就禁不住怦怦地直跳。那个遥远的草原月夜，我一丝不挂地被那些东方神犬围追堵截得魂飞魄散，那恐怖，那血泪，不是几句话能说得出的……

那是二十世纪的"文化大革命"初期，我从武警部队复员，被分派到东方神犬核心产区，即青藏高原东部的玛曲县。我的单位是西科河牛场，工作是在一望无际的阿尼玛卿大雪山下开嗄斯车。

在天地苍茫的西部大草原上，那还是个"四个轮子一转，给个县长不干"的年代。加之，我年轻矫健，方向盘一握，油门一踩，几乎成为那片上万平方公里草地上的一匹黑色骏马，连县城的那些貌如格桑花的千金，也都会不失时机地对我频送秋波。

这个世上没有神仙，但的确有神仙般的日子，我就体验过。那时，我开上嘎斯车，打起口哨，在蓝天覆盖下的大草原上，忽儿奔上入云的高路，忽儿驰骋于碧波千顷的草地，好不痛快，好不潇洒。

春夏秋冬，虽互不相让，但光阴似箭。一晃又是个牧草繁茂的季节。在鲜花大朵大朵盛开的日子里，场部附近的尕玛部落里有一个牧羊姑娘，每次我到西科河边洗车时，她就如约而至。清清的水，蓝蓝的天，她赶着羊群，甩着长鞭……

她是个像雪莲花一样清秀的姑娘，似乎有雪莲般蓝洁晶莹的美。她矫健婀娜，疏眉大眼，嘴唇方正有棱。一次，在我洗车时，她就近用牧鞭抽打河面，使鞭鞘抢起的水珠不断飞溅向我。当水珠每每落溅我脸上头上时，她那双黑而大的传神的眸子，就闪着水灵灵的光，随即发出"咯咯咯"的笑声。听起来，她是那么的开心。那热情奔放的言行，充满青春的活力，使人难以无动于衷。

"你给我站住！"我大步流星地追上去，揪住她的耳朵。她竟顽皮地让我刮了她的鼻子。我穿着一套退伍的洗得发白了的军装，俨然用一副国家干部的模样，不松手地质问了一连串："老实点！叫什么名字？多大了？咋这么捣蛋？"

她回答："扎西草。已经十五岁了。看着你，就不顺眼！"那天，我发现那眼睛贼亮贼亮，却又格外的纯真，十分的灼热。

那天，我们说了许多话，扎西草还信任地告诉了我，她家里只有她和阿妈两人。她阿爸原是尕玛部落里头人的主要干将，因为在一次草山纠纷中打了胜仗后，阿妈给献了哈达，一激动他们便发生了露水之情，于是就有了她。后来，水过地皮也就干了。再后来，到中华人民共和国成立后，因为土地改革，她的阿爸跟着部落里的头人出了国，一直未回来。

我也诚实地告诉扎西草，我的名字叫完玛，老家在千山之外的卓尼县车巴沟。父亲是外地的汉族，母亲是当地的藏族，他们是国营牧场的牧工，不同的是在山大沟深的原始森林里放牧。一年前，我从部队复原后，被公家分派到西科河牛场来开车。

扎西草太调皮也太可爱了，虽只有十五岁，却在情窦初开的花季，伴随着青春的言行，已有一颗骚动的心。正是那颗早春的心，在我感情的湖里激起涟漪层层。她时不时地给我带来她阿妈自制的奶酪，还有风干的牛肉。说实话，坐在青藏高原的大草原上，看着风吹草低见牛羊的景观，吃着香甜的奶酪或者干牛肉，听着仙子般的姑娘说话或者唱山歌，简直有一种说不出的幸福感。

一次，我把自己的身体放平，舒展地躺在草坪上，惬意地读着朵朵白云在蓝天上飘动。扎西草却精挑细选地折了一大把鲜花，红着脸送给了我。我知道，当地部落的风俗习惯，如果你接受了姑娘的献花，要么你就留下来，要么你就领她走，即使天涯海角。可我总觉得她还年纪太小，还不会慎重考虑问题，或者在玩耍。事实上，我也不敢过多地想入非非。

不知不觉，我一想起那野云流浪的牧场，还有那经幡猎猎的帐圈，就牵牵挂挂。每次远出，数日不见，那心里就很难踏实。有段时间，我们连续半月未谋面，之后当我们在河边迟迟相遇时，扎西草竟用牧羊的鞭鞘用力抽我："你为啥不想我？你哑了吗？我要你说话呀，你这个冰冷的石头样的完玛！"

"你，怎么，知道……"我张口结舌，语无伦次。

扎西草抱怨着竟然扑向了我。她的圆脸蛋红扑扑的，我忍不住用粗大的手笨拙地抚摸起来。她穿着件银白色的绸缎衬衣，上面的两个扣子开着。我不经意地从领口往下看，当我看到她胸前那隆起的两朵青春花苞时，我的手颤抖了，心怦怦地直跳。我永远忘不掉那像酥油一样光滑而鲜润的肌肤；尤其是那两朵丰隆无瑕的花苞，一眼就能让人感到，佛祖是怎样把美丽造给青藏的。

我面红耳赤，心旷神怡。与此同时，扎西草似乎也觉察到了什么，她羞羞答答的脸已经发烧；且又像苞蕾初放的苏鲁花，含情似火的芬芳。我痴痴非非，那明显一高一高的胸脯，那燃烧的目光，使我猛地搂紧她，抬头朝天直喘粗气。

接着，一股芳草与鲜花搅和着牛奶的香气，从她身上散发了出来。那一刻，我被那向往已久，却又突如其来的爱情之火烧乱了方寸，烧乱了心！我手足无措，好像呼吸很困难，血管也一紧一松。仿佛理智也忽然而至，使我身不由己地松开了怀抱，放开了她。

扎西草愤怒了，狠狠地瞪了我一眼，连气带羞，头也没回地骑上她的雪青马，连抽几鞭，风响似的跑了。我痴痴地呆望……

扎西草冷静后，似乎也理解了我的迟钝——她毕竟才十五岁，我毕竟不是牧民而是国家职工，岂敢轻举妄动。于是，她阿妈拜访了一个红光满面的中年赤脚喇嘛，通过佛珠卜算，择了个吉祥的日子。

过了两天，扎西草的阿妈请来远亲近友，同时也请了那位红光满面的赤脚喇嘛，煨桑念经，茶点招待，给扎西草头上钗戴珠宝装饰。她也在那不断的歌声中，开心地投入了"戴天头"的仪式……

开唱：在金子般的帐房里

　　　首席铺上锦缎垫子

　　　请智慧老人坐上

祝福雪山永峥嵘

请伶俐的姑娘坐下方

祝福孔雀永开屏

男唱：哈达不需要长

只求洁白质纯

朋友不需要多

只求心忠意长

女唱：在洁白的碗里

有洁白的奶子

我的心诚与否

请往碗里瞧瞧

……唵嘛呢叭咪吽……

那天，扎西草家的帐圈里喜气洋洋，歌舞声、诵经声、欢呼声、嬉笑声，极为热闹。还有，煮鲜羊肉的香气和奶茶的香气，在花开遍地的牧场上悠悠飘荡。

也从那天起，我的大脑就开始有点膨胀。因为，我谙知过了"戴天头"这一仪式之后，生活在这片草原上的姑娘们，就有了选择情人的自由权。依部落风俗，少女可完全步入恋爱阶段，其间男友夜入帐房，以及生儿育女也将视为正常。

我非常明白扎西草急急举行此仪式的心事，但十五岁应是国家职工清楚禁忌的年龄啊，特别是在那要命的"文化大革命"期间。我失眠了，一连好多夜晚，通宵在床上烙饼似的翻身。

一天下午，在扎西草游牧的途中，我们不期而遇。她眼神忧伤地对我说，他们部落里那个绰号叫"野牦牛"的中年汉子，自她过了"戴天头"后，就老是虎视眈眈，垂涎恶望。那目光像刀尖，在她身上划动时，她感到很痛，也很害怕，一想起就浑身打战。

我知道野牦牛，那是个不清楚自己父亲是谁的一头野牛。据说，是解放前，她母亲给头人家里当奴隶时生下的，是个从小就不听母亲话的家伙。他长得虎背熊腰，曲发散披，脸似张飞，一身腱子肉，但四十多岁了，还没有成家。这方圆百里的草地上，不少姑娘与少妇都惨遭过他的欺侮。因他的家庭上溯三代都是贫苦的雇民，家庭成分好，根子红，大队和公社里都管不了他。

我感到一种隐隐的不安，一想起野牦牛，就义愤填膺。在一个乌云低压、空气湿漉漉的阴天里，我一口气喝了两碗青稞酒后，摩拳擦掌地找到野牦牛。见了面，我还没有开口，倒先遭到他的冷嘲热讽："既然，你不是咬狼的藏獒，那就别到我们草原上来了！"

老羊皮隔风，老实话难听。"我撕烂你的臭嘴！"我气急败坏，丧心病狂，愤怒地与野牦牛大战起来。连续几个回合后，我们都汗流浃背，气喘吁吁。虽然我是武警出身，但最终，我们彻底两败俱伤，头破血流……

从而，一种别样的战争，在我思想的草地上进行着——人最自然的感情与多年所受的教育，加上中央到地方的、那些各种制度的条条框框之间的战争。度日如年的心灵挣扎，几乎使我浑身像抽空了似的，上下没有一块硬骨头。

由是，我徘徊，我犹豫，我确实有点儿不敢正视扎西草。那种懦弱，终于激怒了扎西草。在一个雷雨洗刷过牧场的下午，我刚到河边洗车时，她骑着雪青马，似乎从成堆匍匐的白层里走来："我恨死你，没有血性的瘟男人！"随即"啪"的一声鞭响，那鞭鞘在我脸腮上抽出了一道火辣辣的血泡。那架势，她恨不得一鞭鞘削掉我的半个脑袋。

一股压抑太久而终于爆发了的爱的怒火，直接烧昏了头。我大吼一声，纵身一跃，一把将扎西草拉下马来。同时，脚下一滑，滚在了草坪上。我发疯似的吻着那长睫毛的眼睛，滚烫的脸蛋。她也不能自制，乱咬乱啃我。我们互相拥抱着，像一团火，在那雨过天晴的大草原上尽情地翻滚，翻滚……

不知过了多久，当我们停止滚动时，我们的脸与手已被硬草尖刺划得血珠点点。我们相互紧紧地抱着，高兴地笑着哭了起来。脸贴脸，血粘血，泪交流。同时，她一口一个地叫我"阿哥完玛"……而今，我想那时，我若稍有非分举动，她将成为我终生的爱侣。

一阵狂热后，我们都出奇地平静了，含着微笑跪起来，用手互相擦着眼泪，互相抚摸着划破的脸，互相刨理着对方的头发……

草原上，雨后的花儿总是格外的娇美，雪白的云悠然远去，百灵鸟不断飞鸣。扎西草在蓝天绿野的背景衬托下，显得更加灵秀，像雪莲花带雨，似格桑花滴露。那健美的风姿，那山泉般的清纯，无法不令人痴痴缠缠。我用热烈的目光盯住她，一字一顿地说："做我的爱人吧？我早晚要你嫁给我！"

一句话，扎西草容光焕发，红晕再次泛上了她的面颊。她想说什么却又什么也没说。当时，那份欲言又止的娇羞之美，至今让我念念难忘，常常相思。

稍许，她咬咬下唇，低下头小声说道："今晚你来吧，阿哥完玛！我在帐房右边睡……"

我先是一呆，再一惊。我听得似乎糊里糊涂，完全糊里糊涂；却又明明白白，彻底的明明白白。

"咋进你家帐圈，帐——房！"我热血沸腾，话不成句。

扎西草说话吞吞吐吐，却又清清楚楚地给我点明了如何进帐圈、帐篷的办法。说罢，她满面绯红地骑上她的雪青马跑了。那害羞的模样几乎是一种迷人的魅力，那种美直接扣人心弦，以致能打动、能颠倒世间任何钢铁男人。

我心花怒放，将车草草一洗，向场部开去。时值初秋，风扶草摇，野云在澎湃的碧波中荡漾，只觉得广阔的黄河长水欢唱，山遮水绕的草原似乎起舞，青藏的天地此起彼伏……

在夕阳余晖还微微亮着西边天空的傍晚，我照扎西草的指点，混入她阿妈牧归的牛群里。然后，我牵着那群牛中最雄壮的一头牦牛（牵上头牛出入帐圈，把守的牧獒不会追咬）混进了她家的帐圈里。

我静静地等着，直到满月高照，扎西草家的帐房里才熄灭了灯。

我悄悄地将那头大牦牛牵到帐房右边，拴在拉扯帐房绳子的木橛上。然后，紧张地脱尽衣服，搭在大牦牛背上，觉得一生最重大、最激动、最惊心动魄的时刻来临了。

我屏住呼吸，将扎西草指定的帐房右边底下的第 6 根小木橛子慢慢地拔出，轻轻地揭开帐房的接地下裙，赤条条地爬了进去，摸进去……

啊，就是她，就是她！我摸到了她那露出盖面的手臂。我努力克制着自己，蹑手蹑脚地钻进了她那热腾腾的羊皮缝制的被窝。我们呼吸碰着呼吸，体温摩擦着体温。她真是太美了，吃雪域牦牛奶长成的胴体，皮肤光滑得简直像婴儿似的，而那发热的青春部位好似由橡皮组成的，紧绷绷的，更是富有弹性。

我发昏了，什么都忘了，什么也顾不上了。我勇猛。我野蛮。

我像玛曲草原上的一头发了疯的大棕熊……

扎西草恐惧极了，失声惊叫。睡在帐房左边的她阿妈应声立起，连唾带骂地朝右边扑过来——虽然扎西草已过"戴天头"了，但她母女毕竟相依为命，疼心相连。扎西草惊恐的失声，肯定刺痛了她阿妈的心。"啐——啐！哪来的野种，哪来的野种……"

我惊慌失措，如一只没头的苍蝇，在帐房里乱碰了几圈，才晃出了帐房门。我慌不择路，辨不清方向；也来不及找到那头大牦牛，按来时所设计的：穿好衣鞋后，牵上那头大牦牛走出帐圈，走出牧獒守卫的防线。

我一丝不挂地跑出账房，牛群受到惊扰，一阵骚动。"汪——汪""汪——汪"吼声如狮的大藏獒同时四起……

我的天！月光下，一群如虎似豹的大藏獒在一高一低地跳跃着，朝我奔腾而来。我魂不附体，没命地奔跑。可怎能逃得过那些健跑的东方神犬呢？当我觉着大藏獒的嘴快要挨上我的光屁股时，我便本能地转身自卫，虽然两手空空。

然而，在我猛然转身，正面对峙獒群的刹时，那些凶悍的庞然大物，竟立刻驻足，不靠近我，也不吼叫，更不咬我。而是用放射着绿森森的光的眼睛看着我，似乎在解读一本神秘的天书。

我怕极了，又转身急跑。獒群又蜂拥穷追。没办法，复而又转身自卫。群獒又静立观望，仿佛我是个不可理喻的、来自外星的怪物……

我赤身裸体，光条条地就这样跑跑停停，周而复始数十次，方狼狈不堪地逃出了牧獒防卫的区域。

事后想来，那些对主人忠贞不贰，对陌生人充满敌意的凶猛藏獒，实在是对全身赤裸的人不想靠近，也不愿下口。为什么？古今中外，对此确无一考析谈论。

藏獒裸奔

獒声远去后，在月明星稀的大草原上，我呆呆地坐了半夜。当时，我虽然能辨别出我的场部的方位，可我不敢一丝不挂的光着身子返回单位。我害怕大藏獒，也害怕场部里知道后，让我在政治晚会上没完没了地立正、交代和挨批斗。那总是在要命的"文化大革命"时期，尤其对十五岁的女孩下手，轻则也会开除公职，下放劳动。

我曾经注意到离那儿不远处，有一座破坏于"文革"中的寺院。寺院里住着位睿智的黄衣老喇嘛，据说那是位德高望重的活佛。我疲惫不堪，艰难地跋涉到那座寺院，失魂落魄地叩开了黄衣老喇嘛的门。他听了我可怜的坦白，很同情地接纳了我。

进了他的僧舍后，他好心地主动用念珠给我做了卜算，然后说，我与扎西革命中没有此段姻缘。老喇嘛慈善虔诚，对我谆谆告诫。言毕，灭灯，睡觉。

当我展开身子，心绪稍微平稳时，两只脚火烧火燎的疼，并一阵紧似一阵。我痛苦地叫："阿克（叔父）阿克啊，我的脚疼得受不了！"

老喇嘛随声而起，点着灯。我扳脚一看，老天，这哪是肉长的脚！粗粗细细的苏鲁茬刺，密密麻麻地扎满脚底，有的竟有筷子头粗。我咬着牙，老喇嘛用一根缝皮袄的大钢针给我往出挑刺。那疼痛，彻骨钻心，致使我大汗淋漓……

当一些粗大的茬刺，被老喇嘛一根一根地挑出时，东方的天边启明星已高升。我的头皮又紧了，急忙穿上老喇嘛给我找的旧衣破靴，在黎明时分，像做贼的一样偷偷摸摸地窜进了场部。

我的双脚肿成了面包，双腿肿成了房屋的柱子。我发高烧，蓬头垢面，糊里糊涂，如坠无底深渊，身体也飘飘荡荡。但白天稍有清醒，趁着同舍的上班出牧，就抓紧时间继续挑脚刺；脚刺似乎挑不尽，血水也天天不干……

我病了将近一个月，脚刺也挑了二十多天。那些夜晚，我不是心惊肉跳地梦到成群的藏獒追我，就是梦见疼痛难当地挑脚刺……

我患了惊恐症，惶惶不可终日，三魂七魄悠悠。即使去百里之外的县城求医，我也没有胆量吐真情。无奈，我就去拜访那位睿智的黄衣老喇嘛。他说："阿弥陀佛，罪过罪过！只有痛改前非，方可自治自救。要得如此，不可口是心非。佛法无量，但遇缘则应，依诚方生！"

为了根治精神上与心理上的重创，我诚惶诚恐地向黄衣老喇嘛讨教。就在他真诚的指导下，我手捧哈达，在寺院的经堂地上虔诚地跪下，起咒发誓："佛祖啊，我决心面目一新，力改前非！若再找扎西草，再犯类似的风流，愿暴死于再犯之中！"

不知是精神有托，还是佛祖显灵，反正我很快好了。然而，在我赌誓吃咒病情好转后，扎西草的阿妈带话给我。据说她感慨万分："我真的不知道是司机完玛！哎呀，哎呀，多好的小伙子啊。我这老东西，真该死！我真心实意地请他再来。他再来后，我会亲手为他拴住每一条藏獒……"

半月后，见我无动于衷，老阿妈又带话来，说她从心里情愿把扎西草嫁给我。要我依照部落的婚俗，央上媒人，带上哈达和酒，到她家去，光明正大地提亲。末了，老阿妈还说，按地方风俗习惯，我与扎西草可以不履行公家手续而先结婚……

善良的阿妈，仁厚的阿妈呀，我已无话可说啊！当我一想到月下成群奔腾的大藏獒，一想到面对佛祖的誓言，我就禁不住心头颤动，不寒而栗。

终于，我与扎西草又在那洗车的河边相遇了，又在那曾经像火球一样的热烈的滚动过的草地上相遇了，那伤感十分难忘。她仿佛成了另一个女孩。她依旧亲切地叫我阿哥完玛。她哭坏了，泪流满面。我鼻子酸酸地说什么，她都听不进去。她不甘心，她求我，让我以草原上最生硬的"抢婚"方式，约上几个场部的青年，在她家帐房门口挂上条哈达，然后背着她阿妈可以领走她，她说即使我的老家卓尼县车巴沟，即使远在天边的深山老林，她也心愿终身相依，生死相伴。

那个农历秋季的九月，那个老是有飘不完的雪花的天气，使我的思想好像已经进入冬天的牧草，大片大片的板结了。

扎西草在最后一次离开我时说："你会后悔的啊……阿哥完玛！"随即，她痛不欲生地拉着马，用袖口罩着嘴，苦苦地抽泣着走了。我紧紧地咬着牙，摇着头，任泪滚流。那是一种违反天性，却又不得不恪守誓言，构成了爱的严酷与无奈。

肠子疼在肚子里，胳膊疼在袖子里。那次，我被她哭伤了，心如瓣瓣被撕碎的雪莲花，暗自滴血……

半年后，我听到了一个惊天动地的消息："扎西草牧羊时被年过大半百的野牦牛强占了，一次又一次。扎西草怀上了野牦牛的犊……"

我目瞪口呆，似五雷轰顶。我醉生梦死，在空旷的阿尼玛卿雪山坡上，狂奔疯吼。那不是观光横空连绵的座座雪峰，那是在咆哮着太压抑了的天成的人性。

我的佛祖啊，青藏的习俗与世故为什么如此无奈与难堪？！当我蓦然惊醒时，我再怎样寻死觅活，也终是一场缺憾！我深深地伤害了扎西草，也深深地伤害了自己，辛酸地毁坏了那冰清玉洁的、深入心髓、深入思想、深入精神的爱！

不久，我抱憾离开了玛曲，离开了青藏……

（原载《青年作家》2007年第1期）

冬虫夏草

马国山

背起了行囊者，出远门
翻山越岭者为光阴
挣不上钱粮者难回返
咋见父老乡亲的面

背起了干粮者，上大路
挖不到虫草者好心酸
背井离乡者受苦寒
回家不敢给爷娘说磨难

背起了药铲儿，进草原
遇上雨雪天者受煎熬
起早贪黑满山跑
想起婆娘娃娃者泪涟涟

背起了行囊者，进了山
在家靠的是亲父母

在外靠的是好兄弟

我遇上个朋友者好喜欢

左边是黄河者右边是崖

爬过险道创悬关

性命挽在了裤腿上

早晨晚夕的不得安

山高，也有狼行的路

樱桃，卖个好时节

年年盼的年年有

谁叫我是个下苦人

天没有柱子，地没有梁

世间的大路者由我者闯

不走的路哈走三遍

天下的大道者都相连

——《挖草歌》

一

春天是草客们纷赴草原挖虫草的最好时机。

西穆和他的一卡车草客们风尘仆仆地赶到大草滩庄垭口的时候，草原的天色已全黑尽，疲惫的人马住进了公路旁的麦燕旅店。

店主是人称尕新姐（新姐河湟一带对已婚穆斯林妇女的尊称，尕字，表示较小、可爱、心疼、漂亮等意）的河州女人麦燕，店里还有她的七十岁的父亲马爷和十岁的儿子尕麻乃。天刚亮，西穆和大伙立即装备行李和家当，离开麦燕旅店，向草山深处进军。

初春的草山，草色从草根绿过半截腰了，干枯草还留有一半多，一眼望去，萋萋茫茫的草原随着山势起伏，丛丛团团的苏鲁、麻秆儿像波浪涌动在浅绿色的海洋里。碧蓝碧蓝的天空，低得似乎一伸手就能触摸到白云，五颜六色的玛尼经幡迎风飘扬。

卡车行驰到一条河沿口，积雪残留，车轮打滑，烂进泥沙中了，大家用两股粗绳子分两股子拉扯，车又朝河滩的砂石地上哼哼半天，停了下来。大家观看地势和草况，西穆安排一部分人先到草山周围巡查，一部分人整理行囊、准备搭建帐房，留几人烧水备饭，西穆自己带几人直奔草山寻找贡布——

一会儿太阳冉冉升起，金灿灿的阳光散落山川和草地。他们急匆匆地跨过道道沟坎，越过草尖一路赶来，露水打湿了他们的鞋袜和裤腿，身上冒着汗涔涔的热气。到了贡布家的牧场地，看见他家的毡房和篱笆，西穆从老远就双手搭在两嘴角边上喊——

"哎，贡布、贡布主人家，你的尼当①——嘎西穆来了！——"他拉开嗓子用藏语喊。

"呀呀，来了，呀呀，就来了就来了——"随着话音一位人高马大、裹着皮袄的男子黥然从帐篷门里拥了出来，两人一见面就张开粗大的胳膊彼此紧紧抱住肩膀，笑呵呵摇晃着，拍打着对方的胸脯，"巧德茂②，贡布老哥！巧德茂，主人家！——"西穆喜悦地说，"呀，快一年没有见了，巧德茂，巧德茂——西穆！"

贡布肩膀宽厚，前额宽阔，两颗饱满的眼睛卧在高山似的鼻梁的两侧窝里，浑身散发着风蚀日晒强壮的男子汉气息。每当贡

① 藏语，好朋友。
② 藏语，您好。

布跨上枣红马，头顶一黑色毡帽，太阳下戴起黑石头墨镜，背着猎枪，系上腰刀，绑上他的冬不拉，甩缰扬鞭，打马过草原，威武得很啊！

"老哥，快一年了！"西穆激动地说，俩人彼此握住双手，拉着手进了这牧场的屋——几间半土半木搭制的房子，房前的篱笆圈里，还有几顶大帐篷。

西穆因家境贫寒，十三岁就跟几个乡亲大人们到甘南、青海以至西藏、四川的藏区跑"苍尔科"①。他能吃苦，做过货郎官、卖过馍馍、当过饭馆堂馆、挖过药材，也曾跑过长途货车，下四川走云南，学会了藏语藏话，也结交了许多藏汉朋友。有一年西穆串乡到了大草滩，恰恰被大雪将草原封了五天五夜，多少牛羊冻伤饿死，牛饿得相互把尾巴都吃掉了，十八岁的西穆受寒受饿几日，发烧昏迷在路途，遇到牧民贡布和他的父亲，将他抬回自己家的帐篷，取暖喂水，精心治病休养一月之久。临别时，贡布把自己家里和牧民群众养的二十八只大羯羊交给西穆，二十一只替贡布家卖了，七只羊是送他的麻烦钱，西穆诚受信托，洒泪惜别，后来出售了羊，归还了羊钱。从那时候西穆就成了牧民的"尼当"，与贡布成了好弟兄，尊称贡布家为"主人家"。

"我们藏民有句话，'衣服新的好，朋友旧的好'。哇！这一年里，你好吧，家里都好吧？！"

"好着，好着，家里都好着，也很牵挂你和乡亲们啊！哪怕以后我老了，生意不做了，也要常来看看你老朋友啊！哈哈——"西穆激动地说，"阿伽②好吧？没有看见他老人家。"西穆一面目

---

① 藏语，串乡。

② 藏语，父亲。

光寻找贡布父亲，贡布说老父亲这两天去寺院诵经转果拉①去了，过几天就来。贡布老婆、孩子从毡房出来，热情迎接，三个孩子围着他亲热地叫"阿爸，阿爸②"！

"谁不知道你西穆如今是大草客啊，你不做生意谁做啊？！"贡布性格豪爽，惹逗西穆笑哈哈地说。

西穆大笑起来，眼睛倒睁得更大了，眸子更亮了，寸头发硬铮铮，眉毛粗粗的，鼻头显得很饱满，有时候戴个黄褐色礼帽，天气热时只是尕平头。多年的磨难，练就了阔达风趣的性格，即使在最绝望的境地，也沉浸得若无其事，笑的时候方下巴和双肩膀也跟着抖振，声音厚重得很。

"今年来草原收虫草的散客（指零散小商贩）、大草客多得很，俗话说，我们藏民的牦牛认一个毡房，多少年认了你西穆，你一到草原，我们心里就踏实了啊！"贡布风趣地畅笑。

"那是你看得起我了，我西穆有今天，多亏了主人家您和牧民朋友们对我多年的信任和帮助啊！"

贡布老婆恭敬地半弓着腰热情地见过客人后就去打奶茶了，三个孩子嘻嘻哈哈地围着父亲和西穆坐下，西穆给他们带来了他们喜爱的水果糖、点心和锅盔馍馍，还有女人、娃娃们用的围脖、头巾、毛衣等。

完玛央金是他的大姑娘，十五岁了，活泼可爱，一对大眼睛像草原上的湖泊，清澈宁静，聪明能干。

喝过奶茶，吃了酥油和青稞炒面拌糖捏成的糌粑，品尝了新鲜酥口的酸奶，他们跃上备好的几匹骏马，贡布和央金跑在前头，西穆和几个人的马跟上他们去跑马圈地、巡山定点，尽快要找到

---

① 经筒。

② 当地对伯伯、叔叔的一种称呼。

离有虫草的草山、清泉水或者河水不远的地方，在那儿立扎草客队伍们的帐篷宿营地。

这一带早在唐宋时期，就通过马帮、驼帮进行茶马交易，千百年来河湟的民众创踏出了无数条通往藏区和西域等地的唐蕃古道！

二

以前这不起眼的小毛草在草原上和满山满洼的草根一样再普通不过了，谁把它当稀罕物儿买？八十年代初做生意的人渐渐多了起来，市场开始活泛了，这冬虫夏草像被老鹰惊醒来的兔子，身价不停地翻涨，市场火爆，交易量、消费量大增，挖虫草、贩运虫草的更加多了起来。

高寒阴湿、海拔高、空气稀薄，初来到草原者水土不服的有，有被草原烟瘴打死、洪水冲淹者，有的遭遇暴雪严寒冻死。可每当春天一到，甘肃、青海、西藏、四川甚至宁夏等地的草客们就从四路八乡乘着篷布大卡车、开着拖拉机或者转折坐着长途汽车、骑着摩托车纷纷赶往草原深处，来挖虫草、做虫草生意。这不，虫草大户——洮州的西穆带着他的挖虫草队伍，连续行车两日，昨晚赶到了大草滩垭口。

有一年，西穆和二三十个回汉虫草客、狼肚①客、金子客们，大多相互不认识，共同搭坐在一辆旧"嘎斯"车厢里进藏区，在一个有积雪的高山坡上，突然一个急转弯，连人带车翻滚到沟里，顿时人及虫草、狼肚、钞票、手表、沙金、衣物等物品撒了一坡沟，有的人和物资压在车底下，一时哭声喊声一片。

爬出的人救人、受伤的人不顾伤痛救人，牧民群众得知迅速

---

① 一种蘑菇菌。

赶到现场营救，前来营救的人、过路的人，藏、回、汉都有，人们只有一个念头就是"救人、救命"，抬车、拉人、背人、扎伤，而没有一个人哄抢物资和钱财！车上倒翻出来的炒面、酥油、现金、虫草、狼肚及被褥、锅碗瓢盆等行李都集中在另外一个帐篷里，后来人们一一认领遗失的物品，自己寻找自己撒落的财物，竟然没有拿错和缺少一件东西！

救援的人们纷纷赶来，搭好营救的帐篷，轻些的伤员送到帐篷休养，重些的伤员赶紧想方设法往附近医院急救，重危病人急需献血，西穆不顾个人刚刚受骨伤，多次抹起胳膊就让抽血。献血的还有藏族、汉族的群众，大多互相不相识，急需血液，纷纷伸出胳膊，将一袋一袋的鲜血相互输进了其他民族兄弟的血管中——

这会儿，西穆和贡布确定了挖草宿营地，草客们开始搬运行李，立马卸车扎搭帐篷，卡车上装满了行囊、锅灶、帐篷和柴火，等等，热火朝天地行动起来，一会儿就搭起了几顶帐篷，生起了炭火烧水，草原顿时升起了炊烟。

麦燕和父亲、儿子也跟随来帮助扎营，生火做饭。虫草客里有西穆的雇工，也有交进山费的搭伙散客，快到中午，几个帐篷已搭好，早饭也熟了，大伙们端着饭盒、碗、缸子在帐篷前蹲着吃饭，西穆坐在一块石头上一边吃一边给大家发话：

"今儿个我们就开始挖草了，大家挖草时注意方法，不要看见虫草了像羊羔看见奶了啥也顾不得了，心里只贪挖草，别像瞎瞎①刨土，这一个洞，那一堆土的，弄得草原到处是洞。"他清了清嗓子，站起来，拾起碗筷往洗盆里放好，一面转身向大家说："你们会挖的给新来的人教一下，不会挖的向会挖的人主动讨教，

---

① 方言，旱獭。

别把草原糟蹋了！"

贡布赶来了，商谈了挖草事宜。西穆又把谁管做饭、谁管挖草、谁管收草、谁跑市场等诸事详细安排了一遍。随后，西穆和贡布带两人骑马去乡上，还要跑跑附近的其他草客，联络一下他们收购的消息，打探其他地区今年虫草的行情。

草客们吃过饭，背上干粮、水壶、带上背包或者褡裢、手提挖铲、短把镢头立马飞扑草地寻找虫草了。

这虫草是活物儿，似有灵性的，难怪有的人即使虫草多得把眼睛遮住了，也看不见它，而有的人就能遇见成群、成片的长着虫草的草地。只要你能发现一颗虫草，就会在附近寻找发现更多的。可有的地方一大片草地上找不到一根虫草，虫草尖既小，又呈棕褐色，与枯草颜色相似，混淆在枯草中，人站立看不见。

这挖虫草，人得蹲在地上，有的人索性爬在草甸上，像羊吃草一样匍匐向前，勾头弯腰，且头要接近草地，眼睛要盯住细如牛毛的草丛寻找、分辨虫草的顶叶尖，也有的双膝跪着，为防磨损和潮湿，膝盖上绑护着橡皮或者塑料，一手持铲，一手剥草，膝盖和手掌往前窜，两只手挖、铲、挑、掏、捧都得用上，一不小心草挖断了心里懊悔得很，难怪人们说，每根草都是一步一叩头得来的啊。

一望草山，满山散落的草客们正在埋头寻草、挖草，那弯曲的脊背和牛羊弯弯的脊梁都画出了一个个弧线，他们腰腿困了酸了，立起腰杆子扭一扭，坐在布包上歇一歇，喝口水，吃块干粮，谝几句家常，漫个花儿。从远处望去，蓝天、山峰、白云、雨雪都在他们的脊梁和肩膀上穿梭、跳跃，离离原上草，男人女人的衣服、帽子和头巾之类的花花绿绿，散布在草原上，像各式各样的花朵点缀在草地之上。

因今年春暖，雨水也充足，草丛长得特别繁盛，虫草个头特别壮，有的如小孩子的小拇指一样大，挖出来举在眼前观赏，心里异样的稀罕，仿佛满山都是银子，遍地都是黄金。

他们白天挖草，晚上要赶紧将挖来的草刷净、晾干，床单上、毛毯上、桌子上都得铺上草，一根根，一把把，一堆堆，一包包，为了晾草，宁愿自己没有处睡也得把位置让给草啊。还要像操心娃娃似的要务劳保管好虫草，不然辛辛苦苦挖来的草一旦潮了、捂了、霉了就不值一分钱！虫草既要讲究鲜，又不能捂，最上等的草，肉节子（虫体）要粗壮、饱满，没有空瘪，草把子（子座）干净，没有泥沙，颜色正，干度好，才能卖上好价钱。

夜晚山里特别寂静。狼的嚎叫声细长细长，直往人的心里钻。有时狼闻见荤腥味道就凑近帐房来叼肉，半夜人睁开眼睛只见狼眼睛闪着蓝光，正瞪着人哩！

次日天朗气清，群山旷野，满目春色，草地绵绵，那草散发着草原的芬芳和真菌的醇香，加之今年挖的草好，草多，怎么不叫人心花怒放，心旷神怡！不吼两声调曲嗓子眼儿都痒。唱花儿的歌把式们①，就已经忍不住放开嗓门把河湟花儿漫扯开了——

> "一溜儿的山来者哟两溜儿山，
> 三溜儿山，脚户哥下了个四川；
> 哎哟哟呀，脚户哥下了个四川。
> 今儿个想来着哟明儿个盼，
> 心呀么牵着你，夜夜的晚夕里梦见。
> 脚踏上大路者哟心牵着你，

---

① 方言，能手。

心牵着你，喝油者也不长个肉了；

哎呦呦呀，喝油者也不长个肉了——"

三

翻过年虫草市场越来越热，需求量更大了，价格更是直线上升。大生意需要合作，需要伙伴联手。一个篱笆三个桩，草原上有句话，三个巴卡（石头）支起一个锅。

金斗就是西穆在虫草市场遇到的一位四川的大草客——他做生意大气、利落、讲义气，与西穆已经做了多年虫草买卖。当资金周转不开时，两个人经常相互周转使用资金。前半月他已与金斗电话商议好，他先多带些人马打前站安营扎寨，铺开今年虫草的战场，金斗分工跑西宁、成都、广州、深圳、拉萨等几个市场，掌握今年虫草行情后立即赶来草原会合。

中午，西穆和贡布去公路边迎接四川的朋友金斗。金斗开来了辆黑色越野旧车，像匹黑骏马奔驰而来。

金斗中等身材不显矮，精明强干不显高，大背头发黑黝黝的，无论再忙乱，他的头发总是梳理得整整齐齐，擦些头油，显得亮亮铮铮。一把金属壳打火机在他手里经常"咔叭咔叭"地响，给人点个烟另一只手还扶在打火机旁，很有礼数啊！他身穿黄棕色皮夹克，脚上是蓝墩子运动鞋，戴的深蓝色礼帽，把前额遮住挡太阳。

"大家好，大家好！巧德茂，巧德茂，扎西德勒①！"他一看见草客和牧民们站在那儿迎接他，就向大家打招呼，和大家握手，满脸灿烂笑容，掏出名牌香烟热情地递给大家。贡布和牧民们

---

① 藏语，吉祥如意。

给金斗和他的朋友们在草滩上设宴款待，献礼哈达和三碗青稞酒，按照草原敬酒规程，都要用小拇指点些酒洒在大地上，不能失礼节。

大家把金斗和他的朋友迎接进帐篷坐下倒茶，端上了酸奶、藏包子和煮好的手抓羊肉。今天为了招呼迎接金斗，特意邀请来了麦燕一家来帮助做饭。麦燕的父亲马爷平常帮女儿饭馆招呼人，闲时上山挖草，帮草客们做饭，有时候也当虫草牙子[①]。

"这俩月我跑了几个大虫草市场，今年虫草行情好得很，去年市场存货不大，今年销量大，主要是港澳、东南亚一带需求量大增，现在大城市有钱人多了，吃草的人多了，一上市场就抢货，到处的新鲜货干脆不让落地，连毛杂杂草也加工成粉和片子了——"金斗兴致勃勃地给大家解说行情。

"虫草这几年一直是上涨的趋势，广州、深圳、拉萨、西宁、河州、洮州的几个大虫草市场，虫草收购让外地大户全部吃走了，价格比我们估计的要高得多，可惜去年我们没有压下多少干货。"西穆惋惜地说。

"依我判断，今年到年底、明年春节前后虫草还大涨哩，我们可以多吃进些货，我几个南边的朋友已经将预付款打给我了，价格我们几个再商量一下啊！"金斗一面说，一面拿出笔和簿子，还有一个电子计算器。

三人商议好了今年的收购价格，准备明天分头行动，贡布负责联系附近的牧民交售，西穆负责把带来的草客组织起来尽快挖更多的草，动员其他散户草客都交售虫草，再到附近的虫草市场去联系其他虫草大户，和他们协商吃进虫草的价格和数量。金斗负责联系外地大草客和商店老板，商定销售的数量和渠道。

---

① 生意中介人。

草原上没有文书契约，只有以口为凭，以诚取信。口头说好的价格不会改变。双方相互信任了解了，交售来的虫草袋子，只在里面写个数字就成了，多少根就多少根，无需再重数。更早以前双方交易不用秤，商议用手量，均匀地抓一把确定多少根，然后就一把一把地抓。也有按把算根，按根算价的。也有牙行①。每当交易，牙子们分别与买卖双方彼此袖筒连着袖筒，把手藏掖在里面，不能让第三人看见，而后在袖筒里两个已惯用的手指头捏数目，讨价还价，评判双方价格意愿，争取成交，如生意成交了，双方按照约定俗成给牙子一些报酬，或现款、或物资。

下午，贡布和西穆专门设宴欢迎金斗的到来，也慰劳一下草客们，还邀请了其他几位商客、乡村干部和几个牙行牙子来浪山，相互沟通，了解今年的虫草行情和外界的情况。帐篷专门扎在东大坡草地，那儿的草坪好，花朵繁盛。

央金和几个牧民骑着马赶来，两匹马背上各捆着一只大羯羊，金斗给大家带来了几箱四川的老窖酒，还有带把蒂的香烟。

今天马爷帮助宰羊，拾掇羊，帐篷旁边三个巴卡支起的一口大锅已热气腾腾，火焰很旺，尕麻乃和扎西加火烧水，孩子们的玩耍声此起彼伏，人们好不热闹，挖锅卡搭锅做饭煮肉。不一会儿，草原上就飘逸着羊肉的清香味。

有个男子汉半蹲在火前双手紧捏"库母"②，"噗嗤噗嗤"开始鼓风，火星马上起来了，袅袅青烟顿时撒向田野。

麦燕带几个媳妇正在忙活着做羊肉筷子面肠、藏包子、蕨麻米饭，她戴的白帽子上面包着一块红纱巾，映红着她红彤彤的脸蛋，两只眼睛看人的时候总是不敢看对方陌生人的眼睛，只顾自

---

① 做生意中介行业。
② 藏语，一种用熟羊皮做的气囊袋，用来鼓风。

己干活，看她的背影总是在低着头忙来忙去的。

饭菜做好了，帐篷内外的草坪上，人们分两排坐在凑拼的桌椅两边，高高低低，错落有致，面前摆着水果、瓜子、洋糖、大小的茶具和酒器，人人脸上满是喜悦和期盼。一会儿肉熟了，大盆小碟里端来了大块长条的手抓羊肉，上面插着大小的刀子，开宴了，贡布、金斗、西穆让坐在上位，阿伽、马爷和几位大草客和商户老板、乡村干部依次排在主要位置上。肉煮熟了，人齐了，开宴了——

"各位县乡上的领导、各位虫草朋友、各位老板、乡亲们啊！今儿个在这儿，贡布和我欢迎大家来相聚，这位是四川的朋友金斗，我们这几年的买卖大家帮了大忙，以后还要仰仗大家多多支持和关心啊，我不会喝酒，先把这碗清茶敬给各位长辈和朋友吧——"西穆举起了手中的盖碗茶。

"喝喝喝，来来来——我和贡布、金斗先给大家敬茶敬酒啊！"大家端起了自己桌前的酒杯或者茶杯，一饮而尽。而后西穆端茶，金斗端盘，贡布倒酒，一一给每个长辈、客人、草客们敬茶敬酒。

帐篷内外，人们兴高采烈，喝酒的喝酒、吃肉的吃肉，猜拳的猜拳，弹琴的，唱歌的，好不热闹。

"我们大草滩的羊肉好吃吧！好吃，好吃，肯定好吃，哈哈哈，咋这么香，肉丝细、膻味淡，为啥好吃，你们想一想，我们的羊哇，吃的是虫草，喝的是矿泉水，听的是花儿长大大呀！连拉的羊粪蛋蛋都是六味地黄丸。"有个村干部惹逗大家说，"哈哈哈，来！我给大家敬个酒啊——"

已带几分醉意的金斗，更是侃侃而谈："世界上的虫草只有我们中国、印度、尼泊尔、不丹这几个国家有，而大部分在我们中国。"他咂了口香烟，"而中国的虫草绝大部分就在青藏高原，青海、西藏、甘南最多啊！这些地方我都跑到了啊！"他自豪地说，"世界各地，也有长得和虫草一样的草，可那不是真正的虫草，有的草有毒，吃了会害人的，唯有我们中国的虫草，无论年幼，男人女人，大人娃娃，怎么吃都成，有病治病，没有病强身健体哟——"

草客们有说藏语的，有说汉语的，彼此风趣和顺，笑声话语连连，调皮话、方言、歇后语不断，有时候说话连眼睛、眉毛、表情都用上了。

贡布酒兴勃勃，一脸红光。"这几年虫草生意这么好，多亏西穆兄弟帮助我们牧民，要不然我们也不知道虫草这样值钱！都让牛羊当草吃掉了！"

酒喝高了，有人嘴里不停地哼着"冬天是虫，夏天是草，你说这咋子怪不怪，啥蝙蝠蛾，啥虫草菌，我就搞不明白，竟然草和虫来交配。"

"谁知道是阿门①回事，反正是草和虫结交了，哈哈哈，这天下事，真稀奇——"

"净扯闲的，说正经的，今年有几个南方的大商户专收头等头的初草，给的价格最好，瓢②货不要。"

"人，听说过初女初男。草，没有听说过啥初草，难道草，也分年龄和男女？！"大伙你一句，我一言的谝弹弓③。

"哈哈哈！哟得哟得，这是各地对优选初春时候的虫草的称呼啊！也叫头草、大草和特草的——"金斗乐哈哈地给大家解释。三四月初春的虫草，真菌蝙蝠蛾虫体圆墩略大、草尖小于虫身，

———————————

① 方言，怎么。

② 方言，弱的、小的。

③ 方言，闲聊。

虫草胖嘟嘟的，这样的草最好，面气最饱，药用价值最好，一般七八百根就一斤，价格也最高，而四五月中旬的虫草是中等品，以后的草尖越来越长了，虫体变得瘦巧了，细长了，干了后就成了毛毛草，一斤三四千根，最不值钱。

原来这草原上有种大窦娥，也叫蝙蝠蛾，是它们产在草甸花草树叶上的蛋（虫卵）自然孵化成孖毛虫，那虫掉落在草地上，钻进土中，吃着花草根生长，有一种真菌会散落附在虫体上，再潜入它的体内寄生繁殖、萌发菌丝，慢慢将那虫虫侵食。当来年草原的春季来临，受到真菌侵蚀的虫体座就开始发芽，像虫子一样的草就从其头顶发出了毛茸茸的小草尖，尖上还顶出一星点肉色状亮晶晶的冠帽来，就长成虫草了。没有受到真菌感染的白毛虫到夏季，脱皮五六次后变成蛹，蜕化为各式各样的蛾，在草原上成群结队地飞舞、追逐、嬉戏，继而又开始新的交配、产卵了。

贡布的眼睛越喝越亮，睁得明起起的，白眼底上挂出缕缕红丝。金斗的脸越喝越红，眼睛像是粘了蜜似的，乐不开怀。"我酒不会喝肉会吃，歌不会唱舞会跳，今儿个酒的味道已经把我熏醉了啊，你们看我走路也摇摇晃晃的了啊，像跳舞了啊，哈哈哈——"西穆举起胳膊跳藏舞。许多人又相继起来跳舞，大家拍手叫好。

唱藏歌的，唱河湟花儿的，洮岷花儿的，连秦腔也上了，敲盆打碗当伴奏，热闹得很啊——

> "头帮的骡子者满头红
> 你看我的脚户哥稀不雄[1]

---

[1] 很厉害。

骡子上驮的是青海的盐

十八条骡子嘛走成了一串线

青丝布的系腰①者缠三转

裤腿上缠的是白肚带

精脚的片片上套麻鞋

手拿上三环鞭子把骡喊

黄河里的风浪大

脚户哥阿哥的胆子大

前不见站来，后没有店

脚底板上打满了紫血泡

头顶的日头似火炼

个个的嗓子里冒青烟

黄铜的铃铛们一路上响

出门的脚户们把家想

千里的路程（哈）何时到哩？"

四

春节前后，虫草价格果然又是暴涨，货物奇缺，连平常的毛
细草都卖到以前一二等草的价位，多少草客一夜间成为暴发户、
有钱汉了。到处的虫草交易集市人如蚂蚁多，购销两旺，交易频
繁，一时出现断货现象，有草不让落地，马上交割成功，尤其好
草价位由买家说了算。这一年啊，西穆、金斗、贡布好好地大赚
了一笔，一年挣了几年的钱！

———————————

① 腰间缠扎的麻绳。

价格飞涨，四面八方来挖虫草的队伍急剧增加，现在草山草地承包给牧民了，要进山挖草，得牧民许可，先要与主人家、牧民、乡干部协商联系好哇。贡布又联络了另外一位藏族朋友索南，他俩从牧民手中包揽了几处大山的虫草权，这样，外地草客们来了先与他们联系，商谈包山价格，也收购他们手中集中了的虫草。这样既便于挖草和虫草交易，也避免了挖虫草而引发的矛盾和纠纷。

贡布、西穆、金斗三个商议明年的生意要早行动，三月底四月初就进山了，不能滞后在其他草客的后面，虫草市场竞争越来越激烈了，进草原的时间更提前了，提前要寻山占地、圈地，挣地盘，给散户草客收购的定钱。一旦进草山的时候迟了，生意就"鹰飞过八架山了"。

八月正值草原的黄金季节，草原上浪山节开始了，又遇寺院诵经活动，草原上人头攒动。贡布、金斗、西穆虫草生意大获丰收，特别喜悦，邀请了许多草客和朋友们到草原浪山节游玩，宰羊宰牛盛情款待。这天，骄阳似火，草原上人山人海，无色彩旗和经幡高高飘扬，张灯结彩，喇叭音乐歌声轰鸣，各路参加人员，盛装藏族、回族、撒拉族、东乡族、裕固族、满族等民族服饰，饱含精神，多姿多彩。还有头戴高隼的帽子、手持长长的铜法号、身披姜黄、绛红色袈衫的阿卡①队伍，时而仰天而啸、时而低鸣洪钟，撩人心弦。瞧，万人锅庄舞开始啦，在激扬的锅庄舞音乐和歌声中，不同的方队、不同的服饰和颜色在同一音乐声里旋转、跳跃，气势恢宏。扯绳、赛马场更是热闹，呐喊声、吆喝声、喝彩声此起彼伏，到处一片欢歌笑语。

肃穆神奇的南木特②开始了，几十个手执法鞭、头戴面具、

① 僧侣。
② 藏族跳神舞。

身上插着五颜六色的旗的寺院法士，显得人高马大、威武雄壮，在盅子[①]的敲声中舞动着步伐、转圈或者翻身，那一个个怪兽夜叉面孔狰狞，跳来转去，驱鬼弄神，消灾祈福，那面容在睡梦里一直晃动、飞舞，那鼓声“咚咚”好久还在耳膜震响、萦绕。

晚上人们用拾捡来的腐树残枝材棵点燃起了熊熊大火，在篝火前人们手拉手围着圈跳着大锅庄舞，歌声、笑声响彻九霄。

满天的星辰在头顶横过，金灿灿闪烁，星海澄明，银河清晰，执手可摘。子夜，草原沉浸在夜的怀抱里，人们在欢畅中入睡，一天的兴致未尽，半晚上了，还有人在睡梦里吟唱——

“大羊离了羊群了
尕羊羔没有吃的奶了
指甲离了手指了
活剥了阿哥的心尖尖儿了……”

“大窦娥成精者上天了
癞蛤蟆成精者入土了
浑身的肉哈想干了
只剩下一口气了——”

五

又一个春天如期而至，来挖虫草和做虫草生意的队伍更多了。草客大军中，有的一家老小来了，有的开着大车、小车，骑着摩托的，驾着手扶拖拉机的，山道和公路上一时浩浩荡荡，车人攒

① 一种法器鼓乐。

动，尘土飞扬！

过几日西穆开着一辆白色的新式越野车来了。他戴着一顶黑礼帽，今年他组织的草客队伍人马有二百多人，有雇工，有按人收取包山费的，也有负责具体钱物的会计、做饭的厨子。只见四月的草山，草色从草根开始发绿到半腰，整个草原随着坡陡和阳光渐渐泛绿，阴洼的地方还是一片冬草的褐黄色，阴面的山坡坡上残雪尚未消融，在草地上留下了斑斑残雪。

挖的人越多，虫草就越稀少了，要想挖上草，就得向更远更深的草地进军。草客一面要用手轻轻在草丛中刨，刨开残雪和杂草，有时候草秆、刺尖会划破手指流血不止。

附近的草山已挖遍了，草客们也像游牧的牛羊和毡房，四处散落到还没有挖过的地方寻草。人们踩着残雪弓背弯腰散布在到处的草坡上，有的坡斜度大，脚要踩稳，腰弓着掌握平衡，一手持药铲、一手要紧抓住前面的草枝，脊背上背的干粮袋、虫草袋子、水壶、伞啥的，都得控制好，不然一不小心就会摔倒，甚至滚下山沟。

到了五月，草色已绿过了草尖，花朵渐渐开放，有的地方整个山坡开着一种花，有的草坡开满红的、黄的、蓝的各色鲜花，像个大花毯铺在山的身躯上，草山葳蕤，满含苍郁，几场春雨过后，阳光普照。

过了中午，就近歇息，草客们五六一团、八九一攒地围坐在一起吃晌午饭。

"我今儿个不顺得很，一早上，才挖了五六根草——"

"那你实话倒霉得很，拾牛粪也半天碰一泡，你咋就挖了这么几个草啊？我挖了三四十根！"

"谁知道，我一早上满天满洼地跑才挖几根根儿，不见你到处跑的，还挖了那么多。"

"就是，我也是爬在草地上老老实实一步一步走，眼睛得在地上仔细寻，哪怕一根针藏在草丛中也能看见哩，别说那么大的虫草！"

"呀，好久没有吃尕新姐的尕面片、酿皮子了，闻一下尕新姐做下的饭菜真是香破嘴。"

"恐怕尕新姐的包子香破嘴吧！啊哈哈——"说着对方立地起身追打，两个人追在满坡上飞……

六

过了几天，金斗就到了。

他开了一辆深蓝色的沙漠王，那轮胎宽宽的，气派得很，金斗一下车，从老远给大家打招呼，穿的是牛仔裤，羽绒服马甲，精神得很。

金斗这次带来了更多的收购资金，更喜人的是他给大家带来了惊人的好消息，他朋友的朋友联系好了外商，价钱出的高，有多少草，要多少，一次发大财的机会又来了。

常言道"错过南水就是冰"。买卖抓的就是个时候。

这样千载难逢的机会，哪里找！贡布、西穆、金斗商议今年要多联络附近其他草山的大草客，多收他们的草。他们分头跑牧民、跑市场、跑邮寄，他们收购和预收到的虫草比往年又多了几番，成堆、成麻袋地集中在麦燕饭馆的旅店里晾晒、装袋，眼看今年生意将大获丰收啊！

可快到六月初虫草生意收尾时，一个可怕的消息传遍了草原——虫草价格突然大跌了——人们惊愕了，多年看涨的虫草咋猛然价格塌了，不会吧，听错了吧？心里恐慌不安！三个一团，五个一堆，到处交头接耳，议论纷纷——

"听说有人把假虫草卖给人家了，南方人突然不要虫草了！"

"虫草有假的吗，虫草就是虫草，咋能够假啊？！"

"有的人往虫草里拌了沙子和面粉等杂质压秤杆儿，也有的把烂草根根冒充虫草掺杂在里面，有的用石膏水泥做成假虫草啊，有的往好草里掺杂牙签草、断草。"

"人家南方人也不是哄大的娃娃，马上就识破了假货、瓢货——"

"谁坏了我们草客们的名声，拉住那个做假的大坏怂了往死里打！"

"一个老鼠害了一锅汤！"

"也怪南方人自己没有经验。我做虫草买卖十几年了，识看虫草我总结了三句话，'观形状、看颜色、闻味道'，再看有没有空草、牙签草、断草等杂草，你们看像这袋子虫草，虫体、子座完整，颜色黄葱葱、肥大、壮实、新鲜，味道正，无杂草，干净——真的东西，就是真的，好的货色，就是好的货色。"

"人有假的吗，蚂蚁有假的吗？！造假技术再先进，也造不出一个假人和假蚂蚁来，对吗？！"

"说不上，如今的人，能得很，啥不会做，说不定哪天做出个人来呢，连卫星带人都上天了！"

"听说外国已经造出机器人了，能给人洗衣服、做饭、打扫卫生。"

"机器人再好也不能当女人陪你睡觉养娃娃吧，啊哈哈哈——"人们起哄了。

"塌了，塌了，真塌了，涨了涨了，真涨了，啊哈哈！大窦娥等等我，大窦娥跟我来——"那边有个人手舞足蹈在草地上乱跑乱喊。

"那个人咋啦！？疯疯癫癫的。"

"那个人这几天一听虫草大跌了，折钱了，羊角风①犯了，病时好时坏的，到处乱跑胡喊，一天追着大窦娥飞！"

"一个有病的人，谁带来挖草了？——"

"他的一个亲戚，说他家里困难得很，想帮助他。"

"哎，虫草生意真不好做，市场忽涨忽跌的，真把人逼疯哩！"

七

"这几天咋不见西穆和金斗老板！？"过了几日，人们疑问贡布。

"他俩去南方谈生意，金斗的朋友的朋友联系了一位外商！听说那边需求量大，价格也给的好！"贡布说，并劝解大家耐心等候，他们会归来付给大家的收购款。

不久，西穆和金斗从南方回来了！带来了特好的消息——西穆和金斗已与那位外商朋友达成协议，按照约定价格不变，大量收购他们的虫草，有多少，收多少，且预付了定钱。这么好的大商客从哪里找啊！于是草客们把自己挖的草、商客的草纷纷争先恐后都给金斗和西穆交售，附近县域的草客们听到这一消息，也远道而来，人们一时怕交不上货，托各种人情关系介绍给金斗和西穆，抢着交售大量虫草。金斗和西穆古道热肠，乐于帮助，大量收购，不断把虫草通过邮寄、托运、人送等方式统统发售给南

---

① 方言，癫痫病。

方那位朋友。

刚寄出和交售的货，对方都及时打来了款项，后面的渐渐没有及时打，询问原因，那位朋友说最近资金有点紧，正在筹措，等货收齐后一起打来。金斗和西穆说，朋友么，要相互信任和理解，生意么有顺与不顺，资金么时续时断，在买卖行道也算正常的啊！何况今年价格大跌，国内虫草基本滞销，外商这条渠道得之不易，故西穆和金斗将全部订购货物寄出了，等候逐步打款。可后来对方接电话老是讲各种理由和托辞推托，后来干脆不接电话了，再后来电话关机了，再后来打电话，对方语音提示"此用户已暂停使用！"——

西穆、金斗的头发根子也竖起来了，上千万的资金啊，多少人积累的血汗钱啊！这可怎么办？！急死人啊，慌忙连夜驱车南下追款——

好日子过得很快，难日子越等越慢，等待的日子更难熬。一直等到八月下旬，金斗和西穆回来了！而这次他们带来的消息让整个草原上的空气都陡然凝固了！

原来今年发往南方的货物大部分被金斗朋友介绍的一位外商客骗了，钱货两空，人也找不见了，如泥牛入海，满天抓鹞子，寻不见人影！别说多年苦心经营的本钱全搭进去了，还欠了草客和商户们一大屁股账！气得心肺都炸了。

虫草市场上顿时乱了，草客和牧民的心慌了——草原上到处传播着各种猜测和谣传，有的草客大呼被金斗和他的朋友串通外商骗大家——西穆、金斗听到顿时感到像天塌了！——做了多少年生意，咋遇到这样大的闪失！这咋给大家交代！——

"不好了、不好了，人们把金斗叔叔和西穆阿爸抓住捆绑了！"中午尕麻乃和扎西气喘吁吁地骑马而来，一路大喊。

马爷、麦燕赶紧放下手中的活,立马奔赴出事地点,一面让两个娃娃赶紧找贡布阿巴速来。到现场一看,果然人们把金斗和西穆的双手用粗麻绳紧紧捆绑住一起链上,生怕他们跑了。

这时贡布和央金急急忙忙骑马赶到,贡布满头大汗,一甩缰绳刨开人群站在台子上马爷的身边大声喊道:"他俩是我贡布多年的朋友,是我介绍给大家的,还不了钱,我贡布也跑不脱,你们要抓先把我贡布用绳子绑了,看,绳子我个人拿来了,你们来捆绑我吧,先把西穆和金斗放了!——"他说着从怀里的皮袄里掏出一圈粗麻绳,举在头顶上摇晃。

"他俩拿走的草中,也有我们娘仨这几年积累下的血汗钱,八斤草哇,还指望这些钱给孙子以后娶媳妇哩!"只见马爷奋力挤开人群,蹬上石台大声说,"我们河州人有句话——钱完里,人不完——金斗和西穆他俩绝不会骗大家,我老汉相信他两个确实是叫人骗了啊!"马爷把两只胳膊向空中举了举,鬓角和下巴上花白的胡须也在颤抖,"俗话说'认货不准折一半,认人不准连根烂',谁没有个闪失?!老虎也有丢盹的时候,我们大家要相信他们两个哩!"人群哗啦纷纷议论。

这时麦燕也挤到人群前头,蹬上大石头,站稳,脸上红扑扑的,几分羞怯,环顾了一下四周,说:"我多年和西穆、金斗打交道,他们两个人的为人大家都知道,他们俩是下苦过来的人,虽说这几年挣了些钱,成了大草客,可他们体谅咱们下苦人,历来生意上不欺压大家,钱上从来没有克扣过人,从来没有欠过谁的账不还——你们说对不对?!"

麦燕掠了掠自己散乱了的红纱巾,在脑后扎了扎,又说:"记得有一年虫草市场跌了,他俩的草折了,可还是按原先说好的高价格给大家付了款,亏损他俩悄悄承担上了。欠人一个针进不了天堂，我敢保证他俩绝不是那种坏良心骗大家的人——"大家欢呼着，拍手的、吆喝的都有。

"西穆和金斗绝对不是那种骗人的人，他俩常说'宁要生意倒，不要信誉倒，买卖一次做不好还可以再做，人的信誉没有了，就完了'。"贡布高声大喊，晃动着举起的胳膊，"这次虫草和款子让人骗了，他俩气愤得很，着急得很，天天饭吃不下、觉睡不着，四处联系，找人，找钱，给我说过，哪怕砸锅卖铁也要把大家的账还清——你们大家先放了他俩，这儿有我贡布在，就是他俩在！先让他俩赶紧去追那个大坏人去！——"

人们终于接受了几位的劝解和保证，放了西穆和金斗，又酒肉相待。喝了酒的金斗，十分激动，涨红脸说："都怪我啊，是我介绍的人把大家骗了，错在我啊，我对不起大家，你们不要为难了贡布和西穆。"金斗蹲在地上手拍打自己的头，手指头陷进黑亮的头发。

"生意是我俩合伙的，前面已说好长头①按股分红，亏折俩人担，有难我们同担，咋怪你一个人？！"西穆凑到金斗跟前劝解他，"我也没有疑心那个介绍的朋友，再看前几次打款也利索，就相信了，没有给你提醒，更没有阻挡你给他发货。要错，我也有错啊！"西穆痛心地说，拍着金斗的肩膀。

最后大家协商一致，因被骗损失惨重，一时半会资金困难还不了大家的款，西穆、金斗俩先给大伙打欠条，约定好最迟明年的开春来大草滩还账。

"虫草啊虫草，是人吃你，还是你吃人啊，你说个话啊——"这天傍晚，吃晚饭时，心情沉重的草客们在草地上又喝又唱，有的人酒喝高了，大骂骗子，大骂金钱，也有人带着哭声半醉半醒

① 方言，利润。

地唱喊，拿只虫草在眼前晃悠，脚底下晃晃悠悠，跌倒在草窝里。

次日吃早饭，那个羊角风病人迟迟不见，人们四处寻找，最后在河边的水池子里发现了尸体！原来那个人本来前一段听说虫草跌了，癫痫病又犯了，这几天听说虫草又叫人骗了，病又重了，一天疯疯癫癫到处乱跑，昨天傍晚一个人跑到远处河边追大窦娥，掉进水滩里淹坏了。

西穆、金斗和贡布的心情更加沉重了，知道他家里困难，带头出钱捐抬埋款①，草客们和附近的牧民群众纷纷自愿捐款，收集了三万多元哩。大家找了个拉砂石的卡车装了半车细沙，砂石中间放上"埋体"②，派四五个人护送回他家乡了。夜里，草原上有人带着酸音拉着花儿——

"走者走者走远了
人和影子不见了

送我的阿哥者出远门
多带些干粮了你再走

走者走者走远了
干粮袋袋儿空哈（下）了

想我的阿哥者
眼泪花花把心淹哈了

---

① 方言，送葬费。
② 穆斯林语为尸体。

日子苦了我们穷穷的推

只盼阿哥你早早的回

……"

八

盼望着的春天总是姗姗来迟。

第二年的这个春天，看起来和往常的没有啥两样，可在草客们心目中早已心急火燎，望眼欲穿。

刚到四月初，草原的公路上就像长龙一样排上了各式各样的车，车上大包小包的行囊，花花绿绿的男男女女，拖儿带女，都来了，道路上时不时堵车塞车。人们翘首以盼西穆和金斗快来。他俩找到那个大骗子了吧？去年欠账的草客们有的提前就来等候，饭馆里、山岗上、帐篷里人们都在议论，都在焦急等候他们。也有各种对西穆和金斗的猜测、谣传。

贡布提前几天就到了，安慰大家说，他天天和西穆、金斗手机联系着，明天西穆和金斗就到。人们的心更提到嗓子眼上了。

第二天，大路上几辆大车和几辆小车相随而来，一辆辆集聚在公路边麦燕饭馆后面的空滩上。贡布、麦燕父女、牧民和终端草客们站在路边接引车队。来了，来了，你看，你看，西穆和金斗的车，真的来了——

不一会儿，两个人戴着礼帽、黑墨镜，身上背着个沉甸甸的布包，手里还提个黑皮箱，身后还跟着两个年轻人，各自提了重重的一尼龙袋东西。一直走在人群为他们让开的队伍中间，环望着集聚眼前的众人，激动不已！

"哎——联手们，西穆、金斗今天回来了！"贡布和大伙迎接后，贡布喜悦地站到场地中间的几块大石头上给大家喊，贡布激动的脸涨得通红，"今天就把大家的款全部归还大家！"贡布随后高喊给大家。人们顿时"哗啦啦"呼喊声一片，拍手声此起彼伏。"大家安静，我们请两位朋友给大家说几句话"。金斗示意先让西穆给大家发话。

"乡亲们，弟兄们大家好哇，扎西德勒！给穆斯林乡亲说赛俩目！确实对不起大家，让你们久等了——"西穆突然感觉一股辛酸和热流涌堵到嗓子和鼻子，竟然语塞了，眼睛湿润了，高举礼帽向大家使劲挥动着，"感谢朋友们对我和金斗的信任！本来我和金斗要提前来几日，主要是现款多，县银行一次提不了那么多现金，分次提了几天，大家放心，去年欠大家的虫草款，金斗和我今儿个全部都带来了！"

人们沸腾了，"哗"的一下像水煮开了，热闹起来，"好哇！""干散！""不得了！"喊声一片，有的把帽子抛向天空，有几人拉住一个人的四肢向空中抛玩。"啊嗬嗬……啊嗬嗬……钱来了，我们的钱来了！"的呼喊和号叫，远处传来不断连续的回音……

面对打击和压力，西穆和金斗依然果断作出决定，将原先手中剩余的几十斤虫草亲自带到南方大市场出售了，又凑了亲戚朋友的钱，甚至抹下老婆的戒指、耳环，凑本钱。他俩吸取血的教训，分头组织人马了解多方市场、掌握港澳行情变化，看虫草市场有大的上涨趋势，判断后凭借自己在虫草界的声誉，筹措资金，从几家大虫草商户朋友那儿赊账优等虫草，等到虫草市场大涨时机，迅速寻找客户全部出手，现卖收款，连回轮番跑了三次生意，利润赚了翻倍，一下弥补了亏空，还有了新的本钱！

"各位朋友，各位弟兄姐妹，你们好哇！感谢大伙对我们几个人的信任——"金斗更加精神抖擞，又梳亮起了他的大背头，只见他"嚓嚓嚓"蹬上大石块，深情地环望着眼前的这些群众，沉浸了一下，猛然大声道。

金斗喉头也被什么堵塞了似的，哽咽了几下，眨了眨热泪满盈的眼睛，定了定神，继续说："我金斗在这儿给大家作揖了——今天，我们将去年欠款一分也不少付给大家！"他高举双手抱拳连作了三个毕恭毕敬的揖，"去年遇上事情，没有法子，拖欠了大家的款这么久，我们心里很是过意不去，让你们久等了。尽管骗走的款至今没有追回，可我们已报案正在追查。好在天无绝人之路，我们几个想尽办法，还是挣回来了大家的钱唯——"强忍的热泪终于夺出眼眶，金斗从裤袋里掏出手绢揉了一下眼睛——四周群众不约而同地拍掌喝彩。

"今年，我们汲取经验教训，不再先把货寄出去，那样风险太大，而要一手交货、一手付款。我们带来了会计和出纳，只希望大家今年照样把自己挖的、和自己收的草继续交给我们，我们今年继续保证不欠大家一分钱，也就是说，今年的收购，一手交货，一手付款！"金斗把手举得更高，在空中画了个圆。话音刚落，人群再一次沸腾了！

贡布让大家静下来说道："大家把欠条准备好，都排成队在这个大场地里等着，先让西穆、金斗和这次来的朋友们喝个茶、歇息一下，随后就按次序给大家付钱，不要急，等会儿由我、阿爷、央金、麻乃分领四个队，到西穆和金斗带来的两个会计跟前领款。"

一会儿，抬着西穆和金斗带给牧民群众的酥油、炒面、羊肉等慰问品分发给大家，随后和贡布商议今年草客队伍扎营和收草的事宜。来挖虫草的人越来越多了，据说今年来高原挖采虫草的人竟然有十多万！呱呱，难怪人们说，人比虫草多！

九

　　草原的气候忽冷忽热，说变就变。今年春雨不足，干燥得很，草生长得不太好，虫草产量不高，原先的地方找一根虫草已经很难，加之近年来各路来的草客很多，都抢先占地，挖草的队伍越来越多，扎起的帐篷像雨后的蘑菇，一绺绺、一排排缀满了山沟和草坪。他们决定将草客队伍安置在离北山较近的地方，那儿山高、沟深、坡陡，这么多年还没有人去。

　　贡布和索南联合承包了邻县几座大山的虫草。贡布头上扎着青布缠巾，腰里系着一条蓝色腰带，挎着银把腰刀，脖子上戴着几颗大蜜蜡、珊瑚珠子，他的联手南杰左耳洞很大，戴着银饰耳环，上面缀着珊瑚松石，脖子口凸露着一颗老玛瑙天珠，黑油润泽。

　　草客们已在附近的草山挖半月了，近处的草挖完了，这天要换地方了，草客们分散挖草，到处换地方，寻找人烟稀少的地方和很少人去的地方。这天一早，天气阴沉，冷风飕飕。贡布、西穆告诫大家，别走得太远，计算好时间，天黑前一定要赶回帐篷，不然迷失了路，麻烦就大了！再说草原的天气是娃娃的脸，说变就变，遇见刮风下雨、下雪，得赶紧往回跑。

　　过了中午，气温陡然下降，冻得人浑身打战，不一会儿工夫就下起漫天大雪，夹杂狂风侵袭，顿时整个草原飞雪席卷，白花花的大雪，像扯出千万条迷迷茫茫的线，把眼睛扰乱了，已分辨不清啥是天啥是地。那紧急的朵朵雪团，从空中砸下打得眼皮子疼，眼睛睁不开了，不停地擦，雪花把眉毛和眼睫毛粘住了，看不到前面的路，顷刻间从天而来的白色绳索，封锁了茫茫草原。

草山上没有挡风的墙，那雪像从天空倒砸下来似的，一会儿整个草原成了白茫茫的世界。暴风雪中贡布和几个牧民骑马而来，西穆和金斗赶紧和他相见，急忙打手机联系散落各山谷的草客们赶紧返回营地，可进了深山，加之风雪交加，信号也微弱了，联系不上，急得团团转。有的人还没有手机，有的人进草山几天电池没有电了。三人商议立即组织人马分头通知人、寻找人，让他们赶快回营地毡房，不能丢失一个人。同时营救转移人马立即到大草滩垭口麦燕饭馆集中，在那里扎营集中，不然大雪封住路，上百人几天几夜水和吃的都要断了！

马爷、阿伽、麦燕、央金、麻乃都踏着大雪，纷纷赶来了，又带十几个牧民、草客分头紧急四处去寻找其余草客们。

两个小时过了，贡布、西穆、金斗骑马陆续带着找回的草客，来回不停地营救人。马爷、麦燕、央金、麻乃、扎西骑马往返救回了好多人，一时个个成了雪人，摔倒爬起来又跑。麦燕头上被砕了个疙瘩，头上包了毛巾，仍然跑来跑去接应人。大家忙来忙去，不停地找人、转移人，用马和马车拉人、拉货物。下午，大部分人马和物资都集中到麦燕饭馆和饭馆前的几十顶大帐篷里了。赶紧清点人数，还缺七个人！去哪儿挖草了？！有人说，看见早上有几个人去了阴山那面了！

阴山山高，路远，寒冷，平常人们不敢去。

"啊，阴山？！阿斯坦[1]，那儿山最高，坡陡，沟深，狼和鹄叉[2]多，是天葬台、死人湾啊，他们不要命了吗？"贡布气冲冲地训斥！呀呀，人们议论纷纷——这些人为了挖到草，死人湾、天葬台附近也敢去，就不怕鹄叉把眼睛窝子掏了去？！嘿嘿，人

---

[1]　藏语，失望、遗憾。
[2]　方言，秃鹫。

的胆子叫钱野大了，别说害怕鹞叉，就连鹞叉的眼睛珠子都恨不得挖着去卖！如果雪继续这样下，气温肯定持续降，大雪封住山，他们肯定走不出草地，更找不回原地啊！这可要出人命，别说冻死，就是饿狼也不放过袭击。

贡布、西穆、金斗立马决定一面赶紧派人与乡干部、寺院联系争取营救，一面三人骑马直奔阴山。

饭馆和旅店、帐篷前面，马爷和麦燕招喊大家，生火的生火，烧水的烧水，做饭的做饭，熬生姜红糖汤给冻伤的人，取暖救治。熬葱胡子生姜汤让大家喝暖暖身子骨。垭口的许多群众也赶来帮助，有的赶紧倒水吃药，有的叫村医打针输液，大家忙作一团。老阿伽和几个阿卡煨起了桑，袅袅青烟升起，散发出薄薄的缕缕松香的味道，祈福避灾，也让雪地迷失方向的人朝有人烟的地方行走。

十

暴风雪越来越急，贡布、西穆和金斗骑马直奔阴山，解救人马。终于找到了那七个走失的人！可十个人三匹马咋骑？！在暴风雪交加之中，贡布、西穆、金斗三人相互推让带人马返回，可谁也不去！最后还是把马让给了那七个人骑上迅速往大草滩垭口奔去，而他们三人徒步准备翻过山抄小路冲出雪地。

风雪把他们三个人一次次袭倒，一股强劲的风把他们刮到沟里了，三个人用腰带、裤带连在一起，再用手相互扯拉，奋力爬出坡顶，不能在深沟让大雪把他们淹没了。爬上沟后，行走了不久，眼看天色将晚，天黑后无法走出草地，贡布凭老经验立即寻找就近的低灌树棵，找到左前方的平坡上有几丛沙棘、杂草丛，赶紧带西穆和金斗一步步挪过去，贡布脱下自己的外罩皮袄，皮袄的一只袖筒向上挂在树枝丫上露了个口，成了透气的管道，树上挂着金斗的橘黄围脖当标志，用脚手刨挖开树根下的厚雪，直到露出草丛地表，因地气是热的，三个人屁股坐在草地上，接上地气，将皮袄盖在身上，三个人抱团窝在皮袄里面，皮袄外面就让大雪厚厚盖上，这样下有地气，外面有雪覆盖保温，就可以积蓄热量和气力。但还要远离山顶和陡斜坡地带，防止雪崩。更要警防恶狼袭击，大雪天，狼已断粮，会饿得奋不顾身……

大草滩垭口的集中地，只有贡布、西穆、金斗三人还没有来到，其他人马都到齐了。人们焦急地等待着，盼望着。老阿伽一手疾紧地摇动着手里的玛尼，口中诵经，一手掐念珠，饱经风霜的目光举望着白雪覆盖的草原、远山。有的藏族妇女和老人叩头祈求保佑，汉族妇女烧香十指合掌祈盼平安，穆斯林群众张开双手抬在胸前祈祷护佑人们，远离灾难……一直等到次日凌晨草原最冷时还没有见他们三个人的踪迹——气温持续下降，大雪依旧下个不停，喊声、哭声、祈祷声混杂着，人们彻夜难眠，急盼雪停和天亮。

第二天一早解救的人们朝阴山奔去，可雪深路滑，人们步履艰难，只有步步向前，却没有在阴山上找见他们，原来他们送走七人后，抄另路寻找捷径，他们又遇上赶羊的牧民帮助将羊群赶上队，可风刮得厉害，天快要黑了，他们改变方向寻找林棵，路走得偏远了。一直到中午当人们发现林棵里挂在树上的围脖，才找到了他们，人们赶紧用手刨开积压在他们身上的厚厚雪块，只见——贡布用自己的大皮袄把两个人裹进自己的怀里，自己的头和身子大部分在外，加之他脱下皮袄护着西穆和金斗，自己在最外层，三个人像雕塑般矗立在雪地里，奄奄一息。人们哭喊着他们的名字，不见他们的回声，赶紧用三副担架分别抬上三人，一步一步艰难地从雪地抬到麦燕饭馆集中营地的帐篷来，雪地上划出几道深深的痕迹。

十一

冻僵冻麻了的人，千万不能用热水洗，更不能用火烤，得先用冰雪花擦、往热里慢慢托。仔细看了冻着的三人，人们想起了用热牛血营救冻人的最传统老办法！急忙牵来一头牦牛，这是一头大牦牛，形体高大、强壮，十几个人才将它拉牵到帐篷前的场地里，那熊熊大牛，粗壮的两只大牛角，弯曲盘踞在头顶，两只尕碗大的眼睛撕裂张望，明亮的黑眸子好似两道手电筒射照人们，众人用四五只木杠、粗牛毛绳子捆紧了四只凶猛的蹄子，再用压杆绞了几圈挨地放倒压着，十几个强壮的汉子使尽浑身力气才摁住了力量十足的牦牛！那牛喘着粗壮的气，喷着四周的人，两只大眼睛瞪着人们和天空！

"马爷、马爷赶紧来宰牛！"人们急切地呼喊着马爷，只见他匆匆握刀而来，就在举刀宰牛的那一刻，马爷的手颤抖了，刀子在手中不听使唤，大拇指摸了摸刀刃，那刀刃锋利得吹口头发也能斩断哩，而马爷却迟迟不下刀！马爷一生也没有遇到过这样为难的事情！

停顿了一会儿，只见马爷蹭蹭两步走到牛前，挽起裤腿和胳膊，几个帮助的人用力按住牛头、扳住脖子，用一块毛巾盖住牛的眼睛，左手抚摸着牛的脖子，摸索抓紧到牛的喉咙，马爷右手捏紧刀柄，口诵祷词——

"哗啦、哧，哗啦、哧"牦牛的血顿时奔涌，热血一盆盆一碗碗在人们手中传递，随后是双手捧上热血往三个男人的身上涂擦，殷红红、鲜花花的牛血，在白花花雪的大地上，染红了人们一双双的手和受冻人的躯体，在飞雪和白色的刺激下，人们的眼睛也好似被血染红了，一闭上眼睛，像整个世界都是红色的，雪是红的，山是红的，牛是红的，人是红的——

牛不停地喘出热腾腾的气息、不断地咀嚼着舌头，反刍般的吞咽，鼻子在地上蹭磨、整个头颅不停地沉沉上下勾动，身上时不时战栗着。割开的血管不停地热血涌流，喷出团团热气，人们不停地用大盆小盆盛满鲜血去救人。

一直到最后，牛的喘气声没有了，四蹄松软，眼睛的光泽变得柔和无力——牛的气息已停了！

人们赶紧在牛腹部划出个口子，把赤条条身子的金斗和西穆像装口袋子一样装了进去，牛肚子上露出两个男人的头颅。把刚刚掏出胸腔的热气腾腾的牛粪肚子，贴敷在贡布精光的躯体上，一会儿把他的双脚泡在肚子里，又把双手敷进里面。用这种草原流传的救治冻伤的方法，效果好，也不至于以后烙下冻伤病根。

时间和死神赛跑，人们急切地等待着奇迹的出现！不一会儿，三个男人的脸上渐渐红泛起来，慢慢活动开身子了，气也喘开了……人们欢喜着、跳跃着、感激着……这时，那牛好似知道自己的使命已经完成，安详地仰天举望着天空和远处草山的巅峰，那眼睛好似湿润着，泛着深邃的青光……最后它的眼角里竟然渗出一滴豆子大的水珠，不知道是眼泪还是水滴。当马爷看见了渗出牛眼角的那滴泪珠，自己的鼻子喉咙里一股热气伴着酸楚的泪也涌了出来，转过身向西举起双手敬畏地做"嘟哇"（祈祷），泪花已沾满了苍老的双颊和花白的胡须——

十二

"原来男人们衣服脱光了，身子啥都一样！"尕麻乃刺溜跑出毡房，随口甩出这一句话。这句话没有落地就引得人们顿时爆笑，雪灾之后人们还没有听到这样逗笑的话，草原上又响起了欢笑声。原来尕麻乃和扎西刚才一直跑来跑去地帮大人们干活，剪开、割开、脱下三个男人身上的衣裤，他们精光的裸体一览无余的啥都见了！

尕麻乃这话让正在帐篷外面烧水做饭的麦燕和妇女们也听见了，也引起一阵嬉笑。麦燕的脸顿时火辣辣的，看见尕麻乃刚跑出帐篷，"啪"的一声一个巴掌打在他的嘴巴上"谁让你多嘴！"尕麻乃一吐舌头捂着嘴巴缩头一溜烟儿跑了。众人更是爆笑，麦燕的脸红红的，羞得抬起洗碗盆跑到另一边去洗了。

雪片把天空擦洗得更清澈无比，空旷的山，寂静的云，黄昏时分，西边的晚霞把天空映红了。那红也像牛脖子里艳红的血，把人们的脸膛也映红了——紧张了几个钟头，人们忙碌中焦急地等候，盼望冻坏的三个人早些好转——唯有这个时候感到偌大的草原显得空荡荡的，人心里空荡荡的，人们依然沉浸在突然降临的灾难中，早已忘记了啥叫虫草，啥是金钱！

贡布先醒了过来，他眨眨眼睛，赶紧问西穆和金斗咋样了，大家咋样了，有没有人员丢失和伤亡。又过了一个时辰西穆醒来了，睁大眼睛赶紧问贡布和金斗，问牧民和草客的情况，猛然看见站立身旁的贡布，相互抓住手，西穆豆大的眼泪打在了手上，贡布也淌着眼泪，慢慢扶起西穆，俩人赶紧走过去围在躺着的金斗身边，用手抚摸他的头额和手掌，喊着他的名字……一会儿金斗渐渐苏醒了，大家无比喜悦，金斗举目环视，看见围在自己身旁的贡布、西穆、草客和牧民们，眼泪从眼角溢透而出，三个男人的手掌紧紧攥在一起，相互观望着，嘿嘿地笑！

麦燕不停地给他们端来姜汤红糖水，等他们喝了些面饭和肉汤，陆续转移到旅馆热炕上休养。麦燕压箱子的大红被子也拿出来盖在他们身上，儿子麻乃说，那被子是他母亲当新娘子时候的唯一嫁妆，一直压箱底舍不得用。

大雪堵住了四面八方的道路，外面人进不来，草原上人出不去。几天后推土机推开道路，乡政府、县政府的救援队也赶来了，草客们、救援队食物、药品、帐篷、草料等都到了，医护人员给冻伤人员输液打点滴。

原来这场雪是西伯利亚寒流袭击来的，是几十年不遇的大雪灾啊，贡布和牧民们说一辈子还没有见过这么厉害的暴雪啊。因营救及时没有造成人员死亡和失踪，有几十人冻伤，上百头牛羊冻亡。

太阳把草原和道路上的积雪渐渐晒消，草原渐渐露出了它的面目，远处依然是一片银白覆盖，草地上已经残雪斑斑，露出了团团绿色的大地。雪消了，路开了，草客们大都恢复好了身体，要各回各家了。

金斗走了，回四川了。

西穆走了，回洮州了。

贡布和牧民们依依送别。望着远去的背影，麦燕、央金等妇女们站在山头挥手相送，深情地举望着——麦燕的脸膛更红彤了，不知道是风雪吹红的，还是天边的彩霞染红的——

正在消融的白雪在太阳光下熠熠生辉，朵朵白云宛如圣洁的莲花，浮游在空中和头顶，天空显得深远而苍郁，一只孤鹰在高空中翱翔，茫茫的绿草，苍苍萋萋，雪灾之后，那纯净的天穹好似把人的五脏六腑都洗净一空。

这时，马爷在饭馆的土炕拜毡上做饷礼，跪坐静念，他两眼浸含泪花，仿佛看见了无数花朵在空中飞舞，天穹之下，那些和蔼可亲、纯朴欢欣的笑脸在草滩上嬉游、唱歌——

山岗上，老阿伽手里摇着玛尼、裹着深深的皮袄，眼睛眯着的一道眼线里，一手掐着数珠，一手轻摇着玛尼，他透着深邃、润泽的目光，遥望着草山、牧场、牛羊和圣洁的云朵，仿佛看见寺院里昼夜旋转的经筒、流动的风、飘动着的幡旗、溪水打转的经轮、旋转的日月和那生生不息的满天星辰——苍穹之下，茫茫青藏高原，崎岖的山峰，蜿蜒道路，大道上仿佛看见穿行着草客们的车队和他们的身影——

　　五更里梦见的好睡梦

　　不见的人（哈）见了

　　猛地惊醒么不见了你

　　活剥了阿哥的心肠了

　　吼三声"花儿"者烂痛心

　　叫一声知心的花儿者开门来

　　受苦的脚户阿哥（哈）到临了

　　赶紧进门者牵马来——

北疆之恋

张润德

一

天山上的雪，终年银白。清清的积雪融水源源不绝，汇积成曲肠般的博乐河。农历五月中旬，棉花正待挂蕾，条田里泛着喜人的绿浪。疯长的苇子，拥抱着一片片波光粼粼的鱼塘，惬意地晒着火一般的太阳。

早晨起来，雾绕着的便是天山。到姑姑家一个礼拜了，大表哥整天待在枸杞地里侍弄枸杞。表妹杜梅一天一个样，穿着裙子蝴蝶一样飞来飞去。她答应暑假里带我去钓鱼，我盼望赶早放假。终于，杜梅像小燕子一样飞回来了。可是，那讨厌的枸杞也熟了。钓鱼，去你的吧！

为了方便，我们干脆都住在临时收拾的土棚子里。表妹做饭，我当监工，大表哥过秤。来打工的人很多，渐渐地，棚子里就显得异常拥挤了，打地铺都没一块地方，我和表妹只得回家住。很早我们就起来吃饭，面糊糊加馒头，就着一盆菜。当我站在地头的时候，打工的人三三两两地来了，我逐个给他们排行子，嘱咐尽量摘干净些。四川姑娘小巧玲珑，但精明且吃苦。她们为了多挣钱，一天到晚就啃几口馒头，从不买雪糕吃。偶尔会有人将枸杞叶子连同枸杞捋进筐里，因为人多，我盯不过来，只好扯着嗓子喊："哎！不要往筐里捋叶子，摘干净点！"烈日当空，人们汗流如注，净往绿荫里蹭，谁愿意听你的聒噪。

转眼十来天过去了，头遍枸杞在浸过碱面水的基础上，懒懒地躺在枸杞帘子上，待干上市。我的脑袋也被那杂乱的人影和天南海北的乡音所搅昏，做梦常常在枸杞丛中穿梭。那一棵棵挂满枸杞的树上，闪烁着打工人的汗水，跳跃着他们金黄的希望。

摘完头遍枸杞，休息了一天。第二天一大早，表妹邀我去她朋友家的鱼池去钓鱼。我们骑着自行车，一路上，尘土在我们身后飞扬。到了，先看见如墙的芦苇，鱼棚，碧波荡漾的鱼池就在眼前。我们放好自行车，掀开鱼棚门上的竹帘，弯腰钻了进去。里面很简陋，巴掌大的床铺边，陈旧的小木柜上，搁着一碗、一壶。苇墙上，挂着一袋散发着浓浓烟味的莫合烟。表妹拿起水壶，自顾倒了一碗，一饮而尽。

"走，咱们去钓鱼！"表妹撇下碗，回头甩给我一句话，便自己钻出鱼棚，我也只好忍着口渴跟出去。

这时，远处传来狗叫声。

"准是她来了，隐蔽！"表妹说着，迅速拿起立在鱼棚门口的钓鱼竿，猫着腰钻进了茂密的芦苇中，我尾随其后，钻了进去。一阵慌乱，惊飞了几只水鸟。一丈多长的苇子，淹没了我们。我们藏在芦苇里，像电影中被追缉的逃犯，屏声凝息。

"表哥你真乖！"表妹一把摘掉我的太阳帽，用嘲弄的口吻说。

"你，捣蛋！"我压着嗓子，瞪了她一眼。

"不，我捣鬼！"她朝我做了个鬼脸。

"住嘴！"我不想跟她闹。

狗叫声越来越近，我一时着急，一把捂住了她的嘴。这下可糟了，她一把将我推开，扯着嗓子喊："救人，救人啊！"声音里充满欢欣，哪像在求救。"哗啦啦"一阵响，一只黑狗从芦苇缝里蹿了出来，吐着血红的舌头。我被吓得汗毛直竖，只见表妹大喝一声："驼铃，乖！"那狗瞬间收敛了凶相，嗅了嗅表妹的脚，在她身边摇尾转圈。我惊魂未定，一个甜甜的声音忽然传入耳膜——

"杜梅，你们在哪儿？"

"在这儿，我的小青青，哈哈哈……"表妹笑弯了腰。

芦苇丛中，一位身材高挑、留着齐耳短发的姑娘朝我们走来。

"这是你老乡，我的二表哥。"表妹快人快语。

"哦，原来是杜梅的表哥，欢迎你！"这姑娘大方中略显羞涩。

"谢谢。"我用生硬的普通话客套。

我们来到鱼池边。

"杜梅，你真会开玩笑！"我禁不住嗔怪表妹。

"没事儿，玩儿就玩儿点刺激的，那才终身难忘嘛！"表妹落拓不羁地拍了拍我的肩膀。

站在旁边的那位姑娘，看着我被表妹戏弄的窘迫样，只是轻轻抿嘴微笑着。

"你芳名是……"

"我叫师青玉，祖居秦安。"她打断我的问话，便自我介绍，并投来询问的一瞥。

"我叫白杨，甘南人，是来新疆看望姑姑的。"我心领神会，拐着普通话，"很高兴认识你！"

"哦，我听杜梅说起过你，还是个才子。"她俊俏的脸上透出一丝钦佩。

"呵呵，才子？名落孙山的'才子'！"我掩不住内心的自卑，调侃道。

表妹见我俩聊得投机，插不上话，怄气地将鱼钩甩到池中，一屁股坐在草地上，嘟着嘴漫不经心地钓鱼。

师青玉告诉我，她去年高考落榜后，一直很失落，也没有去复读，现在帮家里料理鱼池。今天，就是她约杜梅到她家的鱼池来钓鱼的。

"来呀！快来钓鱼呀！"表妹的喊叫打断了我们的话题。

池子里鱼儿很多，不一会儿，我们就有了许多收获。师青玉把钓到的小鱼捡出来，丢到鱼池里，鱼池里顿时荡起一圈圈的涟漪。

烈日下的大地像蒸笼，空气中充满燥人的热气，黑狗吐着红红的舌头。我们坐在鱼棚里，凉水喝下去，汗就流出来。师青玉拿出啤酒，一人一瓶，满屋飘着和煦的醉意。阳光一点一点，正向着中午的热点推进。热，把我们赶出鱼棚。青玉提议去划船，我感到很兴奋。她领着我们向戈壁滩走去，地面上碱很大，走在上面咯吱咯吱地响。戈壁滩上，除了簇簇红柳，就是矮矮的骆驼刺。终于，在稀疏的梧桐林边，我们看到了一个波澜不惊的湖。一条渔船靠在湖边，渔网架与湖面呈水平相对。几只野鸭在水面闲游，听到人声，扑棱着翅膀没入湖面，芦苇挡住了视线。青玉利索地解开缆绳，跳上小船，竹竿往地上用力一撑，小船载着我们缓缓向湖心划去，湖面上波光粼粼。

青玉划着船，我感觉有点飘，恍若走进了多姿多彩的画卷。蓝天、白云、苇子，清晰地倒映在水中。鱼儿有时跃出波光粼粼的湖面，有时漫游于我们能及的视线里，使我也想变成一条小鲫鱼，快快活活、自由自在地徜徉在清澈的湖水中。

"你们那儿有鱼池吗？"表妹用手撩拨着水面，扭头问我。

"有，但出鱼少。"

"你们那里最大的河是什么河？"

"黄河。"

"不对，听我妈说，好像是洮河。"表妹思索了一下。

"黄河是妈妈，洮河是女儿。"看着表妹很认真的样子，我辩解道。

"是吗，那叫我杜洮好了。"

我们一齐大笑起来。表妹索性将湖水胡乱往我们身上撩，我们不是木头，有了反应便还击。顿时，水声、笑声、喊叫声，响成一片，打破了芦苇荡的寂静，给荒僻的戈壁滩平添了几分活力。

表妹和青玉已脱掉外衣，青春的美显露无遗。她们想去游泳，示意我跟上。顺一条小径走去，远远地便望见一条河，河岸上芦苇密布。我扒开苇子一看，嗬！她们已如鱼得水了，只露着头向我招呼，她们向上游游去。还好，从小在洮河边长大，水性也略识一二。

一下水，河水直将我向水面上托，突然，我想到，死海不死的传说。我向下游漂流而去，河水很缓，裹着午后的余温，使人万分舒服。游了一段路程，我便慢慢往回游。河面不甚宽阔，但水深难测，这大概与土质不耐冲刷有关。游着游着，河面逐渐开阔，有一片河滩，长着密密匝匝的灌木，约莫一人多高。

"你表哥下河，你看见了？"青玉回头望望河面上没人影，急切地问杜梅。

"那还用说，眼一眨就不见了。"杜梅一脸自豪。

"不知他下过河没？"青玉似乎有点担心。

"博乐河的水，浮力大，没事。"杜梅胸有成竹。

"看那样子，他年纪好像和我们不相上下吧？"青玉小心翼翼地问。

"没错，和你同岁。"杜梅狡黠地回答。

听到不远处的说话声，我抓住一根弯在河面的红柳条，悄悄上岸。透过树缝，我看见她俩仰躺在草地上聊天，身着泳装，青春勃发。第一次见到异性的胴体，既好奇又激动。我浮想联翩，不巧突然打了个喷嚏，她俩立即坐起来，警惕地向四周张望。我只好硬着头皮，钻出灌木丛，向她们走去。她们见是我，便放松地笑了，我也跟着笑了，傻傻地。

"坐嘛，还封建，啥时代啦！"表妹显出很开放的样子。

"是啊，啥时代啦！"青玉附和着。

"我开放得很，怕你们还封建呢！"我挠了挠头，大胆地坐在她俩中间，大声说。

仔细一看，我的衣服全晒在草地上，才知道我下水时让她们跟了踪。有一丝风，便有一丝清爽。我们谈着各自的理想、少年趣事，一直谈到家乡的风土人情。从她们的谈吐中，我了解到，青玉的父母和我的姑姑一样，都来自口里，扎根在新疆。她们也在我有点夸张的闲聊中，了解了一些关于甘南草原的壮美，也为洮洲的淳朴民风所陶醉。这一天，我突然觉得，新疆姑娘独特的魅力，与自由开拓型的土壤是分不开的。我们年轻的心，因这别开生面的接触而渐渐靠近。

二

二遍枸杞已逐渐转熟，红的要滴血，黄的像镀上了金。一串一串，在枝头轻轻地摇曳。我禁不住想起家乡的羊奶头树，一串一串，红得发紫，甜得醉人。

要摘二遍枸杞，我去帮表哥在地头搭棚子。二遍枸杞成熟的多，容易变老凋谢，要尽快摘完，需要雇很多人，土棚子不够用。枸杞地里很清静，几个雇工在行子间割杂草。一进土块房，见青玉坐在床沿上，旁边竹椅上坐着一位老伯，一顶旧草帽，遮不住他满脸的精气神。

我向老伯点了点头，表示问好。老伯用慈祥的眼神将我从头到脚打量了一番，捋了捋花白的山羊胡子，微笑着点了点头。

"这位大伯是？"我问青玉。

"是我老爸。"青玉挽着老者的胳膊，靠在肩上，满脸洋溢着幸福。

"我姑夫常常提起您老。"

"杜老头是你姑夫？"

我点了点头，没说话。

"穷盲流，净脚片。吃西瓜，吃完舔。西瓜皮啃透，瞧着天。"见我怕生，大伯便拿新疆顺口溜逗我。

在新疆一带，习惯把从口里来的人叫盲流。那时，人们生活极其困难，没鞋穿是常有的事，就连吃西瓜都要啃透瓜皮。大伯就是从那时候来新疆讨生活的，也是真正的盲流之一。

"小伙子，有空到我那边来，吃顿鱼，尝尝鲜。"

"一定，那是一定要来的，大伯！"我觉得大伯开朗、幽默，便觉得亲近了许多。我一面答应着，一面想，青玉咋不姓韩呢？后来才知道青玉是五岁时跟着母亲上新疆的，韩大伯是她的继父。

大表哥叫我帮忙卸苇子，原来韩大伯和青玉是专门从六连新点赶着马车，送搭棚子的苇子来的。卸完苇子，他们父女俩要走，因鱼池上没人，还有几筐鱼晾在苇子里头，怕发坏，得赶在午前送到红泉去上市。看着胶轮大马车消失在扬起的灰尘里，我像失缺了什么似的，心中萌生出许多挂牵。

日子在繁忙中推过，从没出过远门，真有点儿想家。姑姑说，她来新疆的时候，这里是一片黄土梁子，现在的团部是一片芦苇淹没的涂滩，野狼常常出没其间。住的是地铺，就是在地面上挖一道渠，再挖一间房子大小的地基，深可以站一个人，四面垒着芦苇捆子，地面铺着芦苇捆子，上面盖着芦苇捆子，五六个人挤在里面，很暖和。

"你们吃什么呀？"我听了觉得很好奇，不禁问姑姑。

"吃的当然是公家给的，我们也开地呀。"姑姑平静地说。

"像您这样的老病号，怎么能开荒种地呢？"新疆人把干不了农活的老人叫老病号。

"娃儿，我年轻的时候咋是这个样子？"姑姑戴上老花镜，颤巍巍地走到衣柜前，在里面摸索了一会儿，取出个小布包。打开布包，里面不是啥宝贝，只是两张发黄的黑白照片。

"这张是我当闺女时的照片，这张是我和你姑夫在老家工作时的合影。唉，那是许多年前的事了。"姑姑一手拿着一张照片，长长地叹了一口气。

"哟，姑姑年轻的时候还是挺漂亮的啊！你看，大眼睛，长辫子，瓜子儿脸，樱桃儿嘴，糯米牙，身子端着像根儿麻！"我盯着姑姑年轻时的照片。

姑姑扶了扶老花镜，凑近照片，像没见过似的，看了又看。你瞧，她的眼镜儿，明明不是戴得好好的吗，现在咋又在扶呢。呵呵，让我信口一夸，竟然把姑姑的高兴劲儿给惹得蹦出来了。女人八十八，还像一朵花，这话一点儿不假。姑姑又让我看他们的合影，我端详着照片。

"合影上的姑夫像杨子荣，姑姑像李铁梅。"我真觉得他们有点像小时候看过的样板戏中的角色。

"那时，你姑夫在公安局工作，不知犯了啥错，不明不白就被发送到新疆改造来了。"姑姑慢悠悠地说，"我呢，那时在粮站工作，一个人带着你三岁的大表哥，日子难过啊！"

"那您干吗不去找姑夫？"我故意问姑姑。

"娃儿，不找你姑夫我咋落在新疆呢！"

我笑了，姑姑也轻轻地笑了。

在姑姑家的那段时间，我时常幻想着上天山，骑着骏马。望着美丽的天山，我又想长上翅膀，去雪山之巅采撷圣洁的雪莲。

杜梅天天在等待录取通知书，听说在复读的今年，分数线达到了。她开始变得爱唱，唱就唱吧，反正我管不着，但她只管拣悲伤的歌唱啊唱的。

"你到底有多少伤心事，用得着这么悲切地唱吗？"我有点儿烦，忍不住问她。

"多多少少，多乎哉，不多也！"她朝我扮了个鬼脸，答非所问，继续唱她的悲伤曲。

我觉得，这个表妹真叫人不可思议。大表哥进来了，表妹不再唱，用书遮住脸。

"大哥，啥时去探望二哥？"我突然想起当兵的二哥来。

"再过几天，枸杞地浇完水就去。"大表哥用湿毛巾擦着脸说。

"找我吧，我会帮你的。"表妹扔下书，背搭着手，轻移莲步，马尾巴一甩一甩地。

我跟着她来到卧室。她从抽屉里拿出一个信封，里面掉出一张彩照。我捡起一看，原来是二表哥，身着军装，英武地站在一片绿茵茵的草地上，脚边是五颜六色的野花，背景是一带的远山，湛蓝湛蓝的天空飘着几朵白云。

"这信是啥时到的？"我拿过信封，看了看邮戳。

"昨天下午，二哥说过些日子回家探亲，真指望他能亲自送我上大学。唉！这该死的通知书。"表妹原来为这些事烦恼。

"好事莫忙，贵人自有天相。耐住黎明前的黑暗，胜利属于你！"我握紧拳头，做了个奋斗的姿势，充满激情地安慰表妹。

"哥，你真好。"表妹脸上飘着两朵红云。

"你很孤独。"看着她茫然的大眼，我肯定地说。

"你懂我！"表妹动情地抓住我的手，贴在她滚烫的脸蛋上，轻轻地说，"你想了解我吗？"

"别想的那么多，一切顺其自然吧。"我说。

表妹眼角有些潮湿，默不作声。

"假如黑夜突然降临……那我便是新婚的嫁娘，对吗？"表妹躺在床上，胸脯起伏着，突然问我。

"谁愿娶你这个小辣椒？"我开玩笑地说。

"好你个癞蛤蟆，你才臭美。"她故作生气，捏住我的鼻子。我们打闹起来，她嘴里不停地说，"捏扁你这癞蛤蟆……"

我几度求饶，她才放过我。昏暗的土块房里冬暖夏凉，绵绵的情歌充满斗室。

三

我想出去走走，表妹无事，便与我一起去团部所在地沙山子玩儿。团部的大门对着国道，交通很便利。我们骑着自行车，顺着宽阔的柏油马路，朝团部大楼前的广场上驶去。广场中心是一个圆形的大花园，里面有几座大小不一的假山，山石上塑着几只仙鹤，嘴里吐着蒙蒙的雨雾，正好滋润着园中的花草。我们穿过广场北边的月洞门，在树木掩映的小径旁小憩。隐约能看到小径尽头笔直的马路上，走动着三三两两的学生们，卖冰棍、卖雪糕的声音从那边不断传来。

不远处，有个书店，我提议进去瞧瞧。

走进书店，仿佛置身于海洋。书籍是放在玻璃橱窗里的鱼。我买了本《绿洲》杂志，里面有篇文章叫《博格达峰上的雪》，语言粗狂而凄美，令人难以忘怀。出了书店，我们走进沙城商场，各种货物琳琅满目，天南地北的口音在这里汇聚，讨价还价的声音此起彼伏。上了二楼，表妹买了一支八块五毛钱的口琴，我选了一支竹笛。

"瞧！那是谁？"刚准备下楼，表妹拉了我一把。我顺着她指的方向定睛一看，是青玉，一身浅蓝牛仔套装，青春靓丽。她正在和营业员说着什么，样子挺认真。表妹跑过去，冷不防从背后捂住了青玉的双眼，惹得女营业员哈哈大笑。表妹松开手，一下子蹿到我背后，猫着腰对青玉喊："来呀，小青青，抓我！"

我佯装踢她屁股，她一蹦老高，嘻嘻哈哈地大笑，引得商场里的顾客都往这边看。青玉告诉我们，她在六连新点办了个小商店，生意挺顺的。我们不遗余力地帮青玉往马车上装货，名叫胜儿的雇工守着马车。一交谈，才知是口里老乡，顿觉亲切。他二十岁上下，两颗虎牙很显眼，憨笑着，未脱稚气。青玉给胜儿嘱咐了几句，胜儿一甩响鞭，马蹄哒哒而去。

青玉陪我们逛街。她问我想不想家，我说那是女孩子的事。道旁的果树园里，果实累累，泛着青光，还没有成熟，正在吸收着光和热。青玉买了几串葡萄，我拿了一串淡紫色的葡萄放到嘴里，香甜直抵心底。逛了一会儿，我觉得有点饿，想请她们一起吃饭。

"到我家去吃吧，我给你们做蒸面条。"青玉看穿了我的心事。

"你家不是在六连吗？"我有点不解。

"那是我爸的家，现在去的是原种场，是我妈的家。"她解释道。

没等青玉说完，表妹就骑着自行车直奔原种场。青玉接过我的车把，骑上自行车，我只好跨在后座上，心中忽然生出英雄走天涯的豪迈。

来到原种场，跨过板渠，经过一片篱笆围着的菜园，便看见一排土坯房赫然出现在眼前，这就是青玉的家。

青玉擀面，杜梅炒菜，我当了火头军。当香喷喷的豆角蒸面条端上桌时，我已饥肠辘辘，便大吃起来。表妹和青玉看着我狼吞虎咽的样子，笑得前仰后合。整个下午，我们待在房子里，畅谈人生，畅想未来。当我们回家时，夕阳的余晖将我们的身影拉得很长很长。牧羊人甩着响鞭，赶着羊群，也走在回家的路上。

大漠里炊烟四起，我觉得自己像失群的羔羊，不禁想起家乡的亲人和朋友，心中升起缕缕悲怆之情。

四

农历八月，新疆棉花次第开放，人们忙碌起来。受青玉邀请，我去帮她家摘棉花。她家承包了一百二十亩棉花地，人们正在摘头遍棉花。因花开得好，打工来的人也多。

"你就是小白吧，青玉去六连了，她让我告诉你一声，她今晚回来。"我正在专心摘棉花，忽然传来一个陌生的声音。我抬起头，一位五十来岁的阿姨，笑容满面地站在我面前。

"谢谢阿姨！"我有点惊讶，她怎么知道我的？又是怎么知道我和青玉认识的？我心里有些莫名的紧张，"莫非您是……"

"我是青玉的妈。"她打断我的话，温和地说，"你大老远地赶来帮忙，累坏了吧！歇会儿再摘。"

我嗫嚅着说："不累的。"她疼爱地看了我一眼，说："累了就休息。"说罢，嘴角挂着笑，熟练地摘起棉花来。棉田里人头攒动，一片繁忙的景象。

一朵朵雪白的棉花在枝头怒放，我仿佛置身于云朵里。论摘棉花，还是口里来的妹子们厉害，一天能摘八九十公斤棉花。东家管吃管住，少说每天也能挣四五十元。那时搞建筑的大工工资就算不错，一天也才一二十元。

晚上，青玉从六连新点赶了回来，不顾路途的劳累，张罗了一桌丰盛的饭菜。饭后，她领我到她的闺房。后墙根的单人床上整齐地摆放着一床绣被，粉红色的细纱蚊帐用吊钩高高挂起。新粉刷过的墙上，几张素描画随意地贴着。青玉招呼我坐，我便坐到洁净的沙发上，跷起二郎腿，惬意地点燃一支雪莲牌香烟，摆出一副放荡不羁的样子。青玉微笑着，从茶几下托出放着美人玻璃杯的盘子，轻轻揭掉盖在上面的纱巾，倒上啤酒，依次漱了漱，将漱了杯子的啤酒倒在垃圾桶里。啤酒冒着白沫，酒香扑鼻。

"为我们的再次相聚干杯！"她端起一杯啤酒温婉地说。

我盯着她充满深情的大眼，一饮而尽。为青春不再孤寂，为青春不再彷徨，我们一次次欣然咽下这带着丝丝苦涩和甜蜜的美酒。

"你打算回家吗？"青玉似乎有些醉意，有些动情地问我。

"回。"我说。

她有点失望，放下酒杯，起身从书架上拿出一支口琴，说：

"是杜梅送我的，我把它送给你。"

我接过一看，是天山牌，没错，是表妹那天和我一起买的。人赠我物，我必回报。我从怀中掏出竹笛，送给她。

青玉从我手中接过笛子，舔了一下嘴唇，拉开吹笛子的架势。

"吹吧，我和着。"

笛声响起来，青玉吹的是《好人一生平安》。

一曲终了，我的心却如脱缰的野马。突然想起在辽阔的草原上和朋友们吹奏《绿色的口琴》的情景。

"你和着，我来吹一曲吧。"我说。

吹罢，青玉激动地说："你赠给我歌词好吗？"

"可以！"我从口袋里掏出小小的旅游日记，翻出记着歌词的那页，递给她。

青玉读罢，带着神往的表情说："胡茄笔下的便是甘南草原了！"

"那是，那是。"我随口应着。

"难怪你要回家去，那么美丽的地方，那么痴情的姑娘。"青玉产生出无限的感慨。

"家乡美，新疆更美，不是新疆人都叫我们口里人'盲流'，我还不想回呢。"

"盲流，有什么不好，没有盲流的新疆，将是什么样子呢？再说，我从来都没有把你当外人看。"

"盲流……和流氓这个词沾边……反正我不喜欢这个称呼。"我有点愤愤不平。

"你再钻牛角尖，我不理你了。"青玉逼近我，装作生气的样子。

我乘着酒气，一把抓住她的纤纤玉手，激动地说："我就是一只癞蛤蟆，想吃你这只天鹅。"

"嘘！别激动，还早着呢！"青玉抽出手，将食指竖在双唇间，严肃地说。

我有点恐惧，狂热顿消，觉得自己怎么会变成这个样子，我的脸有些发烫，难堪极了。

"这一定是你的杰作吧！"为了打破尴尬的局面，我点燃一支烟，指着墙上的素描画说。

"是，你喜欢素描吗？"

我点点头。她拿出画夹，郑重地打开，让我指点。我上学时也练过素描。

"你画得很好，继续练，会有前途的。"我模仿着老师对学生的口吻说。青玉微笑着，面若桃花，纯洁无瑕。

一晃就是半个多月，头遍棉花拾完了，两个长工往棉花袋里狠劲地擩风干的棉花。我闲得慌，就主动帮青玉洗衣服。第二天，青玉要去六连，让我一起去，我欣然同往。阳光是明媚的，看着我们笑。我坐在自行车的后座上，看汗水从青玉的红背心一直渗到半透明的白衬衫上，想关于恋爱的一类事情。突然，青玉停了下来，温柔地说："咱们歇会儿吧，看我都出汗了。"

我们并肩坐在路旁的林荫下，暖风轻抚着我们年轻的面庞。

"在老家，一个女孩驮着一个男孩在马路上跑，那人们就会想，她们准是一对儿。"

青玉静静地听着，眼里充满梦幻。

"是吗？在这荒僻的地方，因我们年轻，有时会误入歧途。但和你在一起，我想这种担心是不必要的。"青玉真诚地说。

"青玉，我会永远记住你。"我也真诚地说。

"记着也好，忘记也罢，人和人靠的就是缘分，我不会怪你的。"青玉脸上透出一丝忧伤。

一个人一段路，走过坎坷，碾碎浮尘，路的尽头是一幢幢房子，一片开拓者的营地。六连在下面，这是新点，叫六连新点。中间一条马路，一幢幢红砖瓦房沿路而建，青玉继父的家在第一排靠南处。韩大伯看见我们推开大门进来，连忙放下手中的破渔网，拍了拍粘在手上的土，爽朗地笑着将我让进客厅。

"小伙子，既来之，则安之。在新疆好好干，就别回家去。"我觉得韩大伯豪迈直爽，很正直。

那晚，我和韩大伯住在一起，他跟我说起他在新疆坎坷的农垦经历。原来，他有一个幸福的家，过着战时为兵、闲时为农的生活。但天有不测风云，妻子在一次修筑防空洞时不幸遇难。他一个人既当爹又当妈，还要参加农垦，无奈之下，他只能将唯一的孩子韩忠托人带回老家去，让父母抚养。几年后，当生活稍微有所好转时，他便回老家去接孩子。孩子已经十二岁了，见了他，像见了陌生人似的，干瞪着眼，不愿跟他说话。回新疆时，他带着三个人，一个是儿子韩忠，一个是青玉，另一个是青玉的妈——一个丧偶的年轻寡妇。韩忠从小缺失了有力的管教，行为很是放荡。韩忠和他的哥们儿偷了几回牧场的牛，未被发现。有了钱，便跑到别的连队和有夫之妇鬼混，胆子更大了。后来，犯事儿被抓，银铛入狱。韩大伯一气之下，只身来到六连新点，承包了几个鱼池。青玉妈来疆后一直没有生育，韩大伯视青玉如亲生女儿，捧若掌上明珠。虽然日子过得很平淡，但青玉小商店的生意却越做越红火，如一个人的青春，焕发着熠熠的光彩。

到六连新点来落户的人很多，他们每天起早贪黑，在新开垦的条田里打埂子，浇水压碱，排碱渠里整天响着挖掘机的轰鸣声。外来的年轻人很多，他们总有使不完的劲。有的一闲就跑到篮球场打篮球，有的闲了就蹲在喷井边洗衣服。有几个愣头青，一闲就往青玉的小商店蹭，多半闲逛，有时来买东西，出手都是出奇的大方。他们不管有没有时间看书，总时不时找青玉借书。青玉充满热情，每天都是用微笑迎送来她店里的人。晚霞里，我和青玉常常在旷原上遛她家的那匹枣红马。晚霞似血，年轻人的眼里吐着妒火。我放开缰绳，任胭脂红在晚风中驰骋。

有一天，姑夫来看我，说我二表哥已回家，有空让我去看他。临走交给我一封信，一看才知道奶奶病重，颇感焦急。

当晚，我叫青玉出去，一轮新月挂在天边。我们来到红柳丛中，并肩坐在松软的沙地上。

"你叫我来有什么事吗？"

"我想回趟家，奶奶病重。"

"啥时回去，请告诉我一声，临行送你点小礼物。"她望着我庄重地说。

"礼物就免了吧。"

她沉默了一会儿，说："白杨，你认我做妹妹好吗？"

"我从见你的第一天就认定你了。"我故作轻松地说。

青玉忽然站起来，满脸忧伤。

翌日早饭罢，青玉递给我一本杂志，里面夹着一封信。回到姑夫家，我拿出信，反复观看，里面全是朦胧的依恋。

在姑姑家休息的那几天，青玉每天都来姑姑家玩。姑姑很高兴，对她赞不绝口。表妹忙里忙外，像一只蝴蝶飞来飞去。临行，表妹骑着自行车送我去团部坐班车。我们在长途班车旁等候，青玉骑着自行车匆匆赶来。我们迎了上去，她握住我的手，一往情深地说："一路顺风！"我一时不知道说什么好。

我上了长途班车，表妹和青玉在低声说着什么。车启动了，她俩一齐跑过来，使劲地挥着手。隔着车窗，望着她们越来越远的身影，心中有股说不出的温暖。

（原载《格桑花》2018 年第 3 期）

藏獒贝贝

王朝霞

贝贝第二次出现在东智面前时，眼神是绝望的。它满面灰尘，拖着疲惫不堪的身体倒在院门口，很长时间都不动一下。如果不是胸腔部位还在轻微地起伏，会让人怀疑它已经死了。"四川那么远，你这是跑了多少路啊……"东智抹着眼泪费了好大的劲，才将软塌塌的贝贝抱在怀里。"对不起，贝贝，都是我不好，没有保护好你……"东智连声道歉，恨不得受伤的是他自己。贝贝很努力地睁开眼睛瞅了小主人一眼，又垂下了头颅。

贝贝是一只藏獒。

半个月前，见钱眼开的舅舅背着东智，将贝贝高价卖给了东仓镇屠宰厂的老板。没想到钱还没在舅舅手里捂热，贝贝竟自己跑了回来。满脸横肉的屠夫老板开着跑车一路追过来，一通埋怨不说，还分文不少地拿走了自己的钱。平白损失一桩到手的生意，舅舅恨得牙根儿痒痒，只好把一肚子气都出在贝贝身上："让你跑！让你跑！畜生还不听人使唤了！"宽宽的羊皮牧鞭一下又一下抽在贝贝身上，疼得它嗷嗷乱叫。刚刚放学回家的东智见状，一下子就扑到了贝贝身上："别打了！求求你，别打了……"舅舅手起鞭落间，少年的背上立时肿起两道长长的血印。看到自己打错了对象，舅舅这才扔掉鞭子骂骂咧咧地走了，也不管趴在地上呻吟的外甥。

让东智万万没想到的是，没过多久，贼心不死的舅舅又起了歪心，趁他去上学的时候用一条铁链带走了贝贝。这一次，他吸取教训，将贝贝卖给了一个四川人。"拉加跟四川隔了一百多公里的草原和河流，有本事你再跑回来我看看！"临走时，舅舅还恶狠狠地踹了贝贝一脚。

东智从学校回来后不见贝贝的踪影，就知道是舅舅在使坏。可他又拿这个无赖一样的长辈没办法，只能一个人四处打听和寻找。东智在痛苦和焦虑中煎熬了四天后，浑身脏兮兮的贝贝终于又回来了！一见面，贝贝就扑上来黏在东智身上又舔又抓又撒娇，像失散多年的亲人。悲喜交加的东智抱住贝贝说："我就知道你一定能回来，一定能找到回家的路。你有没有挨饿？有没有受伤？"贝贝挣脱东智的怀抱时，东智才发现它瘸了一条后腿。东智再次抱住贝贝仔细查看，发现它腿上有一条三寸见长的伤口，白森森的腿骨暴露在外面，周围堆积了一层厚厚的血痂。"贝贝，你到底怎么了？这是谁干的？"东智情绪瞬间失控，他号啕大哭起来。贝贝闭着眼睛，安静地卧在小主人怀里一动不动。四天时间，从川地跑回拉加藏寨，谁也无法知道这只小藏獒到底经历了什么。

奶奶用手里转动的经筒表达自己的惊叹："真的是儿不嫌母丑，狗不嫌家贫，啊啧啧，你看看，你看看……"

第二天一早，东智像风一样跑去学校跟班主任请了假，又风一样跑了回来。他找出家里所有的消炎药，用擀面杖碾成细末敷在贝贝的伤口上，又从村卫生室讨了一点医用纱布，替贝贝包扎了伤口。反复的折腾和受伤，似乎耗尽了贝贝全部的力气。它软软地躺着，听任小主人的摆布。然后，不吃不喝不挪窝地整整躺了一天，眼神里装满了委屈和绝望。东智寸步不离地守了贝贝一整天。

东智考虑了一夜后，决定退学。为了保护贝贝，他不上学了！

半年前，贝贝还是一条落魄的流浪狗。它和众多被遗弃的小伙伴儿们一样，居无定所地每天游荡在贡曲草原深处。

遇到贝贝之前，十四岁的东智每天的任务除了上学，就是骑车往五公里外的县城奶站送牛奶、隔天去一次山的背面看护一次红柳林子。每天卖掉一桶奶的所得，是他和奶奶的全部生活来源；山后的那片灌木林，是阿爸亲手种植并留给他的唯一纪念。

东智八岁那年，贡曲草原经历过一场史无前例的沙尘暴。一股没来由没征兆的大风卷着漫天的沙尘，让整个草原瞬间变得暗无天日。据说那一场沙尘暴持续了三个多小时，结束时带走了无数头牛羊，夺走了十几个人的性命。东智的阿爸就是从那个春天开始，一个人在山后的阳坡处栽植酸刺、红柳等矮个子植物，说是要防止草原沙化。东智见过那片沙化后的草原，偌大的绿洲里出现了一片光秃秃的沙漠，看上去刺眼得有些触目惊心。老师说，那是放牧过度的原因。也有人说，是草原上的老鼠太多，啃光了草皮，草原才变成了沙漠。东智那时还小，也不知道是谁说得对。

东智跟着阿爸去驮过几次树苗。那个林区好远啊，天不亮就出发，一直走啊走，要走到中午时分人困马乏时才能到达。到达林区后顾不上歇口气，匆忙用雪水就着糌粑对付两口后，阿爸就开始挖苗扎捆忙活了，东智的任务是拔很多的青草来喂饱马儿。每次早出晚归地去驮树苗，人和马都会累个半死，可阿爸只知道心疼跟他受累的儿子和马，从来不心疼自己。村里开始有人笑话阿爸，说一些风凉话，有人说阿爸一定是另有所图，有人说阿爸是脑子进水了。阿爸听见后，也不辩解，依旧坚持着驮树苗、栽树。这一坚持就是四年，直到他得肝病去世。东智一直想不明白让阿爸坚持的动力是什么，可还没等他找到答案，阿爸就走了，永远永远地离开了他。

贡曲草原的海拔超过了三千米。高海拔导致了那里稀薄的氧气和寒冷的气候，不到八月中旬，草色就开始泛黄。一进入九月，整座草原就已经灰不溜秋地显出无边的寂寥了。要不是蜿蜒而过的黄河带来几分灵气，这片灰沉沉的土地看上去简直就是一块破抹布。

初秋的一个早上，东智照例顶着呼呼作响的风声，踏着单车往县城方向赶。身后捎货架上驮着的五公斤牛奶越来越沉，迫使十四岁的小少年用尽了吃奶的力气。奶奶答应他，暑假结束后用卖牛奶攒下来的钱给他换一辆新车。眼下骑的这辆，是阿爸用过的老式自行车，又旧又笨不说，还动不动掉链子。为了早一点得到新车，东智瘦小的身影每天都会按时往返于县城和村里。

送完奶返回时，冷不防从路边窜出几条狗挡住了东智的去路。他情急之下又刹车又摁铃，还是被重重地摔了一个"嘴啃泥"。等他从地上爬起来扶正车子时，几条大小不一的狗已将他团团包围。"好险啊，它们没有落井下石。如果在我摔倒时扑过来，那我大概就被撕成碎片了！"想到这东智不禁倒抽一口冷气。其实在草原上，狗是跟牛羊一样最常见的家畜了，哪家帐圈哪个牧户没有一两条狗呢？但同时被几条流浪狗困住，对东智来说还是第一次。少年一时没了主意：跑是肯定不能跑了，狗是个最欺软怕硬的东西，他可不想把自己的长腿送到狗嘴里。"看来只能死扛了，说不定过一会儿它们就会失去耐心自己跑掉。"东智只能心存侥幸地安慰自己。

初秋的草原多雨，铅灰色的云层像个大锅盖，将整座草原捂了个严严实实。空气里不时飘着雨丝的腥味儿。远处的黄河像一条哈达，轻轻地飘在泛黄的草地上。宽畅平直的公路上，看不见车辆也没有行人，就只有一群浑身脏得看不见毛色的狗，在跟一个少年对峙。

跟狗对峙可不是一件好玩儿的事。何况是一群狗，何况还是流浪狗。兴许是饿了好多天了吧，它们的眼睛里都装满了食肉动物特有的贪婪，似乎对面的人只要动一下，它们就能扑上来大快朵颐。一分钟过去了，五分钟又过去了，东智的脸上开始渗出细密的汗水，但他屏住呼吸一动不敢动。他知道，此时此刻任何一个不理智的举动，都会激怒这群饥饿孤单到愤怒的狗。

东智知道，这些狗原来也是被主人宠过爱过的。自从县城的楼房越盖越多、人们陆续弃小院而住进小巧精致的鸽子笼以后，它们就成了一个居无定所的流浪群体。想想原来，它们可都是富家千金和公子哥儿，过着富足慵懒的日子，每天饱食终日无所事事，似乎活着就只是给主人装装门面壮壮胆而已。如今，家家小院人去屋空，住进楼房的主人们相继变脸，毫不留情地将它们一个个逐出家门，从此老死不相往来。被遗弃的狗狗们同病相怜，三个一群五个一伙，结伴在草原上流浪。运气好的时候，偶尔还能碰个死羊死猪死田鼠什么的，解决一下温饱。大多数时候，它们只能饿着肚子漫无目的地四处游走。县城街道去的少，因为会被那些穿着制服的城管们驱赶。即使遇着原来的主人，对方也不会多看它们一眼。更多的时候，它们只是流浪在城郊的草原上。

大约十分钟过去后，一条流着哈喇子的狗终于失去耐心。它摇晃着瘦瘦的身体向东智走来。情急之下，东智蹲下身子装作捡石头，哈喇子真的被吓到，停住了脚步观望。东智紧张得浑身如筛糠，双手胡乱地在地上摸着。可别说石头，柏油路上连一粒小石子都摸不到。正当东智的心快跳到嗓子眼儿时，一条体型稍大点的黑狗突然吠了一声，然后转身离开。其余的狗见状也都纷纷转身，相跟着离去。突然反转的剧情搞蒙了东智，他不知道发生了什么状况。等他缓过劲儿来时，狗群已经走远了。东智伸手擦了擦汗，又摸了摸自己怦怦乱跳的小心脏，却摸到了皮袄里揣着的两个糌粑。他突然一个激灵，掏出糌粑使劲向狗群扔了过去。两个小糌粑远不能表达自己对狗狗们的感激之情，于是他又用汉语使劲吼了一声"再见"。

狗群很快因争抢两个糌粑乱成一团。但那只带队的黑狗却折身跑了回来。它一边摇着尾巴示好，一边围着东智转圈儿，喉咙里还发出叽叽咕咕的声音。黑狗的热情友好完全像是忘了刚刚双方之间有过的剑拔弩张。东智长松一口气，摸摸黑狗的脑袋："谢谢你们的不'杀'之恩。以后再碰到，咱们就是好朋友啦！下次会给你们多带点糌粑。现在，我得走了。"

黑狗用爪子扯住东智的衣角，不舍得离开的样子。草原上的天，小孩子的脸，说变就变。东智抬头看看头顶越来越沉的乌云，想了想说："要下雨了，不如你跟我回家吧，反正你也没地方去。"黑狗像是听懂了少年的话，撒着欢儿地就朝前跑了。

东智收留黑狗后，给它取名贝贝。贝贝的到来，让东智觉得身体里的某些东西又复活了——自阿爸去世后，他已经沉默寡言了太久太久，因为难过，也因为身边实在没有能跟他说话的人。如今不同了，每次他去县城送奶时，贝贝就会活蹦乱跳地跟在身后；他去山后树林时，贝贝更像是他的贴身护卫，形影不离地跟着。聪慧细心又善解人意的贝贝，总能第一时间读懂小主人的心思。有一次上山，贪玩的贝贝落在了后面。路上碰到邻村几个挖虫草的男孩儿，见东智是一个人，便主动上前挑衅，要东智从他们的胯下钻过去。少年哪能受这样的屈辱，挥着拳头就跟他们干了起来。对方人多势众，眼看着东智就要吃亏，几声狂吠中就见一团黑旋风冲了过来，吓得几个熊孩子丢下东智落荒而逃。要不是东智阻止，贝贝还要追过去。

因为向阳，山坡上的小树林已经绿茵茵地渐成气候。阿爸临走前曾反复叮嘱东智："一定要看护好小树林，不要让牛羊给糟蹋了……"东智每次去都会感觉到欣慰，因为他知道阿爸会在天上看着一天天长大的树林。

茂盛的灌木丛中，渐渐有了野兔和山鸡，有次去东智还发现了一条长尾巴的蜥蜴呢。身手敏捷的贝贝，隔三差五地还会逮着一两只野山鸡，给东智和奶奶改善伙食。天气晴好的时候，东智会和贝贝在树林里多玩一会儿，捉蝴蝶，或是翻跟头，东智都觉得非常有趣。累了，他就靠着贝贝毛茸茸的身子呼呼大睡一觉。贝贝每次都会很温顺地配合着，用长时间不变的姿势守护着小主人睡觉。

草原上长大的孩子，到了林区会觉得新鲜又好奇，似乎每一株植物散发出的味道都是清香好闻的。加上这些树木都是阿爸栽的，更让东智觉得亲切和踏实。每次去，他都会用目光将这一大片树木抚摸上很多遍。他甚至觉得，树木被风吹动的声音，是阿爸在跟他说话。每到动情处，少年都会问身边的小伙伴儿："贝贝，你听见阿爸说话了吗？他在夸咱们呢，说小树林长得好……"贝贝摇着尾巴吠几声，表示认同小主人的话。就这样，一人一狗站在小树林边上，有一搭没一搭地说着话，直到金黄色的夕阳将两个人彻底染透。

舅舅第一次看到贝贝后，眼睛里就冒出了绿光："这是一只不到半岁的藏獒！臭小子，你捡到了金疙瘩，你知道吗？好好喂养，将来一定能卖个好价钱……"东智打断舅舅的话："贝贝是我的，谁都别想打主意！就是阿妈想带到牧场去，我都不愿意呢！"东智的潜台词很明显：亲娘我都舍不得给，你就想都别想。舅舅讪笑着说："这孩子，真是越来越不懂事了！"

最近几年，草原上的藏獒数量一直在减少。原因是一些内地的商人凭借灵敏的嗅觉，进入草原高价收购幼年藏獒，然后转手销往全国各地，从中谋取高额利润。尝到甜头的牧民们觉得卖牛卖羊不过瘾，开始尝试倒卖自家或邻居家、亲戚家的狗了。舅舅也曾倒卖过几只小藏獒，听说赚了不少。他脖子上那条明晃晃的大金链子就是佐证。倒是那些被遗弃的流浪狗，因为瘦弱肮脏而躲过了被贩卖的劫数。贝贝就是其中的一只。

阿爸去世后，阿妈带着妹妹去了草原深处的牧场，小院里就只剩下东智和奶奶了。阿妈让东智好好念书，说是等他初中毕业后，就可去牧场帮她照顾那些牛羊了。

东智听着想哭。他喜欢上学，他想到县城念高中，还想去大城市里念大学。可阿妈和舅舅都说挣钱比念书重要。"不当个睁眼瞎就行了，念那么多书有啥用，反正牛羊也听不懂……"阿妈说。

"念书多了会把人念傻的，知道吗？我连小学都没毕业，不照样大把大把地挣钱……"每次说到上学，舅舅连眉毛里也装满了鄙夷。

东智一点都不喜欢他那个五大三粗、整天骑着摩托突突来突突去的舅舅。在舅舅的人生哲学里，这世上就没有不能钻的空子、没有不能挣的钱，钱比他自己的老命还重要。舅舅大字不识几个，但他开过金矿、倒卖过虫草、贩过牛羊，哪个行当能挣钱他就往哪钻。自从他认出贝贝是藏獒品种后，显得异常热心，隔几天就要跑过来关心一下："这可是只好狗，要好好喂，将来卖个好价钱能给你娶房媳妇，你阿爸在那边可不愿看着你打一辈子光棍儿！"

贝贝食量大得惊人，一顿能吃掉半盆糌粑。奶奶不止一次地埋怨东智，说本来家里就不宽裕，还领回来这么一个能吃的家伙。"再好它也就是个畜生，你天天拿人吃的糌粑喂它，不是造孽吗？老天爷看见了也会怪罪的！"家里一直没养狗的原因，就是因为奶奶不喜欢。所以即使藏獒，她也不稀罕。

东智不能跟奶奶顶嘴，只能在领贝贝去山后的时候让它多逮两只野兔，借机饱餐一顿。因为惦记着将来能卖个好价钱，舅舅也会时不时地送些羊杂碎啊牛下水什么的过来。但他每次都会一脸贪婪地唠叨一番："听舅舅的话，你只管喂就好了，别怕它吃得多。吃多了才长得快，长好了才能卖个好价钱呢！"

东智的眼睛瞪得像小牛犊一样："谁说我要卖贝贝了？它是我的狗，你们谁都别想碰！"东智说"你们"，是因为他感觉到奶奶也对贝贝不太友善。只是他压根没想到舅舅已经盯上了贝贝。

贝贝长足一岁的时候，财迷舅舅终于打起了它的主意。他先是四处放出消息说，自己手里有好货，专等识货的有钱人来面谈。然后又反复做东智的工作，什么盖新房啊娶媳妇啊，净是些不着调的理由。东智每次都会以厌恶和沉默来抗拒。因为实在不放心那个二货舅舅，东智每晚临睡前都要将贝贝关到屋里，保证贝贝时时出现在自己的视线之内。可是，他每天还要去上学，舅舅有的是时间下手。就这样，贝贝先后被贩卖了两次。买家当然也不会是什么好人，不是屠夫就是狗贩子，简直跟舅舅是一丘之貉。好在贝贝聪慧，每次都能设法逃回来。贝贝的行为，让东智越来越觉得它就是自己的一个亲人。像谁呢？奶奶？不是，奶奶自私，还爱斤斤计较。像阿妈？也不是。阿妈懦弱怕事，遇事拿不定主意，经常被二货舅舅哄得团团转。对了，贝贝像阿爸，勇敢、善良、包容又果断，凡事都能呵护他，俩人既是亲人也像朋友，遇事还能做他的主心骨。

可是如今，他的贝贝瘸了一条腿。

听老人们说，娃娃鱼有接骨疗伤的作用，于是东智每天放学后都去黄河边上捉娃娃鱼给贝贝吃，还把消炎药碾碎了掺在糌粑里喂给贝贝。在东智无微不至的照顾下，贝贝的腿伤终于康复了。虽然留了点儿后遗症，但它又变得像闪电一样迅速、像豹子一样敏捷和勇敢了。东智的脸上，也重新露出了笑容。

东智想退学的打算遭到了老师的严厉反对。这两年县上下大力气狠抓控辍保学工作，还将此项工作与各校各乡镇的年终考核挂上了钩。面对辍学儿童，干部们不遗余力地劝返，学校小心翼翼地挽留，唯恐因小失大影响控辍成绩。老师挽留东智的另一个原因是，他的学习成绩在班上一直名列前茅，这样的好学生怎能舍得放他走呢？班主任先是瞒着东智跟远在牧场的阿妈通了电话。阿妈支支吾吾半天，也只是模棱两可地表示，男孩子要以养家糊口为重任，上不上学都无所谓。班主任又找了舅舅。贩狗两次均以失败告终的舅舅，恨不得将外甥也给卖了，哪有心思管这闲事？他巴不得东智上不成学，像流浪狗一样四处流浪呢。所以老师刚一开口，他就摆着手不耐烦地说："那个臭小子根本就是个朽木疙瘩，根本不是念书的材料。依我看你们就不要费这个心思了，还是趁早让他去牧场帮他阿妈放牛管羊好啦！"无奈之下，班主任只好直接跟东智面谈。最后，班主任妥协，答应东智可以带贝贝上学，条件是从此不再提退学的事。

自此，贝贝彻底成了小主人的"跟屁虫"：东智上学，它跟到校园里面守着；东智上山，它一路跑前断后地陪着；主人去县城送奶，它寸步不离地跟着。晚上睡觉，它就卧在东智的床底下。贝贝把一只狗对主人的忠贞，演绎到了极致。就连奶奶也终于被它感动："这个畜生还真是不一样呢，多亏没被你舅给卖掉……"

距离中考还有一个月的时候，东智突然病了。先是不明原因的低烧、咳嗽，两天后又出现了浑身酸软无力和厌食的症状。奶奶带他到镇医院去看医生，回说设备落后无法确诊，建议去县上看看。辗转县医院后经过各种化验检查的折腾，医生也给出了一个模棱两可的答复：病情复杂，一时难以诊断，建议去省上找专家做进一步检查，以免贻误病情。东智原本打算等参加完中考再去省上看病，可阿妈和奶奶都不同意，说他是家里唯一的男人，不能再出差错。于是，他只好乖乖地跟着阿妈去了省城。东智央求去牧场替班的奶奶把贝贝也带去，好彼此有个照应，其实他是不放心他的二货舅舅。临走前，东智抱住贝贝一遍一遍不厌其烦地叮嘱：要听奶奶的话，要好好在牧场待着，不要乱跑……

东智走后的第五天，舅舅鬼鬼祟祟地出现在了牧场。他假惺惺地提着一袋富士苹果，说是专程来看望奶奶。奶奶不知道，舅舅打着为外甥治病的幌子，已偷偷将牧场的十只羊贩卖给了镇上的饭馆，对方的订金都已经在他口袋里了。他此行前来，就是为了探路，好在夜深人静时下手。如今贝贝已经长大，他不敢轻易再对一只成年藏獒下手，只好把目光盯在了羊棚里的羊身上。十只羊也能卖不少钱呢，够他花一阵子。阿姐不在，一老一少守着的牧场正是让他发财的好机会。

可发财心切的舅舅，完全忘了贝贝也在牧场。

那天夜里，碎银一样的星星缀满了深蓝色的天空。临近午夜时分，一声撕心裂肺的惨叫声突然划破了夜的寂静——带人来偷羊的舅舅，还不等潜入羊圈，就被守在门口的贝贝咬伤了大腿。他带来的那个帮凶，被牛犊一样高大威猛的贝贝吓了个半死，翻墙时扭伤了脚踝。朦胧的月影下，两个人一瘸一拐地仓皇而逃。

据说，舅舅的腿因伤到了骨头而躺到了医院里。他开始还诅咒贝贝下"手"太狠，后来就开始躺在病床上掐着佛珠忏悔了。

用行动完美诠释了一只藏獒的勇敢和忠诚以后的贝贝，仍像往常一样，每天蹲在门口望着那条通往山外的路，等待他的小主人归来。

（原载《西藏文学》2018年第4期）

那个叫观音代的诗人

扎西才让

一

观音代是杨庄唯一一个诗人，但庄里人不知道诗人究竟是拿来干啥用的。

杨庄是个小庄子，二十来户人家。这庄子里出过教书匠、泥水匠、木匠、画匠，都是些靠得住的匠人。也出过阴阳家、神汉、媒婆、工头，都是些靠能耐过日子的神人。但杨庄从来就没出过诗人。所以，当从师范学校毕业的观音代给庄里人说他是诗人的时候，人人都被弄糊涂了。

"死人？你明明活着嘛！"庄里人很吃惊，他们认为观音代的脑子出了问题。

观音代只好解释："不是死人，是诗人！"

然而，他的发音出了问题。他把诗人（shiren）念成了丝人（siren）。

庄里人明白了："哦，是像蜘蛛一样吐丝的人，对吧？"

观音代摇摇头，无奈地笑了。他在人伙子里看见了矮矮的我，仿佛见了救星。

"你知道诗人吧？"他问我。

我点点头："知道，李白、杜甫、白居易，都是诗人。仓央嘉措，也是诗人。"

他高兴得叫起来："看看，看看，还是念书的人聪明。"他又对别人感慨道："你们这些乡棒，啥都不知道！"

其实我当时也就是个刚上初一的学生。我很高兴观音代说我聪明，因为先人说，聪明人迟早会有出息的。我的愿望，就是考上大学，成为公家人，过饭来张口衣来伸手的日子。

就这样，从师范学校毕业的观音代，把我算成了他的连手。

什么是连手呢？大人们说，就是超出了一般关系的那种朋友。

二

观音代这名字有点儿来历。

观音代的爷爷是贫下中农，解放后在庄里很有威信。有威信的人，老天爷总是喜欢把他们的生活重新安排安排。给观音代家的安排，就是三代单传。这不，他的爷爷只生了他爸爸，他爸爸只生了他。只生下他也好，却从小体弱多病，总在夜里大声啼哭，丢了魂似的。他爷爷只好领他去见卓尼某寺的高僧，高僧抬起眼皮只瞥了一眼躲在大人身后瑟瑟发抖的小孩，就说："去代给观世音菩萨吧！"

从此，他就叫观音代。

虽然观音代把我算作他的连手，但我觉得我不配做他的连手。他的一些话，我听不懂。

有一天，他给我说："我写了一首诗，你听听啊！"

我说："好的。你说！"

他摇头晃脑地念起来：

山上的花儿开了，它有了自己的声音。

河里的鱼儿睡了，它有了自己的美梦。

村里的丫头长大了，她有了自己的秘密。

我忍不住笑了："花还能说话？鱼还有梦？你就骗人吧！"

观音代说："你要知道，万物都有灵性的，你给花说话，花能听得到。你把树砍上一斧头，树是能感觉到疼痛的。不管植物还是动物，在情感上，和人没啥大的区别。"

我说："那你说人就说人，扯花啊鱼啊干啥嘛？"

观音代急了："这是比兴。比兴懂吗？"

我说："不懂。不过，最后两句，我听懂了。"

观音代说："说说看。"

我说："你看上了一个丫头。对吧？"

观音代嘿嘿嘿地笑了："看样子，你也能写诗了。"

三

观音代看上的是邻村村长的丫头。

村长姓李，和杨庄的李家是同宗同族，娶了洮河那边的藏族女人做老婆，生了两个儿子，一个丫头。这丫头叫李菊花，比我大三岁，腰细腿长，皮肤黑黑的，眼睛亮亮的，喜欢穿白底蓝花的衬衣，常摆着两根长辫子到东山底下去挑水。我喜欢走三里的路程，守候在邻村的那个清泉边，等待挑水的她突然出现。我也喜欢看她把水一瓢一瓢舀进沉重的木桶里，随后闪着细细的腰肢挑回去的那种情景。

当观音代给我暗示他看上的是李菊花的时候，我觉得心口疼了一下，皱起了眉头。

观音代说："我还写了一首诗给她。我给你念念啊！"

我不想听，但又很想知道他到底写了些什么。

观音代眯着眼睛，嘴角浮起一抹笑，轻声念道：

阳山葡萄阴山杏儿，杏儿把葡萄望着呢。

心想和你成一对，白天黑夜想着呢。

有心问你难开口，一对门牙挡着呢！

我叫喊道："杨德全，你就别念了，你念的根本就不是诗，是花儿！"

不知什么心理，我竟然在恼怒之中喊出了他的学名。

观音代笑了："我这学名没几个人知道，你是从哪儿知道的？"

我没好气地回答他："别说学名，你的好多事我都知道！"

其实这学名，是村学里的老师告诉我们的。老师们似乎都有一个怪毛病，他们喜欢把他们培养过的有点出息的人拿出来当例子举：

"知道李春平吗？他已经大学毕业了，现在在县上的大单位里工作呢！"

坐在教室里的像黑头乌鸦一样的我们，都摇摇头。

"你们这一帮呆瓜，李春平就是我们李校长的儿子。"

我们长长地哦了一声，表示明白了。

"知道杨德全吗？他已经上师范了，你们要向他学习！"

我们还是摇摇头。

"杨德全就是杨庄的观音代！"

我们又长长地哦了一声。

所以，当观音代搂住我的肩膀告诉我"只有好好念书，才能做人上人，才能娶那些漂亮的丫头"的时候，我觉得他的话是有道理的。想想吧，正是因为皇帝是读过书的人，是最厉害的人上人，所以他就能娶世上最好看的女人。他太厉害了，一个媳妇是不够的，所以要娶很多又好看又多情的女人。

我想，要娶到好女人做媳妇，就要好好念书。在做不了皇帝的年代，做一个为人民服务的干部，也是挺好的。起码像李菊花这样的丫头，肯定会喜欢当干部的人的。

我带着醋意问观音代说："那你想娶李菊花，对不对？"

他说："我才有这个想法，还没给家里人说呢。"

我感觉心里的酸味更浓了，酸得我流出了眼泪。我希望他永远别给家里人说。

四

一晃就是两年多，观音代果然一直没给家里人说他想娶李菊花的事。

不过，只要回到村里，他就给李菊花写诗，写在随身带的巴掌大的红皮本上。

李菊花不识字，看不懂他写的是什么，他只好用那土里土气的方言，念给她听。

他总是约李菊花出来，在小河边、杨树下，或者刚刚升起月亮的小山顶上，摇头晃脑地念：

山上的月亮圆了，

地上的草莓熟了，

村里的姑娘她走来了。

河里的太阳落了，

泉里的星星亮了，

村里的姑娘她来陪我了。

李菊花边听边笑，咯咯，咯咯，咯咯咯咯，活像个叫春的杜鹃，笑着笑着，就把头靠在观音代的肩膀上了。

我听说了，也见到了，感觉整个身体都是酸酸的。

我找了个机会劝观音代："你再不要给李菊花念诗了。听说好几次你们半晚上才回家，她的父亲都给她发火了。"

他说："给她写诗，给她念诗，是多么有趣的事。你不懂的！"

他还是照样给李菊花写诗念诗，就是不提要娶她的事。

但村长却托人给观音代的父亲说了："赶紧叫你家儿子娶了村长的丫头吧！"

"为啥呢？"观音代的父亲纳闷。

"为啥？就因为你家儿子把人家的肚子给搞大了！"媒人交了底。

"我的儿子是干部，不能娶在地里刨食的人当媳妇。"

媒人威胁道："不娶的话，人家就准备告状呢，到时你儿子也当不成干部了。"

这威胁果然有力量，干部杨德全，只好娶了邻村的李菊花。

娶了李菊花的杨德全，就不再把我当连手了，也不给我念他写给她的诗了。

我感觉到心里最美好的东西，在观音代娶李菊花的那天，永远地丢了。

五

十年后，我从一所大学毕业，在观音代念过书的师范学校里当教师。

我终于成了端着铁饭碗的干部了。

暑假，我回到村里，听说观音代在杨庄南边的一所村学里，当教导主任。也听说他要离婚了！

我提了一条烟、两瓶酒，去了观音代家。

我说："杨主任，我也工作了，今儿个来，是想感谢感谢你。"

观音代笑了："为啥要感谢我呢？应该感谢你家娘老子，感谢你自个儿嘛！"

我说："你考上了学校，成了国家干部，你就是我奋斗的目标。有了目标，就有了动力。有了动力，就有了现在的我。"

观音代说："这么说，确实应该感谢，应该感谢！"

他不再客气，撕开我拿的烟，抽起来。又打开我带的酒，倒上了。自个先抿了三杯，又斟满一盘，推给我。

我赶忙说："我不喝酒，不会喝。"

他说："屁话，不会，学学就会了。来，先喝上一杯。"

我只好喝了一杯，这酒辣得厉害，就硬咽进肚里。刚下肚，就咳咳咳地咳了好一会儿。

观音代说："还真没喝过啊？"

我说："真没喝过，这是第一次。嗳，嫂子呢？"

观音代说："叫我骂了一顿，回娘家了。"

我问："那孩子呢？"

观音代又斟满了酒："儿子，在城里念书。丫头，跟着娘去了。"

我说："那你应该叫回来。"

观音代说："叫个屁，就两步的路，还用叫吗？"

边说边端给我一杯酒，我接过来，喝干了，感觉不那么辣了。

我问："现在还写诗吗？"

观音代也喝了一杯说："停了一段时间，后来又开始写了。我想出本诗集呢！"

我吃了一惊："真的？"

他说："不骗你，是真的。"

我说："出书听说要花很多钱，嫂子同意吗？"

观音代说："就是因为她不同意，我才跟她闹翻的。臭婆娘，无法交流，就像《人生》里的刘巧珍，光知道养猪养鸡养娃娃的事！"

我禁不住笑起来："嫂子是农民，又没你这么多的学问。"

观音代说："不懂，她就应该闭嘴。她倒好，整天唠唠叨叨的，像个燥母鸡。"

我问："你还写现代诗吗？"

观音代说："现代诗？不写了，我写的是古体诗。我给你念一首，你听听啊！"

他抿了一杯酒，沉思了一会儿，像是在酝酿感情。而后，念了起来，用的是方言味很浓的普通话：

　　　　三杯浊酒话当年，十年育人也耕田。

　　　　最是无奈枕边人，不知我心在高山。

　　　　无悔昔日凌云志，敢恨而今圈马栏。

待到重阳菊花开，金盏清酒洗容颜。

在他念诗的过程中，那些沉淀下来的往事，像湖泊里的水，突然就在我的心里荡漾起来了。

我想起他那些缠绵多情的诗歌，想起他和李菊花共度的令人嫉妒的时光，想起在田地里渐渐老去的李菊花，蓦地流下泪来。那些往事，仿佛就发生在不远的昨天。

观音代说："看看，看看，我的诗，把你给感染了！"

我明白他诗中的意思，也明白自己此刻的心情，却不知说什么好。

六

后来，观音代提出要和李菊花离婚。

李菊花的两位哥哥找到观音代，轮番上阵，先用口水教育了几次，后用拳头教育了几次，还是没把观音代想离婚的念头教育掉。

于是，两人拖拖拉拉、你闹我倔地离了婚。

观音代想让儿子跟了他，可李菊花的父亲不答应，这样劝他的外孙子："跟着脑子不正常的，你能正常吗？"

于是那个个头和他一样大的小伙子没跟他，跟了当村长的外公了。

他想让女儿跟了他，可李菊花不答应，这样劝她的女儿："这个人就是个陈世美，跟这样狼心狗肺的人在一起，我的下场就是你的下场。"

于是像母亲一样美丽动人的小丫头，也跟着她的母亲走了。

剩下观音代一人，灰溜溜地去了他的学校，再也很少出现在庄子里。

几年后，听说他跟一个教汉语文的同事结了婚。

这时，我也结了婚，妻子也是知识分子，清秀美丽，性格温顺，相貌和李菊花有点像。

我带着妻子去见观音代。

他住着带有玻璃温室的平房。偌大的房间里，只他一人。

他一见我妻子，就愣住了。

我妻子很奇怪，在观音代烧水的空儿，问我怎么回事，我说："这家伙看上你了。"

妻子说："别开玩笑，到底怎么回事？"

我只好老老实实地回答："你长得和他的前妻有点像。"

观音代沏好茶，说："你们尝尝，尝尝，这可是好茶叶，是我媳妇到云南旅游时带回来的。"

我尝了一口，茶味较涩，是陈年春尖的味道。

我问："新姐（嫂子）呢？"

他说："去医院了。"

我问："怎么了？"

观音代看了看我妻子，沉默了片刻，终于开口了："妇科病。"

我哦了一声，觉得有些尴尬。妻子也不好意思，脸红起来。

观音代说："不说这事了。想喝酒吗？"说着从床底拎出两瓶"老县长"。

我们对饮。不长时间，就空了一瓶。

观音代的舌头有些大："小兄弟啊，你婆的媳妇儿可真漂亮！"

我妻子的脸更红了。

我说："是不是和李菊花有点像？"

观音代说："不是有点像，是很像。你说，你娶她，是不是因为你也喜欢李菊花？"

我忙辩解："老哥，可不能胡说，你要离间我和我媳妇儿的关系吗？"

但观音代的话，还是让我的妻子有了好奇心，她紧张地逼问我："你老实说，我真的像那李菊花吗？"

观音代说："像极了，他就是按李菊花的样子找的你。"

妻子生气了，她狠狠地瞪了我一眼，又伸手掐住我的胳膊，使劲地拧了几下。

我疼得大叫起来。观音代哈哈大笑。

我忙转变话题："老哥，你有孩子了吗？"

他说："没有，我不想要，她也不想要。"

我妻子插话说："杨哥，你怎么能不要孩子呢？应该要一个的。"

他盯着我妻子说："真的不想要。全世界人口都这么多了，地球上都快挤满了。供我们人类生存的资源，已经越来越少了。我再生，他们以后吃吃吃什么？喝喝喝什么？你说，你说！"

我的妻子被他的气势镇住了，她拉拉我的衣角，悄悄地问："杨哥是不是喝多了？"

我还没回答，观音代就说："我才没喝大呢！你们这些人，生那么多孩子孩子干啥？纯粹是想要人类早点早点灭亡嘛！"

我妻子确信观音代喝醉了，一个劲地给我使眼色："走吧，快点走吧！"

这时，一个黑而粗矮的女人从门外进来，见到我们，吃了一惊。

观音代忙摇摇晃晃地站起来，对我们介绍说："这是我我的婆娘，你们就叫新新新姐吧！"

七

观音代的夫人姓武，我妻子叫她武老师，我叫她新姐。

但她不接我们的话茬儿，只斜眼看观音代："又喝酒了？又喝尿了？"

观音代说："有朋自自自远方来，不亦乐乐乐乎？"

武老师说："乐乎个屁！我的事，你不管，光知道喝酒。"

我和妻子都觉得很尴尬，就准备告辞。

观音代说："先先先别走，我给你我的一本诗诗集。"

说着，摇摇晃晃地走到一个高低柜前，拉开柜门，摸索了半天，搜出一本薄薄的诗集。翻开，从兜里摸出一根细细的油芯，龙飞凤舞地签上了自己的名字。

我接过来一看，书名叫《补漏集》，一时竟不知书名的含义。翻开，扉页上写着：扎西老弟雅正！德全。某年某月某日。

我赶忙道谢，将书揣在怀里。

观音代送我和妻子出了院门，边走边说："别生你们新新姐的气，她其实就是好好人，就是脾气大了些。"

返程的客车上，我打开了《补漏集》。看了前言，发现了这样几句话："人生中有很多不如意。这些不如意，就像幸福生活中的种种漏洞，需要用文字来填补。只有这样，有缺憾的人生，才会有别样的意义。"

我终于明白了书名的含义。

妻子说："让我看看吧！"

我把书递给她，妻子一页一页地翻看，间或停下来，皱着眉头思考。

因为喝了酒，我觉得有些迷糊，在客车的摇晃之中，竟睡了过去。

正睡得舒服，妻子却捣醒了我。她指着书中的一首诗说："你看看，这是什么意思？"

我接过来一看，是首打油诗：

一去百里为求学，二返杨庄情事多。

三更月下有你我，四季皆春花如蝶。

五亭送别几行泪，六程快马新人乐。

七首短歌无人听，八声花儿谁知我。

九步断桥挥手去，十指不扣心如火。

奈何前尘爱诗书，此生再吟平与仄。

我告诉妻子："这是诗人的话，要细细体味，才能……"

还没说完，我那不争气的泪水，就漫出眼眶，打湿了衣襟。

（原载《北方文学》2015 年第 3 期）

月亮和星星

敏奇才

春风像姑娘的纤手轻柔地拂过了村庄、田野、树梢，也拂过了那些清闲了一个冬天的孩子们的心田。春风轻轻地拂了几遍，那些孕育和生长了一个冬天的生命再也按捺不住激悦的心跳，竞技似地蹦了出来。田野、树梢一夜之间哗地绿了。春风拂醒的那些孩子们的心田也随之给哗地逗绿了。

田野里传来了一阵悠长而深沉的牛哞，大地苏醒了。土地清馨的泥土味腥腥地荡漾在村子上空；树枝上几只麻雀嬉闹着追来逐去的，抖荡着那浓浓的春意。圆圆和亮亮早早爬起来站在院子里看着绿意覆野的山川，心里就忧忧的，有种说不出的难受。天天听着麻眼奶奶唠叨春近了，要种田了，圆圆和亮亮的心里急乎乎的。那只老母鸡焦躁不安地在院子里转来转去，咕咕地叫着，好像丢了蛋似的。圆圆对亮亮忧愁地说，刚才我听着有人驾着车在村街上碾过去了。奶奶说了，再过一半天人们恐怕就要开犁耕种了，我听见山里的牛叫就心焦得没地方放。亮亮也忧虑地说，要是我长大就好了，种田就不用姐姐你操心了。圆圆说，我要是个男娃娃就好了，种田就不用奶奶操心了。两个小东西在院子里说着有关农事的话。麻眼奶奶在炕上听着两个孙儿孙女的说话声，也就起炕了。

麻眼奶奶虽然眼睛看不见，但耳朵却非常灵敏，就是夜风轻轻吹过窗前，她也知道是东风或是西风，南风或是北风，来预告一天天气的好坏，麻眼奶奶预告天气这点非常灵也非常准，让村里人很是羡慕。就是一只吊线蛛从屋顶上攀上吊下，她也知道是大是小。她通过灵敏的一对耳朵听着天气，听着村里人对前世和现世里事情的说道，听着两个孙儿孙女的说话，听着这个世道变幻莫测的变化，用她的耳朵经历着她该经历的一切。

奶奶隔着窗对圆圆说，我听到村街上有人在吆喝牲口，是不是有人犁地种田去了？你去看看，看是谁家种田去了。圆圆就出门去看了。亮亮你去看看园子里向阳的那垄葱有一拃高了没有？亮亮就跑到园子里用手拃了拃，葱果然有一拃高了，长得嫩嫩绿绿、肥肥胖胖的。亮亮就高兴地跑去对奶奶说，奶奶，葱苔子绿绿胖胖的有一拃高了。奶奶就点着头说，我知道了，现在该种麦子了。圆圆到门外看了一会儿就跑进来对奶奶说，对门曼苏说他们家到阳坡湾里种麦子去了。别人家也都还没有活动手脚，牛马骡子的也还在槽上拴着呢。奶奶就气嘟嘟地说，你们那没有良心的娘老子也该回来了。出门的时候说冬干拉粪的时候就回来务操庄稼，可冬干了，春来了，到了种田的时候还不回来，这也叫人话呢，说的话像风地扬了把灰，风一吹啥也都没有了。家务不管也就算了，但庄稼不种那就说不过去了，庄稼汉人务的一把庄稼，靠的一把庄稼，不种庄稼了那还叫庄稼汉吗？我知道他们走的时候就揣着不回来的心了，以前嘴里常浪荡着说庄稼没有啥种头了，那时候我就知道他们的心思不在庄稼上了。他们把心都死到腔子里了。这是要我们娃娃太太的种庄稼呢。可你们呢？也不听话，学也不好好上，今天就又没去学校逃学落课了。我一个麻眼老婆子，连自己都看守不好，还要照看你们，我的难处太大了。圆圆和亮亮听奶奶一诉苦，就又想起了娘，也想起了父亲。

娘老子在身边的时候，就从来没在意过什么叫思念和寂寞，也从来没有过忧伤，更没有操过家里家务上的一份心。拴在槽上的牛饿着或是饱着他们不管，晚归的羊少了或是多了也不管，至于说归巢的鸡多了少了他们更不关心。他们只知吃饱喝足了玩儿，天天背着日头贴着月亮过日子。奶奶呢，在春天的时候还能下炕在院子里晒晒太阳，而在冬天呢，就常常静悄悄地好像没人一样地在炕上坐着，闭着一对麻眼，嘴里默诵着《古兰经》，手里数着念珠，多少年了，就是那个模样，不和你搭话，也不和你主动说话，人问一句她答一句。只有来了生人的时候才收起她的念珠，闭着眼和来人说上那么几句话，不温不火的。其实，她睁不睁眼无所谓，她是看不见的，她睁了也跟闭着一样。她也很少操心家里的事，不是她不操心，是大家不让她操心，她一个麻眼人，看不见天瞭不着地的，能做些啥呢。即便是做了也做得马马虎虎、粗粗略略的。可现在就不一样了，家里的事她还得摸摸索索地操心，圆圆和亮亮的娘老子撇下他们走了，走得义无反顾。走的人是走了，但留下来的总不能把一副生活的重担放到两个小东西的肩膀上，他们稚嫩的肩膀担负不起啊。奶奶知道今年是指望不上那两个出门的人了，指望也是白指望。粮食还得一粒粒从磨眼里研细，活路还得一件件从她手里做过。她要是一个眼亮人就好了，可真主偏偏让她成了一个残疾人，一个看不见顿亚（世界）的麻眼人。好在两个小东西还不至于让她操太多的心，反而帮衬着她操了不少的心。要不是这两个小东西，她现在也许吃不上熟食热饭，只是可怜了两个小东西，那么小就有了一份分担家务的心。奶奶数着念珠心里却想着今年种田的事，嘴里的诵念也就停了下来。

圆圆和亮亮看着奶奶陷入了一种前所未有的沉思和忧虑当中，心中就对娘和父亲产生了那么一份忧伤和憎恨。早饭该吃什么呢？圆圆在心里问了自己好几遍，就是思谋不起该吃些什么。想了许久，圆圆就问奶奶。奶奶说煮一锅洋芋吧，先凑合着吃一顿，下午挖些羊角葱包饺子吃。圆圆和亮亮听了奶奶的话就高兴地忘记了饥饿。圆圆搬来小梯子放到洋芋窖里，让亮亮下去掏了一洋瓷盆子洋芋，然后洗干净煮在了锅里。奶奶坐在炕上听着洋芋锅里咕咚咕咚的沸腾声，干瘦的脸上就堆上了几朵艳艳的笑容，自言自语地说，圆圆长大了。亮亮坐在炕头听奶奶夸圆圆，就大声对奶奶说，奶奶夸姐姐了。奶奶就大笑着说，亮亮是个攒劲的儿子娃娃，是奶奶的好孙子。亮亮就心满意足地说，奶奶，锅里的洋芋热了。

吃了洋芋早饭，圆圆就拿上扫帚一下一下刷刷地扫院子，亮亮拿着铁锨铲鸡粪。奶奶听了两个人的动静就大声说，活先放下，院子干净着呢。快到晌午了，背上书包上学去。我可不敢再拉捞你们了，再这样下去，你俩今年都得留级，你们的娘老子一来，我就说不清头了。听了奶奶的话，圆圆就思谋今年她和亮亮落下的课也够多了，再不好好上学，她俩就得双双留级，重读一年。奶奶常说，寡妇门前是非多，没娘的娃娃事情多。娘老子这一走，两个娃娃的事情就真的多，早上起来放牛放羊喂鸡；中午放学做饭洗锅，照看麻眼的奶奶；下午放学担水，拴牛迎羊圈羊圈鸡，还要做饭……事情多的让圆圆和亮亮有点手足无措。事情一多，圆圆和亮亮就不想上学了。有时，忙了家务，作业做不完，没少挨老师的批评。老师虽然知道她们的情况，但天天那样下去也不是个话，可不批评也不行，她俩的学习落得太多了。给家里人说一说吧，可家里只有一位麻眼奶奶。麻眼奶奶连自己的生活都料理不好，哪里还能照看上孙儿孙女的学习呢。圆圆和亮亮天天起早贪黑地务忙着家务，对上学读书也就显得有点疲遢，没有以往的那种上进心了。这就叫老师们很着急，但你急也是干急。孩子的家长不操心不心急，你心急也是白急，你操心也是白操。圆圆和亮亮的学习没有人操心，就自个儿操起心来了。

圆圆和亮亮下午放学回到家里时，奶奶搬条小木凳子坐在墙根下暖暖地晒着太阳，一副很舒适惬意的样子，头歪在肩膀上有节奏地打着呼噜，完全沉浸在浓浓的无限美好的春意里。圆圆过去摇了摇奶奶的胳膊，轻声地叫了声。奶奶忽地抬起头下意识地睁了睁那双麻眼，笑着说，太阳暖暖的像热炕，把我的瞌睡虫晒醒了，让我美美地睡了一觉，美死了。没有听着你们来了。圆圆蹲着趴在奶奶的腿上说，奶奶今晚夕的夜饭做啥呢？奶奶就笑着露出了两排洁白的牙齿。圆圆看着奶奶的牙就想起了那白净的生萝卜，白白生生的，咬一口既脆又香。奶奶说圆圆去园子里挖两把羊角葱，亮亮去河对岸杨二浪家割一斤羊肉去，奶奶摸摸索索地摸进堂屋，伸手从炕席底下摸出一个小布包，从中间摸出了两张五元的钱，让亮亮拿上割羊肉去了。圆圆看着嫩展展的羊角葱，黄嫩黄嫩的叶子，白嫩白嫩的葱白，就馋馋的想吃一口。圆圆洗了手洗了葱，奶奶就叫她和面。等圆圆把面和好时，亮亮飞快地拿着一块割好的羊肉从大门里跑了进来。奶奶又指教着圆圆把羊肉和葱都切碎，然后放在热油锅里炒了个半熟。包饺子的时候，奶奶就摸索着帮两个人包。奶奶虽然眼睛看不见，但包起饺子来却也手快得惊人。饺子在她手里一只只跳跃着，像刚出窝的鸡娃子窜溜溜的。以前奶奶也包过饺子，但圆圆和亮亮就从来没有注意过奶奶的包法。包饺子的时候，奶奶说，今晚夕我们思谋一下种田的事。说到种田，圆圆和亮亮的心里蓦地腾起了疙瘩，就凭奶奶和她俩种个啥田呢。本来不是她们考虑的事，现在却要她们考虑，她们的心里能不起疙瘩吗？

吃过了夜饭，黄昏也就悄然降临了。一只只干干瘦瘦的羊踉踉跄跄地往家里跑，咩咩地叫唤着，一副饥饿的样子。而那只春头上死了娘的羊羔子奔拉着脑袋，走得蹒蹒跚跚，一副丧气的样子。它是羊群里的孤儿，它是那样的失神、无助和孤寂。羊们挤挤搡搡地进了家门，强壮的羊走在头里，孱弱的羊走在后头，那只死了娘的羊羔子跟在最后，它是这帮羊里面的弱者。看着羊们一只跟一只地进了家门，也看着那只羊羔子进了家门，亮亮就用一只铁盆子端着吃剩的残汤让那只羊羔子喝。亮亮"没娘娃、没娘娃"地叫着，羊羔子就欢快地叫了一声，轻轻快快地跑过来低头吃亮亮端着的残汤。羊羔子吃着，不时地抬眼看看端着盆子的亮亮，眼睛像两眼泉水，汪汪的，亮亮的。亮亮看着心里就柔柔地产生了一种难以割舍的情谊。那些鸡们旋在亮亮的身边，不时地乘机挤过去往盆子里啄上几口，又跳跃开，如是往复数次，只吃了个满头残汤，没有捞到多少便宜。在他家耕耘了一辈子土地的老牛此时却昂头默默地望着远处的田野，似乎是若有所思。

夜色浓浓地袭了来。月亮上来了，孤寂地挂在门前的白杨树杈上，遮遮掩掩的，把一副寡白寡白的脸藏而不露，像捉迷藏似的。单调而又稀疏的几颗星星远远的眨巴眨巴地扑闪着眼睛，瞅着这个世界上的芸芸众生，好像要诉说些什么。傍晚的红气一退尽，夜幕就哗地拉下来罩住了村庄，罩了个严严实实。奶奶伸手拉亮了屋内那盏本不是太明亮的电灯，拉开被子让圆圆和亮亮都围坐在她的旁边。炕上温乎乎的，不冷也不是太热。奶奶让圆圆和亮亮按山头数地块，并逐一说出地名来。圆圆和亮亮就思谋着按山头说着地名：碗架板、疙瘩背、月亮湾、簸箕湾、烽墩口、上阴坡、下阴坡……两人数着地块，说着地名，不时地瞅一眼奶奶的麻眼，看奶奶的反应。两个人说着地名，奶奶便陷入了一种深沉的记忆当中。她眼睛还没有麻的时候，这些个地场她每年都要跑上好几趟，翻地、种田、锄草、拔草、收割、拉运，有时一样活她得跑上几趟，像锄草，你一天是锄不完的，得花她几天工夫。闲了的时候，她还要去看看庄稼的长势。

数完了地块，奶奶又叫圆圆和亮亮按数了的地块说去年种过的茬口，是麦茬还是青稞茬，是洋芋茬还是大豆茬。你得说得详详细细的。说完了茬口，奶奶就说明天开犁种田吧。圆圆说谁种呢？奶奶说，明天天麻乎子亮的时候，圆圆去叫你赛里木阿爷，就说我叫他呢，让他帮忙雇别人种田吧。人忙地张口的时候央谁呢，这个年月谁都不容易，家家都和我们一样，老的老小的小，都有自己的活，自己的活都忙不过来，也没有心劲帮别人家的活。只不过别人家有老的人眼睛好着呢，只要眼睛好着，那做不上的活还可以看上。亮亮听了奶奶的一番感慨说，奶奶，我的眼睛亮着呢，姐姐圆圆的眼睛也亮着呢，能看见活呢。奶奶就伸手摸了摸亮亮和圆圆的头说，你们两个会疼肠扯心人了。我知道你们的眼睛亮着呢，比别人家的孩子亮。赶紧睡觉吧！明天早点起来还要上学呢。圆圆和亮亮就顺顺从从地钻进暖烘烘的被窝里。奶奶顺手摸索着拉灭了电灯。圆圆和亮亮仰头望着窗外明明亮亮的月亮睡不着觉。圆圆睡了会儿就记起奶奶还没有说明早要到哪块地里种麦子呢。就翻过身问，奶奶明早到哪块地里种麦子呢？奶奶说，你们只管睡觉，明早天麻乎子亮的时候把赛里木阿爷给我叫来就成了，你们只管上学念书去。

圆圆就想着那些地块，一块地一块地地想，可就是想不清头。

哪块地里到底种啥，在往年，天麻乎子亮的时候，大门咯叽一响，父亲就驾上二牛抬杠走了，至于是在哪块地种，她是不知道的。只是后来庄稼长大了，成熟了，她才知道那块地种的是啥。想着种田的事，圆圆就想起了老师教过的古诗《悯农》："锄禾日当午，汗滴禾下土。谁知盘中餐，粒粒皆辛苦。"课本插图上日头高高地挂在蓝天上，炎炎的。老农在烈日下锄苗，脸上的汗珠滚落着。圆圆想着想着就想到了奶奶，心中就酸酸的，眼泪哗地淌了下来。亮亮忧忧地看着窗外月亮挂在树梢上忽忽地摆动着，就知道是起风了。奶奶长长地叹了口气，好像有无尽的怨气憋在肚子里吐不完。圆圆和亮亮就知道奶奶想着种田的事睡不着觉，心里慌着呢。亮亮就轻轻地问，奶奶，您没有睡着吗？奶奶说人老了瞌睡少睡不着，思谋些事，思谋些家务事，思谋明天种田的事，思谋的事情多着呢。你们睡你们的觉，别耽搁明早上学。圆圆听着奶奶说完了话，就转过身来捣了亮亮一拳头，说睡觉，明天还要早早起来呢。亮亮就一声不吭地躺下了。显然是听从了圆圆的话，要是在平常素日，他会毫不客气地还圆圆两下子。亮亮挨了圆圆一拳头，就默不作声了。夜静如止水，月光透过窗玻璃把屋子分成了支离破碎的几块，一切声响都归于平静，只有三个人细微的呼吸声均匀地吞吐着，和着那支离破碎的月光在屋子里荡漾。

夜深了。圆圆和亮亮大睁着让人担忧的眼睛，思谋着不该她们思考的问题。月亮走过了树梢，圆圆的像脸盆像娃娃的笑脸，周围有一些云飘过来荡过去的但总是遮掩不住它脸盆似的笑脸。星星贼明贼明地亮，忽闪忽闪地眨巴着永远让人担忧的眼睛，让人猜不透它到底思谋些什么，担忧些什么。奶奶已经入睡了，巍颤颤地打着呼噜。圆圆和亮亮闭着发烫的眼睛，各自思谋着各自心里的事。圆圆实在睡不着，悄悄起身看了一眼亮亮，发现亮亮同样大睁着眼睛，就轻轻地说，亮亮你想啥呢？亮亮轻轻地说，我也说不清头想啥呢。圆圆说，还不如甭说。你到底想啥呢？亮亮想了会儿说，我想庄稼呢。圆圆说，庄稼还没有种呢，你想啥呢？亮亮说，我想着种庄稼庄稼就长高了长大了长黄了。圆圆说，我咋想着庄稼就长不高长不大也长不黄呢。亮亮就骄傲地说，你闭上眼睛好好想，庄稼就长高了长大了长黄了。圆圆闭上眼睛想了会儿说，我想了会儿不见庄稼长高长大长黄，只见月亮又大又圆，星星又明又亮。亮亮说，那就对了，你再想上一会儿，想庄稼在月亮地里长呢，庄稼就嗖地长高长大长黄了。圆圆听了亮亮的话，就闭上眼睛使劲地想，可怎么想庄稼也长不高长不大长不黄。圆圆生气地用手拍了拍脑门子，狠了劲想。亮亮看着月影子里圆圆那白白净净的脸庞，心想你该去想去年的庄稼才对，那才能想着长高长大长黄呢。今年的庄稼还没有下种，想着也白想，想了也长不高长不大长不黄。圆圆想了会儿轻轻地对亮亮说，我还是想着庄稼长不高长不大长不黄。亮亮轻盈地笑着说，你就想月亮想星星，然后想庄稼，想去年的庄稼，去年地里的庄稼不高不大不黄吗？圆圆怔了会儿说，你个贼打鬼，人尕鬼精，你就说想去年的庄稼。我说我想了半天今年的庄稼就是长不高长不大长不黄。亮亮听着圆圆埋怨他，就嘿嘿地笑了。圆圆按亮亮的想法一想，果然庄稼就长高了长大了长黄了。还想到把庄稼割了拉了碾了磨了吃了。她想着想着也就嘿嘿地笑了。这一笑把亮亮也给惹笑了。

圆圆和亮亮想着想着瞌睡就来了。但那几只公鸡却啪啪地拍着翅膀高亢地叫鸣了。圆圆就不敢睡觉了，等一会儿她要起身叫赛里木阿爷去，完了还要上学。亮亮也不敢睡觉了，若再睡下去，那就起不了炕了，明天的学也就上不成了。鸡一叫，羊圈里也就开始不太平起来了，羊们起身在圈里来来回回地走动着，开春的那点嫩草芽子啃了一天还不够填它们的牙缝，饥饿已经使它们坐卧不宁，它们需要一把草料来填填肚子了。那头老牛像奶奶一样静静地卧着没有一点动静，十几年了，它还是知道的，这时候你就是把圈门拆掉，家里人也不会操心你的事，只有牛倌粗犷地喊上那么一嗓子，放牛了！家里人才会关心它放它去吃草。那些公鸡们一只跟着一只叫开鸣了。奶奶翻了个身，喊了声圆圆，又喊了声亮亮，两个人就忽地翻身坐了起来。两个人一坐起来，奶奶就吃惊地说，你们醒来了。圆圆说，晚夕里思谋着庄稼没有睡着。亮亮说还思谋着月亮和星星呢。奶奶心疼地说，你们先睡会儿，天还早着呢。到时候我叫你们。圆圆和亮亮就又倒身睡下了。头刚一挨枕头，就呼呼地进入了梦乡。鸡的打鸣，羊的骚动，再也扰不醒圆圆和亮亮的瞌睡了。

月亮洒了一夜的清辉，静静地走了。星星眨了一晚夕的眼，眨困了也跟着月亮悄悄地走了。窗户上有了一丝白气，门外大白杨树上憩息的鸟儿叽叽喳喳地叫开了。天已麻乎乎亮了。奶奶轻轻地推了推圆圆，圆圆睡得死沉。又揉了揉亮亮，亮亮还是睡得死沉，根本没有醒来的意思。她想昨晚夕不该给两个孩子说种田的事，搅得两个孩子一晚夕没有睡好觉。奶奶心里就悲戚戚的。可不叫醒不行，圆圆还得给她叫赛里木阿爷去，种田的时候地不能落下也不能荒，得央人或雇人把地种了。两个娃娃不上学不行，不上学人就荒废了。地荒一年，人荒一世。哪样都耽搁不得，也耽搁不起啊。奶奶狠了狠心，先是摸索着拉起圆圆，让圆圆给她叫赛里木阿爷去。圆圆半睁半闭着眼睛，一声不吭地下了炕穿上鞋，然后癫癫狂狂地揉着眼睛走了。亮亮蜷缩在炕头，任你推过来揉过去他再也醒不来了。正是睡瞌睡的时候，他却要替家里分担忧愁，分担家务的担子。也许他不会做作业的时候，还没有那么深刻地思谋过。奶奶流着泪硬是把亮亮从热被窝里拉了起来。亮亮这次被奶奶硬拉起来却没有撒娇也没有哭，要是在以往，他会给奶奶撒会儿娇然后再哭上那么几声，让奶奶哄上那么一会儿，他才会高高兴兴地上学去。亮亮洗了脸趴在炕沿上对奶奶说，昨晚夕我想着种庄稼，庄稼就长高了长大了长黄了。睡梦里我还梦见月亮给我笑，星星给我眨眼睛呢。奶奶说那是你的记忆吧？亮亮说，不是记忆，我想着了。月亮和星星我也梦着了。奶奶就高兴地说，亮亮是个乖娃娃。亮亮听奶奶夸他，就又想到了长高长大长黄的庄稼。刚要抬脚迈出屋门，却又返回来说，奶奶，姐姐圆圆没有想着庄稼长高长大长黄呢。奶奶笑着说，那是姐姐想着别的事情呢。亮亮就倔犟地说，姐姐她想不着。奶奶就顺着亮亮说，姐姐想不着，我的乖娃娃想着呢，昨晚夕你想着庄稼，月亮和星星都对你笑了呢。亮亮说，您看见月亮和星星笑了？奶奶说，我眼麻看不见，我听着月亮和星星的笑声了，在晚夕里笑得嘿嘿咯咯的。我想是月亮和星星看着你想庄稼的事把它们给惹笑了。亮亮说，我一晚夕没有听着月亮和星星的笑声。奶奶说，你睡着了月亮和星星偷着笑呢。亮亮听奶奶说月亮和星星被他惹笑了，心里就荡漾起了一种无以言说的明亮的涟漪。亮亮很高兴，就爬上炕抚摸了一下奶奶的手，然后蹦蹦跳跳地背上书包哼着小曲上学去了。一路上亮亮笑嘻嘻的，嘿嘿咯咯的，把路口大树上睡眠的几只麻雀给莫名其妙地咤飞了。亮亮一抬头，村口那儿姐姐圆圆也背着书包一路小跑着来了。亮亮再一抬头，就看见日头红红的像刚睡醒的胖娃娃的笑脸半掩着忽地跃出了地面，笑笑的，胖胖的，艳艳的，像熟透的麦田。

（原载《民族文学》2009 年第 8 期）

毕业之后

敏彦萍

一

阿才坐在冬窝子门前的草地上，看着远处快要跌入山后的夕阳。在夕阳的余晖里，父亲正赶着一群牛羊从他视线的尽头缓缓走来，那微微佝偻着的腰身像背负着什么重物似的，一只藏獒不紧不慢地跟在他的身后。天空中不时有鸟儿飞过，翅膀划破空气的声音疾速而凛冽。望着那些急急归巢的飞鸟，阿才的心却被一种没着没落的情绪迅速占领⋯⋯

父亲走近阿才时头也没抬，也没跟他搭腔，只是轻轻地发出一声叹息。这轻轻的一声却在阿才的心上重重地捶了一下。阿才张了张嘴，却一句话也没说出来。他默默地看着父亲站在圈门口，仔细地清点着牛羊，然后将它们一一收拢进圈里。

被城里人用作催眠的"数羊"却是父亲每天的必修课，他们全家的生计和希望就系在这每天的"颗粒归仓"上。因此，牛羊归圈时，父亲数得格外仔细，生怕在放牧的过程中走失一只羊或一头牛。二十四头牛、一百六十二只羊是阿才家的全部所有。

暮色渐浓，轻轻地将阿才拥抱在怀里。他将垫在屁股下边的书抽出来，放在膝盖上。这是一本《公共基础知识考试大纲复习指南》。书本因为长时间接触地面，吸附了地上的湿气，拿在手中感觉有些潮柔。当他拿起这本书的时候，脑海里一片空茫，心像眼前这片荒芜的牧场，没有一丝绿色，也没有一点希望。

不久前，同学桑德给他打来电话说国家规定从今年起，机关事业单位不再招考中专毕业生了。这个消息如同晴天霹雳，将阿才劈得目瞪口呆了。这样的现实，他一时无法面对和接受，一连几天，他都在用酒精麻醉自己。阿才并非善饮之人，尽管藏族人有豪饮的传统，但他从骨子里对酒的味道全无好感，甚至有些厌恶。可是，现在除了酒，似乎没有别的什么东西能施以妙手，将他抚慰，让他释放心中的苦闷。

一醉解千愁。在这样痛苦得不知所措的时刻，也许只有酒精的麻醉才能让他的心灵趋于平静。阿才觉得这样的麻醉是把自己与那个纷繁复杂的外界隔蔽开来的最好方法。此刻，他需要以这样的方式自我解救。

这样的麻醉也是一种奇妙的人生体验。毕业之前的同学聚餐，让阿才第一次亲身体验了人生聚散无常的忧伤和白酒辛辣如魔的滋味。

平日里视学生饮酒如吸毒的老师们，似乎也格外开恩，破例开禁，除了汽水、香槟外，啤酒、红酒、白酒全上了餐桌。这种"红、白、啤"的大聚会却将伤别离的氛围渲染得格外浓重。

那一晚，所有人的心被"挥手从兹去……从此天涯孤旅"的情绪占据着，滴酒不沾的阿才也被一种难分难舍的情感牵动着，居然硬生生吞下了十几杯白酒，让女生诧异惊奇，让男生佩服喝彩。直接的后果就是吐了个翻江倒海，醉了个不省人事，被同学们抬回了宿舍。等第二天醒来时，发现新买不久的夹克衫划开了几道口子，手机也不知丢到哪里了。头疼欲裂的阿才感到胃还在不断地痉挛着，欲吐无物。

这是阿才第二次喝醉酒。酒不仅能麻醉人的神经，有时候也能把人带入无尽的美好之中。在醉意朦胧和杯影沉淀中，阿才仿佛又回到了刚刚毕业后的那个夏天，回到了那段充满期待与憧憬的美好时光。

那年夏天，毕业之后的阿才离开了学校，回到草原深处的牧场，主动承担起了家里的牛羊放牧工作。他是想利用在家待业的这段时日，替换一下辛劳的父母，也想借此机会搞一次理论与实践相结合的实习。上了几年中专，花了家里不少钱，也学了不少有关草原和牛羊的科学。

阿才每天赶着牛羊，走很远的路。父亲说，不能让羊空腹吃露水太重的草，羊的胃会发胀而导致消化不良。"春天放平滩，夏秋上高山，冬日进山弯，牲畜四季膘情满。"在这方面父亲是专家，比阿才懂得多。因此，他遵照父亲的话，早上先将羊群赶到阳坡放牧，那里草上的露水被日光蒸发得快，下午他才将羊群赶到阴坡去放牧。在寻找草场时，他细心地选择那些长着野葱、石蒜的草场。在学校里他学过，知道那些味道强烈的牧草具有排毒作用，牛羊吃下去，就会排出肠道内蓄积的毒素。清理了肠道的牛羊消化吸收能力才会提高，膘情也会上得更快，到了秋天才能卖上更好的价钱！

阳光照在草原上，温暖而惬意，格桑花开得正艳，一眼望过去，金黄一片。"冲天香阵透长安，满城尽带黄金甲"，阿才轻轻地吟诵出一句古诗。这漫山遍野，金灿灿的格桑花比黄巢笔下的菊花开得更有气势，也更加美丽。

阿才望着远处或吃草，或反刍的牛羊，心里有种说不出的愉悦，他来到一个地势较高的坡梁上坐了下来，随手掐了几片青草叶子放在嘴里咀嚼，青草涩涩的清香渗进味蕾。

牛羊吃饱午休的时候，他也会躺在草地上休息一会儿。阿才将脱下的衣服卷起来枕在头下。衣服上散发出一股浓重的汗气味儿。脱掉校服后的他整天和牛羊厮守在一起，感觉自己身上充满了牛羊的味道，此时的自己才更像是一个地地道道的牧人了。

阿才躺在绒软的草地上，一边呼吸花草特有的馨香，一边望着穹庐似的天空中随意游走的云朵。感觉坡下觅草的羊群就是一大团从天上飘落下来的云朵，铺衬着草原，丰富和生动着草原，让草原更有生机，更显魅力。

在强烈的紫外线下，云朵似乎有些招架不住了，渐渐地消融，渐渐地淡开，最后变成薄薄的轻纱，飘在天的一隅。也许是被太阳晒化了吧，就像放在滚烫开水里的酥油。阿才心里这么想着。

阿才拿出随身携带的书本，开始翻看起来。在这广袤无垠、绿草如茵的大草原上，每天早晨，太阳升起之前，那鸣禽中的佼佼者——百灵鸟就开始演奏连音乐家都难以谱成的美妙乐曲。空阔的山野，清新的空气，悦耳的鸟鸣令人心旷神怡。

一日之计在于晨。对于勤奋的阿才来说，最为宝贵的就是早晨了，他觉得早晨学习的效果最佳。因此，他充分利用早晨放牧之前的时光背记知识要点。在出来放牧牛羊的时候再进行复习，加以巩固，准备迎接秋后的招考。

不知道从什么时候开始，毕业后国家不再统一分配工作，必须要通过考试才能进入国家机关、事业单位。这种方式叫"凡进必考"。阿才也在为"凡进必考"做着努力和准备。

二

秋天的草原依然很丰美，但仔细看去，那浅浅的枯色已悄悄浮现在草尖，一丝凋敝的气息有意无意地点染着草原。几只百灵鸟一会儿高，一会儿低地旋飞着，歌喉婉转而清亮。不远处，一只旱獭站在洞前的土丘上，抬起前肢，直起身子，晃动着圆圆的小脑袋，机警地四处张望，不时发出"咕儿、咕儿"的叫声。

在草原上，獭拉是一种很常见的小动物。牧场边缘的山丘下随处可见一个个的洞穴，那就是它们的家。从冬天到春天，獭拉大约有半年的时间是在洞穴里冬眠。入夏以后，它们才开始在草原上活跃起来。肥美的牧草将它们养得胖墩墩、圆滚滚的，看起来格外可爱。

阿才骑着父亲的摩托车，正兴冲冲地奔驰在前往县城的路上。今天，他进城要办一件非常重要的事情——报名，国庆节后就要考试了。想着自己这段时间的努力，阿才心里底气十足。他暗自给自己鼓劲加油，要一鼓作气考试过关，早点上班，好让父母安心。

原本，他也想在城里找一份适合自己的工作，然而一切并没有他想象的那样一帆风顺。加上年事渐高的父母也需要人照顾。因此，他怀着破釜沉舟的决心回到了家乡，决此一"战"。

毕业前夕在城里求职的经历，阿才依然历历在目。起初，没有真正接触过社会的他对在城里找份工作充满信心。他热情高涨，甚至有些兴奋地每天顶着火辣辣的太阳，去人才市场推销自己，寻找就业门路。

拥挤的人才市场里群情激昂，人头攒动，挤满了求职的各路"英雄"。阿才夹杂在人群中东张西望，左顾右盼。大多数招人单位对学历的要求让他望而却步。寥寥几个单位倒是招中专生，但要有工作经历和懂技术的，月薪也在两千元左右。好不容易找到了一个宠物医师的岗位，月薪三千多元，阿才觉得这个岗位和自己所学的专业也接近，就挤进去递上简历，满怀信心地等待着对方的答复。招聘人员上下打量着阿才问："你有从医经验吗？"

"没有，但我学的就是这方面的专业，很对口，而且我很勤奋，不怕吃苦，会加倍努力学的！"阿才指着简历上的专业栏急忙解释道。

"对不起，小伙子！我们招的是有工作经验的，你一个刚毕业的学生是不行的……"那人头也不抬地说。

阿才没工作经验，只好偃旗息鼓，鸣金收兵，退出了拥挤的人群。

但是，他并没灰心。他想好事多磨，一定要找到一份适合自己的工作。

一连几天，阿才在人才市场上来回转悠，寻找机会，也很踊跃地投出了好几份简历，招人单位接了他的简历后，让他等候面试电话。可一连几周，他一个电话也没接到。望着自己被踩得满是脚印的球鞋，一种折戟沉沙的挫败感让他的热情一下子降到了冰点。

走出群情激昂的人才市场，阿才迈着沉重的步伐向公交站点走去。站点上依然是人头攒动，熙熙攘攘。阿才落寞地望着马路上川流不息的车辆与高耸入云的楼群感叹道："我本不该属于这里，只是这座城市的过客而已。就像这些来了又走了的公交车一样，不可能永远停靠在一个站点。"

阿才挤上沙丁鱼罐头一样闷热的公交车，一边擦拭额头上的汗水，一边找了个靠窗的位置抓稳吊环。吊环上吊着的众多手臂让阿才联想到冬天里母亲晾挂在绳索上风干的牛肉。

正在他信马由缰、胡思乱想的时候，父亲打来了电话问他什么时候可以回家，要不要他来学校接他，并告诉他已经到地方人事部门打听过了，秋后机关事业单位就有招考人员的计划，要他抓紧时间学习，做好迎接招考的准备。

是啊，草原才是他的家，家里还有亲人等着他回去照顾呢。接罢父亲的电话后，阿才的心里突然涌上一股强烈的想要立刻回到家的念头。

在回校的路上，阿才盘算着回家之前，一定要去书店买一套考试复习的书籍和资料。"笨鸟先飞早入林"，这是上中学时一位老师说的，阿才始终铭记着老师说过的这句话。他觉得自己就是一只笨鸟，在读书求学的路上，没少下工夫，但效果总是不太好，事倍功半。尤其是在考试的时候，发挥失常，成绩不理想，最后进了这所中专。但他依然坚信勤能补拙，只有提前着手准备，比别人付出更多的努力，才会取得更好的成绩，才有把握考试过关，阿才心里这样想着。

三

一路上，阿才融浸在鸟儿的歌唱和獭拉的欢叫声中，不由得哼起了歌曲："因为我们今生有缘，让我有个心愿，等到草原最美的季节，陪你一起看草原，去看那青青的草，去看那蓝蓝的天，看那白云轻轻地飘，带着我的思念……"

唱着歌曲，看着那忽高忽低、欢歌旋飞的百灵鸟，阿才的心底漾起美好而温暖的回忆。

不知道那个百灵鸟一样的邻桌女孩，这段日子在干什么，她还好吧！好几次，他蓄积勇气想给她发个短信或打个电话问问近况，或者该邀她来看看草原上最美的景色。然而，她那么高贵美丽，自己却这样平凡卑微。

面对她，阿才缺乏的就是自信和胆气。如果不是胆怯，说不定这时候她就是自己的女朋友了，阿才心里暗暗自忖。

迎新晚会上，一首《陪你一起看草原》让阿才和其他同学把目光齐刷刷地聚焦到了她的身上——弯弯的眉毛下，一对大而清澈的眼睛，长而黑亮的辫子垂过腰际，更添几分端庄与秀美。阿才被她的歌声深深打动。他以为只有生长在草原上的藏家女孩儿，才有这百灵鸟一样清丽婉转的歌喉。更引阿才注目的是她那条又黑又长的，像藏家女孩一样的大辫子。不知道为什么，从见到她的第一眼起，阿才就对她有着一种非同一般的感觉。他觉得她身上有一种难以用言语形容的亲切感。天意安排他们同班，而且她的座位恰巧就在阿才的前面，成了邻桌，咫尺之间。

上课的时候，阿才的目光总是不自觉地停在她身上，尽管他看不清她的脸。但那条长辫子一直就在他的眼前，并时不时地跑到他的课桌上。毛茸茸的辫梢在阿才的文具盒和课本上扫来扫去，发出沙沙的声音。这种声音让阿才的心里有一种莫名的冲动。

一天，她的辫子又跑到了阿才的桌面上，鬼使神差的他将那条辫子抓在了手中，一缕淡淡的清香随着呼吸沁入肺腑。更出人意料的是鬼迷心窍的他居然把女孩的辫梢夹在了文具盒里面，目光痴痴。谁知她回答问题时站起得太急，没等神游出窍的阿才回过神来，文具盒就像咬了鱼线的大鱼一样，一下子被钓了起来，在离开桌面的时候却撒钩逃脱，"啪"的一声掉在地上，里面的学习用具哗啦啦撒了一地。这一声金属撞击地面的巨响惊动了全班同学，当然，也惊动了正在上课的老师，所有的目光都齐刷刷集中了过来。

老师停下手里的动作，回头问是什么情况。阿才吓得几乎停止了呼吸，他的心里仿佛同时敲开了几面鼓似的，一时不知该如何应对这突如其来的"突发事件"，是主动承认还是装作若无其事？一阵骚动之后的课堂旋即归于平静，静得仿佛只能听见他急促的呼吸。正在他的大脑迅速搜寻应对措施的时候，坐在前面的她开腔说话了："老……老师，对……对不起，是我不小心把文具盒推下去了……"

就这样，即将劈头盖脸而来的暴风骤雨在她的轻描淡写下烟消云散。阿才几乎不相信自己的耳朵。他以为她会哭闹着，狠狠地向老师告上一状，让他吃不了兜着走。此时阿才的心里，反而不知是什么滋味了。是温暖、感动，还是羞愧、自责？只感觉脸颊滚烫无比，脑袋深深地埋进了竖起的课本之后。那贝克汉姆式的飘飘长发也顺势垂向前面，看起来像极了倒立在教室后面的那支拖把。

"辫子"风波之后，班里自然多出了一个取笑调侃、活跃气氛的话题。大家只要一看到"大辫子"走进教室，就会直着嗓子，特别起劲地叫嚷："阿才，阿才，快来看《大辫子的诱惑》，也给我们教一教放长线钓大鱼的技巧呀……"随后，就会此起彼伏地爆发出一阵阵怪笑，"啊——哈哈，啊——哈哈哈哈……"

这样的嬉闹让阿才窘得面红耳赤，无地自容，也让那个邻桌女孩哭笑不得，不知所措。每逢这样走投无路的时刻，她就会绷着绯红的脸，愤愤然匆匆躲开。

一段时间里，她生怕再招来别人无端的起哄。只要远远地看见阿才，就立刻警惕起来，态度严肃，不苟言笑，目视前方，对阿才一副视而不见的样子。阿才更是像老鼠见了猫一样，敛声屏息，大气都不敢喘一下，更不敢正视她的脸。但是，阿才的目光却总是偷偷地追随着大辫子女孩的身影，餐厅里，校园中，操场上……

阿才很想就"辫子事件"给她道个歉，或者真心地道一声谢谢，因她对他的宽容和包庇。但是每次见到她，阿才总有一种做贼心虚般的胆怯和无所适从的慌乱，面对她就更不知道该怎么说话了。所以，自始至终一句道歉或是致谢的话愣是没有从他的嘴里迸出来。

一次同学的生日 party 上，大家又拿"辫子事件"打趣他们。阿才心想，乘此机会应该说点什么，可是心里慌得像揣着几只兔子似的，舌头在嘴里搅了半天，一句完整的话也没说出来。是她主动开口化解了横在他们之间的尴尬："一个大男人，把姑娘的辫子夹在笔盒里，亏你想得出，也做得出。说实在的当时我也挺生气，如果不是想到大家都是刚入校的新生，彼此照顾情面，就当众揭穿你，让老师狠狠地批评你，让你在全班同学面前难堪，丢脸，抬不起头。但是我的包庇并不是纵容你以后可以继续搞恶，使坏，欺负女同学……这一页今天就算正式翻过去了，以后谁也不准再提这事儿了，不然，我可真就生气了！"

至于"辫子事件"，阿才始终有一种失真的感觉，仿佛那不是真真切切发生的事情，而是自己做过的一个十分美好的梦。

人总有心思痴迷的时候，这样的时候表现出来的某种行为就会有些不可思议吧。阿才从心里给自己找了一个较为坦然的理由。

话说完后，她将垂在胸前的大辫子轻轻地抛向身后，一扭身子离开，那条活力十足的大辫子不偏不倚正好从阿才的脸上轻扫过去。"神鞭"轻轻扫过，几个男生又憋不住心里的坏，开始骚动不安，怪话连篇，怪笑不断，阿才的脸再一次烧到了耳根。

在这位美丽而优雅的城里女孩面前，来自偏远牧区的他总是有一种莫名其妙的局促不安与无所适从。

进城之后，阿才急匆匆直奔人社局，他要做的第一件事情就是先把十月份考试的名报上。在人社局的门口，他碰到了刚刚走出大门的同学桑德。桑德一副垂头丧气的样子，他告诉阿才这次考试不让应届毕业生报考。这个消息犹如一盆冰凉的水，兜头泼在了汗气腾腾的阿才身上。他不相信桑德说的话，三步并作两步冲上四楼，三番五次地追问里面的工作人员，应届生为什么不让报考。人社局的负责人只说是上面的规定，要等到明年才可以报考，具体的他们也不清楚，要他到时候再来报名。

四

白白奔忙了一天的阿才神情沮丧地回到了牧场，拖着沉重的步子径直向帐篷的方向走去。正在场圈上拾掇畜粪的母亲丢掉手里的粪耙，迎了过来，亦步亦趋地跟进了帐篷，关切地问："名报上了吗，考试时间定在什么时候？"阿才一屁股墩坐在床铺上，哭丧着脸说："怎么会有这样的破规定，竟然不准应届生报考，非要等到明年才能参加考试，这工夫不是白费了吗，诚心就是消耗人的热情，真太气人了！"说完后转身爬倒在床上，再没吭一声。被扔在脊背后面的母亲呆呆地站了半天，怅怅地转身出了帐篷，去继续她手中的活计。

阿才的母亲一辈子没进过学校的门，阿才是家里唯一考上中专的人。即便只是考了个中专，在母亲的眼里也像是中了状元一样。想着儿子将来能成为公家人，再也不会像自己一样风里来雨里去，一辈子跟在牲口的屁股后面转圈圈，她的心头就像抹了蜜一样，甭提有多甜了。每当乡邻们问起阿才的时候，她都无比自豪地给他们说上半天。现在，儿子兴冲冲地去报名，回来后就像是霜打的茄子，没了精气神。她手拄粪耙，不知所措，转嘛呢似的来来回回转了几个圈，又叹息两声后席地而坐，陷入沉思。现在，她开始害怕遇到乡邻，怕他们热心的询问："阿才考上工作了没有？""几时去上班啊？"……想到这里，她的心头也罩上了一团浓厚的愁云。

晚上，放牧归来的父亲钻进帐篷。很显然，他已从老伴那里得知了情况。他坐在炉火前默默地抽着烟卷。牛粪燃起的火焰升腾起暖暖的热气，弥漫在整个帐篷里。牧场上的帐篷就像牧民定居点上的玻璃暖房一样，太阳照射的时候，吸收的热量使室温迅速升高至二十多度，当太阳下山后，温度开始骤然下降。所以，即使在夏天，牧场人家的帐篷里也会生起炉火，一边取暖一边做饭，特别是在夜里，还要多添上一两笼火。

阿才坐起来，挪了挪身子，张嘴想说什么，却什么也没说出来，只是默默地奋拉着脑袋。他看到母亲正在往炉子里加进一块块的干牛粪饼，不久，淡黄色的火焰缓缓燃起来，温和的火散发着草木的清香。父亲注意到了阿才湿润的眼睛，他移开搭在炉火上的茶壶，将一支苏鲁伸近炉火点燃，用手掬到叼在嘴边的香烟上，深深吸一口气，吐出浓浓的烟雾后说："饥渴的时候不喝泥水，是野牦牛的特性，挫折的时候，不流眼泪是男子汉的特性！今年不能考，就等明年了再考。你瞧你这副没出息的样子，哪里像我嘉布嘎的儿子……"说话之间接了个电话，匆匆钻出帐篷的时候又回过头来，不知是对阿才还是对老伴说他明天要去跟一趟羊车。

看着儿子闷闷不乐的样子，阿才的父亲也一筹莫展，虽然刚才他对儿子说了那番话，但是一年之后，天知道又会变成什么情况！招考政策的变幻莫测不仅对儿子是一个煎熬，也同样煎熬着他的心。此刻，他真的不知道该怎么办才好，心里充满了焦急、无奈与惆怅。

第二天，父亲装好羊车，匆匆进城去了。每年秋天，当牛羊膘情涨起来的时候，就会有车辆不断驶进草原。随着车辆的往来，肥壮的牛羊源源不断地被拉出草原，销售到四面八方。这时候，阿才的父亲也会显得格外忙碌。拉牛羊的商贩们到各个牧场上看牛挑羊，牧场的主人和他们讨价还价，价钱合适了就直接把牛羊卖给商贩，再由他们贩卖到其他各地，出价不合适的时候，阿才的父亲就雇车亲自把牛羊拉进城里，到牲畜交易市场去出售，以期卖个好价钱。

望着父亲微微弓起的背影，阿才心里有说不出的难受和怅惘。他本想着，自己毕业工作后，就把家里为数不多的牛羊处理掉，让日渐年迈的父母彻底脱离畜牧业，把他们接到自己身边，再不让他们吃这么多的苦。现在，这个愿望不知道什么时候才能实现。

阿才想起考上中专那年，父亲送他到新学校报到时的情景。一路上，父亲显得异常高兴，好像去上学的不是阿才而是他自己。本来，他想自己去学校报到就行了，不让父亲再像小时候那样次次去送他，可是父亲就是不肯答应，非要坚持去送他。阿才心里明白，没有上过多少学的父亲就是想要多看一眼儿子的新学校。

阿才刚到县城上中学的时候，也是父亲送他到学校。父亲用手遮挡光线，将脸印在窗玻璃上向教室里张望，目光中流露的神情至今还清晰地存在阿才的记忆里。那时的阿才还不能完全理解父亲的心思，现在他懂了，父亲是羡慕和向往这种无忧无虑读书学习的美好时光，想借此亲近一下学校，弥补一下自己的遗憾。

五

世事莫测，变幻无常。屈指算来，阿才已经在家里待了三年多了，这三年的时间犹如三个世纪，使他感到特别漫长。从限制应届生报考到彻底取消参考资格。阿才觉得这一切就像是一场梦，他倒希望这就是一个梦而不是现实。可这偏偏就是他现在要面对的现实。

他望着手中的书，这些书和复习资料他已记不清到底翻看了多少遍，只记得刚毕业时，他将它们视若珍宝，每每拿起，他便信心百倍，劲头十足，满怀激情与梦想……而现在，对于一个连参考机会都没有的人来说，这些书和资料还有什么意义？阿才点起一支烈烈的烟，狠狠地吸了一口，吐出浓浓的烟雾，连同心中淤积的烦恼与愤懑。

"算了，不去管它了！"他重重地合上书，狠狠地丢过脑后。"嘭！"厚重的书飞出去正好砸在牲畜暖棚的棚顶上。塑料膜的棚顶发出一声不轻的抗议，随即破裂，书本轻松"穿越"到了暖棚里面。

"怎么了，阿才？这书不要了吗？"正在暖棚里忙碌的母亲捡起地上的书，不无担心却又小心翼翼地发问。

"没事，只是不想看书了……"阿才望着开了"天窗"的暖棚顶沮丧地回答。

这个冬天，阿才的心头一直被雾霾笼罩着，始终无法透亮起来，就像他毕业前待过的那座城市。

眼看着一起毕业的同学们都各自有了新的出路和目标，自己却依然毫无进展。心理上的落差感和因此而形成的压力，让他焦虑不安，又无所适从。

一起同学了九年的好友桑德凭借舅舅的关系，已经在一家单位上班了，而那个大辫子女孩则被外省一家艺术类院校录取。

这两件事情如同一个身形飘忽、神情古怪的幽灵狠狠地攥住阿才的心，并不停地揉搓着。一种前所未有的疼痛、愤懑、自卑、无助折磨着他，使他无法移情别思，甚至无法呼吸。邻桌女孩本来就是个很有天赋的人，能有今天本在预料之中，他在替她高兴的同时，心中仍不免有一丝酸楚与失落。他明白，此生，她跟自己之间的距离变得更加遥不可及了。

而曾经睡在他下铺的兄弟——桑德，那个成天惹是生非、专气老师的家伙，白天逃课或上课睡大觉，晚上钻网吧还打游戏，并且一天不打架就好像浑身不舒服，打了同班打外班的主儿居然也顺利毕业。更让他没有想到的是，不知什么时候人家拿到了大专毕业证书，摇身一变成了大专生，拥有了那要命的参考资格，如今居然进了机关。而自己却像一只嗷嗷待哺的小羊羔，惶惶然等候着"凡进必考"的"乳头"轮到嘴边。

一切就这样风云突变，今非昔比了。然而又有什么办法呢？阿才的心绪如一团乱麻，脑子里也像灌进了水银似的，空洞而蒙沉。桑德与邻桌女孩的事似乎泅进了他的脑海里，怎么都无法清除出去，吃饭的时候，他们在脑子里打转，让他食不知味，睡觉的时候，他们依然在脑子里幻灯片似的来回播放，让他睡不安寝。

心头笼罩着这样的情绪，阿才显得郁郁寡欢，一筹莫展。他感觉自己就好像是一只失群的孤雁，在孤独、失落、无助中不知该飞向何方。

电话铃声把沉浸在烦闷回忆中的阿才唤回到了现实中，电话是桑德打来的。他兴冲冲地说，贫困待业的学生政府决定安置在公益性岗位上班，只是工资待遇略比正式在编人员低一些。还有，从今年开始，政府将实施学历提升培训工程，组织学员到省内的高校进修两年，提高学历。学习期间的学费、生活费均由政府统一缴纳，让阿才好好考虑，做出选择。

这样的政策机会和桑德依然关心他的举动，让阿才的内心有了些许的欣慰，内心的创痛也减轻了不少。他想，如果桑德有能力帮他，一定会全力以赴、鼎力相帮，作为两小无猜的朋友，阿才是了解桑德的。尽管他有好斗、贪玩、不爱学习等诸多毛病，但对阿才却是非常仗义，非常真诚的。在学校里的时候，有谁敢欺负阿才，他总是第一个替阿才出头。阿才没有忘记桑德为他狠揍男学长的事，也没忘记桑德为他替罪背黑锅的事。

六

青藏高原的春天虽说已经来临，可吹过草原的风依然寒冷刺骨。四野的景象依然萧条而荒凉，没有一丝生命的迹象。冬窝子草场上那些一冬来尽量省吃俭用的枯黄牧草，几乎被牛羊啃食精光，已经到了青黄不接的地步。

这个青黄不接的时节正是草原上接羔的时节，也是牧民最担心、牲畜最难挨的春乏关。

新生命的诞生，不仅给草原人家带来了喜悦和希望，也给萧条寂寥的草原注入了新的生机与活力。

在这个依然寒冷的季节里，为更好地保护降生的羊羔和临产的母羊，早在半月之前，母亲就把半间暖棚腾出来给临产的母羊当产房，并在暖棚的一角铺了些柔软的干草，给刚刚脱离母体的小羊羔当"育婴箱"；父亲则购储了大量的燕麦、玉米、豌豆等饲料，以保证那些刚刚产下羔崽的母羊的口粮和营养。听父亲说，产后的母羊如果吃不饱，吃不好，就会很快乏弱下去，不认羔，小羊羔吃不上奶就会影响成活率。可阿才听老师讲过，母羊不认羔的原因主要与气候干燥、环境污染和草场退化的关系很大。

说起污染，阿才就特别生那些城里人的气，他们总说草原民族粗野，不文明。可是他们的行为才真正让阿才嗤之以鼻。

一到夏天，城里人就爱跑到草原上观光旅游、拍摄美景，从来没见过他们对脚下的花草有过一丝一毫的怜惜，毫不顾忌地任意踩踏，这也就算了，小草的生命很顽强，一场透雨之后，它们又会青油油地茂盛起来。最让他气愤的是，他们离开的时候居然把生活垃圾——食品包装、饮料瓶子、装过东西的塑料袋之类的东西全丢弃在这里，污染草原，甚至危害到牲畜的健康。

装过食品的塑料袋、饮料瓶散发出的香味诱惑着那些馋嘴的牛们，它们不管不顾地扑上去一舌头卷进胃里，造成隐患。阿才知道有机高分子的塑料制品，进入牲畜胃里就很难被消化分解。过多的食入这类东西，便会引起消化机能障碍，甚至胃膨气、胃结石，最终导致死亡。

去年夏天，阿才家的一头牛就是因为大量的塑料积在胃里，不反刍，不嗳气，发酵鼓胀，致使牛胃像一个充了气的大气球一样，躺在地上不停地呻吟，连呼吸都非常困难。

一到产仔时节，阿才一家就不分昼夜地忙碌。母亲用旧棉布擦干刚刚脱离母体、浑身沾满黏液和血水的小羊羔，再把它们一一抱进"育婴箱"。父亲则为那些难产的母羊助产。夜里，他们还得不断地爬起来去羊圈查看分娩的母羊。生怕夜里出生的小羊羔被别的羊压死或踩死。

每年，草原牧民的家里都会新添羊羔和牛犊。以前，阿才的母亲总是把新出生的小羊羔抱进帐篷或屋子，放在被窝里像对新生婴儿般呵护着。阿才小时候就经常和小羊羔睡一个被窝。现在，母亲把"育婴"的地方转移到了暖棚里。

每天早晨，父亲先把较强壮的羯羊放出羊圈，喂点干草和饲料后再赶到山坡上去放牧；母亲忙着挤奶打酥油。阿才的任务就是照顾那些羊"产妇"和小羊羔，给它们按时添加营养餐：燕麦和玉米。然后帮助那些刚刚站起来、颤巍巍找不见母羊或被母羊拒哺的小羊羔找妈妈，找乳头。这些新的小生命就是草原的明天，是他们家的希望。很快，那些被羊妈妈拒哺的小羊羔，已经双膝跪在妈妈的腹下，甩着欢快的小尾巴，吮吸着甜甜的初乳。

望着那些找到妈妈、欢快而幸福的小羔羊，阿才的心里突然涌上一阵伤感。邻桌女孩去上大学了，桑德也工作了，就连刚刚出生的小羊羔都已经顺利闯过了生命中的第一次挑战，开始了新的历程，二十三岁的自己还在烦恼与纠结中徘徊。男子汉大丈夫总沉溺在这样的情绪中怎么行呢？

"饥渴的时候不喝泥水，是野牦牛的特性；挫折的时候，不流眼泪是男子汉的特性。"父亲的话又一次在他的耳畔回响。"是雄鹰，就展翅去飞翔；是骏马，就奋蹄去飞扬；是金子，就尽情去发光；有梦想，就全力去开创。用青春去实现梦想，让梦想无可限量！"毕业前夕邻桌女孩的留言也在他的脑海里回荡。在众多的毕业留言中，他独独记下了这段话。这个与众不同、让他魂梦牵萦的女孩！

对！是骏马就不怕没有奋蹄的草原；是雄鹰就不怕没有展翅的天空。没有出路就自寻出路，没有机会就给自己创造机会！何况，还有桑德给他带来的好消息和机会呢！他长长地舒出一口气，沉重的心似乎放松了许多。

他还想起去年秋天来他们家收购活羊的马老板曾与父亲商量合伙开办牛羊育肥的事。当时父亲跃跃欲试，却被阿才断然拒绝了。他想着自己工作后就把父母从繁重的畜牧业中解脱出来，再不让年迈的父母这样辛劳。现在，阿才的脑子里开始盘算此事。他想，何不发挥所长从事牛羊育肥呢？对！明天就让父亲给马老板打电话，自己再给乡里打一份创业贷款申请……

　　想到这里，阿才的心彻底豁亮开了，他感到自己的血又开始奔流起来，激情和梦想又一次在心头涌动……

（原载《格桑花》2014 年第 2 期）

投 石

敏洮舟

　　李实站在大门口，目光有些茫然。能看见的地方，全是雾蒙蒙一片。陌生的感觉像一种会发酵的东西，在他的心里堆积着，膨胀着。熟悉的，只有眼前的雾和远处的山。

　　山的那边，日头冒出了一个细细的圆边。雾开始淡了，一个红色楼顶渐渐浮现出来，雾正从楼顶一层一层退落，如一个红颜女子缓缓退落了披在肩头的白纱。红顶楼的旁边，高矮不一的楼群像粗细不等的钢棍，一根根伸出雾层，刺向半空。

　　李实的身后没有高楼，没有水泥墩，也没有钢筋碴儿，土地泛着本质的黄褐色，空出了一方平地。一个低矮的土墙院子，自卑地蜷缩在空地上，如耸立的山岭中间，凹进了一片洼地。院子周边，被一道深逾一丈的壕沟严严实实地包围着。

　　这座院子，恰好处在整个楼群的中央，也是这座小县城的中心。院子像一座孤悬在海上的小岛，茫然四顾。李实站立在斑驳的木门旁，瘦削的身影被清早的光线一照，虚幻如同素描。

　　李实不知站了多久，耀眼的阳光刺醒了他。他默默回过身去，打开大门，从院里抬出两块厚厚的木方，横搭在又宽又深的壕沟上。一座简易的桥梁，将两个世界连在了一起。

随着"砰砰砰"的声响，李实从家里开出了一辆三马子，三马子后面，跟着走出一个不到四十的女人和七八岁的小男孩儿。李实小心翼翼，左右衡量着轮胎和木方的距离，确定没有偏差，才开了过去。男孩儿跟在后面喊："爸爸，我要坐车去石窝玩儿。"李实停下三马子，回头严肃地对儿子说："你不能去，石窝有怪物呢。"说完继续开动三马子，儿子站在壕沟边失望地看着。他们是李实的媳妇儿和孩子，李实每次出门后，他们都会把木桥抬回家，收拾的慢了，这座桥的木方会不翼而飞。

三马子喷出一道青烟，斜斜地飘向天空。周围的楼群像一片阴森森的树林，没给阳光留下一丝可以溜进来的缝隙。每次经过这条街，李实心里总有一种说不出来的恐慌，觉得四面八方都有逼人的寒意扑过来，一不小心，就会被淹没，被吞噬，成为这片森林中的一截枯枝，一片残叶。他在开车，无法闭上眼睛，却始终绷紧了心弦，努力向外逃去。三马子咆哮着，如在悲愤地挣扎。

驶出城南，李实心里渐渐平静了。望着空旷的山谷，甚至有种出逃般的轻松。沙路和溪流肩并着肩，像两条蛇一样左奔右突，最后窜进了前方苍莽的山群里。

他多想就这么走下去，永远也不要停下来，不要回头，不去面对那片令人窒息的逼视。可是，别说不要停，停的迟了，好位置也会让人占了。采石头不光靠力气，更是技术活。在陡峭嶙峋的石窝里，抢到一个好地点，不单往三马子里搬石头轻松，炸石头也方便得多，因为不需要顾及旁边的采石者，不怕伤着人，一天下来，就能比别人多拉个两三车。多少年来，李实就是靠这些石头来养活家人的。

城南五里外，就是石窝，李实依旧第一个到。石窝其实是座石山，县城里只要修房子，都会来石窝采石头，打地基，筑顶石，砌墙根，都需要石头。一代一代下来，县城的房子修了拆，拆了修，不知拆修了多少回，石头也不知用了多少车。能看见的是，一座石山，已被吃掉了半边。

天一片青蓝。李实站在石窝半腰呆呆地出神，他望着沙路和流水远去的方向，一动不动。山谷很开阔，任随沙路和溪流自由延伸，一直向前，向前，直到被一片深沉的灰褐色淹没。那灰褐里，影影绰绰起伏着大山的轮廓，高低有致，线条层叠。李实总觉得，只要穿过那片灰褐，就一定能抵达另一个世界，一个美好的、没有掠夺的世界。

回过身来，望望晨烟渐起的县城，李实叹口气，手头劳作起来。先是打眼，在石崖上选一个适合的地方，用枪钻打进一个深深的眼孔，然后往里面填装上炸药，再接上雷管和导火线，点燃，爆炸，石头就能从坚硬的崖壁上滚落下来。石崖坚硬冰冷，突兀狰狞处，巨大的方石悬在头顶，作势欲扑。这压人的气势，像极了那片阴森的楼群，更像极了藏在楼群深处的，从某个窗口中窥视着他的游富。

李实心里嘀咕着，将打好的十多个石眼全部装满炸药和雷管，拉着导火线远远避开了，就像卸完石头领完钱后，远远地避开游富一样。

李实抱着一块板凳大的石头使劲一扔，拍打着胸前的沙土，心又渐渐收缩起来。三马子装满了，该回城了。

小城上空，一道道炊烟袅袅上升。高耸的楼群间，塔吊的长臂左右摆动着，在炊烟和嘈杂的机械声里，开始了一天的工作。李实开着三马子，忐忑前行。迎面不断驶来采石头的同行们，拖拉机和三马子争抢着，竞赛着，都希望甩开别人抢到一个好位置。与李实会车时，都大声招呼调笑："李实，又这么早，钱都让你一个人挣了。"他木讷地笑笑，也不说话。

　　临近县城，三马子慢了下来，李实的心捏成了一团。他实在不想走进那个工地，更不想看到游富的那张嘴脸。脚下越来越轻，发动机的声音越响越低，最后，三马子熄火，停在了路边。李实心里像无数根麻线纠缠在一起，撕不开，扯不断。他转头望着城西的山坡上，心里隐隐地抱怨着，你们行善积德，却给你们的后人留下了灾难，狼娃子是不能喂养的，大了，它会吃掉你。

　　西山坡上的一个胳膊弯里，沉寂着一片枯黄的坟地。坟地里，无声地安睡着李实的爷爷、父亲，以及好几辈子的家族先人。

　　李实怀念着儿时的光景。活了半辈子，他觉得那个年龄段是最美好的。谁家有事，站在平房顶上一呼喊，周边邻居都会跑来帮忙，人跟人没有计较，也没有争抢。看见落难人，也不会麻木不仁，管吃管住也很平常。李实的爷爷更是乐此不疲，以行善积德为家道门风，并以此告诫后人。

　　李实抬起头，目光里盛满了迷茫和陌生。眼前的县城已经不是曾经的样子了。一栋栋大楼高夯起来，看不到阳光，看不到前方的路。高楼隔断了人的眼睛，也隔断了人心。

　　三马子沿着一道深深的壕沟开向了工地。壕沟对岸，就是李实的家。他望着那扇几十年没变过样的土墙和木门，心里有种说不出的酸楚。媳妇和儿子，似乎就在沟渠的边上静静地守望着他。

　　"哟，李实，又第一个到，这样下去，不发财也难啊。"工地门口，工头斜睨着他，一脸揶揄的神色。

　　"派人来卸车吧。"李实开着三马子，低头不去看他。

　　"不好意思，游总说了，以后，你的石头自己卸。别人都很忙，没空。"

　　李实愣了一下，嘴里嗫嚅一阵，却没说出一句话。

"游总还说了，以前给你一车八十，现在生意疲软，只能给你五十。没意见的话，自己开到料场卸了吧。"

李实呆在当地，依旧说不出一句话，心里只冒出一丝丝的悲凉。

"其实你根本不用这么折腾自己，答应游总的条件，不就什么都有了，真不明白你怎么想的。"

正说着，前面项目部办公室里走出一个西装革履、斯文白净的人。他微笑着朝李实走来，没到跟前就说："哥，你考虑得怎么样了？今天我还跟电工说，尽快把你们家的电给接上，昏天黑地的，嫂子孩子怎么过日子，这些开挖掘机的，施工太不小心了，怎么能挖断电线呢。"

李实看到他，手脚不受控制地抖了起来，全身的血液似乎一下全跑到头上去了。半天后，他一咬牙，青着脸说："没电日子也能过。以前你爷在我家的时候，不也过的没电的日子吗？还得感谢你的那些汽油瓶子，一个个扔进院子，烧起来，倒是能照上大半夜。那些石块就不需要了，都是你花钱买的，扔进我家，多破费。游富，既然你还叫我一声哥，说明心里还有一点情分，你铰断电线，挖断大路，我都忍耐着，可这放火投石的事，做得太过分了吧？你爷爷还埋在我家的坟地上，他知道了，估计也不会高兴。"

好几年了，李实面对游富，第一次说的这么顺溜。

游富愣了一下，不接话茬儿。他背过双手望着远处，似乎在思索着什么。

游富是县城最大的地产开发商，四十多岁，已将事业做到了县城最大。游富的先人是几十年前带着家眷逃难来的。一家三口到达这里，已经饿得奄奄一息，正巧被当地一家乡绅看到，好心救济了他们。看他们潦倒落魄，又识文断字，便留在家里做了长工。十多年后那家人的孩子长大，在当地娶了媳妇，随后生下了游富。

过了若干年，乡绅被批斗，家道散落，游富的父亲带家人离开了他家。只有游富的爷爷感念救济之恩，始终陪在乡绅家里。改革开放不久，乡绅身体病危，只有儿子和游富的爷爷守在跟前，临终前，乡绅没有避讳，对着两个人的面说出了一个秘密。这乡绅，就是李实的爷爷。

又好几年，游富的爷爷也去世了。他父亲已做了生意，并且慢慢有了规模。游富从小上学读书，大学毕业后继承了父亲的生意。在他的打理下，生意也越来越大。及至当下，已一跃成为地方的商业大鳄，也算为先人争足了志气。这些年大肆开发的，基本都是游富的项目，也因此，带动了一大批地方就业，县政府对游富更是奉为上宾。钱财地位都有了，可以说年少有为，应该很满足了，可他心里始终藏着一件事，这件事做不成，让他寝食难安。

想到这些，游富冷冷地瞟了李实一眼，转身离去。

李实很快就卸完了一车石头。长久以来，面对游富，他除了愤恨，心里还有一种惧怕。今天不知为什么，憋了很久的话竟然全都倒了出来，心里觉得无比畅快。领完钱走出工地，看见媳妇儿、儿子已经搭好木桥，等在壕沟对面。

他打算休息一天，庆祝今天的"胜利"。

阳光洒满了院子。李实从南墙根拎来一个背篓，左右打量着。院子里，到处都是燃烧过的碎玻璃瓶，拳头大小却锋利如刀的石块。他打算全都清理掉，留着也没用，到公安局叫了很多次，人家根本不来现场，反而问他：有没有证据是游富派人干的？是不是得罪过其他什么人？……每次出来，李实的胸膛总被装得鼓鼓的。可今天不一样，他要主动清理掉这些东西，留着没用，更怕伤了儿子。是的，重要的是儿子。每次想到儿子，李实心里那些冰冷的疙瘩似乎才会一块块地消融。

儿子跟在李实的屁股后面，仰起一双圆溜溜的大眼睛问："爸爸，你要干活吗？我帮你扶背篼，你去捡石头。"李实在儿子粉嫩的脸颊上轻轻捏了捏，笑着说："好，儿子长大了，能帮爸爸干活了"。"我还要帮爸爸开车，去石窝搬石头，石窝里有怪物，爸爸一个人害怕呢！"儿子瞪大了双眼，小脸蛋上满是严肃。那双又黑又亮的眼睛，如一汪清澈的泉水，散发着一种纯净的光芒。李实看着儿子，嘴角溢出笑容，心柔软成了一团棉花。他俯下身来，揽过儿子抱在怀中，心里无比的满足，瞬间感觉，只要儿子平安快乐就够了，其他的都是虚的、假的。

清理完毕，李实围着院墙静静地转着。手掌摩挲着冰冷粗糙的土坯墙，心里也盛满了粗糙的皱纹。这墙是先人们夯起的。李实能想象出砌墙时的情景。地皮上垒一层狗头石做地基，再不断往地基上堆积黄土，每堆上一层，人就用石杵来来回回杵得瓷瓷实实，一层一层，墙慢慢高了起来。一锤一锤来回杵动的时候，人的脚印也一双一双、密密匝匝地藏在了里面。抚摸着院墙，李实似乎能触摸到一双双有棱有角的足印。

夜色暗了下来，小县城里灯火渐明。县城中心，沉寂着一片漆黑。李实和妻儿坐在炕上，围着炕桌上的一根蜡烛，默默地吃着晚饭。蜡烛燃了一会儿，噼啪作响，媳妇儿用筷头拨了拨火芯，看着李实说："这样的日子啥时候是个头？我就不明白，你为啥不答应他？"

李实一声不吭，低头吃饭。媳妇儿越看越气，声音渐渐大了："你不为自己着想，也得想想孩子，想想我。这样的日子，我真的过够了，今晚你不说出个头绪，明天我就带孩子回娘家。"

李实停下碗筷，啪一声扔在桌上，牛大碗不停在桌上转溜。儿子悄悄地吃着饭，灵动的眼珠左右转动，看看爸爸，又看看妈妈。李实沉着脸说："你知道个屁。这是游富的诡计，你以为他看上的光是这块地吗？"

　　媳妇儿瞪了他一眼："轻点儿，吓着儿子了……你说，那还为啥？"

　　说完李实就后悔了，干吗没来由地对她发火。他望着媳妇儿，心里隐隐作痛，三十多岁的女人，跟着他没享几年福，罪倒是受了不少，眼角的皱纹也越来越明显了。他转过头不忍再看。

　　窗外，工地上的机械都休息了，远远近近的灯火更亮了。李实怔怔地看了一会儿，回头说："好吧，该跟你说说了。"他低头沉吟一阵，捋了捋思绪，慢慢说道："得从我先人说起。明朝的时候，我的先人是南京的一个将军。当时朱元璋是皇帝。有一年我先人跟着沐英到西北打仗，来到了这里。好几年后，仗打完了，朝廷又发了一个命令，说这里太偏僻，经常闹动乱，要派兵守着。我先人常年跟着沐英，很会打仗，就被留了下来。沐英临走前，有些舍不得他。可又不得不这样安排，最后，他把一把朱元璋赏给他的宝剑送给了我先人，然后就走了。"说到这儿，李实停了下来，脸上流溢着一片浓浓的神往与自豪。

　　媳妇儿看他半天没有声音，焦急地催促："快点说。"

　　李实笑了笑，继续说："我们的先人带着军队扎在了这座小城镇，这儿地方虽小，可四通八达，位置很重要，而且山很大，军队藏进去就不见了。后来，虽然再也没有打仗，可我们的先人，却也离不开了。就这样一代一代活了下来。不知从哪一代先人开始，我们的家族忽然跟军队没关系了，改成读书人了，还出过几个秀才。虽然不是军人，可沐英留下的那把剑，却一直传到了现在。咱们现在住的这院房屋，以前占地很大，现在只剩这一小块了，也是整个院落的中心。"

媳妇儿听到这里，双眼一下有了光彩，急急追问着："那剑呢，现在拿出来，那可是古董啊。"说完满脸流溢着兴奋和期待。

"问题就出在这儿。剑是传下来了，可就在几十年前，全国一片乱糟糟的，凡是封建时候的东西，一律打砸没收。我们的爷爷当时已经被批斗，占地被分割，家产也都充公了。可他留了一手，早早地将那把剑藏了起来，没被搜去。"

媳妇儿白了他一眼："说了半天，到底剑在哪里？"

李实叹口气说："爷爷去世前，将剑的收藏地告诉了两个人，一个是我们的父亲，一个是游富的爷爷。所以，知道这个秘密的，不光我们一家。"

媳妇儿插嘴说："原来剑就埋在咱家的地下？怪不得这些年你总在院子里东一个坑，西一个坑地挖，原来是在找剑。"

"是啊。可找了这么久，就是找不到。按理说父亲的交代应该不会出错。"

"对，看来游富也从他长辈那里知道了这个秘密。不然他就不会这么在意这块地了，因为他长辈给他说的地点，和父亲说的一样。"

李实流露出赞许的眼神："现在你知道原因了吧，游富用这么多手段，不光看重的是这块地的黄金位置，更重要的是，地下还埋着宝物。"

儿子在炕头静静地睡着，李实拉拉被子，将他的胳膊盖好。昏暗的土屋里，笼着一片温馨。思忖片刻，他继续说："不管是地还是剑，都是先人留下的，他游富再财大气粗，也不能强取豪夺。说的大一点，他就是强盗，就像日本鬼子一样，在侵略别人的土地和财产。我偏就不服这个弱，我相信，这个世上还有公理，还有正义。"他情绪有些激动，胸膛上下起伏着，最后几句话更是斩钉截铁，不容置疑。说完后，他紧蹙着双眉，陷入了沉默。

屋子里一片宁静。媳妇儿透过昏黄的光线一动不动地望着他，眼神有些复杂。直到今天，她才真正懂得了眼前这个男人。

蜡烛燃尽了，噼啪几声轻响后，屋子融入了夜色。炕上鼾声微微响起，李实睡着了，他太累了。

夜空暗了下来，小县城也入睡了。四野的山峦藏进莽荡的夜色里，变成了某种浩大的未知。庞然矗立的楼群如一片黑暗的森林，在一个无形的怀抱里恣肆起伏。间或亮着灯光的窗口，如游离在巨木之间的磷火，诡异地闪烁着。修得最高的那栋红顶楼上，一个身影高高地站立在窗口，悄然俯视着县城中心。那条又深又宽的壕沟，像一条盘踞的蟒蛇，将一个低矮的院落围在中间，死死地盯视着。

夜一滴一滴，像不断加深的墨汁，将整个小城浸入其中。远远地，壕沟旁边出现了几个黑色的身影，他们围成一堆商量了一阵，随后抬过一个折叠的铝合金梯子，迅速搭在了壕沟上面。高楼窗口上的身影微微一动，斯文白净的脸上泛起满意的笑容。

院墙里面的土炕上，李实睡得正酣，长满胡楂儿的脸上也泛着笑意。他正沉浸在梦中，他梦见了父亲。父亲正和游富的父亲坐在炕上喝茶，他和游富一人拿着一把木质的宝剑，在互相追逐，比赛谁才是真正的将军……"轰"一声炸响，"轰轰轰"又一串炸响。李实到了石窝，他看着自己的爆破技术，心里有些得意。

突地，胳膊一阵疼痛，像是被人狠狠拧了一把，迷迷糊糊间，耳边乱糟糟的全是媳妇儿和儿子的哭喊声。他睁开眼睛，看到玻璃窗外火光冲天，整个院子都是通红的。脑袋一清，他猛地挺身坐了起来，发现全都不是梦。正不知所措时，玻璃窗噼里啪啦爆响起来，玻璃碴儿和拳头大的石块暴雨般扑进屋子，砸到了炕上。一片慌乱中，儿子的哭声突然变得惨烈异常，媳妇儿尖声哭喊着："快用被子护住儿子。"紧跟着，李实的脸颊被坚硬的石块砸中，疼彻入骨。

爆响声倏然消失。前后十多秒的时间，窗外的火已烧成了一片海。儿子哭得撕心裂肺，李实掀开被子借外面的火光一看，儿子的右眼正往外流着鲜血。媳妇儿一声惨呼，双手捂脸大哭起来。炕上，到处都是碎玻璃碴儿，还有拳头大小的石块。李实全身颤抖着，一把抱起孩子说："快去医院，快搭木桥。"

李实不知自己是怎样走过木桥的，他抱着儿子一路狂奔，心里决堤般喷涌着一种感觉：绝望。

媳妇儿跟在后面，越落越远，哭声也渐渐嘶哑微弱。

医生来到医院时，儿子已昏了过去。李实满脸血污，颤抖着将儿子交给了医生。手术室外，一只小鞋掉在地上，李实捡起来紧紧攥在手里，失神地望着手术室。媳妇儿蜷缩在墙角，暴睁着眼睛瑟瑟发抖。

一个多小时后，医生出来了。李实感到双腿发软，几欲坐倒在地上，迎着医生，说不出一句话来。医生看着他，摇摇头说："眼睛里扎进了玻璃碴儿，已经取出来了。可是眼睛……"李实双腿一软，倒在了地上。媳妇儿的哭声嘶哑破裂，披散的头发一根根颤抖着。

李实坐在地上，感觉自己在摇晃，就像坐在虚浮的空气中。慢慢的，医院过道也开始摇晃，眼睛里能看到的一切都在变形，墙与房顶不断扭曲着。耳边，隐隐约约听到护士说，孩子转到监护室了……不一会儿，媳妇儿跌跌撞撞跟着护士走了。李实觉得眼前的一切都是虚的，像以前常做的梦。

后半夜里，医院过道一片幽静。李实有些冷，是从屁股下面传上来的。他伸手摸了摸，瓷砖很冰，寒气丝丝地冒着，顺着他的双腿，侵入了他的心里。他慢慢坐起身来，望着过道拐角处的监护室，往前走了两步又停了下来。半边脸上，血凝成一片乌黑，另半边脸却毫无血色，像一张粗糙的白纸。一阵风吹来，他裹了裹衬衣，觉得更冷了，从家里出来的忙，忘记穿外套了。他紧抿着嘴唇，突然转身朝外面走去。

什么也看不见，李实沉稳地走着。只有自己的心跳和呼吸孤独地萦绕在黑夜里。他从未走得这么坚定过，一步一步，毫不犹豫。木桥静静地横搭在阴深的壕沟上，似乎在等待着他，召唤着他。家门敞开着，一团团没有烧尽的火星明明暗暗地闪烁，就像儿子清澈的眼睛。他直直走进屋里，点上蜡烛，从炕上拿起一块沾满了血迹的枕巾，将满炕的石块一一捡起，包在了里面。从屋里出来，他朝南墙根的库房走去，库房里面，有他采石头时制作炸药的所有材料。

没用多少时间，李实就走出了家门。他手里提着一个胶带缠绕的包裹，包裹凹凸不平，四周全是石块的棱角。他紧紧攥着包裹，大步向街道走去。和平常不一样，平常走在这条街上，李实心里总有些惧怕和寒冷的感觉。但今晚没有惧怕，也没有寒冷，只有潜在心底的一片麻木，一片死灭般的意绪。

天空微微吐白，四面苍茫的大山如一个宽厚的怀抱，将小县城平稳地托在怀中。街道深处，一片寂静。李实独自一人走着，什么也没想，心里满满的，又空荡荡的。走进楼区中心，与那栋最高的楼层只有几步之遥。小区里的路灯惨淡地亮着，照在李实的背上，投出一个模糊不清的身影。在进入楼道的刹那，他看着一半在地下，一半在墙上的那个歪曲的影子，脚步慢慢缓了下来，每迈一步，身子就会微微地摇晃两下，似乎脚下拖着千斤的重量。

终于，停了下来。他站在楼道口，一动不动，肩膀上的血污凝在灰白的衬衫上，如一只狰狞的兽爪。

他定定地站着，像在思考着什么，又像一个即将出门远行的人，忽然想起忘带了什么东西。背后微微有风吹来，李实的肩膀抖了抖，右脚一抬，并未向前走去，却慢慢转过身来。

东边的山头上，夜色在渐渐消退，那颗最亮的星星，一眨一眨地闪烁着，像极了儿子的眼睛。李实胸口一热，血污粗糙的脸上，流下了两行清亮的泪水。

（原载《太湖》2013年第4期）

羊皮围裙

王小忠

一

阿爸是真的要重新开始吗？

天还没有亮，我就听见他翻箱倒柜的声音。他在找那件羊皮围裙吗？肯定是的。不是说要把手艺带到土里吗？我知道，阿爸虽然那么说，但他的内心绝对是不会放弃的。小镇子重建后，游人比以前多出好几倍。以前大家都喜欢机器打造的银饰，可现在纯手工打制的银饰却越来越受游人的欢迎，越来越值钱了，变化太快呀。可是阿爸已经老了，我知道他看重的并不是钱，而是舍不得丢弃手艺。

小镇子的确是比以前热闹了。贡巴的百货铺里摆放着五花八门的东西，雍措的手工围巾也被外地游客所青睐，他们的生意一天比一天红火。以前的老顾主三三两两常来家里，可阿爸一直没有动手，我不知道他在犹豫什么。重新拿起锤子，看来是迟早的事情。那件羊皮围裙周身的小窟窿都被他认真地缝补了起来，也不知道他花了多少时间。

阿爸变得勤快了许多，但当太阳恰好照在铺面门口时，依然会在铺面门口晒会儿，这已经是他多年的习惯了。望着来来往往的游人，阿爸的眼睛里就灌满了别人不易发现的亮光。看着阿爸渐渐红润起来的脸膛，我满心欢喜。我不想再看到阿爸日夜感伤的样子。

海螺沟里的青草疯长着，白塔和转经房屹立在那里，像是等待大家的到来。奇怪的是大家似乎都不愿去那儿。每天除了去转经房，煮奶茶，做饭，认真侍候好阿爸之外，我就去雍措的店铺里帮忙。在阿爸没有真正拿起锤子之前，我不想坐在家里，让那些伤心的往事纠缠着。

最近的这些日子，才让镇长总是来我家，他不计前嫌，想方设法讨好阿爸，说县上有规定，要给老手艺人特别的待遇，不能让手艺失传。那件事情之后，阿爸对才让镇长似乎很不满意，他自然不会相信才让镇长所说的话。但我想，总有那么一天，小镇上一定会响起那久违了的叮叮当当的声音来。

二

从转经房下来的时候，太阳已经升起来了，小镇立刻被镀上一层金——鲜亮，耀眼。可爱的黑色的小切俄①不住地摇动尾巴，跑在前面，像孩子一样，不住地回头看我。晨曦下，四周升腾而起的袅袅桑烟像缕缕蓝色的飘带，在干净的天空里绕来绕去，这让对面山坡上的寺院显得越发安静而壮观了。

我加快脚步，想在太阳照到小屋门口之前赶回家，给阿爸端上煮好的奶茶和馍馍。阿爸吃早饭的时候不喜欢被人打搅，他喜欢趴在被子里吃，吃完又睡，一直会睡到太阳落满整个院子。我

---

① 藏语，狗。

的记忆中，阿爸总是把自己藏在那间小屋子里，叮叮当当地打制首饰。他不爱吃酥油和糌粑，也很少去寺院。这么多年来一直保持着固有的习惯，似乎无法更改过来。

小银匠还没有起来，昨晚肯定又迟了。他要在下月十五前赶完那尊佛，要送到寺院里去。和小银匠结婚这么久，他还没有完成阿爸交代的那桩心愿。我想，这之前他是不会安下心来去做别的事情了。

半夜里小银匠穿衣服的窸窸窣窣声吵醒了我。小银匠是要去阿爸常年打制首饰的那间小屋子里。我没有阻拦，在被子里装得死死的。

阿爸说，我刚落地阿妈就走了。没见到她长啥样子，也没听到她的声音，我和阿妈就那样远远地住在两个世界里。有时候，我也会梦到转经房周围转经的老阿妈，她们弯着腰，一圈又一圈转动经轮，醒来时就格外想念阿妈，可我们相距实在太远了。如果阿妈在人世该有多好呀。这么多年来和阿爸相依为命，尽管任何事情阿爸都不会对我隐瞒，可更多的时候我还是觉得很孤单，阿爸怎么能够懂得女儿家的心思呢！阿爸一心沉醉在他的事业上，他的那点秘密在我眼中已经不算是秘密了，不就是想找个能够继承他手艺的人嘛。为这件事，阿爸伤心过，也哭过，还给小银匠下过跪。

坐在阳光下像做梦一样，一会儿东，一会儿西，那种感觉美极了。我宁愿在这种美丽的梦中不要醒来，可是白白的阳光多么像调皮的孩子的手，偏要掰开我的眼睛。离下月十五算起来还有不到二十天，小银匠不分昼夜勤快地赶活，看着让人心疼。

看到小银匠如此匆忙的身影的时候，我也会想起南木卡和道智来，那两个图谋不轨的家伙彻底伤透了阿爸的心。

那时候我才十七岁。南木卡阿爸带着南木卡来我家，他们在小屋里说了半天话。后来南木卡阿爸走了，南木卡却留了下来。二十几天后，南木卡阿爸来了，他从阿爸的小屋里拿走了一对精巧的耳环和镯子。可南木卡却没走，直到有一天阿爸发了很大的火，南木卡才走了。第二天傍晚，南木卡又来了。他们在小屋里吵了好长时间。我听见阿爸严厉的声音："你出去不要说是我嘉木措教你的手艺，你连捉虱子的本领都没有学会，就想捕捉草原上的牦牛！"

阿爸老了，怎么能吵过年轻人呢，最后用一块银元才把南木卡打发走了。

阿爸对我说："南木卡妹妹要出嫁，他们是来做首饰的。草原上不缺别的，就缺打首饰的匠人。"

阿爸还说："看南木卡高大结实，脸盘方正，额头亮堂，是个特不错的小伙子，何况这些年明显感到体力不支，我想把他留下来。海螺表面光滑洁白，但里面却是那么多的弯弯绕啊。南木卡不合适，他太粗心了，而且不听话，做首饰最需要认真仔细，那样可不行。"阿爸歇了一下，接着又说，"做首饰不但要认真仔细，最要紧的是良心。"

我十分不解地问阿爸："首饰和良心有啥关系呢？"

阿爸说："拉姆草，这么给你说吧，一个人的品性好坏和手艺无关，但和名声是连在一起的。许多年前，从青藏、川藏过来的马帮贩子们只要看见打有'老梁家'字样的东西，啥话都不说，银子大把大把就扔在柜台上了。那些人的银子没处花吗？当然不是，那是他们对'老梁家'的东西放心呀。'老梁家'的东西在道上那么有名，如果没有几辈人的积累，恐怕难以做到。几辈人的声誉，总不能毁在我手里吧。"

阿爸说到这里便迟疑了，他望了我一眼，然后低下头，喃喃自语："给孩子说这些有啥用呢？"

我说："阿爸，你就说吧，是不是有很多动听的故事呢？"

阿爸继续说："老虎的斑纹在外，人的斑纹在内，不经事不知人心啊。当时我看南木卡不错，他虽然笨点，笨点没关系，可以慢慢学，但他不听话就不对了，更不应该来算工钱。哪有徒弟向师傅要工钱的？草原上的人不是这样的呀，再说了天下也没有这样的道理，没收他是对的。"

阿爸说到这儿显得很伤心。伤心的时候，阿爸就会眯上双眼，眼窝里溢满泪水。每遇这样的情形，我就悄悄退出来，轻轻关上小屋的门，去山顶的转经房，呆呆地坐上一阵。小切俄总是陪着，时不时舔舔我的手，也舔舔自己的嘴巴。

收徒弟，传授手艺，在年事已高的阿爸看来，的确是一件很困难的事情。不是说没人，而是按照他的标准，小镇上恐怕真的没有合适的人。这件事已经成了他的心病。甚至有一段时间，把我叫到小屋子里翻来覆去地说，如何把握成色，如何做模子，如何熔化金银。

那块羊皮围裙周身满是小洞洞，颜色早就看不见了，但干活的时候阿爸总会系上它，然后戴上那副黄铜架梁的石头镜子，显得十分严肃。所有工具一一摆放在手边，他不让我靠近，也不允许说话。

阿爸镇定自如，他把碎银，或者陈旧的银饰品全都放进青泥罐里，在猛火上熔化。阿爸的桌子上有块黑乎乎的木板，有时候他也会在那块木板上熔化碎银子。木板上有数不清的大大小小的窟窿和细长的裂纹，极小部分银珠子会掉进窟窿或裂纹里，这时候阿爸就会翻过木板，把它们一一抠出来，然后再熔在一起。阿爸说，一般匠人是不会抠出这些屑银的，算是工钱之外的一点零头。

忙不过来的时候，我会替阿爸拉风匣。火星在木案和羊皮围裙上明明灭灭地闪动着，此时的阿爸红光满面，仿佛喝了一碗青稞酒，满脸洋溢着得意而微醉的神情。

熔好银子后，阿爸就用钳子小心地把泥罐里的碎银子倒进事前做好的模子里，叮叮当当敲打一番，美轮美奂的花纹就脱颖而出，紧接着拿到小铁砧上轻轻锤一锤、锉一锉，再放进白矾水瓶里，只听得"刺啦"一声，一件锃光闪亮的首饰就出来了。

镶嵌玛瑙、珊瑚、松石这些珠宝的时候，阿爸就会点着带有八根捻子的灯盏。他把带弯头的吹管含在嘴里，深深吸上一口气，然后吹出来，火焰顿时变成一道细线，金银在细火中渐渐变软。等把珠宝镶进去以后，再用焊药把它们焊得死死的。

灯盏、砧子、锤子、锉子、钳子、模子、戳子，看着这些五花八门的工具，我有点动心，也越来越喜欢这间小屋子了。

小屋子里除了这些工具外，还有一个陈旧的辨不清颜色的箱子，箱子上是一个更小的盒子，同样辨不清颜色。不知道里面装些什么。小屋里的任何东西都可以动，唯独这个小盒子不能动。阿爸视它为宝贝，有几天，阿爸会把它藏起来，几天过后，他又把它摆放在箱子上。我问阿爸，可他总是拉开别的话，不肯给我说。就在我真正动心学习打首饰的时候，阿爸却突然不和我说话了，他总是拉着脸，整天忧心忡忡，甚至不让我再进小屋子，我的心里有种莫名的难过和忧伤。

自从不让我进那间小屋后，阿爸的话就更少了。他整天躲在小屋里不出来，一直到一个叫道智的年轻人到来。

说实话，道智没有南木卡机灵，甚至呆头呆脑，或许正是他的这种表现，阿爸才满心喜欢他。

这天，阿爸专门叫我到小屋子里，说道智年龄也差不多，老实本分，可以学到他的真传。

阿爸不知道我的心思，但我知道阿爸的想法。阿爸看到的只是小屋子里的道智，却看不到屋子外面的道智。

那天早晨，我去山坡放羊，道智悄悄跟在后面，一直跟到没有人看见的山窝窝里。我心里知道，他不敢把我怎么样，但就是害怕。道智见我站着不动，就大胆的过来拉手。我生气地甩开他那双脏兮兮的手，可他依然不停地纠缠，还说你阿爸都答应了让我做他女婿呢。死皮赖脸的道智不住纠缠，小切俄却冲了上来，它死死咬住了道智的腿子。道智疼得哇哇大叫，我乘机跑到山梁。道智在山窝里站了好长一段时间，然后一瘸一拐地走了。我突然间感到很伤心，很难过，一把抱住可爱的小切俄，坐在山梁上，任眼泪哗哗地流下来。

回到家里，看见阿爸安详地坐在屋檐下，我闪身进屋子里去了。我不想和阿爸说话。这么多年来和阿爸相依为命，我怎么能让他伤心呢！可是我讨厌道智——那个已经让阿爸动了心的坏家伙。

"拉姆草，今天阿爸没活，过来说说话吧。"阿爸早就看见我来了。

"没啥说的，我知道你想说啥。"心里这么想，但我还是从屋里走了出来。我不想伤阿爸的心。如果不出去的话，阿爸一定会这么想：自己的女儿都不听话，怎么好意思说别人呢。

"道智回家去了，他是个从苦处来的孩子。"阿爸说。

"阿爸想正式收他为徒弟，拉姆草，你说行吗？"阿爸很安详地对我说。我知道，大大小小的事情阿爸总是要问我，但最后都是他说了算。

阿爸已经有主意了。道智肯定给他说了许多好听的话。

阿爸心地善良，小镇上所有人都知道。这么多年来，阿爸在小镇上没有做过啥惊天动地的大事，甚至连寺院都不去。但是，小镇上不能没有阿爸。听别人说，在银子上阿爸从来不做手脚，而且给困难人家打首饰，有时候还不收工钱。何况阿爸从那块木板上抠银屑，再熔进去的这些细节我也看到了。每当我去县城卖羊毛回来，见我脸色不好，阿爸就给我翻来覆去说他行乞的故事。阿爸是真正从苦处走过来的人。从苦处来的人，心是善良的。阿爸说，道智和他一样是个苦孩子，也是一个心地善良的人。可是一个心地善良的人怎么会在山窝窝里欺负人呢？他不知道那样会伤人心的吗？一个让别人伤心的人会善良吗？

"阿爸，你是不是还想让他做你的女婿啊？"我撇了撇嘴。

"阿爸是这么想的，当然要你愿意。"阿爸睁开了眯着的眼睛，懒洋洋地说。

听阿爸说出这句话的时候我很气愤，就连胸腔里原本平静的心也发出了怦怦的反抗声。

"你觉得合适吗？"我生气地反问了阿爸一句。

"那你说说，他在你眼里是个怎样的人呢！"阿爸看了我一下，然后又眯上了眼睛。

阿爸的确老了，他双鬓间的头发和摆放在小屋子里的首饰一样白。我的心突然痛了一下。阿爸大概从我的表情上早就看出来了，但他依然认真地等待着我的回话。

我不知道该怎么办。阿爸相中了道智，如果答应的话他一定会很开心的。可我不能，我讨厌道智，讨厌他偷偷摸摸说些不着边的话，更讨厌他深更半夜在院子里贼眉鼠眼东张西望的样子。

阿爸一心一意投入在他的那堆家当之中，关心的只有首饰，想的也是如何打制出更加漂亮的花纹。他的眼睛里，整个世界只剩下首饰和模子了。他的脑子里充满了这门手艺的传承问题。找一个合适的传人对阿爸来说比什么都重要，阿爸的眼睛和心灵都让找传人这件事情给遮挡住了。他看不到除这件事之外的其他事物，也仿佛想不起除这件事之外的其他心愿。阿爸沉醉在找传人之中无法自拔。阿爸让这件令他十分头疼的事情彻底给弄迷糊了。这段时间，他总是坐在屋檐下，眯着眼睛，享受太阳的温暖。小屋子里堆满活，他却说，"今天没活，拉姆草，过来说说话吧。"看着他如此纠结而痛苦，我心里很难过，可一点办法都没有。

他静静等候我的回话，一直等到他的影子在院子里完全消失。可我还是没有开口。

"拉姆草，我是手艺人，手艺人你知道吗？这么多年来，谁家丫头戴的首饰不是你阿爸做的呢！草原上缺手艺人，十里八乡的老阿爸们都来这里，不就是给自己女儿做几件像样的首饰吗？不就是让自己女儿走在大街上显得光彩点吗？如果我不在了，他们找谁去呢！凭你阿爸这些年做的那么多首饰，阿爸不通过你的心愿，给你找个女婿，他也不敢欺负你呀。"阿爸说了一大堆，但他的眼睛依旧是眯着的。

阿爸接着又说："和道智在一起的这些日子，我认真观察着，他对你阿爸的任何东西都不敢碰，很听话的，就是有点笨。"

"笨有啥要紧呢，就怕他的心思不在学手艺上。"

"胡说啥呢，他是专门来学手艺的。"阿爸说到这里便站了起来，他看了我一眼，就回到小屋子里去了。突然之间，我发现阿爸的眼神有些陌生，有些令人担忧的伤感和捉摸不透的难过。

阿爸的脸色有了新的变化，泛红了，有亮色了。我知道阿爸对道智越来越喜欢了。那间小屋阿爸是不允许任何人进去的，除非他在小屋里。而现在呢？他在屋檐下晒太阳，道智一个人在里面他也不会说啥。

那天我到小屋里取阿爸好久没晒的被子，道智见我进来，就放下手里的活，挤眉弄眼地说："拉姆草，今天可漂亮了。"我使劲瞪了一眼他，可还是没有堵住他的嘴。"拉姆草，你像小雌牛一样结实。"说着他就把黑乎乎的手在羊皮围裙上擦了擦，走到我跟前来。我抱着被子从小屋里跑出来，心里有种说不出的委屈。

我又去山坡上的转经房了，可爱的小切俄一直跟着我。在山坡上坐了整整一下午，脑子里满是那个坏家伙的样子——无赖，可恶，令人作呕，而又无限害怕。

我越来越讨厌道智，他不但无赖，而且懒惰，还像主人一样使唤我，就连可爱的小切俄他也要呵斥。他的毛病越来越明显了。阿爸休息的时候，他总是跑出去，蹲在外面，贼溜溜地来回扫视过往的游人。

"道智，你到这儿干啥来了？"我实在看不惯，就问他这么一句。

"学手艺来了。"

"蹲在大街上就能学好手艺？"

"手艺需要更多的市场。"

"啥市场？草原上的活都做不完呢。"

"那算啥市场？你看看那些游人们戴的首饰，那才是市场。"

"那你跑这干啥来了？"

"学手艺来了。"

我懒得搭理他。

以前讨厌他的贼眉鼠眼，现在我又讨厌他的油嘴滑舌。

阿爸决定要把真传传授给道智了。

　　这段时间阿爸接了很多活，叮叮当当的响声几乎不分昼夜。那件羊皮围裙上的小窟窿眼越来越多了。阿爸一边忙手里的活，一边抽空给道智说着话。道智低着头，蹲在阿爸身边不住打哈欠。我都看见了，阿爸却看不见。他向我时不时地挤眼睛，吐舌头，阿爸也看不见。我想提醒阿爸，又怕伤他的心。这时候我就一口气跑到转经房，坐在山坡上，痴痴地看着那些南来北往的一团一团奔跑的云彩，流下难过的泪水。阿爸离我越来越远了，他不懂我的伤心和难过，只想着他的手艺。可爱的小切俄偎依在我身边，静静地望着我，我第一次从它黑汪汪的眼睛里看到了另一个拉姆草——漂亮而憔悴，勇敢而懦弱，急躁不安而又无可奈何。

　　经过一段时间的赶做，活忙完了。阿爸早早起来，他把所有首饰一一摆放在箱子上。早饭吃完不多时间，顾主们都来了。阿爸又忙着把做好的首饰一件一件放在戥子上秤。等一切完备之后，阿爸就坐在屋檐下，眯起眼睛，静静享受着阳光的温暖。

　　阿爸除了做首饰外，也做奶钩之外的杂活。他在最忙的时候，这些活就留给道智做。道智也只能做这些活，我想。

　　这天，道智说要回家去，阿爸就让他回去了，阿爸让道智把打好的几个奶钩顺便带到牧场去。第二天，阿爸就变了个人一样。他背起双手，来来回回在屋檐下走，并且不住叹气。我问他，他也不回答我。接连好几天，我看见阿爸的眼睛里布满了血丝，嘴唇也裂开了条条口子。不知道到底发生了什么事情，但从阿爸的表现上可以看出，事情肯定发生了，而且很严重。多少年来，我从没看见他如此焦急过。

　　半月过后，道智依然不见影子。阿爸的走动从屋檐下转移到门外。

小镇子终于迎来了它最迷人的夏天。

山顶上的树木透明碧绿，白龙江从高处跌跌爬爬唱着欢歌。如此美好的光阴里，阿爸成了一截木头，整日立在门前。他的眼睛里灌满了夏天的炎热，也灌满了秋后的等待。冬天终于来临了，他的眼睛里又灌满了悲伤和绝望。

这天早晨，阿爸破天荒去了山顶的寺院。

从寺院回来之后，他就把自己关进小屋里，再也不去门外了。

之后的一段时间里，我听不到阿爸叫我的声音，也听不到他唠叨收徒弟传授手艺的话。

道智后来在晒银滩开了一个小旅馆，除此之外，还和一个外地人一起贩羊皮，生意做得不错。可有人说道智无意中得到一尊金佛，也有人说，那尊佛不是金的，只是镀金的塑像，卖不了多少钱，就供在自己的旅馆里。我突然想起了阿爸视如珍宝的那个小盒子，那应该是阿爸藏得最深的一个秘密了。

我告诉阿爸这件事情后，阿爸又老了一圈。

三

自从阿爸不接活之后，我们的生活就开始紧张起来。羊越来越少，院子似乎变得更加低矮而黝黑了。小镇上的游人依然络绎不绝，外地人纷纷扬扬云集到这里，街道也显得狭窄了许多。部分牧民也搬到小镇上，专门做生意。隆达、经幡、首饰、藏刀、狼牙……应有尽有。

这天我从转经房下来，就钻进门外的一家铺子里。我看上了那家铺子里的一对耳环。我积攒了好久，终于把它戴在了耳垂上。一进门阿爸就看见了，他没有责备我，让我取下耳环。阿爸拿着耳环翻来覆去地看，然后又在衣服襟子上来回摩擦，时而发出啧啧的称赞，时而又无可奈何地摇了摇头。

"阿爸，这耳环不好吗？"

"已经很好了，但和手工做的比起来，还是有差别的。"

"阿爸，这是门外铺子里买的，是个外地小银匠做的。"

阿爸啥都没说，拿着耳环就出门去了。

自从道智走后几乎不出门的阿爸，这次忙不迭出门去找外地小银匠，我想，他一定是遇到对手了。

一会儿，阿爸回来了。一回来就躲进小屋里。

我又听见叮叮当当的声音从小屋子里传了出来。

第二天，我还在睡梦中，阿爸就叫我。

阿爸在一夜之间打做了一对耳环。

这是多年来我见过的最漂亮的耳环。

耳环和我买来的一样，不同的是中间镶了一颗红红的珊瑚，珊瑚四周还有细细的花纹。雪白的银子和红红的珊瑚结合得完美无瑕，细细的花纹怀里躺着的珊瑚又是那么的灿烂夺目。我拿着耳环，把它紧紧按在胸口，舍不得放下。

阿爸说："拉姆草，你把它拿给那个小银匠看。"

我遵照阿爸的话，把耳环拿给了外地的那个小银匠。小银匠拿着阿爸做的耳环看了许久，最后关了铺子门，说要见见阿爸。

小银匠也是西南人，说起来是阿爸的小老乡。他们在小屋子里说了一天的话。

后来，小银匠晚上过来帮阿爸做首饰，白天开他的铺子。

再后来他铺子里原先的首饰不见了，摆放的全是阿爸和他赶做的首饰。有耳环、镯子、奶钩、腰带、项链，而且每件首饰上都镶有鲜艳的松石、玛瑙或珊瑚。

"小银匠是个很在行的匠人。"阿爸说，"火候掌握得很到位，而且都是很先进的，有些连你阿爸都没见过。"

整整一年时间，阿爸不知不觉把所有手艺都传授给了那个小银匠。镶松石、珊瑚这样精细的工艺他也做到了无可挑剔。但最后一道工序小银匠怎么也做不出来。小银匠做出的首饰总是光泽刺目，而阿爸做出来的像雪一样白，像棉花一样柔和。

阿爸开始冷落小银匠了。

小银匠不来阿爸的小屋，也不去经营他的铺子。小银匠不见了影子，我的心里也有点莫名的烦躁和不安。阿爸又坐在屋檐下眯着双眼，不说话。阳光下的阿爸看上去十分安详，可我看见了他的神情里满布着忧伤。

春天很快又来了，小镇在时光下显得年轻了许多，阿爸却在光阴的流动里越来越苍老了。他坐在屋檐下一言不发，眼皮重重地垂了下来，头顶上几根稀疏的头发像秋风中站立不稳的衰草；搭在膝盖上的双手干枯而黝黑，手背上突起来的血管像树林里露出地面，而四面八方无限延伸着的根系；他脱掉全是小窟窿眼的羊皮围裙，穿上那件最合身的热拉①，此时，那件最合身的热拉罩在他身上也显得空空荡荡的。

"阿爸！"看着不断矮小的阿爸，我心疼地流下了眼泪。

"拉姆草，过来说说话吧。"阿爸的语调也变得低弱了许多。

我搬过小凳子，坐在阿爸身边。

阿爸说："拉姆草，小银匠最近去哪儿了，你知道吗？"

我说："小银匠的铺子关着呢。"

"哦！"阿爸转着脸看着我，说，"他是块好料子。"

"阿爸，他怎么没来？"

---

① 藏语，不带皮毛的单衣。

"他一定会回来的。"

"哦！"

"还小，有自己的想法也对，不怪他。"

"你和小银匠又争吵了吗？"

阿爸转过头，他的眼皮又重重地盖住了眼睛。

"也不算吵，只是有些想法不一样。不过他的确是块料，舍不得呀。"

"哦！"

"他都学到了打做所有首饰的本事，但他不安分呀。不安分也是对的，学会打首饰也就是个匠人，和会钉马掌没啥两样。"

"哦！"

阿爸继续说："他说我做的这些首饰还不够好，赶不上机器做得细致。他说用机器做模子，然后用手工镶松石、玛瑙和珊瑚。我当了大半辈子匠人，也没有人说不好呀。"

"哦！"

"传手艺给他，可他算是我的徒弟吗？"阿爸说着说着就难过起来了。

"阿爸，你传给他所有手艺了吗？"

阿爸不说话，他只是重重地叹了一口气。

"阿爸，机器做得有你做得好吗？"

"比我做得好，但有些地方机器是做不出来的。"

"如果你真的想给他传手艺的话，就把机器做不出来的那些传给他吧。"

"那也不算啥手艺。真正的手艺不是只会打首饰，这些你不懂。"

"那你教给他不就好了吗？"

"他现在还不是我徒弟。"

"怎么不是呢？你都教他一年多了。"

"他是机器的徒弟。"

"哦！"

"其实真正的手艺不需要学，是天生的。"

"哦！"我真的不懂阿爸在说什么。

阿爸说完后便不再开口了。

阿爸很固执，其实他心里知道，手工是超不过机器的，只是在心理上不肯向机器低头而已，因而这段时间他把小银匠拒之门外。小银匠想把首饰做成机器和手工的结合体，然而他却无法说服阿爸。得不到阿爸的允许，自然还不算是真正的徒弟。那个小银匠不知躲在什么地方，也不知道他在想什么。只要一闭上眼睛，我就能看见他清瘦的面容，还有挂在额头的那些调皮的汗珠子；看见他拉风匣的姿势，笨得像一头牛；看见他镶珠宝的样子，灵巧得像钻天雀儿。看着阿爸如此无可奈何，我很担心，也很难过，而小银匠却始终不见影子。对小银匠无法说清的那种想念像条条细藤，它们从很遥远的地方慢慢向我缠绕过来……

"那他还会来吗？"我又问阿爸。

"我想他一定会回来的。一切都有因果，他躲不过，我也推不掉。"阿爸说。

我始终不明白阿爸在说什么。

这天，我从山顶转经下来，走进家门就看见了小银匠。

阿爸坐在阳光下，依然眯着眼睛，一言不发。

小银匠跪在阿爸跟前，也一言不发。

我收拾完院子里的杂物，他们还那样，一言不发。

我说："你们这是干什么呢？"

阿爸说："等你呢，拉姆草。"

我不知道阿爸到底要说什么。

阿爸说："拉姆草，阿爸并不是贪他的小铺子，我看出来了，他和这门手艺有缘，我想把你嫁给他。"

"不都是你做主的吗？"我说完就羞红了脸。

阿爸接着对小银匠说："我的祖上都是有名的手艺人，只是几十年前遭遇灾难才流落到这儿来的。我现在老了，就给你们说说吧。"

阿爸清了清嗓子，说："我很小的时候就跟着爷爷学手艺。爷爷是孤儿，是在寺院长大的，他的真传来自寺院。爷爷的师傅是一位德高望重的高僧，打做佛像最有名。爷爷在寺院捏了十几年的模子，后来才在众弟子之中脱颖而出。他师傅想方设法挽留过他，但爷爷还是悄悄离开了寺院。说来还是和爷爷的师傅有关，他师傅说，一个人如果与佛有缘的话就能找到香巴拉。爷爷误以为自己和佛有缘，于是就离开了寺院。他没有找到香巴拉，其实他根本就没有明白他师傅所说的话。爷爷在寻找香巴拉的途中险些丧命，于是就让老梁家收留了。老梁家在地方既是大户人家，也是银匠世家，道上人很看重他家的货。爷爷在老梁家倒插门之后，就自然而然地拿起了锤子。他给人家打首饰，并且不忘在首饰上打上'老梁家'的字号。

"当年家里经常有人来订货，他们都不在乎价钱。当然，爷爷最拿手的并不是打首饰，而是打做佛像，那佛像打做出来，就差开口说话了。可爷爷自从走出寺院后，就忘记了打做佛像。他常说，首饰打啥样的都成，可佛像不能。可是后来，爷爷终究没有经受住马帮贩子们的诱惑，他精心打制了一尊很小的金佛像。也不知道哪儿出了差错，没过多久马帮贩子们就找上家门来，说是佛像里掺了假，至于到底掺没掺假也只有佛知道了。后来听道上的说，是同行使的坏。

"爷爷是信佛的。他在老梁家的那些年放生过一只羊。当然其他人不知道。爷爷说，那只被他放生的羊并没有流浪在荒野，而是按时到家来。后来，那只羊被宰了。羊是爷爷放生的，他自己清楚，为此他悲痛了好些时日。肉被家人吃了，爷爷偷偷将羊皮留了下来，做成了围裙，一直系在身上。我跟爷爷学手艺的时候，他就将那件羊皮围裙给我，让我系着。我不知道他为什么那么做，但我想，也许爷爷在那只羊身上寄予了某种心愿，羊不在了，羊皮做成围裙，系在身上也算是有个安慰吧。

"不管怎么说，老梁家的招牌却被砸了，一大家子的人颠沛流离，我流落到这儿来的时候，身上只围着那件羊皮围裙。拉姆草爷爷收留了我，并领我去寺院，高僧给我取了名字，从此我就叫嘉木措。我忘记了自己的名字，也忘记了自己是在银匠世家出生的。在寺院里看见那么多佛像的时候，我就想起爷爷，想起当年他打做佛像时的样子。他的一锤一锉我都记得清清楚楚。我曾发誓不再做匠人，更不打做佛像，可我还是没有克制住。人这一辈子活着并不是为了钱财，而是为了儿女。当我有了拉姆草的时候，就又拿起了锤子。"

阿爸说到这儿的时候流泪了，一颗一颗大大的泪珠沿着他松弛的脸颊滚下来，滴在阳光发亮的地上，瞬间就没有了影子。

阿爸以前从来没有说过，为什么要在今天说呢？如果在以前说，哪怕是道智那个家伙，也许我就答应了。

阿爸又说："打做佛像才是一个匠人真正的手艺，它不但包含着虔敬，而且还有善良和慈爱。当你真正成为一个手艺人之后，面对那些无论慈祥或狰狞的佛像的时候，你都会听见他们在说话，他们都在说世界上最善良的话。"

我和小银匠认真地听着。

阿爸突然站起来，去小屋里。过了一会儿，他又出来了。从小屋子出来的阿爸精神了许多。阿爸手里拿着我曾见过的那个小盒子，慢慢坐下来，接着又缓缓地说："他们说得没错，这里原是一尊佛像，可惜让道智拿走了。他和这门手艺没有缘，当然看不到藏在这里的秘密。听说他没有卖掉，反而供起来，也算多少有点善根，树木都有几十个节呢，人哪有不犯错的，我不恨他。"

阿爸有点激动了，他的手抖动着，垂下来的眼皮上再次沾满了泪花。

阿爸继续说："那尊佛像是爷爷从寺院带出来的，他一直想还回去，可他没能做到。我想，我现在应该把打做佛像的手艺传给你，只有这样，你才算是一个真正的手艺人，也真正算是我的徒弟了。小银匠，你不是说你到这儿来为了给草原上的牧民打制更多的首饰吗？这里不缺匠人，缺的是手艺人，你知道吗？当你打制出一尊佛像，听见他开口说话的时候，你就有资格在这里打制首饰了，那时候你也许就找到了属于自己的香巴拉。你和拉姆草结婚的时候你打一尊铜佛像，送到寺院去，你愿意吗？"

小银匠站了起来，拉住我的手，说："拉姆草，你愿意吗？如果你不嫌弃的话，我随你转经，放羊。"

"不，打做佛像的手艺你一定要学到，否则你是娶不到她的。我传你打做佛像，就是想替爷爷赎罪。那么，我先替爷爷和老梁家感谢你。"

阿爸说着就从椅子上滑下来，跪倒在小银匠跟前。

"阿爸！"我和小银匠同时叫出声来。

小银匠被阿爸带到那间小屋子里，一直到两年后的春天到来。

从来不去寺院的阿爸在这两年时间里隔三差五总是去寺院。从寺院回来，他就去小屋里和小银匠说话。

这两年时间里小银匠起早贪黑，偶尔也随阿爸去寺院，一回来就钻到小屋里。那件满是窟窿眼的羊皮围裙，从阿爸的身上早就转移到他身上了。小银匠有时候也会看我，他明亮的眼睛能看穿我的心脏。我的心跳得分外厉害，脸蛋像抹了辣椒水一样。夜晚里偶尔也会想起他，想起他，我就似乎看见了他那双眼睛，正在认真地看我。这时候我就把自己捂在被子下面，偷偷发笑。

四

小银匠还没有起来，太阳已经老高了。外面又来了许多游人，看起来很热闹。

小屋里依然是静悄悄的，我轻轻推开小屋门的时候，看见小银匠趴在那张阿爸操劳多年的桌子上睡得正香。他的面前是一尊庄严肃穆的铜佛像，目光炯炯有神，像是要说什么。

阿爸认真仔细地端详着那尊铜佛像。小银匠始终低着头，等待着阿爸开口。阿爸没有说话，他只是重重地点了点头。

就在那个迷人的秋天，小银匠终于把佛像送到了寺院。他完成了阿爸的心愿，真正成为阿爸最后一个得到真传的弟子。或许因为寺院里的阿克①做了宣传，也或许是那尊佛真的开口说了话，一夜之间小银匠成名了，大家除了夸赞，更多的是心灵上有所慰藉。小银匠继承了阿爸的手艺，草原上的人们再也不愁没人打制首饰了。

完成阿爸的心愿之后，小银匠就把自己关进那间黢黑的摆放

---

① 藏语，和尚。

着各式各样工具的屋子里，不肯出来。听不见叮叮当当的声音，整个院子显得很空寂。

早早煮好奶茶后，我就去了转经房。可爱的黑色小切俄已经成了我的尾巴，不论春夏，也不分寒暑。转经的时候，它卧在不远的地方，来回转动着脑袋，调皮地看着我。

山坡四周的灌木上落满了霜，太阳下，它们融化十分极速。地皮湿湿的，那些叫不上名字的叶片显得更加起眼，红里夹带白色斑点，白色斑点的边缘又微微卷翘着。这段时间是一年里最为关键的，远处的牧民要开始转牧场，燕麦要收割，场子要重新搭建……

阿爸把所有一切交给小银匠之后，开始对我们的日子不闻不问，成天坐在阳光下，眯着眼睛，听着外面热闹的声音，享受着属于他的幸福时光。小银匠说阿爸吃了半辈子苦，现在应该歇息下来了，日子一天天会好的，他把贡巴家另一间屋子也租了过来，里面除了摆满各式各样的首饰之外，还添加了虫草、鹿茸等天然药物。摆放的那些首饰里有机器做成的，也有他亲自打制的。机器做成的那些首饰都不是纯银的，然而大家都喜欢。小银匠在屋子里不知道想了些什么。他开始不满足了，成天唠叨着要开最大的铺子，要把首饰卖到最好的价钱，要让所有来小镇的客人只光顾他一家。他还说，等有机会要重新修建房屋，要建小镇上最大、最漂亮的房屋。和阿爸住了好多年的房子应该修一修了，但我觉得阿爸不会愿意。阿爸看到了这一切，但他就是不开口。我没有竭力去反对，也不会去操心。虽然羊群越来越少了，但我就是喜欢和那些雪白的羊群在一起。小银匠执意要卖掉所有羊，让我坐在铺子里，守着那些白白的不说话的首饰和昂贵的药材。小银匠越来越忙了，他的时间全耗在铺子里。他瘦了，脸色也黑了许多，走路的样子都有些佝偻。他接过阿爸的所有家当，和阿爸越来越像了，不听别人的劝，也看不到别人的好坏，那种固执和奇怪的想法简直与阿爸一模一样。

我加紧了脚步，想在太阳照到小屋前赶回家，给他们端上煮好的奶茶和馍馍。小银匠和阿爸不一样，他吃早饭的时候，必须要我陪着，还要不住地说话，吃完之后就到门外去转，一直到太阳落满整个院子才回来。一样的是他们都不大爱吃酥油和糌粑，几乎不去转经房和寺院。不知道他的这个习惯要保留到多久！

小银匠出去了，阿爸还在屋子里睡呢。院子里就我一个人。白白的阳光照着，很温暖，也很安静。外面依然是嘈杂的声音。又来游客了。小镇一年四季没有清闲过，春天有人来踏青，夏天有人来洗药水泉，秋天有人来照相，冬天佛事活动多，杂七杂八的人更是络绎不绝。一心一意放牧的越来越少了，不大的街道两边全是挨挨挤挤的铺子。雍措新开了手织围巾店，一根根彩色的线团在她的精心编织下，成为一条条温暖的围巾，挂在铺子外面，光彩夺目。她的生意十分红火，因而也卖掉了所有的羊，不知道那生意能做多久。

小银匠回来了，他不会迟，也不会早，就在太阳恰好照满院子的时候。那屋子里好像藏着什么金贵的宝贝，回来之后，他先会去小屋转一圈，然后才去铺子。很奇怪，今天没进小屋子，他一来就坐在门槛上和我说话。

阿爸以前也是这样，总喜欢太阳照满院子的时候和我说话。

"拉姆草，秋天快要完了，添几件衣服吧。"

我不知道他想什么，这样奇怪的话平常他是不说的。

"不用吧，新皮袄不是有吗？"

"哦，那就算了。"他看了下我，然后又说，"贡保甲说要做几件首饰，估计是他女儿要出嫁了。"

"哦，那就给做吧。"

"没时间了。"小银匠懒洋洋地，一点都不像以前。为大家打制首饰这不是他的责任吗？怎么会没时间呢？

小银匠见我不说话，又笑着对我说："拉姆草，我想把铺子盘出去，你看行吗？"

"铺子比我都重要，你舍不得的。"我随口说。

"舍得。"

"那就帮我去放羊吧。"

小银匠一直反对我牧羊，我故意这样说。他没有生气，他说："是呀，我是手艺人，也是生意人，铺子当然很重要，可放羊我不在行。"

"那你就是舍不得。"我知道他不会，他的意识里只有生意，这点似乎和阿爸无法相提并论。阿爸一心在打制首饰上，他并不看重钱财，他对手艺的重视远远超过了一切。

"小镇很快就要拆迁了，你知道吗？"小银匠很认真地说。

"乱说什么？好好地拆什么？"

小银匠站起身，伸了伸腰，甩了几下胳膊，然后又坐下来，漫不经心地说："才让镇长说的，错不了。"

"你见他了吗？"

"嗯，前几天去他那儿，想打听一下批房屋地的情况，可他说小镇要拆迁，大家都要搬到海螺沟去，这里要统一规划，要建成世界上最美的旅游小镇。"小银匠说到这里便显得很兴奋，脸上露出了得意的神情。他继续说，"为打听到真实的情况，我送了他一对最好的镯子。"

"哦。"

我想，小银匠大概是给我编故事吧。

"现在把铺子盘出去，不但能赚钱，搬迁时也轻松。"

"有顾主了，你却不接待，阿爸会生气的。"

"现在不是时候了，首饰一辈子都做不完，不差这一次。"

"阿爸会伤心的。"

"他不会知道。"

我没有搭理小银匠，站起来，悄悄去了屋子里。我的心里有种说不出的难过，也不知道怎么了。小银匠不做首饰，还能做些什么？小屋子里的一切都拾掇得那么整齐，连羊皮围裙都装了起来，看来他真有了暂时不做首饰的打算。阿爸把家交给我和小银匠之后，再也没进过小屋子，如果让他看见这一切的话，他一定会很伤心、很难过的。

五

小镇子真得很热闹，那条窄窄的街道里挤满了人。我不知道这里的人们在小镇子上住了多久。小镇子两旁的房屋的确都很陈旧，黑乎乎的，几乎不见了木头的影子，铺在榻板房前后的青石板都被岁月磨得像镜子一样，白龙江岸边的松树也年老沧桑，周身布满了不均匀的裂纹和大大小小的窟窿。

雍措的围巾店里新招了几个学徒，看来她要扩大店铺了。

寺院里的法号鸣响着，山坡上转经房的周围也有很多人。我慢慢走上山坡，看着那些苍翠的松柏和肃穆庄严的白塔，心里想着小银匠说的话。他从哪儿听到不着边际的话？佛是不会答应的。他忘记了阿爸的话，不是阿爸的好徒弟。想到这里，我的心里有着淡淡的悲伤，不知道是为阿爸，还是为小银匠。

小银匠成天坐在铺子里，显得无精打采，似乎没有了招揽生意的心思。阿爸也不说话，他只管在阳光下眯着眼睛。

　　这天晚上，小银匠吃完饭就出去了。之前他在小屋子里磨蹭了好长一阵。自从阿爸不去小屋子之后，小屋子几乎是小银匠一个人的空间。我也很少去，因为见到那些家当，我就会想起阿爸打制首饰的那段时光。阿爸放手让小银匠操持家务，他轻松了，但我总觉得有种说不上的担忧。阿爸打制首饰的时候，脾气很坏，整天不说话。高兴的时候，总是坐在阳光下眯着眼睛，摸着我的头，说些我不太懂的话。还有小切俄，它越来越壮实了，毛发油黑发亮。可它也有不老实的时候，最近总爱跑到门外，偷偷找同伴，我看见就想笑。

　　小银匠很晚才回来。小银匠真的有心事了，一回来就躺下，翻来覆去，叹息不止。

　　"又去才让镇长家了吗？"

　　"嗯。"小银匠应了一声，接着又叹了一口气。

　　"不会是真的吧？"

　　"是真的，又送了他一对耳环，是镶了珊瑚的那对。他不是一般人，见的多了，所以能看出好坏。"

　　"阿爸知道吗？情况怎么样呢？"

　　"阿爸是不会让我这么去做的，你比我更清楚。但搬迁的事情已经落实了，开春要搬到海螺沟，具体怎么赔偿还不清楚。"

　　"寺院呢？转经房呢？"

　　"你不知道，来这里旅游的人主要是看寺院。听才让镇长的口气，寺院估计还要维修，转经房也要多建几处。"

　　"他们连经轮都不转，看寺院有啥用呢。"

　　"来这里的不一定都是拜佛的人，你没见那些游客吗？他们是来照相的，是来骑马的，是来这里寻找快乐的。"

"快乐又不是丢失了的东西，随便能找到吗？"只有心里装了佛，快乐自然就在了。我知道，小银匠不信佛，除了送阿爸的心愿之外，他再没去过寺院。

小银匠变化真快，几天日子里，心思已经不在铺子上了，他只想在极短的时间内把铺子盘出去。这些天，他把好多亲手打制的首饰都拿回了家，放进小屋里那个不见木头影的箱子里，然后锁上了小屋子的门，打制首饰的几个老主顾也被他拒之门外，他整天在大街上晃荡，到晚上才回来。

阿爸真的是老了吗？老主顾被小银匠拒之门外，他依然不说话，深邃的眼窝里灌满了茫然和无奈。

小银匠和贡巴走动得越来越近了，从来不喝酒的他，偶尔也会沾那么几滴。沾了酒的小银匠像孩子一样，给我说城里的热闹，也给我说生意上的一些秘密。我对这些并不在意，只是想着，他能和阿爸一样，打制出更多更漂亮的首饰来。

半月之后，小银匠很顺利地把铺子转让给了贡巴。贡巴也似乎很乐意，因为铺子原本就是他家的地盘，再不用掏房租。贡巴接过小银匠的铺子之后，生意依然很火，好几个柜台都空了。

"你这是不过日子了吗？"阿爸终于开口了。

"不是的，阿爸，你不用担心，日子会越来越好的，春天快到了，我会打出更多首饰，只是现在不想开铺子了。"小银匠说。

"哦，不要忘记打首饰，那是你的本分。"阿爸总是不紧不慢，一点都不着急。

"铺子盘出去了，就可以安下心来。打做首饰更需要安下心来，对吗？阿爸。"

阿爸哦了一声，然后便点了点头。

时节越来越接近一年的尾声了，小镇依然没有变化，人群还是很多。雍措的工作更加忙了，她招的几个学徒坐在织机前，头都不抬，梭子在她们手里像箭一样来回穿梭。

自从把铺子盘出去，小银匠就彻底脱下了那件被火星啄得伤痕累累的羊皮围裙，穿上了崭新的擦热①。从来没有穿过擦热的他，穿起来显得格外精神，十分好看。

卖羊毛的季节到了，卖羊毛要去很远的县城。羊群越来越少，羊毛自然不多，但也不能久放。那些剪下来的羊毛要编成麻花的形状，高高挂在屋檐下，等到出卖的时候又要从屋檐下取下来，一一摆放在地上，喷上清水，然后晾干。小银匠破天荒地帮着给我取羊毛，喷水。阳光下的阿爸看着我和小银匠忙碌的样子，微微笑着。

等一切完毕，天边的夕阳还没有完全落尽，我们坐在门槛上，小切俄趴在我脚下，时不时竖起耳朵。我知道，这个坏家伙又在听外面的动静。也难怪，它也长大了。我在它头上摸了下，它站了起来，摇着尾巴跟我亲昵了一阵，然后跑到大门口四下张望着。看到这里，我笑出声来。小银匠也笑了。他向我靠了靠，摸了摸我长长的辫子，说："长长了。"我嗯了一声，也向他靠了靠。

小切俄又跑了回来，依然趴在我脚下，舌头不住地舔着嘴巴。我们坐了好长一阵，直到夜晚的黑完全包裹了院子。这样的日子要是长久停留下来就好了！阿爸有时候也会这样摸着我的头，可他现在好像看不见我，我的心里多少有点难过。

天越来越冷了，我的心里微微有点伤感，说不出来的伤感使我对此时的这种温暖反而有些讨厌。因为我知道，这样的温暖久远不了，因为小银匠的心思依然在生意上。想想看，阿爸当年心

---

① 藏语，带皮毛的藏袍。

里只有他的那些家当。为了找到手艺的继承人，阿爸都给小银匠下跪了。小银匠完成了阿爸的心愿，原想他也应该和阿爸一样，替大家打制首饰、腰带、奶钩。阿爸把钱财看得像芝麻，把手艺看得像西瓜。小银匠是阿爸最后一个徒弟，可他的心里只有生意。小镇越来越繁华，小银匠的心越来越大。他不好好打制首饰，只操心如何赚钱。如果不留下好东西给大家，赚那么多钱有啥用呢。和阿爸在一起的时候，我经常感到孤独，而现在呢？除了转经时心里啥都不想，一到家，孤独就立刻包围了我。小切俄也似乎有了新同伴，这个坏家伙也开始不安分了，离开我是迟早的事情。

羊毛越来越不值钱了，从县城回来之后，我心里就不舒服。小银匠没有取笑的意思，但他的那种笑容却令人生厌。没有跟他说话，我把羊毛换来的钱放在柜子里，就去了山坡上的转经房。

整个山坡上都静悄悄的，没有一个人。风很大，我披紧了擦热，还是有些冷。经轮发出咕咕的声音，转了好几圈，我的心才平静了下来。

冬天的小镇有着另一种美丽。山坡下的灯光很明亮，小镇像一条闪光的带子，长长地躺在白龙江旁边。寺院里没有了声音，白塔四周的桑子（煨桑时放在上面的松枝、柏枝、糌粑等物）还没有熄灭，柏枝发出的清香依然那么浓烈，幽蓝色的桑烟在夜空里分外显目，它们弯弯曲曲的在无尽远大的天空里扩散着。

我沿山坡而下，小路明亮了许多。月光那么清澈，这么多年来，我似乎看见今夜的月亮格外清明。应该快到十五了，我又想起阿爸的话。阿爸不信佛，但是他把手艺传给小银匠后的那些日子经常出没在寺院。小银匠到小镇子上是开铺子来的，他看上了阿爸打制的首饰，才想方设法到阿爸跟前学手艺。现在看来，小银匠有些不实在了。他忘记了阿爸说给他的话。但他帮阿爸完成了心愿，他打制了一尊佛，送到了寺院。我不知道应该怎么去评判小银匠！

沿着山坡的小路往下走，我的眼泪忍不住一股一股地淌下来。

一件事情做久了，也许会生厌，渐渐失去最初的热情。只有在一件事情上执着追求与不懈进取的人，才能取得圆满。每天，当我看见转经房四周虔诚的人们时，就禁不住这样想。小银匠会取得圆满吗？他的心里根本就没有装下阿爸所说的那些话。看来世间的一切都是不真实的，只有这圆圆的月亮才是真实的。它每时每刻都在照耀着小镇，不会因为高低贵贱而或明或暗，也不会因为悲欢离合而阴晴圆缺。只是可惜，多少年来大家都因为各种各样的追逐而遗忘了它的清澈，也因为各种各样的杂念而忽略了它的明亮。

街道两边的店铺似乎没有打烊的意思。古朴的木楼，青石板铺就的小路，这一切会在春天到来的时候消失吗？精致的银饰、狼牙、藏刀，还有那些绿松石串起来的手链，这一切都要消失吗？能恪守流年的小镇看来也无法守护住人心的变幻了。

六

和小银匠说的完全一样，春天还没有真正来临，小镇子拆迁的消息已经在大街上传得轰轰烈烈。

贡巴哭丧着脸，找过好几次小银匠。铺子已经转让出去了，小银匠对贡巴也只能深表同情。雍措的围巾店刚刚红火，就赶上了和贡巴一样的遭遇。立春过后，大家全部要搬到海螺沟去，新的小镇三年后才能建成。按照不同的原有建筑和占地面积，建好后分给大家相对应的铺面或是住房。可是要等三年呀，三年时间谁知道会有什么变化。

才让镇长三番五次过来动员，但阿爸似乎是铁了心，说啥都不愿意从老院子里搬出去。我和小银匠也劝说过，毕竟这是全镇子的事儿。

阿爸听不进去我们的话，他说："你们过去吧，三年时间很快的。"

才让镇长又来了。他在屋子里和阿爸谈了很久，最后灰头土脸地出来了。

"都是狼狗，好好的镇子拆啥呢。"阿爸气冲冲地走出屋门时，才让镇长已经走了。

才让镇长托了人过来，说对不配合工作的顽固住户要做出处理。那几天小银匠在阿爸和才让镇长之间周旋，但阿爸依旧不听劝，才让镇长口气十分强硬。阿爸老了，或许是看不到将来更加美丽的小镇，抑或是他压根就不愿意看到将来的一切。

立春过后不久，小镇就迎来了轰轰烈烈的拆迁，街道里到处飞扬着灰尘，嘈杂声、机器的混响声和房屋倒塌的声音夹杂在一起，小镇在顷刻间失去了它的平静和安详。阿爸坐在一堆乱石上一言不发，他的身后是那间黝黑而破败的小屋子。以前的院子不见了，那间破败的小屋子显得异常孤独。

才让镇长告诉小银匠说："只留这么一间，老人住着不安全，等你们安顿好了，就想办法把他接过去吧。"

我看着坐在一堆乱石上的阿爸，心疼地说不出话来。阿爸是个很坚定的人，他想好的谁也无法改变。我们搬到海螺沟安稳下来以后，多次去小镇接他，但他还是不肯过来。阿爸的气色不是很好，但当他看见我时，总会露出笑容。阿爸没有去过牧场，怎么能住惯帐篷呢？但那间小屋子的确是不能再住人了，何况小镇的修建需要三年。我到海螺沟给小银匠说了阿爸的近况，小银匠也显得十分着急。

阿爸真正被孤立起来是我们搬到海螺沟的一个月后。才让镇长捎话过来，说小镇的修建要动工了，他让我们赶紧拆掉那间小屋子。我和小银匠再次来到小镇上，小镇比刚拆迁的时候整齐了许多。我们找到才让镇长，说了阿爸的想法，他答应了，允许阿爸暂时住在他放柴的小房子里。阿爸是舍不得离开小镇子，更舍不得离开我们，但这一切都不能随我们的想法而改变。小银匠把装有所有家当的木箱子带到镇长那儿，我们给阿爸购置了日常用的东西，就离开了小镇。

从小镇搬到海螺沟的那段日子大家都忙着收拾自己的窝，而小银匠总是说要出远门，我无法阻挡住他。他对真正的牧区生活无法习惯，他经常说，住在帐篷里像住在露天一样，睡觉连衣服都不敢脱。我躺在帐篷里，望着深远的天空，心里也空空荡荡的。自记事开始，小镇上的人们就过着半农半牧的日子，大家相濡以沫，迁到海螺沟以后，都变得陌生了许多。海螺沟对大家而言，却不是陌生的，因为很多牧场就在这里。定居多年以后，反而对住牧场有些不自在，尤其是年轻的一代。他们的心理上除了顺从以外，更多地则是抵制。也有好多人去镇上讨说法，结果还是一样。

三年时间，是多么漫长呀！

海螺沟的夏天十分漂亮，龙胆花蓝汪汪一片，苏鲁梅朵拥挤在一起，还有叫不上名字的那些野花，仿佛向搬迁到这儿来的人们炫耀美丽。草原一直到天边，牛羊却少得能数清。住惯了城市一样的小镇，大家都显得很失落。

这样的日子一直持续到立秋过后的某一天。

贡巴在帐篷里开了海螺沟第一家小卖铺。铺子很小，都是日常用品，这对搬迁到海螺沟的众人来说，贡巴的确办了件好事，大家再不用去很远的小镇上。

看不见山坡上的转经房，也听不到寺院里长鸣的法号，我的心里满是空荡和失落。小银匠对这样的日子由不满产生了恐惧，他天天嚷着要去别的地方。一直随在我身边的小切俄也整天不见影子，饿了才会回来。当我发现它的肚子鼓起来的时候，又笑又气，但我还是把奶子留给它。

小切俄的肚子一天天大了，它再也不到处乱跑，懒洋洋地趴在我身边。摸着它圆乎乎的脑袋，我的心里又有种无法说清的疼爱。

"又去闹了。"小银匠一进帐篷就说。

"闹有啥用呢。"我放下帐篷的帘子，给小银匠倒了一碗奶茶。

"嗯。这是国家的规划，闹是没用的，建好了大家的日子会更好。"

"你信吗？"

小银匠喝了一口茶，抬头说："不知道。"

"转经房都没有，去趟寺院很费劲，他们怎么不搬呢？"

"人家是干部，要在那儿办很多事，到海螺沟不方便。"小银匠端起茶碗，喝了几口。

"你向着他们说话，大家听见会不高兴的。"

"那我不说了。"小银匠果然不说话了。

帐篷里很闷热，我又揭开了帘子。天已经差不多黑了，天幕里星星都出来了，它们在很遥远的地方闪动着，像是要对我们说些什么。我来到外面，四周一片安静，偶尔传来一两声狗叫的声音。大家都安睡了，看着那么辽广的草原，我不由自主地想起了小镇，想起住在柴房里的阿爸，尽管隔三差五我就去小镇上看他。如果在小镇上的话，现在还正热闹呢。小银匠或许在那间小屋里弄出叮叮当当的响声，阿爸也会和往常一样，坐在门槛上眯着眼睛呢。转经房四周或许还有人，寺院里或许在做法会，白塔四周桑烟缭绕，雍措忙着编制她的围巾……

一直到后半夜，我还是没有瞌睡。小银匠也翻来覆去，不住地叹息。

贡巴的小卖铺由日常用品渐渐扩大到烟酒百货，草原上立刻多出了几个醉汉，深更半夜大呼小叫，引得四下里大大小小的狗狂乱不已。

小切俄生了四只更加可爱的黑色小切俄，我视它们为宝贝，把它们抱进帐篷。小银匠不大喜欢它们，说太吵，不干净。他在帐篷外面搭了个很小的窝，不让我抱它们进来。为了这些可爱的小切俄，我和小银匠发生了争执。我很伤心，后来就哭了。小银匠不说话，他半夜里总是醒来，不住地叹气。那些小切俄在帐篷外面，天气稍有变化就呜呜直叫。我听着就心疼，可是又不想把它们抱进来。不是怕和小银匠争吵，我想有些争吵实在没必要，能避免就避免吧。

时间总是跑得飞快，转眼冬天就那样结束了。大家又开始忙乎，新的一年里，还有许多事情需要去做。小银匠决定要离开海螺沟，他早就思考好了，给我说的时候十分平静，没有丝毫不舍。

"拉姆草，三年时间这样坐着会疯的，我想出去做点活。"

"做啥活呢，你的家当都丢了。"

"羊卖了吧，我们到另外的地方。"

"算了，大家都在这里，过些日子就好了。"我没有考虑，就拒绝了小银匠的请求。

"这样吧，我到外面干点活，再说羊毛也不值钱了，小镇三年才能建好，不能等了。"

"可是你去哪儿呢？"

"才让镇长会指给我一条路的。"

"他会吗？在海螺沟找点活吧。"

"大家的心都无法安稳下来，还能做什么活。我想暂时离开这里，挣点零钱就回来。"

"腰带、奶钩、首饰，海螺沟不也还是需要吗？"

小银匠不说话了，他低着头。我也没说话，他既然决定暂时要离开，我是挡不住的。

小银匠的心情有所变化，吃完之后就径直向贡巴的帐篷走去。贡巴那儿似乎很热闹，所有的消息也都聚集在他那里，渐渐地那儿成了大家心目中新的小镇子了。

"要修建转经房和白塔，我捐了三副镯子，还有几个大珊瑚，明天我去镇上拿。"小银匠一回来就说。

小银匠又喝酒了，喝了酒的小银匠脸蛋红红的，满带笑容。

"真的吗？"那样就好了，再不用到很远的地方去朝拜。我自语着。

"是真的，我都答应他们了，明天就去镇上。"小银匠虽然喝了酒，但他说话还是蛮清醒的。

天刚亮，我就把羊放出圈，然后在距离不远的草地上坐着。冬天没有完全过去，春天还似乎有段路程。这期间是大家最担心的，下几场大雪，或多或少牛羊都会有损失。我望着广袤花白的草原，心里很茫然。大家分散住着，没有像在小镇上那样亲密了。小镇不是特好嘛，那些古旧的房屋都拆了，多么可惜。就算以后过得再好，大家心里肯定还会念着以前的小镇。风来了，草原上的风很猛，往往在春季来临的时候更加强劲，高高挂着的太阳能电板都发出啪啦啦的声音。

回到帐篷的时候小银匠已经不见了影子，太阳快落山的时候才回来，他放下东西，就去了贡巴的帐篷。

牛粪火炉渐渐缓了下来，小银匠添了几块牛粪。一会儿，火炉上的水壶又发出了嗞嗞的声响。和小银匠面对坐着，谁都不愿开口。小银匠真的狠下心要到外面去，我是挡不住的。

帐篷里的温度慢慢又减了下来，小银匠起身又去添火。

"别添了，已经迟了。"我说。

小银匠哦了一声，又坐在原来的地方。

"东西我取来了，过几天你送给他们。"小银匠开口了，一开口就是决意离开的语气。

"阿爸还好吧？"

"还好，就是固执，我没说要出去的事。"

"哦。"我接着又对小银匠说，"可是你去哪儿找活呢？小镇都拆成那样了。"

"才让镇长说，美仁草原那边有活，前几天还有人来小镇打听做银饰的匠人呢。"

"才让镇长真操心的。"

小银匠看着我，眼睛水汪汪的。

他说："立冬我就回来，我也不想去，可是住在这里我会疯的。"小银匠停了一下，接着又说，"熬过这段，搬到小镇子上就好了。东西都在才让镇长那儿，需要的时候你就去找他。"

我再也没有开口说话，我把自己捂在皮袄里，哭了一整夜。

七

小银匠走了，他去了遥远的美仁草原。给大家做银饰是他的本分，阿爸也说过，要为大家多做好事的。小银匠是他的徒弟，也是我的亲人，我不能违背他们的心愿。

可爱的小切俄一天天长大了，它们围着我，我也感觉不到太多的寂寞。但是漫漫长夜里，我总是睡不好，好几次梦见小银匠，醒过来的时候觉得整个海螺沟都是空空荡荡的。

春天真的来了，实际上这里没有春天，时节肯定是已经滑进了夏日。大家都忙着募捐，要在海螺沟修建白塔和转经房。我把小银匠留下的东西如数交给了他们。

迟迟的一直到立冬前，白塔和转经房才修建了出来。有了白塔和转经房，大家见面的次数又多了起来。也似乎是有了白塔和转经房的原因，提及小镇的人也越来越少了，除非要去寺院。

小银匠说立冬后会回来的。我在转经房转过一轮又一轮，心里安静不下来。望着通往小镇的路，不见一个人影，只有茫茫风雪，它们奔跑着，也不曾在海螺沟停留。到了冬春交替的时节，小银匠始终没有来，我再也坐不住了。我把羊群放到牧场，给小切俄弄了吃的，就去了小镇上。

美丽的小镇已经不在了，整个街道尘土飞扬，瓦砾和石头堆积起来，找不到可以行走的路。

好不容易才找到才让镇长。

"小银匠是带了木箱在这儿，可前些日子他把箱子里的东西都拿走了，只剩下这个。"才让镇长指着扔在箱子上的羊皮围裙，继续说，"他在美仁草原，具体说是在美仁草原的吾麦村，他在那儿打制首饰呢。"才让镇长没有挑拨的意思。我知道小银匠所有的家当都在那木箱子里，不论走到哪儿，那些东西一样都不能缺少。可他怎么就扔下那件围裙呢？

阿爸的精神大大不如以前了，没有说小银匠出走的事情，我怕阿爸担心我一个人住在沟里。阿爸坐在那间柴房子里，见了我也一言不发，只是用干瘦而粗糙的手不住地摸着我的头。

"阿爸，还习惯吗？"

他不说话，只是点了点头。我知道，阿爸住在这里要比住在帐篷里好些，但我的心里多么希望他能够到海螺沟来住。

阿爸始终没有显露出悲伤和难过，我离开他的那间柴房时，他只挥了挥手，我捂住脸走出那间柴房时，眼泪就从手缝里溢了出来。

从小镇上回来之后，我抱着那件破旧的羊皮围裙，昼夜想象着住在柴房里的孤独的阿爸，也想象着遥远的美仁草原，还有那个叫吾麦的村子。

这天一大早，我去了贡巴的帐篷，把小切俄和所剩不多的羊带在他的牧场里。或许是因为小银匠在修建白塔和转经房的事情上积了人缘吧，贡巴没有推辞，爽快地答应了我。

美仁草原距离海螺沟真的很远，先坐车到县城，然后再乘坐拖拉机到仁子喇嘛，到了仁子喇嘛需要住一晚，第二天步行一整天才能到美仁草原。在吾麦村打听到小银匠的消息已经是我离开海螺沟的第三天了。

小银匠已经不是小银匠了，他是地地道道的生意人。他来吾麦村的这段时间完全丢弃了手艺，和村里一个叫道吉交巴的一起贩卖酥油。道吉交巴的妻子几年前出事了，留下两个孩子，他没有再续，这些年孩子由他远方的妹妹曲桑卓玛帮着看管。小银匠来这里，做了几天首饰，然后就和道吉交巴搭伙做生意了。已经快一年了，小银匠和曲桑卓玛的关系不一般，当然谁也没有看见啥，可是大家都这么说。

我在仁青吉阿妈家住了几天，一直等到小银匠回来。仁青吉阿妈告诉我这一切的时候，我心里是麻木的。我很想阿爸，那个孤独的一心想着手艺的老人，怎么也不会想到他最后的一个徒弟会是这样一个人。当然，对仁青吉阿妈的话也不能完全相信，我要等到小银匠回来。他亲口告诉我的时候，我会离开这里，回到海螺沟去。

小银匠对我的到来似乎早有预料，他来仁青吉阿妈家找我。见到小银匠的时候，我低下头，不敢看他的脸。仁青吉阿妈的话像刺一样扎着我的心。

"我知道你会来找的。"小银匠说，"我们到那边走走吧。"

我不知道说什么，仁青吉阿妈向我努了下嘴巴，然后就出去了。

小银匠在前面，我跟在他后头。他的身子变矮了，却宽了许多。他脱掉了临走前穿的擦热，穿上了深灰色的西装。他剪掉了蓬乱的长发，留下了整齐的寸头，这和初来小镇的他差别太大了。

道吉交巴家忙着生火，煮茶，两个孩子呆呆地望着我，似乎想说什么，而又不敢开口。在道吉交巴家里，我并没有看到曲桑卓玛。小银匠从滚沸的茶壶里给我倒了一碗茶，然后坐在我对面，我还是不敢看他。久别的这些日子里，我时常在梦中和小银匠相见，然而此时我却不敢面对了，我似乎忘记了仁青吉阿妈的话，低着头，似少女般满怀羞涩。

"我知道你会来找的。"小银匠说。

"嗯。"我应了一声。

"你找过才让镇长了？"

"嗯。"

"本来想好好做手艺活，但活很少，就和他做生意了。"

"嗯。"

"他的两个孩子没人带，很可怜的。"

"不是有曲桑卓玛吗？"

"是的，我和道吉交巴到外地去的时候她会过来几天。"

"嗯。"我应了一声。

"你别回去了吧，道吉交巴是个好人。"

是要把我送给道吉交巴吗？他怎么会说出这样的话呢？我想这样荒唐的事情恐怕在故事书上都找不到吧？但我并没有让小银匠的这句话激怒，只是觉得心里有说不出的酸楚。

没有接小银匠的话茬儿，我问他："她很漂亮吗？"

"她是个大学生。"

"她是你的相好吗？"

"她说想去城市里住。"

"你赚的钱也不少了！"说到这儿的时候我的泪水已经在眼眶里打转。

一觉睡醒已经是第二天中午了。

仁青吉阿妈给我拿来酥油和糌粑，说："吃点吧，别饿坏了身子，回去还要放牛羊呢。"

太阳快落山的时候，道吉交巴带着两个孩子来了。我没有说话，也没有看他。我想，一定是小银匠让他来的，那个坏了良心的家伙。

道吉交巴坐立不安，过了一阵，才吞吞吐吐地说："留下好吗？拉姆草。他聪明得很，不会长期住在这里的，曲桑卓玛是他心里的菩萨。"

我听道吉交巴这样一说，眼泪就泼了出来，但我依旧没有开口。道吉交巴见我不说话，显得很无聊，不住地在地上转圈圈。两个孩子怯生生地抓住我的皮袄角，不愿离开。但最后还是让他拉走了。到了门口的时候，我听见两个孩子哭出声来。

我决定要离开吾麦，要在第三天日落前赶到海螺沟。小银匠再也不会回来了，他的目标在城市，而不在海螺沟，也不在小镇上。感觉不到伤心，我脑子里空空的，脚步也觉得轻盈了许多。仁青吉阿妈在村口送我，她见我走远了，便大声说："阿若①，草原上的好男人和牛羊一样多，回去把牧场看好。"

这一路我真的不知道是怎么走过来的，到小镇的时候，才觉得十分疲惫。小镇早已面目全非，我再也找不到原来的那个小镇了。那些机器发出震耳欲聋的吼叫，像是要把这个世界吃掉。

山坡上没有人，转经房四周也不见人影子。这里曾是我最喜欢的地方，可现在什么都找不到了。我似乎看见每天的太阳一升起来，这里就被镀上一层金——鲜亮，耀眼。可爱的黑色的小切俄不住地摇动尾巴，跑在前面，像孩子一样时不时地回头看我。晨曦下，四周升腾而起的袅袅桑烟像缕缕蓝色的飘带，在干净的天空里绕来绕去，同时我也似乎看见了道吉交巴的那两个孩子，他们可怜地向我张望着。

太阳落山前要赶到海螺沟。我想。

慢慢走下山坡，我的心里被说不上名字的许多东西塞得满满当当的。辫子又长了，它在我胸前左右晃荡。我紧紧攥住那根辫子，开始有些讨厌它了。寺院就在对面山坡上，法号由远及近，低沉而宏大。金顶在阳光下散射出耀眼的光芒，庄严而肃穆。我的心一下子空了。

我知道，当一个人看见了佛光的时候，他的心一定是空的。只有一颗净空的心，或许才能真正看清这个复杂多变的世界。

---

① 藏语，相当于喂。

八

阿爸似乎知道了我的到来，他在柴房门口等着。我强忍住没让眼泪流下，把阿爸扶进柴房，倒了一碗水，一口气喝了下去。

"拉姆草，不用急，天黑前赶到沟里就好了，过来说说话吧。"阿爸真的看穿我的心了吗？他说着又伸出手，摸着我的头。

"嗯，都没活干，回去也闲着。"

"没活就寻活干吧，坐的时间长了会生病的。"阿爸显得很稳健，他一字一句地说，"小银匠回来了吗？"

"阿爸，你怎么知道他不在沟里？"

"年前他来找才让，我就知道他又不安分了。"阿爸稍停了一下，又说，"大家住在沟里心不安稳呀，他到外面寻些活干也是对的，多走走路，是没有坏处的。"

"阿爸，你啥都知道，他就是不安分。"我说着就哭出声来。

"拉姆草，这是怎么了？好好的哭啥呢？"

"小银匠他不会回来了，他有了另外的一个拉姆草。"

阿爸似乎对我所说的一切并不吃惊，但他低下了头，重重叹了一口气，自语着："这都是因果。"阿爸抬起头来，我依然看不到他有丝毫悲伤和难过，他不住地摸着我的头，但我明显感觉到了，他的手是颤抖着的。

"拉姆草，该来的总会要来，这都是安排，好好放羊吧。"阿爸说完就垂下手。我走出柴房门的瞬间，发现阿爸垂下的眼皮上挂着泪花。

九

辫子的确有些长了，显得乱乱的，我无心打理。最近总是想着，以前坐在阳光下，煮些胡麻水，隔几天就要认真梳理下辫子。头发在胡麻水的浸润下，变得光滑闪亮，梳子都抓不住。可是现在呢？我始终没有勇气拿起剪刀。那剪刀铁锈斑斑，微微暗红。这是我用来剪羊毛的，已经用了好多年，好多年我都没有舍得丢弃。

我又看见小银匠的影子了，是几年前的那个影子——清瘦，腼腆，不大说话。他总喜欢在院子里转圈，然后进入那间小屋子，接着我就听见了叮叮当当的声响……

山坡上的转经房四周挤满了人，寺院最近有法会，大家都赶来了。

我的心怀里，小镇永远不会有变化。太阳一升起来，四周立刻被镀上了一层金——鲜亮，耀眼。

小银匠的心里已经有了善良的菩萨——那个读过大学的曲桑卓玛，他不会想念我的。

"草原上的好男人和牛羊一样多，回去把牧场看好。"仁青吉阿妈的话难道不对吗？自从小镇拆建，大家搬到海螺沟之后，小银匠的心就不安分了。他丢掉了作为手艺人的本分，也失去了阿爸教他打佛时的那种虔敬。他的心不在手艺上，他的心被金钱塞得满满的。小银匠挣钱不是为了家，而是要带曲桑卓玛去大城市里。为这个男人，我在海螺沟守着空帐篷，已经没有意义了。为这个男人，我剪掉漂亮的辫子，已经不值了。

想到这里，我似乎突然轻松了许多。放下那把铁锈斑斑的剪刀，走出帐篷，向远处的草原望去。可为什么心里还是茫然一片呢？

春天似乎来了，脚下的草地已经隐隐约约有些绿意。大家建议贡巴充实点儿货，贡巴口头答应，但一直不见行动。也许是前些年小镇的突然拆迁使他有了经验。想想看，小银匠把铺子盘给他，经营不到几个月就被拆迁了，那是多么伤心的事呀。

从美仁草原回来之后，我把羊群从贡巴家牧场里分了出来。羊羔添了不少，看着那些毛茸茸的小羊羔，我的心里暖和了许多。等到秋天一过，它们就长大了。长大是很不好的，可是谁也无法阻挡住成长的脚步呀。那些小切俄也长大了，它们似乎不认识我，显得凶巴巴的。这段时间，我一直操心着那些小羊羔，慢慢地心里也平静了许多。春寒时分气候变化很大，放在外面的牛粪时刻要用塑料布盖好，否则淋湿了好几天都晒不干的。年前的酥油要处理好，否则会有辣味的。曲拉①一定要储藏好，否则就发红了，那样既不好吃也卖不上好价钱。剩下的事情很多，都需要一件一件去做。小银匠在的时候，这些小活他是看不见的，他除了看铺子，什么都看不见。当初来找阿爸，一心想当个手艺人的他，在短短的时间内就忘记了自己说过的话。总之，小银匠现在已经丢下我，和曲桑卓玛相好了。我劝自己别想这些了，可是一个人的夜晚总是那么漫长。我听到外面风的吼叫声，也听到更远处衰草的习习声，就是听不到小银匠那细而均匀的呼吸声。小银匠大概去城市了吧？城市里的小银匠和他的那个菩萨过得好不好呢？

日子就那样不紧不慢、一分一秒地消失着，时节缓缓地从春天走到了秋天，大家也从急躁的等待中，渐渐遗忘了小镇。

这天，我刚从沟口的转经房回来，就看见许多人在贡巴的铺

---

① 藏语，奶渣。

羊皮围裙

子门口争吵着。我绕过贡巴的铺子，回帐篷去了。一到帐篷，心里却无法安稳。到底发生了什么呢？大家遗忘小镇后，海螺沟一向是平静的呀。我又走出帐篷，他们的争吵依然没有停止下来。

第二天天刚亮，我就听到了坏消息。小镇到明年春天过后就基本修好了，大家都能得到相对应的补偿，但又有了新的规定，要对临近镇子的草原进行科学保护，一定程度上要限制放牧，对草场实行承包责任制。

和当初搬迁时的情形差不多，大家去小镇上闹，而结果还是一样，只能承受。说到底就是要减少牛羊，保护草场。不过，减少载畜量保护草原，大家都能拿到一定的草原补偿款。这对生活在草原上的人们来说，的确是件不易接受的事，然而谁也无法改变规定。就在那个冬天，海螺沟的牛羊少了一半。各自有了承包的草场，放牧牛羊自然十分谨慎。那年冬天，海螺沟的男人们不见了，为能挣到很多的钱，他们都去了很远的地方。不见男人的海螺沟一下清净了许多。

贡巴是海螺沟唯一留下来的男人，他坚守着他的小铺子，一直到雪花飘飞。

春天还没正式到来，偌大的海螺沟就剩下阿依①、阿米②和夏依③们，他们守着帐篷，看着牛羊。年轻媳妇们在才让镇长的介绍下，都在临近小镇的公路上去干活了。

陈旧的小镇终于变成了全新的具有现代意味的小镇。这一天的到来并没有使大家兴奋，和三年前一样，还是多少有点抵制。或许是在海螺沟又住惯了，到新的小镇上去，反而有点不习惯。

---

① 藏语，奶奶。

② 藏语，爷爷。

③ 藏语，孩子。

新建成的小镇依然沿用了早年的风格，不同的是木头换成了水泥，灰瓦换成了琉璃瓦。以前老房子的位置已经找不到了，我不知道那老房子在小镇上多少年了，那应该是阿爸留给我的唯一的家产。而现在，我再也看不到它了，取而代之的是两间很小的铺面。不管怎么说，这两间铺面将是我现在唯一的家产。

贡巴把他的铺子从海螺沟搬了过来，生意比海螺沟好多了。雍措他们也忙着收拾，准备重新开业。大家都把牛羊卖得差不多了，如果再不干些别的啥，生活就会出现问题的。

秋天的小镇在季节的渲染下似乎比以前更加美丽了。远山近水分外明晰，转经房的墙壁也重新粉刷过了，显得洁白而耀眼，寺院的金顶也换成了闪闪发亮的金瓦，辉煌而庄严，这一切在秋日阳光的照耀下，顿时让人心安稳下来。

终于收拾好了，我在贡巴他们的帮助下，请了匠人，把铺面隔开，一间留着我和阿爸住，一间准备出租。已经没有了心思开铺子，也是因为铺子多多少少伤了我的心。

十

秋天越来越深了，山顶的树木已经泛出了金黄色，白龙江岸边的树叶子也开始转了颜色，看上去斑斑点点。海螺沟依然有人看守着，大家的牛羊都在那里。我把不多的羊群赶到贡巴家的牧场里，同时也把我所承包的那片草场暂时转给了贡巴。牧场上再不用操心，然而成天坐在小镇子上，我的心里却有说不出的寂寞和难过。和阿爸在一起的时候也是这样，但那时候心底是满满的。小银匠在的时候也有过寂寞，但不至于像现在这样空空荡荡。我又开始想小银匠了，那个坏了良心的家伙不知道在哪儿浪荡呢！

这天，贡巴匆匆来到我的小房子里，神色慌张地说："他来了，我看见他去了才让镇长家。"说完之后，他又匆匆忙忙地走了。

我不敢相信自己的耳朵。这里没有他任何牵挂，他还来干什么？不是去城市里了吗？怎么又回来了呢？我想了一夜，始终想不清楚。我的头很疼，似乎要炸开一般。

小镇自从新建之后，我醒来得比以前更早了。外面还黑乎乎的，我就听见有人开卷闸门的哗啦哗啦声。之后，便是喇叭声，再之后便是脚步声和激烈的争吵声。我对这样的日子从小就习惯了，可是现在突然痛恨这一切。

太阳出来了，高原秋天的太阳恨不得把山川河流都晒化，把人们晒得变成蚂蚁，钻到地底下不做声才肯罢休。可是一到冬天，它就会躲在云层深处不肯露面，任凭寒冷带着刀子四处逡巡。

我没有看到小银匠的身影，我在门口望着来来往往的人群和马匹，心里满是怅然。

转经房四周人很多，我走下山坡的时候差不多已经是中午了。才让镇长在门口等我，不知道他想和我说什么。

"拉姆草，都等你大半天了，你阿爸像素乎①一样，说不通。"

我把才让镇长让到屋里，然后靠在门框上，没有说话。

"小银匠回来了，你知道吗？"

我还是不想说话。

"拉姆草，你们是结过婚的，他来了你们应该好好过。"

我依然没有开口。

"你们没有来镇上离婚，就还是一家人。"

"他有了曲桑卓玛，已经和我不是一家人了。"我说出这句话的时候，眼泪已经在眼眶里打转。

————————

① 藏语，牛。

"他一时糊涂，你应该原谅，何况草原上的男人娶两个那玛琼琼①不也正常吗？"

"他不是草原上的男人，他是远方的生意人。"我和才让镇长开始争辩起来。

"反正你们是一家人，你如果不要他的话就把一半铺子给他吧。"

"铺子是阿爸的老屋子换回来的。"

"反正你们是一家人，铺子就是两个人的。"

"才让，小银匠给了你啥好处？他来的时候有铺子吗？"阿爸缓慢地站起身，继续说，"我看你是个聪明的人，现在怎么也犯糊涂？是你拿得太多了吧？你应该好好去念念经。"

才让镇长没有接阿爸的话，他红着脸，也站了起来。

"他不是和他的女菩萨去大城市了吗？"我说。

"那是一时糊涂，这不是又回来了吗？"

"你走，永远不要出现在这里，你们都是狼狗。"从来没有对任何人说过一句重话的阿爸此时气得发抖。我把才让镇长从门里搡了出来，关上门，静静地坐了一个下午。晚饭时分，我去了贡巴的铺子。贡巴一见我，就把我拉到里间，然后悄悄地告诉了我他听到的消息。

小银匠果然是坏了良心的家伙。他这次就是来和我分铺子的，而不是来和好的。他给了才让镇长不少好处，自己却不来和我说话，这哪是草原上的男人？

我把这一切都说给阿爸听，阿爸听完之后，又叹了一口气。

才让镇长又来了，还是那些话，翻来覆去给我说。小银匠的影子始终没有出现。

"小银匠去县上了，你知道吗，拉姆草？"

① 藏语，年轻媳妇。

"走了才好。"

才让镇长嘿嘿笑着说："你等着吧，到时候你连草场承包费都拿不上。"

我以为小银匠离开了小镇，听完才让镇长的话我才明白，小银匠去县城告我了。才让镇长算是替小银匠给我留下了狠话，他说完之后，头都没回。

接到县城法院的通知时，我已经等待了整整八天。

阿爸给我说："拉姆草，是阿爸的错吗？这个地方再也没有小银匠了，再也不会有人打制首饰了。阿爸老了，也没给你留下一件像样的首饰。"阿爸显得很伤心，他把微微颤抖的双手紧紧握在一起，然后又放松下来，在自己的大腿上啪啪打着。

我说："阿爸，小镇上不缺小银匠，缺的是你的徒弟。"

"徒弟有啥用呢？让银子塞满了心，收一百个徒弟又有啥用？阿爸要带着手艺到土里去，再也不希望让这手艺沾满罪过。"

"阿爸，不是手艺的错。"

"我知道你想说什么，可是，拉姆草，你不知道，阿爸担心以后真的没有像样的首饰可以让你们戴了。"

"阿爸，现在买的首饰多，好看着呢。"

"拉姆草，买的比阿爸打制的还好吗？一个手艺人在一件首饰里投入的很多，你是不会明白的。机器做的有啥好呢！"阿爸说完之后便不再开口了。

"阿爸，你还想收个徒弟吗？"

阿爸看着我，然后摇了摇头，说："不想了。阿爸很想把它带到土里，那样就安心了。你去县里吧，一切都有因果，不会吃亏的。"

"嗯。"我点了点头。

县城没有变化，还是很破旧。或许是羊毛跌价的原因吧，我对县城也有点讨厌。何况这次是和小银匠打官司来的。

小银匠请了县城里最好的律师，他们说得头头是道。我并不知道这些，也没有请律师，法院按程序分给我一个姓陈的辩护律师。

住了三天，官司还没有完。陈律师找过我，问了好多关于我和小银匠的事情，也问了关于我阿爸的事情，我都一一说给了他。至于官司最后怎么样我不知道，但我想，铺面是不能分给小银匠的，这是阿爸留给我的财产。也就这两间铺面，羊群那么少，阿爸把所有家当都留给了小银匠，小银匠临走前都把它们带走了。我知道，阿爸一生也就那样，在顾主的银子上从来没有做过手脚，也不会存下钱。阿爸看重的是手艺，而不是钱。阿爸经常给我说，干他们那行最关键的就是要有一颗善良慈悲的心。阿爸当年看走眼了，小银匠或许早就看出小镇有这么一天的，所以才苦苦相求，到阿爸跟前学手艺。可是他怎么就熬不过三年时间？他的心里到底想什么呢？草原上的男人是不花心的呀。小银匠不是草原男人，他来草原只是想发财，然后去城市里找曲桑卓玛。

我想到这里，心里就又难过起来。为了这样的男人，我差点都剪了辫子，真丢人呀。

十一

和小银匠之间的事情终于定下来了。陈律师的话起了作用。铺面是镇上作为老房子拆迁时的赔偿，是阿爸的财产，是我们婚前就有的，虽然和小银匠有事实婚姻，但这部分财产根本不牵扯小银匠。

　　从法院出来时，小银匠没有看我，他走在前面，一会儿就不见了影子。按理说我应该高兴，可我就是高兴不起来。心里像是被大石头压着一样，气都喘不过来。想起海螺沟春寒料峭时的大风，还有羊群、小切俄，还有建在沟口的转经房，我觉得自己一下子老了许多。小银匠刚来小镇上时不说话，第一次来我家是看上阿爸打制的首饰，一直到阿爸收他为徒，他都是那么的小心谨慎，忠厚老实。小镇拆迁，大家搬到海螺沟之后小银匠就有所变化了。他住不惯帐篷，耐不住草原的寂寞，去遥远的美仁草原和道吉交巴一起贩卖酥油，这一切我都理解。但是他怎么就和曲桑卓玛相好了呢？我在吾麦找到小银匠的时候他已经不是小银匠了，而是个地地道道的生意人。多么可笑呀，他还让我替道吉交巴照顾孩子。仁青吉阿妈说，草原上的好男人和牛羊一样多，回去把牧场看好。可是现在呢？草原上的男人们都离开了草原，牧场也没有了……

　　回到小镇子上，我感觉十分疲惫，睡了好几天才缓了过来。秋天结束了，这个秋天对我来说没有任何记忆，只有那么多令人伤心的事情。整个冬天里，我把自己关在房间，像个懒惰的虫子，不吃不喝，一直到春天，我才苏醒过来。

　　这天，太阳还没有出来我就起身去了转经房。春风已经来了，满山坡都带着潮湿的腥味。对面山坡的寺院寂静而安详，法号由远及近，低沉而宏大。阿爸说过，打做佛像才是一个匠人真正的手艺，它不但包含着虔敬，而且还有善良和慈爱。当你真正成为一个手艺人之后，面对那些无论慈祥或狰狞的佛像的时候，你都会听见他们在说话，他们都在说世界上最善良的话。小银匠继承了阿爸的衣钵，可是，他能听到佛在说话吗？

　　逢到初一十五的时候，应该去经堂，看看那些佛像，听听他们到底在说些什么话。他的话里到底包含着什么。走下山坡的时候我突然想去很远的地方，去更大的寺院。把铺面租给贡巴，或是雍措，他们的生意已经日渐红火起来了。

春天真的来了，我一个人到海螺沟走了一圈。撤掉的帐篷边缘处已经有嫩嫩的青草伸出了鹅黄头角，转经房似乎静静地等候着众人的到来，佛塔旁边的煨桑炉里没有燃尽的柏枝依然散发着清香的味道。

我决定暂时离开小镇，不是要辞别尘世，而是去一个遥远的地方，去寻找一座很大的寺院，去听听那些佛所说的话，无论慈祥或狰狞的佛。

收拾东西的时候阿爸看见了他的那件羊皮围裙，他说："拉姆草，拿过来让我再看看。"

我把羊皮围裙放到他怀里，他认真看了很久，喃喃自语："好几辈人了，就这样让它歇息了！"阿爸的眼神充满了不舍，他用手抚摸着围裙上满是被火星啄透的窟窿眼，滴下了浑浊的泪水。阿爸是想起他爷爷了吗？他一向十分坚强却也有着如此柔弱的一面。

"阿爸，收起来吧，大家都会想到你的好处的。"

"好吧，收起来，你先把它藏好，说不上有用着的一天呢。"

"你是要打做首饰吗？"我小心地问着阿爸。

阿爸没有说话，突然之间他显得沉重起来。他一边摸着羊皮围裙，一边又喃喃自语："都破成这样了。"

"阿爸，想打就打吧，没人超过你的手艺的。"我说。

阿爸依然没有说话，他把羊皮围裙递给我之后，就搬过凳子，在门口眯着眼睛，静静地让太阳晒着。

我收拾好所有东西，并把那件破旧的羊皮围裙放在柜子里，这大概是阿爸真正留给我的唯一能看见的东西了。那件羊皮围裙随着阿爸经历过太多的岁月，也曾给小银匠带来过荣誉。然而这一切都过去了，也将会被大家所遗忘。我把它藏在心底深处，因为我始终能感觉到，无论我在哪儿，它会和阿爸一样，给我温暖，给我祈福的。

动身那天，除了阿爸，我没有告诉别人。我想，这一切都不重要了。

（原载《红豆》2015年第7期）

雪山阿佳

丁 颜

一

临潭是一座很活跃的县城，城中的居民大多为回族，郊区的草原上住满了藏族人，藏族人进城，回族人出城，大家和和气气，采购和出售物品，甚至走亲访友。

春草发芽了，放眼还是能看到隐没于天光之中的洁白雪山，在太阳底下闪烁着蓝光，但是牛羊市场上牲畜的嘶鸣声渐渐消失了，这些被藏族人赶进城的牲畜差不多被回族人买尽了，买了来除了刀宰食用外，剩下的又赶去给郊外草原上的藏族人，放养在他们的牧群里，食草原上的草，喝草原上的水，等这些牛羊在纯净的自然里长得更大了再牵回来刀宰。

而这个春天，我们家将我和牛羊一起放养给了郊外的藏族人，父母在外面做生意，忙得顾不上我，一个老祖母，是爸爸的奶奶，我叫她太太，耳朵聋了，眼睛也不灵光，连自己都照顾不好，更别说是照顾我了，太太被一个堂大伯接去住，我被来我家赶牛羊的罗尔布大叔带去了藏区，跟卓玛生活在一起，卓玛是罗尔布大叔的女儿，十八九岁的姑娘，没有母亲，我跟着藏区的孩子叫她阿佳。

生活在藏区，感觉什么都跟家里的不一样，佛塔、寺庙、佛像、匍匐跪行的朝拜者，这些都是在县城看不到的，语言不一样，空气中的气味也不一样，全都散发出新鲜迥异的气氛，我们家跟罗尔布大叔家应该算是世交，两家人从爷爷的爷爷辈起就相识往来，将我放在这里，父母自然是放心的，但是每隔一周，我叔叔还是会来看我一次，带一些吃穿用的东西给我。每次叔叔离开之后，卓玛阿佳就会问我许多关于我家的事，但话题绕来绕去总也离不开我叔叔。

她是不会直接问的。她会说："麦尔彦，你叔叔今天穿得那件衣服真漂亮。"就这样打开话题，谈的全是我叔叔。

卓玛阿佳大概是喜欢我叔叔的，我叔叔好像也喜欢卓玛阿佳。但他们的爱情只在心里，在现实中像是永远都不会发生，万一发生了，就暴露了世界上存在的奥秘。

他们俩每次见面时说话都极其自然，语调清淡，也不显得拘谨，仿佛已经熟识很久。我叔叔说话的时候爱往卓玛阿佳的脸上看，不说话的时候也爱往卓玛阿佳的脸上看。

卓玛阿佳长得可漂亮了，五官端正秀丽，藏袍穿在身上也比其他藏族姑娘显得妥帖，漆黑的麻花长辫子扎着丝线，一双黑色眼睛灵动的似有千言万语，眼角眉梢，以及颧骨上淡淡的高原红，美得令人动容。

父母不在身边，我在地广人稀的藏区像蓬勃的野草，在地上自由生长，与自然无限亲近，有时会和罗尔布大叔骑马去草地里放牛羊，在草地上大叫、玩耍、奔跑、嬉笑、翻滚……有时跟卓玛阿佳待在家里，藏式的房子，外墙用白石灰刷过，阳光照射上去白得耀眼，墙头、门窗又全都是鲜艳的颜色，走进去之后，光线昏暗，屋内低矮，也很狭小。空气中充溢着一股烟雾、酥油茶、牛粪和腐烂物混合的浑浊气味。

我虽然住在罗尔布大叔的家里与他们随太阳出落而作息，但因为我是回族人家的孩子，吃的用的都得是清真的，所以我有自己专门的锅碗杯筷，卓玛阿佳特地将它们单独放置起来，不与他们的混淆，而我在这里吃得最多的是卓玛阿佳自酿的浓稠清淡的酸奶，早上酸奶，中午酸奶，晚上酸奶，日子也就这么一天一天过了下来。

卓玛阿佳跟其他藏族农牧区的姑娘一样，素面朝天，从不化妆和保养，每天也都做着藏区的所有姑娘所做的事，做饭，背水，爆炒青稞磨炒面，做青稞酿，在田里除草，缝制氆氇，挤奶，打酥油，制作干酪，参加驱邪、庆祝和祭祀的仪式。

但卓玛阿佳与其他的藏族姑娘又有点不一样。

高原的早晨，雾霭里有冷得渗透到骨髓里的寒气，卓玛阿佳穿着厚重的藏袍，用棉布头巾包裹住脸，围着离家屋很近的白色的佛塔一圈一圈地顺时针旋转。卓玛阿佳会给我讲述佛的生平、经变、故事、传奇。阐述她对人世的观点，她说所有的藏人都是森林猕猴和岩罗刹女结合的后代。我跟她争论，说人是造物主从土上创造来的，她不相信我说的，我也不相信她说的。争来争去也争不出个所以然。

罗尔布大叔和卓玛阿佳要去参加晒佛仪式，带上我一同前往。在苍茫天地之间一步一叩地前行，罗尔布大叔的皮肤黑得似发出光来。卓玛阿佳更是认真，进行全身跪拜，跪在地上，迅速地将双手伸向前去，全身匍匐在地，肘部弯曲，双手揣于额头以示谦卑，一路上持续重复这一动作，付出极大的意志，直到目的地。

在晒佛仪式上，他们在半山腰的岩石上展示巨型的佛像唐卡。

雪山阿佳

我虽然年纪小，但一生下来就被赋予在身的信仰没有让我沉浸入他们纷繁的仪式，他们朝拜他们的，我玩儿我的，在马背上仰起脸，眯起眼睛看蓝天烈日，大片流云徘徊在天空，云的影子徘徊在地面，内心觉得安逸。

熙攘人群来回涌动，燃烧松枝，围着篝火跳舞，唱藏语民歌，喧嚣沸腾，仿似兵荒马乱。不知不觉天色已黑，夜雾之中剩下的是转经人、摆摊的人以及静静生活的人。月亮的清冷光芒如同薄纱，过滤掉了一切声音，万籁俱寂。我跟在卓玛阿佳身后，在转经回廊里默默地走一圈，然后进入大殿，酥油灯的光微微跳跃，她全身匍匐在地上，叩拜，发出轻而郑重的声音。

晚上回不去，我们便睡在草地上临时搭起的帐篷里，又寒冷又潮湿，卓玛阿佳说："麦尔彦，来，来我的袍子里面，靠紧我，这样你不会觉得冷。"

我与她亲密相处，知道了她的虔诚心，而她的生活态度也如她的信仰一样，清洁分明，同时也简单倔强。她的感情封闭而深刻，从不表达，不透露给任何一个人，像所信仰的宗教一样一直控制自己的感情，有心事或不开心时通常通过修行来化解。

和卓玛阿佳一起去离家不远的街市买菜，喧嚣的街市，热浪扑面，卓玛阿佳买菜是很有耐心、很认真的，一个摊位一个摊位地看，挑选，比对价格，讨价还价。

有挑着桶，桶里装着鱼的汉族女人慢腾腾走过，嘴里吆喝着："洮河鱼啊正宗的洮河鱼。"卓玛阿佳停下来与这个女人说汉语，对话是关于鱼的价格，说话也不多，付了钱，卖鱼的女人连桶带扁担都递给了卓玛阿佳。

这一天，我们走了很远的路，来到一条大河边，将鱼一条一条地扔进水里面，卓玛阿佳不动声色，我也沉默不语，像两个清醒而表情寥落的修行者。

我的家乡临潭，所有的藏族人都不吃鱼，卖鱼的人知道这一点，就将鱼桶挑到有藏族人经过的街市卖，这种街市有藏族人，有回族人，还有汉族人，大家自由买卖，谁也不妨碍谁，若是有人将鱼拿到藏族人的街市去卖，那肯定是会挨打的。

所有的小生命，藏族人一般都是不吃的，他们能不杀生就尽量避免杀生，看见了就将所有的鱼都买下来拿去放生，也许这与他们的信仰有关，也许不是，藏族八吉祥图腾里面有两条鱼。

回家的时候暮色已经笼罩过来，草原极其安静，远处是淡淡的山影，偶尔有骑马的人经过，马蹄发出哒哒哒的声音。

过了两天，我又想起了这事，想着想着，觉得奇怪，跟卓玛阿佳说："这样的放生有什么用，后面还是会有人再捕捞起来的。"卓玛阿佳深深地看到我的眼里，然后柔软地笑，说："这世间的成、住、坏、空，都不是一刹那就可以达成的，因缘会聚，果报自受。"

二

我母亲忙完了生意，得了空来藏区接我回家，我却突然不想回去了，抱着卓玛阿佳哭得要死要活，母亲没有办法，只好邀请卓玛阿佳也去我们家住一段时间。

卓玛阿佳来我家，和我住同一个屋子。月亮很圆，洒落的光泽落在窗户上，屋子被映衬得通亮，卓玛阿佳和我谈话，往往谈到我不知不觉睡着。她好像很欣赏我们家，说我们家清雅、干净、讲究，不但有果树而且还养那么多花草，花开得阵势猛烈，一个院子，简直像一座花园。

雪山阿佳

由于母亲在家里，一个远方的姑姑也来我们家住，这位姑姑已经订了婚，再过三四个月就要出嫁。

在临潭有这样一个习俗，一个姑娘一旦订了婚，快要去婆家前夕就得变得娇贵，不再做家里的家务活，而是被接去各个亲戚家轮流住，当作客人般的，热情招待，保养皮肤与身段。

虽是自家的姑姑，但待我不及卓玛阿佳好，不然我父母也不会让我去藏区。姑姑是没有念过书的，一个汉字都不认识，但她却有一种优越感，她是看不起卓玛阿佳的。但卓玛阿佳却羡慕着她。

卓玛阿佳羡慕姑姑，是因为姑姑是一个传统的回族姑娘，戴嵌金边，花色素雅、清新、秀丽、明快、悦目的盖头。衣服上嵌线、镶色、滚边、前襟处绣色彩鲜艳的花朵，自己用布制作核桃结纽扣，喜欢在鞋头上绣花，袜子讲究溜跟和袜底，用凤仙花将指甲染红，走路稳静，说话清楚，声音柔美，脸上始终带着一种平静的感情，极少上街，闲时学习厨艺，绣风格独特的花草图案，出门前一定会认真打扮自己。每日燃芭兰香，洗漱做礼拜，诵读《古兰经》，早起洒水扫院，用碱水擦洗门窗、桌子、板凳、炉台、锅灶，注重摆设，陈设整齐，窗明几净，冬日花香满屋。就是这样一位姑姑，让卓玛阿佳羡慕不已。

晚上，我们已经睡觉了，但还没关灯，卓玛阿佳从被窝里拿出自己的手，看着长了厚茧硬邦邦的手心，说："藏族女人干的活太多，皮肤粗糙，容易衰老。"听到这样的话，我胸中竟泛起一丝酸楚，小孩子的思想到底是简单的，希望卓玛阿佳在我家长住下去，不要再回严寒苦累的藏区。

我跟卓玛阿佳关系亲密，姑姑就有些不喜欢我，她让我离她远一点，说我皮肤和头发上的酥油味道，熏得她受不了，我是不吃酥油的，我与卓玛阿佳每天睡在一起，我身上的酥油味道应该是卓玛阿佳的藏袍上面的。

姑姑与卓玛阿佳同一属相，是同岁的。同龄的姑娘原是用来聊天解闷的，可是姑姑却不怎么搭理卓玛阿佳，经常冷淡地与卓玛阿佳对答。卓玛阿佳并不计较姑姑的这些刻薄的言辞。

我虽然是小孩子，但也不能一直待在家里什么都不做，我母亲将我送去清真寺的经学堂里面学习《古兰经》。

"我使你们成为许多民族和宗族，以便你们互相认识。"

学习到这样的经文时，我突然安静了下来，想起卓玛阿佳的脸，想到自己脸部的轮廓以及眼睛鼻子的形状与卓玛阿佳是一样的。感觉到世间万事万物浑然一体，没有分别。人与人都有血缘。

我不清楚姑姑为什么嫌弃卓玛阿佳，我也不明白罗尔布大叔曾跟我说的："我们的藏族是个奇特的民族，一半的藏族人搞农业，一半的藏族人放牧，最后互相看不起打了四百年内战，是非常感人的民族，虽然现在和平了，但互相鄙视的味道浓烈地飘在整个藏区。"

经典里是说了呀，"人类啊！你们的主是同一个主，你们的祖先是同一个祖先，你们都是阿丹的子孙，阿拉伯人不比非阿拉伯人优越，非阿拉伯人不比阿拉伯人优越。黑人不比白人优越，白人也不比黑人优越。"

但是为什么在我生活的世界里，人们反而这样互相鄙视，嫌弃，看不起？都是相同的人，为什么不能像花园里所有的花一样，谁也不讨厌谁，谁也不看不起谁，热热闹闹地向着阳光开放，开累了不想开了，就自个奔拉掉落下去，安然地生息？

小孩子家想不明白的事，想破脑袋还是想不明白的。

母亲和姑姑坐在家里估计是太闲了，就去买丝线做一些刺绣，临潭回族妇女的刺绣自古传承，是非常有名的，随便走进一家名为洮绣专用丝线的店铺，就能看见墙壁上挂满戳绣好的刺绣，绣工精细华丽，色彩搭配绮丽多变，图案凸出布面，形神兼备，天真烂漫。人们将这样的刺绣称为洮绣。

被称为洮绣是因为古时候临潭被叫做洮州，位于洮河之阳，洮河穿境而过。所以人们习惯在与临潭有关的事物前缀有一个洮字，临潭女人的刺绣叫洮绣，临潭的骏马叫洮马，临潭出产的砚叫洮砚。

柜台里面放着各色的丝线，同一束彩色丝线，色度却深浅变化。柜台后面的回族女人黑纱遮头，穿简单的齐膝斜襟盘扣长衫，低头没有任何参考地握着圆珠笔在精良光滑的缎面上根据自己的想象与愿望，信手图画各类花草，劲松、葡萄、石头、水流、鸳鸯、蝴蝶。自由发挥，大胆创意，所有的图案都不顾比例与虚实，超越现实的象征意向有天然的古朴。将这些风格质朴率真的图案图画到女人们自己亲手缝制的衣服、鞋子、袜底、鞋垫、经挂、门帘、窗帘、墙围、围裙、枕套的布面上，供手工刺绣。

母亲跟姑姑说："一个女孩在出嫁前是应该自己亲手做一些精细的刺绣品的，嫁人以后赠予婆家人时方显得底气十足，在以后的生活中也更容易被欣赏和尊重。"

卓玛阿佳一点也不懂这行，但她很好学，也很聪明，要了我母亲的竹箍和竹环，也学着绣起了花，绣得还可以。

她们坐在一起绣花，姑姑打趣卓玛阿佳："听说你们草原上有两种颜色的毡房，白色的和黑色的。一般人们居住在黑色毡房中，如果家中有女初长成，就给此女在黑毡房附近搭一个小一点的白毡房，让她单独居住，以此告知草原上的小伙儿可以向这位姑娘求爱。小伙儿到晚上的时候可以来找这个姑娘，如果姑娘同意，小伙儿可以留宿。一般到姑娘怀孕就可以出嫁了，怀孕意味着这个姑娘健康全美，可以生儿育女。据说好多家庭中的第一个孩子的父亲都不明确，不知道他具体是谁的孩子。"

这样的话说出来，闹得大家都很窘。我母亲用眼睛示意姑姑别再说这样的话，房子里面突然静下来，卓玛阿佳敏感地害羞起来，脸红得像是要破了一样，说："不知道，反正我们家人没有在黑毡房附近搭一个小一点的白毡房给我。"天黑得很快，转眼已经入夜。我的叔叔（我父亲的弟弟，长年住在清真寺里学习）回来了，母亲做的晚饭比平时丰盛一些，叫我们去吃，母亲给每个人都夹菜，夹了一筷子鱼肉往卓玛阿佳的碗里放，卓玛阿佳迅速地用双手盖住碗，说："我不吃鱼。"

姑姑说："你还是信仰真主吧，你信奉的佛是泥塑的，遇上刮风下雨，被水一浇，就会瘫成一团泥，连自己都保护不了，怎么保佑你。"卓玛阿佳满脸惊诧地看着我姑姑，感觉严肃得让人无法透气。

我姑姑不解地怔了怔，咬着筷子头，说："我劝过你了，你不听，我也没办法。"说着她在卓玛阿佳的肩膀上轻轻拍了三下，说："拍你肩膀三下，是我劝你信正道的标记，后世的善恶的审判场上，你可别来拖我后腿，让我入不了天堂。"姑姑活在自己信仰的单一世界里，没有能力理解卓玛阿佳的信仰，姑姑对信仰接近偏执的坚守，让她无法释然一个同龄的女孩子不听劝，她也不在乎对方难过或者被侵犯，她认为她做的是对的，不这样做，才是她的自私与错误。

由于姑姑的原因，这一次卓玛阿佳在我家住得有些不开心。庭院里月光暗淡，卓玛阿佳孤寂地坐在走廊的木椅上，长长的麻花辫子垂在胸前，静默不说话。

但我从心里愿意她快乐，装出大人的样子来安慰她："我不崇拜你们所崇拜的，你们也不崇拜我所崇拜的；你们有你们的报应，我也有我的报应。"

这使卓玛阿佳有点儿诧异，我为什么忽然这样热心起来，但是我完全顾不上她的猜疑，不顾一切地想要她相信我说的话是正确的。这时叔叔正好做完宵礼，从廊檐下走过，我说："你不信问我叔叔，他是专门学经的，什么都知道。"叔叔向我们走过来，卓玛阿佳却没有言语，猛地站起身来，静静地从我叔叔身边走过，回自己的屋子去了，我的叔叔，很久很久地看着被卓玛阿佳掀起进屋又自动落下的微微动着的门帘，像是有什么话要说而一时又没说出来……

三

罗尔布大叔牵着马来我家将卓玛阿佳接走了，我的屋子空落下来，母亲换洗了我的床单被套，连我都被脱了衣服按在水盆里洗了又洗，想来母亲也觉得我身上酥油的味道不好闻。

姑姑要出嫁，我们家整个家族也都忙起来了，在外做生意的，读书的，都回到了家里。母亲每天都去姑姑家帮忙做事，每天早上我似乎还在梦中，就被母亲拖起来，收拾一番，穿得鼓鼓囊囊的，带着微微的睡意和母亲一起过去。

有喜事发生的时候，中国人迷恋的是红色散发出来的喜庆。到处都热火朝天，红红艳艳。姑姑的房间里更不必说，有馥郁醇厚的芳香。后院用钢管塑料布搭了多个棚屋，架起好几处锅灶，砖砌的烟囱，炊烟徐徐飘摇，墙壁被熏得黑黢黢，女人们嬉笑着忙来忙去，大锅里蒸腾出热气。蒸好的发糕、包子、花卷，多得数不清楚，重重叠叠地放在笼屉里散热。

请来的厨师是长给家家户户做宴席的大厨，厨上的事很精通也很讲究，弯着腰在案板上切菜配花样，葱姜油盐，大碗小碗，各种调味料放满一桌。宰好的牛羊挂在树上，滴在树底的一坑鲜红浓稠的血，看得人触目惊心，买来待宰的土鸡被小孩子们追得满院子扑棱棱乱飞，冷冽的空气中弥漫着油煎食物的清香，一排排整齐的大木箱里装满杯盘碗筷。到处都堆满了各样的货品，都是在为姑姑的婚礼做准备。

满院子到处都是热闹顽皮的孩子，我由于不断地在不同人身边生活，由他们回转抚养，和小孩子玩耍时，难免话语不同，时不时蹦出一两句藏语，一个大眼睛皮肤很黑的男生嘴角带着挑衅，说："这么粗野，是不是从藏族家里抱来的，身上都是番子的味道。"在一起玩的小孩子都附和着叫我番子，我不知道番子是什么意思，但我觉察到一丝侮辱。我父母没有生养，我是从别人家抱来的，虽然那时四五岁，但常和这些孩子们混在一起玩耍，大家说来说去，这些事我自己也都清楚了。

我也不是好脾气的孩子，动了怒，激动得浑身颤抖，跟大眼睛黑皮肤的男生纠缠厮打在一起，用手抓对方的头发、手臂、脸……我的手臂流血了，辫子散了，脸上有被指甲划出的伤痕，也流血了。大人们跑来将我们抱开，各自责怪起自己的孩子。

母亲边责备我边洗我的脸，帮我重新扎了辫子，之后又跑进厨房去忙了。我心里的委屈也没能被倾诉。

打了架自然是跟其他孩子再没法在一起玩儿了，我无所事事，便停下来研究起笼屉里的包子，做了两种包子，一种称为糖包，红枣泥拌了白糖、葡萄干、桂花、青红丝，很甜腻，包子呈四面体状，上面有用手指捏出的隆起的花纹。另一种是菜包，萝卜丝葱末羊肉馅，面皮很薄，褶皱清晰，掰开时清香扑鼻。

我觉得孤独，安静地站在一位老阿婆身边看她用羊肚菌如何炖汤，老阿婆将泡发羊肚菌的红色汤水，澄清后用来炖制羊肚菌，说能让炖汤更美味营养，红色的原汤是羊肚菌味道和养分的精华所在。

叔叔（就是我说过的我父亲的弟弟）走过来，他揉揉我的头发，说："麦尔彦，跟我一起去送请帖好不好？"

下过一场大雪，满城都被白雪覆盖，道路上的雪已被行人的鞋底、各种机动车糟蹋得脏黑、萎缩。在车流中，叔叔将摩托车的速度保持得很稳，我被放在摩托车的前面，围巾包住头脸，只露出一道眼睛缝隙，我们穿大街过小巷，一家一家的或敲门或按铃地送请柬。

清真寺的圆顶上积满白雪，一辆送千层饼的自行车栽倒在雪地里，后座上箱子翻倒在地，千层饼滚落一地，被摔倒在雪地上的人的黑色毛线织的无檐小圆帽飞到了对街，他咬紧牙，额上跳着青筋，翻了一个身，用手撑着地面站起来，嘴里大口喷着白色雾气忙乱地捡地上的千层饼，一辆大卡车开过，车尾卷起一阵灰色雪末，很多千层饼被车轮嵌进雪地里。

这样的情景像疾病一样控制住我的心脏，进入茫茫不着边际的寂静里面。童年时心里已有某种敏感的对活着的惆怅。

送喜帖送到中午，叔叔将摩托车停在一个本家爷爷的家里赶做响礼留下来吃午饭，我坐在爷爷的对面，他问我的脸怎么像被狸猫给抓了，叔叔呵呵地笑，说："和人打架弄的。"

我流下了眼泪，说："他们都叫我番子，说我是藏族人的娃娃。"老人边夹菜往我碗里放，边说："藏族人有什么不好，所有的被造物都来自造物主，谁也不比谁高贵，谁也不比谁低贱，都是大地的代治者，自由地挖掘和享受大地上的一切。"

我什么话都说不出来，放下碗筷，眼泪掉得更厉害。

老人伤感起来，跟我们讲起民国初年发生在临潭的民族厮杀的血案，一场因民族内部矛盾和外部矛盾而激起的民族仇杀，大量无辜百姓被卷进屠杀的漩涡。他的哥哥、姐姐、父亲、母亲、祖父、祖母一个都没有幸免，全部被无辜屠杀。他当时在国外求学，彻骨寒冷，匆匆赶回来时，只看见城头上空一群暮鸦彷徨回旋，城已被毁灭，到处残垣断壁，干枯血迹，满目疮痍，城内的回族青壮男女全部被屠戮，余下的鳏寡孤独满脸恐慌，哀伤欲绝。

他说那段幽暗的日子里刮来的风都带着血腥味，深夜变得无比狰狞，月亮也似乎在滴血。窗外是冬季明亮而干燥的阳光，老人说着这些事，老泪纵横，像放在我面前的一幅黑白照片，他是看过鲜血的人，所以记住了血的气味，但这些故事，这个县城被战争、屠杀轮番血洗的时光大概离我太久远，仿似对我不存在。所以我想我当时可能并没有怜悯他的痛苦，只是静静地当作久远年代的悲惨故事来听。

第二天凌晨破晓时分，家里就开始忙起来，充盈着婚宴的气味和声响。晨礼过后，清真寺的阿訇来家里做了一番祈祷，人们进进出出，摆设餐席，招待前来贺喜的宾客，庭院里到处都是人，那么多人，来来回回，杂沓而热闹。宗族里的姑娘媳妇几乎都到了，头戴各色与衣服精心搭配的头纱，脸上都擦着白粉，涂了唇也画了眉毛。浑身散发出微微的香气，面容、手闪烁着温柔明亮的光泽。坐在一起家长里短，低头咬耳窃窃私语。

罗尔布大叔也来了，背囊很大，装的全都是贺礼，他看见我，对我笑，喜悦的面容，我像是见到了久违的亲人，这个在我深夜发烧时，将我裹在藏袍里，骑马送我去医院的藏族人，这个善良热心的藏族人。

我连姑姑的婚礼也不想参加了，要跟着罗尔布大叔去见卓玛阿佳，我很想她。我母亲说："本来宴席罢了之后，也是要送过去的，这样也好，那你就跟着去吧。"母亲带我回家，匆匆收拾了一些衣物，将我放在了罗尔布大叔的马背上。

四

冬季草原上的阳光、霜雪、寒风，全都像是一种罪恶，卓玛阿佳的脸变成了胭脂红，脸颊、颧骨、鼻子，那种红，好像随时会从脆薄柔软的皮肤下膨胀出来。

卓玛阿佳见到我，温和地笑，明眸皓齿，发辫漆黑，她在火灶里烧了土豆，用火钳拨出来，吹干净灶灰，用手掰成两半，分给我。土豆冒出清香的热气，嚼在唇齿间，散淡而绵密，心里涌出简简单单的快乐，卓玛阿佳用手背拭去我嘴角的土豆渣，她也很快乐。那时我已微微觉察到，人的快乐全都来自微小的事，悲伤也是一样。

白天和夜晚逝去又来临，我和卓玛阿佳生活在一起，谈论各种话题。草原上草木萧萧，牛羊的睫毛上时常结了冰，虽然寒冷，但一切都让人觉得亲近。后来我离开临潭，见到很多不同的草原，不同的藏族人，但都不是我童年的草原，不是我那生活在雪原里的罗尔布大叔和卓玛阿佳。我一直记得他们，经历了诸多人情冷暖和世态炎凉之后，留在记忆里的这份世间情意更是无法言说。

这些都不说，仍然来说卓玛阿佳。

在这个冬天，卓玛阿佳与草原上的一个男人订婚了，一位苍老而厚道的藏族男人前来做媒，罗尔布大叔答应了下来。订婚那天，卓玛阿佳如水一样安静，一直在厨房忙着做招待宾客的饮食，男方家里送来了礼物和哈达，宾客和罗尔布大叔都很高兴，缓慢婉转的藏语交织在一起，我像一条没人管的放肆的小鱼，脖子上挂着哈达上蹿下跳。

与卓玛阿佳订婚的男人后来我跟罗尔布大叔去放牧时见了，皮肤黝黑，眼神硬朗，脸上有颗大痣，笑的时候露出雪白的大颗牙齿，罗尔布大叔很满意，跟我说这是你卓玛阿佳未来的丈夫，家里很富有，有上百只羊上百头牛，也有土地。卓玛阿佳依然不动声色，看不出她高兴或者不高兴，她的生活始终跟她的信仰一样，平静地叩拜，平静地转经，平静地绕着佛塔顺时针旋转……站在暮色里看着草原，寂静而漠然。

有一天半夜我醒过来时，发现卓玛阿佳浓密的长发，兜了我一头一脸，正准备用手去拨，却听见卓玛阿佳的哭声，她对着墙壁哭泣，她白日里隐藏起来的气息，她的哀怨。我没有动，屏住呼吸，闭上眼睛，也难受地流下泪来。

在苍茫的大地和无垠的宇宙中，生命容易显得短促，人随时都会死，黄昏时分，不知何故，广阔天空像是燃烧了起来一样，大风也呼啸起来，草原上的马群受了惊，罗尔布大叔从马上坠落下来，沸腾的马群四蹄蹬直，不停地从他身上踩踏过去，他的鼻子、耳朵里面都流出了血，先是剧烈地呼吸，汹涌极了，然后没了气息。

我当时是在场的，看着这些，心剧烈跳动，几近穿过身躯，从胸腔跃出。那天大风剧烈，受惊的马群声嘶力竭，垭口挂满经幡，彩色幡旗在空中哗然翻飞，但一种深不见底的寂静将我包裹起来。

罗尔布大叔去世的第二天，家里人闻讯赶来，马上将我接了回去。大概过了两个月，我母亲去慰问失去父亲的卓玛阿佳，我母亲还将卓玛阿佳带来我们家住，卓玛阿佳没有母亲，父亲又突然去世，剩下她一个人，怕她一个人住着更加难过。

在家里，由于卓玛阿佳的沉默，母亲特意找来家族的姑娘媳妇来和她说话，但她还是沉默，好像所有的话语都如同被弃绝和荒废，也极少有笑容。

我母亲是热心肠，见不得别人不好，她找了时间带卓玛阿佳上街做衣服，卓玛阿佳选下枣红色的有腊梅图案的缎子，绮丽光滑的绸缎，做了上衣和藏式长裙，长裙是无袖的，有刺绣，还买了缎子绣面的花鞋。

就是这一次，卓玛阿佳出了风头了，她穿好这一身进到屋里，女人们就忽然都上前来看她，惊叹不已，也许她从来没有像今天这么漂亮过。大家都羡慕着，夸赞着，说是有多漂亮。

依我看卓玛阿佳只是打扮得亮丽了一些，她结实高挑的身段是那样的，容貌也还是那样的，与穿了绸缎没多大关系，我更习惯以前的穿着刻满生活痕迹的藏袍的卓玛阿佳。

卓玛阿佳让她们围起看着，也没有紧张或是难为情，沉静如水，用温和的眼光看着她们。其中一位婶婶说："是这么漂亮精致的人，想不想来我们回族人家做儿媳妇，我可以帮你做个媒。"

卓玛阿佳抬头笑了一下，脸也红了起来。我叔叔一直是住在清真寺里的，偶尔回一次家，那天好巧不巧地回来了，卓玛阿佳在那天也正好穿了这么一身，叔叔静静地看着卓玛阿佳，眼睛亮闪闪，觉得两个人都有什么话要说出，又都没有说，然后彼此对望着，笑了一下。两个人沉静的笑容里似乎隐藏着无限的秘密。

叔叔从家里拿了一些换洗的衣服，又离开了，连饭都没有吃。虽然卓玛阿佳一直很沉默，但她还是愿意跟我说话的，她问我，来家里的这些姑娘媳妇，为什么都个个穿得那么庄重，就只说头发吧，也要用丝绸之类的包好藏起来，一丝不落。我说："是为了在人群中保护自己不受侵犯，保持尊严。外出时不能有表现欲望，不能露出头发，不能打扮耀眼，不能暴露身体曲线，衣服一定要穿得合理得体，故意吸人眼目，让人上下打量是一种罪孽。"

卓玛阿佳对这些姑娘媳妇抱有好奇，可能对她们的生活也有憧憬，她是这样说的："她们也如我一样是干家务活，做饭洗衣，下地干活的，但她们很洁净，关注自身，有丰盛的快乐，随性的生活像空气一样随时被得到。"

深夜，我们没有睡觉，就这样聊着天，也聊到了我的叔叔。卓玛阿佳说："我以前从未曾走出过我们藏族人自己的地方，很满足我们藏族人的生活现状，用信仰填充空虚，和自然相融相近，简单、舒适、稳定、安全。"

"麦尔彦，你说人间为什么会有这么多的生活方式，每个人的生活方式好像都是被安排好的。"卓玛阿佳说着说着没来由地流下泪来。

这时天边已经渐渐发白了。

五

这一次卓玛阿佳在我家住的时间比较长，就像我住在卓玛阿佳的家里，也是很自由的，完全当成自己的家。冬天清真寺里放了寒假，我的叔叔也来家里住，太太也在家里，大家热热闹闹地过着。

叔叔身形并不高大，但轮廓鲜明，似刀砍斧削，浓黑的眼睫毛经常低垂下来，神情内敛，也不随便和别人说话，有从容坦然的气息，家族里的人都很欣赏他，说他《古兰经》念得好，讲解得也好，信仰虔诚，又很端然。

叔叔在家里，卓玛阿佳对我的叔叔就像对我们家其他人一样，我的叔叔对卓玛阿佳就像对我们，也是完全的一样。

大年过后，天空中的烟火还未散尽，元宵节就又到了，我们临潭这个地方闹元宵也是张灯结彩的，但跟其他地方又有些不一样，会举行三个晚上的"万人拔河赛"。声势十分浩大，震天动地的。

"万人拔河赛"原说是从古代沿袭下来的一种全民游戏。古代居住在临潭的民族繁多，像汉族、回族、藏族、蒙古族、羌族……都是些性格很暴烈的民族，动不动就干戈相向，一位官员为了解决民族矛盾，让民族和谐共存，就以西城门为分界点，将街道分成上下两段，展开拔河游戏，号召四野的各民族男女老少都来参加。

官员还为拔河比赛找了一个合理的说辞，说哪头街道的居民拔河拔赢了，此年这边街道便一定会风调雨顺、粮食丰收、牛羊兴旺，以种粮牧畜为生的各民族为了好的收成，便纷纷涌来县城拔河，一年又一年，来的人越来越多，呈万人之势，为了胜利，众人齐心协力挽着大绳使劲出力，哪里顾得上在身旁与其一起使力的人是哪个民族。官员要各民族团结无间隙的目的也就这样实现了。

"万人拔河比赛"现在已成为一种民俗文化，以绳重人多驰名，每到元宵节，全城男女老少都会出门，参加拔河的，喝彩的，做什么的都有，满路花灯，人山人海。

少壮的青年挽着钢缆绳使尽浑身力气，拥挤在街边看拔河的年轻姑娘，多半都精细地打扮过自己，描眉涂唇，穿着漂亮衣服，满脸矜持的微笑，此时混在人群中的说媒的人的眼睛也一刻没停歇。对于淳朴安详的居民来说万人拔河赛并不是只庆元宵节那么简单。

夜空中无数烟花绽放，我们站在自家临街楼顶看比赛，红灯笼一排一排高高挂起，挤挤挨挨全是人头，戴着无檐白色小圆帽的和黑色头发的，像是混合在一起的黑白色芝麻。两条被麻绳扎在一起的粗壮强韧的钢丝绳，绳头绑有绳卯，人们将绳举起来又放下去，放下去又举起来，没有人发号开始拔河，当两边绳头的卯榫结合的一瞬间，人们开始向两边奋力拉扯，两边钢绳等长，势均力敌，僵持半天，一股非常凶猛的力量将绳扯向一方，一边人赢了比赛，跃身而起，各种欢喜吼叫，一边人将绳扔在地上，也没多大失落。全身心的投入，却不看重最后的输赢，现在想来这些人享受的是过程带给他们的快乐。

喧哗的场面，让人喷发出最原始的野性与生命力。我是小孩子，到底是有些任性，非要跑到街上去，母亲很担心，怕我被人给踩了，但她自己又不想陪我去。母亲让我进屋问问卓玛阿佳想不想去，我这时才想起卓玛阿佳，晚饭过后，她是回屋子里去了，这么热闹的比赛她为什么不来看呢？我去屋子里找卓玛阿佳，卓玛阿佳不在屋子里，客厅里也没有。

下楼梯时，我听见走廊里是有人的，我想一定是卓玛阿佳，赶快跑过去找她，跑过去一看不单有卓玛阿佳，还有我的叔叔，他们坐在走廊的木椅上在聊天。

看见了我，卓玛阿佳赶快站起来说："我们去看扯绳吧。"

叔叔也说："我们看扯绳去。"

我是要出街门去外边看的，他们俩都出来陪我，叔叔将我架在肩膀上，我们在人烟沸腾的夜里走在大街上，叔叔给我和卓玛阿佳买了冰糖葫芦，叔叔从前是不会给我买这些零嘴的，怕不干净，我即使要了也不会买的，今天却一反常态，我觉得奇怪，但是心里挺高兴的。

高原的冬天来得很早，去得很晚，而大地上所有的生命像野草一样蓬勃而卑微，死的死活的活，我的太太病弱弱地在炕上睡了十几天，也去世了，可能是没有扛过冬天的寒冷，阿訇念完忏悔词就从炕上下去了，母亲将太太的手脚安抚平整，用白布苫盖，眼睛里浸润着泪水说，长期将太太放在堂伯父的家里，以为会有补偿的时间，但不会再有了。

我跪在太太炕边的地板上，将头埋进床单里祈祷，背诵《古兰经》道："以时光盟誓，一切人确是在亏折之中，唯有信道而且行善，并以真理相劝，以坚忍相勉的人则不然。"泪便流出来了，那时候我还想不到这段经文的更深的层面，只是觉得失望。

身边一大堆在哭泣的人，我第一次突然意识到原来无论人如何避免疾病和灾祸，仍然是躲不过最终的死的结局的，想到最后自己也是要死的，哭得就更厉害了。

在这个县城，我们的家族算是一个大家，分了很多房头，唯有我们这一房头，人丁单薄，祖父祖母去世得早，留下我的父亲和叔叔，父亲没有子嗣，我是他收养的一个女儿，叔叔还没有结婚。

但穆斯林的传统还是要一代一代地传下去，早上人们准备好温热的清水、水壶、毛巾，给我戴了纱巾，让我同母亲和家族里的一位姑母进去给遗体净身的房间，说是让我帮忙倒水，人们关好窗户，拉严窗帘，走出去，关了门。

遗体平放在专用的净身水床上，我记得水床的样子，一块洁净的木板，为防止水流一地，周围镶有木边，下部呈三角形，留有出水口。

姑母默诵祈祷词，脱去亡人生前所穿的衣服，戴着白色手套从头至足认真洗涤遗体，动作小心轻缓，洗涤的次序跟平时淋浴身体时的程序一样，母亲在旁边执壶浇水，姑母跟我说："麦尔彦，靠近一点，你要用心记住我的所有步骤，死亡时时侵袭着我们，今天我洗你太太，将来是你要洗我们的。"

拿来洁净的白棉布，为了防腐驱虫洒了香水，散着淡淡的芳香。

"这块白布有三丈六尺，是要尽数穿在亡人的身上。"

"麦尔彦，你要看清楚过程，并要牢记于心。"

姑母将白布按大小规格，分成五块。

第一块布裹遗体的胸部；

第二块单幅布对折，在折缝处剪开口，自遗体的颈项套下，覆盖至膝；

第三块布做盖头，盖头前长后短，遮盖面部；

第四块布等同身体长短，从右向左包裹遗体两周；

第五块布是其中最大的一块，将遗体全部裹严，用白布带扎紧脚底，系扎腰部，再扎紧头顶。

姑母说："麦尔彦你要记住，穆斯林的遗体装束基本上都一样，男人的遗体不用盖头和裹胸，只用三块简洁的白布就好，复生日号角吹响时，我们穿着这身衣服复活，这些你都要记住，总有一天我们都要归去。"

将包裹好的亡者平平抬放进木匣，用苫单遮盖，同时放进去的还有一包用白布包起的头发，是太太生前梳发时，掉下来的发丝，洁净自爱的妇女，每次梳发掉下来的头发都捡起来洗干净收好，归去时连同身体一起带走。

母亲打开房门，男人们进来将木匣抬出去放在洁净的庭院里。

冬日的阳光散散淡淡，是和煦的天气，主持葬礼仪式的阿訇靠近放遗体的木匣站立，来送葬的人在阿訇身后，面西一排一排站立，跟随阿訇进行祈祷，站完殡礼之后人群像劈开的海水，分到两侧留出道路，男人们抬着装遗体的匣子走出庭院的大门。

从里屋传来女人们的哭声，夸张的哭嚎，震得空气微微抖动。一位姑母从房间冲出来，冲向大门，像是要跟着亡者去，女人们哭着抱住她的腰，束缚住她挣扎的手脚。看着远去的人群，白色帽子像雨中漂浮的泡沫。我心里空空地看着，想哭，但没有泪水。

一到晚上，阿訇就到太太的房间做祷告，悲痛的诵念声悠悠扬扬的在空气中传开。太太去世了，叔叔留在家里每天早晚给太太走坟，家人也头七、二七、三七、四七的掐着日子给太太做祷告，每一个"七"宗族里的媳妇姑娘们都会来到我们家。宗教生活里面充满禁忌，我们家有个叔叔的媳妇是从外地引来的汉族人，在这样的带着神圣宗教意味的仪式上，大家都格外地排挤她，不让她插手这个，也不让她插手那个，像是她碰过的东西全都让她玷污了一样。

在这些日子里面卓玛阿佳听了很多的故事，很多关于穆斯林男人跟非穆斯林女人结婚的事情，一个保守而宗教氛围浓厚的小县城里面，已经有几件这样不幸的事情了。有的结婚了，从此男的家也不能回了，跟媳妇住在外面，没家没舍，日子穷得过不下去，有的娶来了，但是女的不懂礼教，经常挨婆婆的打，而且还强制性地跟饮食习俗不同的娘家人也断绝了关系。

卓玛阿佳问我："跟你们的男的结婚了，就一定要跟随你们的信仰吗，难道就不能信自己的佛了吗？"我说："那是不可以的，做了回族人家的儿媳妇，就必须信仰我们所信仰的，不然你就会被排挤，会被看不起。"

我说这些时，卓玛阿佳眼睛里流露出一种恐惧。一段时间过后卓玛阿佳听了所有回族人去世之后都是要被土葬时，眼睛里的恐惧好像更严重了。

她跟我说了他们藏族葬人的方式，她说："生前勤于诵经拜佛，行善积德，灵魂干净的人，才会正常死亡，才能有机会天葬，天葬时如果不被鹫鹰吃，灵魂就难以升天转世，家人会痛苦和不安，要念经做法，要为亡灵超度赎罪。"

她生活在青海的外祖母是位心善的人，去世后是被天葬的，人死之后，脱光衣服，用白羊毛绳捆绑固定还未僵硬的尸体，头抵膝盖，成蹲坐的姿势，用氆氇裹起来，再用绳子捆扎立于房间角落，设坛超度三天，第四天早晨尸体由她们家人轮流背上天葬台，一路没有停歇，没有让尸体在中途落地，送葬的有亲友、喇嘛、天葬师。

卓玛阿佳说她的舅舅就是一位天葬师，长年肢解尸体，懂得解剖术和医学知识，能给人看病。

我到如今都记得卓玛阿佳对我说的天葬，一般是在早晨天刚亮时进行，有时会推迟，由喇嘛司葬，点桑烟，诵经咒。大群的鹫鹰从各个方向飞来，扑闪着翅膀等候在一旁，巨大翅膀荡起阵阵灰土。

卓玛阿佳说："在我们藏区，土葬只用于死于非命的人、被刀枪剑戟杀死的人、各种灾病死去的人。尸体埋入泥土，灵魂永不转世。"

说完这些，她低声又说："我一定不会让自己土葬的，一定不要土葬。"清凉的眼泪从眼角无知无觉地掉下来，原来所有人都是怕死亡的。

后来去西藏时我见了天葬的场地，肢解尸体的磐石静冷阴森，磐石中间有个坑窝，周围的地面坚硬黑油，草丛中有散乱的绳索衣鞋，肢体的残骸，鹫鹰的羽毛，燃烧过的灰烬，石刻经幡，空气中充溢着一股血肉腐烂的气味。这种气味萦绕我很久，在我离开西藏很久之后，还能闻到。

有生必有死，万物的规律。俗世的人由于生长环境不同，所受教育不同，理解不同，对于死亡所持观点不同，对待死亡肉体的方式也就不同，总认为自己选择处理尸体的方式是最正确的，自己最能接受。

卓玛阿佳恐惧土葬，无法接受土葬，就如我曾一度对天葬产生疑惑一样。我记得我曾做过一个恐怖的梦，梦到自己被牢牢捆绑在磐石上，头发蓬乱，面目狰狞的男人拿着刀具一步一步地靠近我，背景黯淡，烟气弥漫，我的嘴里塞了布团，像动物一样睁着恐惧的眼睛看那把即将要插入自己身体的刀，醒来后浑身瘫软。让人恐惧地全身骨头哆嗦。

我想我现在能理解天葬，是后来读佛经的原因，以佛家的角度来解说。《金光明经·舍身品》——摩诃萨陀王子舍身饲虎，以大慈悲心为根本，将自身的血肉予以施舍的佛教精神。

肉体是灵魂和精神的载体，若没有气息，失去意识，与原子分子构成的平常物质又有何不同？死亡之后，肉体并没有想象的那么尊贵，痛苦、幸福、尊严都已成虚空，所以以何种方式处理肉体都不重要，重要的是灵魂最终的归宿。

后来我上学读书了，也再没见过卓玛阿佳，她的事，我都是听我母亲说的，卓玛阿佳跟与她订婚的男人结婚了，一直没有生养，藏族家的苦活累活多，再加上高原恶劣的气候，二十几岁的姑娘，活脱脱蜕了一层皮，苍老得不像样子。

母亲还告诉过我，就在卓玛阿佳的父亲去世之后，卓玛阿佳来我们家住的那次，那时大家都不知道卓玛阿佳已经订了婚，卓玛阿佳自己也没说。有过这样一件事情，我的族中有一个哥哥，和我叔叔一般大的年纪，个字矮，主要是还有裂唇，虽然家里很富有，但长相好的回族姑娘都是不愿意嫁给他的，而他自己又仗着自己是富人家的孩子，长得不好看的姑娘他是看不上的。他和我叔叔都在清真寺里学习，虽然他也到我们家里来过，但卓玛阿佳应该是没有见过的。那时那个哥哥的母亲是背地里托人悄悄问过卓玛阿佳，愿不愿意做他们家的儿媳妇。卓玛阿佳一听马上就拒绝了，说她是不来回族家的，回族人死了要土葬的，永世都不能转生。

这件事情我母亲是知道的，我母亲说："没想到她信佛，信得那么虔诚。"

那年卓玛阿佳在我家一直住到来年春天才回藏区。后来在一个大雨滂沱的下午，她一个人瑟缩地站在我家门外，藏袍完全湿透，辫子梳得很整齐，脸色苍白，她是来告诉我们家她即将要结婚了，听说我们家只有母亲一个人，她也就没进来，说了一声就匆匆地走了。

这些都是母亲告诉我的，大概那时我已经上学了。

尾　声

有一年冬天，我想我已经是读完小学了，刚上初中吧。我母亲去菜市场买菜，遇见卓玛阿佳的丈夫，说卓玛阿佳病倒了，在医院里面住着，有今天没明天的状态。我母亲回家煮了一些粥给送了过去，因为是在寒假，没什么事做，我每天就跟着我母亲家里医院来回地跑。

躺在病床上的卓玛阿佳有些孩子气，说要来我们家和我住几天，将死之人的要求，大家都在尽力应允。她来我们家依旧和我住在一个屋子里，这次我们没怎么聊天，有时她会说："麦尔彦，你说说话吧，你说我听。"

有一天，屋外的阳光很明亮，卓玛阿佳从沉睡里清醒过来，像是对我说，又像是在自言自语："人在轮回之中，流转不息，一定有些事情，是人所不能自主的。信仰让我心有所归，但又如同陷入黑暗牢笼，耗费掉很多时间之后，才知道其实用自己的方式对待这个世间就够了。"她说这些话时落寞的表情，深入我的骨髓，屋子里很安静。

那时我叔叔已经娶了妻，有了孩子，和我们分家过的，听说了卓玛阿佳住在我们家还生着病，就前来探望，卓玛阿佳仰躺过来看着我叔叔，黑色发辫压在枕头上，伸出手指抓住叔叔的衣襟，没说什么话，无缘无故眼泪流出来沿着眼角滑落。

叔叔从屋子里走出来在廊檐下蜷缩起身体泣不成声。一个男人是泣不成声的，我就那么眼睁睁地看着，我的母亲也看着。

叔叔走后，母亲对着我说："假若我知道，当初她心里念着你叔叔，你叔叔也有这个心，当我说也是可以的，进个教，就可以了……干吗不说呢？"

我想我母亲应该是忘记了卓玛阿佳是将希望寄托在来生的人，当初她是说过的她不来回族家，回族人死了要土葬的，永世都不能转生。人心里的信念是别人无法理解无法体会的一种存在，是血液流动的声音，是光明和黑暗，是绝地的处境。

卓玛阿佳是在医院去世的，去世之后，遗体被她的丈夫带回了草原。

卓玛阿佳走了，我抬头看天的时候，天空依旧蓝得清澈，只有高原古镇，才会有这么蓝的天。温暖浓酽的阳光下，满眼店铺门面，生意招牌，人流车流，往来穿梭。头裹大包巾的女人，穿着独特的西湖水颜色的对襟圆领大襟上衣，黑绸扎绑裤腿，脚蹬凤头绣花鞋，她们迎面走来，脸上有像打了充足腮红的高原红，轮廓清晰，身姿好看。

远远地望着，发现在临潭无论哪个季节，放眼都能看到隐没于天光之中的洁白雪山，在太阳底下闪烁着蓝光。

被雪山所包围的是一个喧嚷不寂寞的俗世。

早晨太阳刚露头，藏族人驾着马车载来一麻袋一麻袋烧炕的羊粪和牛粪，站在西门口卖掉，然后带蔬菜、水果、米面回去，又赶着牛羊进城。街的一边站着服装各异的男女，他们腰别镰刀，手握铁锹、锄头，驾着放着农具的马车。街的另一边站着头戴盖头，身穿斜襟盘花扣齐膝长衫，提着茶壶卖牛奶的回族女人。

两个轮子的马车带着泥土和大葱的气息从聚集着卖豆腐、卖菜、卖水果、修拉链、修鞋、修自行车、踏三轮车、磨剪刀的人的街道嗒嗒经过，基督教教堂尖顶上的红色十字，静穆庄严，窄小的圆窗上龟背似的彩格玻璃，在夕阳里惨惨淡淡地生辉。

就是这样的一个被雪山所包围的自相矛盾，又和谐发展的城镇。生活在其中的人们，互相融合，但又坚守着各自的坚守。

（原载《朔方》2015 年第 11 期）

附：临潭文学 70 年作家诗人名录

丁士荣（1935 年—），回族，生于临潭县城关镇城内村，曾任秘书、编辑、主编，中国当代诗歌学会会员，作品曾被收录多种选本。

王俊英（1937 年—），生于临潭县新城镇东街村，曾在甘南藏族自治州人委编译科、甘南广播电台、甘南报社担任翻译，甘南州地方史志编委会副主任、编委办公室主任、《甘南州志》主编。

郑恒瑞（1937 年 7 月—2017 年 11 月），生于陕西省西安市，毕业于西北师范学院（今西北师范大学），临潭二中高级教师，酷爱文学，曾有文学作品发表在《甘南报》《格桑花》等报刊。

宁文焕（1938 年—1999 年），生于临潭县城关镇古城村，长期在临潭二中任教，中学高级教师。一生致力于洮州花儿和洮州民俗的研究，1992 年出版《洮州花儿散论》。曾系中国民间文艺家协会甘肃分会会员、甘南州舞蹈协会会员、甘肃省民俗学会副秘书长，任临潭县文联副主席等职。曾在省内外报刊发表歌曲、民歌、民俗文章 40 多篇（首）。

张戈（1940 年 8 月—2017 年 12 月），原名张尊选，生于临潭县古战乡（今古战镇）古战村。1966 年 7 月毕业于西北师范大学政治系。原甘肃民族师范学院副教授，出版诗词集《桑榆集》《镜心集》。曾系甘肃省诗词学会会员。

海洪涛（1940 年 12 月—），回族，生于临潭县新城镇南门河村。

毕业于甘肃省教育学院汉语系，毕业后在临潭二中任教。短篇小说《马认真》于1987年获"格桑花奖"。出版《中国穆斯林三百历代名人歌》《中华历代名人歌》《天方大圣事迹歌》等著作。曾任临潭县志办主任，《临潭县志》主编，临潭县文联副主席等职。

马国良（1944年2月—），字永峰，笔名白岩，回族，生于临潭县城关镇土毛滩村。著有诗集《白岩诗集》。

王玉亭（1944年7月—），笔名禹挺，生于康乐县景古，临潭县三中教师，作品发表在《甘南报》《格桑花》等报刊。

张尊荣（1949年12月—），笔名路云，生于临潭县古战乡（今古战镇）古战村。甘肃省诗词学会会员。曾兼任临潭县文学艺术界联合会主席。出版诗词集《洮水渔歌》。

唐毅（1956年8月—），生于临潭县陈旗乡（今王旗镇）唐旗村，曾在迭部、卓尼、临潭等地供职。作品散见《星星》《延河》等刊物。现居临洮。

刘文学（1957年3月—），又名刘青之、刘青芝，回族，生于临潭城关，毕业于西北民族大学政治系，供职于兰州市民委。代表作有中篇小说《黄河颂》、报告文学《心灵的最高洗礼》、散文《秦腔》、诗歌《鼓声》等。

唐佐智（1958年10月—），生于临潭县古战乡（今古战镇）古战村。笔名雪野，斋号集粹堂。先后参编《临潭县志》《中国共产党甘肃省临潭县组织史资料》等。著有诗词书法集《雪野屐痕》。现为甘肃省诗词协会会员，甘肃省书法家协会会员。

马希云（1959年1月—），笔名云杉，回族，生于临潭县城关镇土毛滩，1980年毕业于西北民族大学。中国少数民族作家学会会员，甘肃省少数民族作家协会理事，兰州少数民族文学会

会员。

李城（1959年9月—），生于临潭县古战乡（今古战镇）尕路田村。1984年毕业于兰州师专中文系，曾任甘南州文联副主席。甘肃省作协会员，黄河文化研究会理事。出版散文集《屋檐上的甘南》《行走在天堂边缘》及小说集《叩响秘境之门》，长篇小说《最后的伏藏》《麻娘娘》等，多篇散文被《读者》《作家文摘》等转载。现居甘南州合作市。

马廷义（1962年4月—），回族，生于临潭县城关镇杨家桥村，1984年毕业于西北民族学院汉语系。现供职于临潭县志办，译著有《玄机与真光》《人类—起始与归宿》《麦克图巴特·书信集》等。

禄昌义（1962年5月—），藏族，生于临潭县八角乡中寨村西沟台社。作品散见《格桑花》《甘南报》等。

马旭（1963年—），笔名甘男马旭，或甘南马旭。生于临潭县新城镇东街村。曾任甘南藏族自治州政府发展研究室主任、州委政策研究室副主任（主持），在《青年作家》等刊物发表作品。

唐天（1963年—），生于临潭县陈旗乡（今王旗镇）唐旗村，兰州民间工艺美术家协会会员，作品散见省内外报刊。

王永久（1963年—），藏族，生于临潭县卓洛乡日扎村。1983年甘南师范毕业后在玛曲工作20多年。现任甘南州文联主席。作品散见《飞天》《西藏文学》《甘肃日报》等报刊。

闫国新（1963年2月—），笔名辛小琏，号莲山村夫，生于临潭县八角乡（今八角镇）牙扎村乔拉尕社。临潭三中教师。中国民俗摄影家协会。作品散见《甘南报》《格桑花》等报刊。

赵旭光（1963年8月—），生于临潭县新城镇西街村，临潭三中教师，作品曾发表在《甘南报》《格桑花》等报刊。

张俊立（1963 年 11 月—），生于临潭县新城镇东街村，1984 年
2 月参加工作，现供职于临潭县档案局。系中华诗词协会会员，
有民俗类文章散见省内外报刊。

陈克仁（1964 年 1 月—），笔名古原草，生于临潭县陈旗乡（今
王旗镇）。先后在《人民日报》《中国青年报》等报刊发表文学
及新闻作品 600 多篇。已出版文史资料集《话说铁城》《我的甘
南》等。

陈拓（1964 年 3 月—），原名陈忠仁，号草原野老，藏族，生于
临潭县古战乡（今古战镇）古战村包家寺社。中国少数民族作
家协会会员、中国西部散文学会会员、甘肃省作家协会会员。
作品散见《飞天》《青海湖》《散文》《散文百家》等刊。著有散
文集《游牧青藏》，诗歌集《鞍马格桑》，《六个人的青藏》（合
著），主编有《玛曲县志》（第一部）、散文诗歌集《阅读玛曲》。
获得甘肃省第四届敦煌文艺三等奖、天津市第十八届"文化杯"
全国孙犁散文奖。现任玛曲县委党校副教授。

何子彪（1964 年 10 月—）藏族，生于甘肃卓尼，1986 年 12 月加
入中国共产党，1985 年 8 月参加工作，甘肃省委党校研究生学
历，现任临潭县人大常委会主任。

敏建新（1965 年 4 月—），回族，生于临潭县扁都乡（今新城镇）
哈尕滩村。现为临潭县回民中学高级教师。系甘肃民族师范学
院河洮岷文化研究中心特聘研究员。《临潭县志（1991—2006）》
《临潭史话》《临潭县政协志》副主编，出版《临潭民俗文化》。

马广信（1965 年 9 月—），回族，生于临潭县城关镇教场村，1989
年毕业于西北民族学院政治系，现供职于甘南畜牧学校。在
《宁夏社会科学》《西北民族研究》《甘肃社会科学》等刊物发表
论文多篇，参编《甘南革命史略》。

马国山（1965 年 10 月—），回族，曾长期在临潭县生活和工作。以马伦、阿山、伍德等笔名发表作品。甘肃省作协会员、临夏州文联会员及理事。1990 年油印诗集《诗人日记》。出版诗集《心境花园——伍德的诗日记》，获甘肃省第五届少数民族文学奖。2015 年作者本人名录列入《中国回族文学通史（当代卷）》。

丁士仁（1966 年 10 月—），回族，生于临潭县城关镇郊口村。哲学博士，现为兰州大学哲学社会学院教授，研究生导师，担任兰州大学伊斯兰文化研究所所长、甘肃省少数民族文化教育促进会会长、丝绸之路（敦煌）国际文化博览会顾问、《伊斯兰文化》主编、《中国伊斯兰文献汇编》总编。出版个人专著 6 部，译著 10 部。

赵凌云（1966 年 10 月—），藏族，生于临潭县古战乡（今古战镇）古战村，1989 年 7 月参加工作，省委党校研究生学历，现供职于甘南州人民政府。业余从事文学创作。

敏彦文（1967 年 5 月—），回族，生于临潭县卓洛乡下园子四社，1991 年毕业于西北师范大学政治系。现供职于甘南州文广新局。在国内报刊发表诗歌、散文、文学评论等 630 多篇（首），曾多次获全国及省级文学专业奖（文艺评论奖）。出版诗集《相知的鸟》，散文集《生命的夜露》《在信仰的草尖》，文学评论集《甘南文学夜谭》等。名录列入《中国回族文学通史（当代卷）》。

北乔（1968 年 4 月—），原名朱钢，生于江苏东台，作家、诗人、文学评论家。曾从军 25 年，立 1 次二等功、9 次三等功。2016年 9 月挂职临潭县委常委、副县长。在《人民文学》《诗刊》《解放军文艺》和《当代作家评论》等发表作品 610 余万字。出版诗集《临潭的潭》、长篇小说《当兵》、系列散文《天下兵们》和文学评论专著《约会小说》等 12 部，获多个文学奖。中国作家协会和中国文艺评论家协会等会员。

牧风（1968年9月—），原名赵凌宏，藏族，生于临潭县古战乡
（今古战镇）古战村。现供职于甘南州文广新局。中国作家协会
会员、中国少数民族作家学会会员、鲁院学员。作品散见《诗
刊》《民族文学》《青年文学》《散文》《诗潮》等刊。著有散文
诗集《记忆深处的甘南》《六个人的青藏》（合著，任主编）。曾
获甘肃省第六届黄河文学奖、甘肃省第五届少数民族文学奖、
首届玉龙艺术奖等多个奖项。

高云（1968年10月—），笔名浪子高云，回族，生于甘肃岷县，
1999年定居临潭县城关镇。中国民俗摄影协会硕学会士、中国
摄影著作权协会会员、人民摄影协会会员、甘南州摄影家协会
理事。文学作品散见《飞天》《时代青年》《甘南日报》《甘肃广
播电视报》等报刊。

牛仲筠（1968年11月—），生于临潭县古战乡（今古战镇）古战
山村。1988年赴玛曲任教，现居兰州。

李志勇（1969年10月—），生于临潭羊沙乡。作品散见《诗刊》
《诗歌月刊》《星星》《诗歌报月刊》《汉诗》等报刊。诗歌曾入
选多种权威年度选本。著有诗集《绿书》。

彭世华（1970年3月—），笔名沧浪之水，生于临潭县古战乡（古
战镇）古战村。已在《诗刊》《文艺报》《中国诗人》《青年作
家》《甘肃日报》等报刊发表作品，系甘肃省作家协会会员。现
供职临潭县民政宗教局。

王旭光（1970年4月—），笔名野草、天涯过客等，生于临潭县
羊永乡（今羊永镇）李岗村五社，现供职于甘南州纪委监委。
作品散见《格桑花》《甘南日报》等刊刊。

黎学龙（1970年9月—），笔名流石，回族，生于临潭县卓洛乡

上园子村。作品散见《诗刊》《飞天》等刊。

薛贞（1970年9月—），女，藏族，生于临潭县古战乡（今古战镇）古战村。毕业于西北师范大学中文系。中学高级教师。现供职于卓尼县教育局。甘肃省作家协会会员。作品散见《诗刊》《星星》《诗选刊》《扬子江》等刊物。

罗腾（1971年1月—），原名韩小东，藏族，生于甘南州舟曲县，1995年7月毕业于北京师范大学。现为临潭县委常委、组织部长。作品散见《甘南日报》等。

张润德（1971年3月—），生于临潭县石门乡草山村。现为临潭县石门学区教师。作品散见《文艺报》《格桑花》等报刊。曾获《格桑花》2018年度优秀作品奖。

王朝霞（1971年11月—），女，生于临潭县冶力关镇东山村。甘肃省作家协会会员，甘肃省文艺评论家协会会员，甘南州作协理事。作品散见《西藏文学》《散文》《青海湖》等刊。出版散文集《因为风的缘故》。现供职于中共甘南州委宣传部。

扎西才让（1972年1月—），原名杨晓贤，藏族，生于临潭县新堡乡（今洮滨镇）新堡村，中国作家协会会员，中国诗歌学会理事，甘肃省作家协会理事，甘肃诗歌八骏之一。作品散见《诗刊》《民族文学》《星星》《山花》《红豆》等刊，被《新华文摘》《散文选刊》《小说选刊》《诗收获》《诗选刊》《散文海外版》转载并入选《新中国成立60周年少数民族文学作品选》《中国好文学》《70后诗歌档案》《中国年度诗歌排行榜》等60余部选本。曾获甘肃省敦煌文艺奖、甘肃省黄河文学奖、中国红高粱诗歌奖、唐蕃古道文学奖、海子诗歌奖、《文学港》储吉旺文学奖、《飞天》十年文学奖、三毛散文奖、《红豆》年度作品奖等奖项，荣膺"第四届甘肃省中青年德艺双馨文艺工作者"

荣誉称号。著有诗集《七扇门》(2010)、《扎西才让诗歌精选》(2015)、《大夏河畔》(2016)、《当爱情化为星辰》(2017),散文集《诗边札记:在甘南》(2018)。现供职于甘南州文联。

唐为民(1972年2月—),藏族,生于临潭县古战乡(今古战镇)古战村,毕业于西北第二民族学院(今北方民族大学),作品散见国内报刊并入选多种文集。现供职于临潭县市场监督管理局。

薛兴(1972年8月—),出生于临潭县古战乡(今古战镇)古战村,1993年7月毕业于甘南州畜牧学校。作品散见《诗刊》《文艺报》《格桑花》《甘南报》等报刊。现为甘南州文联会员。

葛峡峰(1972年8月—),生于甘肃省渭源县,现供职于临潭县公安局。中国公安文联会员、诗词协会理事。甘肃省作家协会会员。作品散见《诗刊》《文艺报》等报刊。曾获第四届甘肃省黄河文学奖。

敏奇才(1973年11月—),回族,生于临潭县长川乡敏家咀村一社。1995年毕业于西北民族大学汉语系,现任临潭县文联主席。系甘肃省作家协会会员。鲁迅文学院学员。小说、散文、剧本散见《民族文学》《中国作家》《光明日报》《文艺报》等130多家报刊,入选《新时期中国少数民族文学作品选集》《2008年中国散文精选》等。主编散文诗歌集《洮州记忆》,出版散文集《从农村的冬天走到冬天》等。名录列入《中国回族文学通史(当代卷)》。

王力(1974年9月—)生于甘肃省通渭县。1999年6月毕业于天水师范高等专科学校,2000年3月到临潭二中工作。作品散见《中国诗人》《青年作家》《诗歌月刊》《格桑花》报刊。

敏彦萍(1974年10月—)女,回族,临潭县卓洛乡下园子四社,1994年8月参加工作,现供职于碌曲县史志办。在《甘肃日报》

等报刊发表散文、诗词等作品300多篇,作品入选《藏羚羊走
过的地方——甘南当代散文集》《甘南日报60年文学作品选散
文卷》《洮州记忆》等。曾获甘南州"第四届格桑花文学奖"优
秀奖。

马建芬(1975年8月—),女,回族,生于甘肃甘南临潭县新城镇
南门河村。毕业于西北民族大学临床医学,供职于临潭县城关镇
政府。作品散见《格桑花》《甘南日报》《民族日报》等报刊。

李雪英(1976年10月—),女,生于临潭县冶力关镇蒽家庄村寨
子社,供职于临潭县冶力关镇政府,散文《罐罐茶的记忆》入
选《作家笔下的临潭》。

马慧梅(1977年10月—),女,生于临潭县冶力关乡蒽家庄村二
社。出版散文集《每一棵草都美丽》《一树一树花儿开》。

胡憬新(1977年11月—),生于临潭县长川乡马牌村土门社。毕
业于甘肃省商业学校,现供职于临潭县审计局。作品散见《草
堂》《甘肃诗词》等。

唐亚琼(1978年12月—),女,藏族,生于迭部县卡坝乡尼欠村,
临潭县陈旗乡(今王旗镇)唐旗村人,现供职于甘南州文联。
鲁迅文学院学员,第十八届全国散文诗笔会代表,甘南州作家
协会副主席。作品散见《诗刊》《民族文学》《诗歌月刊》等刊。
入选《中国诗歌年选》《中国散文诗精选》《中国诗歌年选》等
选本。获甘肃省第六届黄河文学奖,第25届东丽杯全国鲁藜诗
歌三等奖,第四届"格桑花"文学奖优秀奖。出版诗集《唐亚
琼诗选》。

敏洮舟(1979年1月—),原名敏玉林,回族,生于临潭县城关
镇教场村。现居临夏州广河县。《我们》杂志主编、中国少数民
族作家协会会员、甘肃省作协会员。散文多次被《散文选刊》

《中华文学选刊》转载及入选《2013 年度随笔排行榜》《新时期中国少数民族作品选集》等年度选本。著有散文集《长途》(中文版、阿文版)、文化访谈录《耕耘在野》。曾获 2014《民族文学》年度奖，2014 年度华文最佳散文奖，第五届、第六届甘肃省黄河文学奖、第二届《回族文学》奖，散文《急救室》(哈文版) 获 2015《民族文学》年度奖。名录列入《中国回族文学通史 (当代卷)》。

花盛 (1979 年 3 月—)，原名党化昌，藏族，生于临潭县石门乡石门口村党家磨社 (今石门乡梁家坡村石门口社)，甘肃作协会员，鲁迅文学院学员。作品散见《诗刊》《民族文学》《青年文学》《诗选刊》《星星》《青年作家》《美文》等刊，入选多种选本。曾获全国十佳散文诗人奖、甘肃省少数民族文学奖、中国散文诗天马奖、甘肃黄河文学奖等多个奖项。著有诗集《一个人的路途》《低处的春天》《党家磨 3 号》《那些云朵》，散文诗集《六个人的青藏》(合著)《缓慢老去的冬天》等。

黑小白 (1979 年 4 月—)，原名王振华，回族，生于临潭县城关镇郊口村，现供职于临潭县司法局。作品散见《中国国门时报》《甘肃日报》《散文诗世界》《散文诗》等报刊。

陈涛 (1979 年 11 月—)，文学博士，2015 年 7 月至 2017 年 7 月，在临潭县冶力关镇池沟村任职"第一书记"。现供职于中国作家协会创联部，从事中国现当代文学研究、评论工作与散文写作。作品散见于《人民文学》《当代作家评论》《光明日报》《文艺报》等报刊。先后执笔《80 后文学创作群体创作与生存状况调研》《1—4 届鲁迅文学奖短篇小说文本分析》等研究课题。主编有《中国青春文学典藏书系》。

王小忠 (1980 年 3 月—)，藏族，生于临潭县长川乡土门村，中国作协会员。出版诗集《甘南草原》等2部，散文集《静静守望太阳神：行走甘南》《黄河源笔记》《浮生九记》等4部。曾获甘肃少数民族文学奖、黄河文学奖、《红豆》年度小说奖、《莽原》年度"非虚构"文学奖等。

马麒（1984年1月—）回族，生于临潭县城关镇上郊口村。现供职于甘南州人民检察院。作品散见《中国民族报》《甘南报》等。

薛菲（1984年2月—）女，生于临潭县古战乡（今古战镇）古战村。2011年毕业于西北民族大学，文学硕士。现供职于新疆伊犁师范大学。作品散见《星星》《西部》《诗歌月刊》《绿风》等刊。入选《中国年度优秀散文诗》《2018年中国年度作品·散文诗》等。参加首届"茅台酱香杯"《星星》诗刊全国青年散文诗人笔会。

禄晓凤（1984年2月—）笔名杜若子，女，藏族，生于临潭县八角乡中寨村西沟头社。现供职于临潭县冶力关镇人民政府。作品散见《文艺报》《散文诗》《甘南日报》等报刊，入选《爱与希望同行》《2018中国魂·散文诗选》《中国散文诗2017—2018卷》等选本，曾获原乡文学奖2016年度十佳作品奖。

王丽霞（1985年5月—），女，生于临潭县新城镇城背后村，现供职于临潭县委宣传部。爱好文学及摄影，作品散见《文艺报》《甘肃日报》《甘南日报》等报刊。

敏海彤（1986年4月—），女，回族，生于临潭县城关镇城内村。现供职于临潭县委宣传部。爱好文学，作品散见《甘肃日报》《格桑花》《甘南日报》等报刊。

丁海龙（1987年5月—），笔名古月星空，生于临潭县新堡乡（今洮滨镇）常旗村。作品散见《学生天地》《甘肃诗词》《白银日报》《格桑花》《甘南日报》等报刊。系中华诗词学会会员，甘肃省诗词学会会员，洮州诗词协会理事。

冯成才（1987 年 7 月—），生于临潭县冶力关镇池沟村。作品散见《散文诗》《诗歌周刊》《洮州文学》等。

丁颜（1990 年 12 月—），女，东乡族，生于临潭县城关镇马家沟。现供职于临潭县农牧系统。作品散见《民族文学》《青年文学》《作品》《大家》《上海文学》《长江文艺》《收获》《花城》《天涯》《文艺报》等报刊。著有长篇小说《预科》《大东乡》等。

孟文燕（1991 年 2 月—），女，藏族，生于临潭县新城镇南门河村。现供职于临潭县委宣传部。作品散见《格桑花》《甘南日报》等报刊。

王学仁（1992 年 2 月—）藏族，生于临潭县流顺乡（今流顺镇）丁家堡村。作品散见《格桑花》《甘南日报》等，入选《中国散文诗 2017—2018 卷年选》《中国魂·散文诗年选》等。

刘宗何（1993 年 8 月—），笔名长安，生于临潭县冶力关镇关街村，自 2012 年开始写作。好读书，读古文，好摄影，书法。现供职于新疆吐鲁番某校。

梦忆（1995 年 4 月—），原名马玉梅，女，回族，出生于临潭县城关镇。现居卓洛乡上园子村。作品散见《甘南日报》《格桑花》等报刊。

赵倩（1996 年 11 月—），女，生于临潭县羊沙乡羊沙村，现就读河西学院文学院。作品散见《飞天》《甘南日报》等报刊。

图书在版编目（CIP）数据

临潭文学 70 年 / 北乔编 . –– 北京：作家出版社，2019.6
ISBN 978 – 7 – 5212 – 0443 – 8

Ⅰ . ①临… Ⅱ . ①北… Ⅲ . ①中国文学 – 当代文学 –
作品综合集 Ⅳ . ①I217.1

中国版本图书馆 CIP 数据核字（2019）第 050797 号

临潭文学 70 年·洮州温度

主 编：北 乔
执行主编：敏奇才 花 盛
责任编辑：李宏伟
装帧设计：意匠文化·丁奔亮
出版发行：作家出版社有限公司
社 址：北京农展馆南里 10 号 邮 编：100125
电话传真：86 – 10 – 65067186（发行中心及邮购部）
86 – 10 – 65004079（总编室）
E – mail: zuojia@zuojia. net. cn
http: // www. zuojiachubanshe. com
印 刷：三河市兴博印务有限公司
成品尺寸：152 × 230
字 数：570 千
印 张：56.75
版 次：2019 年 6 月第 1 版
印 次：2019 年 6 月第 1 次印刷
ISBN 978 – 7 – 5212 – 0443 – 8
定 价：125.00 元（全三卷）

洮州温度

散文卷

北乔 主编

敏奇才 花 盛 执行主编

作家出版社

临潭文学，从高原走来

——序《洮州温度》

北 乔

《洮州温度》对临潭70年来的文学作了一个小结。对于临潭文学，自然是一件大事。借此梳理和综述临潭文学，也相当有必要。

基本判断是，就一个县而言，临潭文学有理由值得自豪。

临潭古称洮州，早在新石器时期就有先民在此生息繁衍，千百年来一直是陇右汉藏聚合、农牧过渡，东进西出、南联北往的门户，被史家称为北蔽河湟、西控蕃戎、东济陇右的边塞要地，是唐蕃古道的要冲地段，史称"进藏门户"，是始于宋、兴于明、止于清的有名"茶马互市"。临潭县总面积为1557.68平方公里，境内属高山丘陵地带，海拔为2209—3926米，平均海拔为2825米。全县辖16个乡（镇）、141个行政村，总人口近16万人，有汉族、回族、藏族、蒙古族等10个民族，少数民族人口占总人口的26%。临潭处于青藏高原东北边缘，是离西藏最近的雪域高原。明代将军沐英西征并屯边军民，江淮之风得以在流传。农区与牧区、藏区与汉区接合部特有的地理人文环境，形成了多民族文化的互动。高原、大山和无边的草场，辽阔之中，也会让人孤独。江淮遗风的长久滋润，使得这里的人们粗犷里不失纤细、豪爽里温婉之风习习。

临潭作家群中的作家，基本上还生活在高原，创作极富高原品性。他们将心灵的成长、文学的行走与地域文化精神有机结合在一起。在他们看来，文学不是事业，而是生活的一部分，是自在绽放的格桑花，是大雪纷飞时的一盏心灯。这是其独特之处。李城、李志勇、扎西才让、王小忠、丁颜、敏彦文、牧风、花盛、敏奇才、陈拓、彭世华、薛贞、唐亚琼、葛峡峰、禄晓凤等作家、诗人，近年来，对大报大刊攻城掠地，四处斩获各类奖项。他们是临潭人，作品中的临潭气质从未消失。他们都在生活的第一现场，与生活对话，与世界倾诉，作品的生活气息浓郁，文化质感浓烈，生活的诗性与文学的诗意得到较好的交融。

特殊且丰富的自然地理、地域文化，饱受多民族风情浸染，是临潭文学创作独特的资源。更为重要的是，临潭的作家、诗人对这些资源的运用具有高度自觉性和表达的文学性。他们扎根生活，让文学真正接地气。以小镇为叙事场域，是他们不少人的选择，小说、散文如此，诗歌也是如此。

在生活和文化中，小镇的确是带有众多明示和隐喻之地。可以说，真正了解了乡镇，就能感知当代中国。在乡村人眼中，小镇是城市；在城里人看来，小镇属于乡下。应该说，小镇处于乡村和城市之间，既拥抱城乡的双重属性，又被城乡排挤在外。或许，小镇是乡村到城市的过渡地带，这样的表述更为恰当。这与临潭的处境十分贴合，临潭就是处于平原与高原的过渡区。过渡，也意味着交汇。小镇如此，临潭也是如此。对于创作而言，以小镇为承载地，既可以与乡村紧密相连，又能倾听城市的脚步。时下，农村正走在小康路上，城市向原生态回望，小镇是双方的聚焦点。临潭作家几乎人人都在文学中守住小镇，这在其他地域性作家群中是不多见的。尽管他们中的有些人早已离开了乡镇，有的还离开了临潭，但心灵和作品依然与小镇拥抱在一起。更难能可贵的是，他们时常会回到自己儿时的乡村或者翻进大山走村入户。他们没有认为这是在体验生活，而是源于内心本真的渴望。

　　始终潜在生活之中，创作如同血液的流动，这使得临潭作家能够抵近朴实之美，又自然地书写出临潭某些隐秘的存在。这在我们的想象之外，但亲切地参与他们的日常生活。藏、回、汉等多民族的风情，既是作品的外在气质，又是作品的内在气韵。他们在熟悉的状态下，写出了我们的陌生。

　　高原，总是空旷的，人烟稀少所生出的孤独，以及大山阻隔所带来的寂寞，恰恰是文学创作的迷人动力。如此，临潭作家都有追问生命的冲动和行为，在苍茫里寻找温暖，在辽阔里积攒力量。从这一向度来看，临潭诗歌好于其他文学体裁，是有道理的。诗歌，是情绪最直接也是最快捷的表达路径。写诗是一种释放，诗歌又可以是取暖的烛光。临潭有许多诗人，他们都已经把写诗当作了生命行走的方式，诗歌与他们一起生活，一起品味人生。诗本就在他们的灵魂里、血液里，他们是一群具有生命自觉性的诗人。与高原一样，他们不趾高气扬，不卷入汹涌的喧哗，让自己的诗歌静静地流在心中，和高原风一起与群山默默相守。

　　满怀诗意，挣脱诗的约束，接受散文的从容，散文诗当是比较好的创作路径。临潭作家正是如此。可以说，他们中间没有写过诗、没有写过散文诗的少之又少。而这之中，散文诗为他们所青睐，绝大多数人都涉足过散文诗创作，有许多散文诗的质量相当高，影响也很广泛。或许，散文诗这样的位置，与小镇、与临潭都有着某些本质性的联系。

　　如果论及临潭文学的关键词，"孤独"是最鲜明的。除上述提及的地理原因，还有一个极为重要的因素，这就是临潭作家的文化心理状态。

　　江淮遗风，一个"遗"字道尽了临潭人内心的乡愁。有些临潭人的祖上从别处迁移而来，但多数临潭人是江淮人的后裔。在建筑、饮食等方面，处处可见江淮身影。当地百姓至今还保留着

南京先人的穿着打扮和喜庆习俗，口唱"茉莉花"的歌谣。更值得注意的是，临潭境内至今还有不少庙宇供奉着徐达、常遇春、李文忠、胡大海、沐英等明朝功臣的塑像，有18位之多，当地人称之为"十八位龙神"。每年端午节，还有民间自发组织的"龙神会"。著名历史学家顾颉刚于20世纪30年代撰写的《西北考察记》中有一段话说："洮河流域一带的汉人都说祖先来自南京、徐州、凤阳三地，乃'初明戡乱来此，遂占田为土著'。许多人家比如刘姓、宋姓、李姓、朱姓等都有家谱，记录着可以追溯到明代封过官的祖先。"近些年来，不少临潭人还远赴南京寻祖，因为据祖上传说，他们的先祖都是南京人，几百年前从遥远的江南迁徙到西北，他们的家，在"应天府纻丝巷"。

乡愁，随岁月流转而弥坚，坚固于生命和文化之中。在异域扎根生活了一代又一代，然而内心那个遥远的故乡，也在隐约生长。看似安稳的生活中，漂泊的情愫依稀飘忽。乡愁是伤感的，但又充满淡淡的美好。临潭文学中的乡愁，不仅有"江淮遗风"这样的，还有更深层次的对于人的精神和存在的探寻。由乡愁到孤独，直到生存状态的叙事，使临潭文学获得极强的生命力和感染力。临潭文学终日行走于山大沟深的高原之路，倾听大地的呼吸，仰望天空的浩瀚，感悟人间的喜怒哀乐。这是文学的使命所在，也是临潭作家一直实践的创作理想。

在举世瞩目的脱贫攻坚战中，临潭是中国作家协会的对口帮扶县。为此，中国作家协会本着"以文化润心，以文学提神"的帮扶宗旨，在派出扶贫干部、积极筹措帮扶资金的同时，着重开展"文化扶贫"。在《人民日报》、《人民日报》（海外版）、《人民文学》等报刊以及网络媒体，以纪实、散文、诗歌和图片等多种形式宣传临潭脱贫攻坚的做法与成绩，以及临潭极具魅力的旅游资源。《文艺报》以前所未有的气魄，把文化扶贫做到实处，用两个专版集中展示临潭本土作家的文学、摄影作品，进一步展现临

潭人民扑下身子抓扶贫、竭尽全力奔小康的精神风貌和走在幸福路上的欢笑。动员各方力量，支持扶贫助困，为脱贫提供智力支持。协调社会力量为临潭县各级学校、贫困村等筹集图书、学习用品、文体设施和衣服等帮扶物资。帮助 50 名语文老师进京到鲁迅文学院免费接受培训学习，为他们开阔视野、提升文化素养。动员数十名作家倾情撰写反映临潭人文风情和旅游资源的散文诗歌，结集出版《爱与希望同行——作家笔下的临潭》。组织 40 多名临潭本土作者，开展"助力脱贫攻坚文学培训班"，让业余写作者向编辑学习，为大家相互交流学习提供了平台。现在，又帮助出版《洮州温度》，大视野地介绍临潭文学 70 年的成绩。

《洮州温度》的面世，是临潭文学史上的一件大事，也是我们进一步了解临潭的一个重要窗口。希望临潭文学越来越好，希望文学给予我们更多的温暖和力量。

对我个人而言，来临潭挂职扶贫，竟然学会了写诗，并出版了诗集《临潭的潭》。从古典的意味与现代的想象之间走过，进入高原内部，将神秘与隐喻引领到字里行间，临潭而立，自然的潭映出生命行走的心灵之潭。以诗歌的方式较全面、深入地书写了临潭的人文地理和旅游资源。

我由衷地感谢临潭，感恩这片土地上的人们。

海　眼

人们相信，这里曾经是大海
海鸥的飞翔，扑打远古的传说
一个熟睡的少妇，月光的舌头游弋闪着幽光的肌肤，
　　性感战果
地平线，微喘的唇线，飘忽风的迷茫

焦土苍凉，激情过后的虚无，一块

无人问津的腊肉扔在山间
洁白的羊群，模拟浪花，血肉之躯，丢失水的性灵
牧民手中的皮鞭，枯萎的渔网，吆喝里，巨尘碎石
　　掠过砂纸

只是小小的水塘，天空雨水的弃儿
这是海的眼睛，大海留在高原的思念，这里通向遥
　　远的大海
我们生活在大海的故乡
海眼，人们把悲凄放牧成想象

穿过青稞地，爬上山坡
土城墙步履蹒跚，一汪水潭
是它的情欲，明亮的头颅
一只蓝色的兽，困在高原的群山之中，岁月的囚徒
　　　　　　　　　　　　——摘自《临潭的潭》

　　我喜欢这首诗，这是我在高原临潭的某种感受，也能从另一个侧面了解临潭，了解临潭文学。
　　让我们一起祝福临潭文学，祝贺临潭的作家诗人，向临潭人民致敬。

　　　　　　　　2019年3月28日于甘南临潭斜藏河畔

目 录

三上莲花山

宁文焕

遐迩闻名的莲花山，是令人神往的山。登上莲花山，是我梦寐以求的夙愿。

小时候，听老一辈人讲：很久很久以前，农历六月初一，王母娘娘在瑶池设蟠桃盛会，邀请各路神仙光临。这时，有两位仙女，面如芙蓉，身披霓裳，手捧莲花，摇着彩扇，驾着祥云，前去赴会。当两位仙女行至冶木峡上空时，忽然晴天霹雳，乌云翻卷，山风骤起，吹落了莲花。这朵莲花在空中徐徐飘落，恰恰落在群山之间，永留人世。等风定天晴，二位仙女只得擎着莲叶赴会，并十分惋惜地唱道："花儿呀，两叶儿啊！"为这朵莲花衬上绿叶。仙女缥缈而去，余音缭绕山间。后来，莲花和歌声就变莲花山"花儿"的尾声了。

从那时起，这美妙的传说和那迷人的山景、悠扬的"花儿"，像一股股喷涌的血液，时时在我的脉管里流动；又像一幅幅动人的画面，时时在我的脑海中浮现。随着年龄的增长，这欲望越来越强烈。说来也巧，我这半生中，竟有三次机会登上莲花山。

那是1966年，我被调往冶力关搞阶级教育展览。来到莲花山下，登山之心火拨火燎。农历六月初六那天，池沟庄的"花儿"歌手李锦堂带我上了莲花山。

当我们经野牛滩走完20多公里山路后，峰回路转，一座巍峨的山峰兀立碧空，层峦叠嶂，森林环抱，泉水淙淙，蔚然深秀。主峰略呈淡红，山形有如出水芙蓉，亭亭玉立。啊，莲花山，你果然名不虚传！难怪历代文人墨客，争相吟咏。

李锦堂告诉我：这山上原有庙宇殿堂、亭台楼阁20多处，如紫宫、转阁楼、五架庵、神仙洞、玉皇阁等，完全按峨眉山的格局，利用此处山形修建而成，十分雄伟壮观。那时候，每逢六月六，朝山的人络绎不绝，香火繁盛，"花儿"到处飘荡，热闹异常。可是，在"大跃进"的年月里，这些统统被斥之为封建迷信而毁掉了。

李锦堂既观赏过原先的盛况，又目睹过毁后的惨景。如今，山也没人浪了，"花儿"也没人唱了。

吹来一阵狂风，霎时彤云密布，天昏地暗，阴云笼罩莲花山，山雨欲来风满楼。我对李锦堂说："你是关里的'花儿'把式，今天只有我俩来朝山，难道你不唱就回去吗？"

这位生长在莲花山下的青年农民，拗不过我的央求，擦擦额上的汗水，低低地哼道：

> "一转山的莲花山，
> 今儿个我来把你看，
> 阿么（怎么）把你问不喘（不说话）？
> 阿么九眼泉水一齐干？
> 阿么山上没开白牡丹？
> 我的眼泪只往肚——里——咽……"

这时，瓢泼大雨浇在我俩身上，雨水和泪水，从他憨厚的面颊上滚落……

1986年，我因参加县民歌集成工作，又于六月初一上了莲花山，参加"甘肃省'花儿'歌手大奖赛"。

这回，我像出笼的鸟儿，一头飞进了莲花山的怀抱。下车一看，会场上彩旗招展，横标醒目，花伞飞动，帐篷林立，"花儿"之声鼎沸。哟，莲花山，你笑了，你唱了！经历了十年浩劫之后，你又焕发出了青春。

大奖赛开幕了。台上亮出歌手阵容，有甘南、临夏、定西三地州13个县的67名代表参加。这次比赛，可谓陇上"花儿"大会唱，有太子山下的"金唢呐"、莲花山麓的"小穷尕妹"、洮河之滨的"花儿"把式，百花纷呈，人才济济。还有远道而来的云南客人——五朵金花的姐妹，也来交流献歌。外国专家，海内学者，各路人马，都来观光。

你看，忙坏了我们甘南的领队老齐和小曾。他们又是组织歌手，联系录像；又是安排节目，填表评分。一时间台上台下忙得不亦乐乎。我州临潭歌手何家女、张莲秀、潘桂英均获大奖。这是一次特别的盛会，一次陶醉，一次满足，一次美的享受。

颁奖后，我约二位领队一同向主峰进发。谈笑间，三人行至山神庙，被"马莲绳"堵住了路，咋办？这是浪山规矩，不唱"花儿"是过不去的。老齐跟我开玩笑："你给他们来一首吧！"这一说可提醒了拦路的青年男女，他们一齐向我"开炮"，非唱不可。说实话，我在晚会上也许能勉强凑合，在这群把式们面前谁敢轻易造次？我再三推辞，还是不成，只好灵机一动，反问他们："山上有镶牙的吗？"两个青年齐声回答"没有"。我说："那我更不能唱，要是笑掉了你们的大牙，到哪儿镶去呀？"惹得众人哈哈大笑。旁边有个老成些的男子连声说道："说得好，说得好，就让三位过去吧！"好家伙，一个笑话才过一道"关卡"！

再往上走，崎岖的山路越来越陡峭，偶尔回头望去，田野里白花花的蚕豆花，黄灿灿的油菜花，红艳艳的山丹花，还有甜滋滋的草莓果，洒满了山坡。美哉，大自然。

去年，我又上了莲花山。

六月初一，这一夜不曾合眼，恨不得长上翅膀疾飞。多幸同行者是州群艺馆的摄影师老李和画家小王。为了使他们二位捕捉到好镜头，天色未亮，我们便急忙起床洗漱，匆匆上路。

奔上山坡一看，阳光刚从云缝中射出几许金光，美景在前，乐坏了二位艺术家。"莲峰日出"的佳作，摄进了相机的快门儿，上了彩照的底片。这时，空气清凉香甜，淡薄的晨雾，湿润的泥土气息，那刚抽穗的麦苗，挂满晶莹的露珠，如在梦境。

这时，打扮入时的青年人，驾着"突突"的摩托车，一辆一辆从我们身边擦过；一帮一帮的游人，边走边唱，连绵不断，此起彼伏。莲花山"花儿"会，何等美好的名字：你牵动了多少颗颤动的心？这纯朴的爱，真挚的情，能不使人感动吗？能不使人倾倒吗？你把人带进了如诗如画的境界。

天大亮时，我们才到半山腰。这里松柏挺拔茂密，茅竹碧绿滴翠，青山助游兴，翠鸟鸣树梢。好天气！太阳升起，薄雾散开。瞧，花花绿绿的人流，缥缥缈缈的"花儿"，使人心驰神荡，巴不得一步登上山顶。

到塘泛滩了。新建的九扎角莲花大殿映入眼帘。这里原是清明在洮州设兵把守的关隘，也是登上莲花山主峰的必经之路。我们吃了些干粮，稍事休息，又开始向主峰进军。仰望主峰，耸向天际，悬崖绝壁，峥嵘险要。

从这里出发，一条石径通向山顶，行人只得一个跟一个，牵藤拽树，攀缘而上。我们汗流浃背地越过了四大天门遗址，眼前又是异峰突起，直插云端，空谷幽壑，险峻奇绝，天空浮云动，山峰欲倾倒。这儿是东方顶的舍身崖，现已在废墟上建起了壮美的紫霄宫。

继续东上，就是独木桥。石岩上凿有石孔，孔中穿以铁链，供游人手抓。过桥低头俯视，深渊万丈，令人目眩，毛骨悚然。在九顶，我们见到一位白发小脚阿婆。一问年纪，她说64岁。啧啧，了不起！我问她："您这么大年岁，还敢上山？"老人笑呵呵地说："如今改革了，生活好了心宽畅。常言说：人往高处走嘛！"

在乡亲们的鼓励下，我们又过夹人巷，终于登上峰顶；眼前豁然开朗：玉皇阁雄居高峰，飞檐高挑，祥云飘浮，真乃一派仙幻景象！清风拂面，眼观百里。

这时，一声清脆的"花儿"把我的视线引向人群，声音出自一位头发花白的男人，好面熟！我发现他也在瞅我，四目相对，久不移开。

啊，认出来了！他不就是21年前引我上山的李锦堂吗？我奔了过去，他跑了过来，老友重逢了！握手，拥抱，问候，热泪……老李不失时机地按下了快门……

身旁，白云飘移；脚下，山峰起舞；耳边，"花儿"萦绕。

唱吧，老朋友。我又央求他。李锦堂放开喉咙：

> 柏木解了柏板了，
> 农村改革包产了，
> 柜里白面装满了，
> 信用社有存款了，
> 生活不愁乐展了……

这嘹亮的"花儿"声，使群山静听，峡谷震荡，飘啊飘，飘向远方、远方……

（原载《甘南报》）

落叶魂

张　戈

　　在深秋阴霾的飕飕声里，在夹杂着雪砾雨矢的弥漫里，在夕阳煞白柔弱的余晖里……片片秋叶随风凋零，萧然落下。情怀是那样的宽阔恢宏，博大含蓄；意志是那样的忍辱克己，沉雄坚毅；神韵是那样的潇洒安逸，零落风趣；举止是那样的豪放英武，豁达无羁。凝望片片金色的落叶，我在寻觅，我在深思，落叶唤起了我的万千思绪……

　　一片落叶是一种结局：统一和整体是生命存在的形式，离开整体的部分就失去了生机。春来叶腐，化作尘泥，以一种不灭的精神在花和茎的脉管里默默涌动，化为叶与根、花和果的归宿。不管你承认这种奇妙与否，也不管你是否留意，隐藏在结局中的是新的开始。尽管任何一种结局都没有想象中的那样完美如意，只要能把握命运，把握机遇，就能于无中具有，再度辉煌无比。

　　一片落叶揭示出一条真理：生死聚散，悲欢哀伤，是物之常理。阴晴盈缺天经地义，不能选择，不可回避。没有生便没有死，没有死便没有生。生死相依，聚散相伴；悲欢相替，哀荣相往。相聚时有欢乐，有笑语；有真挚的恋依，自然也有尴尬忧虑，虚伪楚凄；离散后有牵挂，有思念，有遥远的祝福，也有寂寞的自语。谁能以言相许永不分离，谁能了解生死聚散的确切含义……

　　一片落叶是一次回忆：纹络是日月的轨迹，色泽是荣枯的历史。没有春花，哪有秋实。叶有过生意盎然的绿意，有过燃烧似火的金黄，有过弱不禁风的枯败，有过战栗的呻吟……把酷暑严寒融进身躯，春夏秋冬身着四季衣。不要忘记昨天，更不能忘记历史。回首过去，了却如烟往事，抛尽神伤和哭泣；正视现在，不再忧虑哭泣；要根除懦弱，脚踏实地，扬鞭奋蹄，自强不息；展望未来，要昂首挺胸，奋力冲刺，让未来更加绚丽，用生命谱写五彩的旋律。

一片落叶是一次生命的壮丽：无私的奉献不仅仅是失去，失去是为了再度辉煌壮丽。把身躯燃烧成光和热是真诚无私，用爱心把大地亲吻正是奉献自己。没有奉献，何以索取；只有超越，才会无私。人应该有的精神是：死若秋叶之静美，生似夏花之绚丽。

一片落叶划出一条轨迹：世界上没有绝对相同的两片秋叶，也没有落叶划出的相同的两条轨迹。随风飞舞的秋叶在欢笑，在歌唱；飘落在路边坳沟中的秋叶在诉说，在暗泣；随溪漂流的秋叶在奔腾，在荡漾；枯逝在枝梢的秋叶，在战栗……人生如同秋叶，命运好似山涧流溪，过了迂回，又遇崎岖。在漫长的人生旅途中，谁没有欢乐，没有伤泣；没有追求，没有得失；没有思想，没有寻觅……问题是人要正视自己，自强自立。走自己的路，任他长舌碎语；宠辱不惊，去留无意。

一片落叶是一种信念。

一片落叶是一次辉煌。

一片落叶是一个灿烂。

一片落叶是一个无私奉献者人生的完美结局……

（原载 1994 年《甘南日报》）

三族共闹元宵节

海洪涛

中国人（部分少数民族例外）自古就有"闹正月"、过元宵节的风俗。正月到来，不论是南方北方，也不论城市乡村，人们都怀着迎来新春的无限喜悦，张灯结彩，载歌载舞，大闹正月，欢度元宵佳节。耍社火、踩高跷、放花、观灯、唱戏曲……诸多形式，应有尽有。

古老的洮州——临潭县旧城（城关镇）却以更为独特的形式——扯绳来欢度元宵佳节，大闹正月十五，而且有几个民族一起积极参加。

关于扯绳的来历，笔者曾走访过数位广经博闻的老人，说法不尽相同。

古洮州是汉、回、藏杂居之地，三个民族向来友好相处。在清同治初年，因统治阶级的挑拨离间，使洮州汉、回、藏三族人民关系不睦，互相戒备，各据一方，枕戈待旦，大有一触即发之势，人人处在惊恐万状之中。据传当时洮州都司丁永安代协台职后，为了和解矛盾，加强三族团结，规定在正月十四、十五、十六三晚，不分民族，不分男女老少，只分上下两片来进行拔河比赛。以后年年如此，沿袭百余年之久。人们还对它赋予迷信色彩，说哪片取胜，哪片当年的庄稼不遭天晒雨打，必定丰收。这当然是鼓励人们积极参加拔河，也反映了广大人民渴望丰衣足食的善良愿望。

正月初，当人们沉浸在节日的欢乐之中，各家在拜年恭贺、探亲访友时，就开始谈论将要到来的扯绳节。从热炕头到庭院里，从角落到大街小巷，无论男女老少，都心情激动，热情高涨，滔滔不绝，谈论不止，到处充满了兴奋而热烈的空气，给恬静闲适的新春佳节增添了奇异的色彩，笼罩上了团结战斗的气氛。

正月十四这天午后，人们把早已准备好的绳摆放在上下两片指定的长长的西街上。人们把它称作两条"龙"。每条"龙"长400米左右。以街旁的西城门口为界，二"龙"的头在此邻近相望，"龙"尾分别朝反方向伸向远方。"龙"头长10米左右，是用直径约6厘米粗的钢丝拧成的，足有碗口粗，绳的两端再缠上若干圈麻绳，以便让参加比赛的人捉得很牢。

这一天，除了城里人外，还有四乡各村的汉、回、藏三族人民，无论男女老少，无须他人动员，从上午或中午就穿上节日盛装，男女青年都打扮得漂漂亮亮，怀着欣喜激动的心情，来到西凤山下的旧城大街上。有些年逾古稀，终年足不出户的乡下老人，也要骑上牲口或坐上架子车，让儿孙拉着进城观光。

下午，山城的街上更加热闹非凡，人来人往，络绎不绝。各自不同的打扮，五颜六色的服装，在夕阳的余晖中光彩夺目，远远望去，大有绚丽斑斓的长"龙"蠕动之感，节日的气氛显得更加浓郁。

在摩肩接踵、熙熙攘攘的人群中，一些孩童搀扶着步履蹒跚的老人，来在街道两旁商店的高台阶上，选择好地点，安放好凳子，老早坐下，等看扯绳。

夜幕降下，圆月东升。鞭炮声此起彼伏，疏密有致；摔炮、两响炮噼啪作响，频频欢爆；"电光炮""满天星"腾空跃起，迸放异彩，如无数繁星悬挂在夜空。

成千上万的人们站在二"龙"两侧，摆成一条长蛇阵。人人摩拳擦掌，个个严阵以待。决战前夕，空气显得分外紧张，一场孕育已久的比赛将要开始。

"抓好绳，做好准备！"指挥者上下奔波，严肃地警告大家。人们立即用双手紧紧抓住"龙"。上下两队分别组织了数十名身强力壮、膀大肢粗、虎彪彪的年轻人去把握关键性的"龙"头。他们有的是裸露臂膀、剽悍英武的藏族青年，有的是头戴白色小圆帽，身穿白衬衣、青夹夹的精明伶俐的回族小伙子；有的是风度潇洒，充满青春活力的汉族后生。一个个站稳脚跟，鼓足劲头，雄赳赳，气昂昂，立等下令，进行拼搏。

两个分别是凹凸形的"龙"头套在一起，然后用直径约10厘米、长约1米的桦木棒穿起来，二"龙"链到一起了。

"啪——"总指挥的号令枪响了，战斗开始了，惊天动地的轰响传来了，排山倒海的气势出现了。

"嘟嘟——"从远处传来激昂的进军号声。人们如上战场，使出浑身力量投入战斗。

"吭吭吭——吭吭吭——"这是双方战斗员在拼命拉扯时整齐而有节奏的、雄浑而有力的喊叫声。这声音粗犷狂放，力威无穷，大地为之颤动；人间为之沸腾；群山为之共鸣；明月为之惊叹。

"一二——加油！一二——加油！"这是双方各段的指挥员圆睁双目，奔波跳跃，用洪亮有力的声音竭力喊叫，拼命鼓动。

"嘘嘘嘘——嘘嘘嘘——"这是来自各段和着统一节拍，由孩子们自由组成的啦啦队的各种哨声。

各种音响交织在一起，谱成一支惊心动魄的交响曲，越过无垠旷野，划破茫茫苍空，传向远方……

战斗进入相持阶段。被拉直绷紧了的僵硬的"龙"身动不了，巨大的声响暂停了。指挥者深感重任在肩，事关大局，非同小可，用十分紧张的心情和严肃的态度，如疯似狂地暴跳大喊："稳住！

压低！"人们把"龙"压得更低，拽得更紧，他们弯下腰，屏住气，汗流浃背，拼死回扯。手磨破了，不觉得疼；衣服裂口了，并不可惜。此刻，所有的人都忘记了节日的愉快，忘记了忧愁苦恼，只是一股劲儿地扯，全力以赴地拉。

这时候，登高望远的姑娘媳妇们，再也不忍袖手旁观，她们一反忸怩害羞的常态，刹那间变成巾帼英雄，在皎皎月光下投入战斗，奋力拉扯。那些离战地较远的叫卖者，也搁下小摊，加入战斗。一些观望的老幼病残者，虽无力战斗，却情不自禁地捏着把汗，提心吊胆，屏息鼓劲，比战斗员更显紧张。

这时候，人们全然不知战友姓甚名谁，来自何方，是藏，是回，是汉？三个民族的男女老少团结得如此紧密，配合得如此协调，步调是如此的一致，产生了一股坚无不摧，攻无不克，战无不胜的巨大力量。他们同呼吸，共战斗，心儿一起跳动，热血一起沸腾，劲儿往一起使用。他们怀着一个目标，朝着一个方向，不惜任何代价，一个劲儿地扯呀拉。这时只要齐心协力，共同奋战，就是亲密战友，就是一家人。

僵局打破了，"龙"又蠕动了，震耳欲聋的喊叫声山洪般地爆发了……

就这样，长长的龙一时被拉上去，一时被扯下来；一时稳住，一时发出天崩地裂的呐喊，反复较量，局势多变，胜败难决，紧张无比。

最后取胜的一方，把"龙"拉过去七八十米后，由专门指定的裁判员手持大锤，敲开木棒，二"龙"脱离，胜败已决，一局结束。又是一阵震撼大地的胜利者的狂欢声。

二、三局赛完后，月照中天，将近午夜。人们恋恋不舍地离开战地，踏着月光，论着胜败各自回家。

十五、十六的晚上，败队不气馁，胜队不骄傲，又十分友好地进行若干回合的大战，照样让山城沸腾，让大地轰鸣，让群山欢呼，让元宵佳节在团结紧张、和睦友好的气氛中度过，结束用民族大团结的友谊谱写出的雄壮凯歌的演奏。

（原载 1986 年第 2 期《格桑花》）

中年话岁

张尊荣

时光流转，岁月推移，穿风雨，度寒暑，转瞬已是中年。

中年，人生的六月，年岁的夏季，善作忆想的世人都要在这继往开来的时机去回味生活。

贤者话岁明论，能人立言匡志，明得失，镜行止，溯朝气袭人的少壮，迎丰采弥漫的秋实，意韵无穷。而我，在这季风推人的沉思中，忆什么，说什么犯了大难。半生庸碌，既无贤的睿慧品评，更少能的宏就论叙，翻肠倒肚终无可说，只好把小而平淡的原色生活翻来呈现给自己。

这小，首先道缘于农民的儿子。植根在这块贫瘠的土地，虽逢新春润雨，终带着土气，涩苦和憨实。身立寒平，貌也琐陋，一不相貌堂堂，更乏伟岸身姿。虽是上班族中的一员，介内无壮护，外无盛携。诚司命尽心力于周人为师，举步亦趋。

这平，年过四十，尚惑于"人生四十而不惑"的先贤圣教。在纷繁的人生和繁杂的社会，遵规守矩。无洞世之精明，无圆滑之练达，只知埋头理责，不胜口旌言表。更执于师授亲传的行为制范，沉于实而囿于壁。少意念之前冲，多行动的后滞。不敢有侈盼，就许多可收也失之交臂。

这淡，四十年只知斗室度春秋，不计岁月老。安于恬淡，自娱清贫。从不去设非分之想，更无意以霓裳脂粉扮装自己。只知退而结自己的网，从不观羡涛世之渔。能在如涛的观念物欲中闭目沉睡。着意于真实的生活，茫然于远离生活的真实。

但，我不颓丧，也不悲凄，自有生的安乐和活的惬意，在这平淡中自重自省，自省自励，自励自度。

我不自卑是农民的儿子。中国是农夫的国度，有八亿人为伍。斯高我者，如少了被社会装扮，如农夫也不如农夫。也不悲于貌不如人。有张讨人喜欢的面相固然是人生幸事，但人貌不同，这世界相端貌美而骨子里尽是坏水的成串成堆，因此少惜然而多坦心。也甘心于在这社会的塔底为业尽心为民尽力，它使我根于实土长于实地。我与社会所求不多，免除了遭受不必受的酸辣咸苦。一无欲的焚烤，省了枉费的紧张疲惫，为欲而油彩粉面的焦虑重负。二没有跋履顾冠的愁肠，不必费左顾右盼的心计。三没有面受谀捧，背遭诅咒的担心，为姿为容，细腰助穿，装腔作势。可以真切地去活，愤了咬牙切齿，乐时放声大笑。

平淡也使我活得充实。没顾影自怜，悲伤低吟，就多了行进的坦率，沿小路径直走去。什么被新富新贵的奚落，什么游犬吠围皆可抛在脑后，做自信的事，读无穷的书。读书是我半生的嗜好，自八岁在双亲的慈命下入学至今，书如舟筏载我在这无人能测蕴域的境地游渡，觅寻人生的港湾，打捞隽永的生活。书以无际的昶明拨开晕罩于我的勾影梦云，给了我真切的人生，游离开阡陌红尘中千层蛛网万般世态。

人生中年，也昭示将度夏入秋，但我不叹大江东去，也不悸斗转星移。人生在世就是一件很有意义的事，更何况有这尧天舜日。将着繁缛重精当地去读书，既奔放又凝练地去生活，把爱心献给土地，把信心留给自己。意求全真不浓艳损去。踏着实地既求小业有成，更重人品高洁。把一切融汇于心和双手干实事。

不管云卷云舒，心境自存蓝天，一切明媚。

（原载《甘南报》）

俯瞰冶力关

唐 毅

世界上有许多美好绚丽的词汇，可以镶嵌在各个让人赞赏、感叹，甚至惊魂的地方，险给了华山，奇给了黄山，秀给了峨眉……而把这些能够总括的词汇堆砌在一起，编织成一个夺目的花环，桂冠样地戴在她的头上，我想，冶力关——会当之无愧，甚至当仁不让。

思想的双翼可以任意驰骋，尽情翱翔，俯瞰冶力关，感受其独特的魅力，我们的心灵会更空净，会更纯洁，会更灿烂。

十里睡佛

在青藏高原和黄土高原交会的褶皱里，在一片毫无人工雕琢的绿色海洋中，一尊天造地设的长达十余里的睡佛，静静地仰卧在冶木河畔，它气势雄伟，神态自若，尽显坦然淡定的气概，栩栩如生，惟妙惟肖，呼之欲醒，给人一种安详的感动。千余载的浩浩历史，十里睡佛阅尽了人间百态，经历了多少朝代兴衰，却依旧肃穆安详，心旌不摇，拙诗曾云："酣睡千年不愿醒，怕看人间乱世情。四处幽魂冤声凄，五万鬼火舞夜冷。阅尽人间变迁史，国泰民安撼世惊。喜看治海涨春潮，安卧锦榻享太平。"

倘若你在某个红霞漫天的清晨，抑或是某个星朗月皎的夜晚，亲近睡佛，心里便不自主地变得澄澈透明，铅华尽洗而返璞归真，让人不能不想到大音希声，大爱无边，生命永恒。尽管睡佛酣睡千年，却是永生。

镇关雄柱

这是一幅画，或是一首诗，或是一曲振聋发聩的歌，这美是一种境界，当我们置身于这风光旖旎中凸显宏重、粗狂、张扬雄劲的直刺云天的雄柱，让我们唯一能做的只有感慨，感慨大自然的妙笔、感慨这尘世间竟有如此的魅力，感慨老天为何独独钟情于此，感慨日本人、韩国人在公园、在广场人工牵强附会的捏塑男根文化时，我们竟然独享这天造地作、日沐月浴、露润雾滋的美，这美，令人窒息。

冶 海

这是造物主的浪漫之作，这里散发着不同寻常的灵韵，只要看一眼清凉湛蓝的冶海，灵魂便能得到澄澈的抚慰，就会涤尽红尘纷犹，连你我的双眸都纯净起来。荡舟其上，被世俗生活挤得几乎快要窒息的灵魂，很快便随泛起的涟漪而释放。那一声在喉结，在胸中压抑已久的苦闷呐喊，极有可能会变成一声轻轻的惊叹。冶海，会还你涉世之初最纯净的灵魂，最柔软的感动，最完整的自我和最饱满的热情。因为，此刻你属于她，属于这泓深邃、幽静的美。

原生态的"洮州花儿"，在微风里隐隐传来，那便是久违而让人唏嘘的天籁。疲惫的灵魂仿佛得到了最纯粹的给养，世俗的庸碌褪尽，便有了天高云淡间乌托邦的圆满。这里，真的是心灵深处最静谧的休憩港湾。

赤壁峡

毫无疑问，赤壁峡是最令人荡气回肠、心旷神怡的所在，绿色的坡基上矗立着褐色的"四屏峰""古堡映辉"等尽显丹霞地貌的奇观。抬头仰望的每一个视角，都是浩浩历史谱写的一首无字的歌、无韵的诗，都令你遐想无限。

是谁让烦躁的赤壁峡安静下来？没有树的招摇，没有水的妩媚，甚至没有风的骚扰，让人生妒的赤壁峡，你不需要流泉飞瀑，不需要鸟语花香，你脱俗的奇境，在我们脱缰思翼的驰骋之旅上，自是一道不可遗漏的风景。你用独特的韵味和气质，任由我们想象和杜撰不朽的故事。

十里长峡

是谁，泄露了夏天将要离去的消息……

不知十里长峡是否听得懂细雨的叙说，秋姑娘为十里长峡带来了丰盈和充实，挟裹着麦香的冶木河两岸透露出秋的气息。彳亍峡内的你，眼帘潮湿，脑海和心湖也开始涨落……

秋意盎然，注定是十里长峡最为灿烂的季节，一年四季不变的绿色背景底色里，在一个不经意的夜晚，上帝无意间打翻了它的调色板，于是，万山红遍，层林尽染。

有风袭来，一道道山梁，一条条深沟，犹如巨大的画幅抖起来，灿若千万只翩翩起舞的各色蝴蝶，梦幻般凸显眼前。所有的期盼，所有幻想，都沉醉在红叶遮掩的山峰、红叶覆盖的丘陵、红叶树映的蓝天、红叶浸染的绿水之中。

长峡秋景如生活，其实，是我们每个人心中都企盼的那个景。

黄捻子

世事中，几多喧嚣，几多纷扰，几多困惑，几多躁动。站在车水马龙的都市边缘或是纸醉金迷的都市天桥上，总是陷入一种灵魂游离的状态，渴望一种超脱，寻求那个为自己心灵放个长假的地方。

黄捻子，一个被人们拾起不久的贝珠，春有春的妩媚，夏有夏的热烈，秋有秋的风姿，冬的冬的丰饶。一种纯真的绿，没有人为的雕琢，没有世俗的侵扰；一种原始的绿，铺开一种古朴的清幽，氤氲一山一水的含蓄；一种狭隘的静，连呼吸的分贝都不敢放重，心跳的声音似乎都变成大吕洪钟。

身入欲滴的苍翠中，侵入苍莽的原始林海间，放飞灵魂，随着缕缕雾气上升，你真会以为自己到了仙境。

我不是驾驭文字的老手，更匮乏对美的赞颂之力，冶力关，只是我心中的净土。心灵的潮起潮落，一次次拍打着我，于是，我不得不涂鸦出上述的文字，以记录我在那片净土上无数次的采访，拍摄生活的感受。

（原载 2017 年 10 月 17 日《甘南日报》）

秦 腔

刘文学

　　走在西部辽阔、壮丽、雄奇的土地上，天是那样的湛蓝和高
远……

　　满目的黄色丘陵和巍巍高山，如凝固的滔天大浪似的向你挤
压而来的时候，一种被这单调、神秘的巨大空间塑造的格外渺小
的难言感觉，会在寂寞、惆怅里油然而生。你的心情此时会凸现
一种悲壮和孤独。西部的人啊，祖祖辈辈在这种黄尘氛围中食毛
践土、繁衍生息，直到最后再一次地化为黄土……

　　——当你的心情此时如此地困惑于黄天之下大悲凉中的时候，
一声凌厉于天外，回荡于黄河，裂变于黄土的高亢之音，打破皇
天后土的漠然和寂静，使你忧郁的心情顿时为之一振。你就会看
到，那平日间惆怅、困苦和原始的西部大地，在这种激昂铿锵之
音里，立时变得如此多情和温柔。

　　你循声望去，就会看到一位粗壮的汉子在劳作休憩之余，随
口吟唱的辉煌大曲，就是流传于西部秦地数千年的古老戏曲秦腔
的悲凉唱段。

　　秦腔发端于西部陕西甘肃地域，流传于黄河数省。几千年来
其激越、悲壮的唱腔，久远地影响了一代又一代的西部人。秦腔
的古老唱段唱词激昂慷慨，故事情节委婉动人。特别是大忠义的
主题旋律，成为民间凝聚正气大道的生动教科书。特别是作为百

戏之母，自秦代以来流传发展，到形成今天完整的曲调音乐，直接影响了中国的戏曲文化，秦腔对中国戏剧音乐的发展功不可没。自清代乾隆年间秦腔走进京城皇家文化，促进了皮黄曲调的发展，最后丰富了京戏音乐的完整。自此，秦腔走完了它千年历程。——西皮流水唱段就是完全来自于秦腔。

虽然秦腔没有完整地被当时的皇家文化和贵族氛围所完全接受，但是回荡于西部大地的流行和娱乐文化，仍然被秦腔的博大精深唱腔所完全占据。今天大流行的西方文化及其快节奏娱乐，强烈冲击着中国缓慢古老的戏曲文化。但它仍以旺盛的生命力在西部民间流传。你只有到西部，到黄土冲天的悲凉范畴中来寻觅秦腔，你就会发现这里的山水只能适合秦腔的产生和生存。

一种古老和心愿，总会找到自己的发泄口。

到西部的天空下，举目望去。大地被无限的黄土黄尘所淹没。在高远凌厉的大风的吹拂下，每个山垄沟壑，都显得那样干燥和焦灼。夏日来临时，灼热的风吹过麦子就要发黄的庄稼地，层层梯田堆积下的山野大地，呈现一种收获等得太久的气氛。祖祖辈辈把大滴的汗水倾洒进黄土地里的汉子，到死会把自己对这黄土地的热望和期冀，牢固地握在手里，带进最后的归宿地。

没有太多生命水分的荒山巨岭，有的是让人喘不过气来的失望空间。多少英雄忠骨掩埋在这黄土垄中。艳阳高照时节，那蓝得让你感到神秘无助的天空，向黄河流过的黄色大地无情地倾轧下来。几千年来这里人类尽力为自己开拓的绿色空间，此时是那样的狭小和孤单。就是在这绿化的景色里，你的对生命和生存强烈的愿望，会不由自主地从胸腔崩裂开来，化为一种对上天不平的呼喊，把这里人们的悲苦泪水和壮烈历史，演绎成了心灵安慰的音乐。

黄河文化的历史是大喜大悲的，产生于黄土地上的秦腔音乐也是呈现大起大落的慷慨曲调。特别是它的哭音慢板，更适合于在黄土高原回荡。只有这种包容了千古秦地生死离别的唱词和旋律，能够把人们对生和死的真情，演绎、表现得淋漓尽致。只有这种悠长、嘹亮的千古之音，能够穿透五千年历史迷蒙的空间，用最纯朴的情感来维系人们表现正义的纽带。

自秦皇大帝扫荡六国余孽，为千古后代奠定大统一的华夏版图后。中国的历史已经是辉煌无限。秦皇已逝，汉家凄凄。可是谁能想到这种来自千古一帝的壮丽之声，流传至今，让目不识丁的中国西部农民保存、发展下来。当年的记忆已经远逝为黄土烟尘，为中华民族歌颂英雄与壮烈的古老声音，如今交织于这里生命的根茎里。

为了生存，人们在最苦焦的土壤里播种下希望的种子。秋天贮藏于灵魂的深处。唱着这样的古老歌谣，把对生强烈的祈求延续到下一代。

悲苦时唱一曲秦腔，心灵和身体的创伤就会涤荡干净，再悄悄地转过身去，面对苍天大地，又开始新的努力和奋斗；喜悦时唱起秦腔，一种发自内心的真实感情完全展露于辽阔山河。感应于秦人视死如归的战阵方队，这种古老的音乐，会给你反复地叙述它曾经灿烂辉煌的久长的历史。

只有西部的黄土高原容纳这雄风罡音。当她的繁衍成就了无数的曲调和变种时，黄河水会从青藏高原呼啸着奔腾而下，从积石峡急不可耐地展露庞大的身躯，带着对华夏文明厚重的苍凉呐喊，把自己母亲河的感情深深地埋藏心中。在一种对英雄历史永恒的诉说和歌颂里，烘托出一片黄土大地的太阳。

西部的古老歌谣秦腔，永远在和黄河、黄土凝固成一部壮烈的史册，总有一天你会重新感知她的壮烈和雄宏！

（原载 2014 年《邵阳日报》）

农家诗

唐佐智

农家麦索

从金涛翻滚的浪尖儿采撷而来。

带着雪山人海不曾污染的清新，带着土地原始质朴的笑意，在农家人骨肉丰满的手掌上，浓缩一个火爆的秋天。

艰辛泡在颤动的喜悦里，燃烧成炊烟，以神话般的芬芳气息，再一次欢乐着农家人的胃口。

一个金黄的季节被布袋摔打得无比结实，昂扬成轻松的旋律。

酽酽的秋色醉人，浓浓的香气袭人。

石磨，不年轻，但坚韧。伶牙俐齿，不舍昼夜。在月亮恬淡温馨的时候，在星星微笑灿烂的时候，让品尝了一年生活艰辛的嘴唇，好好地品尝一口生活的惬意。

也去问候异国他乡的游子，也去温暖刻苦攻读的莘莘学子。倾一半乡情，注一半"粒粒皆辛苦"的含义。

一根圣洁的脐带一头是母亲，一头是儿子，刀剪不断。

农家锅巴

农家人眼中的山珍海味。

祖母把你谱写成一首古老的歌谣，母亲把你描绘成一幅绚丽的画卷，凝成我生命旅途的风景线。

虽然，八大菜系没有你的位置，虽然，没有一本有关烹饪的书论述过你，但，我坚信，吃了你，便能走过人间任何艰难曲折，吃了你，便能注入受用一生的信念。

于是，我懂得"老乡"一词的含义了，懂得树干般粗壮的臂膀了，懂得桥梁一样挺直的脊梁了。

锅巴是不登大雅之堂的。但我从百嚼不厌的滋味中，品尝出父辈们坚毅的身影和夸父逐日的信念，品尝出母亲柔弱的腰板却哺育出茁壮躯体的刚强与艰辛。

不忘锅巴，就不会迷失脚下的路。

（原载《甘南日报》）

解冻篇

马希云

洮河是怎样封冻的,那是洮河自己的秘密。

在最寒冷的日子里,洮河鼓起肥厚的腰,让整个春天在她的腹中越冬。

最寒冷的日子过去后,听见她在冰下面深情地呼唤。

终于有一天,在清晨或傍晚一道剑一般笔直的白光在冰面上一闪,或者划过一道明亮的弧线,伴随着几声紧绷绷的巨响,如钢缆突地绷断,如磐石猛地炸开……

洮河竟是以这般潇洒这般豪迈的形象切割着冬天!竟是以如此坚定如此果敢的步子向春天冲刺!

终于有一天,她大胆地袒露了臂膀,袒露了胸脯……

于是有了乳汁,有了喜泪,虽然郁结,却看得见鲜活的起伏,听得见汩汩的吮吸。

这喜泪于是化作晶莹透亮的麻浮,成为挣破严冬的象征。它们时而聚集,时而离散,聚散离合间显示出从容和自在。千万珠麻浮拥有同一个信念——将残冰擦薄、擦透,最终使它坍塌下来……

是坚冰凝结了坚冰,却又被坚冰消融。

是洮河分娩了春天，却又被春天分娩。

瞧那些红松啊绿柳啊毛竹们，这时纷纷醉倒在深蓝的洮河里。

筏子客们的记忆又回来了，"花儿"又将在河面上像浪花一样地笑，笑得很响，又很远……

（原载 1991 年《兰州日报》）

边城岁月

李　城

一

　　老家以东十里是旧城，步行的话，翻过一座满是梯田的小山就到了。

　　我在那里上学时感觉旧城很大，满是铺面的巷道深不可测。后来去过外面，就觉得它跟内地城市是没法比的。但我依然喜欢它，喜欢它的沧桑，它的幽深，以及清晨和傍晚弥漫其间的烟火气息。旧城人总是不慌不忙，男人们头戴草帽背着两手，嘴角挂着神秘的微笑。

　　我的家乡过去叫洮州，是内地到青藏的过渡地带。除了抵御外敌，游牧与农耕、乐于冒险和谨慎守成的人们总会在那里交锋角力，各个山头耸立着烽墩，川地里筑着大大小小的堡子。旧城以东不远又是新城，朱元璋坐了江山就派去大批军队，在一座老城底子上重建的。新城的城墙城门至今保存完整，拍电影的人有时以它为背景，再现金戈铁马、攻城略地的历史风云。

二

　　我们村右侧山头有一座老城遗址，依山势夯筑，前窄后宽状若牛头，人称"牛头城"。

牛头城里无人居住，土地划分种了庄稼，长着茂盛的青稞，开着一畦畦油菜花。小时候我们常去那里玩，见到一些粗陋的陶罐瓦当，一个个支起来当靶子，稀里哗啦都砸碎了。我们只惦记着一句关于牛头城的民谣：前城里看戏，后城里杀人。可是跑遍前城后城，既不见戏台的痕迹，也没有骷髅头从哪儿的土里露出来。我上小学的时候，有次在瓦砾堆上捡到一个鼓囊囊的信袋，同伴们呼啦啦围过来，以为里面是什么新奇玩意儿。七手八脚拆开，只是一沓方格稿纸，满篇写着读不懂的话句，还画着些瓶瓶罐罐，列着表格，填着数据，落款人大名是李振翼。李振翼是谁？信封上也没写地址，莫非他要寄给游荡在那里的鬼魂？让我们代他完成那个任务吧。于是人手一张，折成纸飞机在风中放飞了。

后来我到甘南报社当记者，才知道李振翼先生是州博物馆馆长，在考古界已是很有名气的专家。我采访他时提到那些稿纸，他笑着说，那是他不小心弄丢的，不过第二年又跑了一趟，将那篇牛头城勘查报告重写了。他是兰大历史系毕业的高才生，我对历史却没多大兴趣，只在乎祖辈流传的那句民谣。于是他替我还原了那惊人的一幕。

16世纪末，明万历十八年五月初五，是个风和日暖的好天气，川地里庄稼即将抽穗，山坡上马莲花蓝幽幽开着，貌似一派宁静祥和的景象。跟往年这个特殊日子一样，远近村落的人都聚集在前城欢度端午，戏台上咚咚锵锵敲得热闹，生旦净丑轮番上阵唱个不停，孩子们在人群里钻来钻去，谁也没有觉得危险正在一步步逼近。

太阳偏西的时候，戏场里突然躁动起来，接着人们蹦跳着轰然四散，如同受惊的羊群。他们发现，脚底下莫名其妙漫过一股暗红的水流，散发出浓烈的血腥味。那是从地势较高的后城流过来的，顺着雨水渠道汩汩向前漫延。

一时间，凄厉的号角呜呜吹响，四山的烽烟滚滚升起。人们不明白出了什么事，只觉得死神的阴影已经罩在头顶了。原来是鞑靼部落千里奔袭，前城三面绝壁，连着山梁的后城就被攻陷了。所幸守城将士顽强抵抗，最后只剩下一名鲜血染身的将军，拼死把守着前后城间的通道。他孤身抵抗到日暮时分，闻讯从旧城、新城驰援的兵马陆续赶到，牛头城才得以解围，前城里的男女老少都毫发无损。

后来人们是如此描述那位将军的：鞑靼骑兵突然出现在后城，守城将士寡不敌众，所有士卒英勇就义。那将军是个忠肝义胆的硬汉，直到生命最后一刻也没放弃。他被虎狼般的鞑靼骑兵围困，与之奋力厮杀，项上人头还是被人一刀砍落了。与百姓共存亡的信念支撑着他，他没有就此倒下，而是伸手在地上乱摸，抓到一颗牛头就安在脖颈，接着继续战斗，勇猛无敌。敌人以为天神下凡，一时目瞪口呆两股战战，再也不敢靠近他了。事后那位守城将军觉得口渴难耐，跑到山下河边俯身喝水，看见水中倒影竟是人身牛首，当即失惊而死——因此当地百姓坚持认为，牛头城就是以那个人身牛首的将军命名的。

李振翼先生说，那就是发生在万历年间的青海蒙古之乱。朱元璋推翻元蒙统治以后，朝廷大军连年北伐，元蒙残余不敢在北方轻举妄动，一些鞑靼部落便纷纷西移，觊觎水草丰美的青海湖牧场。朝廷对鞑靼的动向颇为敏感，将其称为北虏，清楚北虏一旦在青海立稳脚跟，内地门户洮州便暴露于鞑靼铁骑之下。于是从洪武到永乐年间，朝廷都采取扶番抑蒙的政策，地方守军与草地番民共同携手，严密防御北虏进犯。可是到了明朝中期，政治腐败国力日衰，只以收缩边陲防线、大量修筑边墙的办法消极应对，鞑靼各部便乘虚南下，驻扎于青海湖周边草地，原本环湖游牧的番族部落纷纷远徙，留下来的沦为鞑靼奴隶。北虏鞑靼以此为据点继续向东扩张，到了万历十八年，鞑靼先锋火落赤部便制造了震惊朝野的牛头城事件。洮州五月失事，六月朝廷才获知实情，使当时的神宗皇上大为震怒。他说："番人也是朕之赤子，番人地方都是祖宗开拓的封疆。督抚官奉有敕书，受朝廷委托，平日所干何事？既不能预先防范，到虏酋过河才来奏报，可见边备废弛。"

那位守城将军或许真有其人，但他的名字不曾被任何史料提及。他的忠义和勇猛只在当地百姓中世代相传，到后来就不免被神化了。

三

旧城却是个人口稠密的富庶之地。

西晋时期，那里是西迁而来的吐谷浑王据守的要地。吐谷浑采取国无常税的开明政策，商人平时自由经商全无滋扰，只在战事当前急需钱粮时才向富商适量征税，那种放水养鱼的做法深得民心，开创了此地商业的兴盛。唐宋时期在旧城设立了茶马司，成为茶马互市的战略要地。虽然三年一次的茶马交接仪式由朝廷官员与番族酋长主持完成，但平时民间的茶马黑市大行其道，东部汉人与西部牧人在袖筒里捏着手指，无须开口就完成了一桩桩大买卖。明代以后，以茶换马的交易带动了其他商品的流通，绸缎布匹、铜铁瓷器、粮食盐巴之类，经旧城源源运往青藏牧区，而西部草地的皮毛乳酪、鹿茸麝香等，又经这里流入内地，旧城便成为各方商客云集、物资堆积如山的商贸口岸。

屯守那里的人大多来自江淮一带，至今他们的后人保留着内地习俗和乡音。为了使洮州成为大明帝国的西部屏障，朝廷将重建新城的内地军士留驻洮州，也将他们的妻儿家眷统统迁往此地。他们伐木造屋，铸剑为犁，既要自食其力，又要忠于职守维护边地的长治久安。东边杨柳依依西边雨雪霏霏，左手收割青稞右手制酪为食，他们被绑缚在那片苍凉贫瘠的土地上，经受着严寒风雪的洗礼，脸膛变得黑红发紫，双手粗糙皲裂，嗓门也粗犷沙哑起来。他们一肚子委屈无处诉说，只编出如泣如诉的"洮州农歌"，一代接一代传唱下去：

> 正月里来是新年，
> 我的老家在江南，
> 自从来到洮州地，
> 别有天地非人间。

> 四月里来到夏初，
> 声声叫的是布谷，
> 江南已到麦收时，
> 洮州庄稼才出土……

面对现实，他们渐渐学会了承受和隐忍，也繁衍出同样善于承受和隐忍的后代，成为边地荒漠遮挡风沙的"防护林"。

四

旧城的藏语名称是哇寨，意思是牧场遗址，见证过那片土地从游牧到农耕的演变，以及屯守者铸剑为犁的使命转换。不过它延续了吐谷浑时期开创的商贸传统，渐渐成为青藏东部的商业重镇。旧城的坐地商户往往白脸大胡子，大多具有波斯和阿拉伯血统，是元代开始陆续从西域各地经商而来的。土著后裔拥有粮庄绸缎铺的也不少，但不如那些人大胆精明。来自内地的汉回移民则勤于务农，虽然环境熏染渐渐重农善贾起来，多数仍不过囤积物资赶赶节会而已。清末旧城最大的一家商户名为万盛王，这家人在旧城的发家史颇有一段传奇经历。

清光绪年间，拉卜楞寺的嘉木样活佛赴北京雍和宫进香，看到有个小伙子面壁描画佛像，一笔一画很是传神，看看人也模样敦厚，活佛就问：年轻人，你是哪里人？叫什么名字？我的拉卜楞寺也在兴建经堂，需要你这样画匠去帮忙，你愿意跟我去那雪域之地吗？我会多给你一些报酬的。小伙子答道：我是青海人，名叫旺秀，我画佛像可不是为了挣钱。看到大活佛一脸期待的样子，接着他又加了一句：只要我的师父点头，我就跟您去吧，拉卜楞寺离我家也不远了，算是回家。嘉木样活佛便求得他师父的同意，带他回到了土门关外的拉卜楞寺。

那名叫旺秀的年轻画匠不负厚望，将拉卜楞寺经堂里的佛像画得跟雍和宫的一样精美。待壁画完成的时候，嘉木样活佛就付给他一笔可观的报酬，叮嘱道：任务完成了，你年纪也不小了，带着银子赶快成家立业去吧。临别时活佛还说，年轻人，以你的功德，将来肯定会有福报的。

旺秀找了个叫卓玛的当地女人，结婚生子。两个儿子长大的时候旺秀去世了，小儿子在拉卜楞寺当了僧人，大儿子名叫成子，开始学着经商做生意。那成子跟父亲一样也是个诚实厚道之人，有一年，有个西藏王爷扛着沉甸甸的牛皮袋来找他，说有急事去办，麻烦将东西寄存一下，等他回来再取。成子点头答应，将皮袋推到床铺底下。可是到了第二年还没有人来取，第三年也没来，小伙子就想，那袋子里是什么货物呢，时间长了会不会坏掉？于是打开来看，结果大吃一惊：满满一皮袋竟然全是银子。他原封未动，照样扎牢袋口，小心地藏到床下。就那样过了好多年，那个王爷才来取他寄放的东西，成子从床下拽出皮袋，里面的银子一颗不少，完完整整交给王爷。王爷感激不尽，硬是将半皮袋银子留下作为答谢。

成子成家立业后，夫妇二人就辗转来到相距百十里地的旧城。

旧城可是个好地方啊，天气比拉卜楞暖和，出产五谷杂粮，街头还能买到新鲜蔬菜，不必再像过去那样一天三顿都是酥油糌粑。

成子在城里买了一处庄窠，准备打理一下，建房修院过平安日子。嘉木样活佛说得没错，厚道之人终会得到福报的。就在那废弃的庄窠地下，成子意外发现了吐谷浑时期的地窖，使他一夜间成为富甲一方的万盛王。万盛王的儿子名叫王佐卿，藏名贡觉才让，生前写过一篇回忆文章，讲述了万盛王在旧城的兴衰过程，其中有这么一段描述：

阿爸、阿妈要落户哇寨，大约在光绪年间，就去哇寨买地方和房屋……又在西街买了一大片地基，准备盖房。正在这个时候，房子内的地基下陷了一个坑。阿爸想要找土填一下，看坑子很大，旁边还有空处。阿爸晚上点上灯笼下去看，脚踩下去土是松的，越踩越深，用手一摸摸出一个元宝，就赶紧出来。天亮了，找来木板把地盖上，把门从外面锁上，不让人进去。晚上又下去摸，越摸越多，尽是元宝……原来这是曾在哇寨建都的吐谷浑王的一个银库。

成子夫妇便修了广厦深院，门口立了石狮和拴马桩。由于到了汉人地方，他们就以父亲旺秀名字中的"旺"字为姓，简化为王。可初来乍到缺少帮衬怎么办？那也不难，家中连日大办宴席，认城里所有王姓坐地户和城外四路八乡王姓人家为本家亲戚，又请城里师爷面授待人接物的礼仪，很快就在旧城立稳了脚跟。不久他们在旧城开了万盛商行，在相邻的岷县及成都、咸阳等地也陆续开了银庄商号。据说那时万盛王有上百万两银子的家当，地方上一时有这样的说法：河州有个马安良，洮州有个万盛王。河州马安良是独霸一方的军阀，而洮州万盛王的银子多得数不过来。

到万盛王老了的时候，已是地方上德高望重的乡绅，据说他养成了这样一个习惯：每天清晨洗漱完毕，就坐在堂屋的八仙桌旁，端着白铜水烟壶，刮着景德镇盖碗，等待各色人等上门来访。

他的身后立着几个水缸一样的牛皮袋，满满盛着银圆和散碎银子。凡准备出门做生意的人，不管熟不熟悉，只要前来开口，他都会如需供给本钱，赚了返还点利钱他自然高兴，赔光了本金他也不会在意，若来开口继续鼎力资助。而对一些居家过日子遇到难处的人，老人听完陈述，便伸手到后面抓一把银圆或者碎银子，数也不数就递过去，一边说：没啥没啥，总会好起来的，需要的时候再来哦。

后来遭逢乱世，万盛王的家业也就败了。

民国元年河南白朗造反，到了第三年的春夏之交，在内地连连失利的白朗大军转而西移，日渐逼近旧城。由于官府称其为狼匪，制造了许多恐怖舆论，地方民团和邻近杨土司的兵马便誓死抵抗。据说白朗大军有白狼、黑虎、铁蝎子三个首领，抵达旧城时，其前锋铁蝎子在城下策马喊叫：我们是过路的，不要打了！人们哪里信他，埋伏的民团一枪将其击落马下，割下头颅悬于南门。白朗将士便复仇雪恨，攻守双方激战一夜，第二日凌晨旧城陷落，万盛王及城内富商被劫掠一空，广厦深院毁于火海。更有甚者，不少人听到白狼已攻入城内，担心妻儿家眷遭其蹂躏，便自己放火烧房，一家人同归于尽。

边地烽烟时起，旧城屡遭劫难，不过流失的往往只是浮财。人们早就养成了深挖洞广积粮的习惯，越有钱财的人越是藏而不露，牛圈马厩里可能埋着万贯家财，出门仍是破衣烂衫，一副朝不保夕的可怜模样。因而一到太平年月，他们又像路边被践踏的小草，渐渐抬头挺身，蓬蓬勃勃生长起来。后来战乱终结，硝烟散尽，旧城自是一派持久的繁盛景象了。

五

距离拉卜楞寺不远的草原上，有座奇形怪状的古城——通常的城郭可能只有四个角，而它有八个，爬上对面山坡回头去看，就像一个规整的空心十字，颇具纳斯卡线条一样的神秘色彩。李振翼先生说，那座城的结构确实独特，在世界上也算是独一无二的，而且年代久远，旁边不远处还发现了汉代墓群。古人为何要将它弄成那个样子呢？他说在那个年代，那是一座易守难攻的城，因为城墙的每一面每一寸，都在防守者的视线和弓弩射击范围。

八角城四周山坡都看得出层层梯田的痕迹，如今覆盖着萋萋牧草，岁月之手早已将那一页翻过去了。只是很难想象，屯田驻守的将士需要克服怎样的困难，在那大半年风雪弥漫的荒原既要守卫边关，又要忙里偷闲开掘土地，在冰雪里种一把秕粮养活自己。

无论旧城还是新城，都算不上真正的城，只是名为城而已。置于那片辽阔荒原上的边城，风雪剥蚀的高墙下总回响着如雷的马蹄声和男人们充满血性的呐喊。可以说它们是烟熏火燎的城，多次涅槃又重生的城。而今那一切都已隐入历史深处，牛头城归于农田，旧城和新城都还原为镇子的建制，八角城里几十户藏汉回人家只是个自然村。当年屯守者的后代也还原为普通百姓，它们和他们，都已功德圆满。

如今再去旧城，我上学时看到的那些城墙残垣已消失不见，城里城外的房屋连成一片，历代守城者和攻城者的后裔互为邻里，他们在街巷里谈笑调侃，无论言语还是穿戴，都已分不出彼此了。

（原载 2018 年第 9 期《散文》）

洮水呜咽石堡城

马廷义

一

　　羊巴，坐落于甘肃卓尼县西北，洮河之滨一个不起眼的村落，正是中国历史上赫赫有名的石堡城。《洮州厅志》载："石堡城在城（今新城）西南七十里，今名羊巴城。"儿时的我们无数次从它身下走过，却司空见惯于它的普通与平凡；对历史的无知，使我们无数次漠视了它在历史上的赫赫声名与血雨腥风。

　　在这里唐王朝与吐蕃曾经发生过几十次军事冲突，正是这些军事冲突，抑或称为石堡城战役，让哥舒翰闻名唐朝朝野，名垂青史，让西鄙人从内心发出了千古绝唱的诗篇：

　　　　北斗七星高，

　　　　哥舒夜带刀。

　　　　至今窥牧马，

　　　　不敢过临洮。

　　今天，年届不惑的我和志杰，因为凭吊这座历史遗迹的急切渴望，再一次来到羊巴——石堡城遗址。石堡城虽在现在的卓尼县，但原属古洮州辖域。古洮州的疆域包括了今甘南地区和青海的部分地区，古人描述"洮水绕其前，黄河绕其后，诚秦陇之保障"，"东蔽湟陇，西控番戎，黑石关居其东，白石山居其西，北抵石岭险阻之地"。石堡城与古洮州城——现临潭旧城，这个在隋唐时期被吐蕃等少数民族称为"临洮"的古镇，仅有十里之遥，沿旧城沟南下渡洮水即可到达。

石堡城在羊巴村西的小山上，被洮河以三百度的转弯环绕着，"城在半山上，下临洮水，三面险绝，唯西南一径可通，西则石壁峭立，营迹垒垒……《方舆纪要》载：'西宁镇西南三百里有石堡城，唐天宝八载哥舒翰所克者。其城三面险绝，唯一径可上，吐蕃以数百人守之，唐兵死者数万。'其年月形式俱与洮州石堡城相符合"。山顶散落的残砖破瓦，清晰可辨的城墙遗址，村民犁地时偶然而出的兵器箭头，无不昭示着这个古战场的遗迹。

"秦时明月汉时关"，"唐时艳阳照唐城"，在晴空万里的蓝天下，尘封了无数金戈铁马，无尽历史内涵的石堡城，对一个追寻往昔发思古悠情者露出极度的不屑和静默。只有远处传来的阵阵松涛声仿佛是古战场的风嘶马鸣。今天我们无法体会甚至无法设想在这不足二里的小城，严格说不足二里的小堡中，唐朝军队和吐蕃人战斗的惨烈程度。或许对面营盘梁上的风火墩，默默记录了历史的惊人一幕；或许那昼夜东流的洮河，在呜咽声中能向我们诉说历史的足音。

二

"公元 8 世纪草原地带出现无数好战的部落，简概说来，符合拉铁摩尔所谓草原地带循环性，乃是中国内地循环性的产物，亦即唐朝由盛而衰，中国自统一趋向分裂。草原地带诸部落则反其道而行，可是从我们所考虑的史迹来看，则表现着当唐朝一心开展水上交通和稻米文化的时候，北方边境的情形更对武装的游牧者有利"（黄仁宇《中国大历史》）。隋唐时期众多的少数民族中，吐蕃是最强盛的游牧民族之一，其种属繁多达一百五十支多，散居于青藏高原和西北的河湟洮岷之间，唐太宗时松赞干布统一了西藏各部落，东赞统一了河湟洮岷的各部落。东赞时吐蕃达到鼎盛。其后东赞五子各自专权，侵扰唐朝边界，唐朝屡次派兵剿抚。唐太宗时松赞干布向太宗提出和亲，太宗以文成公主嫁之。唐中宗景龙三（709）弃隶宿赞入贡唐王朝请婚，唐皇帝以雍王守礼女为金城公主和蕃。"金城公主薨，吐蕃因请不许，夷乃悉众四十万入犯，袭廓州败一县，攻振武军石堡城。"开元二年（714）唐蕃虽然签订了"两国地界盟约"，但不久再次东侵，玄宗命左羽林军、陇右防御使薛纳等防御吐蕃，并与之大战于渭州之南，吐蕃溃败退守洮河以西，从此唐蕃双方驻守于洮河东西，形成军事对峙。

位于洮西的石堡城，是吐蕃东侵的桥头堡和前沿据点。进，渡洮河向北十里可攻洮州城和可当县（今古战乡），沿洮河东岸可攻岷州侵扰关中；退，可以洮河为天然的防线，从卡车沟和车巴沟撤退迭部一线；踞，可虎视陇右，伺机而动。

正是这一重要的战略地位，在公元749年石堡城之战前，唐王朝就与吐蕃在这里进行了几十年的拉锯战。唐明皇开元十七年（729），吐蕃陷石堡城，留兵据守，侵掠河右。唐明皇李隆基命朔方节度使李祎与陇右节度使商议攻取石堡城，当时众将领认为石堡城地势险要，四面悬崖数十仞，石壁盘曲三四里，路途遥远，难以攻取，李祎力排众议，引兵深入，一举攻占石堡城，拓地千里，玄宗大喜，改石堡城为"振武军"，给吐蕃造成巨大威胁，大诗人高适曾写诗追忆李之功"惟昔李将军，按节出皇都，总戎扫大漠，一战擒单于。常怀感激心，愿效纵横模"（《塞上》）。

其后吐蕃又多次攻打石堡城，均以失败告终，慑于唐王朝的威力，向唐王朝请求和亲。忠王皇甫惟明上奏唐室，说明战事之弊："边境有事，则将吏得因缘，盗匿官物，妄述功状，以取勋爵。此皆奸臣之利，非国家之福也。兵速不解，日费千金，河西陇右由兹困弊。"他上言和亲安抚之利："陛下诚命一使，往使公主与赞普相结约，使之稽桑称臣，永息边患，岂非御戎狄之长策乎？"唐玄宗命皇甫惟明和内使张元方出使吐蕃。吐蕃首领"赞甫大喜"，派遣其大臣论名悉猎随皇甫惟明入贡唐室。

在获得了两年的边塞平安后，唐明皇开元十九年（731），吐蕃四十万人抵安人军（今青海西宁西）。当时的陇右节度使经略嘉运，恃宠骄矜"虽勇烈有余，然言气矜夸"，石堡城未能守住被吐蕃攻陷占领长达18年。

三

唐代将全国分为关内、河南、河东、河北、山南、陇右、淮南、剑南、岭南等十道，古洮州所属的陇右道，辖今甘肃全境，宁夏、青海的部分地方。唐明皇天宝六年（747），玄宗李隆基与杨贵妃在风流浪漫的度日中，突然想起了被吐蕃占领的石堡城，从而拉开了两攻石堡城的序幕。在反击吐蕃的战争和两次石堡城战役中，唐朝的将领是历史上赫赫有名的军事家。他们是王忠嗣、哥舒翰、李光弼、李晟。哥舒翰、李光弼在"安史之乱"的平定中战功卓著；李晟在平定朱李之乱中，有力挽狂澜、再造唐室之功。

王忠嗣，唐明皇天宝六年时任陇右节度使。唐明皇开元二年（714），吐蕃十万人进攻临洮（今临潭）、渭源，唐将薛纳等率兵大败吐蕃，杀俘吐蕃数万人。这次战役中王忠嗣的父亲丰安军使王海宾战死，王忠嗣时年九岁，唐明皇将宗嗣收养宫中抚养成人，后充任陇右节度使。王忠嗣极具战略眼光，爱兵如子，在任陇右节度使时多次消灭犯边吐蕃，有效遏制了吐蕃的窜扰。在石堡城对岸山梁设烽火台，吐蕃的一举一动都在唐军的监控之下。吐蕃不敢越过洮河，唐军可厉兵秣马伺机渡河消灭吐蕃，使石堡城失去了桥头堡的战略作用。

哥舒翰，突厥族哥舒部落人，原为陇右节度使王忠嗣部下，天宝六年代王忠嗣任陇右节度使。后兼河西节度使，封西平郡王，不久因病居长安家中。"安史之乱"时任兵马副元帅，统军驻守潼关，因杨国忠猜忌，被迫让人用担架抬着出战，大败被俘，囚于洛阳，安庆绪兵败撤退时被安杀害。

李光弼，天宝六年时陇右节度副使，营州柳城人，契丹王楷落之子。当时又任河西兵马使。他和哥舒翰均因勇略为王忠嗣所重用。

李晟，字良器，临潭人。十八岁投陇右节度使王忠嗣任裨将，武艺高强，作战勇猛，被王忠嗣称为"万人敌"。唐代宗大历三年（768）时任右军督将的李晟，率千人出大震关，至临洮攻破吐蕃定秦堡（在洮州），焚其积聚，虏堡帅慕容谷种而还。他多次败吐蕃，屡立战功。平定叛乱，特别是在定朱泚、李怀光的叛乱中，收复京师长安，唐德宗哭叹："天生李晟以为社稷，非为朕也！"官封西平王。

天宝六年即公元747年，唐玄宗李隆基向王忠嗣正式发出攻打石堡城的命令，鉴于石堡城在唐军的监控之下，王忠嗣审时度势之后认为"石堡险固，吐蕃举国守之，非杀数万人不能克，恐所得不如所失。不如厉兵秣马，俟其寡取之"。"帝不快。将军董延光自请取石堡，忠嗣奉诏而不尽副延光所欲，盖以爱士卒之故"。

王忠嗣作为军事指挥，具有很现实的战略眼光和对付吐蕃的经验。防御吐蕃侵扰的措施，是建立在充分实践的基础上的。当时，吐蕃每在麦收季节就会渡河抢收粮食，哥舒翰、李光弼曾设下伏兵，吐蕃在抢粮时，出其不意截断其退路，使吐蕃无一人回还，从此再不敢越河窜扰。

在协助董延光作战时，李光弼曾对王忠嗣分析说：将军以数万之众助延光，你不尽心，士兵不尽力，皇帝旨意不能实现，董延光会将罪责推诿于你，授人以柄"何以杜其谗口？"

王忠嗣的一段话掷地有声："以数万众争一城，得之未足以制敌，不得亦无害于国，故不欲为之。嗣今受责天子，不过一将军归宿，岂以数万之命易一官乎？"

这次战役的结果和王忠嗣的命运不幸被李光弼言中，石堡城战役以失败告终。董延光"过期不克，言忠嗣阻挠军计，上怒"。再加李林甫谗言，王忠嗣被捕诛斩，幸哥舒翰力陈其冤，极力保奏方免死罪，贬为汉阳太守，哥舒翰接任陇右节度使。

石堡城给王忠嗣爱护士卒，坚持真理的胆略；李光弼的先见之明；哥舒翰的侠肝义胆；董延光的好大喜功提供了充分展示的舞台。

天宝八年（749），"帝使哥舒翰攻石堡"，哥舒翰"率兵六万攻吐蕃石堡城，其城三面险绝，唯一径可上。吐蕃但以数百人守之，贮粮食积木石。唐兵前后屡攻之不能克。翰进攻数日不拔，召裨将高秀岩、张守瑜，欲斩之。二人请三日期，获吐蕃四百人，唐士卒死者数万"，"果如忠嗣之言"。

天宝八年七月二十一日，石堡城终于攻下来了。唐代边塞诗人王昌龄在《塞下曲》中记述"饮马渡秋北，水寒风似刀。平沙日未没，黯黯见临洮"。大诗人高适在《同李员外贺哥舒大夫破九曲》诗中描述了这次战役的惨烈，"遥传副丞相，昨日破西蕃。作气群山动，扬军大旆翻。奇兵邀转战，连弩绝归奔。泉喷诸戎血，风驱死虏魂。头飞攒万戟，面缚聚辕门。鬼哭黄埃暮，天愁白日昏。石城与岩险，铁骑皆云屯。"

哥舒翰攻占石堡城后，唐王朝在石堡城为他立碑述功，镌刻《石堡战楼颂》，俗称"八棱碑"。清光绪时期石碑依然屹立在石堡城中，光绪三十二年编撰的《洮州厅志》载："城中有八棱石碑，系唐天宝八载所竖，碑文为石堡战楼颂，言即哥舒翰攻吐蕃纪功之作。"碑文在《洮州厅志》金石类中有录，只是缺字较多，已无法通读。

石堡城战役之后，哥舒翰于天宝十三年（754）在九曲之地置洮阳、浇河二郡，又在磨环川（今卓尼扎古录乡迭当什村）破吐蕃，置神策军。

"安史之乱"，哥舒翰全军移守潼关，吐蕃乘机再起。石堡城战役之后仅仅7年，于唐肃宗至德元年（756）吐蕃再次攻占石堡城。不但没有"至今窥牧马，不敢过临洮"；而且于唐代宗宝应二年（763）七月，入大震关，陷兰、河、廓、洮、岷等州，尽取河西、陇右之地。唐德宗建中四年（783）与吐蕃歃盟，划定边界。从公元763年洮州被吐蕃占领，直至三百一十三年后的1073年宋神宗熙宁六年，才由王韶收复。金朝诗人董师中因而高吟"洮州仍是汉家城，积石相望十驿程"。

著名历史学家黄仁宇在《中国大历史》中，对唐代的这段历史作了中肯的评价："自武则天太后至玄宗李隆基，帝国对边境的政策大致上出于被动。偶尔中国之武力有突然的表现，战胜取功，恢复了业已失陷的土地，保障了商业路线之安全，吐蕃和契丹之猖獗，可以暂时平压下来。然则这段期间中国方面也有严重的失败。况且每次交锋之后，仍用和亲纳贡的方式结束。这几十年内未曾有过一次歼灭战的出击，又没有大规模全面攻势，也缺乏永久性的规划。只是我们要承认，在这时代采取以上诸步骤并不适合于大局。"（P120）唐代大诗人高适也疾呼"转斗岂长余，和亲非远图"。

四

吐蕃好战，明皇黩武。我无意评价唐蕃的民族关系，也无意分辨这场战争的正义与非正义，但战争给人民带来的苦难是不争的事实。据《旧唐书》载："开元十五年十二月制以吐蕃为边害，令陇右道及诸军团兵五万六千人，河西及诸军团兵四万人，又征关中兵万人集临洮"（今临潭）。当时，洮州成为唐蕃冲突的中心和前沿。李白的诗"明朝驿使发，一夜絮征袍。素手抽冷针，那堪把剪刀。裁缝寄远道，几日到临洮"，形象地描述了一位妻子，给远在洮州戍边的丈夫，寒夜赶制棉衣的情景。唐宝历进士秘书郎朱余庆的诗"玉关西路出临洮，风卷边尘入马毛。寺寺院中无竹树，家家壁上有弓刀。唯怜战士垂金甲，不尚游人着白袍。日暮独怜秋色里，平原一望戍楼高"，真实反映了洮州边塞的战争气氛。

石堡城战役胜利之时，唐王朝全面衰落的隐患"安史之乱"已悄然酿成。杜甫在他的不朽史诗《兵车行》中全面反映了明皇用兵吐蕃，民苦役行的历史事实。他在"车辚辚，马萧萧，行人弓箭各在腰"的壮观场面背后，看到的是"爷娘妻子走相送……牵衣顿足拦道哭，哭声直上干云霄"的悲惨情景。他对"八载（749）帝使哥舒翰攻石堡，拔之，士卒死者数万"的石堡城战役发出"边庭流血成海水，武皇开边意未已。君不闻汉家山东二百州，千村万落生荆杞"的怒吼。他对参加战役的唐军士兵表达了"况复秦兵耐苦战，被驱不异犬与鸡"的深深同情。

伟大诗人在诗中悲天悯人的情怀，珍视生命的人文关怀精神，正是传统文化中熠熠生辉的亮点。我无意苛责"挥头斩万载"的残酷和骄矜，然而数万唐军士兵的生命，值得我们关注。对生命的漠视是最大最可怕的痼疾。中华民族是一个整体，我们在指责吐蕃民族好战劣根的同时，也应查查自己的病症并医治，这对今人和后人都是有益的。贾谊《过秦论》中"呜呼！灭六国者六国也，非秦也。族秦者秦也，非天下也。嗟呼！使六国各爱其人，则足以拒秦；使秦复爱六国之人，则递三世可至万世而为君，谁得而族灭也？秦人不暇自哀，而后人哀之；后人哀之而不鉴之，亦使后人而复哀后人也"的千古高论足以使我们自警。

<h1 style="text-align:center">五</h1>

唐以后石堡城便退出了历史舞台，几乎销声匿迹。直到明中期以后，石堡城再次进入历史的视野。明宪宗成化四年（1468）四月，洮州千户丹巴之子满四，因事牵连，洮州都司派兵击促，激起反明，居石堡城，众达四万人，自称招贤王。明朝派兵毁石堡城，斩满四。满四成为洮州历史上称王第一人。

清光绪十七年（1891），几个黄头发，高鼻梁，蓝眼睛的外国传教士来到了石堡城下，传达上帝的福音，发展信众，建起了基督教堂。1914 年美国传教士新普送，在岷县建立了"中国基督教神召总会"，在石堡城下的羊巴村成立了神召总会的分会。石堡城成为基督教神召会在甘南乃至甘肃地区传播的大本营。洮州地区于 1891 年接受基督教义第一人，洮州贡生周肇南就长眠于石堡城下。周曾任"中国基督教神召总会"副总监，也是洮州地区接受西方文化第一人。周肇南作为周家长子接受了基督教，周家次子周化南保留了洮州汉族的原有信仰，周家三子周南改信了伊斯兰教。至今民间传有"洮州城里周贡生，一门出了三教人"，他们成就了洮州历史上的一段逸闻。

美国传教士僖得生，将石堡城"石堡战楼颂"八棱碑偷运到美国，存放在纽约博物馆，则是民国八年（1919）的事情。当时地方知名人士联名向政府揭露控告，最后不了了之。八棱碑是不幸的，又是庆幸的。不幸，是因为在国将不国时，中国腹地的洮州，一块石碑都未保住流向海外，成为邑人百年的隐隐之痛；庆幸，是它安然矗立在纽约博物馆中。留在国内即便躲过地方多次变乱，也绝对逃不脱"破四旧"或"文革"的劫难，那消逝了的

洮水呜咽石堡城

无数文物古迹足以说明这一点。八棱碑是不幸的，它成为离乡的游子，在地球的另一端，远隔重洋默默遥视它原来的安身立命之所；八棱碑是幸运的，在世界一流的博物馆中，向世界展示着古洮州的风采。它毕竟不是虚无缥缈的梦幻，它确实存在于一个遥远的国度。八棱碑的命运让人在恨与谢的情感中徘徊，历史造成的矛盾很难用是或非来下结论。

六

冬天的太阳很快就落山了，石堡城南端录巴寺庄后是唐万人冢，攻打石堡城阵亡的数万将士就葬身于此处。苍茫暮色中的无数土堆静默无言，那飘浮的幽蓝磷光，向世人昭示着那抛尸于异乡的孤魂野鬼的千古幽冤。"君不见青海头，自古白骨无人收，旧鬼烦冤新鬼哭，天阴雨湿声啾啾。"该回去了！害怕恐怖是人与生俱来的天性。我的诗人伙伴，在洮水的呜咽声中高声咏诵：

北斗七星照万家，
不见哥舒刀影斜。
芳草萋萋临洮路，
马蹄声碎惊尘沙。

（原载《甘南日报》）

并蒂莲

禄昌义

　　很早以前，在冶海（常爷池）附近的一个村庄中传说有一大水塘，年年长满荷花，人们都叫它荷花塘。

　　荷花塘东有一个大村庄，庄里住着一个姓洪的员外，家里很有钱。

　　洪员外已四十多岁了，还没有儿女。夫妻俩日夜盼望生个男孩子。

　　这一年，员外妻子身怀有孕，洪员外便日夜烧香敬神，祷告菩萨保佑其妻生个儿子。可是生下来的却是一个女孩，洪员外很难过。他妻子为安慰员外盼儿子的心，便和员外商量，把这个女孩当作儿子来抚养。对外人就说是生了个男孩子，并取名叫作"赛郎"。赛郎慢慢长大了，就真的像个男孩子样，穿衣、戴帽、打扮，都是男孩子装束，谁也不知她是女孩子。到了十二岁时，洪员外在荷花塘前面开了个书馆，请一个塾师教赛郎读书。

　　荷花塘西也有个村子，人家不多，村里住着一户姓白的人家，老夫妻俩，自己有几亩田种，生活还过得来，也只是没有儿子。他老婆也曾生过三个男孩子，都没活过周岁便死了，为这事曾经算过几次命，都说他俩是"命里无儿"。

　　这一年，他妻子又有了孕。老白心想："生女儿还能活，若生下男孩来就又保不住。"他妻子便想了个办法："若生下男孩子，只把他当女儿养，就不会再死了。"

十月怀胎分娩，果然又生了个男孩子。夫妻俩便给这孩子穿上耳环，取名叫"贞娘"。外面人都以为是个女孩子。

贞娘长到十三岁，真和女孩子一样，穿戴打扮起来好像比女孩子还标致些。老夫妻疼儿子，想尽办法要供贞娘读书，听说东村洪员外家立了书馆，便求人说情，每月供先生二斗粮食，把贞娘送去读书。

贞娘到了学堂，和十几个孩子在一起都合得来，特别和赛郎很要好，每天上学在一个书桌上读书，下学时两个人在荷花塘边玩一阵子才分别回家。同学们看他俩那样亲近，就开玩笑地说："你俩这样好，就配成夫妻吧！"

有一天老师不在学堂里，学生们都放下书玩起来。有人提议要赛郎做新郎，贞娘做新娘，两个人不肯。一个同学说："一个是郎，一个是娘，正好配成一双，为什么不肯？"说着，大家搬过两把椅子翻转来放在地上，把贞娘和赛郎两个人抱上去，大家抬着走了一圈放下，要他俩拜花堂。两个人真的拜了堂，大家哈哈笑起来，直到老师回来了，这才跑回桌去读书。可是谁也不知道赛郎是女，贞娘是男。赛郎也以为贞娘真的是女孩，贞娘也以为赛郎真的是男孩子。

过了三年，他俩人年龄也大了，虽说在一起读书，交情也越来越深。老师劝他二人说："你两人年纪不小了，圣人说'男女授受不亲'，以后不要再那样手挽手地跑到外面去玩，免得人家说闲话。"他两个表面上都答应了，心里却不愿听。贞娘心想："先生以为我真的是女子，怕我和赛郎在一起会被人家耻笑，可是他不知我和赛郎两个却是男子，两个男子在一起有什么关系？"赛郎也想："先生不知真相，我和贞娘都是女子，别人笑怕什么。"洪员外也不知贞娘是男孩子，虽然见他俩常在一起玩，并也常在洪家来，心里也不在意。反觉得女儿和贞娘在一起倒好，免得她和男学生混在一起，将来被说闲话，所以也不禁止。

这时候赛郎已十五岁了，贞娘是十六岁，两个人时常想起刚入学时做夫妻玩的事来。赛郎心想："贞娘又聪明又和气，才学又好，将来谁要娶得她做老婆，真是幸福极了，可惜自己不是男子，不能讨这样的好老婆。"贞娘也这样想："自己若真的是女子，一定要嫁给赛郎。"

眼看满了三年，学生们都要分别了，赛郎对贞娘说："三年学满，从今以后你我恐怕不长见面了。"说完她流下了一串眼泪。

贞娘说："赛郎弟弟，不要难过，虽然不能一起读书，好则我俩相住不远，还可以经常来往。"

可是赛郎心里晓得，自己年龄大了，今后父母就要把她关到绣房里不能出门了；再说自己和贞娘都要嫁人，晓得谁嫁到哪里去呢？

赛郎对贞娘说："我俩结拜做姊妹吧！"

贞娘想，两个男子拜姊妹岂不是笑话，他说："还是结拜做兄弟吧！"两个人互相争了半天，最后都说："算了！就是结拜好了！"两个人就这样糊糊涂涂在荷花塘边结拜了。

赛郎回家后便换了女装，整天待在绣房里，时常想念贞娘。贞娘在家，也总想着赛郎。贞娘的爹老白得病死了，母亲就给贞娘摘掉耳环换上男装，要他给老白穿孝打灵幡，送老白入土。这时全村人才晓得贞娘原来是个男孩。消息传到洪员外家里，赛郎听了又惊又喜，惊的是三年多竟不晓得他是男子；喜的是遇见了贞娘这样可心的人。可是洪员外听了这个消息竟大发脾气，叫人把老白妻子喊来，当面骂了她一顿："你家养了儿子。谁还会抢了你的？为什么男扮女装送到我家书馆来读书？整天与赛郎在一起，败坏了我家门风！"

贞娘的母亲说："我家贞娘与赛郎在一起，有什么败坏门风的哪？"洪员外老婆在旁边告诉了她，她才晓得原来赛郎是个女孩子，也不免吃了一惊。又一想，洪家真是不讲道理，便也气愤地说："你家女孩子可以女扮男装去读书，为什么我家男孩子就不能男扮女装去读书呢？"洪员外无言可答，命人把她赶出去。

贞娘听母亲说了赛郎是女子，心里高兴极了！便立志要娶赛郎做妻子。他对母亲说，要母亲托媒去提亲。母亲晓得洪家不会答应，不肯找媒人，于是贞娘整天闷闷不乐。

过了几天，忽然洪家丫鬟送来一封信，打开一看，是赛郎写来的。信上说：她被父亲关在绣房里，如何想念贞娘。又说她知道了贞娘是男的心里如何高兴！最后说：听说那天员外把贞娘母亲赶了出去，她心里很难过。贞娘看了信，高兴得不得了，知道赛郎待她是有心有意的，就忙写了回信叫丫鬟带回去。从此后两个便经常通信，都表示了心意。

一天晚上，贞娘又要母亲托媒去提亲，贞娘母亲心疼儿子，就答应托媒去提提看。媒人去了，结果被赶出来。媒人告诉贞娘说："死了心吧！员外说了，一则嫌你家贫养不起他家女儿，二则你俩原是同学，如嫁给你就是'无私有弊'，玷辱了人家的好门风。"贞娘见事情不能成功，便忧愁成病，卧床不起。母亲日夜守候在旁，啼哭不止。

再说赛郎打听得白家托媒提亲被员外回绝了，便急得害起病来。员外老婆问女儿什么病，赛郎只是啼哭。丫鬟在旁把赛郎的心事告诉了她。员外老婆劝女儿说："凭洪家有钱有势还怕找不到好男人。"无奈赛郎只是不听，越发哭得厉害了。洪员外和老婆商量要断了女儿这条心思，便偷着叫人把白家母子赶出村去，并告诉女儿说："白家因生活困难，已搬到远处投亲靠友去了。"叫她死了这条心肠。赛郎听了这话病更重起来，索性连饭也不吃了。以后暗地里叫丫鬟打听了几次，晓得贞娘母子真的搬走了，从此病又一天天加重起来。

贞娘母子二人被洪家赶出村，搬到四十里远的景古城里去住。

贞娘病好，母亲又病了，生活一天比一天苦，贞娘只好每日做些小生意维持生活。过了几个月，母亲死了，贞娘把母亲埋葬后，决意回村去找赛郎。他把家里破烂东西卖掉，办了些花线货物，打成包袱，扮作"卖货郎"回到村中，住在破庙里。

一天，贞娘摇着手里铜鼓，偷偷地绕到洪家后门前。赛郎的丫鬟出来买花，一见是贞娘，便忙跑进去告诉赛郎。赛郎随即用纸写了一封信，让丫鬟交给贞娘，叫他快些离开这里。贞娘回到庙里，打开信来一看，知道是约他今夜三更在荷花塘相会，心里很高兴。

到了晚上，赛郎穿起新衣，叫丫鬟给梳好头，偷开了花园门去到荷花塘会贞娘，并叫丫鬟在家守门等她。

到了荷花塘，二人见面抱头大哭起来。赛郎说："爹爹心狠，我俩今生难成夫妻。你年轻有为，不要太伤心。希望你保重身体，以求上进，不要挂记我了。"说完就往水里跳。贞娘上前抱住她哭着说："我俩生不能在一起，情愿死在一起。"说完抱起赛郎一同跳入水中。

丫鬟等到鸡叫还不见赛郎回来，知道坏了事，也不敢声张，偷偷回房去。等天一亮，她便急忙跑去告诉员外赛郎不见了。洪家上下急忙各处寻找。找到荷花塘边，见有一双绣鞋，知道跳了水。洪员外急忙命人打捞上来，只见贞娘、赛郎两个人紧抱在一起，几个人用力拉也拉不开，便命人将他俩埋在荷花塘边。

当晚只听得雷鸣电闪，下了一夜大雨持续到天亮，只见荷花塘水一直涨到赛郎、贞娘坟前，将坟围了起来；在坟上长出一棵奇怪的荷花，花茎比人的大拇指还粗，顶上开了两朵花，一红一白紧紧地靠在一起，人们便给它起名叫"并贴莲"，后来便叫作"并蒂莲"了。

母 爱

马 旭

清明时节，是感受路上行人欲断魂的时节。白居易写得很具体：乌啼鹊噪昏乔木，清明寒食谁家哭？在这个特殊的日子里，甘南高原既雨又雪；我的心田被下得湿透了，老是由不了自己地天天想念老娘，完全是情不自禁。我老娘去世的2014年，我似乎有种说不清的预感，动辄就失眠。她走后的百多日里，我失眠得频繁了，对事物、对人生总觉得没什么意思，对工作也由不了自己地淡漠起来；以至于不时产生厌世的情绪……

我的老娘与世长辞已经过百日了，其养育之恩，我再也无法报答丝毫。无论月圆月缺，还是冬雪春雨，每当寂寞时，每当快乐时，我都会禁不住想念起您老人家。因为，在这个世间，我再也没有妈妈了！这个认识深刻透了；以致使我从思想、精神、意志和骨子里感到疲劳，感到困惑，感到悲哀。

老娘名叫苏恩梅。1935年出生于临潭旧城，2014年农历十月初五过世于甘南州医院。之后，土葬于合作市西山坡公墓弯，与我亡父的坟茔并列。每次远望到西山坡的公墓弯，或者夜深人静时一想起，我就禁不住泪水洗面。因为，二十年前，我的父亲埋葬在那儿；刚刚二十年，我的老娘又土葬在那儿。更伤心的是，我再也读不到老娘那和蔼亲切的笑容了，除非梦里……

最为难忘的是，老娘去世前的那个月，她住在河西下院的小妹家里，离我单位租的办公地点房即粮食局招待所只有百米距离；可就在她去世的头一天下午，她还特别亲切地叫我去她那儿吃饺子；因为她记得四十多年前我就爱吃饺子。然而，我由于工作上的压力和身体的不愉快，没有去，怕去了把我的不好的情绪感染给她。于是，就留下了刻骨铭心的遗憾，留下了难以愈合的伤痛。到如今，甚至不敢回忆，真的因为心里太愧疚了……

平日里总是忙工作、忙生活。尤其是近年来，我竟然未完整地陪上老娘一天。每次一听到老娘有病了，她住院了，我就很不开心……然而，她离世时，却走得太突然，下午送进州医院，晚饭时分她就走了；永远地走了……她走时，竟未让我们做晚辈的扶上她一把。她也未给我们留下半句话。

孝意未至，苦不堪言。老娘走后，我仿佛猛然醒悟到，我们对工作、生活、家务、日子忙，似乎是没有头绪的，它在无尽头地循环。如今，她老人家终于不需要我们牵挂了，千苦醒晚，痛悔万憾……2014年的冬天，实在是太冷了，伤寒透胸透背……触景触情，难禁长泪心里流！

父亲是离休干部，父亲过世后，老娘因为是家属，就靠父亲所在单位国税局给的抚恤金而生活。她很自尊，做儿女的谁给她点钱，即使再三推让后接受了，她也要想法找借口，私下给孙子们零花钱。她76岁的那年，我通过一些关系，给她跑了点养老金等生活费，她便逢人就说，那些钱是我给她要下的工资。我听了很舒服，但我冷静后觉得很不对劲。所以，在一次弟兄姊妹多的时候，她一提起低保等，我就一分为二地说，那是公家给的，也是时代好，她的命好。于是，她就此才不感到欠我的。

尤值一提的是，她六十已过，所谓的人的贪欲的那种天性，就逐渐开始淡化了。每次我们给她点零花钱时，她都很诚恳地拒受。特别是七十岁以后，那种不贪、无欲、又舍得的言行更为明显，从未有过谁给她钱马上接受的举止。按照宗教的说法，那是一种对事物能看开的境界，是修养的觉悟。转变在自己，觉悟在个人。如果一个人放不下贪欲的心念，佛祖菩萨也无可奈何。由此，我感到只字不识的老娘，在做人上没有老师，能自己开悟，实在是了不起。这也以身引教了我们人怎样做、事怎样做、路怎样走。

老娘是临潭县旧城大庙河的苏家，在中华人民共和国成立前，其家是当地数得着的名门望族。她的出身可谓是大家闺秀。所以，老娘会做针线活，确有裁剪缝补的好手艺。1968年，因父亲是政治犯，把我们全家从临潭县新城西街逼迫性地迁出，迁移到新城公社最偏远的山村即东山族尼村。在当时的那个小山村里，我们全家人，虽然穿的都补了又补，但衣裤都很合身得体，就像专业裁缝用缝纫机做出的。即使每块补丁很旧，但针脚却很均匀，大小也极为平整。尤其是她的裁剪技术，村里凡有新布料做衣裤的，几乎就来央她裁剪。她也乐于助人，不管多忙，只要人家张了口就给予帮助。所以，全村老少都很亲切而尊敬地称呼她为：马家娘娘！

老娘的茶饭也很有特色。我们古洮州的人，把做馍造饭有质量的，说成是食水好。一谈起吃喝，左邻右舍就说，马家娘娘的食水没规程。于是村里那些高寿的老人离世前，晚辈提问老人想吃什么时，老人们就说，想吃马家娘娘烙的发面油饼子。她也尽可能地使来者如愿以偿。而我们走山挖药或打柴，常带的干粮，也被年长者用以多换少的办法拿去吃过了……

老娘为人很宽和，无论是困难时期，还是生活宽裕以后，她的待人态度与方式，始终不断改进。正是活到老，学到老了。她在人际关系中基本能消除歧视、消除误会、消除隔阂，凡是有人有求，她会尽自己的所能，给予关怀和安慰。她去世后，远亲近戚、左邻右舍凡闻讯者，皆纷纷踏至纪念，参加祭祀，以表达他们真情的怀念。

《常回家看看》的歌中唱道：妈妈准备了一些唠叨……然而，我的老娘却与众不同，她从没有给我们兄弟姐妹准备过什么唠叨。只要我们去看望，任何时候，她都没有过抱怨，始终以理解和包容的表情来对待我们。常言道，婆媳关系最难处。但我的老娘在婆媳关系上以自己多吃亏、多受委屈而相处；所以没有一个儿媳、孙媳，对她私下嚼舌根的。尤为可贵的是，我老娘从来不捣是非，儿子儿媳各五个，女儿女婿各三个；孙媳妇两个，孙子、外孙及重孙和外重孙成群。既是如此难于应对的错综复杂关系，但大家互相之间，从未有过因她的言行举止，而闹出什么矛盾。家务虽大，可她能管住自己的嘴，不啰唆谁家日常发生的不愉快。事实上，这是一个大智的人，也很难做到的事。仅凭这一点，她也显得那么的朴素而伟大。

在她快去世的那段日子里，我去探望时，每次她都很快乐，也特别爱说话；尤其晚饭后去看她时，她就给你解说电视剧中的人物。她没有读过书，但她又怕我看不懂剧情，就反复地讲这个是坏人，那个是好人，他们又准备想干啥好事或者坏事。我却有点不耐烦，老想劝说或提醒她，我们都会看明白剧情。但好在我没有说出口，没有让她难堪过。

佛经上说，一个能拓开心量、能包容一切的人，才能够利于自己、利于社会、利于众生；也能够进入佛门。那么，他谢世后，就能生活在天人过的净土。我的老娘勤劳、善和、宽厚、觉悟，她年纪越大越走在慈悲的正道上。由此，我能想象到，她老人家辞世后，就生向了天界；既是有万一，也肯定会早日往生……这也是我最大的祈愿！

（原载《世界文艺》2015 年 3 期）

母亲的眼泪

唐 天

春节，对于大多数人来说，是难忘的，是温馨的。可对我来说，却成为永久的伤痛和记忆。

我的家在洮河边上，九甸峡枢纽水利工程的实施，使我们成为第二批乔迁的移民。这项工程早在五八年就开始修建了，只因当时国家财力薄弱，生产力落后，未能完工就夭折了。解放后的20世纪初，随着国力的进一步增强，九甸峡工程再次大放异彩，圆了几代人的梦。它为解决甘肃中部地区的缺水问题起着至关重要的作用。移民要去的地方叫瓜州，与大漠敦煌为邻，年轻人都高兴得不得了，施展抱负的时候终于来临了，可老年人就是想不开。不管说啥，金窝银窝离不开咱家的穷窝。我母亲就属于这类"老脑筋"，转不过弯儿。可她却在别人面前硬撑着："搬就搬，哪儿的黄土不埋人。"其实，她的心里很脆弱，想到搬她就掉眼泪。自从拿到搬迁入户的"明白卡"后，她就好几个晚上没有睡着觉，烟一根连一根，屋子里弥漫着浓浓的烟草的气味，早上起来，满地的烟头扔得到处都是，心情迷乱而糟糕。她的泪里，更多的是穷家难舍的情愫和对儿女们的心痛与牵挂，困惑、迷惘、欢喜、忧愁交织在一起，剪不断，理还乱，别是一番滋味在心头。心力交瘁的母亲，听见人们在大街上议论搬迁的事就恐慌得找不着东西南北了，干起活来也是无精打采。常听她说，那儿的风沙特别大，怕是要换水土了。儿女们也为她的身体担忧。近些年母亲的身体很憔悴，动辄就头痛背痛，腰来腿不来的。这几辈子人创下的家业，瞬间就要烟消云散，不复存在，可不心痛坏了母亲。就在她一筹莫展的时候，儿女们总是出现在她的面前，给她鼓劲，壮胆子。新农村建设可好了，搬迁户住的是城里人享受的大房子，三室两厅的，地里的瓜果吃都吃不完，上厕所不用出房间。说得母亲哈哈地笑了。是啊，人人都有恋乡情结，更何况母亲在这片土地上生活了这么多年，论感情撕也撕不开。搬迁的事儿已近在咫尺，家里的，屋外的，事连着事；搁着的，心上的，缠缠绵绵。我已有两年没有回家了，今年无论如何也要回家过一个团圆年。现在农村富裕了，兄弟们打工回家，怀里揣着大把大把的钞票，母亲看在眼里，喜在心里。吃的穿的就根本不用发愁了，还用上了时尚的手机，母亲道，真是奇怪，拿在手上的小玩意儿，竟然能有"呼风唤雨"的本事。母亲深知好事才开头，又要搬东搬西了，可这又是无奈之中的事，有什么办法呢？工程搬迁，国家投入那么多资金，也是为缺水地方的老百姓着想啊。除夕的餐桌上，我们又一次拿出那张"明白卡"和将来的房子作对比，展望瓜州的未来。那是一片理想的家园，是大有可为的。母亲毕竟老了，人老心小，由不着她的。好在母亲在我们的劝说下放下了思想"包袱"，同意和我们一起奔赴瓜州。我终究知道母亲还不是"一跟头"的那种人，好歹让她度过这个春秋，剩下的全包在我们身上，没有什么可担心的，到时候，大家互相照顾着，你帮我，我帮他，什么门槛都能迈过去。搬就搬呗。我们是南京人的后裔，明洪武年间就有过一次大的迁徙，祖祖辈辈不都扛着过来了吗？家乡人的吃苦精神，足以证明这桩事是经得住考验的。

这是一个不同寻常的春节，它赋予了这个时代的变迁，多少历史的岁月深深铭刻在人们的心中。我在这里找到了童年的快乐，也切身感受了亲情的温暖。母亲显得异常兴奋，她取来平时我们

母
亲
的
眼
泪

最爱吃的腊肉，煮了满满一锅。那滋味就是不一样，母亲看重的不是儿子们腰缠万贯、光宗耀祖，而是平平安安地回家过年。留得青山在，不怕没柴烧。数数个头，一个也不差，母亲的心里就甭提有多踏实了。我和家人团聚了一周，正月初五回的县城。离别时还好好的，母亲送我到大门口，并再三嘱咐我，天热了，把孩子（他的孙子宁宁）带回来住上几天，我答应清明节还会回来扫墓的。事隔仅仅两天，初六的晚上，四弟打来了电话，说母亲病危。霎时，我的心像被掏空了似的，犹如晴天霹雳，灾难就这样降临了，待我匆匆赶到母亲身边时，舌头都硬了，我喊了几声妈都没有应答，呼吸更加微弱，我的心如刀割一般。是该多陪母亲几天，哪怕多待上一天，和她老人家叙叙旧，拉拉家常。可转瞬之间，母亲像一阵风从我们身边消逝了，我无法接受这个事实，怎么会是她？老天爷小气得连母亲看一眼自己新家的机会都不给，也为自己的匆忙离去而懊悔不已。命运的安排却常常出人意料，大夫初步诊断为脑溢血。尽管做了及时的抢救，但母亲还是没有醒过来。在那个撕心裂肺的夜晚，我们号到了天亮。外面，风刮得很紧，天空中掠过一丝的阴霾。人生无常啊，春节的欢喜随之被巨大的悲怆淹没了。三天后，我们为母亲送了柩。在新攒的坟堆旁，母亲的魂魄是否已经升到了天堂，我无从知晓，但要告诉母亲的是：儿女们已经做好了上路的准备，遗憾的是母亲看不到我们的幸福就走了。就让母亲的在天之灵为我们送上一程吧。生我养我的母亲，安息吧，待到春草华发时，瓜州的明天，将会是一片绿洲！

（原载《格桑花》2008 年 2 期）

草原的感觉

王永久

　　常有去草滩散步的习惯，朋友说这是一种雅兴。我并不曾想过雅兴的事，但不同季节的原野总给人许多不同的感觉，常常为之而兴奋、激动或者压抑。

　　或许是这里的冬天漫长的缘故，它给我的印象深一些。说不清是纯粹的感伤或者欣赏这个季节。那个灰沉得要多没意思就多没意思的色调常常让人联想到孤独、饥寒的老人，此时唯一能够自慰的便是还有生在这片僵硬土地上的生命。偶尔遇到狂风怒吼、漫天雪舞的日子，尽管冷得发颤，却被老是掀开衣襟的疾风弄得激动不已，那仿佛是一万匹纯色的野马嘶鸣着、飞旋着。整个宇宙掀翻般地壮观！一切关于人的现实和传说化为乌有。这是一片纯粹野性的自然。

　　我叹服这神奇无比的大自然，居然白砂糖般铺开一川雪野，雪野的后面便是春了。这里的春来得很迟缓，像一个学步的小孩蹒跚着从远处走来，到草原上的时候她已经是个美丽的少女。隔着草地仿佛听见她心跳的声音和小溪轻轻流淌的喜悦……一个人走在草地上，有点妒忌鸣唱着的鸟们，也更能激起我无休止地体验脚下小草的轻柔。有时实在不忍心朝前迈上一步，怕是惊醒许多的梦或者认为那是一种奢侈，脚下这片草地足够你躺上一个黄昏。噢，那不知伴了我多少次的黄昏和晚霞，想起来竟像孩子般打了个滚。

现在，是盛夏，是人们称之为草原的黄金时节。踏进牧人的帐篷或者浪山者那里，总是膘肥的鲜羊肉上横着漂亮的腰刀；歌声，从山坳里传到山上，从山顶飘进河湾；情人们踏进月亮的影子，羞得月亮扯一把云彩遮住脸颊……然而，深深印在我记忆中的却是这美妙季节里大自然的壮美。一群滚动着的乌蓝色云朵，从远山的顶上重重地压了过来，暴风雨就要来了！得拼命地跑回县城。可是来不及了，一阵狂风发疯般地旋过之后，雀蛋般的雨点夹着闷雷的声音砸起马路上的尘土，地平线上分不清哪是水雾哪是尘土，给人的感觉是一种淋漓的朦胧。之后，仿佛有一千把水壶从头顶上浇下。一阵耀眼的闪光，把乌云撕裂开一条长口子，仿佛敞开了星球大战的瓶盖……

暴风雨过后，洗得明净的草地撑起一片湛蓝的天，空中飘忽着晶莹的水珠……尽管感到世界是如此的美。可我的衣服被雨水紧紧裹在身上，也没有必要拧挤一下，反正通体都湿透了。此时，不觉想起秋天金黄的温暖色调，从脚下伸向天际巨大的紫铜似的草原，豪放、自信的男人般展示着成熟的野性。

呵！我要走进不久将要来临的辉煌的秋原……

（原载《甘南报》）

两角钱

闫国新

　　在我每天的工资涨到八十元的时候，还是觉得钱不够花，周围的大人和孩子，也总是念叨"没钱"。我不得不一次又一次地回味曾经花了两天时间挣来的两角钱。

　　那是在小学二年级时，我的一个邻居家的图章丢了，亲友家寄来的看病用的钱静静地躺在邮局里取不出来，病人也只能是躺在炕上呻吟，没有上医院看病的钱。他们一家人急坏了，东打听，西打听，一边寻找丢失的图章，一边寻访会刻图章的人。当时的条件是不能和现在相比的，县城里有人刻图章，可那在县城里，乡下人谁还有机会进县城？我看着他们着急，私下里拿小刀在一种黑色的小石头上刻上了他的名字。这种石头质的较软，第一次刻上去时，有的字看得清，有的字模模糊糊，而且都是反的。在磨刀石上磨掉字迹后又刻第二次、第三次，几经周折，总算刻出了勉强认得出名字的图章，于是把它磨方，郑重其事地送到邻居家里。邻居一家人感动得差点给我磕头，我心里的那种甜美啊，至今想起来都无法形容。我没想到我因此而受到大人们的赞赏，也没想到因为我的"手多"，慢慢地把书本上的许多知识和日常生活联系到了一起，比如接电灯，量土方，连木工活都能做。

　　没过多久，我的一位老师把我叫到院子里，当着那么多同学的面把一枚水牛角制成的图章交给我说："它原来的主人没了，儿子成了家长，可是图章的名字还是老子的，要改一下，你会刻图章，你就把这个任务也拿下来。我看着那么精致的图章，真的不敢磨掉原来的字迹，可是老师的话不能不听，那就豁出去吧。水牛角好硬，我的铅笔刀奈何不了它。我去找当铁匠的邻居曹大伯，他给我半截用断了的钢锯条让我自己磨小刀，说钢锯条材料好，除玻璃割不开外，木头的、石头的、牛角的、塑料的图章样样没问题。我花了两天的课外时间刻好了这枚图章，当然只能是凑合凑合而已。老师却不这么看，他一拿到手就说："漂亮，一点也不比城里的师傅刻得差。"他笑吟吟地把图章装到衣兜里，并且掏出两角钱塞到我手里。我搞蒙了，不知所措，可他严肃地说："主人家给的工价，应该要的，就像从事技术工作的人拿工资一样，天经地义。"我破天荒地第一次拿到了"工资"，手里的两角钱简直像火炭，烫得我手发颤，心流汗。我亲手挣来的两角钱啊，是它让我感受到了劳有所获的成就感，我没等到放学就在课间十分钟里，跑到代销店，花三分钱买了支铅笔，一角钱买了两个作业本（其中一本给了妹妹），剩下的七分买了十四颗水果糖，准备给老师、奶奶、爸爸、妈妈、两个妹妹每人两个，让大家也来分享我的喜悦与收获。

在此后的日子里，我的课余生活比其他同学都充实，刻图章、代写书信、星期天割柳条、割扫帚等或多或少地补贴了上学的费用，用现在的话说，这可是真正的勤工俭学了。

诚然，在现在，不要说两角钱，就算两百元，招待一个普通的客人，也都有点微不足道，何况办其他的事情。我越发地怀念挣到两角钱时的富有，更想不通为什么每月两千多元的工资还交不起子女的学费。我简直变得一无所有了。

难怪贪官贪了多少也不够，非得等到臭名昭著时，学生花了多少钱也不在乎，非得等到父母亲腰包如洗时。成年的大朋友，未成年的小朋友，你们不妨也试试看，是不是自己挣的钱值钱，是不是自己做的饭好吃。自己挣钱挣得多了，当当老板也未必不可，自己做饭做得好了，别人赏识岂不也是一种乐趣？我最瞧不起自己懒得动手、偏偏又爱说三道四的人，因为他们总是在吹嘘自己什么都行，别人一无是处。我最赞赏尊重别人劳动的人，因为只有付出过劳动的人，才知道劳动之艰辛。我更感谢给了我知识和勇气的师长，是他们教会了我如何劳动、如何生活。我想，我把我的经历写出来，回味回味，同时也与老老少少的朋友们交交心，我学的几个汉字也算是派上了用场吧。

让我终生享用的"两角钱"也发点光吧，给所有热爱劳动、热爱生活的人哪怕一点点的启迪。

（原载 2008 年 10 月 29 日《甘南日报》）

马莲绳绳拦路呢

赵旭光

> 马莲绳，拦路呢，
> 拦路有啥缘故呢？
> 拦不住吗拦住呢？

这首花儿是莲花山花儿会期间周围群众拦路对歌的开头语，但它却和一段精彩的神话连在一起。

相传，在很久以前，龙王的三女儿窥看到人世间青年男女皆幸福恩爱，便禁不住对美好生活的向往，在六月初六偷偷跑到民间，加入朝山的人群中和青年男女对歌赛唱，不幸被龙王发现，触犯了龙王家规，被压在黑甸峡反悔思过。

三女儿从小受到宠爱，姊妹三人中又长得最美丽漂亮，但她性格倔强，不愿低头输理。于是在次年六月初三向看管她的夜叉苦苦求情，夜叉最后被她的痴情感动，允许去三天时间，到时一定要按时回来……

三女自由自在地加入到上山的人群中，她被莲花山的美景所陶醉，随口唱道：

> 杆一根，两根杆，
> 阴间欢吗阳间欢？

阴间没有莲花山。

她遇见一位英俊的青年后生用歌逗她，一时春情萌初，彩扇遮面，美目一转，随即唱道：

> 菊花碗，玛瑙盘，
> 琵琶还要好家弹，
> 莲花山上浪一转，
> 拴住日头唱三天。

歌来情往，互相敬慕，相见恨晚，二人结为歌伴，游山欢歌。三女还解下腰带，二人扯住拦路对歌，人们觉得新奇别致，也纷纷效仿。

三女在莲花山上唱了三天三夜。"声嗓好像百灵鸟，答得妙来问得巧。"大家都推崇三女为歌仙，披红挂彩，闹红了莲花山。

怎料老龙王闻知此事，怒不可遏，命鳖、蟹二将速去捉拿。此时的三女在歌潮人海中，正唱得起劲，四周的人们也对三女的歌声听得如痴如醉。

突然，三女看见人群中走来自家的家将，一时脸色突变。

歌手们问："出啥事了？"

"唉！"三女凄苦地长叹一声："大祸临头！"接着她把事情的原委一五一十地细说给大家……

在场的人都被三女的痴情感动，垂泪安慰，但丝毫没有办法帮她。三女也和泪唱道：

> 指甲连肉不离开，
> 强拉扯者血出来，
> 不信你问祝英台。

那青年也给三女壮胆：

> 杀是杀，剐是剐，
> 杀是没犯剐的法，
> 头割过是碗大的疤。

随后二人携手朝黑甸峡走去，三女的泪水一点一滴落在路上，渗进土里。刚到洮河岸边，突然狂风大作，河水暴涨，河里伸出簸箕大的一只龙爪，将三女拉进洮河，再也没能出来。

这个青年非常悲痛，对着洮河唱了三天三夜，唱得树木落叶，山花低头，月亮躲在了云彩背后，直唱到洮河一夜间淌落了珍珠。

附近的人们十分同情怜悯他，都纷纷出去找他回来。人们发现，大路上凡三女滴过泪的地方，都长出一墩一墩的马莲，开着一朵朵小兰花，叶子细长柔韧，车碾马踏也踩不坏，顽强地生长着。

人们为了怀念她，都说马莲是三女的腰带，三女喜欢用它拦路对歌。于是，乡亲们把马莲拧成绳绳拦路对歌，作为联结感情的纽带世代相传。

> 马莲绳，像彩带，
> 咱们两家把歌赛，
> 唱上去，对上来，
> 活像莲花并蒂开。

秀色临潭

张俊立

莲峰耸秀

陇上名山莲花山位于临潭县八角乡境内。远望群峰之巅，昂首天外，如含苞欲放的莲花，故名。因其风景雄秀，冠洮州古八景之首。莲花山山脉逶迤，气势磅礴；峭壁千仞，直插云霄。松柏参天，花香遍野。绝崖悬径，惊险万状。每年农历六月初一至初六，盛大民间"花儿"会在此举行。届时，周围三地六县群众自发前往，花海人潮，山光水色、林海松涛，令人流连忘返、乐而忘归。诗云：

莲峰耸秀
青峰秀出重霄外，九瓣莲开王母台。
百里洮州形胜地，曾看仙驾彩云来。

冶海冰图

冶海，位于临潭县冶力关镇与八角乡之间。因传闻与明初开国功臣常遇春有关，故又称常爷池。属高山溪流和地下水汇集而成的天然堰塞湖。每当初春夏秋之际，碧波荡漾，翠柏悬崖，青山倒映，令人心旷神怡。但到数九隆天，冰封湖面，冰层又现水晶迷宫，宝塔楼台，山川人物，百工器物等，所有自然万象，无奇不有，因称"冶海冰图"。亦为洮州古八景之一。更有周围藏、汉、土族群众将其视为神湖，每年农历五月二十八前来祭祀，并在此地举行赛马活动，盛况空前。有诗叹为神奇：

冶海冰图
天高地迥八荒外，亿万斯年三界行。
阿母何时遗宝镜，瑶池景象太峥嵘。

十里睡佛

位于临潭县冶力关镇。实为一青松翠竹十分茂密的险峻山峰形象，长约十华里。睡佛头西足东，仰面静卧于冶木河畔。身体面目轮廓十分清晰，姿态舒展，神态安详，头饰璎珞俨然。每当皓月当空，或晨曦初升，光线朦胧，形态之逼真，异乎寻常。而当日向中天，或是夕阳斜照之下，又酷似头戴铁盔、身着铠甲，表情刚毅的将军，仰卧大地，面向白云长天，故又被称之为"将军睡千年"。有诗赞之曰：

十里睡佛
璎珞头盔俏十分，青山似佛似将军。
身横天际岚烟远，长枕碧流望白云。

冶峡画廊

二百里冶木河，自西而东，穿过临潭县冶力关镇，以此为中心，形成十里深谷幽峡。千峰万转，高插云天。苍松翠竹，倚壁云端。清流急湍，奔泻其间。峡之左右，穿珠带玉，另藏奇景林海黄捻子、幽深赤壁谷、神奇阴阳石、沧桑麦积、恶泉飞瀑等。春夏花香鸟语，秋来色彩斑斓，冬则琼楼仙府、粉妆玉砌。四季美景，丹青难比。同样有诗叹为神工：

冶峡画廊
山回水转竹溪幽，百里翠峰云尽头。
千尺苍松横绝壁，春花秋叶梦中留。

朵山玉笋

洮州古八景之一，位于临潭县新城镇城北10里。为朵山梁顶石峰旁一兀立石柱，亭亭独秀，宛然一出土春笋。而其峰棱嶙峋，高擎苍天之势，又令人顿生敬畏。周围山场辽阔，草丰花妍。每年端午节期间，临潭盛大的龙神祭祀活动中，还要将十八位龙神抬至这里举行一番祭祀，然后在城内进行各项祭祀活动。因朵山距洮州明代卫城仅十里之遥，山南有明仁宗皇帝贵妃及其父兄——洮州都督李氏数代墓葬，初系明廷工部奉旨营造。亦有诗一赞：

朵山玉笋
擎天立地一金刚，荒岭雄姿阅浩茫。
纵令错将芦笋比，自成风景自昂藏。

卫城金殿

明代洮州卫城及城内隍庙，位于临潭县新城镇。明洪武十二年西平侯沐英、大都督金朝兴督工筑城，曾得到当地藏族土官头人协助支持。全城跨山连川，依地势而建，气势雄伟壮观。南门及其瓮城尚在，东、西、北仅余翁城，城门于 20 世纪 50 年代拆除。城内外墩台累累，烽燧相望；城内街衢、民居及服饰，多有明、清江淮遗风。卫城是在三国魏时旧城垣基础上筑成，属目前甘肃省保存最大、最完整的明代卫城。这里也是明、清以及民国时期洮州卫、厅、县治所，是当时甘南地区的政治、文化中心。

新城隍庙高居城内北端台地，巍峨庄严，俗称"鞑王金銮殿"。相传宋时吐蕃鬼章王、元时忽必烈都曾居此。明初开国元勋徐达、常遇春等十八位大将，被称为洮州十八路龙神。现每年端午节期间，都要将其塑像从四路八乡本庙轿抬至隍庙，祭祀祈祷，并演出洮州"花儿"，通宵娱乐。端午节已成全县最大规模的民俗文化活动节日。1936 年 8 月，红四方面军长征到达临潭成立的"苏维埃"政府及后来的抗战忠烈祠、解放初临潭县人民政府，均设于此。城内至今仍保持着逢十"跟营"的明代遗风。有诗咏道：

卫城金殿
城若苍龙低复昂，跨山越岭绕边荒。
元戎勒马开金殿，万户炊烟度夕阳。

洮水流珠

洮州古八景之一。每至隆冬季节，洮河流水便凝结成珍珠般的冰珠，冰珠颗颗溜圆，晶莹剔透，各自独立，并不冻结为整体，或相推相涌，或各自浮沉，顺流而下，历来被称为奇观。洮河流域之碌曲、卓尼、临潭、岷县、临洮都将此景列为境内传统一大景观。自来以诗赞之者甚多，其一曰：

洮水流珠
颗颗冰心润玉姿，凌波涌浪出龙池。

天寒地冻物华少，洮水平添景色奇。

迭山横雪

洮州古八景之一。在临潭南百里许，卓尼与迭部交接处，迭山横空出世，亘立天际，千峰嵯峨，万仞壁立，终年积雪皑皑。山顶有双峰峙立，宛如天门石阙。从临潭登高南望，雪岭排空，与白云混一，常常难辨彼此，极为峥嵘。此景之天际雪岭虽地处迭部县境北，但其景象只有从临潭登高远眺，才极显壮观。纵目之际，诗涌胸端：

迭山横雪

千峰万岭势峥嵘，遥望南天起石城。

雪映白云浑一线，春风到此枉多情。

鹿沟叠翠

位于临潭县术布乡境内洮河南岸鹿儿沟。沟内松林茂密，青翠葱郁。处处古木入云，新枝缭乱。野花缤纷悦目，花香沁人心脾。徘徊瞻眺，但见松涛阵阵，清溪潺潺，鸟鸣啾啾，白云悠悠。三五藏舍，散处其间，宛然世外桃源，令人神驰。现已成为度假避暑、休闲野炊的绝佳去处。漫步其中，但见：

鹿儿沟

树树繁花自烂漫，调音红雀也关关。

番装农妇正耘草，绿水青山云往还。

古堡斜晖

位于临潭县古战乡与卓尼县阿子滩乡交界处。为魏晋时期吐谷浑所筑之洮阳戍遗迹。堡在蜿蜒缓岗之上，分前后两半，前小后大，状似牛头，故又俗称牛头城。今城垣轮廓残垣尚在，前后城之间的内城门阙口依然完整。由于城堡凭山斩沟，左右两侧及前方俱为开阔平川，居高临下，墩台烽燧，遥遥相望。每当斜阳落晖，纵目眺望，前方古战庵飞檐金瓦，熠熠生辉；而牛头城残垣断壁，夕影斑驳，在平畴绿野、烟树迷离之中，不胜苍茫之感。人生百年千秋，揽此能不慨然：

　　古堡斜晖
　　烟雨微茫吐谷浑，洮阳古戍迹犹存。
　　阿豺折箭留余梦，落日山头望断魂。

（原载 2018 年 7 月 25 日《甘南日报》）

散文两篇

陈克仁

嫩绿嫩绿的胡杨林

镇西郊外，有一条自南往北流淌的不涨不枯的小清河，在背山面水的一隅，有一片嫩绿嫩绿的胡杨林，这里珍藏着我初恋的记忆。

几年前，我大学毕业。怀着对新环境的全新的感受和对一种无法感受的渴望，如登台朗诵诗歌一样，毫不紧张地邀请你到了这片胡杨林。

那是仲夏，活泼泼的太阳透过朵朵软绵绵的白云照得正热烈，婆娑的胡杨树在微风吹拂下尽情地浅吟着，小清河也不甘示弱地和着轻快流畅的琴弦。我们相隔一箭之遥，各自背对着胡杨树仰望着天空。直到静坐感到疲惫，我才奇怪自己为何没有正视你。满目是青青的野草，四周一片孤寂。你和谐无比的身躯装在犹似野草般青青的衣裤里，而展露在青色之外的"冰美人"般的表情，顿使我有了小清河似的冰凉。

久长的沉默之后，我热情地表达了曾因一刹那的感受促成的这次鲁莽。可你避实就虚说怕上当，这猝然撂出的话令我虚惊一场，而在我的心目中，你确是一个纯情少女。

你发自肺腑希望这次约会是一场戏，我据理反对。你虽没领我的情，却也讲述了自己的往事、自己上的当，还有几年来别人对你的褒贬抑扬，和一串串鲜为我知的求爱者的众生相。后来你又说你后悔这次赴约，说过的全当没说。告别胡杨林时，你有些失望，留给我的却是不尽的思索和惆怅。

一年后的同一天，我又信步来到胡杨林。青山作证，你也在。景依旧，情过迁。你说你忘不掉这片胡杨林和胡杨林里曾有的那一天。

呵，胡杨林！我们共同拥有记忆的那一天将永远载入你的历史，而那一天的温馨记忆此生此世将在我心田和脑际萦回。

烧地锅

对于我们这些孩子来说，一年四季里最值得珍爱的就莫过于金秋时节了，而烧地锅是件再快乐不过的趣事。

烧地锅其实不用锅灶，只需在沟坡或崖坎上挖个类似农村常用的土灶，然后在其上用拇指大小的土疙瘩垒成金字塔状，下面烧上火，待火舌将"金字塔"舔得通红，就用镢头把在塔顶捅个小洞，把要烧的洋芋从小洞鱼贯装入，填满整个灶膛后把"金字塔"推倒，将土疙瘩砸平，上面压一层极厚的土以便保温，再将烧火用的口子堵死。这样约需一顿饭工夫，扒开烧火口，香喷喷、脆生生的洋芋便滚出来，地锅子就算烧成了。

因为时值金秋，野炊用的柴火是用不着费心的。这时地上的庄稼已收尽，极随便的，大捆大捆的麦秸和豆茬足可以满足野炊之用，如果你乐意，还可以攀缘到树上折些干树枝。有了柴火，"嚓"的一下划着火柴，点燃麦秸，只听噼里啪啦一阵乱响，火势便越烧越旺，浓浓的青烟袅袅地升向天空。如果你是常年生活在农村的人，你便会遇烟就极有把握地说："那里又在烧地锅！"是的，金秋时节，只要哪里有青烟，那袅袅的烟柱之下必定有一个野炊的踞点和一群忘乎所以的娃娃们。你也会看到，他们的分工还蛮细的，挖灶的，拾柴火的，烧火的，刨洋芋的，各尽其能。待扑鼻的香味飘来，个个尽管垂涎三尺，但谁也不便下手，只有当"主帅"命令开吃，才有人用镢头从灶膛里往外掏，大家也就顾不得烫手和烫嘴，热洋芋在手里传来倒去，皮未顾及剥已入了肚，烫得喉咙发痒发疼，及至下咽，也落得泪花打转脸发红。地锅的洋芋也只有这样吃才解馋，冷了吃就没有那份特有的野味了。

吃过之后，快乐的伙伴们便栽跟头，拧骨碌（一种摔跤游戏），尽情宣泄自己的满足。如果有一个伙伴如哥伦布发现新大陆似的指出某个人的脸如何如何时，大家便面面相觑，待得知彼此或是"花猫脸"，或被火烧焦了头发或眉毛时，竟忘形开怀大笑起来，得意之情溢于言表。就这样，直到太阳西坠，才各自去忙自己的活计，活计也无非是捡些豆茬之类的，赶天黑装满背篓，以免回家挨骂。

时至今日，离家已十余载的我依旧钟情那个遍地金黄的季节，钟情那段不再逆转的年少时光。

（原载《临潭县志》）

故乡三题

陈 拓

一首洮州的歌

> 想了想了实想了 / 肠子想成扣线了 / 肋巴想成豆干了。
>
> ——洮州花儿

近来，看了宁文焕先生的《洮州花儿散论》后，我又记起了这首熟悉的歌，这首具有西北高亢、嘹亮、火热，又具有洮州特有韵味、忧伤的歌。

我是土生土长的洮州人，对洮州花儿有一种近似执拗的偏爱，可我从来没有像听到这首歌那样，那么的激动、忧伤过，那么的浮想联翩，引起千般的思念、万般的遐想。这是首怎样的歌呢？是由于这块土地贫瘠沉重吗？是由于千山隔阻，万水迢遥，音信难托吗？还是由于得不到心上人的响应，自艾自怨、自苦自恋，寸心成灰呢？或者是"东边日出西边雨，道是无晴却有情"的小儿女情怀，让人费猜呢？我说不清楚，也道不明白。反正就是这首歌，每听一回，都使我不胜思念、思想，不胜压抑和痛苦。

记得第一次听到这首歌，是在洮州地区夏季最红火的一个"中伏三（即中伏第三天）"的一个花儿会上，地处临潭县古占乡东北的包家寺村的"轿桥弯（像一个轿子状的山弯）"。以前，我也没少听过洮州花儿，也跟着花儿把式学唱过、激动过……可是，这一次却不同，歌声听起来更嘹亮、更高亢、更火热、更迫切，而且更散漫缠绕、更辽远、更坦荡、更悲伤，似乎给人表现出一种没完没了，不见不散，不死不罢休，艰苦卓绝，坚贞不渝的洮州儿女的爱情。

我开始偏爱这首洮州花儿了。一直到今天，我也从来没有改变过这个初衷，并且在近年一次偶然的机会，更加坚定了这种信念。也许，不是也许，这种信念将会陪伴我走完一生。

那是1989年初夏，我去兰州出差，有一天路过一个高大的建筑工地时，我又听到了这首歌。这首如马嘶、风啸、鹰鸣的歌；这首既无限依恋又忧伤的歌；这首百回千曲，荡气回肠，又铭心刻骨的歌。我三步并二步地越过"工地现场，闲人止步"的警示木牌，看见一个三十多岁瘦削的中年汉子，拉着满满一车沙石，边走边唱，而且唱出的声音字正腔圆，苍凉辽远，我不由呆了，不由望着他那棱角分明，满是灰尘，却神采飞扬的脸，暗暗问自己，他是在想念他的妻子吧？或者是他的情人，或者是他白发苍苍的母亲，或者是他早已不在人世的父亲，或者是生养他也曾生养我的那块洮州土地……总之，不论他在想念谁，总觉得，对于他的这一种肝胆相照、刻骨铭心的爱来说，是不枉来此一生的。

这是怎样的一首歌呢？想了想了实想了，肠子想成扣线了，肋巴想成豆干了，这是一首洮州的歌。

帽子之歌

年年到了／腊八腊八到了／婆娘没裤子／娃娃没帽子。

——洮州民谣

女儿唱起了这首歌，拿着我出差归来途经迭部时，买给她的一顶粉红镶着天蓝花边的帽子。歌声里，没有一丝让人听来本应有的辛酸、无奈，以及曾经使父亲们伤心、悲苦的成分，有的只是她通过滑稽的唱腔与动作，表现出来的顽皮、天真和可爱。

不用讳言什么，这是一首关于父亲们的悲歌。小的时候，每当我们千盼万盼的"年（也就是现在的春节）"快要到了，便一夜一夜兴奋激动得睡不着觉，屈着指头数着腊八节过了，腊月二十三日祭过灶王爷之后，就听父亲略带自嘲、调侃地唱起了这首每年这个时节他都哼唱的歌谣。那时，我们太小，认为父亲唱了这首歌谣后，我们向往、期待、梦寐以求的有鞭炮放、有饺子"尕汤（长面）"喝和白面馍馍吃的那个"年"就到了。

其实，在我们每次唱了这首歌谣之后，"年"就到了。虽然那算不上什么"年"节，但总是"年"啊。记得那是1976年——我记忆中最困难的一个年，累死累活的父亲母亲和哥哥们，起鸡叫睡半夜地干了一年，庄稼也没有遭受自然灾害，但到头来不知为什么，每人只分了三四十斤青稞，七八斤潮湿发芽的麦子，就再什么也没有了。因此，那一年我们只好与白馍无缘，与帽子无缘了。整个"年"节的主食，是用每人每月供应的二十四斤苞谷面，到临潭旧城加工成"钢丝面"代替洮州人的"尕汤"过的。但那首歌还是要唱的，不是父亲，而是我们，因为那一年，一直没有帽子的妹妹，希望父亲过"年"时给她买一顶帽子，因为她的同学们都戴上了新帽子，而她从小到大，还没有一顶专门属于她的帽子。我戴了四五年的帽子，也以平均一年一个以上的速度，递增到五六个大小不一的破洞，戴在头上，一些不安分的头发，在阳光照耀下，一丛一丛地从破洞中长了出来，接受阳光雨露的滋润。母亲和哥哥、姐姐们也是，补丁摞补丁的衣服、裤子，破烂不堪，都需要更换了。

我记得很清楚。当时，我头上戴的帽子，本来是不属于我的。而是20世纪70年代初期，父亲去迭部沟修路时，专门买给妹妹并托人带来的。我们家兄弟姊妹六人，我的上面有三个哥哥和一个姐姐，他们是大哥、二哥、三哥和排行老四的姐姐，他们除三哥上临潭二中以外，其他都在生产队参加集体劳动。那时，我们家为了三哥的读书，父母亲咬紧了牙关，我们也跟着咬紧着牙关。那天，捎东西的人将帽子给妹妹后，妹妹兴高采烈地戴着属于她的新帽子，在我面前骄傲地走来走去。顿时，炉火中烧的我，趁所有在场的人不备，像凶恶的土匪一样，从妹妹头上掠走了她还没有戴热的新帽子，扣在头上，一溜风地不见人影了。等到月上房顶，怯怯地回到家中时，妹妹已哭着睡着了。我将与小伙伴们抛掷弄脏的帽子，偷偷地放在了妹妹枕边，连晚饭都没吃就躲到自己睡的炕上睡着了。第二天，妹妹拿着被我弄脏的帽子扔过来说："我要一顶新帽子。"我无赖地问："我连一顶旧帽子都没有，怎么还你一顶新帽子呢？"妹妹不无骄傲地说："母亲已经给捎东西的人捎话了，让父亲过年回来时给我买一顶比这更好看的帽子。"说完，妹妹高高兴兴地跟着母亲出门了，母亲经过我跟前时，狠狠地剜了我一眼。那个年代的农村，不像现在似的，都以留"风头"为时尚，而是大大小小都以有一顶帽子为荣。就这样，我终于有了第一顶属于我的帽子。写到此处，令我不安的是，那年的腊月二十七，父亲姗姗地回来了，但妹妹期盼了很久的帽子，却没有随父亲而来，戴在妹妹准备了好久的头上。因为，那个年代，去迭部修路的农民工，多半都是"以工代赈"型的，所有收益决算都是国家与集体之间进行的。州上与县上，县上与公社，公社与大队，大队与生产队，生产队与社员个人，一级一级下来，修路收益全归生产队，生产队给参加修路的民工补记工分，最后参加生产队年终决算分红。以上听起来好像是那么一回事，但一天所挣工分，不足一毛钱的年代，"娃娃没帽子，婆娘没裤子"的光阴岁月，只有没头没脑、没丝没线、没粮没布地继续下去……

回顾父亲这些历程，我的心充满了无法形容的难过，这是父亲一首苦难的歌，歌里叙说了一个父亲一个七尺丈夫面对妻儿，面对中国人除旧迎新的传统节日——"大年"，一个结束一年的起点，却不能解决妻子需要的裤子，儿女需要的帽子的痛苦、无奈与耻辱的心情，可我没完没了地唱着，直到唱着长大了，直到唱着作了父亲，直到看着女儿不痛不痒地唱着这首歌，我才明白了这首歌的内在含义。

父亲啊，不敢想象曾经被一条裤子与一顶帽子扼住过你生命的咽喉。假使那天早晨，你刚走出大门，你跨越一条河不远，就迎面遇到了你的妻子、儿女们所期望的一条崭新的裤子、一顶你设计了一千次红似太阳、蔚蓝似天空，鲜红中镶嵌着蔚蓝的帽子，该多好？如果是那样，我敢肯定，父亲，你一定会高兴得找不到家门的。

"年年到了，腊八腊八到了；婆娘没裤子，娃娃没帽子。"唱起这首歌，我感觉它原来也是我的歌，也许我会唱着它交给我的儿子；也许，我会就此将它和那条裤子、那顶帽子一起埋在故乡瘦削的山脊，并且立一块碑，上面写上一行这样的字：

"妻子需要的裤子，儿女需要的帽子与父亲之歌安息之所"。

女儿还在嘻嘻哈哈地唱着这首歌，我听来更增加了一种对往事的恐惧与心酸，父亲啊！

难忘遥远的小山村

> 在那遥远的小山村，小呀小山村。
>
> ——流行民歌

一条不高不低的明代边墙，越山跨脊，从记忆深处逶迤而去，将那个小小的山村，遗弃在那个墙内，只留下一个个名叫"閤门"的门伸向墙外，伸向父亲每一次带来惊喜的梦里。

那是一个怎样的梦啊？每一次我一觉醒来，看见父亲神秘地从家中消逝，我就知道他又是沿着那条路，去走出那个美丽的门，我就知道父亲去干什么了，我就知道不几天可以吃到又香又甜的酥油糌粑了，可以拿到愁人的学费，报名上学了。于是，我站在村口，遥望着那条路，那条路上高高的闇门，等呀等，等着太阳升起，等着月亮落下，还是不见父亲归来；于是，我又一觉睡去，等到睁开眼睛，父亲却坐在我的身旁，慢慢地抚着我的头发；于是梦醒了，那个小山村却是那样的遥远而深刻地在生命中。此生，无论我走到哪里，或者想遗忘什么，却永远不可能遗忘它。

小的时候，我总不明白，作为木匠的父亲和身强力壮的母亲、两个哥哥及刚刚成人的姐姐，一年四季，起鸡叫、睡半夜，迎春雪、沐风雨，累死累活地"大干快干"，到头来我们一家还是经常青黄不接，尤其在七八月份，经常面临着吃了上顿没下顿的困境。据父亲后来说，我们一家除了我和妹妹以外，都是参加生产劳动的劳力。劳力参加生产劳动，付出体力多，自然就吃得多。在那个"资本主义尾巴"包括自留地都被割尽甚至刮尽的年代，农村除了那一点点少得可怜的粮食外，没有什么可以拿来垫补辘辘饥肠和艰难生活的。但在平均主义之风盛行时，农村地区最为主要的口粮，以及所产所有，却与年龄大小、付出多少劳力体力无关，几乎全部按人头平均分配。这样，生产队劳力最多的我们一家，每年粮食吃完得最早。于是，为了一家人的生活，父亲不得不一次一次地去上队长家的门，向其告求借点生产队的储备粮，以度饥荒。生产队的储备粮，本来是用来帮助有困难的社员们度饥荒的。但在那个生产队长就是"皇帝"，有生杀欲夺之权的年代，储备粮就是勒在社员脖子上的一根绳索，特别是我们一家，更是如此。有时队长高兴，借个一斗或五升的；不高兴时，别说借不到粮食，还连带着被其羞辱一番。还说什么"年年你们家借得最多，你看我们家从来都没有向生产队借过粮食""储备粮是生产队储备给大家的，不是储备给你们几家的""储备粮是最紧要的时候才能借的，一年最多借两回，就是让老鼠吃光了，也不能多借给你们，这是政策原则"。父亲当时人穷志短，况且有求于人，不敢说什么，但心里跟明镜似的。那时，他们家只有两个劳动力，而且干的都是轻活儿，却有八九口人，按人平均分粮，同时生产队保管是他们一起的人，还用得着借粮食吃吗？每年报那么多的粮食损耗，真的是被老鼠或麻雀吃了吗？只有鬼知道！父亲回忆说，就是从那时起，他的心里有意或者无意地萌生了一缕抵触情绪。正是这一缕不合时宜的情绪，父亲差点惹了大祸。如果不是遇到一位有良心的好人的帮忙，差一点让那个队长将我们一家，推到另一个苦难的深渊。父亲后来跟我们总结说："我们家出现的这种状况，是一种恶性循环。干活的劳力多就吃得多，吃得多口粮就不够吃，不够吃就需向生产队借储备粮，所借的粮食在年终分口粮时就被从中扣掉了，所以第二年更不够吃了。再加那个年头分到农民手里的口粮，本来就不够吃一年的。所以，以上的一切就注定了。"

父亲最不愿看到的时候是夏秋交汇之季，那本来是个希望之季啊。但当烂漫的山花，漫山遍野地盛开，广袤的田野绿浪翻滚的时候，我就看见父亲眼神迷离，望着远处的闇门，若有所思，我就知道父亲又要偷偷地走出那道神秘的闇门，到山那边的草原上，去看病寻药或者走亲戚看"主人家"什么的。其实父亲是为了一家人的生活，寻找种种借口，想方设法向生产队请假，有时没办法不得不送点小礼或者夜晚帮他们做点木匠活什么的，才能请到几天假。然后，趁着漆黑的夜色，偷偷地走出那个曾经封锁关塞的门——即洮州人统称的"闇门"，比如玉古闇门、达架闇门、干布塘闇门、斜藏闇门等，到闇门外的牧区去，干点木匠活，挣点酥油糌粑和人民币回来，帮全家人，一次又一次地熬过那些青黄不接的日子。

又到了一个不敢提起的收获季节，也是左倾风暴席卷每一个角落的时刻，正值被生活所累，脾气耿直，不知天高地厚（也许更确切一点地说有点破罐子破摔的样子）的父亲，竟然逆潮流而动，去摸老虎的屁股，执拗地认为所有的东西按人头分了，包括最重要的粮食，而只想用工分多分一点麦草的父亲，与当时的红卫兵头头、生产队长，发生了严重争执，致使红得发紫的他一怒而去，将堆放的大垛麦草故意弃置在空地，长时间不管不问，再加上一场实在不巧，连绵十几天的绵绵阴雨浸泡后，堆放在空场上的麦草开始腐烂。这样，父亲的罪名昭彰成立了，厄运也快要降临了。就差那么一点点，就被他们借题发挥地戴上破坏生产的"反革命分子"的帽子。要不是遇上一个名叫田组长的驻队干部好心干预的话，父亲肯定以反革命罪被送往大牢。听父亲说，当时他们已经联系了一伙人联名盖手印的，要求逮捕法办父亲。如果那样的话，不知道我们一家的命运将是怎样？

一晃三十多年过去了，很多事情已随那个遥远的小山村而遥远。但令我感到难过的是又一次提起了它，这不是我的过错。可这件事情，确使我感到了一种深深的惧意与可怕，那就是让我知道了他们处心积虑要将父亲送去蹲牢的真正原因，按他们当时商量的话说，是父亲生了我们"堂堂正正"的四个儿子，他们考虑不给父亲戴上顶什么"帽子"，把父亲整倒打垮的话，一旦再过十多年，他们老了，而他们的儿子还没有长大成人。那么，早被他们看作自己"家天下"的十几户人家的小山村，就不是他们的天下了。他们还要子子孙孙、无穷无尽呢……真的是深谋远虑啊！我想象不出来，在那个年代，不知究竟是什么东西，促使着人们将一些隐藏历史皱褶和心灵深处的恶，这么淋漓尽致地发挥出来呢？！

这样，父亲为了一家人的生活，给我在那个遥远的小山村，创造了一个梦。那个梦里，一条不高不低的城墙，从村后越山跨

脊逶迤而去，至今逶迤而去，空留下墙外青翠的山色，墙内一个
遥远的小山村。

（原载《文艺之窗》1994 年第 10 期）

临潭印象

何子彪

光阴如水，稍纵即逝，不知不觉间来临潭任职已十年有余，在深植于这片土地的同时，心也被它牵引，沉醉于临潭的古韵今风，不能自拔。今以此拙笔，聊以抒怀。

第一篇　翻开历史书页

临潭，古称"洮州"，地处青藏高原东北边缘，位于甘肃省南部，甘南藏族自治州东部，东临岷县，北接康乐、渭源两县，与卓尼县插花接壤，是农区与牧区、藏区与汉区的接合部，千百年来一直是陇右汉藏聚合、农牧过渡，东进西出，南联北往的重要门户。全县总面积 1557 平方公里，境内属高山丘陵地区，海拔在 2200～3900 米之间，辖 5 镇 11 乡 141 个行政村，总人口 15.73 万人。

翻阅卷帙浩繁的史册，我们会发现从仰韶文化时期就有先民在洮州大地上繁衍生息。2008 年全国六大考古新发现之一——磨沟遗址是目前甘南地区发现最早的人类居址，那些出土的一个个精美的陶器、石器、铜器、骨器，独具特色的墓葬群，无不闪耀着临潭先民智慧的光芒，见证着灿烂的原始文明。

伫立在古战观景台，遥望西晋吐谷浑所筑牛头城遗址，走进金戈铁马、烽烟滚滚的古战场，去了解、探寻1700多年前这里所发生的一个个口耳相传的故事。耳畔远远传来战士的厮杀声，硝烟散尽，看看那坍圮的城墙和斜阳里的余晖，眼前不禁浮现出一幅恢宏的军事画卷。正如诗人牧风所写"此时安坐城堞的遗迹，我依稀看见时光里北方的吐谷浑从西晋的战火里一头撞进甘肃的南部，垒土为城，饮血踏歌"。

驻足国家级历史文化名镇——新城镇，首先映入眼帘的是散发着厚重历史气息、彰显着雄浑气势的洮州卫城。它不仅拥有深厚的拓边历史，而且浪漫的麻娘娘故事也为这座古镇蒙上了一层神秘面纱。历史给予它悲壮、苍凉的美，这种美，有一种强烈的感召，声声呼唤着每一个走近它的人，每一个脚步，都会让你穿越在历史与今朝之间，沉思良久。城门上那斑驳的锈迹、门洞中低凹的石条，似乎都在诉说着当时明王朝的强盛与远见。每踏过一块红砖、每走过一个幽深的门洞，怀古的感觉就会越发强烈，因为这里的一砖一瓦、一门洞、一墙土，都被时间赋予新的意义，仿佛都留存着光阴的痕迹和味道，都有故事蕴含其中，好似轻轻一伸手就能触摸到它湿漉漉的过去一样，在这里你尽可以充分体会"前不见古人，后不见来者"的寂寂。这座始建于汉代，明洪武十二年重修，中国现存最大、最为完整的明代城堡，在600多年的风霜雨雪中确确实实见证了洮州茶马互市、商贸繁荣、民族融合的历史，至今仍蜿蜒曲折屹立在东陇山下，向世人诉说边塞重镇曾经的辉煌和落寞。

走进红色革命遗迹——中共中央西北局洮州会议纪念馆，无数革命先辈的英雄事迹历历在目，鞭策后人。洮州会议的召开，促成了一、二、四方面军胜利会师，对中国革命产生了深远影响。朱德元帅曾在此留下了"抗日反蒋星夜渡，为国跋涉到临潭"的诗句。

临潭人杰地灵，名人辈出。曾涌现出了唐代名将李晟、李愬父子，元末著名外交家、政治家、活动家侯显，清光绪二年进士包永昌等历史名人，造就了赵维仁、陈钟秀、马景山、陡剑民等一批诗词书画名家，留下了诸如"雪夜入蔡州、活捉吴元济""禾稼终年只一收，但逢秋早始无忧""夕阳明灭腰镰影，半是男儿半女流"等称颂至今的历史典故和文学诗词。

第二篇　尽享民俗文化

临潭是一个多民族聚居地区，有汉、回、藏、蒙古等15个民族，境内藏（汉）传佛教寺院、伊斯兰教清真寺、基督教会等宗教活动场所多达50处，众多民族在这块土地上繁衍生息、交流融合，为这片土地注入新鲜的生命力。世界三大宗教在这里并存发展、广谱教义，形成了今天临潭独特的民族宗教和民俗文化。

行走在元宵节期间的临潭县城，你肯定会被一场声势浩大的"万人扯绳"活动所震撼，每年正月十四、十五、十六晚上，来自四乡八邻的各族群众，身着艳丽的民族服饰，不分男女老少，不分民族，从四面八方涌向临潭县城参与扯绳。扯绳的这三晚上，大街上人声撼天，热闹非凡。万人扯绳赛前双方各自将绳捆扎成头连、二连、三连、连尾（俗称双飞燕），扯绳总长1808米，重约8吨。是世界扯绳史上绳最重、直径最大、长度最长、参与人数最多的群众性民俗活动，被载入世界吉尼斯纪录，距今已有六百多年历史，临潭因此被国家体育总局、中国拔河协会评为首个"中国拔河之乡"。如果你来七月的冶力关国家4A级旅游区游玩，更有机会参与到一项国际性的体育赛事中，那就是与广东龙舟节、山东潍坊风筝节、云南泼水节齐名的中国四大民俗品牌节庆活动——"冶力关杯"中国拔河公开赛暨临潭拔河节，堪称是"万人扯绳"民俗活动的一个浓重缩影。

漫步于临潭新城镇的大街小巷，一幢幢白墙青瓦的民居建筑，一声声吴侬软语的悠悠韵味，使人仿佛置身于江南水乡。无论是喜鹊探梅、鸳鸯戏水、熊猫抱竹等洮绣题材，还是从头到脚佩戴银制首饰的"尕娘娘"装饰，抑或是源远流长的端午节龙神赛会，无一不保留着、延续着、传承着江淮的景致。"你从哪里来？我从南京来，你带的什么花儿来？我带的茉莉花儿来。"一首江南民歌，曾使多少洮州先民梦回故里。如今的江淮遗民在广袤的甘南草原上，用绝版的江淮遗风一年又一年铭记着祖先的历史。

"民以食为天"，洮州人民更是有丰富多样的饮食文化，足以让你驻足流连，垂涎三尺。汉、回、藏各民族饮食相互交融又各具特色，尤以回族饮食为代表，食品多以面类为主，有锅盔、贴锅巴、水晶包子、擀面条、拌汤、麦索、机器长面、醪糟、甜醅子、酿皮子，在节庆的日子里还会做油炸类食品，如撒子、油香、股儿、油棋子、秋叶、蜜馓，另外还有糕点类，如糖饺子、奶糕、哈里哇，最香的要数麦子饭（将大米、小麦、果谷类粉碎脱皮后混入各种调料、肉类等煮成粥共食），品尝过这些美食的宾客们更是对临潭赞不绝口，真可谓"因美食爱上一座城"。

民间的文娱活动在独有艺术风格的基础上更接地气，遍及全县的民间庙会，诸如城关镇正月耍社火、长川乡冯旗"打切刀"、冶力关镇"六月会"、石门乡"七月十二"等等，从农历正月初六开始一直持续到九月底，基本上每月都有一个庙会，这些庙会文化与江可寺正月法会、伊斯兰教圣纪节等宗教活动一起组成了临潭独特的地域文化，形成了特色鲜明的民俗风情。

"莲花山的牡丹花，花儿的故乡我的家，祖先留的好文化，非遗的名额有了她，我们都来保护她。""豹花骡子驮松香，州委号召有分量，五大生态没商量，做（zu）好就能奔小康……"来六月的莲花山，你会被一种高亢、奔放、婉转、地方特色鲜明的山歌所吸引，这就是世界非物质文化遗产——洮州花儿。她历史悠久，内容丰富，曲调繁多，表现形式活泼多样，极具浓郁的原生态气息，是流传于临潭和卓尼两县部分地区的一种民族歌曲。一年一度的莲花山洮州"花儿会"，更是"花儿"的盛典，歌的海洋。有人甚至这样说，使莲花山成名的是"花儿会"，足见洮州花儿的魅力。

第三篇　领略自然景观

每年七八月份，邀三五亲朋徜徉于冶力关景区的山山水水间，一种从未有过的畅怀之情油然而生。冶力关4A级景区位于临潭县城东北部的冶力关镇，是镶嵌在祖国大西北的一颗璀璨明珠，她是全世界罕见的复合型旅游景区，集高原湖泊、森林峡谷、草原风光、丹霞地貌、民俗宗教于一体，内有久负盛名的莲花山国家级自然保护区，景色秀丽的冶木峡，风光旖旎的天池冶海，形态逼真的中国第一卧佛，神秘幽静的赤壁幽谷，绿涛茫茫的黄捻子国家级森林公园，享有"山水冶力关、生态大观园"的美誉。在这里您不仅可以体会到王羲之"天朗气清，惠风和畅，仰观宇宙之大，俯察品类之盛，所以游目骋怀，足以极视听之娱，信可乐也"的闲情，也可以感受到袁宏道"山峦为晴雪所洗，娟然如拭，鲜妍明媚，如倩女之靧面而髻鬟之始掠也"的意境。因四季之景不同，而乐亦无穷也。初春，冶力关风景区如同一个朝气蓬勃的少女，充满了青春的气息，她以曼妙的姿态，展示春之新意萌动。盛夏，冶力关美不胜收，绚烂的叶子浓密地点缀于翠林，变幻的云海温柔地俯瞰群山，泼墨山水画般的美景使人一下子忘却了城市的喧嚣，寻觅到心灵的归属。深秋，冶力关像被打翻了颜料盒，漫山遍野的大红、深红、橘红、翠绿、深绿、墨绿、柠檬黄、土黄应接不暇，在峡谷中、村寨旁、小河边，一幅幅五光十色，斑斓绮丽的天然彩色画卷缓缓展开。仲冬，冶力关青松傲雪，玉树琼花，雾凇雪岭，呈现一片银装素裹分外妖娆的世界。特别是冬日的天池冶海，白雪皑皑的山头环绕结冰的湖水，冰面上的"冶海冰图"形如洒满苍穹的繁星、射向宇宙的光束，神似玉盘托宝、华灯点缀，真是惟妙惟肖。站立冰面，仿佛身临水晶迷宫。清代临潭诗人陈钟秀的诗"茫茫冶海水平堤，万状冰图望眼迷。如是龙宫多妙手，故教呈出待人题"形象地描绘了这一奇景。

临潭的美景远不只以上这些，你还可以去欣赏闻名遐迩的"洮州八景"（莲峰耸秀、冶海冰图、朵山玉笋、石门金锁、洮水流珠、迭山横雪、黑岭乔松、玉兔临凡），感叹大自然的鬼斧神工；可以去古老的藏传佛教寺院江可寺聆听僧人诵经，看盛大宗教仪式，追寻信仰的力量；也可以参观著名的中国伊斯兰教西道堂，领略独有的穆斯林风俗，来一场神秘的宗教旅行；还可以走进临潭的大街小巷，听老人们诉说"麻娘娘""十八位龙神""常爷池"等民间传说，沉浸在悠久的光阴里再也走不出来。

第四篇　仰望洮州未来

在临潭工作的十余载，我的激情、使命、责任都与这片深爱的土地紧密相连，她更是我的"第二故乡"，我与她同呼吸、共成长，她的一颦一笑都深深地镌刻在我的脑海里，我因她的欢乐而欢乐，因她的沉重而沉重，她的发展无时无刻不牵动着我的心。近年来，在州委州政府、临潭县委县政府的正确领导下，在各族人民的不懈努力下，临潭的发展取得了前所未有的成就。如今，勤劳勇敢的临潭人民沐浴着党的民族政策的春风，正迈着坚定的步伐朝着幸福美好的康庄大道前行。我深信，临潭必将以她特有的神韵，携手历史的点滴，书写一个个属于她的传奇，在改革发展的征程中不断超越自我，从胜利走向新的胜利！

（原载 2017 年 8 月 31 日《甘南日报》）

乡村记忆

敏建新

自从参加工作，离开了家乡，三十多年很少回去，即使偶尔去一趟，也是匆匆而去，匆匆而回。于是乎，家乡的人和事，便在我的记忆里渐渐淡去，有些甚至像磁盘被格式化了一样，彻底从我的脑海里被抹去了。今年冬天，本家的一位侄儿结婚，堂弟邀我参加婚礼，借此机会在老家多住了几天，看到我熟悉的山山水水，见到已苍老的童年时的玩伴，听到他们家长里短的闲聊，我的记忆像打开了水闸般泛滥弥漫，童年时的经历便似浪花一样变得明朗鲜活起来……

"忠"字的记忆

到老家的第二天，下了点雪，不算多，但山川皆白，素装如银，心中不免有点悸动。由于堂弟家来的亲戚多，我又被推到长辈的行列，诸事我也帮不上忙，何况众侄儿侄女也不让我帮，于是便有了出去走走转转的想法。吃过早点，天也放晴了，我便出门沿着童年时常走的小道登上了庄前的庙儿咀山，搜寻儿时的印象。发现三十多年来，老家变化还是挺大的，村庄变大了，原前庄上下两头的耕地里，修建了不少的房屋，记忆中的土平房大多变成了灰瓦白墙，甚至出现了十几座二层小洋楼，我在想，虽然人口增加了不少，但乡亲们的生活却发生了天翻地覆的变化，不止一个"富"字能概括了。当然也有美中不足，让人缺憾的是庄前的那条水流充沛的河完全干涸了，那时，我们常到河边帮母亲洗菜洗洋芋，夏天与同伴们用带草皮的土块将部分河水拦堵起来打跤水（游泳），冬天坐着冰车沿河道滑冰，何其快乐。可现在河中一滴水也没有了，只有那宽宽的河道还彰显着她昔日曾经丰韵饱满的身姿。

当我将视线移向庄后的山上时，惊喜地看到，山中间的雪融化出一个大大的"忠"字来，这个字在十多年前就因雨水冲刷及植被覆盖而看不到了，今天却因雪而看见了，因而关于造这个"忠"字的记忆便逐渐清晰起来。那时我很小，还没有到上学的年龄，成天跟在父母身边，所以对父母参加劳动的事记得的较多，也常能回想起来。

造这个"忠"字，是全大队人的事，首先由公社干部带人测量，用白灰画出忠字的轮廓，再由大队派地主富农等四类分子沿画出的轮廓线挖出半米深的凹槽，像在后山上阴刻出一个"忠"字来。然后全大队的劳动力放下手中的农活，分成三组，投入填充挖好的"忠"字凹槽的工作中。第一组全是男性壮劳力，他们的任务是在后山背面的母子湾顶采挖石灰石，乡人称为白奶奶石，采挖这种石头极为不易，因此矿矿脉只有薄薄的一层，生在坚硬的红土中，要想采到此石，就必须挖掉其周围的红土，劳动量之大是可想而知的，我父亲就在采石组，记得他每天放工回家累得倒头就睡，有时吃饭也叫不起他。第二组是背石组，大多为女性劳力，就是将第一组采挖的白奶奶石用背篓背到后山挖出的"忠"字那里，这也不是容易的事，虽只一公里多的距离，但全是很陡的山坡，之间并没有路，到"忠"字造成时，采石场到"忠"字之间硬生生踩出了一条羊肠小道，背石人之多，用石量之大，由此可以推断了。第三组大多为老年人，他们负责将第二组运来的白奶奶石垒填在凹槽中。记不清用了多少天时间，只记得"忠"字造成时，大家都很高兴，一种自豪感在全村人心中漫延开来，占据大半个后山的白色忠字，从很远的地方就能看到，它向外人展示着这片土地对党、对领袖的纯朴感情。

"忠"字造成之后，又在牌坊下建起了"忠"字台，台后的墙上也写了一个大大的白色"忠"字，同时全村街道两旁只要能写字的墙壁上也都写上了大大小小的忠字。"忠"字台下早晚最热闹，每天出工前、收工后都要在台下集中，人人手拿红宝书，就连不识字的妈妈也拿着，大家高举红宝书摇动着，高喊着口号，在我们小孩眼中，那场面是很狂热的。后来又在"忠"字台后搭了一个小房子，里面塑了"牛鬼蛇神"像，由于那时的我很怕鬼神，听到里面是牛鬼蛇神便不敢去看，后在同伴的激将下近前看了一眼，里面塑着三个人身动物头的泥像，涂有红、绿、黑色彩，看着很瘆人。听大人们说，牛鬼蛇神叫刘少奇、王光美，还有一个叫什么我已不记得了。令我费解的是大人们只要经过牛鬼蛇神房前，都要停下来，念一段毛主席语录，向塑像唾几口唾沫。那种憎恨的神态，到现在还记忆犹新。

挖洋芋的记忆

下山回家的途中，遇见了儿时玩伴刘家明，说他家里中午煮洋芋，热情地邀我到他家吃洋芋，我欣然接受。说是吃洋芋，可端上桌来的是四样小菜，一盆鸡蛋西红柿汤，一盘洋芋。"孩子们不知你来，你将就着吃点吧。"看着桌上的菜，听着他说的话，我的思绪飞回到小时，那时他家孩子多，生活十分困难，他常常吃不饱饭，只要我家烙馍馍或煮洋芋，我都会悄悄偷一些给他吃。今天，看到他家的生活，一顿简单的午饭，竟然是四菜一汤，感慨之余，真为他生活的好转感到高兴。

"这会儿吃啥也不香，小时候你给我的洋芋吃着比肉还香。"

"那是因为少的缘故，安资个①想吃啥就有啥，当然就没有那种感觉了。"我只能随口附和。

他又突然问："你还记得上学时帮生产队挖洋芋吗？"

怎能不记得呢，那是我上小学三年级时的事。那时候"以粮为纲"，所有的事都要围绕农业生产进行，学校也不例外。一到秋天，学校基本不上课，帮各生产队拾麦穗、捡洋芋，天天干农活。对我们学生来说，干农活要比上学快乐多了，不仅能从田埂上采到像草莓、檬子等好吃的，而且还能吃上生产队给我们的煮洋芋。那是生产队对我们学生的特殊优待。给生产队拾了那么多洋芋，唯有给南沟生产队拾洋芋的那一次印象最深刻，现在回想起来心中还有一丝的酸涩。

那天早晨空气清新，太阳从阳坡山顶露出笑脸时，我们打着红旗，每人背一个背篓，排着队、唱着歌向南沟进发。当我们到达目的地时，大人们已开工了，他们身后全是白晃晃的洋芋。老师便组织我们捡拾。因为挖洋芋既是力气活，也是技术活，稍不注意，一镢头下去，就会将洋芋挖烂，所以挖的活全由大人们干，我们学生负责将大人挖刨出来的洋芋，抹去上面沾的泥块，拾入背篓，一篓拾满后，再由大人们装上架子车，运回生产队仓库。拾满头两车洋芋后，生产队长安排人拉到村里去煮，这是为学生们准备的午饭。学生们便一面拾洋芋，一面盼望着。

那天天气特别热，天空一丝云也没有，太阳火辣辣地照着，晒得人浑身不舒服，尤其脸上像针芒刺般难受。就连大人们都受不了，他们一边擦汗，一边大声说"这秋老虎歪得很（方言，很厉害）！"于是学生们便喊口渴，三三两两到山泉边喝水，实际上大多是找借口到田垄上找野果子吃。

---

① 方言，现在。

洋芋煮熟拉来时，早过了吃午饭的时间，饿急了的学生们像疯了一样向洋芋车扑去，还没等车停稳，洋芋便被抢光了，年龄小，没抢到的同学便哭起来，刘家明将自己抢的分了两个给我。老师和生产队长看到此情景，便将学生组织起来，收回了大家所抢的洋芋，然后让学生们排成队，由队长和老师每人发两个洋芋，那时多吃几个洋芋的愿望竟是如此之强烈。

大家如此喜爱洋芋，不只是因洋芋好吃，而是因为它是那时人人赖以维生的主粮。所以每到星期六星期天，我都要跟着大孩子们去拼洋芋，就是在已挖完洋芋，犁翻了二次的田地里用镢头挨次翻挖，找出社员们丢弃的小洋芋或漏捡的洋芋，每当拼出一个大点的洋芋时，就会向同伴们欢呼雀跃地宣示一番，心中充满成就感。因多拼点洋芋，晚上的拌汤就能稠点，一天的辛苦，也就是为了实现这个小愿望。

我家建新房的记忆

回到堂弟家时，堂弟正请人在院子里搭好的帐篷里砌临时灶台，是专门为从外边请来的厨子准备的。匠人我认识，是堂弟的邻居。灶台砌好后，堂弟给了匠人 200 元工钱。看到此情景，我的心里一颤，没想到现在的农村，邻里之间竟是如此的生疏，由此又使我想起了小时候我家盖新房的事来。

我家盖新房是在包产到户后的第三年，四月份打围墙圈庄窠，这时间雨水少，空气干燥，夯打的墙比较坚固，但此时也是农忙时节。我家打墙时，全村壮劳力都来相混（方言，帮忙），一家有来一个的，也有一家来三四个的，挖土的挖土，换墙板的换墙板，特别是杵墙的青年们，唱着打墙号子反复踩踏杵筑，粗犷而豪放的号子声，整天在村子上空回响：哎嗨央昂央杵打央，央杵来嘛央央儿汗。

我家七分地的庄窠，竟然四天时间就完工了。为了不给事主家增添负担，相混来的人只在我家吃午饭，早晚饭都在自己家吃，想留也留不住。六月份立房的那天，全村人又来相混，立房的、砌墙的、上土的、盘坑的、砌灶台的……分工协作，我家七间土平房竟在一天时间全做好了，没有花一分工钱，而且还你家拿来一把挂面一笼洋芋，他家送来几个鸡蛋一把葱贺喜，所以我家没费多大力气便住上了新房。

那时候家家盖新房都像我家一样，邻里间团结互助成为一种规程，只要一家有事，全村人都去帮忙，不分贫富，不分民族，邻里关系非常和睦，真正能使人感到"远亲不如近邻"这句话的沉甸甸的分量。特别是一到正月，我要到好多邻居家拜年，我们的尔德节，也有许多汉族邻居前来祝贺。虽然礼品只有两把挂面或两盒饼干，但邻里间在相互走动中建立了深厚的友情。我想，在大力建设社会主义新农村的今天，这种邻里间团结互助，相敬相惜的村风还会回来吗？

（原载 2013 年《民主协商报》）

乡 炊

马广信

　　童年时，乡炊是母亲送给儿女一缕缕飘洒不尽的遐想；少年时，乡炊是母亲思儿牧归的期盼，是母亲送给儿女扯不断的风筝线；青年时，乡炊是漂泊在外的游子对母亲的思恋，进而凝结成游子对故土的缠绵。

　　童年，乡炊是母亲秋日里用麦草秸秆煮熟的洋芋蛋蛋，每当秋日自家的自留地里的洋芋叶子变得发黄发枯时，母亲就挖来了洋芋，当洗净的洋芋滚进锅里时，我们兄姐就主动承担烧麦草秸秆煮熟洋芋的任务，尽管眼睛被烟火熏得流泪，鼻孔变黑，等到锅里的洋芋变成莲花状时，那种醇香美味的感觉似乎再也没有吃过。

　　童年是乡炊升起前小朋友们捉鱼回家的路，是生产队搬场时牛儿脖铃的声响，是毽子的舞蹈，是打蚂蚱、上树捉鸟的思念。是牧归的路上飞舞在金黄色麦田的一群群叽叽喳喳的麻雀，和野鸽群在麻黄色青稞地里抓住秸秆觅食而迎风的摇曳……

　　每次牧归，当我走在故乡的制高点——江红坡山巅时，极目远眺县城全景，展现在你面前的是从千家农户屋顶上飘起的淡白色、淡青色成丝卷漂浮的炊烟以及那穿梭于烟雾中雪白鸽子的鸽哨发出的响亮哨音。此时，牛儿们在崎岖的山路上拖着肥壮的身体缓缓地走动，可爱的小黑牛犊顽皮地扭着屁股，跳起强劲的牛仔舞，在它妈妈身边撒娇。

到村口时，你看到那红冠大公鸡站在生产队的矮土墙上，昂着高傲的头颅，领着它的大小鸡群匆忙地归巢。我们跟随牛群走在牧归的小路上，心中充满无限的快乐。这些色彩各异的麻雀、鸽群、牛儿和公鸡们共同组成了一幅美丽的山村图画。

每次回到家里，母亲就在大门口迎接我们，当她看着我高兴的样子，用微笑和温暖的双手轻轻抖掉我满身的泥土，小心地从我的头发里捡出一个个草棍棍，然后抚摸我的头……

就这样，儿时的欢歌笑语带着母亲的慈爱和乡炊一起时常浮现在我这童话般美好的记忆中。

少年时，我最难忘的是每逢学校冬季双休日，在熟悉南山原始森林道路大人的带领下，在夜深人静的鸡叫时分，相互照喊着到离家几十公里的南山林中背家中过冬的柴火。夜晚，自鸣钟一响，我就在睡意蒙眬中惊醒，煤油灯睁着十分不情愿的眼，忽暗忽亮地发着微弱的光，穿衣服一不小心或用力过猛都会扇灭煤油灯，如果灯灭了，一时身边没有火柴，你就在黑灯瞎火中凭感觉穿鞋袜，再带上斧子绳索和干粮，急忙出门到约定的地点集合。

每次出山，无论自己的动作是怎样的轻手蹑脚，尽量做到不惊醒熟睡中的兄弟，但不管怎样，母亲经常在鸡叫前就醒来了，她一贯地穿着整齐的衣服走到我的跟前，小声地提醒我别忘了带好干粮、绳索、斧子，并再三叮咛衣服要系紧，注意着凉。渡河、过船一定要小心，拾的柴火不要太沉，会压坏身子的话语。

借着月光，看着启明星一眨一眨闪着的眼，呼吸着高原夜晚清凉的空气，听着寂静山村的犬吠声，走在凹凸不平的沙泥路上，心中总感觉是一种无奈，一种前心后背都发凉的颤抖，一种生活的艰辛和磨难。思考着这样的生活到什么时候是尽头？到达目的地时已到天亮。如果这天天空晴朗，我的同伴们就又喊又唱，仿佛把夜晚的一切无奈都抛在了九霄云外。如果是天气阴沉，同伴们心情就特别沉重，默默无语地走着，谁也没有更多的话语。接着就过船，渡河后，各自穿梭消失在阵阵松涛声中，只听见砍柴发出的声响及森林深处鸟儿们的歌唱声。

到中午，我们就各自打理好柴背子，拿出干粮一起吃午饭。那时，最好吃的是家庭条件好的伙伴拿的青稞面锅贴巴，其次就是玉米馒头、洋芋和青稞炒面，喝着冬日里冰冷透凉的山泉水就算是一顿丰盛的午餐。

当我们顶着炎炎烈日，背着沉重的柴火从几十公里的山路回到离家不远的牛家黑泉歇息时，已是傍晚。我们先喝上一口香甜的黑泉水，再洗去脸上汗渍留下的道道溜溜，只见那黑泉水中央翻滚着蘑菇云般的水柱状，清澈的泉水能数出颗颗沙粒和奇秀的鹅卵石及水中悠闲自得的小鱼。按惯例，我们几个同伴脱下满是泥土的鞋袜，在黑泉的下游用颗颗干净的细沙当洗衣粉洗鞋袜。据说，黑泉水能把鞋袜冲洗得干干净净，心里觉得实在而体面。

这时，离县城不远的千家万户被飘香的炊烟所笼罩，你就仿佛找到了心中少有的安逸和全身心的放松。

青年时，每遇到乡炊飘绕的傍晚，无论是到外地上学或者参加工作，当我带着一路风尘和疲惫一脚踏进故乡的门槛，望见那袅袅升起的乡炊时，又仿佛回到了儿时，再一次走进妈妈温暖的怀抱，像儿时一样先品尝妈妈做的香甜的饭菜，然后惬意地睡上一觉，抖落在外辛勤漂泊的迹点，再把捞世界的酸甜苦辣告诉父亲，父亲说："一个人出门在外，做事全靠你自己。"

曾多少个乡炊升起的傍晚，当我站在故乡古城墙遗址上，看着千家万户乡炊升起，看着田野上牧童们骑着小毛驴从山顶一高一低地驮着夕阳牧归的情景，看着父辈们脸上挂满秋收的喜悦从田野回到家的背影，就看到了农人们世代相传的对美好生活的向往与追求。

如今，党的富民政策已深入人心，故乡昔日的土木屋已渐渐退出了人们的视线，广播电视实现了村村通，尘土飞扬的山村小路被宽阔的柏油路所替代。新农村一排排整齐的瓦房成为道道风景，但儿时记忆中的乡炊依然，种田人汗水的温馨与诚实依然。

乡炊，您是浪迹天涯的游子披在身上的思绪，是出门人心中的一缕曙光，是儿女们一辈子扯不断的情怀。在家您是一种慰藉，在外乡您是一首母亲唱给儿女的恋曲。

（原载《青年科学》2015 年 8 期）

漓水歌谣

马国山

少年时期我总有许多扑朔迷离的梦境。

离离茫茫的原野，郁郁葱葱的林梢，四周环绕凹凸不平的群山，悠悠碧蓝的天空之下，阳光洒满河谷，一条清澈的河流冲刷着河底的石头，一群孩童挽着长短不齐的手臂、裤腿、一个个弯着圆润、纤细的腰，一双双稚嫩的手浸淹在河水里，捉鱼摸虾、捡拾鹅卵石，嬉闹声弥漫在河的两岸。

一条叫大夏河的水，从卧象山侧和肃穆庄严的拉卜楞寺院的眼前，顺着县城的河堤蜿蜒"哗哗"流淌。那红墙金瓦、飞檐丽阁、雕梁画栋的高大拉卜楞寺院[①]，旗幡飘舞，法号声洪钟悠扬，一群群口念经文，一手摇动玛尼[②]，一手拨转果拉[③]的牧民，携老带幼，成群结队流水似川行，环行在寺院的长廊。虔诚的信徒，一次次磕着等身的长头，坚硬的石板，已经踏磨出光滑的痕迹，诉说着古老的岁月。每逢法会、酥油灯会、娘乃节等法事活动，四处煨桑[④]敬仰神灵，轻烟缭绕，经旗飞翻。佩着红黄袈裟的僧侣，头顶高耸的法帽，来往于菩提树下。最令童年的我深感

---

① 藏语由"拉章"变音而来，意为僧侣的宫殿。
② 小经轮。
③ 大经轮。
④ 燃烧的松枝，浇了酥油炒面调好的料，让烟雾轻扬。

神秘好奇、既害怕又最想看的是跳法舞，我们一群伙伴，在人流里挤来串去，那牛头马面的怪兽、骷髅面具在眼前摇晃着，那奇形怪状的道具舞动着、身上层层叠叠鳞片似的服饰伴随舞蹈飞动着，还有嘴里发出的怪异的唱词，我们一群孩子挤不到前面看不见跳舞，挤到了前面又畏惧立即往人群里回钻，直到找个高些的台子或爬上树，心里还觉"怦怦"跳。

离寺院下方不远的县城上塔哇就是我们居住的家。外婆说我是母亲喝了大夏河最清亮的水生的，肉皮儿像白鸡蛋，白皙鲜嫩，院子里的妇女们、大些的孩子们都特别爱抱我玩。母亲说我是院子里的那些女人们把我抱大的。尽管后来我家搬走了，可外婆家一直住在夏河，母亲时常带我去外婆家住，或将我留在外婆家住一段时间，我的童年与夏河也就结下了不解之缘。上塔哇是依山势而建的民宅区，房屋层层错落，巷深坡陡，纵横曲折，台阶和桥道很多，我从小感到那儿容易迷路和迷失方向，纵横蜿蜒的小巷进去了不知从哪儿出了，出去了不知从哪儿进，我老是走错路，走了许多的弯路，才回到外婆家。

大夏河，当地人叫"桑曲"，河水纯净甘甜，每当清晨，河边和树林里笼罩着朝雾，打水的人们早早来了，藏族妇女们用木桶背水，腰弯成弓形，我遇见她们背水，就一直跟在身后看，看起来水桶随着脚步在背上摇晃着，生怕那悬立的水桶掉落下来，其实根本不用担心，藏族妇女们背水太拿手了，腰间一根皮绳从身后箍着桶，胸前两肩一条皮带得挣得牢牢的。汉族、回族都用水桶担。有时取水的妇女们遇在一起，舀满水，把桶提到平处放稳，大伙攒在一起先要拉会家常，长期住在那儿的居民，都会说几句家常藏语，相互说上半天话，打趣聊天，才担桶、背水各自回家。

冬天河边结着冰，挑水的人们先在河边砸一个冰窟窿，清凌凌的水就翻着鼓浪往外冒，我们孩子们在旁边看，等大人们走了，就跑到河边取块冰吃，小手冻得成红萝卜了，大家还笑得那样开心！天热时，我们孩子们最爱到河边玩，渴了就用双手掬上喝几口，大人也一样，用手舀着喝。我们时常到河浅处下河玩，打搅水，捉小鱼，小溪里还有娃娃鱼、青蛙和小蝌蚪……记得有次我和军军在河里弄湿了衣裤和小球鞋，不敢回家，就晒在河边的树枝上，光着的身子不敢露出水面，达娃给我们在太阳里翻晒衣服，阿霞和央宗给我们折来树叶，我们把树叶扎在腰上跑出河里，戴着编出的树叶帽子，钻进树林里藏着，等待衣服晒干才回家。如今这些名字我都是凭深远的记忆依稀拼出的，他们的真实姓名我确实已叫不上了，但当年的情景和他们的脸庞，至今还能浮现……

外婆的家院是一座方形的四合院，两层，全是木材建的，地板、梁株、走廊、栏杆都是特好的木料做成，房檐是齐刷刷的橡木，檩子下面雕刻着各样花板。院子里住着好多人家，有藏、汉、回多个民族，在我心灵里，住在那儿的人们没有任何区别，就好像是一个大大的家庭，和睦相亲，我的梦境好似已在那里雕塑出了一座记忆的宫殿！

外婆是年轻时随外公家从河州迁居这里的，日子过得清贫，家里特别干净，每日五番按时面向西方朝向肃穆站立拜毡上礼拜，跪在拜毡上掐念珠。院子里的人们都叫外婆"阿奶"，她经常和院子里藏族汉族的奶奶、姨姨们拉家常。那时候家家日子过得并不宽裕，商店里购东西都得凭购物证，粮票、布票都得很珍贵！院子里谁家有节余的票，或者谁家儿女结婚，都互相借票。外婆家里没有取暖的煤炭炉，有个陈旧的铜火盆，白天放在炕上，上面搭着茶壶，茶壶里一直冒着热腾腾的水汽，冬天喝熬茶，用大茶煮的，奶奶还在里面加放几颗囫囵花椒、红枣，喝起来又尖热，又清香。夏天外婆喝细茶，她先把茶叶小心翼翼地在手心倒些，再用另一只手指撮上少许，然后再往茶碗、茶杯里几根几根地放，给我的印象她好像是在数数。在隆冬的夜里，外婆家的土炕热乎无比，是用羊粪烧的，脚伸进被子里就不愿抽回来。外婆家的大花猫经常在被窝里睡觉，那只猫特别大，毛色是棕黄的，有花纹，两只眼睛在夜晚闪着黄光，院子里的孩子们经常来家玩猫，谁家有鼠，都借去家里养几天。奶奶很豁达，每当大花猫生了一窝崽，等断了奶，就被前来要猫娃的人家一只只抱走了。

过节是我们孩子们最盼望和高兴的事了。

我记得那几年的春节与藏历新年都在一起过，孩子们准备穿新衣，外婆总是给我也准备了新衣裳，或是把旧衣服洗得很干净，叠得整整齐齐压着，等到大年初一早上穿。除夕之夜，四合院楼上楼下家家门上挂着红灯笼，那时候的灯笼都是自家手工做的，每家制作的样式都不一样，方的、圆的灯笼映红了整个院子，我和院子里的孩子们放鞭炮，在家家串着玩，玩得半夜不回家，我熬不住跑回来睡觉，第二天一亮，一睁开眼睛赶紧从窗户里探头一望，哈！楼道里、院子里放过的鞭炮纸厚厚一层！外婆和母亲给我穿得干干净净的衣裳，让我带上点心、茶叶去给院子里人家拜年，到了藏族阿爸家，阿姨给我拿最好的藏式碗（有铜和银装饰的花瓷碗）倒奶茶，拌酥油糌粑，吃糖果。到汉族家给我用最干净的茶杯倒热茶，油炸的馃馃是回族妇女帮做的，让我放心吃，我最爱吃核桃、花生、水果、糖果，临出门时还给我上下衣服口袋里装得满满的，还有不少的压岁钱哪。

"古尔邦节"到了，外婆家里提前几天就忙碌起来了，要炸好多的油馃馃，花样很多，有馓子、蜜圈圈、麻花、秋叶儿、凤凰、花馃馃，能做多种不同图案的龙片，我站在案板边一直看着外婆和母亲手中怎样擀、揉、拼、捏、切，等把那片儿往油锅里一炸，哈！黄灿灿的各式各样的图案就清晰地呈现在上面，有单龙的，还有双龙的，有菊花、有"万"字的，丰富多彩，里面掺了清油和鸡蛋，吃起来特别酥脆。外婆和母亲做的凤凰更是一绝，用红、黄、绿面皮做的，擀了合在一起，折叠起来，先切成小块，再细切，然后花很大的功夫要堆凤凰尾，最后炸出来像凤凰展翅，一旦摆在饭桌上看着，舍不得折断了吃。外婆用一只端饭的木盘子，盛上各种各样油馃馃，盘子里摆放得花花的，再给我洗手和脸，看干净了没有，指甲长不长，再小心让我双手端上盘子去院子里的人家送油馃馃，出门前外婆和母亲总是叮咛我怎么走路，到了人家怎样说话，临出门时外婆还要看一遍我是否弄乱了摆放的样式，还用她细长的手指尖重新拨放一下直到她称心为止，她送我小心翼翼翘过门槛，平稳地走时自己才松手。"古尔邦节"那几日，院子里的人家带着孩子陆续来我家了，大家坐在热炕上，围着炕桌喝茶，吃油果和碗烩菜，你说我笑的……奶奶这时脸上十分欣慰，眼笑得弯弯的，像天空中明亮的弯月。

四合院长长的楼道和刻花镶嵌的栏杆，宽敞的大院庭，成了孩子们玩耍的乐园。游戏真多，有打木猴、马扎、滚圆蛋、打沙包、跳方格、跳绳、踢毽子、捉迷藏，还有木头传电、官打捉贼、老鹰捉小鸡……孩子的笑声有时惹得大人也顿足而看，有的站在院子里、有的依在楼上栏杆，哈哈笑！多少年后梦里有时还能梦见孩子们玩哩！

后来我在临潭上小学了，去夏河的次数更少了，中学时暑假里，我和母亲去看外婆，院子里的大些的孩子们少了，相逢时彼此已增加了羞怯和赧然，可一会就又熟了，聚在一起玩，一晃假期快到了，分别的时候心里已滋蔓着惆怅。工作以后去的机会更少了，有一次去，外婆家已从里面搬了出来，我专门跑去看大院子，站在大门口，孩子们早不见了，里面显得空空荡荡，只住着两三家人，我楼上楼下走了几遍，楼阁栏杆门窗依旧，房檐上萋萋野草很长，院子里的石缝里看见了几朵金黄色的小菊花独自开放，我的心不由得怅然若失……回来我问那儿的人们哪儿去了，年过九旬的外婆半晌没说话，稍停顿了一会儿，把两手从襟前分开画了个半圆，说"散了"，我看见她的眼睛充起了迷蒙，我恍然大悟，才知道，不光是我一个人在念怀着那个四合院呵！

上大学的寒假，我又去夏河一趟，冬天寒风袭人，四面的山上白雪覆盖，一派圣洁，我独自一人踏雪寻梦，追觅岁月的雪泥鸿爪。我找了几遍竟没有找着四合院的旧址，我四处打问，原来那是拉卜楞寺一管家的豪宅，解放后私改时归了公家，成了居民的公房，现在不知是物归原主了，还是重新修建了，还是我又迷失了方向，我跑来跑去，就是没找着。我又顺河而上，去大夏河寻找，坐在冰封的大夏河边的石头上，看不见那群天真烂漫的孩子了，只见一些山雀正在河地上飞来飞去，它们是否也像我一样在追寻遗失的时光……我望着街道上的人来人往的过客，我在人群里寻找，不知道那些当年和我厮守的伙伴如今都在哪儿，是否也和我一样记着当年的青梅竹马……我多想抓住寻找多年的梦境，走着、想着忘了时间和空间……

几年后的一个春天的周六早晨，已在河州住家几年的我，一早起来信步走着，不知不觉，一直从城里走到了老远的大夏河边独立，站在桥上看见远山青悠、树木新绿、河水宣流，睹目河水，一阵感触迫使我立即决定今天带孩子去夏河看外婆。到了外婆家，已过百岁的她，依旧清癯素净，只是孱弱了许多，喜悦不已，话说到深夜，外婆一夜没睡觉俯着身子仔细端详着熟睡的孩子，不停地抚摸着他的小脸蛋和手……如今外婆已安息在大夏河旁的山巅上，去年，我陪客人去夏河旅游，走在古色古香的拉卜楞街头，我的心里总有一种异样的感受！眺望睡着外婆的山顶，我似乎感到外婆正在用和蔼的目光看着我哩！

大夏河在明代以前叫"漓水"，我听人说过，自己又查找了资料，郦道元的《水经注》里有记载，验证后，我正感慨古人造字真奇特，当时我的心头猛地激了一下，这个"漓"字不正是"离人泪"吗？顿时让人感到了古诗词里的"满目山河空远念，落花

风雨更伤春"来！漓水北折东流，冲过层层关隘，腾出土门关，
淌过枹罕山川，滋养河州大地，最后融入汤汤黄河，奔流到海！
看着涓流回旋，像是不忍流逝似的，缱绻远去的大夏河河水呵，
在河中的石头上闯击出银白的朵朵浪花，涌生出一派"哗哗"的
声响，那声音像是哼唱着纯朴的歌谣，讲述着久远的往事，不管
岁月沧海变幻，任凭风吹雨打，她哺育了的各族儿女，结下的深
情厚谊磐如河底的石头，在这片热土上永远不会改变，正像这条
亘古不变的河流，永远是朝前奔流……

（原载《飘过记忆的炊烟》）

一位学者的风范

——忆恩师马秉忠

丁士仁

我的恩师马秉忠溘然长逝了！

他终于走完了他平凡而伟大的生命之旅，安息在了他的故乡河州的北山脚下。他一生的辛酸、劳苦、辉煌和荣耀，此刻已化作一堆用沙土垒起来的墓茔，加杂在被那干枯而荒凉的北山吞噬掉的千万个灵魂在世间留下的唯一能使后人忆起他们曾经存在过的墓堆当中。人生如斯，苍然是何！

恩师不是什么传奇人物，他只是千万个普通而又平凡的学者中较为优秀的一个。他之所以是我的恩师，是因为除了他曾经教授给我知识和施与我无限的关爱之外，他的人格魅力和做人风范不仅影响了我一生，而且让我受用了一生。

凡接触过他的人，对他的印象大致相同：他质朴善良，为人厚道，酷爱教门，迷恋学问。恩师世居河州八坊，生于当地一富商之家，少年时，风流倜傥。然而，由于父辈对教门的执着及他本人对知识的渴慕，正当他风华欲茂的时候，他毅然离开了大南巷那庭院深深的大宅和纨绔子弟的生活，师从当时西北有名的经师，游学洮州等地。数十年的磨炼和寒窗苦读，终于造就了一个注定要在二十年后的改革开放中为教门事业大显身手的他。不过，为了这一天的到来，他所付出的，却是用血与泪诉说不尽的故事。

20世纪50年代末期，宗教改革，他的恩师锒铛入狱，离开了他们，随即也离开了人世；宏图未展的他被驱出寺门，遣散回家。然而时过不久，大祸又从天而降，他全家作为"资本主义"的尾巴被扫地出门，从而落难乡下，开始了长达数十年的苦难生涯。一辆大粪车陪伴着他度过了他生命中最宝贵的阶段，一副高大的身躯拉着又臭又脏的人力车，把一坑又一坑连屎带尿的稀粪从八坊城只身拉到十五里开外的乡下的积粪场。他故乡的老人至今还依稀记得他拖着疲乏的身子，拉着臭气熏人的车子串街走巷掏粪的身影。在清理一个又一个茅坑的生涯中消磨着岁月，也耗费着自己的生命。后来，在好心人的呵护下，他的工作岗位有了重大的变动：他上山守庄稼去了，成了大片庄稼地的管家。这突如其来的"解放"和自由使他有点受宠若惊，随即，久眠在心中的求知欲望又勃然而起。他找来劫后幸存的几本经典，钻进茂密的玉米地如饥似渴地阅读起来，庄稼地成了他的学习园地。随着一茬又一茬庄稼的成熟，他的学问也在不断地长进。虽然时不时地被押到万人批斗会受审，挨斗，横遭百般污辱，可会后他又回到自己的"自由天地"，依然兴致勃勃地钻研起学问来，仿佛世间的凌辱和冷酷，都是过眼烟云。

　　一个大时代的来临往往是缓慢的，一九七八年的春天来得那样的晚。然而当它真的悄然来临时，人们对它并未寄予特别的关注，恩师依然守护他的庄稼，潜伏在玉米地钻研他的学问。可是不久，一切都变了：政策宽松了，恩师有家可回了；寺门开放了，他有学可开了；学堂恢复了，他有经可讲了。恩师搬进了拥有七八百户人家的八坊铁家寺，成了千人万人尊敬的教长，有一百多名积极上进的年轻人围着他求知识。他晚开的青春之花，从这一年春天开始徐徐绽放，他心花怒放，激情燃烧。

　　我与恩师的结缘就发生在这段时间。记得那是一九八二年底，我们一行三人背着行囊，怀着远大的理想奔向河州。经亲友的介绍和提前联系，我们一到河州就在铁家寺落了脚。我们怀着忐忑不安的心被领进了寺门，心想不知即将拜他为师的是一个怎样的人，传言中一般经师都非常严厉，动不动就用板子打手掌和屁股，他会不会是那样。幸好，我们进去的时候他不在，到坊上人家去做客了，我们才松了一口气，放下行李便熟悉寺院的环境。不一会儿，有人报知说他来了。我们的神经一下子又绷紧了，连忙朝门口迎去，只见一个身材高大，皮肤白皙，身穿黑袍的中年人走进后门（因为他胡须稀疏，五十多岁仍显得非常年轻），我们一一上前祝安问候，只见他非常严肃的脸上没有任何表情，嘴皮微微动了几下，就径直走进了他的房间。我的心一下子凉透了，像一盆冷水迎面泼来。我本想他会热情地欢迎我们，因为我们是远道而来求学的，如今这冷漠的态度真让人失望，后悔不该来这里受这种冷遇。

这是恩师给我的第一印象，大凡秉性耿直、不善于交际的人，给人的第一印象总是不好；不跟陌生人亲热，是他们一贯的做法。恩师就是这样的一个人。接下来的岁月，我逐步改变了对他的看法。改变始于何时，已记得不大清楚了，但残存的记忆中留下的便是他的笑容、和蔼、直率、虔诚、执着、对知识的渴求、对人才的爱惜。

我们入学后的第一大困难就是没地方住，四五十个学生睡三座土炕。这时，恩师第一次显示了他的仁慈，他毅然决定让我们三人到他家去住。于是，入学的当晚，我们就睡在了他家东房的一间明亮的屋子里，而且一住就是数月，并且每星期五还能享受一顿由师娘亲自主厨做的美味可口的凉面。那是在学生灶上绝对吃不到的，至今回想起来，师娘的恩情也是难以报答的。

有一年冬季，在一个寒冷夜晚，纷纷扬扬的大雪铺天盖地而降，狂风呼啸，寒流急喘，恩师身着棉大衣，脚穿棉鞋，头戴缠巾，坐在讲台上听每个学生讲经。他时不时地拍打落在头上和肩头的雪花，在每一位同学讲经时，他却细心琢磨着等学生讲完后用什么话来鼓励他。于是，这位同学讲完，他就用生硬的阿拉伯语说"你是教门的太阳"，那位同学讲完就说"你是教门的月亮"，"你是教门的明星"……而且每说出一句，自己先笑起来，笑得那样天真、灿烂，把对知识的爱和对学生的情融进了那朗朗的笑声中。同学们争先恐后地给他讲经，想得到一句真诚美好的赞誉和祝愿。雪夜中敞露的教室一片热闹。

铁家寺离恩师的家只有两里地之遥，但他很少回家，有时家里有事，就派名叫哈盖的小孙子来"请"。小孩羞涩地站在炕前，低声说道："阿爷，家里有事，奶奶叫你来呢。""什么事？""不知道。""回去给奶奶说我今天来不了。"于是，小孙子悄悄地走了。他不回家，没有别的原因，只是忙于讲授经典、备课，有时见了一本好经典，真能做到废寝忘食的地步。

有一个永恒的形象，永远留在我们的记忆中：寺院北房的一间小屋，六格两扇的玻璃窗户前，坐着一位面目慈祥的长者，身穿黑色长衣，头戴白缠巾，一副考究的水晶石老花镜低低地垂在鼻尖，手中始终拿着经典在聚精会神地诵读或翻阅。这似乎是当时寺院里的一道风景线，他老人家就像是清真寺这条大船的舵手，又像这庞大躯体的灵魂，有了他，就充满了生机和活力。每当从外面看到这幅景象，我们心中就感到踏实和快慰，似乎他老人家时时在用知识之水浇灌着我们成长。

恩师心地善良，待人和气。然而他也有严厉的一面，当有不争气的学生不好好讲经时，他手下却不留情。记得有位同学老讲不好经，便惹怒了他，他一气之下拿起大竹板子乱打，一板子下去，竹板就坏一节，直到最后不能打了。有一次，我们午间休息，只听见他大声嚷着走进寺门，我们急忙起来，见他从领口拉着他的聪明不好学的孙子玛埃勒，边打边朝他的房间拽，拽到门口，顺手拿起一根棍子，劈头盖脸打起来。我们见状吓得急忙躲起来，不敢上前劝阻。后来有几个年纪大的同学豁命从他的棍子下"救"出了玛埃勒。就这样，恩师的板子是无情的。

我们师生离别的事发生在1984年的三四月间，当时由于坊上的一些小矛盾，他老人家决意辞学。这一决议像晴天霹雳一样震惊了我们所有同学，仿佛我们的求学生涯走到了尽头。在讲完最后一堂课的那天早上，恩师泣不成声，双手颤抖不已，断断续续说了几句话："希望大家离散以后，不要放弃学业，继续学习知识。"当时全班同学悲恸欲绝，抱头痛哭。后来怎样各自离开寺门的，怎样回家的，已记不大清楚了，记忆中那一场面，就是我们师生分别的最后一幕。

人生蹉跎，岁月沧桑，离别后，我们天各一方，我远渡重洋，留学海外；恩师辗转开学，育才兴教。间有口信相传，与面的机会总是很少。遥遥听说他开了几任大学，都不甚顺利，但他一步没离过他一生热恋的岗位。他之所以开学，不是为了那一体面的地位，而是留恋那体现他的人生价值、闪耀他生命光华的知识讲坛，总想在有生之年多教几个学生。

2004年六七月间，听到恩师病危的消息，我专程去河州看望他。奄奄一息的他见我和同学继民君前来看望，精神为之一振，要求我们把他扶起来。当我介绍说我已毕业回国，在大学工作，而且已升为副教授时，他苍白的脸上露出了欣慰的微笑。我能用别的什么报答他的栽培之恩呢，只能用我目前的状况显示他曾在我身上花费的心血。他对我俩的最后嘱咐是："学问上要上进，教门上要端庄。"老人家自知在世的时间不多了，就垂泪说道："我若无常了，你一定要来站殡礼，你如果不知道的话，"指着继民君说，"就叫他给你打电话。"我和继民君怀着沉重的心情离开了他的家，没想到那就是我们的永别。2004年8月，我路过河州，又一次来到他的门前，敲了半天门，没人应，心想他可能到别的儿女家养病去了，遂怏怏而归。后来才听说，那是他自己觉着身体稍有恢复，就挣扎着回了他乡下开学的地方主持教务和教学。没过多久，早已病入膏肓的他终于倒下了。

2004 年 9 月 29 日，我陪同国外的一位老师到临夏观光，中途接到同学继民君的电话："你的老师无常了，你来站殡礼吧！"我没说一句话挂了电话，旁边的老师问怎么了，我悲痛地说："我们要去的这个城里，有我的一位老师，他对我恩重如山，他把我比他的亲儿孙还看得大，他去世了，今天就举行葬礼。"

葬礼在大夏河畔举行，人山人海，人流像潮水般从各街道涌来，汇集到那里。老人家的长孙玛埃勒想解开尸衣让我瞻仰他的遗容，我含泪止住了，我不愿让他的遗容破坏了他一生在我心目中那灿烂的笑脸和慈祥的面孔。那天的大夏河见证了一个民族的伟大精神，那宏大的场面令同去的老师们震惊。是啊！那是他故乡的人民对她的优秀儿女的饯行，那是虔诚的人们对一个学者的最高礼遇。

大夏河的水，在哗哗流淌，仿佛为她的优秀的儿子的失去而哭泣。

大夏河的水，在汹涌荡漾，仿佛为她有这样的儿女而骄傲自豪。

大夏河的水，在静静流动，仿佛要把这沉重的哀思带向远方。

长歌当哭，我含泪写完了这篇短文来寄托对你的哀思。别了！我的恩师！安息吧！我的恩师！

（原载 2006 年《民族日报》）

迭山明珠腊子口

赵凌云

当我们早已熟稔了太多的名山大川、名胜古迹的时候，你不妨跟随我走进一片崭新的天地，去一片绿色让人心醉，天空可以洗净所有尘埃的地方，去亲近自然，触摸历史，感受深厚而浓郁的迭部林区藏乡风情吧。

迭部古称"叠州"，藏语的意思是"大拇指"，相传在很久很久以前，有一个叫涅甘达洼的山神途经此地，被石山挡住了去路，他伸出大拇指一摁，顿时石破天惊，眼前豁然开朗，呈现出一幅七彩流韵的水墨画卷——这就是位于甘肃省甘南藏族自治州南部、青藏高原东部边缘地带的迭部县，其南面与著名的世界自然遗产地九寨沟相连。

迭部是森林之国，在不同的海拔高度，在不同的阴阳坡面，在不同的土壤中，生长着冷杉、云杉、油松、柏、桦、栎、杨等主要树种，松涛林浪，铺天盖地，四百多万亩原始森林吐大地的芬芳，这里是天然的大氧吧。在迭山之中，或站，或行，或坐，或卧，呼吸总是彻底地舒爽，让人在醒时心旷神怡，在醉时对酒当歌，在梦时笑忘江湖。迭部之美是山之美，站在铁尺梁上南望，峰峦叠翠，幽壑纵横，满眼的绿一起不由分说地扑入眼帘。绵亘的群山或崔嵬雄浑，或峻峭秀丽，布局错落有致，巧自天然。在绿色的高度之上，突兀着陡峭直插云霄的数十座石峰。西延的秦岭和东绵的昆仑山于此撞个满怀，不同的造山运动隆起了气质迥然的岷迭峰岭。迭部的山，神而韵，圣而洁，但也总在明灭如幻的天光里想点心事，也总在云雾弥漫的缥缈中藏点温柔。晨曦微明的山，云淡雾薄，岑寂幽独，仿佛矜持典雅的少妇盘髻插簪，慵然浅笑；丽日晴阳的山，层峦拥翠，幽岚簇秀，宛如绿裙红妆的少女凌波袅袅，嫣然含笑；落日余晖的山，幽晦如冥，斑斓如霓，又活脱脱一幅落红逐青裙的凄婉和美艳。逢烟雨之日，迭山云烟漫卷，岚雾缭绕，若隐若现，空漾迷蒙；恰明月之夜，群峰如洗，黛影绰约，清远空灵，静逸安详。迭山的四季是大自然的调色板，春日的迭山是一幅水彩画，清新，淡雅，俏丽，泅湿了浅绿薄翠的柔嫩迷然；夏日的迭山是一幅水墨画，绿色葱茏四百旋，杜鹃灿若红霞，浸透着浓酽如滴的浑厚华滋；秋日的迭山是一幅油画，层林尽染，丰饶冶艳；而冬季的迭山，则是一幅版画，在素白无染的清旷上蚀刻出山形的挺拔和线条的律动。

迭部全境山清水秀、气候宜人，生物多样性显著，自然景观旖旎多姿，星罗棋布。境内迭山主峰海拔高达 4920 米，东部河谷最低海拔 1500 米，高低悬殊，景象万千。一年之中，鲜花盛开不断，山谷里的开完了，山里面的又盛开了，河谷里的凋谢了，高山上的又开了。碧水青山透现了自然造化之美，翠竹林栖息的大熊猫演奏着生态和谐之音符，瀑布飞泉为迭山翠岭注入了鲜活的灵气，溪流、湖泊如同璀璨珠玑和串串项链镶嵌在这片神奇的土地。

绿色的迭部，流淌着红色的血液。70 年前，中国工农红军二万五千里长征先后两次途经这里，在此召开了著名的俄界政治局扩大会议，攻克了闻名遐迩的天险腊子口。离天堂只有一步的圣地，曾经佑护陷入困境的中国革命化险为夷，绝处逢生。红军长征翻雪山过草地进入了川西北陌生的藏区，人越来越少，粮食越来越少，走出去的路越来越少，革命内部的问题却越来越多。

九月天色阴晦、秋雨绵绵，拥兵自重的张国焘拒不执行中共中央北上战略方针，红军面临着分裂。毛泽东率领红一方面军迅速从川西北进入迭部县境内。1935 年 9 月 12 日，中共中央在俄界村召开政治局紧急扩大会议，会议通过了《关于张国焘同志的错误的决定》，决定组建中国工农红军陕甘支队，成立全军最高领导核心五人团。之后，踏上崎岖漫长的山道深谷和异常险峻的峡壁云崖栈道。在红军最后一段艰难的"黑暗日子里"，迭部藏族人民善待了红军，帮助修复栈道，接济粮食，敞开粮仓，让饥饿的战士吃上了饱饭，还救助流落的红军战士。

腊子口两侧峭壁直立、悬崖百丈、隘口窄得出奇、水流湍急。如果不能尽快突破腊子口，就有被敌人三面合围的危险。16 日下午，红四团发起数次猛烈强攻都未能奏效，改为趁夜黑正面进攻和侧翼突袭相结合，两个连从东面陡峭岩壁用绳索攀登上山，四个连正面进攻五次还是没有成功。晚零时，组织 15 名敢死队员过独木桥发起偷袭。天快亮了，敌人的增援部队眼看就要开到，突然敌军阵前响起了阵阵爆炸声，"腊子口上降神兵，百丈悬崖当云梯"，攀登悬崖从敌军背后奇袭终于得手了。经过一天一夜的激战，凌晨 6 时，红军用血肉之躯打开了天险腊子口，先头部队沿朱立沟乘胜追击溃逃之敌。"山重水复疑无路，柳暗花明又一村。"一个依山傍水、景色秀丽的藏族山寨向革命者敞开了温暖的怀抱，毛主席在朱立村踏实地休息了一个晚上，第二天翻越大拉山到陇南小镇哈达铺。红军在腊子口打开了通路，革命在迭部找到了出路，"更喜岷山千里雪，三军过后尽开颜"。

在迭部，革命曾经和宗教擦肩而过。头戴八角帽的红军是留宿的客人，头戴黄帽的藏传佛教格鲁派的僧人是借宿的主人，匆匆忙忙，就彼此温和地笑笑，并不关涉各自的信仰和主张。在住有四五百名喇嘛的旺藏寺，"庙里洁净清雅、一尘不染，每处卧室外都种着白色或红色的菊花，向阳的一面，白色、蓝色或紫色的牵牛花争相斗艳，院里还有葡萄架"。这种僧俗生活的精致、温馨、唯美使红军战士难以置信，很多部队都因此额外多休息了一天。这大概就是迭山深处藏传佛教生活的本相，既出于敬畏感严守戒律，又出于心性热爱生活。无论是格鲁派的寺院苟吉寺、旺藏寺、迪让寺、赛当寺、藏尼寺，还是苯教寺院恰日寺、高布寺、乍日寺、桑周寺、拉路寺等，甘肃唯一的萨迦派寺院白古寺，都少见幽深和威严，而更多的是静谧、亲和和温暖。他们算不上伟大，但很包容；他们数不出太多的沧桑，但从来就是活着的信仰。

这里是原生态民歌和舞蹈的故乡，润亮的歌喉吟唱心中的希望，欢快妖娆的"罗罗舞"缠绕着香罗锦绣的女人们，雄风浩荡的"尕巴舞"串起装扮凶煞的男人们，旋转的舞步跳动生命的鼓点；奇异斑斓的上、中、下迭部民族服饰折射出迭山儿女对生活多方位的追求和审美理念，体现出浓郁的林区猎牧、农耕地域的特色；依山就势建造的两檐水榻板木屋景观，在雪山、林海的映衬下，显得古朴、自然和俊美，这是古西戎习俗在建筑形式上的遗留，是世界文化的遗产。

绿色生态旅游是现代都市人最为时尚的追求，红色旅游是后人对长征精神的永恒定格和追念，而在迭部，这种追求足以让人得到最大的满足，因为这里还是一片未曾向世人撩起她神秘面纱的处女地，如同深藏闺中的娇美女子，等待着你去揭开她美丽的面纱。

（原载 2006 年 11 月 29 日《甘肃日报》）

迭山明珠腊子口

迭部: 从人间寺宇到仙境圣地

敏彦文

电尕寺和红军印

告别扎尕那,我们直奔迭部历史最为悠久的佛教寺院巴西电尕寺,在微雨姗姗中参观了它处于红尘之上的静谧和自持。寺院坐落于县城西北两公里处的一带平台上,最早创建于 13 世纪中叶,由元朝忽必烈帝师八思巴最器重的弟子巴西饶巴尔奉师命所建。现在的寺院乃是 1982 年由六世巴西活佛洛让杨旦加参主持修建。寺院建有经堂、囊欠各一座,僧舍 17 院,有住寺僧人 26 人。1982 年新建成后,全国人大常委会副委员长班禅额尔德尼·却吉坚赞亲临寺院举行了摩顶等佛事活动。寺院规模虽然不大,气势也不宏伟,大多时候还显得有点寂寞,但它的建筑风格在保持藏传佛教主要特色的同时,也因地制宜,更多地倾向于和当地自然环境的结合,比如说它的僧舍就与拉卜楞寺的不同,大多为迭部一带流行的榻板房;再比如说,它的建筑在整体上显得小巧雅致,外在上没有张扬的气势,内在上有江南的柔和与恬淡。而在位置上,它虽然高居于众多民居不可企及的高台地上,似遗世独立于红尘之上,但它的前面是一条通衢大路,路两边是万家人烟,与红尘之一步之遥,所以,它虽有修道境域的静谧和自持,但它在意识上更接近人间烟火,久之,便有了无法剥离的世俗的许多特性。据说，六世巴西活佛洛让杨旦加参是电尕人，他圆寂后，法体被完好地保留在电尕寺中，后建了他的肉身塔，予以供奉。

从电尕寺下来，我们去参观了迭部文化（物）馆，见识了从新石器时代到 20 世纪 30 年代，人类文明在迭部留下的足迹，也见识了迭部当代书画艺术取得的可喜成绩。在所有展品中，一枚"中华苏维埃共和国中央执行委员会人民委员会财政人民委员"的公章引起了大家格外的注意，据说，这是迭部的镇县之宝。关于这枚印章，曾任兰州军区政治部创作室创作员的卢振国同志谈了这样一段趣闻（据迭部宣传网）：

笔者（卢振国）拜访了藏族老人益希卓玛……（她是）卓尼县钮马村人，时年 78 岁，中国作协会会员。1950 年初，益希卓玛参加了中央办的藏族干部培训班。林老（林伯渠）常来班上看望学员并做报告。有一次，林老问到她的家乡情况，听说她是甘南卓尼藏民，就跟她讲述了长征中在迭部"开仓分粮"的事，说红军各部队把粮食数字都写在仓户的木板墙上，还留下部分中央苏区银行发行的货币。林老特别提出他执掌的"财政人民委员"印章，就遗失在那个藏民山庄，当时还派人返回去寻找，可惜一直没有找着……

益希卓玛的回忆，证实了"官印"遗失的地方，就是当时属于卓尼杨土司的世袭领地迭部崔古仓。……

益希卓玛老人如实相告：1987 年 9 月 8 日、9 日，她与甘南州史志办王俊英、敏文贵等人，走访了达拉乡俄界（高吉村）、麻牙乡崔古仓和天险腊子口。在崔古仓，当年的粮仓看守巴保已去世，其妻老阿姨尚健在，益希卓玛就问起红军当年开仓分粮的情况，并提到林伯渠丢失的一枚印章。这位 70 多岁的老阿姨（名字不详，因她在家招呼过红军，村里人过后都叫她"共产家"！）告诉她：红军到了崔古仓，村里人全都跑了，躲在山林里不敢回家。那晚上月光很亮，她丈夫巴保担心粮仓被"抢"，就打发妻子回家

117

去打探情况。谁知她刚一摸进村子，就被红军发现了，想逃也逃不脱了。有个戴眼镜的红军老头，就住在她家办理公事，说话待人都很和气，当晚还给她写下一张什么字据，从包里拿出个圆陀陀，在上面印了个红红的大印。因为言语不通，那红军老头只能用手比画：叫她不要害怕，就在家里住下。老阿姨那时二十几岁，晓得看守粮仓的利害关系，她趁那红军老头忙着招呼分粮时，就将那个印章悄悄地揣在怀里……她之所以这样，也是为其丈夫着想：卓尼杨土司假如问罪下来，她就拿这印把子申冤赎罪。胆大而又愚昧的她，也是只知其一不知其二，那张字据本来就是可当作交差的有力证据，她却没有当回事儿，过后也给丢失了。因为"做贼心虚"，解放后压根就不敢声张，在"文革"中也没把这事深挖细找出来……

据史料记载，1931年11月诞生于红都瑞金的中华苏维埃共和国临时中央政府，第一任财政人民委员是邓子恢。但他没有参加长征，被留在中央苏区坚持斗争。那么，长征时期的财政人民委员又是谁呢？经多方考证，被确认是党的元老林伯渠。

林伯渠（1886—1960），湖南临澧人。1933年3月被任命为中华苏维埃共和国临时中央政府国民经济人民委员部部长。不久，他又兼任财政人民委员部部长。1934年初，"二苏大会"在瑞金召开，林伯渠为大会主席团成员之一，并在大会上作了《关于经济建设的报告》。这次大会，他被选为中华苏维埃共和国中央执行委员、中央执行委员会主席团（由毛泽东等17人组成，为中央政府最高权力机关）委员，任中央政府财政人民委员部部长，即财政部部长。……长征中，林伯渠……随身携带的"五件宝"：粮袋、草鞋、棍子、马灯和（牛皮）挎包。这牛皮挎包里面，就装有一个宝中之宝——"财政人民委员"印章！

圣地俄界和茨日那

6月7日清早，我们赴著名的俄界会议遗址参观。俄界会议遗址在距离迭部县城四十公里的达拉乡高吉村。在迭部县委书记赵凌云的陪同下，我们一路奔驰，也一路颠簸，到达时，恰逢细雨轻飘，使一路飞扬的尘土有了落定的理由。遗址保存完好，由于没电，进入黑黢黢的窑洞式榻板房陈列馆，我们什么也没看明白。但那饱经沧桑被万千游客抚摸过的洞门给我们留下了深刻的印象。洞口右手立着一块长方形碑子，上面分两行写着"全国重点文物保护单位俄界会议遗址"，落款为中华人民共和国国务院。看来这个窑洞式房间就是俄界会议遗址。在洞口左面数米处，是一座二层小木楼，楼上是当年毛主席居住过的房间，楼下是当年的红军司令部，留下了毛泽东、周恩来、王稼祥、彭德怀、叶剑英、聂荣臻等人的足迹。大家纷纷在楼上楼下照相留念。遗址外面是过境马路，马路下面的河岸上，有两棵巨大的树木，枝繁叶茂，看来有百数十年的树龄了，迭部县委书记赵凌云告诉我们，当年就是在这两棵大树下向广大红军指战员宣布《为执行北上抗日告同志书》的。俄界会议遗址之所以著名，原因在于这里产生了中国革命史上三个重要的文件，即《关于与四方面军领导者的争论及今后战略方针》《关于张国焘同志的错误的决定》和《为执行北上抗日告同志书》。通过这三个文件，揭露和批判了张国焘的退却主义、军阀主义、反党和分裂红军的错误，确立了毛泽东同志在红军中的领导地位，明确了红军北上的路线和目标，为长征的伟大胜利起到了不可磨灭的重要作用。

在飘洒的细雨中，我们告别俄界，奔赴茨日那毛主席旧居参观。茨日那村位于旺藏乡政府驻地东南侧，我们到达时，细雨顿成大雨，十分紧骤，似在冲洗我们一路的风尘，又似在为我们洗礼，以免凡俗之气亵渎了这块革命圣地的圣洁和崇高。茨日那毛主席旧居在一院民居的二楼上，为木结构土楼。进入房间，正面是一张老式桌子，上面供着毛主席的画像。左手是卧室，土炕上叠放着被子，墙上挂着一些历史照片、毛主席的手迹复制品等。右手是电报房，有一窗户通向后山绿色的林带沟壑。楼上楼下开设了展览室，陈列着从民间收集来的当年的文物，各级领导参观后的题词、历史照片等。看着这些简陋的陈设，很难想象当年毛主席就是在这里向红军第四团下达"以三天的行程夺取腊子口"的命令的，也很难想象这里就是决定了中国革命命运的一个重要地点。从毛主席旧居可以看出红军当年的处境是多么的艰难困苦。在极度艰难的环境中，红军能够战胜敌人的围追堵截，胜利完成二万五千里长征，实在是一个举世无双的奇迹。

神仙境域老龙沟

　　一路上雨不停地下着，我们的车队马不停蹄地驰驱着，奔向腊子口。到腊子口，是下午3点钟，放好行囊后，县委书记赵凌云安排我们坐他的车去游老龙沟。于是，李城、牧风、司机小马和我便出发了，其他人也乘车随后而至。

　　出发时云层推开，泻下缕缕金子般的阳光，与空气中尚未消散的雨气混合，散发出沁人心脾的花粉的温馨和甘甜，一路坐车奔驱的疲惫感顿然消解。老龙沟距腊子口不远，0.5公里左右，不觉间便到了。这里的天气正是变幻无常，刚刚还阳光妩媚，这时却云遮雾绕，微雨淅沥了。沿山路而上，两边全是茂密的林海，一阵一阵云雾飘逸进退，穿越林间沟壑，在山路上涌动徘徊，嬉戏杂耍，与我们的车摩肩接踵，相与竞走。在一处拐弯处，司机小马停车招呼我们下车小停，后面的车也跟着停下来。一下车，脚便踏上了一片红灿灿的草莓地。路边一带全是珍珠般的草莓滩，一直延伸进林丛中去。大家争相采吃，发出啧啧的赞美声。

"看，一群龙！"不知谁喊了一声。大家抬头寻望，只见对面山坡上几带云雾缓缓游动，当头者狮头虎口，迤逦向前，身躯娓娓而动，恰似一条灰白色的巨龙沿山爬行。其他云雾呈带状前后左右相随，一体跟进，如龙族出行游玩。从形态上看，有年老的龙，也有年轻和年幼的龙，摇头摆尾，相依而行。我们看得痴了，竟忘记了照相，待缓过神来，那形态已经变了，成潮水样，散漫开来，朝前涌动而去。

继续前行，来到一坡溪流前，司机小马说这叫珍珠滩。见丛林之间自上而下敞开一处宽三米多的流泉坡，在错落有致、玲珑精巧的石头上，在任意坐卧、凸凹不平、坑坑洼洼的腐殖质上，高高低低铺盖着一层毛茸茸翠绿翠绿的苔藓，泉水在石头间和腐殖质的坑坑洼洼间流淌，形成无数个泉眼和小而又小的海子，从远处铺展到眼前，看上去仿佛散落着一滩晶莹剔透的珍珠。泉溪清澈至极，流淌声叮叮咚咚，恰似大自然的无形之手在弹奏一把古筝。掬一捧啜饮，甘美无比，是真正意义上的矿泉水。珍珠滩前是一座古朴的木制小桥，仅可容一辆机动车通过。站在桥上，眼前是一片原始森林和一座陡峭的石山。此时，新一轮雾正在兴起，举目望去，两山之间，一片迷蒙，沟壑之中，雾潮突涌，山林全被淹没，犹如神仙境地。

转过珍珠滩，上到一处比较开阔的台地，眼前的情景让人拍手叫绝。只见百米开外的一座山头，云雾蒸腾，汹涌不止，好像那里有一个深不可测的巨大的地洞，通过地幔直接与大海相通，海水径直从这里喷涌而出，以泄盈满和激奋之快；又好像众人在那里建了一个巨大的桑烟台，堆起柏枝、香草，放入青稞、糌粑、酥油、曲拉、白糖等物品，洒上清水，在诵经声中虔诚地煨桑祭祀诸神，以使不食人间烟火的诸神闻到桑烟的香味而高兴愉快，因之降福于顶礼膜拜他们的芸芸众生。海水一样，桑烟一样不断喷涌着的云雾形成粗大的柱子，拔地而起，直顶云天，巨蟒般的身躯摇之摆之、风姿绰约地向迷蒙的天空伸展开去，使天空的云雾越来越厚重，使老龙沟的莽林山壑越来越隐秘地深藏在闺阁的纱帐后面，不露真颜。刹那间，天地浑然，万物一体，十数米外，无分畛域，其情其景恰似《三国演义》中诸葛亮草船借箭时的长江雾景。其壮观的气象有《大雾垂江赋》为证："……时也阴阳既乱，昧爽不分。讶长空之一色，忽大雾之四屯。虽舆薪而莫睹，惟金鼓之可闻。初若溟蒙，才隐南山之豹；渐而充塞，欲迷北海之鲲。然后上接高天，下垂厚地，渺乎苍茫，浩乎无际。……又如梅霖收溆，春阳酿寒；溟溟漠漠，浩浩漫漫。……甚则穿昊无光，朝阳失色；返白昼为昏黄，变丹山为水碧。虽大禹之智，不能测其浅深；离娄之明，焉能辨乎咫尺？……盖将返元气于洪荒，混天地为大块……"

沿山路迤逦步行向前，便进入了林带。此时，云雾弥漫而来，直垂头顶，笼住四围，数米之外一片混沌，难见一物。而牛毛细雨从云雾中飘摇而来，轻轻拂在身上脸上，似觉有花的香气。凝目而望，路边低垂的树枝头，确有花朵含露带雨而开，在四笼的雾海世界中，这些娇艳的花朵虽然显得孤单、忧郁和不起眼，但它们的色彩和清香，却令这蒙沌寂冷的雾雨世界生出几许暖意和鲜活的生气，使人不至于忘却时节正值盛夏，使我们这些俗人不至于被眼前的神仙境界所迷醉，而忘记了来路和身外的物质世界。我们三三两两沿林间湿漉漉的土路溜达，有人打口哨或引吭高呼，声音走不了几米，便被浓重的云雾吸释干净，没有一点震荡和回音。行到路尽头，被茂密的森林挡住，向里望，尽是缓缓漫溢的云雾，不免令人生出几丝恐怖感，而雨也渐渐地稠密了起来，多数人没带伞，被雨缠绵地拥裹着，不大一会儿，雨珠便从脸上簌簌滚落，没穿外衣者，短袖衫已经湿透，紧紧地吸贴在身上。于是，大家便掉头往回走，来到停车处，即坐车而回。

（原载《天津文学》2011年5期）

坚硬里的柔软

北 乔

一

　　坚硬与柔软，常常相生相依。硬与软，是太极阴阳的一种形式。钻石，硬度极强，但发出的迷人光芒能柔化人心。众多女性纤柔的内心都渴望安放一颗钻石。一滴泪，温婉流下，比一把尖刀还锐利，把人砸得生疼。滴水穿石，许多时候，泪水这样的武器，所向披靡，无人能敌。长得虎相、生猛的男人，也许性情绕指柔，宅心仁厚，像邻家大哥。那种满面春风、善意涓涓的人，说不定笑里藏着刀。父亲的手掌，说不清是坚硬还是柔软。发怒时，像钢条像板砖；慈爱时，就是一个大大的暖手宝。而当父亲一旦离去，所有的怨恨都随风而去，所有的打骂，都像往日的苦难一样，成为财富，成为感恩和美好的回忆。失去，是一种莫大的痛苦，但也正因为失去，我们才体会到可贵的滋味。

　　当我们平静且带着感恩看待这个世界时，总能发现诸多的美好。世界是一面镜子，会照出我们的心境和情感纤细的纹路。我来临潭，既来之，则安之，远远不够。还得心甘情愿地投入进去，学会接受它，热爱它，与它亲密相处。唯有这样，我才能不和自己较劲，才不愧对我的生活，不负我的高原之行。日后离开临潭，我不愿意看到我的后悔。

甘南藏族自治州，被美国最具权威的旅游杂志《视野》《探险》评为"'让生命感受自由'的世界50个户外天堂"之一。在甘南，临潭县的自然条件总体上是最差的，但上天又给临潭一些补偿，以示慰藉。地处青藏高原东北边缘，是农区与牧区、藏区与汉区的接合部。甘南其他地方的自然景观、人文风情，在这里都有。某种程度上，临潭几乎是甘南风物、文化和旅游资源的大集成，是九色甘南的微缩版。

临潭在高原，处于高寒地带，风是粗粝的，山是冷酷的，人是硬朗豪迈的。临潭，里里外外都有高原和大西北的气质及品性。临潭，古称洮州，明初，朱元璋为休养生息和巩固边疆，"移福京（南京）无地农民三万五千于诸卫所"，大量应天府（南京）和安徽凤阳、江苏定远一带的居民迁入临潭，加上随明将沐英西征留守洮州的部分士兵，使大量汉族流入临潭，成为临潭人口的主体，与藏族土著民族、元明时期流入的回族一起，为临潭县主要民族构成。著名历史学家、民俗学家顾颉刚先生曾于1937年至1938年间来临潭等地考察，他在《西北考察日记》中写道："此间汉回人士，问其由来，不出南京、徐州、凤阳等三地，盖明初以战乱来此，遂占田为土著。"从此，江淮风就在这里浩荡如风，临潭便有了"草原深处的江淮人家"之说。

临潭如同一位硬汉站立在西部大地，但举手投足间，又不失细绵、温热的情怀，温婉、柔润的气息。

二

我的住处离临潭县城的干沟儿河很近很近，但我不愿意走近它，就像不愿意掀开我的那些伤疤一样。我们向往遥远的地方，订计划下决心去某个远方，但常漠视身边的风景。记得20年前，我从江苏徐州到北京旅游时，去天安门、前门、长城、颐和园，边看边羡慕，生活在北京的人们多幸福啊，可以经常来这些地方转转。心里也盘算，我要在北京，一定把主要的文化古迹、旅游景点都好好走一遍。旅游的最后一站是颐和园，我斜靠在长廊坐凳上，发了好一阵子呆。蜿蜒的长廊，似乎与颐和园的绿一样，没有尽头。古树的沉稳、古建筑的隐秘，游人的现代感，似乎是河的两岸，我站在桥上，看流水逝去，观两岸的律动。喧嚣与静寂，如同白天与夜晚，我站在黎明的窗口，任凭明亮与黑暗行走在我的肉身，簇拥我的灵魂。我祈愿坐在如此空灵的时光之上，做梦般期盼某一年之后，可以常来这儿。如今，我已在北京生活十多年，竟从没有再去当年旅游般走过的几个地方，故地重游一番，其他的景点，也竟然一个没去。有一阵子我的住处离圆明园很近，近得如同邻居。可我终究没走进圆明园，甚至走在不高的围墙下时，也没有跳起来瞧瞧的冲动。我们总在渴望接近，无限缩短与远方的距离。然而，近，有时比遥远还遥远。近，总是充当刽子手，屠杀激情。无限的近，等于无限的远。

鸡犬相闻，老死不相往来，一段时间里，这是我与干沟儿河的真实写照。

时日一长，我内心再也耐不住对干沟儿河视而不见。某天午后，我走在干沟儿河边。我不是散步，也不是观光，而是试图从它的表情中读到些什么。中午的阳光在头顶，异常透亮，河面上的杂草、碎石，同样的透亮，只是几乎没有影子。万物披藏影子，仿佛凝神屏气地打坐，冥思阳光的声音，体味内在的自我。一个七八岁的孩子，穿着校服，从我身边蹦蹦跳跳地走过，他的活泼让干沟儿河更加的静默。

沿着干沟儿河行走，坚硬与柔软如同白天黑夜闪转腾挪。顶尖功夫的八卦拳高手。穿过临潭县城的这条河，两边的水泥护墙，好似壮汉两条蛮力的臂膀。河流早已老去，流水像大喘气一样时续时断，艰难爬行，浑浊且细小，有些地方的河水如被丢弃的绷带，以虚弱的存在证明自己还是条河。真是名副其实的干沟儿。
所有的激情和故事，已经沉默进大地，只留苍老的表情在人间。
岁月把一条铁鞭摁在大地上，现出僵硬中的悲怆。

后来，我经常从这河上的大坡桥、西门桥走过，但再也没有
沿河而行。这条躺着的鞭子，看似毫无生机，但总能抽打我的心。
走进它的沧桑，也就走进了我的忧伤。

干沟儿河，这个名字其实已经一半潜入时光的记忆，一半飘
逸在人们的唇齿间。在官方的文件中，这条河叫干戈河。人们在
谈论这一名字时，总会提及"化干戈为玉帛"。我查阅过一些资
料，临潭县城，早在新石器时代就有人类生存繁衍，夏商周时期
为古雍州辖地，西晋惠帝于295年置洮阳县，隋文帝于591年改
置临潭县，中间几经变化，1913年再改称临潭县。从春秋战国时
期开始，这里的名称与城头的大王旗一样，变换频繁。边塞重镇，
总是由刀光剑影和血雨腥风的悲壮集聚而成的。曾经的厮杀和涂
炭生灵，以文字的方式站立在历史里，沉睡在大地河流的深处。
鲜活在人们记忆里的，只有星星点点的碎片，或某些高度抽象的
画面，甚至如潜伏的幽灵。

我尝试过向当地人了解干沟儿河的变迁以及相关的故事，大
家说的只是以前这河水很大，别的不知道。当然，也可能是不愿
意提起。一天，在离河不远的一处陈旧住宅里，我遇见一位老人。
显然，这里不久会拆迁，唯一不能确定的是这老屋和老人谁先离
开，从现实走进我们的回忆。老人没有像我期待的那样有声有色
地讲述这条河的众多故事，只给我描述了一个画面。他说，民国
年间，有这么一年，这条河上面漂着无数的尸体，无数的刀枪扔
进水里，好多天后，河水才没了血色。老人说得很平静，其间给
我上茶，几次招呼我喝茶。一条小狗一直坐我们边上，眼睛盯着
门口。那些打仗的前因后果、各种细节、众多数据，书上应有尽
有，但这样的画面，以一种浓缩的方式困在人的记忆里，一代代

传递。

我们总习惯向老人们询问历史，多半情况下，并不是他们就在历史现场，他们得到的也只是言语的转述。或许，人只有进入老年时，才会在意那些尘封的岁月。年轻人的目光常常都是聚焦当下，投向未来。但不管如何，有些记忆，总会坚挺于我们的记忆里，长久流转，没有什么力量可以摧残。

三

对干沟儿河产生别样的感觉，是那天晚上。

晚饭后，我一如往常在房间里看书，在字里行间延伸我的现实生活。意外的是，竟然有些不安稳，似有风吹过我的脑海，又像心头顿生出一片荒芜。我不爱溜达，尤其在夜间，但这个晚上，我仿佛游魂般出了门。信步到了大坡桥，我的心一下活润起来。

深夜的干沟儿河，被两道人造的光线引领，温顺地走在黑暗中，拐一个弯，直至与夜色融为一体，回到它来时的地方。右岸上的房子，白墙青瓦，仿佛江南女子的素衣长裙。一时间，我有些不知所措。我一直关注河本身，从没在意这一排具有鲜明江淮建筑风格的房子。在这样一个夜晚，它们闯入我的视线，把我撞蒙了。后来，我遇上一位从天津来的朋友，他说这条河太漂亮了，太像南京的秦淮河。我知道，他说的像，更多的是指感觉和心情，还有高原上这超乎想象的遇见。毕竟，在具象和神韵上，干沟儿河与秦淮河相差有些远。

黑暗，常常是最好的美容大师。那些苍老、破旧、杂乱，在黑暗的帮助下，成为真正的隐士。五彩的灯光，活泛眼神，又不扯破黑暗的美容术。好的亮化，其实就是明与暗的精心合谋。这与人穿衣打扮的原理一模一样，张扬优点，掩盖缺陷和瑕疵。之于人的灵魂和心情，黑暗也有神来之笔。只要你能挣脱对黑暗的恐惧，你的灵魂在黑暗中就可以自在飞翔，心情大好。也只有在黑暗中，灵魂才能获得无限的自由，人生的种种压力，都可以被黑暗消解。从这一点而言，黑暗远比酒能解愁，只要你不在黑暗中迷路就好。迷路，可比醉酒糟糕得多。换句话说，只要你愿意，黑暗可能是人生最好的酒。

大坡桥，在临潭县城的中心地带，二三十米外就是县城的中心广场，那里灯火通明。时下流行的广场舞，每晚也会准时在这里粉墨登场。我站在大坡桥上，其实是站在明亮与黑暗的分界线上。背倚人工的城市之光，如同走近清晨阳光下的花园。眼前的干沟儿河，多了些妩媚，多了些神秘，多了些梦中乡村的亲近。干沟儿河在夜色的呵护下，以诱人的光泽引领我走向历史的深处，而右岸上的那惊鸿一瞥则从我的心灵深处走来，温柔我的眼神，纠缠我的乡愁。

建筑有自己的语言、色彩和线条的律动，无声地与天地人对话。此刻，我以目光触摸它潮汐般的心声。大坡桥，似乎变成一条船，我的思绪站在船头。这排房子，如同月光下睡意蒙眬的大海，微微起伏的波浪，白里透着银色，温存某种暧昧的猜想。而当我第二天一早再来大坡桥时，记忆中，昨夜看到的是一位裸体女性俯卧的身躯，细雨蒙蒙，柔柔的曲线，如丝绸般滑润。江淮，应该是一位温柔多情、安静素朴的女子，有古典诗词的美，有古琴清雅的律动。再混乱的梦，总有一个主角。昨晚记忆的错位，正是我的心魂替我修正。我们常以为自己迷茫，一切都不在乎，那些"希望"和"期待"像鱼一样滑入水中。其实，那个"真我"一直在。有时，只不过隐身在某个角落而已。

清晨，阳光还在薄雾里缠绵，一只不知名鸟儿的鸣叫，摇晃树叶上的露珠。天空已是湛蓝。高原的天空总这样，只要晴天，就蓝得不可想象，低调中透出大地万物臣服的张狂。这样的蓝，醉人心的同时，让你倍感渺小。蓝色，放飞我们的想象，又把没有任何杂质的阴郁渗进我们的呼吸。纯净的蓝色，似乎一直潜在我们内心的某个地方，也许就是人类灵魂挥之不去的底色。来到临潭后，我偏爱仰头四十五度，把蓝天作为拍照的背景。树木花草、建筑群山，经蓝色衬托，似乎都显现了各自的灵魂。

这天清晨，我站在大坡桥上时，青砖黛瓦白墙站在一片纯得通透的蓝色前面，比在江淮烟雨中多了几分清雅。黑是黑，白是白，黑白酿造出我心情的五彩缤纷。高原时节的脚步，总是比内地走得快些。离立冬还有三四天，这里已经下过好几场雪。树下黄灿灿的秋叶，在白雪上铺出了别样的苍凉之美。干沟儿河更加的枯瘦，好像一位束紧单薄衣服的老者，踯躅寒风中。这一排江淮风格的建筑，依干沟儿河而建，同样的弧线，干沟儿河如弯曲的钢筋，青砖白墙走出了温婉、纤柔。那高高的马头墙，如同一位少女仰头看天，阳光在脸庞荡漾。桥头不远处，一座牌楼，雕花墙，镂空格，比马头墙高。马头墙，呈现简洁之美，牌楼多了纷繁之韵。有一辆酒红的轿车从牌楼下驶过，过去和当下的时光，一下子重叠在一起。

站在桥头，即使是夜间，我本该看到这牌楼。我怀着一份歉意走到牌楼下，细细打量，以仰望的姿势表达我的敬意。

四

因我是江苏人，大家经常向我提起临潭的江淮遗风。这"遗"字，用得特别贴切，让我多少有些羞愧。在江淮大地的许多地方，浩荡千年的江淮之风，已无迹可循，或苟延残喘，万般叹息砸在我们的脚后跟上。临潭的江淮之风，多是明朝风尘仆仆而来。历经数百年，依然以柔韧之力坚守。从服饰、习俗、方言到人们的某些气质，江淮风呼吸在临潭大地的每一个角落。而这之中，最先引人注意的，当然是建筑风格。当下的城市建筑，多种风格一拥而上，在混搭中寻找审美。城市的建筑风格，好似一个处于成长期的少年，对世界充满好奇，什么都想尝试一下。那些与我们血脉相连的东方美学、本土流派日渐萎缩，多数是作点缀之用。把华夏建筑元素搞得像四处流浪的孩子，让人有些心酸。因为还刚起步，一切都没有定型。当然，总会有成熟的那一天。现在，一些城市已经开始在宏观上对建筑进行文化形象定位，在不削弱现代性的同时，凸现传统文化和本土特征的形象审美。我们有时因为走得太快，所以暂时丢下了许多东西，但终究会停下来甚至回头去把那些重要的东西捡回来的。建筑也是如此。

临潭县城三四万人，人口占比依次是汉族、回族、藏族及其他少数民族。建筑自然也呈现出多民族的特点，其中的江淮风格呈现两极化，历史留存下的，岁月印迹明显；新建的，诉说着人们对江淮风情的依恋与追寻。临潭建筑中的江淮风，是临潭生命中的一部分。没有江淮风的吹拂与滋养，临潭不会是临潭。

西大街是县城的主街，也是最繁忙的商业街，高楼大厦间有不少一两层的店铺。多数的店铺是仿江淮建筑，或者有相当多的江淮风格元素参与其中。与挑向天空的飞檐、在高处肃立的马头墙不同，西大街一些店铺的招牌匾，如同小小的码头，安静，不张扬。不走到跟前，发现不了，但它们早已看到了你。

现在的招牌，尺寸追求大，设计讲究炫酷，名称更是往吓人的方向穷追猛打。招牌与欲望结为最佳拍档，疯狂追名逐利。许多招牌，成了名副其实的幌子。西大街的这些牌匾，没有加入亡命天涯式的奔跑，而是宁静地守护自己的内心。这些传统造型的牌匾，极为简洁。紫红的底色，金黄色的字，镶以金黄的边框，简单几笔勾勒出云朵图案。字，不是书法家的，而是最规范的隶书体。有的牌匾，显然有年头了，岁月让其深沉，露沧桑之容颜。一位十八九岁的姑娘就着方凳擦拭牌匾，神情专注而虔诚。白色的运动鞋，蓝色的牛仔裤，粉色的风衣，过肩的黑发与阳光嬉闹着。牌匾有些陈旧，一些地方的漆已起皱，加之有些时日没有清洁，就像一个从岁月中走过来的老人。姑娘的青春与牌匾的老成，在街头出现，构成某种隐喻。

有一处掉了一小块漆，露出里面深黄的木色。一块不规则的深黄色，打破了牌匾的精致。精致的完美，会失去一些本真。比如，花朵长得过于完美，我们常常会说这花漂亮得像假的一样。一个人的性格如果是没有脾气的脾气，给我们的感觉，只能是此人过于虚伪。我们都在追求完美，岂不知道，至高无上的完美，我们无法接受。早些年，我们在宣传英雄人物、模范典型时，一味拔高、抽空、美化，没有儿女私情，没有毛病缺点，人物形象扁平化。没有立体感，就不是活生生的人。没有血肉的人，只能是一副没有生命的骨架。恰恰因为这种打破，带给牌匾一种独特的美感。

我偏爱隶书。篆书，无论是大篆还是小篆，有金石之气，但难以看懂。就像一位修为高深的道人，只能膜拜，无从交流。楷书太正，正襟危坐，过于严肃。草书，行云流水，缥缈之味过甚。隶书，满足了我对艺术与人生的双重想象。古朴又灵动，秀气又方劲，雄放又端庄。我固执地认为，书法中，隶书是最生活的艺术，最艺术的人生。隶书，有"汉隶"之称。在我看来，隶书不仅是中国书法史上的一个重大转折点，也是书法艺术最为坚实和成熟的基础。更为重要的是，隶书可能包含了最纯正的华夏文化，属于本土性的自我催熟。练习书法，成为书法家，天赋是不可或缺的。敬畏书法，敬畏我们的文化，只需要我们的真诚和执着。

牌匾从大小到色彩的选择，再到这隶书，都有低调奢华之感。西大街比不上大城市街道的繁华，但要丰富多彩些。仅仅是路人的着装，就令人欣喜。大城市的装束，流行的服饰，这儿全有。这儿还有回族人的白帽、黑头巾，藏族人的藏袍、高靴，喇嘛的僧衣，明代风格鲜明的尕娘娘服饰。边塞的西大街，成了眼花缭乱的 T 形台。这些牌匾，不怯弱，相当自信。它们像店铺的眼睛，一双柔情满满的眼睛，平静又幽深的水潭。西大街，因有了这样的牌匾，寒风凛冽时，也有一束束温暖的目光。

黄昏时分，晚霞满天，这些牌匾似乎多了几分羞涩，又像在点燃某种情绪。暮色之后，它们先是躲在五光十色、有些妖娆的霓虹灯身后，而后回到自己的黑暗中，咀嚼一路走来的滋味。它们来高原，远比我早，我尚没有达到它们这样澄静、如禅的境界。与它们相比，我在漂泊中，丢失了太多的东西。面目全非，灵魂沾满灰尘。只有在夜深人静时，偶尔想起自己曾经的模样。

孤独时，我会想起这些牌匾。想起这牌匾，我总会想起家乡。抓一把桑叶喂蚕，看一群小鸡在老母鸡后面排成队。村口的老槐树，浸在晨雾里，从树叶间洒下的阳光，如同半梦半醒的我。河边的芦苇中，鸟儿鸣叫，燕子从水面划过。炊烟离开黑色的屋顶，飞向辽阔的天空。

有时，我会走近它们，默默注视片刻。目光沿着那些笔画漫游，转折，舒展。它们是静止的，我也静静站着。一切又是涌动不息的。有时，我还会向右看牌匾，向左看车流、人潮。车流、人潮凝固了，牌匾在漫步。

与这些牌匾相处，感觉中，我在为自己的灵魂按摩，又在倾听临潭的心跳脉象。

五

大坡桥桥头的牌楼正对着一条小马路。是的，我的第一印象，这就是一条铺着沥青的、窄窄的马路。路面渐渐高起，没多远，就会走进山里。然而，我没走上几步，就仿佛进入了一条古街。

这给予我巨大的错觉。我又在这样的错觉中渐而愉悦起来。

路两旁的房子，不是店铺，是普通人家的住宅。木门、铁门，都是仿古的，虎头门环，尤其引人注目。小小的门楼，青砖砌出向外挑的檐脚，顶上覆瓦，刻有花鸟鱼虫。院墙顶也覆有青瓦，远处的山顶，如同一个孩童趴在墙头，顽皮中还有些深沉。有些门前，还有一对石狮子。间或掺在其中的瓷砖贴面、铝合金门窗的房子，反倒像个受气包。这些树，也有江淮的风范，不高，较粗，树冠展得很开，许多树叶抱在墙头依偎在墙面。阳光下，树叶好似河面上的波光粼粼。时不时有鸟儿从树顶飞过，枝叶间的鸣叫，是那样的动听。在一棵树上，我还发现有一个硕大的鸟窝。在临潭县城里，如此高大的树，实属少见。它们没有受到景区里那些树的优待，只和平常人家生活在一起。虽在马路边，但如同村口的老槐树一样淡泊。村口的老槐树，挂满乡愁，反反复复地走进游子的梦里。我相信住在这里的人们，外出闯世界，在异乡会想念这些树。

这里的房子，有的年头不短了，个别的还是斑驳的土墙，称得上"爷爷辈"的。以时间为序，这些房子就像四世同堂的一个大家庭。背靠大山，紧邻县城，它们默默地守护着传承，一种与血脉相连的依恋和延续。我能想象，这里的居民分享现代文明的福利，又没有迷失自己，活出了自己的惬意。

低调，并非一种姿态，而是内在饱满的自然举动。面对中高档的现代住宅小区，这些房子不倚老卖老，不自卑，与世无争，把江淮文化过在日子里。它们留住江淮之风的繁复之韵，让我一解乡愁之渴。说是繁复，其实与时下的建筑相比，它们反倒简洁。那些精致的细条，看似层层叠叠、纷纷扰扰的图案，因为如生命般流畅，反而无审美疲劳，提神醒脑。倒是现在的一些设计，总给人以错乱之感。我以为，现代人的焦虑症，与自我营建的环境大有关系。这也许就是一种作茧自缚。

原生态，是向生命本原回归的情境。建筑文化的原生态，还是要重新建立人与自然的生命性关系。房子，是用来遮风挡雨的，也该是人的一部分。房子，是身体的扩展。因为欲望的狂热，我们总是忘记了出发的原因，扭曲了生活的种种。我们猎取得越多，就越发不知道我们到底要什么。现在的房子越来越高级，但总是缺少了一些人味。

住在这里的人们，走出家门，加入世界的喧哗，为稻粱谋，难免与浮躁、焦灼为伍。归来时，身心回到宁静之境。我相信这一点。漂泊在外的人，故乡在远方，回家的路漫长而艰辛，只能终日怀抱乡愁的忧伤。而他们只需拐个弯，就能轻易切换生活的节奏、人生的境况、心灵的空间。对他们而言，天地之间，只有地平线那一条线宽度的距离。更何况，满天的星星还能照耀他们的睡眠。

他们是幸福的。

在县城西门桥附近有一条小街，当地人称为"背街"，以批发小商品为主。街面很窄，容不得两辆轿车会车，只有摩托车、电动车和小三轮在人群中穿行，像水中的鱼一样灵活。这里的许多铺面还是木结构。早上，店主卸下一块块门板开张迎客，晚上关铺子时再装上一块块门板。白天，这一块块门板像铺子的伙伴一样站在门边，脸上现出岁月的光泽。现在许多所谓的古镇正在新建、打造这样的古味，而这里是时光酿造的古味，有真正的岁月味道。

慢时光，来到我身边。我这样一个陌生人，走在熟悉的小街上，就像置身于旷野一样无拘无束。放下一切的沉重，远离生活中的岩石，像河水一样轻抚松软的河岸。我没有喝茶，但茶的心境萦绕我。我坐在一家没开门的店铺前，背靠木板，盘起双腿，微闭双眼，收回听觉，后脑勺挨着木板。我知道，有那么一会儿，我的灵魂飞出我的肉身。这让我想起小时候与草垛相处的情形。村里的晒场，是我常去的地方，因为那里有草垛。我爱爬上草垛，尤其是傍晚时光。白天，阳光太烈；夜间，太黑，我有些怕；傍晚，天空最为奇妙。我躺在草垛上，什么也不想，只把目光投向天空，有时也眯起眼，告诉自己睡着了。长大后，当我心烦气躁时，我常常找棵树坐下，回想儿时躺草垛的画面。这对我是极好的心理治疗。

街上行人、车辆不算少，可我还是觉得很安静，很清爽。有位老人坐在格子窗下，那小小的板凳似乎比他的年纪还大。一杆烟锅，长度快赶上他的手臂。烟锅头黝黑，里头装着金黄的烟丝，烟锅杆油润润的。老人一手端着烟锅，一手轻抚胡须。他的胡须很长很白，就像电影里那些常见的特写，有仙风道骨之气。一个三四岁的孩子，大概是他的孙子，在他身边独自玩耍。格子窗，一半在阴影里，一半在阳光下。

这一切与整条街，既浑然一体，又像一个独立的世界。

我当然在他们的世界之外。

六

我喜欢图书馆的氛围，可能甚于读书本身。

曾经看过世界十大最美图书馆的图片，那是读书人的圣地。如果真有天堂，这些绝美的图书馆，就是我想象中的天堂。

读书，是一件可以也应该忘记一切的事。因而，那些在特殊境地下阅读的人，总能发出迷人的光芒。列车上，窗外的景色如时光飞逝。靠窗而坐，翻开一本书，逆光的效果，仿佛折射出看书人清纯的灵魂。嘈杂的街头，一切都是骚动的。一个人捧着书，坐在台阶上。风吹书页微微颤动，如醉在阳光中的荷花。他坐在人群中，又似乎坐在世界的尽头。这是经典的阅读场景，也是人书合一的天地大美。静心阅读的人，是最美的。

阅读，有一个好去处，自然更妙。一座城市的图书馆，理应是最具仪式感、最具信仰的文化场所。图书馆，安放一座城市的文化精魂。我对图书馆有着异乎寻常的期待。即便如此，临潭县图书馆仍让我大感意外。这个图书馆没有单独的楼，而是与文化馆、档案馆和博物馆挤在一幢四层的楼里。这倒像一家人住在四合院里，一份深入骨髓的亲情，或明或隐地流动。这四个馆，文化长路上的四个重要驿站，在相互取暖中，坐而论道。

令我惊喜的，是馆里的古籍阅览室。一个极具明代风格的大书房。木质书架，完全仿制明代款式。榫卯结构，咬合木头，守住的是精巧智慧的文化。原生的木纹，清透的水漆，依然带着森林的呼吸。线装书和珍贵的老版本，与这样的书架依偎在一起，高古而凝重，洋溢某种神性。我迷失在书香中。傻站了许久，没敢动一本书。我没有准备阅读，随意取一本，轻佻地翻翻，那是对它们的亵渎。我不能容忍自己对书的放肆。

高原强烈的阳光，经过窗玻璃的过滤，铺在桌子上时，温柔了许多。轻便而不失骨感筋道的太师椅，容不得我懒散。我坐得笔直，仿佛腰椎比平日撑长了一些。我的目光总离不开书架和那些书。一个个文化巨匠，一个个学术大家，向我走来。

书，是用来读的。可我总觉得，有些书可以不读，让其静静地坐在书架上，卧在案头。我的心神与它们无声交谈。有些书，只能敬畏，不可轻易走进，一旦打开它，就不能怠慢。因为有如此经不住推敲的怪念头，有数十本书，我很早就请回来了，但一直没敢读。在写作的时候，我可以不看书，但如果身边没有书，我就有些失魂落魄。我无法解释这样的现象，但如果很多书在我身旁，我总是感觉得到了它们的神力，写作，竟然顺畅很多。我曾经在图书馆工作过几年，一个只有十来万册书的小图书馆。那时候，我利用身为馆长的特权，午间常钻进书库，搬一把椅子坐在高高的书架间。不是看书，是以打盹的方式进行午睡。我自以为是地觉得，在书的丛林中入梦，相当于我在阅读它们。这当然毫无道理。但我在醒来时，往往感觉充实许多。

梦里读书，或许只是一种滑稽的想象，可能还是我为少读书所作的辩词。但，环境的确可以感染人。我坐在这样的阅览室里，只是静静地坐着，就有与阅读同样的愉悦。墙上的砖雕，工艺有些粗糙，恰恰因为这种粗糙，才有了古拙的质感。有一块砖雕，图案是莲花。莲是高洁的象征，也是华夏文化极其重要的一种象征。这间阅览室的陈设，本身就如高原上的一朵莲花，不是雪莲，而是江淮池塘里的青莲。

此刻，砖雕上的莲花与书架和书，都在诉说优雅的文化时光，似甘甜的泉水，滋润我风尘中干渴的心魂。明暗的光线，让莲花格外的立体。亮处，柔光润泽；暗处的线条，硬实而不失灵气。窗外，正对着一所中学的操场。身穿校服的学生，有的说笑打闹，有的独自一人走在跑道上，有的捧着书，或走，或坐。侧耳细听，一个女学生的读书声传进我的耳中。浓重的临潭口音里，那些零星的江淮音节，有细雨落在水泥地上的清脆与软酥。我听到的不是乡音的闪烁，而是这位女学生呼吸里的江淮气息。

馆里的工作人员端来一杯茶，说是今年陇南的新茶。青花瓷的茶杯上，也是一朵莲花。这莲花比砖雕上的更加秀丽、灵动。我的视线弥漫在这鲜艳的色彩里，居然生出绵软的光影。我知道这是想象。我喜欢这样的想象，喜欢这样助我思绪飞翔的氛围。

恍惚间，我看到，有一种情怀，走过青稞地，坐在高原的山顶。迎面而来的风，吟哦田园诗意。

有一天，我去羊永镇卫生院，那里的中医馆，同样让我眼前一亮。我拍了几张照片发在微信朋友圈，让朋友猜是什么地方。当然，我故意回避了那些明显的标识。有人说是饭店，有人说是图书馆，竟然还有人说是候客厅。其实，这小小的中医馆，也就是乡卫生院的一个小专科室，并没有做多少花头的装修。它们只是以漏窗、木格做了稍稍点缀。只不过心意用得正用得细，把中式风格表现得恰到好处。

这里的人们啊，外形的粗犷与内心的细腻形成强烈的反差。在建筑风格上，他们做得如此的内外兼修。如此一来，"风格"一词用在这儿并不精确，用"气质"，更为贴切。江淮风，也不再是一阵风，而是真正意义上的生命与灵魂的呼吸。

七

就个体而言，沉潜于内心深处的文化，是最为本真的。在整个社会层面，文化的精髓部分，常常隐含于民间。底层，是当下用得比较多的一个词语。可惜，我们常常立于高位，在俯视的姿态中，抛出"底层"这一立场相当明确的概念。有了这样的高位，我们的视角和心态都会不真实，无法进入"底层"的内部。底层，是世界最为坚实和可靠的根基。生物链如此，文化链也是如此。就像社会生活中的民间，尤其是乡村以及生活在乡村的百姓，是我们物质和精神生活的源泉。我们再怎么轻视，不以为然，也无从否认这一源泉之于我们的所有。如果我们不能消除层级带给的隔膜，那么最好还是少进行底层叙事，尤其不要想当然地做代言人。有位作家，时常满怀深情地大讲我们应该如何关爱底层，如何做底层民众的知心人、贴心人。然而有一次我们一起去百姓家，这位从农村走出的作家，处处嫌脏，最后连饭都不愿意吃。连同呼吸都做不到，何来共命运？面对底层，面对生活，写作者的假唱，居然那样的情真意切。

要在心灵上与底层亲密无间，最好的办法就是，回到曾经的出发地，找回我们的当初。

临潭的江淮风，或是遗迹，或是出于文化的传承与张显，带有明确的指向性。尤其是集中规划设计的小康村，更集中体现江淮风情。这些小康村，虽然细节上各有特色，但整体感觉与我想象中的江淮风格的村庄最为贴合。尤其是一些村庄，充分发挥了高原地形高低变化的特点，建起立体的江淮风格建筑群，把高原的雄壮与江淮的柔情，有机结合为一个生命体。古战乡的普藏什村，前后都是连绵不断的山。村前一条河，是唯一的动感景象。走过村口的桥，村庄地势越来越高，天蓝色的栏杆、栅栏，像五线谱的横线，安静地穿行在村庄的路边和巷子里。白墙黛瓦的房屋，仿佛错落有致的音符。一座村庄，好像一首多声部乐曲，时而悠扬，时而明快，时而婉转，时而激昂。如若寻一高处俯瞰，一定更美妙。眼前会有声色醉人的画面，就好像群山之中，一女子抚古筝，一曲高山流水或江南小调，温柔山的威武，弹奏这世外桃源的空灵与宁静。

我曾经问过临潭县乡的一些干部，为什么要如此看重江淮风情？他们有些惊讶，不为什么啊，我们就是这样的啊，以前是，现在是，以后也是啊。与其说，这是一种集体意识的回归，还不如说，这样的文化观一直在场。对他们而言，江淮风情不仅是一种乡愁的寄托，更是回到生活本身的呼唤。外在的江淮风，源于内心的涌动，又会反哺灵魂。

乡村百姓相当实诚，别人眼里的那些文化，在他们看来，就是实实在在的生活。旧房子拆了，新房子盖起来，建筑材料现代化了，但有许多江淮印迹，被他们习以为常地坚守下来。许多百姓家，新房高高大大的，但老屋就是舍不得拆。在新房的构造上，也会将斗拱飞檐和砖石木雕作为必备。有些房子，外装饰全是瓷砖到顶，铝合金门窗闪闪发亮，但主屋前的木雕，大气而精美。他们把全局的时尚与细节的江淮风情处理得很智慧。走进他们的家，总是会忘记在高原，在边塞。这与他们的笑容一样。西北风吹皱皮肤，高原阳光烫红皮肤，脸上沟壑纵横，笑容却如溪流一般善良亲切。

深山里的一户人家正在建房。主体已经完工，两层的小楼，挑顶很高，水路、电路、网络线路布置得十分考究。主人向我描述新家的装修、摆设，语气中充满不可抑制的快乐。我说，你这家比城里的别墅可强多了，看看院子还这么大，就是小庄园啊。我们说话的时候，一位师傅一直在木头上雕刻，完全的手工。看情形，刚开工不久。师傅手中的锤子有节奏地上上下下，只见凿子周围木花飞舞。我问这是雕什么呢？师傅说，龙。我说，龙啊，过去只有皇帝才能用龙的。这家主人递给我一支烟，什么也没说，脸上堆满憨厚而幸福的笑容。我对师傅说，像你这么好手艺的，不多了。师傅不以为然，哪能呢，多着呢。我说，我老家那儿，就很少了。师傅直起腰，我们这儿，多着呢，特别是木工，每个村都有几个行家。有活儿，就有学手艺的。

紧挨着新房，是一片旧屋，木柱间是砖墙，木窗上是梅花转角，房顶覆鱼鳞般的瓦。这是地道的老屋。我说，有了新房，这老屋要拆了吧。这家主人说，不能的，舍不得啊，我寻思着，等再挣些钱，好好收拾一下，留着以后喝茶、打牌用。兴许，遇上有到山里旅游的，还是不错的农家客栈。我顿感惭愧，山里的农民都想到用老屋开发旅游项目，我竟然没想到。过去，我们总说不能小瞧农民，现在的农民啊，哪怕是这深山中的，很多方面比我们强着呢。农民，一直是富有大智慧的群体。我抛出一个疑问，那怎么不好好弄弄这老屋，为什么还要盖楼呢？他说，得住楼房，要不然咋体现过上好日子呢，长住，还是楼房好，老屋这样的，适合休闲、度假。我禁不住笑起来，你们家真是好啊，进新楼过城里人的生活，到老屋休闲度假。

我知道，在他心里，老屋的实际用处，是次要的。老屋，是我们记忆的故土，装满纯真的时光。我们的乡愁，总与老屋、炊烟、村头的老槐树、门前的那条河分不开，是它们书写出乡愁的模样。我们想念老屋，但无力保护老屋，就像我们无从掌握命运之手，无法挽留时光一样。老屋逝去，化作伤感的记忆。也有些人家完全有条件保住老屋，但在喜新厌旧的诱惑下，铲平老屋，与过去完全决裂，小洋楼盖得富丽堂皇。毕竟，两全其美，总是一件很困难的事。

这户人家，留住了老屋，着实令我敬仰和羡慕。那天，我坐在老屋前很久。我突然产生一个奇怪的想法，在这个院子里，新楼是雄性的，老屋是雌性的。在这大山里，高原和山是阳性的，这江淮风情的院落是阴性的。在我的家乡，房子是阴性的，门前的河是阴性的。而这里缺水，所谓的河，就像低于地面的马路。在冷峻的高原群山间，这些房子仿佛一条河。阳刚与阴柔，竟然如此的美妙。

喝喝茶，看看老屋，看看新楼，看看师傅干活，看看主人忙东忙西。我曾试图看看老屋里的情形，但门窗都关着，屋里很暗。我的目光到达窗格后，便不能继续前行。这也许是一个暗示，老屋之于我，只能注视，而无法走进。因为，这不是我的老屋。

我的老屋，在我的梦里和文字中才能现身，现实中，就连一张照片也没有留下。

八

戏台，是这个世界最真实的虚幻。

坐落在一米多高台基上的戏台，三面围墙，正面大开。这真像平常百姓家的堂屋。堂屋是中国民居中的礼仪空间，在我家乡习惯称"明间"。这是举行家庭祭祀和重大礼仪的场所，又是迎来送往的地方。家的隐秘与外面世界的过渡空间，家族的历史多半在这里演绎，外面的风雨最终也将汇集到这里。换而言之，堂屋集纳了家庭和人生的最精华部分。堂屋的气派程度，是家庭荣辱、贫富等最有力也是最直观的表白。因而，堂屋又有"荣誉室"的功用。演戏的道具可以无限精简和抽象化，但戏台必须修得气派。柱头、斜撑、雀替、梁柁、平盘斗、柱础浮雕极尽雕刻之能事，张扬华丽、高贵和雄伟。这与堂屋的建筑理念如出一辙。无墙的那一面，其实就是大门敞开。人生如戏。台上的故事，是别人家的事，是我们生活之外的另一个世界。从这一点上说，戏台，就是一个可供众人把窥视变成自由观看的堂屋。千百年来，看戏的人们，如醉如痴。在街头看杂耍，那是瞧热闹，看戏文，是走进古人的人生。他们相信，台上的爱恨情仇，唱念做打，不是虚构，而是过去人们生活的再现。岁月湮灭了过往，但悠长的岁月，也能让人对神话、传说和编造的故事信以为真。真实与谎言，任由岁月粉饰。

小的时候，我喜欢看戏，也常常问大人们，过去的人就穿成这样？过去说话就像这样唱来着？得到的回答，都是肯定的。戏班子在吃饭，我去看；化装时，我也看。明知道他们是和我一样的人，但我总看不够。这些人一入戏，我就忘记了他们是普通人。他们来自我完全不知道的一个世界，过着与我完全不一样的生活。我最不喜欢那些拖得很长的唱腔，要么急得我浑身不自在，要么我兴许就能在这扯线团般没完没了的唱腔中打个瞌睡。老人们喜欢，每到这样的唱腔，那脑袋晃得就和河里的小船一样。他们的泪，我看到，他们的笑声，我听到，要是敢凑上前去，我还能摸到和我一样的胳膊一样的脸蛋。一切都是那样的真实，就如同我在晒场看大人们说笑打闹一样，和我在明间里看到的一样。这远比爷爷讲的那些故事更真实。

虽然我家乡在江淮的腹地，但我从没见过戏台。现在回故乡，也没有遇见过。演出就在晒场上。有许多时候，我总把唱戏和晒场上的乡亲搞混了。特别头天看了戏，第二天到晒场时，我还以为乡亲们在戏里活着呢。

到高原，临潭为我好好补了一课，让我第一次看到这么多的戏台。每个行政村都有戏台。它们在村里的开阔地带霸气地挺立，远远望去，就像村里最显贵的人家。村庄里的民宅，最高的也就两层，戏台比它们高出不少。把整个村庄的建筑看作一个整体，乡亲的房子就是厢房，戏台一如堂屋。高大、精美、华贵的戏台，威风凛凛，是江淮人家的老爷，其他房子像仆人丫鬟一样。人们把戏台置于至高无上的位置，说明看戏已然是他们生活中的重要组成部分。有了戏，他们的人生就多了一种活法。他们经历着自己的生活，又最大限度地观摩别人的生活。因为戏台，他们可以在自己和他人的生活中来回穿梭，自由转换。

戏台独占一片空旷之地，在这个空无一人的下午，显得特别的孤傲。它在村庄里，但又与其他民宅保持一定的距离，参与世俗生活，又掖藏自己的某些秘密。戏台，以这样的方式彰显一份清高。

戏台与河流，一静一动，参与并记录了村庄的历史。

河流以流动的方式储存时光，深藏众生的生死悲欢，从不会主动向世人讲述岁月的故事。河水越深，之于我们的神秘和敬畏越多。河底以及淤泥里，是一部动静合一的历史。我们只有打开自己的灵魂，从浪花中读懂河流的秘语，才有可能进入它记忆的内部。河流，是生命莫测、人世无常的象征。面对河流，从诗人到不识字的农夫，都能顿生许多感慨和体悟。涌动的河流，如此。一旦水面平静如镜，更会增加神秘感。尤其是我们面对一条陌生的河流，它越安静，我们的恐惧感会越强烈。

以静制动，以不变应万变。许多时候，静远比动更具力量。戏台是静止的。如河流里的巨石，矗立于历史的波浪和时光的激流之中。从不倦怠，从不退却。人们看台上的戏，它在看台下的人们。人们不来看戏时，它还在看着他们。戏里十分钟可跨千年，一个人漫长的人生，在它眼里也只是一个瞬间。它就这样看着，最终把台下一代代人带上台，融化进戏里。戏开演时，戏台依然端正静默。它是一位优秀的历史揭示者和记录者，公正，不掺杂个人的情感和立场。戏散场了，戏班子离开了，观众们离开了，

坚硬里的柔软

里里外外都被掏空了。可谁知道，这时候的戏台才真正做回了自己。这就像我们离开骚动的人群，回到只属于自己一个人的房间，那个真实的"自己"才会慢慢浮现。戏台有大把的时间独处，终将不被世人打扰，独步在自己的世界里。人们把戏台建造成神一样的气质，而最具神性的神，恰恰又是最人性的。

新城镇隍庙里的戏台，是临潭现存较早、最完好的戏台。我先后多次到过隍庙，多数情况下，这里人头攒动。只有一次，我终于有机会一个人站在大殿与戏台中间。那天，小雪纷飞，树木凋零，原本艳丽的戏台，也显得有些憔悴。一片沉默之中，雪花格外惹眼。轻盈里透着沉重，晶莹里闪烁禅意。这天，我穿得很厚，在温暖的状况下，看雪花，是一件美好的事。雪花在戏台前飞舞，仿佛无数生命在徘徊。雪花后面的戏台，回到时光深处，身影模糊，而它所收藏的记忆，正如风暴般向我涌来。渐渐，雪花的脚步停在空中，戏台动起来，像正在表演的说书人。只是，我看不清它穿的是长袍马褂，西装，还是我从没见过的一种服装。

我静静地注视戏台，雪花代替了我所有的语言。

这个经典的双层木式戏台，现已成为文物。物品在实用价值退化之后，如果还有艺术价值或历史价值，那就是艺术品或文物了。这个戏台退休了，只能在默默接受人们膜拜中参详众生，再没有表达的机会。取而代之的是庙前大广场上新建的戏台，这是老戏台的后生，它接过了先辈的使命。

临潭各地的戏台，绝大多数都是新建的。过去，也是有的，只是同人们的命运一样，曾经遭受戕害。值得尊敬的是，人们或在旧址，或另选地，让戏台重生，数量上似乎比以前还多些。我把这看成伟大的文化事业，而当地百姓不以为然。在他们看来，戏台是村里的一员，重修是本分之事，也是在修补自己的良心，还戏台一个公道正义。

正是秋收时节，古战乡古战村戏台前的广场上，一位老农民正在用挡耙翻晒青稞和大麦。身后的戏台上，有两三个孩子在玩耍。这让我想起我小时候，爷爷在家门口晒玉米，我坐在门槛上玩一颗新得来的玻璃球。我身后的明间里，弟弟正抱着大板凳睡得直打呼噜。

孩子们跑到广场一边的树下玩去了。老农民停下手里的活计，坐到戏台的台基根下，嘴里叼着烟，怀里抱着挡耙。

一切回到静止。

现在，我的眼前依次是我的影子、粮食、乡亲、戏台和无尽的苍穹。

我想，此刻，我看到了人间的一切。

我提醒自己，这里是高原，这里是高原之上的临潭。

（原载《人民文学》2018 年 11 月）

甘南碎片

牧 风

临潭：牛头城遗址

苍凉之歌，嘹亮历史的记忆之门。

伫立在瓦砾横陈的废墟上，让思绪打破千年的沉默。

我亮起耳鼓。倾听堆砌的铜影里，游牧的蹄音响过茂盛的麦苗和怨恨的眼睛。

此时安坐城堞的遗迹，我依稀看见时光里北方的吐谷浑从西晋的战火里一头撞进甘肃的南部，垒土为城，饮血踏歌。

古老的洮州，已习惯于刀剑的碰撞。而时光的巨辙，在风雪的凛冽中发出呜咽的回响。

膜拜图腾，牛头城将痛苦凝成清寒的石头。战旗摇曳，谁是立定城堞的将士和马群，败北的军队，带伤的马匹，消失的箭镞，以及沉落的荣光？

佛乐安详。没落的沉寂中，牛头城散发出幽暗的灵光，每一个与之有关的故事，犹如零散的历史残骨，在黑夜里借自然的灵气流泻由衷的慨叹。一轮历史的明月照亮何方？

人与兽融为一体。遥望二月积雪的城头，那只是岁月馈赠的残骸，早已被战火雕凿得千疮百孔。一千五百多年前已经布满血风腥雨，砖堞纷飞。

侧耳倾听，鸟群已在惊悸中四散归去。

拭目城下，那泛动着权力的点将台，已落满岁月的青苔，只留一具破壳，与日月同在。

回首历史，我清醒地展开行行墨迹，一群群冤魂匆匆而过，狼烟滚滚。古老的铁器触伤了千年文明的硕鼓，一切的罪恶都在历史的夜幕上疯狂，好戏连台。

环顾牛头城遗址，古老的辉煌已被烽火湮没，空旷的黄土，已无法容纳昔日的几声凄厉的口哨。

残破的琴弦，沾满征战的血泪，落地为泥。吐谷浑涂炭生灵的同时也葬送自己。

那片废墟上毛桃花开花落，而与城有关的故事，正张开欲望的嘴巴。

卓尼：阿角之梦

这是洛克眼中的美丽神话，情节从此神秘地打开。

这是跌落人间的仙境，藏王的故事传唱千年。

这是青藏东部生灵的栖息地，土司老爷骑马穿越大峪河谷，身影消失在如梦如幻的阿角沟。

漫游这填满民歌和传说的神秘峡谷，极目远望，那飘动的绿云，如少女舞动的裙裾，让我惬意之余倍生眷恋。

沉静的湖水，在秋风拂动的晨曦中荡起片片涟漪，如同少女怀春的心情。

其实这更像是一个梦幻，浸润了我太多的遐思，已经长成一道迷人的风景。

舟曲：生命之殇

此刻，我又伫立在舟曲的心脏，时光的脚步停留在那页发黄的日历上，记忆之闸訇然洞开。泥石流之殇连同那一串串沉重的名字，在我的脑海里迅速地萌发，疯狂地成长，那恶魔撕裂了藏乡俊美的脸，寂灭了上千人生还的期望。

呼吸已经窒息，灵魂快要爆裂。耳畔不时传来生灵痛苦的哀鸣。心绪焦躁不安，念想已被那突降的灾难湮没殆尽，泪眼干涩，目光迟滞，闻不到家园袅袅炊烟的清香，聆听不到孩子的嬉戏和老人的唠叨，鸟虫瞬间消失，天地一片死寂。你这恍如隔世的梦魇，请铭记我的诅咒。

八月八日，是谁揭开了上苍的悲恸，让这欲望之流吞噬了千百生灵的单薄之躯，这些孤单的灵魂呵，何处是他们慰藉和厮守的栖所？

月圆、三眼峪、罗家峪，一串串梦一般美丽的村落，在我疼痛的眼眸里闪烁而过，留下一道伤痕划过我惊悸的心扉，令我浸满哀思的身体灼痛不安。昔日如画的田园美景，倏忽间就成为我悲痛记忆中唯一的库存。

灾后的村庄是一张残破的蝶，被灾难折断了翩舞的翅羽。女人的低泣更像是抚慰亡灵的祭语，男人的沉默如同无言的磐石，在成片的废墟上如弓矢般坚挺着身躯。当我侧耳倾听，那泥石堆砌、墙垣断裂的地方，可有人们爱的私语和甜美的笑声？

八月十五日祭祀之夜，我的目光凄楚，这巨大的痛压得人无法喘息。我又想起一位失去父亲的小男孩，他纯朴的脸庞和平静的眼神，在烛光里与父亲对话。天堂与人间的距离到底有多远，小男孩在想，我也在想，那一夜我彻夜未眠。

天空依旧阴雨连绵，此时我只想用心去感悟给死者尊严，给生者宽慰。

一切已经过去，舟曲丰迭新区群楼耸立，城乡间已恢复往日的喧闹，而那些曾经亮丽的村庄常萦绕在脑际，连同那些孩童嬉戏的笑语。

玛曲：呜咽的鹰笛

谁的声音把鹰隼从苍穹里唤醒？

是那个站在黄昏里沉思的人吗？抑或是他手里颤动的鹰笛，一直在夜岚来临前悄悄地呜咽。

鹰笛在吹，我在风雪里徘徊，舞动灵魂。

鹰笛在吹，云层里鹰的身影挟裹着冷寂落下来。

兄弟班玛的口哨充满诱惑，远处的冬窝子在早来的雪飘中缓慢老去。

寺院的诵经声响起，他还在回归的路上。

牧鞭在黄昏里划出响亮的弧线，牛羊沉默不语。

远处，阿尼玛卿浓浓的雨雪和恋人的背影让班玛的心思窒息。

他厚实的嘴唇僵硬如石，鹰笛在吹，就像吹动脑海里湮没的记忆。

夕阳迫近，青铜之光覆盖缓慢行走的黄河，班玛的步履更加沉重，余晖中他和草原融合在一起，成为夕阳下忧伤的风景。

夏河：黄昏里的桑科

云层很低，我的心思透过草原的缝隙。

阳光已经滑落，桑科的黄昏显得空旷而孤寂。

哪里的牧歌飘进来，抚慰着我的梦境。

青藏的声音落下来，环绕着牧人舞动的身影。

格桑花开，难以替代久违的爱情。生活就是铺开在尘世的经卷，被人们痴情地诵读。桑科不远的地方，拉卜楞寺在黄昏里独自醒来。

飓风滚动，阴霾迅疾地洞穿桑科的暖意。滑翔的鹰隼，扇动着凛冽的诗情。

雨露鲜润，擦亮佛的玉眼，而我的灵魂正在接受洗礼。

迭部：次日那的曙光

西北一隅，秋色渐浓。

凝重的白龙江水让山下的次日那村依水而寒。

九月里，小小藏乡透视着一种神秘。暗夜里小楼上的灯火摇动着纤弱的身影，灯下的人沉思良久。几声犬吠，几声清丽的鸟鸣，打断了他的追忆，推开窗棂，火塘里的松苗传出阵阵清香，润之仰望着星空，此时的次日那寂静中显得有些沉闷。

一双宽大的手在行军图前比画着，一支卷烟递在手上，思绪太多，布满血丝的眼神扫视着屋内的一切。消息已经传来，拥有二十万斤救命粮的崔古仓，已被杨土司暗中打开，润之紧锁的眉头倏忽舒展。一九三五年九月十五日，次日那在晨曦中送走毛泽东，藏寨旁边旺藏寺的钟声一直萦绕在润之的耳鼓。

合作：残雪中的羚

羚羊之城翘首环顾。

羚群隐身在当周神山。

飘落眼眸的碎瓷覆盖山野，是谁呈现斑斓的胭脂，涂抹上央宗的一片伤情？

透过三月的雨雪，萧瑟的风把身躯张贴在荒野上，固执地选择落寞。

羚们的语言已失去声威，只有形象还坚持着最后的寒意。丰满的肌肤被岁月剥蚀得支离破碎，留下一地骨气舒展自如。鸟群打着口哨，充当了解冻的风铃，在早春的晨霭里唱嘹亮的歌。

远望残雪斑驳的影子，它只是冬天最后蜕变的皮囊，在人类的呵护中迅急地褪去神采。

碌曲：古寺与湖

一座沉思百年的古寺，伫立在松柏掩映的硕大帷幕下。

三月或四月的雨雪蒙住郎木寺期盼的眼神。

虔诚的魂，在钟声的悠扬中站成倔强的风景。

恍如梦幻，我瞧那清澈的眼睛一直醒着。

在青藏的腹地，尕海湖如一段悠长的思恋拍打着游子的心堤。

是西王母遗落的一滴泪吗？

还是格萨尔王爱情的宣泄。

湖水涂蓝了天之裙裾，浩渺的水系发出嗟叹。

水鸟回环，刻骨铭心的恋歌萦绕在草泽。

我的呼吸被一阵清凉的波涛覆盖，只有心跳与白天鹅鼓羽同鸣。

在小镇郎木寺的栖居之地，我谛听到亲人们询问冷暖的声音，响彻在孤寂的周身。

（原载《散文诗》2015 年第 2 期）

古老洮州的三标志
——边墙、烽墩、古城堡

高 云

我认为古洮州的古有三个标志，它却被我们忽视，甚至遗忘或熟视无睹。这三道穿越历史风烟的标记，使洮州显得浑朴厚重、凄美雄壮。如果没有这些标志，那么历史的沉积不知又从何说起。

一　边墙

第一道标志是边墙。在洮州的东西两境都有边墙，据1997版《临潭县志》记载，东边是宋边墙。该墙南起三岔乡南的关上村，经大小红花两地，过边墙河至王旗村北接洮河，是宋代洮州重镇铁城的屏障和门户。现在在王旗镇磨沟村边墙河，还能看到一段残墙。

西边墙是明代所修筑的长城，现存相对完整。自临潭古战乡西南的玉古崖起，向东延伸，经达加、甘卜他、官洛、恶藏、土桥、边古壕各闇门，至上八角顶石磴河州界，在洮州境内全长约260里。

第一次去卓尼县阿子滩乡达加村看边墙，是在2007年11月间。我独自骑摩托车经古战、尕路田、九日卡翻山远远就看见了边墙和闇门。秋日午后的斜照，使墙体泛出古铜色的基调，从闇门中窜出的古道延伸至山野之间。古道两边荒草漫漫，收割过庄稼的茬地，也无意间为边墙衬托出几丝萧瑟的气息。几名放学早归的儿童背着书包走出阉门，在古道上一路零落而行。我在阉门前的道路边停住，时间像凝固了一样，忘却了到底是在古代还是现代。

边墙高七米、厚五米、收顶三米，依山就势，雄伟壮观。《中国国家地理》杂志有文章说，秦长城"因河为塞"，汉长城叫"塞垣"或更直接的"遮虏障"，至明代才叫"边墙"。"墙"才占了长城建筑的大部分，边墙叫作长城是没错的。据该文章叙述："明长城从辽宁丹东落笔，穿越10个省、市、自治区直达甘肃省嘉峪关。""长城总长度21196.18公里，存在于全国15个省市自治区，而明长城占其中10个，总长度接近9000公里。"文章提到，在青海范围内也有明代修建的长城，但因与明长城主线并未相连，未作详述。那么洮州边墙与青海长城是否同一墙体？

数年间，我因拍照的缘故，多次在达加、甘卜他、恶藏、土桥这些地方活动，对这些边墙遗迹的毁损有些惋惜，也对它背后的"故事"萌生好奇。97版《临潭县志》有"明边墙是古长城西端之起点"句，这与我早先推测秦长城西端起点是否会在临潭境内相吻合。秦时，这里属秦陇西郡临洮县的辖地，"秦乃虎狼之国"，蒙恬西起临洮修筑长城，怎么会退后一二百里，把属于秦的一大片山川无端割舍出去？

《史记·蒙恬列传》："筑长城，用制险塞，起临洮，至辽东，延袤万余里。"作者司马迁立史作书年代，距蒙恬筑长城之时最多不逾百年，他对如此大事记错的可能性微乎其微。鉴于《临潭县志》的说法，借一次浪山的机会，我向当时的主编海洪涛老师求教，了解洮州边墙为古长城西端起点的有关资料，但海老师的回答让我有些泄气，"推论"，他说。当时有一种观点提出，明边墙就是依秦长城原墙基而修筑，这样在生产力低下的古代可以事半功倍。就这个观点，后来，我又向岷县地方史学者李璘老师求教。他说，推论合乎情理，但缺少实物依据。他自己也在玉古、达加、甘卜他一带做过实地调研考察，只能找到明代的"依据"，找不到秦汉的"依据"。没有实物依据作支撑，推论是站不住脚的。关于洮州边墙是否是秦长城西端起点，卓尼范学勇老师多年来潜心文史，实地走访，做了大量工作，有论文行世，范文《秦长城西端起点临洮地望与洮州边墙考》基本肯定明长城依秦长城遗址修筑，这里不再详述。

但是，我的疑问是：既然这是明代修筑的边墙，那么，这个丝毫不小于洮州卫城的工程，为何在洮州的地方史志中没有只言片语的记载，而修筑洮州卫城的事迹却有文字记载？

另据《中国国家地理》杂志2016年1期《三代长城存甘肃》一文提到："唐朝前期，中央政府实力强大，北方草原游牧民族，皆从参天可汗道来朝拜。'安史之乱'后，国力急剧衰落，不得不堵塞陇山道，修筑长城（堵达边墙）同吐蕃人对抗了。"长期以来，一直有种说法，唐代是中原政权唯一没有修过长城的朝代。经过百度搜索查到，唐代确实修过长城。山西省榆社县、太谷县，黑龙江省牡丹江市境内都发现有唐代修筑的长城。那么，作为大唐和吐蕃前沿阵地的洮州境内的边墙，和唐王朝又有没有关系呢？

二　烽墩

洮州的第二道标志是烽火墩。烽火戏诸侯的典故，就说明了烽火墩在古代军事设施中占据的分量。烽火墩在洮州的新旧两城周边以辐射状构建，遥相呼应，没有专业人士考证，已经无法辨别建筑时代。97版《临潭县志》记载的数量为101座，民间有"十里塘汛五里墩"的说法。据《洮州厅志》记载：洮州副总兵营所辖烽墩分南路24座，东路12座，北路20座，共57座；旧洮守备所辖烽墩东南路29座，西北路15座。

虽然经历了太多岁月侵蚀和人为破坏，依旧有为数不少的烽墩幸免于难，存留下来。我曾经不厌其烦地拍过许多烽墩的照片，游览烽墩，让人产生崇敬之心，让人感受到时光的流动和历史的静态；让人意识到岁月的沧桑和生命的孱弱。

神仙墩在临潭城关镇东山顶上，是至今保存完整的烽墩之一，每每在晨曦中透出沉静的背影，然后被朝阳照亮，被烟霞晕染。有一年秋季的一天，我去东山顶拍照，看到在暖洋洋的太阳下，几簇朴素的黄花在烽墩脚下默默绽放笑靥，黄花的微笑触动人心，让人感受到岁月的深邃。

拉扎村背后的营盘墩也是非常完整的一座烽墩，因为这座烽墩周围沿山顶平面轮廓线有一圈类似战壕的营盘痕迹，被当地村民称为营盘墩。所有的烽墩几乎都选在高山顶端修筑，而这座烽墩坐落的位置却低矮得多，据说是专为近距离监视洮河对岸的石堡城而设，从这里可以将石堡城那边的一草一木看得一清二楚，它与八木山顶的八木墩高低相望，传送信息。

最悲惨的莫过于烽墩消失的情景。那是烟囱沟梁上的一座烽墩，因为岁月的侵袭、风雨的剥蚀、人为的破坏，我第一次看见时，它四周的土层已大部剥落，只有中间一部分像石柱一样立于天地之间。当两年后，再到该地时，它像一个孤独的老人，伫立山头。去年我又顺道去探望它时，就只剩一堆坍塌的土块了。

完整保留的烽墩还有八龙川顶的八龙墩、达子沟脑的石沟墩、包家寺背后的包家大墩、钦子沟西侧的钦子墩、卓逊堡西边的卓逊墩……

在众多的烽墩中，最富有诗情画意的要数八木墩了。非常遗憾的是，这座墩在20世纪80年代后期就被毁掉了，现在只剩烽墩的底基了。八木墩在洮河北岸的山上，俯视山下洮河对岸的羊巴石堡城，洮水在这里转了一个半圆，将石堡城三面围拢，站在八木墩上，这一湾风光一览无余。这座烽墩与拉扎村背后的营盘墩形成高低呼应之势。据传，这两座烽墩是唐王朝军队与据守石堡城的吐蕃军队对峙的产物。自唐高宗仪凤元年（676）至唐宣宗大中五年（851），唐蕃之间在这一带进行过长期的拉锯战，其间虽然有天宝八年，哥舒翰以"唐士卒死者数万人"的代价攻破石堡城的胜利。但正如之前陇右节度使王忠嗣所预言："所得不如所亡。"

在八木墩上举目四顾，北方青山连绵，南向层峦叠嶂。从西向东的洮水，在青山翠峰之间悠悠迂回，令人思绪万千。临潭诗人白岩《登八木墩远眺怀古》诗最能表达此时的情与景：

> 八木蝉声初，纵目烽火墩。
>
> 石门锁瑞霭，晴川送暖风。
>
> 哥舒功碑在，洮阳遗城空。
>
> 晟㧟眠何处，故乡可有魂？

三　古城堡

古城堡是古洮州的第三道标志。在古洮州的乡野中行走，不时就与古城堡相遇。历史上，古堡在洮州可谓星罗棋布。据史料记载，洮州境内历代所建寨堡有130多处，政治军事要堡有37处。现今虽然大部分已经毁损，而且有些城堡在当地声名卓著，可惜也没能保留下来，比如杨永堡、李岗堡、杨昇堡。

杨永堡位于羊永镇岷合公路十字处，为明代洮州百户杨永屯边驻守的处所，原堡内住12户人家。1958年拆毁了堡门，2010年岷合二级公路从羊永沟改道，城堡始完全消逝。

李岗堡位于羊永镇李岗村北山坡，岷合公路南侧，东距杨永堡4公里，西距临潭县城7.5公里，是元朝小校李岗投明后远征云南，因功封昭信校尉，被派遣到此地筑堡驻守，现城堡无存。

杨昇堡位于长川乡阳升村，距临潭县城5公里。是明代洮州世袭百户杨昇屯边驻守的处所，现仅残存城堡南墙一段。

尽管如此，现存比较完整的城堡依然不少，比如：刘顺沟的卓逊堡、水磨川堡、红堡子；羊永沟的业路堡、白土堡、土门堡；新城镇的端阳堡、长川沟的千家寨；羊沙沟的双河堡、小岭堡；旧城沟的恶藏堡等。

在众多的寨堡中，有两座古城遗址值得一叙。一是位于古战村北的牛头城，该城是西晋怀帝永嘉末年，土谷浑占据洮阳时所修。因城郭在山头上依山势而筑，呈倒梯形，且前低后高，上宽下窄，形状颇似牛头而得名。牛头城前马面现今已成耕地了，城垣坍塌倾废。置身其中，唯见麦浪涌动，金黄的油菜花阵阵飘香，一派安详的田园景象。但站在对面山头上远眺，城垣及残存的烽燧依然历历在目，犹显雄浑和肃穆。

另一处是位于红崖村的鸣鹤城，是和牛头城前后时期的遗存。这座城因为少数民族叫法音译错讹之故，在不同的史料中有泥和、侯和、迷和、洪和等多种称谓。清人赵廷璋留洮州八景诗《鹤城晓日》："杲日周天际，晖流古戍城。春寒啼鸟急，露重花落轻。云树千丛翠，烽烟万里清。夕阳临眺处，水寺晚钟横。"

鸣鹤城坐落在新城镇东五里的红崖村，省道306公路从旁边经过，我们时常驻足停留。城垣虽然多处坍塌，但南墙还基本保留了原貌，城廓仍然清晰明了，城内也被改造为耕地。顺着地埂或城墙根行走，随手就可以捡拾几片古人的砖石瓦当。有一次我和朋友彭世华在城垣中捡到一块檐瓦上的"帽头"，纹路清晰，造型古拙，让人兴致陡然。

鸣鹤城形方正，东西176米，南北185米，有东西两个瓮城。城周有护城河，现在都被垦为田地。近年村民沿公路扩展修建住宅，已逐步侵占古城一线，古城的保存和保护令人担忧。

除上述两座城池外，还有羊巴古城、跌宕什古城。它们在唐代声名远扬，因为内容丰富，我计划独立成篇，在此不作论述。还有钦子沟一处古城堡遗址，相传为古可当县城址；八龙川有八龙堡，在20世纪末被毁。除此以外，洮州古城堡大多都是明代修建的，当然也不乏清代修建的。如流顺宋家庄西侧山顶的堡子，就是光绪二十一年，洮州名儒包永昌为乡民避乱所修。

现存完整的古城堡中，恶藏堡和双河堡是两座空堡。距离村庄较远，是名副其实的孤城古堡。恶藏堡据传是守卫恶藏暗门的士兵们的营寨；双河堡在羊沙乡大岭山脚下，据说也是为守大岭关或大岭山隘汛而建。现在大岭山公路隧洞正在开掘，工程队就驻扎在那里，处在大型机械设备威胁下，但愿工程结束后双河堡依旧能完好无损。

业路、白土、土门、卓逊等城堡都在村庄内，都有人居住。随着居住村民对文物古迹的重视和环保意识的增强，毁损的几率已经降低，继续保留不再有太大问题。卓逊有山上和山下两个城堡，山上城堡大门朝东而开，堡内住着一户人家，他们自称是洮州小杨土司的后裔。

据《岷州志》记载：小杨土司始祖名永鲁札剌肖，明永乐间以功授予土官百户。其子名彪，彪子名林。杨林于正德间因功加世袭不支奉土官副千户。林子名勋，勋子名寿，寿子名登高……而《洮州厅志》却将杨寿记为杨氏始祖，出入较大。《岷州志》载：小杨土司管中马番人四十五家；《洮州厅志》载：所管卓逊、达子坡、牙布、革泻、余家庄、塔儿木多、大蜀七族番民共三十户。报部士兵十名，把守青土坡、卓逊、莫都儿三处隘口。

2008年地震时，卓逊山城堡子门楼被震塌，其余墙体完好。山下堡内住着7户人家，城堡四面墙体严实完整。城外路傍地边都以石块垒墙，古香古色。人们在田地中精耕细作，节奏缓慢，大有超脱世外的感觉。在这座古城堡背后不远处，还有一处荒废的古城堡遗址，四面只剩残损的墙根，事迹无考。

千家寨，当地人将两字发一个音，就叫成了"恰寨"，位于临潭长川乡千家寨村，占地1.45万平方米，平面呈长方形，有南和西两处城门。我一直对此城堡的地形方位感到辨别不清。按理，长川沟水由北向南，经千家寨城外流过，汇入洮河。但水流出去的那边的城门却不是南门而是西门，这就似乎是地形在这里有个拐弯，我的头脑却始终拐不过弯。据传，此堡是明代洮州卫指挥千户敏大镛的千户所。敏大镛，回族，江苏南京人。明初将领，洪武十一年随沐英来洮州平叛，奉命屯军洮地。也有传说，他在东路敏家呢、哈尕滩都有人员分布。因为缺少资料，查找不到更多事迹。

红堡子坐落在流顺川，因当地土质颜色而得名。而这个川的地名也因城堡的主人而得名。这座城堡是明代昭信校尉世袭管军百户刘顺和他的父亲刘贵建成的。刘顺祖籍直隶州庐州府六安（现安徽六安县）人。明洪武十二年，洮州十八族番酋三副使叛乱，平西将军沐英、曹国公李文忠奉旨平叛，刘氏父子随军征讨，来到洮州。叛乱平息后，他们奉命协同奉国将军金朝兴、当地土司南秀节等督军修筑洮州卫城。其后刘氏父子根据朝廷敕谕，修筑了红堡子作招军守御、管理屯军、征收粮草事务的营寨。洪武二十五年，刘贵随大军南征迭部途中负伤，于洪武二十六年医治无效亡故。刘顺奉旨袭职"洮州卫左所管军百户"，经太祖朱元璋敕命，刘顺所驻军管理的地方被正式命名为刘顺川。

红堡子呈正方形，边长九十乘九十七米，墙基七米、收顶两米九，高十米，坐北向南，周围村舍环绕。北面城墙顶上刘氏后辈及部下建有祠庙，春秋祭祀，形成了洮州庙会文化的一部分。

至于大家耳熟能详的洮州卫城，现今已是临潭旅游的金字招牌，资料浩瀚，妇幼皆知，人人引以为傲，个个如数家珍。洮州卫城，更是洮州城堡的代表。洮州的边墙、烽墩、城堡构成了古洮州线点面的军事防御体系，呈现了古洮州边域的地理风貌，和独特的社会历史特征。进入了古洮州，就进入了历史。边墙、烽墩、城堡像三位老人，向你呈现这里的古老历史，在此就不再赘述了。

（原载 2018 年 3 月 21 日《甘南日报》）

上去那个高山

牛仲筠

这山却是面北背南的。来的人上到底下，不很见天日，可一件衣服也热得不行。

问人，说光那上去下来，怕也有 30 多里的光景。我到时已近中午一点，只好先在大殿下放了车子，托几个忙乎的工匠代看一下。

7 月天气。路贯穿在树下，就不见人的。头天门、二天门……石级旁就写着，且在最上一层，像点试凡人的意思。至五天门，方见一老者，拄杖，缓缓拾级。无意地跟在后面。

外面来的吧？

就是。

那老者却也面善，就慢下来边上边扯。才知他离这里不远，一闲就来。且是不去顶上的，只在山腰，问做啥？老者一晃另一只手里的铜壶：熬茶。

九天门上，就得斜往高里走，路下有娘娘庙，一伙人喊着口号，正在重修。依老者的意思，不去。

果然，老者不上了。说那里树下有泉，正好熬茶。老者说：下来时，可以来喝。

往上远看，是整齐的崖，青色地抹下来，不见路。上去才知道有的，显然是人工的力量，一溜的齐肩宽，盘旋过去。到舍身崖，就不一样，叫的舍身崖，其实是路过虎口，得借石上铁链才行。为什么叫舍身崖呢，不关心也无从知道。往崖下看，冷气直冲：一脚踩空，大概是能就义的。

一路上石块里凿孔，砸上铁链的，多了起来。山下的大殿，也小得似乎不见了。漫山遍野，没有人影了。

脚下猛地轻松起来，风也吹的有了声音。一身的水，感到冰凉。口渴得要命，小包里的馍馍，干嚼，好好咽不下去。

当地人说那金顶高：山下仰头，帽子是一定要掉下来的。想来亦然。上面的庙式建筑，供奉摆设，没多大看头，佛不佛道不道的。倒是坐下来，看看风景，才是来的正道。

原来另外的山，远、高到雾中，看是像有雨的模样。不知那里可有似我的人。因为风大帽子飞下来将永不再回，只好拿着。可一抬头，高山千姿，自然的风景，大的无边。

那一刻，冷凄中突然确切地认为，自己原本是一个小小的了。走来走去，也毋须说或说不出来，又只能是小小的一个了。

手边有枇杷树，叶格外厚实，采了。过玉皇阁，塑像一样的华丽俗气，于是下来，经蛇倒退（极陡的意思）沿路走，满身也轻快了。

有人喊，是老者。正口渴难言，坐着。茶酽得发黑，喝着，天地间万事万物，格外地鲜艳起来了。

金顶，现在我是不大上去了。

老者隔着若无的松烟，续上茶，两目空空地说话。

后来，就爱在这儿喝茶，也好啊。

老者的神态在眼中慢慢飘逸起来。他背靠的树，年轮交错，而老者的幸福……顿然心明。

跟老者道别，下山，穿大林。是夜睡于山中路边，有月又有星。却早早地不想什么，入眠了。许是困乏极了。

（原载《甘南报》）

秋日迭当什

彭世华

9 月，天高云淡。要去看迭当什古城，真好。

尽管去过的人说，没啥看头，不过是一座空城。但忍不住空城的诱惑，想看一下被时光流在彼岸的记忆。

看见洮河了，是一条绿色的河，河面很宽，绕着险峻的山群流过来，那声响，是极复杂，又极简单的。想想人两次不能踏入同一条河流，也真是的，这流水确是新鲜的，上一刻的水无法预知下一刻水的前程，而下一刻的水不知上一刻水的奔波，生而为水，那生命的经历，如同剪不断、理还乱的历史，只有自己去细细聆听细细体会了。河对面有人家，临河有一排杨树，只有一棵黄了，灿烂似金，绚丽夺目，竟然将那河畔的淡绿、远山的苍黛，在气势上战胜了，原来秋色也可以这样美妙绝伦。

要过河，河面上有一座桥，悬悬的，被钢丝绳吊着。桥面上铺着木方，换过许多回了，不是很平整，一些木板大概腐烂了，掉到河里，没了影子。开车的人胆镇，坐车的人也就胆子大了，握紧方向盘，慢慢地，一点点挪过去，也就过去了。这样的吊桥已不多见，过一回，也不错的，有点惊险，有点刺激。

村旁有几棵参天杨树，虽然满脸沧桑了，却依旧枝繁叶茂，竟活出了仙风道骨，被人们顶礼膜拜。最大的一棵，试着抱了下，大致需 5 人才能合抱，不知道活了多少岁，生活了多少年。树身上有人挂了哈达，还写有藏文，不知道写的什么。想要是在城里，人们早就圈起来，当作国杨了。

　　然后继续前行。去录竹沟，沟很深，车跑了很长时间。想半路上下来，烧水喝，却下不了，那就一根筋地往里走，路是刚铺好的，比城里的路还平整。沟两旁是绵延的山，高处的乔木，低处的灌木，相得益彰，景色也随着山的变化、云的变化而变化。终于看见田地了，田地的四周有简易的木头围栏。看见了围栏，村庄应该不远了。果然，就见高高的白色架杆了，横七竖八地排在路侧，有的架着豌豆，有的架着青稞，有的空着。

　　村庄沿阳坡排开，人家坐北向南。录竹河自西向东在村前流过，水不甚大，清澈透亮，河上有简易木桥，几根木头并在一起，连钉子也是多余。过了木桥，是收割后的田地，再远一点，就是茂密的山林。一个篮球场，几乎被草占领了。一堆木头，抛弃在那里，在风雨中腐朽了。沿河边，新修了河堤，好是好，但高出路面一二米的红漆栏杆似乎与传统的村落不大协调。村庄里正在修村道，铺水泥路，有一段修好了，上面铺着的白塑料还未去掉。一位中年妇女在打簸油籽，风将刘子吹到一边，红色的油籽随着她腰肢的扭动落下，在白塑料上堆成了红沙丘。架杆掩映下的房屋大部已翻修，大多人家都是砖木结构，打了玻璃暖廊。为了找到老房子，穿了几条巷子。找见了一家，是土木结构，楼上住人，楼下饲养牛羊，放置杂物，但院落里停着兰驼，大门口放着轿车。好几户人家从一楼房顶到二楼房顶，都搭着一根独木梯，俗称"西番梯"，在木头上只是锯了一些简易的台阶，看起来不大好使，登这般的梯子，的确有点悬乎，有点害怕。在出木头的地方，竟然也这般的节省，感觉好奇。大概这只是一种习惯，一种传承，不用去多想的。院落四周是人家园子，园子周围为木栅栏，将一些松木劈成半人高的木片，插入土中，用柳枝串连。那些花儿、草儿也不甘寂寞，从泛白的栅栏缝隙中钻出来，探头探脑。菜园里，葱、白菜、洋梗、包包菜还使劲长着，全不理会秋的到来。有三五个小孩子，慢慢地靠近，看我照相，张望着，一脸的疑问，那老房子里有啥呢？村里依旧很安静，除了铺路的振动机发出的声音外，就是录竹河的声音。村中间，还有一座嘛呢房，房门紧锁。四周有转经筒，金光闪亮。在一户人家门前，还看见了一位白发老人，年龄看起来80有余，抓着胸前的绳子，背着一大口袋粮食，腰弯曲得厉害。年轻人去哪儿了，不好追问，问了，也怕听不懂。

这样详细地说录竹沟，是因为这条沟一直延伸到阿拉、双岔，再过去，就进入古松潘了，是一条茶马古道。

此行，主要是要去迭当什古城的。就从录竹沟原路返回。因洮河水阻挡，绕了好大一个圈，才绕到古城东侧的迭当什村。村子因新农村建设，焕然一新，水泥路面，小型广场，玻璃暖房，铁皮大门，有穿着藏衣长衫的老人坐在阴凉里，慈祥地捻着数珠。偶见一户人家在竖着经幡杆子旁的平顶门头上种了花朵，五颜六色，非常好看。村中还有一圆形煨桑台，周边用卵石层层堆积而成，在别的地方似乎没有见过。

古城位于村子上方的台地上，从村子到古城有大路可绕行。拐了几个弯，有棵杨树在崖头上，枝丫斜出，像是消息树。再往上，一马平川，铺在眼前。真是百闻不如一见，在这儿，顿觉天地开阔、城池险要。置身于古城，俯看脚下洮水平川环绕，远看四周山峰崔嵬连绵，忍不住惊叹于哥舒翰卓越的军事才能。对"磨环川"（像磨盘一样环绕的川）这一历史地名也有更直观的认识了。古城背倚茫茫翠峰林海，坐南面北，有多级台地，最低的一级台地，长300多米，宽200多米，距离山下平川约50米，很平整，现辟为农田，庄稼已收割。东侧城墙留有痕迹，北侧几乎荡然无存，西侧低矮的城墙时断时连，旁有护城河，南侧城墙保存尚好，宽约2米，高约5米，一些灌木，护卫着古老的城墙，纵观地形，这该是大唐神策军军营了。二级台地，周围栽有白杨，杨树不算大，中间有坟数座，相传为唐墓群。"多少春闺梦中人"，成了"无定河边骨"。四周有墙体，应是今人板筑，也算是一丝安慰吧。最高的台地面积最小，似有烽墩痕迹。整座台地上少见残砖碎瓦，只捡到一两个瓷片，一片似宋瓷，特别白净细腻光滑，一片似元青花，青花漫开，底部有一大"元"。

回眸历史，唐天宝十三载（754）七月十七日，陇右节度使哥舒翰在临洮（今卓尼羊巴城）以西的磨环川为防御吐蕃而设置戍边军队，选当什古城则为军营，成如璆为太守，充神策军使，神策军由此而来。公元755年十二月安史之乱发生，乾元二年（759）这支军队千余人由军将卫伯玉率领入援，参加了攻围安庆绪（安禄山子）的相州之战。唐军溃败，卫伯玉与宦官观军容使鱼朝恩退守陕州。这时神策军故地难以自保，被吐蕃占领。卫伯玉所统之军仍沿用神策军的名号，伯玉为兵马使。伯玉入朝，此军归陕州节度使郭英乂；英乂入朝，神策军遂属鱼朝恩。广德元年（763），吐蕃进犯长安，代宗奔陕州，鱼朝恩率此军护卫代宗，随入长安，从此成为禁军。大历五年（770），鱼朝恩因罪处死，以后十几年神策军均以本军将领为兵马使统率。建中四年（783），幽州节度使朱泚发动叛乱，德宗出奔，流亡奉天。在这场由李晟领导的平乱战役中，神策军表现英勇，歼灭朱泚，收复京城，迎接德宗入朝，使唐王朝转危为安。事定后，德宗认为神策军最为可靠，宦官最为可信，于是神策军大权落于宦官之手。神策军的地位日重，由于宦官控制了神策军及其他禁军，同时也控制了长安城及整个关中地区，从而造成宦官集团长期专权局面，神策军也日渐腐化蜕质。天复三年（903），历经149年的神策军被正式废除。神策军在选当什古城驻扎时间大致也只有5年光景。留给后人的不只是"北斗七星高，哥舒夜带刀。至今窥牧马，不敢过临洮"的浩气，还有"十万羽林儿，临洮破郜至。杀添胡地骨，将足汉营旗。塞阔牛羊散，兵休帐幕移。空余陇头水，呜咽向人悲"的凄凉。

回望古城，竟想起李白的《子夜吴歌》："明朝驿使发，一夜絮征袍。素手抽针冷，那堪把剪刀。裁缝寄远道，何日到临洮。"或许，那震颤心灵的不是金戈铁马，而是素手银针。

流连再流连，我究竟流连什么，是一座城，还是历史，还是历史深处的故事。依旧说不清，道不明。从迭当什古城下来时，暮色已降临。一行人，驱车在麻路吃了饭，沿江可河返回。同行者，马主任、玉安、高云。

（原载 2016 年 10 月 26 日《甘南日报》）

那片绿草地

王旭光

　　从下树滩那块绿草地回来，我就注定要写一点东西来记忆了。为它，也为他们。

　　庶务忙，总有办不完的事儿。但终究还是没经住几位年轻的"酸"哥儿们的邀请，加上自己心里也好像有一种什么不想割舍或割舍不下的情绪，遂担了两扇胛子一张嘴，去了那个青年文学爱好者野外联谊会。

　　好多年没有写什么东西了，我总有一种被文字抛弃的感觉。坐在颠簸跃进的兰驼车上，心被"嘭、嘭、嘭"响着的马达声扬起又抛下，晃晃悠悠，空荡荡地难受。无论怎样搜肠刮肚，也寻不来咬文嚼字的那股滋味。听着同伴们一路海谈阔论，私下也便有些惭愧和怅然了——滥竽充数者也！

　　聚会的地方不大，草很少且有些芜杂，酒瓶碎片、空饮料盒、花花绿绿的糖果纸、废塑料袋、骨头干巴满地都是。闭上眼睛想象这里曾经有过怎样一场欢愉情景，心里不由渗出丝丝的凉来；又像被相扑运动员般重且大的手或脚挤压或践踏一样，胸闷得有点喘不过气。

　　前些年，我也是经常在这样的好季节、好天气出去闲散的。不过那时候，这里草滩还很大，草稠密而碧绿，有粉白、水红、淡黄的小野花散浮其间，在温暖的阳光照耀下，草地像一挂茵茵的毛绒毯一般，不说坐，看上去就有一种厚实、柔软、舒心感。草地偏西北崖坎下有一泉，当地人唤"黑泉"，其水清凉甘洌，汩汩而溢，淙淙而流，水流之处，掬一池即收尽谷中蓝天白云；微风习习，阵阵麦香和油菜花的馥郁沁人心脾。循着蜿蜒而去的溪流眺望谷口，隐约可见葱苍林山起伏于淡淡雾霭之中……设若滩头小憩片刻，范老夫子那种心旷神怡、宠辱皆忘的心境就会飘然袭临了。

那曾经是一个多美的所在啊！

因大片草地都被挖了做鱼塘，或者开荒种了庄稼，选来选去，最后我们在几棵白杨树"保护"下的一席半秃半绿的草坪上"安营扎寨"。同伴们一致赞同将饭锅架在别人用过的锅台上，以不至于再在这块席片大小的最后一抹绿的阵地上，留下一处黑乎乎的纪念品。

酒过三巡，大多原本还崇于斯文、安于清净的酸哥儿们，也经不住傻水儿的加热，个个红光满面，兴高采烈，又说又闹，像开了杂货铺子般。从身下这块绿地的被蚕食，北方酷旱而南方多涝成灾，气候反常、地球升温，由此造成直接或间接经济损失若干亿；到市场经济如何，反腐倡廉怎样；有人如何把错别字满篇的日记改头换面，挂上某某名人私生活手迹实录的羊头，卖了个好价钱。又有人怎样艰辛面壁，稿费却让外孙子的外孙女婿领了去；诗仙李白如何斗酒诗百篇，"英雄"张铁生怎样白卷上书挣零蛋……言不尽人间百态、社会万象。加上一部白话文学兴衰史，让他们竟也气宇轩昂、豪情万丈，手舞足蹈、又哭又笑，又诗又歌、不亦乐乎。远在偏野无人问，无拘无束，癫狂成一树风景，为这逐渐寂寥没落的草地，平添了一股生机和活力。

我觅了塘边的一刻坪台，俯身而卧。

轻轻抚摸身旁的草丛，不由为它即将跨入枯衰季节的门槛，而仍充满生命张力的存在深深感动。

我想，正因为有了它们，才会有生机勃勃的春天的回归，它们是春天的忠实旗手！

记得鲁迅先生曾这样说：有存在，便有希望；有希望，就有光明。

忽然想起曾在七八年前给自己起的一个笔名——"野草"，从未及署。现在，我决定在写这篇短文的时候要用上了。愿这一株小绿，也能挺风而立，汇入"野火烧不尽，春风吹又生"的大片绿中，凭着不屈不挠的乐观个性，经受岁月和风雨的磨炼。即使枯衰了，也要把生命的种子揽在胸口，让他随风而去，落地而生，以蓬勃向上的身姿和不竭的生命之色，去充实和美丽这块土地与这个世界。

明年春天，那片草地兴许会汪汪地绿起来的。许多事情，我总是往好处想。

（原载《格桑花》1997年第1期）

娘家在古战

薛　贞

　　小时候和几个小姐妹去县城买作业本，半路上搭了一辆拖拉机。人家问，你们是哪个庄子的？我们说，古战的。大古战还是小古战？我们异口同声地说，大古战的！当时不知道哪里是小古战，只觉得我们的庄子那么大，理应是大古战。如今若有人问起我是哪里人，我也说：古战。对方往往点头说：哦，古战，一个大庄子，出人才的地方！我便沾沾自喜，顺便又将我们的庄子夸耀一番。有熟识的人就说我，你已是嫁出去的人了，古战是你的娘家。

　　是的，我的娘家在古战。这个生我养我的村庄，有着六七百户人家，山清水秀、人杰地灵。故有李晟、李愬等名将，今有数以千计的上至省城及州府，下至基层单位的"公家人"，还有许多远近闻名的能工巧匠和精明能干的生意人。

　　村西的一段山坡上（我们叫古战庵），一前一后坐落着两座寺庙，飞檐金瓦，气势不凡。每逢初一十五，就有人去古战庵烧香拜佛，许下美好愿心。而在腊月三十至大年初一凌晨以及正月十五这些重大节庆日，古战庵上更是桑烟缭绕，钟磬声声，香客如云。稍后的山梁上，有一段年代久远的古城墙，那就是省级文物保护单位——牛头城。

　　我读小学时，家住村西的瓦窑泉边。瓦窑泉，因山坡上有一座砖瓦窑而得名，泉水清澈甘洌，附近许多户人家的人畜饮水全都依靠它。天刚蒙蒙亮，成群结队的姑娘媳妇们，挑着水桶从村子的四面八方赶来。媳妇们像一群热闹的喜鹊，叽叽喳喳说笑着。谁家媳妇生孩子了，谁家老人病了，谁家娃娃打架了，谁家要盖新房子了。姑娘们轻声细语的，有些爱害羞的，只顾蹲下身来舀水，舀满后头一低，身子一躬，担上水桶便走。太阳尚未出来，挑水的女人们已经散尽。傍晚时分，成群结队的牛羊骡马要归圈了。那些高大的牲畜，在泉水下游饮水，它们呼呼地饮上一气，又扬起脖子，若有所思地望着远处，仿佛在品味泉水的甘甜。天气暖和的时候，我们在溪水边安放好洗衣板，撩起清凉的溪水搓洗衣物。大人们边洗边拉着家常，我们几个小姑娘洗一会儿，玩一会儿，好不自在。洗干净的衣服晾晒在泉水周围的青草地上，花花绿绿的，像盛开在夏日晴空的各种花朵。

有一年"六一"节，学校组织全体师生去村子附近名唤东坡的山上去野游，大家浩浩荡荡出发了，一路上彩旗飘飘，歌声嘹亮，引得路上的村人纷纷驻足观看。文艺节目演出开始了。蓝天白云下，我们在绿草地上跳啊，唱啊，至今还记得有一位高年级女同学唱的那首《美丽的草原我的家》：美丽的草原我的家，风吹草地遍地花。草原就像绿色的海，牛羊好似珍珠撒……虽然东坡不是草原，庄子里的牛羊也不似在草原上那样繁多，但此时此刻，眼前的一切是那么令人迷恋：坡上是成片绿油油的麦田，远处是悠闲吃草的牛羊们；山下是蜿蜒流淌的古战河，河边绿草如茵，大片的杨柳树林似一道绿色的屏障，保护着我们的村庄。

秋天到了，白杨树的叶子雪花般飘飘洒洒。一放学，我们几个小姐妹就背上背篓，拿上扫帚，去河滩树林子里扫落叶，以备冬天烧炕用。大家各自占好一大片领地，然后刷刷地扫起来，不一会儿，每个人眼前都堆起高高一座黄叶的小山。装满瓷实的一背篓树叶，我们一路唱着歌儿回家。

最有趣儿的是每年正月十五前后几天。姐妹们相约着去庄子中央的戏场上看戏。所谓戏场，就是在一大片空地上，建有一座简陋的戏台，每年正月十二左右，戏台便被装扮一新，枣红色的幕布挂上了，大红的对联贴上了。儿时的我问父亲，为什么正月里要唱戏？父亲说，戏是给神唱的，为的是保佑庄子里四季平安、风调雨顺。从正月十三开始，由村里统一组织的秦腔演出就拉开了序幕。唱戏的全是庄子里土生土长的演员。那时候唱得最多的《铡美案》《三滴血》《三娘教子》等传统剧目，台上每出现一个新角色，人们就指着说这是谁谁的父亲，这是谁谁家的儿子。生旦净丑全由男人们扮演。唱旦角时嗓音音细一些、扮相俊美一些的，人们就说演得像，嗓音粗的、扮相不太靓的，人们就发出会心的笑声。当然这笑是善意的：大过年的，人家辛辛苦苦为咱唱戏，就已经很不错了。后来有年轻媳妇和姑娘们逐渐登上了戏台，这才填补了女演员的空白。

我有时跟着母亲看戏，有时和几个堂妹们在一起逛，这儿瞅瞅，那儿看看，和相熟的人打着招呼，买一些平时见不到的小玩意儿。喇叭里传来高亢嘹亮的秦腔唱段，小孩子们在看戏的人群中鱼一样穿梭，人们穿着一年四季舍不得穿的新衣服，一边看戏，一边说笑，一边前后左右地瞅着陌生或熟悉的人。而今，戏台早已翻修一新，高大气派，戏场里全都铺上了彩砖，四周还装了太阳能路灯。古战戏班也已解散，取而代之的是省城或天水等地的秦剧团，生旦净丑一应俱全，先进的舞台装备更是让乡亲们大开眼界。

站在瓦窑坡的最高处，你会看见，整个村庄坐落在一个小盆地里。周围青山连绵，山下绿树成荫。绿色的麦田和金黄的油菜花交相辉映，呈现出一派美丽的田园风光。一排排平顶房整齐排列，黄土的屋顶朴实无华，明亮的玻璃暖廊熠熠闪光。不断增加的一座座大瓦房，是村庄里一道亮丽的风景线。最漂亮的建筑当然是古战九年制学校了，一座座教学楼拔地而起，一处处功能区井然有序。整个学校和20世纪八九十年代相比，有了天翻地覆的变化！你会听见，从庄子里传来一种巨大的、混合的声音：拖拉机的奔跑声、小汽车喇叭声、狗吠鸡鸣声、人们的说笑声、校园里的读书声、唱歌声、能工巧匠的电焊声、电锯声等等，像一首雄壮的交响乐，听似杂乱，却蕴藏着无限生机。

娘家在古战。古战里有我最牵挂的父母双亲，叔父婶婶、姑父姑妈们，以及许多勤劳朴实、聪明能干的乡亲们。看着乡亲们舒心的笑容，走在娘家门前宽阔平展的水泥路上，我从心底里祝福亲人健康幸福，祝福古战越来越美！

（原载2013年4月19日《甘南日报》）

磨沟齐家文化的平和气度

罗　腾

2008 年 7 月，甘南平地惊雷般爆出了中国考古史上一项重大发现。

甘南州临潭县陈旗乡磨沟齐家文化墓地被中国社会科学院评为 2008 年中国考古新发现和 2008 年全国十大考古发现，一时间甘南临潭陈旗磨沟成为中外考古界和学界关注的热点。

可是这样吸引世人眼球和震动中外的重大发现，在甘南当地却出奇地反应平淡、知之者了了。这种"圈内热火，圈外冷清"的巨大反差，并不是熟视无睹、事不关己的文化冷漠，而是在这片高原之上为生活务忙的人们，对自己祖辈生活的故土，传习下来的历史文化，没有得到一个清楚认识的机会。

齐家文化，它处在中国文化的源头，是构成中国文明的重要渊源之一，是我国新石器晚期铜石并用的一种考古文化。1924 年因瑞典人安特生在甘肃广河县齐家坪首次发现发掘而命名。齐家文化分布范围较广，东起甘肃东部的渭水流域，西至湟水流域，南至西汉水、白龙江流域，北至黄河上游宁夏和阿拉善左旗附近。目前共发现遗址 360 多处。齐家文化的年代据碳十四测定，上限在公元前 2300 年左右，下限可能已进入商代，即距今 4300—3500 年左右。

齐家文化在中国文化史上究竟有什么样的地位呢？虽然齐家

文化出土最多的是陶器、石器和骨器，但齐家文化在中国文化史上不可动摇的地位，却是由集中出土的铜器和玉器奠定的。

首先是铜器。齐家文化是集中出土早期铜器年代最早的。齐家文化标志性的器物是考古挖掘出了中国历史上最早的两枚铜镜，齐家人也是目前我们所知的，中国大地上最先使用金属器物的部族之一。铜器的使用，标志着以石器为代表的原始社会开始迈入以青铜为代表的奴隶社会，中国社会由此步入了文明时代。齐家文化的铜器主要为小件器物，出土器物以铜牌饰、铜镜、铜斧（锛）、铜刀、铜璧、铜徽章等实用器物为主，分红铜和青铜。年代上跨越了中原龙山时代晚期和夏纪年的早期。如果将中国铜器的发展设为三个阶段，那么齐家文化铜器代表着中国青铜器文化的发生、发展阶段；而商、周的铜器则代表着中国青铜器的繁荣顶峰阶段；秦汉铜器更是代表着中国青铜器的实用成熟阶段。并且齐家文化地处中原与欧亚草原联系的枢纽地带，在中国铜器的起源与发展中都具有极其重要的地位。可以说，在中国文化由石器时代步入文明时代的过程中，齐家人走在了最前面，是当时最先进的青铜生产技术的代表。

其次是玉器。玉石是中国古代用于祭祀的重要礼器，也是君王、贵族、士大夫身份地位的标识和象征，由此逐步形成了中国人崇敬和喜好玉石的文化传统。可以说玉文化是唯中国文化独具，区别于世界其他文化的最鲜明特征。中国玉文化的源头在哪里？以前，文化界一直瞩目于东北的红山文化和长江下游的良渚文化。可近年来，伴随着齐家文化考古的屡屡发现，古玉文化研究领域有了新的历史性突破。中国古玉器研究会会长侯彦成先生和南京博物院研究员、著名高古玉研究专家汪遵国提出，通过对齐家文化遗址的发掘与论证，齐家玉器被证明是我国古玉文化的核心。这一论断是在对齐家玉器以及夏商周玉器的分析论证中得出的，从而纠正了过去将红山文化和良渚文化作为古玉核心的论断。

齐家文化的用玉虽然品种复杂，有和田玉、玛瑙、水晶、绿松石等等，有别于红山文化和良渚文化的品质。但是齐家文化出土的璧、琮、璜、环、璋等玉器器型都被后来的商周玉器传承了下来。就是说齐家文化玉器直接影响了以后的商周玉器，影响了中国玉器早期的造型和发展。齐家文化时期的玉器，早在清中期便开始为人们所关注。据史料记载，清宫旧藏的新石器时代玉器中，齐家文化玉器就占了一半以上，足见齐家文化的玉器对后世影响之深远。有了解放前大英博物馆用一卡车银圆买一件齐家文化五孔玉刀的佳话，齐家古玉一度成为港台和海外时兴的收藏，经久不衰。特别是2006年一期中央电视台的鉴宝节目播出了齐家文化玉刀，专家估价达80万元之高，立即引发了公众的热烈追捧，掀起了国内齐家古玉热。

如果我们将中国文化比喻为一条巨龙，商周文化就是这巨龙的龙头，流光溢彩的青铜文化和朴拙灵秀的玉文化就是这条巨龙头上的龙睛。可以肯定地说，是齐家文化和其他文化一起点上了中国文化巨龙的两只眼睛。仅此两点，足以使我们为同样生活在这片土地的齐家先民所创造的灿烂文化，由衷地感到无比的敬仰和自豪。

2008年7月甘肃省考古所在对九甸峡库区进行抢救性挖掘当中，发现了迄今为止全国最大的齐家文化墓地。目前保护性挖掘了346座墓葬，出土陶、石、骨、铜器物2600余件（组），距今4200至3700年，属于青铜时代。在一个地区集中发现这么多的齐家文化墓葬是从来没有过的。2008年11月墓葬的初次挖掘结束了，从公布的信息来看，甘南陈旗磨沟齐家文化除了具备其他地区齐家文化的基本特点外，又有自身鲜明的特色。仅从这次出土的器物和葬式来看，她的文化气象，包含着更多的平和气度。这种平和气度，表现在文化传承与变迁上的开放、交流。从这次考古挖掘来看，磨沟齐家文化遗址，证明了齐家文化上承马家窑文化，下启寺洼文化，担负着承前启后的传承的角色，也确立了齐家文化承前启后的文化传承地位。距今4000年左右，正当中原地区的原始社会开始解体，夏朝就要形成之时。以甘肃中南部为中心，包括甘南大部分地区也发生了具有划时代意义的变化，出现了创造出灿烂文明的齐家文化。由于独特的地理位置，齐家文化一方面受到来自东方的中原龙山文化的影响；另一方面首当其冲地面迎了北方草原文化和西方文化的冲击，成为东西方文化率先接触的地区，并且形成了齐家文化文物具有多元因素的特色。齐家文化开放包容的基本精神是与生俱来的，这种积极的精神也加速了东西方文化相互传递的速度，由此体现了齐家文化在中国文化源头上的重要地位。

磨沟齐家文化的平和气度，表现在对待不同文化态度上的尊重和包容。在2008年的4个多月中，磨沟齐家墓地共发掘了1700余平方米，清理墓葬346座，令人称奇的是当中还挖掘出了3座寺洼文化墓葬。这不仅说明齐家文化墓葬和寺洼文化墓葬之间有着很强的内在联系，同时也体现了齐家文化对待其他文化的包容、尊重的态度。寺洼文化被确定为甘南的土著文化，西羌文化或戎狄文化，以火葬为鲜明特点。在磨沟齐家文化墓地出现火葬墓和土葬墓并存，齐家文化和寺洼文化因素并存，齐家部族与寺洼部族并存，确实是罕见的。现代新闻不时播出的，在非洲、东欧、东南亚等地与种族和文化间的差异引起的冲突，发生的种种暴行，令人发指，他们与齐家文化晚期齐家人对待寺洼人尊重、包容的态度和胸怀相比，这些信息时代的文明人，野蛮、狭隘的头脑仍然停留在了原始阶段，灵魂和肉体的扭曲，拉伸了近几个社会类型，成了没有同步进化的怪胎，也堪称一大奇迹了。齐家文化的开阔胸襟，也足以让那些狭隘的文化学者和民族极端分子汗颜。

磨沟齐家文化的和气度，表现在丰富自己独特文化价值的继承的创新上。从考古挖掘来看，磨沟齐家文化遗址面积为30多万平方米，经前期调查发现了仰韶中晚期、马家窑、齐家、寺洼等文化遗存。其中齐家文化墓葬区在距磨沟村北面100米、靠近洮河的台地上，面积大约8000平方米。齐家文化陶器继承了马家窑文化彩陶的某些特点，以素陶为主，彩陶较少，器物在大步走向实用的同时，也开始了符合自身文化价值特点的创造。齐家文化器型以中小型居多，侈口双耳折肩罐、双大耳罐是其典型代表，也有造型精美的陶盉和动物型器物、彩陶多绘三角纹和菱格纹。并对后来寺洼文化产生了深刻的影响，今天我们民间还在使用的陶瓷器具的器形，大都能在齐家文化的陶器中找到影子。

磨沟齐家文化的平和气度，表现在文化价值和器具用途上的人本和人性上。青铜器是那个时代最先进生产力的代表。从目前出土的器物来看，磨沟齐家文化出土的青铜器却大多用在了妇女的装饰用品。1987年甘南州在临潭磨沟齐家文化发掘中，首先发现了一只青铜手镯，也是甘南州境内发掘出的最早金属器物。去年，省考古所发掘出土了半月形青铜项饰物，其形状与今天云南苗、佤等民族当胸悬缀的银饰近乎相像。加上以前齐家文化发现当胸佩戴的铜镜，联想到今天舟曲藏族妇女当胸悬缀的银盘古镜。我们可以想象，在手、胸、耳佩戴铜饰品的齐家妇女，有着清丽形象外，更多的是丰富的人文气质。与四川三星堆文化青铜主要用来铸造祭祀神器，商周青铜器主要用来制作礼器和兵器的用途方向有所不同。齐家人更注重青铜器的实用和生活装饰，反映了齐家文化的生活品味和价值取向，更趋向于平和和人本的人文品质。

磨沟齐家文化的惊人发现还在于特别的葬式上。让专家们激动不已，震撼中国考古学界，让人们不得不重新审视齐家人的发现，就是磨沟齐家人神秘的葬俗。齐家人的葬俗非常独特，他们采用竖穴偏室墓，而且出现了多人多次葬。在规整的氏族公共墓地上，可能分家族或家庭分配了葬穴，家人故去，先葬其中，后故者继。注重亲情的齐家人，通过多人多次葬法，最彻底地在葬俗形式中体现"生同室、死同穴"的人性亲情，把人性的温暖情怀表达到了极致。

从目前挖掘的资料不难看出，齐家人是很平和的，没有出土青铜兵器，说明他们没有太多的战争需要。主要通过与周边部族实行牛羊或农作物交易，实现着经济文化交流和种族的繁衍强盛。在有限的资料中，我们可以看出齐家文化绝不是封闭的，唯我独尊；而是有开放气度的，包容了多种文化元素和传统，形成了自己的特色。也正是有了这种包容开放的文化气度，才使齐家文化创造了灿烂的文明，在中国文化的源头做出了开源辟流的巨大贡献。

磨沟齐家文化的发掘，让沉睡在甘南大地几千年来的丰富历史文化遗产，展露一角。这块被时代潮流湮没近千余年的文化荒域，也将逐渐回放他在中国文化和各民族发展历史上的光辉流彩。

我们满怀信心地期待，在此后的考古挖掘中会有更多更有价值的发现。

（原载 2017 年 4 月 9 日《甘南日报》）

黑措小城

王朝霞

久居小城多年，我却越来越清晰地感受到我们彼此间的陌生和隔阂来。似乎我和它之间，谁都不愿意放下姿态去走近对方、了解对方。或者说，虽朝夕相处，我们却无法融为一体。

小城的名字很喜气，叫合作。乍一听，容易让人联想到"合作愉快""谢谢合作"等一些热情滚烫的词组来。其实"合作"是由藏语音译而来的，最早叫"黑措"，意为羚羊出没的地方。翻阅史料时，我一下子就喜欢上了"黑措"这个名字，仿佛眼前有千百万只藏羚羊正浩浩荡荡地从青藏屋脊迁徙而来。虽然路途遥远，可它们依然扶老携幼秩序井然，其场面之壮观让人热血沸腾。而辽阔的黑措大草原上，一波万顷的花海和牧草正摇曳着无限蓬勃的未来。

小城很小，总人口还不到 10 万。倘若不是过于漫长的冬季，这座四面被山峦环绕的小城应该足够盛放一个文艺女青年的雄心与壮志。可是，这么多年过去了，文艺青年已经熬成了文艺中年，曾经汹涌燃烧在她心底的那些梦想之火，也在小城拖拉冗长的冬季里一点一点地燃尽、熄灭，徒留一地的灰烬和叹息。很多次夜里做梦，梦到被我虚掷掉的那些光阴白花花地亮成一片，在我面前闪啊闪，刺得我睁不开双眼也刺得我心惊肉跳。我开始羡慕那些胸里真的不存大志的悠闲之徒，羡慕黑措上空飘得失去方向的白云。我也因此深深陷入自责与愧疚并且继续虚度的恶性循环当中，我无数次地想逃，逃出地理上的黑措。我觉得，只有那些草木葱郁小溪幽长的镇子更适合我释放梦想，因为有恰到好处的清静。我以为，是黑措的小，年复一年地束缚了我想飞的翅膀。

小城盛产口味醇正的酸奶，但只有无处不在的风，算得上是小城发展史的唯一见证者和目击者。无论哪个季节不管阴晴雨雪，风一直一直在吹。这些任性的风，应该也是一路从青藏高原流浪而来吧？它的生硬和粗暴里，有着雪域高原特有的脾性。我曾吹过南国的风，那完全是肌肤被丝绸轻轻覆盖的感觉，柔软、妥帖、小心翼翼，每一缕贴近的风里，都满含着安慰的意味。只有青藏高原上的风，才会吹得这样大大咧咧毫无节制。要是小城谁家院儿里栽的瓜秧子折了，或晾在外面的衣服不见了，肯定都是风干的。风大概以来，反正闲着也是闲着，时不时地兴风作浪一下未尝不可。据说小城没有柏油路的时候人们出门很苦：晴天一身土，雨天两腿泥。这里面自然少不了风的功劳。后来，楼层慢慢多了，挡住了一部分进城乱窜的风。到了冬天的时候，倍感安慰的人们袖着手感叹：比起原来的合作，现在真是暖和多了，看来高楼盖得越多越好啊！其实能有多高的楼呢，最高的也不过是六层到八层。说是有明文规定，海拔原因黑措不能盖太高的楼。但这些六层八层的楼房，确实让黑措的居民们感受到了避风港般的温暖。只是那些被楼层挡在城外的风，性情越发暴虐和喜怒无常，动不动就打着尖厉的口哨搅得四野天昏地暗一片。我曾在城外遭遇过几次这样的大风，不只头发和衣服要被风带走，似乎人身上的每一根血管都要被风抽干、身体要被彻底掏空那样。无论顺风逆风，整个人都有随时要飞起来的慌恐。正是由于那些瞬间的慌恐，一次次加剧了我对风的憎恨和仇视。我甚至觉得相关部门应该在城外马路牙子上多栽一些电线杆，以备不时之需。在很多次夏日的午睡中，当我被窗外呼啸呜咽的风声给吵醒时，每次都会莫名想起被风吹得空荡荡的河西走廊，想到"愁云惨淡万里疑"的沉重，整个人被风搅得低落无比。

　　某一年的初夏，我突然迷上了晒太阳。小城的冬天过于漫长拖拉，以致春天和夏天总被强行合并。节气中的立春雨水只能是一个概念而已，并不见得就有春风乍起春雨微湿。要等到真正意义上的暖，一定是夏季到来以后。夏至过后的那段日子，我每天上午或下午都会偷偷从单位提前半小时溜出去到广场晒太阳。彼时，广场花坛里的牡丹荷包苏鲁花终于都开了，坐在晒得发烫的椅子上，冻僵的身子和思维开始在阳光下一点一点清醒复苏。十多分钟过去后，发梢及衣襟的纹路里开始渗透了阳光和草木的味道，弥漫着好闻的味道。低落的心情也在阳光下逐渐明朗起来。我终于相信，日光的慈悲是治疗抑郁症的最佳手段，而非只是香蕉和跑步。在黑措小城，阳光所散发出的那些清澈光芒，足以对抗并消灭你体内的抑郁因子，让它们无所遁形。当我把自己放置于阳光下时，还能借机清除停留于灵魂深处的一些雾霾，顺便听听我的骨骼会发出怎样的声音。我甚至觉得，每天只有在广场晒太阳的那段时间里，我才是真正意义上的我，而不是那副装模作样一边读着木心先生一边又对生活奴颜婢膝为五斗米折腰的躯壳。也唯有在明亮的阳光下，才会有世间的一切罪恶都可原谅的豁达感。后来连续几天阴雨，躲在云层背后的阳光让我一下子失去存在感。我再度陷入焦虑和不安当中，觉得生活又失去了意义。遂又想起木心先生，果然如他所言：凡是认定一物，赋之、咏之、铭之、讽之、颂之，便逐渐自愚，卒致愚不可及。

　　小城的建筑基本都以藏式为主，一色的绛红，寺院僧人的袈裟那样。有时拐入某条街道会有恍惚感，以为是在哪座寺院里穿行。这些年小城一直在变，越来越多的酒吧歌吧火锅店健身房瑜珈馆小茶屋，或者今天还是蛋糕房，一夜之间就换了门面成为时装店。也是这些鳞次栉比的店铺，营造出小城愈来愈多的繁华与喧嚣。后来街上又相继冒出两三家西餐店，装修考究，起的名字也很洋气，初读会让人以为真的到了大洋彼岸。但一看菜单价格，会让人瞬间想起相声演员曹云金咬牙切齿的样子来：忒贵了！当然，还是会有小资或土豪们去偶尔光临的，在靠窗的位置喝一杯天价咖啡，或要一份半生不熟的牛排，一个下午的时光就打发过去了。待出门时，心里虽有点小疼，仍要装出一副潇洒淡定的样子。似乎那杯咖啡一份牛排过后，自己真就是这座小城鹤立鸡群的精英了。我也曾带孩子光顾过一次，起初还觉得自己有品味选对了地方，待结完账，心跳快得差点要服速效救心丸了。我知道，包括西餐店，和那些文艺气息浓厚的茶屋酒吧，无非是照抄了外地城市的文化因素和经营方式而已，与店主个人的情怀并无多少关系。这么多年，我一直想开间不指望谋生的书店。除了满屋子的书以外，还有茶水和咖啡供应。店里的装修要完全是简单质朴的乡村风格，读书免费，音乐免费，茶水免费。只有咖啡和带走的书收钱。可惜，梦想一直都是梦想。

　　小城有一条河，叫格河。早些年还有一点水，后来不知道怎么就涸了，只剩裸露在风里的河床。每次路过，总能看见麻雀和蕨麻猪在河滩里觅食，逍遥悠哉的样子。一条没了水的河，在我眼里已然失去它存在的价值，只是留下一个符号而已。心灰意冷的我，甚至懒得在河岸上多做一分钟的逗留。再后来，政府筹资实施了引洮入格工程，将洮河水成功引入格河，使得格河重新成了一条名副其实的河。清晨或傍晚时，格河水会将两岸的风景统统揽入怀中，引无数路人驻足拍照，在微信朋友圈里晒出各种格河秀。一些上了年纪的老人不会使微信，但会站在堤岸边心无旁骛地跟河水对话。在他们看来，水是一座城市的灵魂，有了水，城市才会具有生命力。

　　小城做水果生意的大多都是河南人。他们拖家带口起早贪黑地在黑措小城谋生，吹着高原的风、淋着青藏高原的雨。每天和我一样路过同一个十字路口，耐心地等待绿灯亮起。他们的眼神疲惫而始终警惕，并没有路人甲乙丙的那种迷茫。我常常把他们看成是远道而来的羚羊，对他们长久以来的陪伴充满了难言的感激，觉得正是因为有了他们这些方言各异饮食习惯不同的异地羚羊，黑措小城才有了一点生机与活力。我经常在下班途中光顾他们的店铺，带走几只苹果或香蕉，偶尔也会尝试一下价格惊人的热带水果。他们的身上有着中原人的吃苦耐劳，也有生意人惯有的小心机。所以，对于他们缺斤少两或以次充好的小伎俩，我愿意假装无视不予计较。他们和我一起经历着小城的四季，和我一样承受着高原稀薄的氧气，这一点，就足够我心怀敬重和感激了。

小城还有一群更具悲悯情怀的羚羊。他们不为常人所知，却自带光芒地活在我的身边。他们习惯以文字为衣，取暖、抵御风寒；以文字为剑，辟开前进道路中的荆棘丛生；以文字为酒，抚慰灵魂深处的孤独沧桑；以文字为药，医治岁月赐予的一切疼痛和创伤。外地的文友远道而来时，都会说：想见见写诗的阿信、桑子；还想见见李城、扎西才让……很多时候，我觉得他们也是黑措小城另一个很温暖的符号，是我的另一部分亲人。

（原载《散文》2017 年第 12 期）

我俩前世有姻缘

扎西才让

一

杨旺秀和尕苣草，都是我在杨庄生活时的初中同学。

尕苣草 16 岁那年，因皮肤偏黑，长得秀美，得了个"黑牡丹"的绰号。她家在杨庄北头，挑水要去南边。当她担着木桶穿过村庄去河边，总会遇到嬉皮笑脸的男孩，过来给她打招呼。她皱起眉，露出很不情愿的样子，像极了《边城》里小兽一样的翠翠。她之所以皱眉，不是她还不懂得情爱，那朦胧的感觉还是挺让她心慌的，只是不愿让别人见到她被男孩们追求的情景。然而，越是这样，那些男孩越是喜欢她，总要想方设法见到她。这时她在新堡乡九年制学校里上初三，本来书念得好好的，父母却突然不让她念了。原来杨庄人在孩子读书方面，是有选择的：男孩，一定要读成干部，才是最好的出路；女孩，一旦嫁出去，就是别人家的人，识些字，醒个世，就足够了。但读书总是给女孩带来影响，她们觉得自己的人生，不该由家里人安排，自己走自己的路，最好。她们的这种想法，让做父母的知道了，顿时愁眉苦脸："不念书还好，一念书，还管不住了！"于是杨庄人来了个约定俗成：女孩一到 15 岁，就要找婆家。等嫁过去，就十六七了，可以生育、持家、相夫教子了。所以当出落得有模有样的尕苣草要找婆家的消息刚刚传开，男孩们就担心地想：身边的尕苹果，快被别人摘走了！

男孩们的担忧，显然是多余的。因为过了半年多，仍然没有出现媒人踏破尕荳草家门槛的热闹景象。这究竟是为什么呢？大人们说：问题出在尕荳草的母亲的身上！

尕荳草的母亲是杨庄一带有名的洮州花儿把式。什么叫花儿把式？就是会唱能唱花儿的人。杨庄这个自然村，是属于临潭县新堡乡管辖的。临潭县和它的近邻卓尼县，在宋时称为洮州，明清以降，这称谓就生了根。洮州花儿就是当地的一种民歌，据说源自藏族的"勒"（民歌）和"拉伊"（情歌），临、卓两县的藏人汉人，大多爱唱。这种在西北民谣中占有重要地位的乡土气息浓郁的花儿，或许因为内容上多涉及男欢女爱，登不了大雅之堂，只能在庙会、歌会等民间活动上出现。花儿把式们男女成群，各自占了地盘。这边一堆男的，主唱用手托腮，先拉一个长音：哎——，接着以物比兴，三句一段，句句含情，肆意挑逗。那边一堆女人，用阳伞半遮了脸面，主唱颤着亮亮的歌喉，谋句定调，见招拆招。每唱完一段，众人齐声帮腔："花儿哟，两叶儿——"，顿时打成一片，热闹至极。尕荳草的母亲爱唱花儿，一不小心竟上了瘾，做姑娘家时就爱出头，成半老婆子了，还是喜欢露脸。这时时处处出头露脸的结果，就是坏了自家的名声："那个女人，腥骚得很呢！"这"腥骚"一词，说得太毒：风骚到怎样的程度了？带着腥味呢！话里头，其实也暗示了花儿把式的美丽、活泼、大胆和热烈，听其唱歌，会产生又爱又恨又羡又妒的感觉。

被人又爱又恨又羡又妒的母亲，自然会影响到女儿的声誉，甚至会影响到家庭的声望。好在尕荳草家也没有啥声望，因为她的父亲，也算个花儿把式，当年就是在一个叫"莲花山花儿会"的庙会上把会唱花儿的女人哄到手的。从这样的家庭里出来的尕荳草，骨子里，也挺喜欢唱歌的。从小学到初中，她总是代表自

己的班级，在各类音乐活动上，像她的母亲那样露面，挣回一张
又一张奖状，都张贴在教室后头的墙壁上。洮州花儿，尕荳草其
实是会唱的，听得多了，那曲调她已经烂熟于心了。身边没人的
时候，她会偷偷哼几句，哼着哼着就羞红了脸，后边发出的，都
是含含糊糊的音了，仿佛嘴里被塞了核桃。

二

　　有一天，还是有个媒人领着一个高个、瘦削的男孩，上了尕
荳草家。这个矮小敦实的男媒，是替某村的某男孩来说亲的。这
男孩，尕荳草知道，是她的校友，比她高两级，高二那年辍学了，
跟着父亲开班车。尕荳草的父亲一听男孩的家世，只考虑了几秒，
就点头答应了。原来这男孩家，是洮州地界上有名的某土司的后
裔。如今虽是新时代，不兴提那往事，但男孩家因为过去的辉煌，
还是有地位和名望的。谁家和这家联姻，那可是天上掉腊肉的好
事。尕荳草的母亲也是喜形于色，她看着男孩，眼睛里渗着蜜意。
男孩显然见过世面，一点也不慌乱，话很少，问啥答啥，不问，
就低头喝茶，本本分分的样子。

　　然而尕荳草不喜欢这个男孩。不是她看不上他，而是她喜欢
另一个人。她渴望那个人到她家来相亲，甚至都想象出了那个画
面：他跟着媒人来了，大胆地看着她；她羞涩地低着头，忍不住
时会偷偷地看他几眼。所以当母亲试图喊她去给媒人和昝姓男孩
倒茶添水时，她死活不答应，躲到邻居家去了。

　　尕荳草喜欢的男孩就是杨旺秀，以前是我小学时的玩伴儿，
后来又成了初中同学。杨旺秀不是杨庄的，他住在小杨庄。小杨
庄在杨庄的上头，大概七八户人家。小杨庄的祖先，据说是杨庄
祖先的亲戚，有点血缘关系的那种。杨旺秀家，在小杨庄，算是
家境殷实的。所以他在我们面前，常常拿出很有自信的样子，年

龄又稍长一两岁，不知不觉就成我们的头儿了。

他和孕苣草的感情，就是唱"洮州花儿"唱出来的。因为同在新堡学校读书，上学放学途中，时常在一起。不过，由于被礼仪约束着，不在一起走，要分个前后：女孩们在前面走，男孩们缩在后面，相距百十来步，仿佛就是做给大人看的。远离杨庄后，就遥遥打招呼，要么喊，要么唱，都觉得有意思极了。男孩们这边，杨旺秀爱唱花儿，也敢唱花儿。他用左手托住左腮，就像牙疼时那样，嗨出一声长调：哎——，意思是他要唱了：清水盛在缸里呢，你在城里乡里呢？乡里哪个庄里呢？刚开始，只杨旺秀一人唱，女孩们那边，往往是一阵混乱，没人搭腔，男孩女孩之间的距离，却越来越远了。后来，有个女孩终于搭腔了：哎——，皮条要扎连枷呢，你是那个谁家的？给我要说实话呢！这女孩的声调刚开始较柔弱，声息低处，几不可闻。再后来，当杨旺秀开口唱：哎——，红心柳，四张权，你的名字叫个啥？不说名字姓留下。这女孩才亮出金嗓子：哎——，红心柳，一张权，你和我是头一茬，见面问名羞答答。搭腔的就是孕苣草，看样子，她母亲不仅给她遗传了脾性上的活泼大胆，也把唱花儿的天赋给了她。

这种花儿对唱，在上初中的那两三年里，就成了我们上学途中必不可少的功课。花儿的主角，自然是杨旺秀和孕苣草：

　　杨旺秀：哎——，园子角里种菜呢，人和人要相遇呢，相遇才有好事呢。

　　孕苣草：哎——，斧头要剁枇杷呢，想那破事干啥呢，人知道了闲话呢！

　　杨旺秀：哎——，砂石河滩一棵柳，你像鹦哥才开口，你我怎么能牵手？

　　孕苣草：哎——，红心柳，两张权，那是你哄我的话，实心你给我没拿。

就在这花儿对唱的过程中，他俩之间的关系，发生了微妙的变化。我们其他的男孩女孩，也以朦胧之爱的见证者的身份，过早地踏进了那条名叫乡村爱情的河流。

三

显然，杨旺秀和尕苣草，彼此都是有好感的，这能从他俩唱的花儿里听出来。辍学后的尕苣草，见不到她喜欢的人了。这时父母又答应了男孩家的求婚，她不好意思去找杨旺秀商量，只好寄希望于能否在路上碰到他。恰逢我们初中毕业，去了距离杨庄30里的新城镇读高中，且住在学校里，一月才能回杨庄一趟。尕苣草在等待中数着日子，终于等来了杨旺秀。两人羞于私下会面，杨旺秀就拉了我去作陪。我们在河边坐下来，一边看那匆匆的流水，一边东一句西一句地闲扯。观众少，自然搭不起唱花儿的人摊子，他俩也就不再对唱。不过，对于好长时间不曾见面的有情人，见面后该怎么诉说彼此想念的情意，洮州花儿中有类似的唱词：

男：哎——，拔白菜，擀菜汤，寻了三天两后晌，今个才把你遇上。

女：哎——，你到我的跟前站，有你我就心上宽，没你我的心上单。

男：哎——，想你想得满院窜，一身一身出大汗，不由人地只呻唤。

女：哎——，剁白杨么扎桦材，你想我时谁见来？打雷来么闪电来？

闲扯之间，尕荳草半开玩笑地提到了有人来相亲的事，杨旺秀坐不住了，起身踢脚下的草棵。但他又拿不出任何主意，只是陪着尕荳草发呆。我不能再当灯泡，起身去了河的上游。等我回来时，远远看见杨旺秀牵着尕荳草的手。我到了他俩身边，两人又坐开了。尕荳草脸色发红，眼睛也发红，像刚刚哭过的样子。杨旺秀抿着嘴，不说话。我知道，他俩已经把事情说清了。

然而，只过了两月，男孩家又托媒人，拿了四色礼来。哪四色？一块腊肉、一包冰糖、一袋茶叶、一瓶酒。这四色礼，叫"落话礼"。女方家接了这礼，就表示同意了女人的婚事。尕荳草的父亲欢喜地接受了，为了招待媒人，他还请来了村里两个颇有威望的人作陪。这个举动，吓坏了尕荳草，她偷偷跑到新城镇，找到杨旺秀，商量该怎么办？我给杨旺秀建议说：要不你也找个媒人，去她家提亲。他说：那我不念书了吗？阿爸要知道这事，肯定整死我呢！尕荳草看了杨旺秀半天，眼圈一红，扭头出了宿舍。杨旺秀赶紧追了出去，过了好长时间，晚自习快结束的时候，回来了。我问：尕荳草呢？他说：我打发走了。我问：事情解决了吗？他说：我向她许诺，工作后一定娶她当媳妇。我说：那是七八年以后的事了，这么长的时间，她能等得住？他说：她说她会等的。我问：这么迟了，她到哪去了？他说：到亲戚家去了。

其实那天晚上尕荳草根本没在镇上逗留，她一个人，循着夜路，孤孤单单地回到了杨庄。与杨旺秀的见面，和她想的一模一样。她不愿嫁给自己不爱也不熟悉的人，隐约觉得她和杨旺秀之间，不会有啥更好的结果，只好守着承诺，安静地等待。这期间，他俩有着两三次的约会，再也不找我作陪。当尕荳草第四次来到镇上看望杨旺秀时，两人在校外登记了房间，同居了。对于男女热恋期间的情事，洮州花儿里是这样唱的：

男：哎——，毛毛雨儿下着呢，鹦哥缠着架着呢，缠住不想走着呢!

　　女：哎——，骑着马儿要走呢，我心还在你这儿呢，十里路上还想呢!

　　男：哎——，豹花骡子驮碳呢，叫你把心甭变呢，二次来了就见呢!

　　女：哎——，你我离得远么近，近了写上一封信，远了得个相思病。

四

　　尕荳草回去半月后，就有消息抵达了杨庄：尕荳草让杨旺秀给睡了。这消息也传到了男孩家，一月后，矮胖的媒人带来了男孩家的口话：我家不娶没教养的女人，这姻缘，断啦!尕荳草父母在羞愧和恼怒中，给男孩家退了落话礼。

　　媒人走后，当父亲的第一次扇了女儿几耳光。女儿还未来得及哭，当父亲的已经蹲在地上干号。尕荳草明白，父亲的哭，是因为家族的声誉被自己给污了。她只好默默地擦干眼泪，缩进厨房，坐在灶前发呆。忽听得父亲在揍母亲，忙跑出去看，母亲已倒在地上，浑身的灰尘。父亲骂道：我家的家风，从你手里就败了，到尕荳草这一代，败得不成样子了!母亲不还嘴，爬起来，去了上房，上炕，拉开被子，睡了。父亲在院子里待了片刻，出去了。等尕荳草做好了晚饭，父亲依旧没回来，母亲也没有起床的迹象，她自己又不想吃，一锅饭，就慢慢地凉了。月亮照到院子里的时候，父亲回来了，带着点醉意，但看起来已经没有了愤怒。尕荳草赶紧生好炉子，烧了水。母亲也从炕上爬起来，陪父亲坐着。喝了几杯茶后，父亲说：事情已经这样，该想办法解决问题了。见母女俩都不搭腔，又说：他杨旺秀坏了尕荳草的名声，就得负责任，明天我就去找他父母，说说这事，看该怎么办。见母女俩还不表态，就说：那就这样了，睡吧！

第二天，吃罢午饭，尕苣草的父亲就去了杨旺秀家。晚饭过后，回来了，说是谈妥了。两家有血缘关系，按说是不能谈婚论嫁的。但因为早就隔了好多代，这婚事也就有得商量。商量的结果，就是旺秀家必须要娶尕苣草，先结婚，不过，杨旺秀的书，还得念。为了不让学校知道，结婚的事，要保密。结婚证，也不能领。等杨旺秀考上大学，有了工作，再补领结婚证。

尕苣草觉得这样处理，倒是很好的法子。翌日清早，打扮好，去了镇上，找到了杨旺秀。这时杨旺秀还没得到家里的态度，一听是这结果，也格外欢喜，俩人又去登了旅舍，放开睡了。洮州花儿里这样传唱小情人之间的深情蜜意：

> 男：哎——，镰刀割了灵芝草，把你从小缠到老，
> 谁坏良心死得早！
> 女：哎——，皮褡裢里装糌粑，我的魂儿你收下，
> 死了就埋在一搭。
> 男：哎——，脚户骡子驮洋盘，活着和你来恩爱，
> 死了埋在一坟滩。
> 女：哎——，我俩今世有姻缘，死时若把你不见，
> 鬼门关上等三年！

这简直就是相互之间发的毒誓。越是毒，这情越真。两人你恩我爱，缠绵不休。高二寒假期间，两家办了一桌席，省掉了洮州地区男婚女嫁时装箱和打发的习俗，悄悄把婚事给办了。为了避人耳目，尕苣草仍然住在自己家里，杨旺秀则刻苦攻读，立志要考上大学，活出个人样。尕苣草隔三差五地去镇上，给杨旺秀带去干粮和情感上的慰藉。两人总是处在时合时离中，这个阶段中的不舍和痛苦，唯有花儿才能表达：

女：哎——，斧头剁了灯杆了，叫我把你缠惯了，
这会把你不见了。

男：哎——，园子里的红根花，去时你把魂留下，
想了我和魂说话！

女：哎——，高粱秆秆扎笤帚，在一搭时拧辘辘，
离开把人想糊涂！

男：哎——，阿妹走了乱如麻，眼泪就像豆子大，
手绢擦罢袖子擦！

　　短暂的相聚，长久的分离，这相思的滋味，应该是很难熬的。尕苣草熟悉洮州花儿，她觉得那些先人传下来的歌词，活脱脱地说出了她和杨旺秀的心思：

男：哎——，晚上想你没睡过，衣裳披上当院坐，
天上星星十万九千零四颗！

女：哎——，想你三天没吃饭，手爬墙头站着看，
一直等你见个面。

男：哎——，把你想得想傻了，想到天聋地哑了，
浑身肉像刀刮了！

女：哎——，想你想着病倒了，冰糖当成药吃了，
草药熬成渣子了！

五

　　但读书真是个奇怪的事。没有那男欢女爱，或者有点男欢女爱，却没有肉体上的关系，只有暗恋或为对方读书的奋斗劲儿，这书才能念成。杨旺秀升入高三，学习更加吃紧，又不愿舍弃和

尕荳草的肉体之欢，这学习成绩就一日不如一日，期末考试后，发现成绩竟垫底了。这下家里人就慌了神，赶紧找原因，发现问题就出在婚姻上。于是约法三章：尕荳草不能随便去找杨旺秀；杨旺秀不能随便请假回家；为了避人耳目，暂时不要孩子。其实这时候尕荳草已经有了身孕，在三章约法的约束下，高三第二学期临开学的时候，杨旺秀陪着她去了镇医院，硬是把孩子给拿掉了。尕荳草的母亲听说后，懊悔地抱怨：我都梦见一窝黑蛇了，肯定是儿子，说不定还是双胞胎呢，结果就这样走了，造孽哪！尕荳草的父亲说：说那干啥呢？大事要紧！女人还想争辩，一看男人黑煞煞的脸，赶紧闭了嘴。

因为行为被约束，无法见面诉说相思之苦，两人间的猜忌就开始了：

  杨旺秀：哎——，铁匠打了铁铲了，你把阿哥不管了，把金子当成铁片了！

  尕荳草：哎——，斧头剁了红桦了，你把好的寻下了，给我打起回话了！

  杨旺秀：哎——，灯盏放到柜上了，你把我的心伤了，伤到肝花肺上了！

  尕荳草：哎——，我像牡丹开败了，嫩枝嫩叶不在了，蜜蜂把花不爱了。

相互猜忌的结果，就是尕荳草背着家人往镇子上跑。两人还是偷偷地亲热，偷偷地分离。杨旺秀悄悄地对我说：女人，神奇得很，只要你和她睡在一起，就觉得啥都不重要了，丢了魂哩。我没有经历过和女人睡觉的事，听了杨旺秀的话，凭空生出对女人的无限向往，忽觉得这想法既荒唐，又无耻，忙抵制住心猿意马，一头扑在学习上，想圆了自己的大学梦。

人说种瓜得瓜种豆得豆，果不其然。被尕苣草弄得丢了魂的杨旺秀，高考成绩一公布，就发现自己已经败下阵来：40个学生的班级，考上了一半，而他，就在这一半之外。我起身上大学的那天，他没来送我。倒是尕苣草来了，她说：他心情不好，嫌丢人，叫我来送送你，还抱怨说，是我坏了他上大学的事。我说：他没考上，有他的原因，不过，他确实把好多时间，都花在你身上了。尕苣草的眼圈红了，有点尴尬地说：不过这样也好，我和他可以踏踏实实地在一起过日子了。后来听说杨旺秀要补习，但终究还是没补习，回到杨庄，把尕苣草接回家，正儿八经地过起了婚姻生活。3年后，他成了两个孩子的父亲，也替换父亲做了家长，开始操心春耕秋收、夏牧冬藏的事了。

六

现在，当我追忆这30年前的事时，我和杨旺秀他们，都年近半百了。

今年春节期间，我去看望他们。酒过三巡，都情不自禁地说起当年。那时的我们，青春年少，对未来充满理想，对情爱充满敬畏，在如生铁般冰冷的乡村里，体验着洮州花儿的旋律，经历了那段神秘、激荡、美丽又生涩的读书生活。我问杨旺秀：你还唱花儿吗？杨旺秀说：父母过世后，我早就不唱了，倒是她，有时还喜欢哼一段呢。尕苣草在一旁听了，已经有了太多皱纹的脸上，还是浮现出了羞涩的红晕。她嗔怪杨旺秀：你就别给人家胡扯了，人家是干部，不爱听这酸不拉叽的东西。我正要辩白，杨旺秀抢过话头说：干部，才爱听呢。又问我：对不对？我点头说：就是，洮州花儿，其实挺好听的，都成遗产了，公家准备抢救呢。尕苣草觉得奇怪：这东西，公家也要抢救？我说：再不抢救，就叫流行歌给淹没了！尕苣草说：也是，我家男娃女娃，尽爱唱那些唱不像唱说不像说的歌，就是不爱花儿。我说：你和旺秀哥，说不定会成为传承人的。杨旺秀问：传承人是干啥的？我说：就是公家选中的要把这洮州花儿传下去的人。他俩明白了，都说：公家的这个决定，是对的。又喝了一会酒，杨旺秀突然问我：想听花儿吗？我问：你要唱？孕荳草说：他才不唱呢，有光盘，能听呢。

电视屏幕上，远远走来一对俊秀的男女，画面背景，是藏地甘南广袤又碧绿的草原。哦，我终于在故乡又听到那情真意切荡气回肠的花儿了：

男：哎——，毛蓝手巾包苹果，把你寻了三年没寻着，我的冤枉给谁说？

女：哎——，红心柳的两张杈，你把阴山上的花摘下，叫它重打骨朵重开花。

男：哎——，把你总算寻见了，再把别人不看了，一心跟上你转了。

女：哎——，雷响天下响着呢，你想我也想着呢，眼泪一样淌着呢！

（原载《散文》2016 年第 7 期）

甘南断想

唐为民

对于甘南土地，视觉的捕获是徒劳的，秋风萧瑟的牧场和坍塌颓废的边墙同样激不起大脑中思想电光石火般的些许闪现。而对我而言，偶尔一次灯光下甘南旧事的摩挲把玩以及冬日长空下的远眺，都使我深深感觉到，在我出生并且生活了三十多年的甘南，有一种说不出的气息弥漫在我左右，靠近着，甚至压迫着我，而我却找不出一个合适的词语来表达。

那是一次黄昏的散步，落日余晖下的远山成为连绵起伏的剪影，村庄飘散的缕缕炊烟衬托出一派静谧与祥和。在我身旁是一段边墙，它已失去往日威武睥睨、雄视一方的气势，在天长地久、无时不在的风雨侵蚀之下千疮百孔，成为猫头鹰和灰鸽子栖息的乐园。抚摸它，你可以感觉到时光的清冷已深深渗透了它，仿佛掰一块黄土，滚滚黄尘中就飘散着翻飞的马蹄、动天的鼙鼓，映照出秦汉明月下铁骑胡虏的身姿，唐诗宋词中"前军夜战洮河北"的旌旗。这块土地沉淀着历史太多的叹息，在甘南每一块牧草萋萋的原野之下，每一条湍流不息的河流两旁都埋葬着血腥的杀戮、爱恨的交织，以及融合与背弃写就的历史。

我因此而就理解种种甘南的笔墨情怀了，理解了张扬与狂野。亘古南北有别，江南的文人雅士啸聚竹林，杯盏飞觞，抑或在宣纸上泼墨挥毫、笔走龙蛇，含蓄宣泄生命表达方式；而游牧部族的征战杀伐、箭镞飞鸣、刀光剑影，一旦遗存于甘南艺文的诸多方面，未尝不是露骨张扬剽悍个性的形式，只不过是表现不同罢了。

在我们感慨岁月的磨洗洗掉诸多过往人事化为乌有的同时，却依然看见许多未被历史剔抉的东西。禅定寺，在1999年秋日的长空下，佛像庄严，澄澈宁静。元世祖中统二年，蒙古国师八思巴，从雪域布达拉踏上赴京的漫漫长途，途经洮州境，见此地山川灵秀，遂示意建成此寺。当我走进酥油灯盏下幽暗的大殿，踏上藏经楼嘎嘎吱吱的木制地板，望着那一卷卷卷帙浩瀚的经书，那感觉就像穿越了千年的时光隧道，跟一个个孤独而高尚的灵魂会晤。这些一笔一画，在青灯枯卷下著书立说的高僧释子，或因战乱避世而遁入空门，或因诚心向佛而削发为僧，如今，这些青春与生命凝结成的典籍史册以及他们济世普众的情怀，令人肃然起敬。

我第一次见到黄河是在银川上民族学院的那年。肆虐横行的黄河在这里变得温顺和驯服，河水滋润宁夏平原的两岸田地，稻米的芬芳沁人心脾，掬一捧黄河水似乎再也难以察觉到它昔日的桀骜不驯。后来我回到故乡，又一次见到了黄河，车翻过崎岖盘旋的郭莽梁，映入眼帘的是一条九曲回旋的玉带，横陈在视野的尽头，悬挂在遥远的天际。诗仙李白写黄河之水天上来，我想是他在周游国土后有感于黄河之水的汹涌澎湃而言，但绝对没有到过这块番土羌地，不然如此曼妙不可言的身姿又要引发诗人留下多少瑰丽神奇的诗篇。

玛曲正是夏季，巴颜喀拉融化的雪水使冬日干瘦的黄河陡然显得丰腴，代之而来的是波平如镜清澈见底的流水，水鸟时而鸣叫着掠过河面。"逝者如斯夫，不舍昼夜。"在黄河的首曲，搜寻这方土地上曾经的遗留时，苍凉空旷便会笼罩着你，特有的意象熏染着你，使你仿佛谛听到先民的泣血呐喊，感知着皮袋马尾渡河时侵入骨髓的冰冷，才能稍微留意到这条大河背负岁月翩翩前行的雪泥鸿爪。

在玛曲生活的几天日子，总觉得有一种纵横六合天高地迥的开阔直逼心胸，作为性情中人，徜徉其间，不失为平生之一大快事。这块土地上，有我所尊崇的雪光文学社的弟兄，为他们能在这片土地上生活并且扎根倍感钦佩与羡慕。入夜的小城处处闪烁着霓虹灯，飘荡着轻歌曼舞，现代文明的气息已深深浸润其中，但只要到它的野外走走，唐蕃的战争风云和部落间的厮杀声总是潜伏在某个角落氤氲不去，根本不会因为时光的不断逼进而退却，掀开它就能感觉到结绳记事骨笛激越的古风迎面扑来。

因此，当我看见一群群来自都市的画家、文人墨者，肩扛行囊和带有变焦镜头的索尼相机来到甘南，不管他们是试图在作品中增添些凝重的砝码抑或对生存的诸多感慨，我都替他们感到一丝遗憾。因为要走进甘南并且捕捉到它飘忽的气息是有一定条件的，它摒弃一切世俗与功利，它将以一个人终生与它的相扶相依为代价，否则，就不能同隐于岁月深处的精神默契与沟通。

我庆幸，我生活在这片土地上，至少，还有这样的机会。

（原载《飞天》2000 年第 11 期）

我的乡野

敏奇才

一

我沐着晨阳听着鸟儿的歌唱，踏着清清的露水牵着奋角老牛走在屋后田间的小路上。太阳摇着露珠在我轻盈的脚步声中一节一节地升高，熨斗般拂拭着我的身体和心灵。老牛悠悠地甩着它的长尾巴轻扫着我的脸面。露水清洗我臃肿的脚面，清风洗涮着我朦胧的心境，母亲带着日出的微笑向我挥着她丰腴的手，我知道我该回报以她灿烂的一笑。我看到了老屋上空缭绕的炊烟，摇摇晃晃，幽幽蓝蓝，我从老牛的眼眸里读出一点感激。我牵着牛走在屋后的小路上，我在选择一片丰腴鲜美的草地。

二

这头牛不是我牵着出去的第一头牛，其实我也不知道它是我牵着出去的第几头牛。我牵着牛走完了屋后的小路，来到了河边，这条河在我的心底里流淌了好多年，它也流淌在我的梦中，正是因为有了它，我才走不出我的梦境，也走不出我的童年、我的记忆，更走不出炊烟缭绕的老屋。

河水哗哗地淌在我的心底，牛缰绳随着河水的清波在颤动，把我的记忆和留恋传递给流走的河水，我知道我还有很多记忆在那清波里的颤动中苏醒恢复。嚓嚓啃草的老牛看见了它的同伴，竟撇开我，我羡慕至极，那里是不是还有我的同伴呢。太阳笑微微地望着我的后背，蓝天上飞翔的几只飞鸟鸣叫着掠空而过，我看见它们在我家老屋上空摇摇晃晃的软烟里旋转着不肯离去，它们是不是看到了我母亲花衫上面的花朵，留恋那上面的馨香，还是闻到了人间烟火的辛辣呢。去吧，去吧，在无垠的蓝天上飞翔，尽情地谛听河流的歌唱，观看云彩的舞蹈。绿野是你们的温床，蓝天是你们的缎被，海阔天空任鸟飞，而我只能看着老屋上空的炊烟浮想联翩，我的母亲现在正在干什么呢？我不能不想，还有我的父亲是躬身在那片土地上劳作呢还是和上一堆泥裹墙呢？我的记忆里自始至终抹不去他们辛劳的身影。

我趴在草地上，聆听大地的跳动，看着一棵草的微笑，一只虫子的舞蹈，我把儿时的心境放展在一片正在疯长的草地上，悦耳的音乐般的流水声激荡在我的周围，我已经融入到了大地里面，我跑过去看我曾刻过名字的那棵大树，我的名字怎么就不见了呢，那棵树它到哪儿去了呢。我记得，那年我刚上二年级，只学会了几个字就在我的同伴们中间炫耀，把名字正正楷楷地刻在了树身上，后来我在放牧的牛和羊面前炫耀过，我还不知道找见找不见那些牛和羊，可我上哪儿去找呢，我在记忆的树林里、山坡上、河流中寻找。一只虫子爬上了我的手背，它认出了我，它从我的汗腥味中知道是我来了，看，来了一群虫子，它们都是我放荡童年的朋友。我的肚子饿了，我闻到了母亲烙熟的饼子的香味，我得回家了。

我喊了一声，老牛没有答应我，它正埋头在一片鲜美的嫩草中，它已不再贪恋诸如白云、飞鸟、流水，还有牧童的歌唱，它也不再像年轻时满山撒野狂奔，追得我喘不过气来，现在它却淘气地微笑。它的野劲哪儿去了呢？是不是像我一样把一切都留在了记忆当中呢，我不知道，我只能瞎猜。唉！那只羊还在圈里，它肯定饿了。我得赶紧回家。

三

　　中午的阳光明晃晃的，青草上的露水跟了太阳的光束冉冉上升，汇集成云彩在蓝天上舞蹈，似停留的飞鸟，似垒起的棉团，似滚动的雪球……母亲又站在路口望着我远去。中午，我牵着出去的是一只羊，是一只和我同龄的老羊，我后悔没有在早上牵它出来让它尝到带露水的青草。不知从何说起，我真应该感谢它，在我上学的那几年，由于它的温情、可爱、听话，我在山上牧羊的时候完全可以不去操心它，不怕它钻人家的麦田，也不怕它独自溜走，更不怕有人突然揪着我的耳朵拎我起来，我可以尽情地阅读小说，背诵课文。虽然我很多时候都在放羊，可我的语文成绩从来没有下跌过，今天，我该牵上它到水草丰美的地方走一走，转一转，感谢它当年对我的支持和帮助。

　　河边的树林里各种鸟儿在歌唱，我牵着令我感激不尽的羊坐在荫凉里，我的心里似有一股子甜汁在流淌。我闻到了一股熟悉的奶腥味，我的心里又泛起了一股欲望，我想吃羊奶。当年，当母亲把温热的一大碗羊奶捧到我的眼前时，我从睡梦中或是在蒙眬中接过一饮而尽，母亲欢喜的笑容就从容地贴在她布满沟壑的脸庞上。她知道她的儿子已有了足够的营养，但她从不操心自己，仿佛那只羊是专为我而养，我因吃羊奶考上了学，我也因为吃羊奶记住了许多关于白色、甘甜、润泽等一类的词语。后来，当有人问到我的性格时，我说我有人凶残的一面，也有羊温顺的一面，说我有人凶残的一面是因为我一刻也不歇息地吃羊奶，不顾羊的死活；说我有羊温顺的一面是因为我吃了羊的奶而变得有了那么一丝同情心。树荫下，羊温情地看着我的眼睛，我数着它的角缠，整整十几圈，它老了，的确老了，而我正年轻，是因为吃了它的奶的缘故。

我刻了名字却找不见痕迹的那棵大树就在我的眼前，因为它的一枝已经枯干的枝丫上挂着我儿时编制的一只蚂蚱笼子，很旧地藏在一片嫩叶中间，我知道我该做些什么了。

春天是肥美的，春天的太阳像只厚重的棉被蒙在头上，但是挡不住行云流水，更挡不住我与大自然的耳语交流，云朵里的音乐，山谷里的韵律，田野上的歌唱，激悦心灵的震荡，掩饰不了人生的一点愿望，永远渴盼着希望。

母亲把一只羊羔子接下来时，母亲知道她的生活中又多了一份责任，又有了一份义务。那个夏天母亲的衣衫渗出了辛劳的油，是汗油？奶油？为了儿女，她还有什么要求呢，没有。我是站在母亲田野上的小羊，我是田里的一棵庄稼，我需要母亲的呵护。我把母亲的疼爱藏在了心底。我吃过这只羊的奶，我也吃过母亲的奶，我知道我更该关心这只羊才对。太阳笑嘻嘻地看着我的脸，我的羊该吃草了。我牵了它走出树林，我要寻找一片丰美有流水的草地，让我的羊吃上一顿好草，完了我还要把它的圈修一修，我要让它有个温暖的家。它是我家中的成员。我为寻找一片丰美的有河水的草地牵着它一路不停地走了下去……

夜黑了，我还在走。

四

父亲在老屋周围栽了很多树，很多白杨树。父亲说前人栽树后人乘凉。父亲的话很对，等树长大时，他已经老了，他不需要荫凉而是需要永恒的太阳，父亲的永恒的太阳在哪儿呢，我原以为父亲是我永恒的太阳。我稚嫩的身子骨还需要太阳也需要荫凉。那些白杨树绕着我家的院墙齐整整地围了个结实，但父亲却没有在那里乘凉，他栽树是为了儿孙。那一年雨水多，大地像泡肿的死人，虚蓬蓬软晃晃的，有些人家的房基倒了，唯有我家的房基没有倒塌，是白杨树吮吸了房基周围的水分。因此上，树大了虽然遮光，但父亲却没有砍一棵树。

父亲在栽下白杨树的同时也植种了希望，乘凉是小事，而盖房烧火做饭是大事，父亲想得多周到啊。生活是过日子，而过日子就没有那么简单了。正如我牵着的这头牛，我记得它年轻的时候称霸一方，时时刻刻都寻思着要跟别的牛斗上几回合，全村没有一头牛是它的对手，它是父亲调教出来的，当然不能有任何的失败记录，若是那样父亲的脸上会没有光彩，这是一个农民的思路。但还是失败了，它老了，成了一头老牛，一头需要人伺候的老牛。只有树没有老，它还在疯狂地生长。

我一头牵着牛一头牵着羊，我发现了一片丰腴的草地。它们都是这个家庭的成员，我们要像侍奉老人一样侍奉它们。它们年轻时，母亲用它们的粪便烧过炕暖过父亲伤残的瘸腿，治好过大弟的凉心口子。现在它们都像我的父母一样老了，该享受了，可它们在哪儿享受呢。它们没有活儿干，太阳酷热的时候它们可以在父亲栽的树林里乘凉，这是它们的权利。你看，邻居们一个又一个的老人还不是扛着锄头、铁锨、榔头在炎热的太阳底下挥汗如雨，他们还没有我家一头牛或是一只羊清闲和安逸呢。我绕过了树林，穿过了小河，来到了那片我心仪的草地上，我的童年就在这里，我在这里打定主意寻找下去……

五

我追着一群鸡在跑，是这群鸡啄醒了我童年的梦，我要找回我童年的梦，还有我的伤心。我要在一篇日记里记上我对几条小鱼的观察，可是当我寻找本子的时候，我的鱼不见了，这群鸡甩着长脖子，"咕咕"地叫着跑着，我知道是它们闯了这个天塌下来的大祸，我要惩治这群鸡。

我放飞的风筝被白杨树挂住了绳子，总的原因是树太多，我要砍掉一些树。斧头在哪儿？我找不见，父亲找来了斧头说砍哪棵树？我指着场边上的树说都给我砍掉。父亲说你自己砍吧，他竟然头也不回地走了。老树的皮很硬，斧头砍上去像砍在石板上震得我手虎口一阵发麻。我没有力气砍树，我不能胜任这样的工作。

我爬在树顶上，观看远处麦田里那只偷嘴的馋羊正在嚓嚓地啃吃麦苗，我知道我应该行动了。我手拿赶羊鞭迅疾地下地上山，我要做一次好人好事。可到了山上，那只羊原来是我家的那只馋嘴羊，羊还没有从地里赶出来，我就被麦田的主人抢过手中的鞭子抽起来，抽得我浑身青一块紫一块没有一块好皮肉。我后悔去做好人好事。我恨死了那只羊，它不是我吃奶的那只羊。要是那只羊就好了，假如它吃了麦苗我会情愿替它挨一顿鞭子的，但那是假设。我对那只羊恨得要命。后来终于挨不过大家的骂，父亲便使我去磨刀，我知道那是父亲让我磨我的心。磨刀需要耐心，那时候我是没有耐心的，这谁都知道，我知道我的耐心。到现在我的心还没有磨好，总是心急干不好事，大家都知道我的这个毛病。都说我粗心。我真是粗心，我怎么就忘记我是在说我的童年呢，我不说该有多好，人们就不知道我的这个毛病。我该闭上我的臭嘴巴了。

我的童年在哪儿呢？我怎么找不见呢，只有这么零星的一点记忆，够了，够了。还是让我牵着的这头牛和这只羊吃饱肚子吧。

六

我该回家了。母亲又像往年一样把晒干的野菜分门别类地归好扎紧，晾在杏树的树干上等着我拿。这些野菜又该充实我的生活。现在我已经成了城里人，但我还算不上真正的城里人，城里人吃野菜是调胃口，而我吃野菜是为了治病，因为我有胃病，我的身体一直不好，令母亲和父亲担心。从那野地里回来，我才发现那头牛和那只羊已经老了，老得啃不动青草了。而我的父母也老了，老得人心疼。我要是一棵草有多好，我要是一棵草，我就喂肥牛和羊，然后再让父母亲吃上炖熟的牛羊肉。可惜我不是一棵草，我是一个即将速朽的人。我背回一背父母亲从地里拔出来的一捆杂草，我背着杂草，闻着杂草上混杂着的汗腥味，是父母的味道还是我的味道我说不清楚，不过，我已闻到辛酸、苦涩、甘甜，也有几分无奈。我背着草躺在院子里的台阶上如痴如醉，从这捆草上我看到了我的童年，我听到了我的童年和青草的对话，我也看到了我童年时候飘飞的身影。

我听到了歌唱声，找见了我初恋的情人，也听到了老屋屋顶上那片叶笛清脆悦耳的笛声。

我记起了我的全部的童年的一切。

我看到了我身心成长的整个生命历程。

傍晚的太阳正擦过山顶，一抹晚霞映红了老屋，一朵暗红的流云正在孕育着明天的一片灿烂。

（原载《延安文学》2014 年第 2 期）

灵魂随风而逝

王 力

我相信人是有灵魂的。而灵魂是那样地容易飘逝，就像乡村早晨的炊烟，不知不觉间，它就不见了，也不知道到底去了哪里。我不想谈及永恒。如果能在时间之河中打捞起几尾鱼，那就证明我是对的：灵魂存在，思想存在。

大约在 10 多年前，我读到了台湾诗人杨唤的《垂灭的星》："轻轻地，我想轻轻地 / 用一把银色的裁纸刀 / 割断那像蓝色的河流的静脉 / 让那忧郁和哀愁 / 愤怒地泛滥起来 // 对着一颗垂灭的星 / 我忘记了爬在脸上的泪。"我无意于描述当时受到的震撼，可是能把迫在眉睫的死亡画成一幅画的诗人杨唤，他内心该有怎样的绝望啊！绝望不是好东西，但这首诗是好的，它让一颗即将飘逝的灵魂留下了可供后人触摸的蛛丝马迹。

现在的诗歌爱好者恐怕很少有人知道杨唤了。他本名杨森，1930 年出生于辽宁兴城县。襁褓中失母，父亲再娶，他的童年在年迈的祖父母身边度过。祖父母去世后，受尽继母欺凌。1947 年，父亲病故，随二伯父先至天津，再到青岛，在《青报》当校对，次年升任副刊编辑。1948 年秋，《青报》解散，他迫于生计南走厦门，入国民党军队充当上等兵，次年去台湾。1954 年，年仅 25 岁的杨唤因车祸死于台北市中华路平交道火车轮下。可是在 1953 年，他写了一首《二十四岁》的诗歌，其中有这样一节："白色小马般的年龄。/绿发的树般的年龄。/微笑的果实般的年龄。/海燕的翅膀般的年龄。"而人生的 25 岁，又何尝不是这样的年龄！我猜测这首诗歌是写给他如期而至的爱情的，那么美好的，虚无的，疼痛的，可望而不可即的爱情。然而不幸的是，"海燕被射落在泥沼里"，海燕被碾碎在车轮底下。一颗饱经苦难的灵魂，为什么就不能在阳光底下进行一次舒心的沐浴呢？回答是没有意义的，但撩开不太遥远的历史的面纱，感知一下曾经跳动的 25 岁的心脏，对我来说，至少算是一次交流和对话。苦难让人沮丧，苦难同样让人变得成熟、深刻而宽容。世界上没有比宽容更好的德行。而一个人心智的成熟，往往不在年龄，而在思想。杨唤曾给一个未曾谋面的朋友传璞写过一封信，里面有这样的段落："你应该去理解人生，接触人性，从而把握它，刻画它……我们现在所急需学得的应该是有细密的观察力和思考力，由纵至横，从内至外地去体验和掘发人生，磨亮眼睛，磨亮笔。""你所提到的那些所谓人事关系，不是今天起才开始有的，尽管那是如何使人气愤和不平。和你一样，我反对它，诅咒它，但能怎样呢？那是丝毫也奈它不得的。"杨唤本身生活在不如意中，却用这样的语句来安慰、开导其实和他一样迷茫的朋友。那些自诩为深沉的疯子们，杨唤像不像你们心智健全的祖父？

生命的脆弱和不堪一击简直到了无以复加的地步。杨唤来不及向世界道别，就随风而逝了。无独有偶，隔着 36 年的时光，1989 年 3 月 26 日，众所周知的诗人海子，那么自觉地走向了死亡。我反复地端详着他诗集上的照片：灿烂地微笑着，满脸的天真和单纯，一圈胡须掩不住他的孩子模样。海子走后，面对着世俗对他的喋喋不休，他的朋友、诗人西川说："不要惊醒亡灵。"18年的时光已经过去，我就是想惊醒他，他也永远醒不过来了。常常捧着海子的诗集，发呆或者遥想，或者翻开来读几行。透过诗行，我看到了诗人一生的热爱和痛惜。对于一切美好事物的眷恋之情，对于崇高生命的关怀，对于爱，对于爱的绝望和疼痛，这一切都让诗人感到了生命中不能承受的重。而毅然决然的死，能否算作对干净生命的最后祭奠呢？

1989年3月26日清晨，海子怀抱着4本书，行色匆匆地走向了山海关，火车尖厉的鸣声卷走了他的生命。其中的两本是《圣经》和《瓦尔登湖》。《圣经》是一本充满着爱和智慧的书。《瓦尔登湖》呢，它是灵魂的一面镜子。海子试图将灵魂的镜子、爱和智慧带入天堂，在这纷繁芜杂的尘世，已容不下更多的思想和真理。在《春天，十个海子》这首诗歌里，他写道："春天，十个海子低低地吼/围着你和我跳舞，唱歌/扯乱你的黑头发，骑上你飞奔而去，尘土飞扬/你被劈开的疼痛在大地弥漫。"最后，海子喃喃自语："大风从东刮到西，从北刮向南，无视黑夜和黎明/你所说的曙光到底是什么意思？"

你所说的曙光到底是什么意思？我们卑琐的灵魂经得住一个25岁的诗人这么一问吗？我们无视灵魂的黑暗，把它视为平常甚至是生活的必需。可是海子，这个来自"空虚而寒冷的乡村"赤子，却为自己一生的热爱洒下了鲜血。在《拂晓》中，海子写道："我早就说过，断头流血的是太阳/所有的你都默默流向同一个方向。"也许，他就是1989年的天空下，那颗断头流血，光芒万丈的太阳吧！

在今天，谈论诗及诗人显然不是一件讨好的事。有一次我上网，碰到一位自言喜欢文学的女子，我忙不迭地问："喜欢谁的诗歌？"她飞速敲过来一行字："不要谈诗歌，老土！"不管怎样，诗歌永远是人类精神世界的旗帜，它一点也不会因为世俗当中的尘埃而减少自身耀眼的光芒。

——35年前，25岁的诗人杨唤走了，诗留了下来；18年前，25 岁的诗人海子走了，诗留了下来。灵魂真的像轻烟一样随风而逝，可他们流星般划过天空的灿烂，也许要胜过我们庸常冗长的一生。

（原载《临潭县志》）

屋檐下的邻居

敏彦萍

　　不知从什么时候开始，我家厨房的屋檐下居住了一对麻雀夫妇。也不知从什么时候开始，它们孵育了一窝小麻雀。每天，天刚一亮，麻雀夫妻就开始一来一往地忙碌着，哺育它们的孩子。当它们鼓着素子寻食回巢时，寂然无声的巢里立即炸了窝，那几只嗷嗷待哺的小家伙，张大黄嫩的毛茸茸的小嘴，发出争食的欢叫，好不热闹。

　　一天中午，由于过量用电，导致保险闸出了问题，我和老公去检修。屋檐下的保险闸离鸟巢很近。因此，我看到了这样的一幕，从此也让我对这小小的不起眼的麻雀产生了特别的情感和由衷的敬意。

　　当老公踩着凳子接近屋檐下的雀巢时，那几只小麻雀以为自己的父母回来喂食了，巢里立即传出急切的声音。这叫声一直触进我心里最柔软的地方，我的心情不自禁地被一股暖暖的叫作怜爱的东西占据了。突然，传来了一只麻雀叽叽喳喳的猛叫声。我循声望去，花园的刺玫树枝上站着一只麻雀，看似很紧张的样子。紧接着，它飞过来落在自来水管上，慌乱地叫着，如临大敌。另一麻雀也被召唤了回来，一边在我们的附近来回地旋飞着，一边焦急不安地叫着，连嘴里衔着的食物都掉了出去。鸟巢中原本吵闹的幼雀，此时却出奇地安静了下来，不知是它们嗅到了陌生的气息，本能地感觉到了外面正在悄悄逼近的危险，还是因为刚才老麻雀急切的叫声给它们传达了什么讯息。此刻，它们个个敛声屏息，悄不出声了。我不禁被这小小的鸟儿特有的灵性深深地打动。

站在凳子上准备检修线路的老公，好奇地伸展脖子，想看看窝里到底有几只小家伙。此时，只见其中的一只麻雀惊恐地扑打着翅膀，然后，从屋顶上猛扑下来，在我们的头顶上倏地一下划过，我明显地感到一股强大的气流自头顶掠过，那翅膀搏击空气发出的声响震到了我的耳膜。它焦急而愤怒地叫着，那叫声像是在向我们求告，又像是给我们发出的警告。

为了消除我们给麻雀造成的威胁，我们不约而同地放轻了说话的声音，我示意老公在尽量不惊动巢中幼雀的同时加快检修速度。

那对麻雀父母还是不放心地在我们四周旋飞着。其中一只再一次落在附近的刺玫上，好像一名站岗放哨的士兵，目不转睛地监视着我们的一举一动。我一边给老公扶凳子，一边扭头去打量那只声音里充满了焦急和担忧的麻雀。它的头是灰色的，嘴巴是深灰色，羽毛上有黑色的水浪一样的花纹。见我注意它时，它又立即警惕地飞开，落到对面的墙头上，尾巴一翘一翘地，依然叫个不停。

这时，来了一只麻雀，可能是被它们的惊叫声吸引而来的，或者是正好路过。从形态上看，这只麻雀比较年长，可能是那对麻雀夫妇的近亲或者是邻居，我想它是来给它们壮胆或者出主意的吧。只见它飞到离我们三米远的樱桃树上，仔细地打量着我们，那两只麻雀也立即飞到它身旁，彼此交换着眼神，并忙乱而纵声喧叫着，好像是在向老麻雀诉说着心中的焦虑，或是在讨教转危为安的良策，又好像是警告我们，要是胆敢伤害它们的孩子，就马上召集更多的麻雀对我们宣战。年长的那只麻雀打量了我们好一会儿后，看到我们并未靠近雀巢，也无伤害幼雀的意思，便又飞绕了几圈，侦查了一番后停落在花园中的刺玫上，不再那样噪叫了，好像是在思索着什么，然后，轻轻地向那对焦急的麻雀父母叽喳了几声就飞走了。很显然，这句简短的鸟语让那对焦急的麻雀宽慰了许多，因为从那时起，那对父母的态度居然改变，不再围着我们不停地噪叫。而且，其中一只飞走了，大概是寻食去了吧。只留下另一只，似乎仍然有些不放心，哨兵似的远远站在墙头上，机警地监视着我们。

这对麻雀夫妇的表现，让我想起了屠格涅夫散文里的那只老麻雀：为保护幼雀，那只老麻雀竟然奋不顾身地扑向强悍凶猛的猎狗……今天，我也亲眼看见了这样令人感佩动容的一幕。

麻雀在人们眼里很不起眼，它没有艳丽的羽毛，没有婉转的歌声，更没有强壮的身躯。但是它却用弱小的生命给我们诠释了敢于挑战的精神、义不容辞的责任和无私无畏的大爱。这难道不值得我们强大而智慧的人类深思与学习吗？

（原载 2011 年 6 月 19 日《甘南日报》）

开在眉间的微笑

马建芬

一

兄妹五人中，二姐排行老四，与我相差七岁。这样一段年龄差距，应该说刚刚好。

我刚出生，二姐开始入学。等我牙牙学语，蹒跚迈步时，便成了二姐的伴儿，准确说，我成了二姐少女时代的"拖累"。

因为大姐嫁人早，母亲又要下农田，做裁缝。那时候，有合作社，要下农田挣工分。为了给家里挣到更多口粮，母亲总是要背着我到田间地头。把我放在庄稼地里，母亲开始忙乎。偶尔母亲过来看到有虫子在我身上，就心疼地抱起我亲一下，而后又不甘心地把我放下去干活。因为耽误时间久了就会挨负责人的骂，还会减工分。到农忙结束之后，母亲又要到合作社的裁缝铺去缝制衣服，去的时候自然要带着我，她干活时我就围在她的腿旁转来转去。

尽管那时候我只有两岁多，可我能看到母亲的忙碌和辛苦，每次母亲都是背着我去下田去裁缝铺，趴在母亲的背上我会讨好母亲地倚着她结巴的说"我是阿妈的'累赘'，阿妈要快快去上班，不然齐伯伯会骂阿妈……"每每这样说的时候，母亲会紧紧地抱着我，笑着亲我，我能闻到母亲的笑中有苦甜混杂的味道。

于是，为了分担一份母亲的忙碌和疲惫，二姐上学到四年级就辍学了，那时，她也有梦想，她却只能把梦想深深地埋在了稚嫩的心中。

二

二姐属于那种柔中带刚的女子。贤惠的外表下，有一颗坚强的心。她从不掩藏自己的情感。爱笑，是她的特质了。那是一种独属西北女子的爽朗欢快的笑声，她的笑容始终像开在眉间的艳丽的花朵，让人看到就能被感染得忘了所有烦恼和忧伤。

不到十岁的二姐，担起了不该她的那个年龄担的担子。或许是那个年代的艰苦岁月铸就了二姐那代人的懂事和担待。现在回想起来，二姐在那个时候行事就如大人，至少，在我的心中就像母亲，对她的依赖，从那个时候就在心底生根发芽了。

做饭、收拾家，尤其是在父亲外出跑车不带我的时候（为了不影响母亲干活，从不到两岁我就开始站在父亲的汽车方向盘旁边跟着父亲出车），给我洗头洗脚洗袜子这些事都揽在了二姐的身上，她会用心给我梳好多发型，想着各种办法让我开心。而我，稍有不高兴就会哭闹不停，以晚上要给"阿大阿妈告状"要挟二姐。如若换成我，定会扔下哭闹的妹妹不管或者过去就是两巴掌，可是二姐没有，她会抱着我给我唱歌讲故事，脱下袜子给我洗脚剪指甲，然后委婉地说，如果不听话脚趾头会翘起来，长大后不能穿漂亮的鞋子，这样，哭闹的我便会戛然而止，然后跟在二姐身后看她做其他的家务活。

有了二姐的后方支持，母亲便可以对我这个"累赘"放心很多了。

二姐天生有一副好嗓子，歌声特别动听，尤其是黄梅戏的曲调，会让你听得心醉。那时候，州上的歌舞团来我们的小镇招生时被二姐的嗓音吸引。破例要招她回去。唱歌是二姐的爱好，也是她的梦，她当然希望有机会能让自己的梦延续。然而，父亲坚决反对，说教法不允许，家风不可容。

从不敢违背父母的二姐只好把梦装在心底，把少女情怀和时光留在了那个小镇的村子和娘家。但是她也把美妙的歌声留在了平日的生活中，做家务陪伴我时，会轻哼小调给枯燥的日子平添色彩，或者会在晚上，给劳累了一天的母亲轻歌曼舞一曲，让母亲在欢笑中缓解疲惫。

三

在逐日的成长中，二姐变成了亭亭玉立的女子，在我深爱二姐的目光里，她美得犹如仙女。

十六七岁时的二姐，如出水芙蓉。梳一把辫子，从肩膀上斜搭过来垂在胸前，有壮族女子刘三姐般的优美歌声和聪慧机敏，也有回族女子的内敛和稳重，在低眉浅笑的仪态间、匆忙轻盈的步履中，承担起了大人的担子。

为了分担一些家里的负担，大嫂和二姐在家里做酿皮子外卖。那时候家里动辄停水，于是，二姐和大嫂就会大老远去挑水，然后晚上用水洗面粉用于蒸酿皮子，第二天早上五点就起床开始蒸，到早上九点才结束。所有就绪后，二姐就会将切好的酿皮子放到两个桶里，然后肩膀上挑起盛满酿皮子的桶和母亲一起出门，到各个单位去卖。因为做的酿皮子好，很受大家欢迎，每天出门两三个小时二姐和母亲就会收工回家，带着一天的收获，二姐满脸的喜悦和精神。

除了卖酿皮子，家里还买了一台压面机，晌午时分，村里的人都会陆续端着面粉来家里压面。所以，每天在卖完酿皮子后，大嫂和二姐就开始站在压面机前忙碌，一直到做饭晚时还不能休息。

那个时候，我从二姐的脸上从没有看到过疲惫和忧愁。

传统的母亲还很苛刻地要求二姐掌握一手好厨艺，说是以后到了婆家不会为难自己。所以，母亲不只带着二姐干家里的粗活还调教她进厨做饭，同时编织各种花样的毛衣。

村子里，挑着担子送酿皮子的路上，夏日冲洗衣服的河边，秋日落叶满地的树林里（为了烧炕村子里的女人们会在秋天将落叶扫一起背回家用于晚上和着牛羊粪一起烧炕），冬日坐着编织毛衣时温暖的炕角，还有炊烟升起时的厨房，一直有二姐的身影。有时候大哥二哥长途跑车回家，听到巷子里大车进来的声音，二姐又会如脚底带风般地跑出去帮哥哥们搬卸车上的东西。

而这一切，是我这个全家人娇惯着的老幺未曾去做过的。

日复一日，二姐一直是在家里里外外忙碌周旋着。那个家，在父母和大哥二哥之外，二姐以女儿的身份毫不吝啬、毫无怨言地支撑着。

四

十八岁，是一个女人最美的时光，二姐就是在这个如花的年龄，在父母之命，媒妁之言下嫁给了表哥。三十年来姐夫始终如一爱着她，二姐是幸福的。

在婆家，二姐如同所有女人一样，伺候公婆、和妯娌相处、相夫教子、家里盖房子的时候背着孩子拼力干活，任何一种生活方式，都是岁月的沉淀，二姐从未有过抱怨。她从如花似玉的少女开始向饱经沧桑的温婉娴熟的女人一路走过。直到中年，又担起了带孙子的担子。

而我，伴着如梭的岁月，也成了大人。上学、工作、结婚生子，我的生活少不了任何步骤。于是，我和二姐在姐妹之情中又添加了一剂美味——我们成了无话不谈的朋友。无论是在工作、婚姻还是子女问题上，只要一遇到痛苦的问题或者是喜悦的事情，我们都会第一时间给对方倾诉。能见面就想法见面聊一整天或一晚上，时而挥泪如雨，时而捧腹大笑，惹得母亲数落我们是"没有规矩的疯丫头"，见不了面就会拨通电话，即便一方因为喜悦笑得不能说话或者伤心得哽噎难语，另一方都会拿着电话安静地听着对方的笑声或哭泣，直到对方发泄完情绪为止。

后来，母亲失明了，很多原本是母亲给予的爱，都不容推卸地落到了二姐身上，我的内心深处，对二姐又有了一份对母亲才有的依赖。

因为二姐一直以来都是和父母亲住得很近的，哥嫂外出打工的日子，照顾父母就是二姐的事，就连我回娘家撒娇都是面对二姐了。早上懒懒地睡在被窝里面，让二姐不止一次到床头叫醒我吃饭，或者将穿脏的衣服扔给二姐然后我一溜，的确是一种无与伦比的幸福。

成人了，个性强烈的我更是有了自己的主见和判断，所以，偶尔，因为有些事意见不同，我和二姐会吵得不可开交，我会哭着摔门而出，并下定决心不再理会她，至少一两年之内不去她家。然而，一个人在街上孤独地溜达没过一两小时，我又会悻悻地落魄地去找二姐，因为，和她怄气的感受，是那般让人难过，没有她的时间，我是那么孤独。

一直到后来母亲归真，对二姐的依赖越发强烈。每次回娘家，悄悄地在母亲的炕头爬一会后，我就会不自主地去找二姐，哪怕在她身边坐一会，在她的被窝焐一焐，我都会觉得内心安稳很多。

五

人的一生，总有很多磨难，而每一次磨难的到来，也是真主对人性的一种考验。

2015 年 10 月，二姐因为胃出血住院，确诊"胃癌"，必须尽快进行胃切除手术。全家人在恐慌难过中强装镇定，为的是不让二姐有所觉察。

手术前一晚上，二姐来电话说，她想让我在那一晚陪她，因为我在了她才会心里安稳踏实。挂上电话我号啕大哭，我不确定，谁也无法确定，进了手术室后的二姐是否还会和我们见面。我不敢想象如若二姐因为病情所致无法再和我们相伴后半生时，我在委屈疲惫的时候该去哪里歇息。

那一夜，二姐和我聊了很久，她藏在心底的疼痛与牵挂，她的不舍和难过，还有她对真主因为敬畏而生在心头的惧怕……我们相拥哭泣，继而又在我的打趣中笑颜逐开。

二姐被推进了手术室，所有亲人在手术室门前席地而坐，煎熬等待。十个小时后，二姐被平安推出了手术室，医生说，手术非常成功，切除了二分之一的胃。配合后期几次化疗后就会康复，只是为了不增加患者的心理负担，尽量不要告知其患的是癌症。

在我们想好以后的日子要用无数谎言圆最初的一个善意谎言时，躺在病床上的二姐却平静地说："我知道我得的是癌症，医生告诉你们我最多能活几年了吗？"面对二姐淡然的神情和问题，陪护在二姐身边的我和姐夫突然不知道该怎么回答她。我说，无论是你还是我们任何一个人，能活多久，谁也不知道，但只要活着就是幸福。何况，我们谁也不知道谁会走在你的前面……二姐听后面露平静的微笑，姐夫和我的心如释重负，因为我们不必费尽脑汁蒙骗二姐，我们可以轻松谈论癌症，陪伴二姐扛过化疗的痛苦，走出癌症患者的心理阴影。

确实，所有的事不是人所能意料的，之后不到一年的日子，曾在手术室外和我们一起焦急地等待二姐并且在出院时专门开车到兰州来接二姐的大哥，因为突然诊断"恶性肺肿瘤晚期"不久便先我们兄妹离世了，二姐的哭声中有着对大哥的疼爱和不舍，有着对自己病情的恐惧和无奈。

无法想象二姐是在经历怎样的心理挣扎后走出"癌症"这一让多少人闻名就胆怯的疾病的阴影的，但我们能看到她的艰难，她的矛盾，她的柔弱和无助。

六次化疗，生不如死的痛苦和哭泣，还有无数不分白日黑夜的祈祷，二姐终于都扛过去了，她依然健康得笑颜如花，精神如初。

谈起癌症，二姐就如谈起她一生经历的很多事一样轻松从容，甚至感觉到她是在说别人的病情。我知道，二姐是不愿让自己的悲观情绪影响到爱她的亲人们，她一如前半生一样时时以她的笑容感染别人，要以一个好强健康的样子走在大家的前面。

偶尔问二姐，你是癌症患者，心里怕吗？二姐会闪烁泪光，但还是笑着说：怎么会不怕？可是怕有什么用？现在要做的就是享受我拥有的生活——虔心叩拜真主、用心打扮自己、陪爱人一起看日出日落、看着父亲老去儿子媳妇成长，还有可爱的孙子们一天天健康长大，这就是我的生活，至于生死，交给真主安排！

对今世生活的依恋和珍惜，对后世的祈祷和依托，二姐都是那么笃定和从容。从她如花般开在眉间的笑容里，我发现，其实二姐是一个健康的人，而真正病着的是我，是我们很多人，因为，我们的心有疾患。

（原载《格桑花》2018 年 1 期）

罐罐茶的记忆

李雪英

　　故乡坐落在苍苍莽莽的大山深处，清澈的冶木河从村子前面流过，千百年来滔滔河水奔流不息，村子周围的森林郁郁葱葱、苍翠茂密。春夏秋冬有不同的果实、野菜供乡亲们采摘，我的童年便是在故乡的大山里度过。

　　父亲在很远的林场工作，回家的次数很少，奶奶和母亲耕种着十几亩耕地，爷爷是村里的牛倌，给家家户户放牛，到了年底爷爷收回粮食、大豆等算作工钱，用来维持我们一家人的生计。爷爷岁数大了，奶奶和母亲不许爷爷再出去受苦，要求爷爷在家看门带孙子，五十多岁的人在农村来说还是很强壮的劳动力，其实奶奶也是心疼爷爷风里来雨里去的太辛苦。爷爷习惯了外边漂泊的生活，待在家太闲，便在深山侍弄了几座炭窑。将烧好的木炭拉到集市上卖掉，换回很多日用品，也给我们兄妹买很多好吃的糖果和漂亮的布料做衣服。在那个物资亏缺的年代爷爷用自己辛勤的双手为我们带来了富裕的生活，也给我的童年带来了许多欢乐。爷爷是那种不苟言笑，更不善于语言表达的人，只是将对家人的爱付诸行动。

　　爷爷喜欢喝罐罐茶，吸旱烟锅儿，也是那时所有老人们的共同爱好。每天早晨爷爷起来后第一件事就是烧起火盆，煮上罐罐茶，奶奶便去厨房做早饭，农村的早饭吃得特别早，吃过后都要忙着去干农活，等奶奶将热气腾腾的馍馍端上炕桌时，爷爷的罐罐茶已经沸腾开了。爷爷将熬好的茶水倒入茶盅，一边喝着罐罐茶，一边吃着奶奶做的锅巴馍馍，等吃饱后用手抹一把嘴再美美地吸上几口烟锅儿，下了炕站在院子里看看天空露出了鱼肚白，就将烟锅狠狠地在鞋底磕几磕，随手别在腰里的布腰带里拉着架子车上山了。

那个年代一般家庭很少有细茶，罐罐茶便是家家户户最主要的饮茶习俗，之所以叫罐罐茶主要是因为煮茶用的器皿是砂罐，因此而称罐罐茶。罐罐茶的煮法很简单，一个火盆，一只罐罐，一撮茶，一个茶盅便是罐罐茶全部家当了，罐子的形状呈圆锥形如旧时的药罐肚子突出，拳头大小，旁边有个环形手把，材质也和药罐一样瓦制罐也叫砂罐，做工很粗糙。先是在火盆里烧起炭火，抓一小撮茶叶放入罐罐，茶叶都是廉价的清茶，再把清澈的泉水倒入罐子里，将罐罐煨在炭火边慢慢熬煮。用木筷轻轻地搅动，使茶叶能够充分煮沸。在火盆上支个铁丝做的三脚架，用自制的圆锥形铁皮壶盛满泉水放在三脚架上烧着，以便随时将煮沸的水添入罐罐里，等罐罐茶浓郁的茶香味溢满屋子，茶水已经熬得如牛血般浓俨，将茶水轻轻滤入茶盅，也只有一小口，然后慢慢呷着，细细品着，茶叶任留在罐罐里，将铁皮壶里的水蓄满罐罐继续熬煮，如此反复，也得花费很长时间才能过足茶瘾。

罐罐茶的后劲很足，早上喝足后一整天精神饱满、精力充沛，所以老人们口头都喜欢说"不可一日无此君"，可见罐罐茶的地位非同一般，一般情况很少有人晚上喝罐罐茶，会失眠。喝罐罐茶需要很强的毅力也需要很长时间的锻炼才会喜欢上它的味道，那味道的浓烈第一次喝的人是接受不了的，一个字就是"苦"，超级苦，所以在我的印象里经常喝罐罐茶的人才是狠汉子、硬汉子。孩子们每看到长辈们美滋滋地品罐罐茶时那种陶醉的表情都会悄悄地咽口水，等大人们喝足出了门后会迫不及待地偷偷喝一口，马上会哭丧着脸全部吐掉，就像孩子们看大人喝酒时的那个馋样，偷喝酒后的结局一样。

家里来了客人罐罐茶也是待客必备之礼，再有一盘烫面油饼子加腊肉炒鸡蛋那将是最重的待客之礼了，现在想想都有点垂涎欲滴的感觉。随着社会的进步，生活的改善，罐罐茶的煮法也发生了很大的变化，人们把冰糖、红枣、桂圆、核桃仁等辅料加入罐罐茶里熬煮，味道改变了不少，没有原味的浓严，在辅料的作用下罐罐茶的味道清香而甘甜。

影响最深的便是小时候过年了，农村冬至已过进入腊月，年味也日渐浓郁，家家开始杀猪宰鸡准备年货了，爷爷会拿出一年的积蓄置办很丰盛的年货。腊月二十三送走了灶爷后我们也按捺不住新年的喜悦开始放起了鞭炮，母亲将做好的新衣裳拿出，爸爸给我们每人压岁钱。家家的火盆和罐罐茶便成了贵宾，一整天放在炕上，罐罐茶煨在火盆边冒着热气，正月里的罐罐茶有冰糖、红枣，也成了孩子们最好的饮料。屋外大雪纷飞，屋内红彤彤的炭火，爷爷、父亲陪着亲戚喝着冰糖红枣罐罐茶，吃着自家的年猪肉、喝着浓烈的老白干，孩子们坐在炕沿上嗑着瓜子，吃着糖果，那场面现在想起还是温馨的。

时光飞逝，岁月如梭，亲人一个个离去，只能用回忆来寄托哀思，熟悉而亲切的罐罐茶和亲人、故乡一样成了我记忆里最深的乡愁，最难忘的情愫！

（原载 2018 年 6 月 20 日《文艺报》）

一树一树梨花白

马慧梅

一

我的村庄，有一个朴素的名字——蕙家庄。三月，梨花怒放，整个村子浸在一片雪白的花海中，美得像童话世界中的城堡……

远远地，一树一树雪白的花儿晃人的眼。美。真美。的确美。太美了。我整个人痴痴地，移不开脚步。

花儿开得沸沸扬扬。不是一朵。不是两朵。不是三朵。是一嘟噜一嘟噜地开。一串串雪白的花儿如凝脂，如白玉。

细看梨花，白色的花瓣晶莹剔透，白得透亮，白得清爽，似一张张不施粉黛、秀气的小女孩的脸，巧笑嫣然。空气中，浮动着一缕缕甜蜜的清香，沁人肺腑。这个时候的空气，像被蜜糖浸过似的，甜甜的。

"梨花风起正清明，游子寻春半出城"，古人爱梨花爱到了极致，每逢梨花怒放的时候，人们在花树下欢聚。唐朝时，这一风俗十分流行，用梨花做头饰。当时，汝阳侯穆清叔赏梨花曾赋诗云："共饮梨树下，梨花插满头。"那是怎样的一种美啊，梨花般面容的妩媚女子，头上插满雪白的梨花，整个人，玉骨冰肌，素洁淡雅，靓艳含香，风姿绰约。梨花，美丽了多少女子的心啊！

乡亲们，他们每天穿梭于梨花丛中，头顶着梨花，在花树下种菜、给庄稼锄草、追肥。

二

梨花纷飞的季节，我的乡亲们，勤奋又努力。

用铁锨或锄头，刨开黑黝黝的泥土，南瓜点上了。萝卜撒上了。白菜种上了。葱从泥土里挺直腰板钻出地面。风过，是清新的泥土味。老牛脖子上套着犁，"吭哧吭哧"，一步一个脚印，身后大片的泥土开了花。金黄的麦粒撒进泥土里，泥土的芳香让老农的脸笑成了一池吹皱的湖水。

乡亲们，他们吃的是泥土里长出的粮食、蔬菜、瓜果，闻到的是泥土的清新味。新鲜拔的萝卜，拧掉叶子，抖落掉泥土，"嘎嘣嘎嘣"就可以吃。就连炒大豆，都要去坡上铲上一背篼盐土，倒在锅里，和着豆子一块儿翻炒，豆子在跳舞，泥土在跳舞。出锅，黄灿灿的大豆，又酥又软，且带有一丝咸味，那是泥土的功劳。

乡村人爱土地，如同爱他们的孩子。春种前，将地里的土疙瘩碾得细细的。庄稼收割后，在刚犁过的地里，村人们又将土疙瘩砸得碎碎的，有时，用手捏，直到细如粉末。土地，是他们的命根啊。

三

梨花纷飞的季节，家乡成了花的王国。一朵，两朵，千万朵，轻轻驻在春的枝头。红的，粉的，紫的，在春风里笑微微的。

漫山遍野的樱花，赶来赴约，开得热热闹闹。远看，如粉色的霞，又如洁白的雪，似一幅徐徐展开的画卷，美得让人心颤；小小的花瓣芬芳、质朴、纯净，风吹来，花瓣簌簌飘落，头上肩上是一层香香的樱花雨。

小溪边，穗穗花艳艳的红格外耀眼，细细的茎上顶一朵朵指甲大的花，让人顿生无限怜惜。穗穗花是女孩子的挚爱，头上、衣服上都插上穗穗花，顿时，连笑容也染上了一抹红。我们用丝线把一朵朵穗穗花穿起来，红红的花瓣肥嫩地在丝线上荡秋千。

坡头，一枝枝山丹花缀在草丛中，憨憨地笑。山丹花的花蕊上有红色的花粉，轻轻一摇，红色的花粉就抖落在手上，我们当胭脂涂，每个小伙伴的脸蛋都红红的，如山丹花一样美。

坐在时光里，朵朵花儿都笑逐颜开……

四

梨花开花，美得惊心动魄。庄稼开花，则是云淡风轻。

你看那油菜花，清风拂过，花浪翻滚，花香四溢，真好像走进了一幅厚重的油画中。油菜花的黄色鲜艳夺目，铺天盖地。极目远眺，大地仿佛被油菜花染黄了。闭上眼，仿佛已结满了饱满的荚，滴出黄亮亮的油，可以炸油饼吃。

土豆开花，是朴朴素素的美。

一朵朵小白花、小黄花、小紫花笑得眉睫弯弯的。漂亮的小脸蛋天生丽质，是藏也藏不住的。它们一簇一簇开，远远望去，像一块绣了花的布。

胡麻开出的花，优雅高贵。一片浅浅的紫色，在风中舞蹁跹。牵绊着的眼睛，舍不得离开。望一眼，再望一眼。直到把一汪紫色印在心上，才一步三回头地离开。高雅，太高雅了！难怪用胡麻榨出的油，那么清香！把胡麻炒熟后捣碎，夹在花卷中，做出的花卷，香味绵延。

五

乡亲们年年岁岁浸在梨花的芬芳中，他们身上，也浸染上了梨花的质朴无华。

流火的七月，是乡亲们最忙的季节。镰刀磨得霍霍响。

火辣辣的太阳炙烤着大地，一片片麦子泛出灿灿的金黄。微风吹过，泛起滚滚麦浪，每一棵沉甸甸的麦穗都像一张张笑脸。乡亲们弯着腰、把一片片麦子揽在镰刀下，只听见"嚓嚓嚓嚓"的声响，汗水，"吧嗒吧嗒"掉进泥土中。身后，是一溜摆开的麦捆。嗅一嗅，醇醇的麦香令人沉醉。闭上眼，麦粒仿佛已变成了雪白的馒头、滑溜溜的面条。

乡亲们说得最多的就是"麦熟一晌，虎口夺粮""九成熟，十成收；十成熟，一成丢"，要抢时间收割。一家老小下都下地劳动。年轻人割麦捆。老人搭小麦垛。小孩子拾麦穗。下一场冰雹或几天的雨，一年的辛苦劳动会付之东流。

割完自家地里的麦子，绝不会歇一会儿。看谁家的麦子黄，割不完，就去帮着割。"你家的麦粒真饱满啊！""嚓嚓嚓嚓"，悠扬、婉转。

新麦面磨好后，家家户户都会蒸花卷，给邻居们一一送去，把劳动的幸福来品尝。

葱呀，韭菜呀，辣椒呀，土豆呀，只要打一声招呼，想摘多少就摘多少。

每每回家，都会有乡亲们送来腌好的蕨菜、新鲜摘的黄花菜、刚从树上摘的梨子。浓浓的乡情，令我的心暖暖复暖暖。

六

　　一树一树的梨花，美而不娇，倩而不俗，似雪一般洁白，似玉一般透亮……我的村庄，浸在雪白的梨花中，沾满梨花的清香……

（原载《甘南日报》）

花魂归雨

胡憬新

我常神往于雨雾中的群山万壑！

感谢自然之王者，常以此不吝地赐予，以巍峨之山，缥缈之雾，霏微之雨。

所以，只要有山之庄毅，雾之飘逸，雨之柔媚，我便会塑衣草笠，到山中去。

所有的山峦，都隐入烟波风雨那虚无缥缈的境界，迷离恍惚的感觉，便恰如一个梦，或若进入传说中的阆苑仙境。

沿途曲径通幽，峰回路转，在满眼烟雨和轻云薄雾中，更是别样的恍惚若梦。湿滑的青苔，给人以不少的趔趄，也能给人以别致的意趣。

缭绕的雨雾中，可视界仅在丈余，而在这些许的范围内，一条清流潺潺，四围芳草萋萋，无限烟雨迷蒙。在翠微的草色上、苍茫的烟波下，蓦见一朵柔弱的小花，在潇潇雨中，以无限惹人爱怜的姿态，嫣然地开着。

走向前去，五瓣对称的粉红色花瓣，边缘已染上一线干枯的浅黄色！于是，这一线枯黄，已渲染了整个秋山，勾勒出一笔浓浓的秋意！

"不信只看八九月，一瓣黄花染秋山。"

这风雨中不安地摇曳着的花哟！

——你可曾梦想做案头的兰，夜夜散发醉人的香馨，在诗人的低吟浅唱中，在印着素花的笺上，换取你微小生命的不朽？

——可曾幻化为窗前萧疏的菊，在朦胧月华之下，摇动着疏枝淡影，孤芳自赏、自怜，让无数多愁善感的女子，在你的面前，滴下几滴孤岑的清泪？

——还是想做那风雪之夜的关山梅花，伸张无限风骨，在凛凛风雪中含笑绽放？

也许她已习惯了做一朵在秋风秋雨的侵凌中自在的野花，来自自然，也要复归于自然！

我于是敬畏这柔弱的刚强！

这雨中轻摇着的粉红色小花，花瓣上、花蕊中沾濡了点滴雨水，如同美人眸子间的泪光盈盈。而每一滴泪珠都在花瓣间轻轻颤动着，浸染上一片粉色的忧郁。

——你也有忧愁和哀伤吗？你留恋生命中曾经有过的欢乐吗？你流泪了吗？

雨声轻语，似乎为这初秋的野花，过早地奏响生命的哀乐。轻缓的旋律，夹杂着一丝流动的颤音！

冷意侵袭着心扉，我不再觉得兴奋，因为我感知了秋的到来！

于是，我立住，如花一样静默地在雨中伫立。雨声渐骤，无边的颤音一同响起。我亦若面对行将就木的红颜，忍见她曾经清丽的娇容渐趋枯萎。

一段灿烂辉煌的生命，也许就这样无声无息地逝去！

在冷雨不停地侵袭下，那五瓣可怜的花瓣，也在不停地摇曳中，纷纷地坠落了！落入雨水汇成的溪流中，浮浮沉沉的，恍若一叶扁舟，满载着离愁，也载着她孩童时的天真的笑意，青年时浪漫的梦，和生命中许多疲惫的岁月，流向远方！

花落水流红，花魂已逝，留下的只是一抹凄艳的记忆。

但那依旧在风雨中摇曳的花茎，仍然在展示她不屈的意志！

花魂归雨

231

风疾，雨冷，还不见落木萧萧，只一叶飘飘而至，叶片上也早已是斑痕零落。

——这是生命的无奈，但也是生命的大智慧！

我突然感悟，也觉得兴奋了，我傲然，抬起头，临风而立。

雨声渐息，雾向山顶退去。只见秋草秋叶，萧萧寒极。

风过时，拂在脸上的还有一丝凄冷的雨意。

那么，且对雨临风，苍凉而歌罢！

但见山川低沉，宇内寂然：香魂已逝，孤水犹寒。

（原载《甘南日报》）

前定一条路

敏洮舟

一

2008 年初春，在一个潮湿的雨天，我悄悄摸进了广河县。早春的雨水冰冷，街道空旷寥落。我在入城的桥头独自站立，清缓的河水两岸，山脊巍然。傍晚的河道上，水雾重如蓝烟，漫上桥栏，也漫进了人心。记得分明，那个傍晚我身单衣薄，心里却犹自翻涌着一腔决绝。

我迈开腿，下桥入城。身后的浓雾、背负的行装限制了转身甚至回顾。人若活到穷途，逼到末路，唯有辞别方能救度。生长着三十年记忆的故乡旧城，在一夜之间陌路成他乡。新迁入的栖身地，就是这茫茫土海里的有水之城。一水东流，人心才能随之而活。

这条河叫广通河。河水自西向东，贯穿了整个广河县城。我在离河不远的一栋旧楼里，租下了一间足可安身的陋室。搬进去的当天，一个又一个生人，站在门口微笑招呼：以后是邻居，需要什么言喘一声。看惯了熟人堆里的冷漠和轻蔑，骤遇温暖，竟胸口激荡，鼻息酸楚不已。

落拓经年，终在广河安定了。而我和这座城的交集，也在那个飘雨的傍晚悄然开始。

门和窗全敞开着，久不住人的屋子里，盘桓着一股霉味。门后立着一把秃成棍子的笤帚和没有篷头的水壶，拿在手里掂掂，忍不住咧嘴苦笑。管他呢，这年月，有个凑合能用的已算不错。换身衣服，戴个报纸折成的帽子，洒扫擦拭，清理了一个早晨。收拾完毕，靠着窗台一扫，虽四壁清简，却也干净敞亮。

窗外，一道黄土山梁横卧成云，镶满半个蓝天。那画面，意味如谜。河边的堤岸上，一个人穿过成排的垂柳，徐徐走来。距离虽远，可我一眼就能认出，那是我二哥。在后来的很多个傍晚，我就这么站在窗前，看着他穿过河边的垂柳朝小屋走来，坐上一阵，摸黑又顺着河岸往回走。

二哥看着屋子说："亮堂通风，好着呢。阿达阿妈（父母）先住我那边，等收拾好了，再慢慢搬过来。明后天我们去趟旧货市场，添个座椅板凳。开上学校的车，一两趟就拉完了。"

学校是二哥工作的地方，在簌簌飘落的粉笔末里，他已消磨了五六年时光。我举家搬迁，最早的打算是在临夏，最终来到广河，很大原因是有他在这里。父母年纪大了，多个儿子在身边，日子会更加妥帖。

我关上前后窗户，将不能再用的笤帚和洒水壶全都扔进垃圾桶。进进出出，也没跟二哥说几句话，原想手脚忙碌，心就能安宁些。但这番打算几乎是徒劳的。冷眼和指责，犹在耳边；现在和将后，横在眼前。前路一片茫然，像初到时广河桥头的那个有雾的傍晚。

二哥拍拍我的肩，默默站在身边，好几回欲言又止。

等我扔完废弃进屋，他有意无意站在我身前，轻描淡写地说："这两天忙完了去学校转转吧，学生都是十七八岁的小伙子，很热闹。也可以听听老师们的课，你这个岁数记性好，能学些东西。课堂很有趣，学生想得多，问得也多。"说完顿了顿，见我听得认真，声音一下高了不少，"知道他们最关心什么吗？"看他满眼期待，我配合地问："关心什么？"他满意地回答："他们最关心的是没考上大学，就端不上铁饭碗，现在学阿语，以后能做什么？小小年纪，已在愁苦命运。其实，每个人的道路都在前定上走，谁能看到以后？可这些，他们还吃不透。"

我心里一动，抬头打量他的神情，他浑若无事，脸上没有丝毫异常。这番话来得突兀，似是没话找话，可我还是能听出里面的逻辑。

片刻沉默里，各自怀着心事。正想着，二哥用力在我肩膀拍了一把说："走，吃饭去，阿达阿妈等着呢。"

锁上门，我跟着他绕过屋前的一摊积水，慢慢地走向河畔。天气虽已放晴，可连番阴雨，地气依然清冷。河边的路泥泞粘脚，那排粗硕的柳树下，倒是干爽得多。走在树下，微风轻抚，心里一阵潮润。

那一年，我的生活处处逢变。

奔波十年的旧业已暗淡终止，我成了一个闲人。往日的放浪和同行的夸大发酵了，不知从哪天起，我在亲友眼中，堕落成了一个不能回头的罪人。为了还要继续的生活，我只想尽快逃离。

父母的病患，每逢秋冬就加重一层，落户他乡，寻找更加适宜的治疗环境，成了必然之行。或许，还有更多奇怪的内心体验，连叙述都是困难的。总之就这样，揣着满怀心事，我跟跟跄跄一路颠簸，最后悄无声息地落在了广河县。

接下来的日子，也就这么冷清简陋地开始了。

我混杂在满街的白号帽中，暗自辨别着环境的陌生和气味的熟络，那是一种奇怪的边界。日头晒在街角的泥巴上，能看见丝丝蒸发的水汽，周围晒干的一圈泥皮皲裂开来，俏皮地打着卷儿。"穆萨"羊肉馆里一阵肉香飘来，眯眼一看，一大扇羊肉裹着白气，刚从锅里被钩出来。南街十字，两座清真寺夹着一条街道，岿然相望。不知哪个寺里的阿訇，穿着一件洁白的棉布长袍，带着几个小满拉，鱼贯走进漳河桥南的一个小巷，瞬忽就不见了人影……

新租的屋子是个空壳，从堆积成山的旧货市场里，总能搬几件回去。二哥围着一件浅灰色的麻布沙发，挪来挪去左右翻看。隔壁的另一家铺子里，一堆书柜高低横竖乱摆着，我淹没在里面，敲敲打打，想找到一件最结实耐用的。从老家出来的时候，那几箱书没少让我费力气。现在，墙角不是它们的位置，它们该挺立在陈旧却端正的书架上。

"阿辈，这沙发多少钱儿？"二哥看中了那件灰旧的麻布沙发。

几张东倒西歪的凳子旁，一个老人蹲着身，正叮叮当当地修理损坏的凳子腿。"三百八。"老人勾着头，说话时稀稀拉拉的胡须一颤一颤的。

"三百行不行？"

老人抬起头，有点宽松的白帽压在额前，他随手推推，咧嘴笑着说："几十块钱儿对你们年轻人算啥，还打磨？"

"穷老师啊，日子得掯着指头过。"

老人瘪瘦的脸上写满了不以为然，想了想，瞪眼说："老师好啊，我听说现在工作的就老师拿的工资高……你看我一个没儿汉，你再打磨啥！"说完哈哈地笑。

"阿校的老师可不能跟人家比……"二哥听到"没儿汉"三个字，口气一下软了，想解释一下，可话说到中途就没了声音。

我在隔壁，把一切看在眼里。

唉，几十块钱……那年月，我们哥俩的日子各有各的难过。但有些事不能拿在嘴上说，二哥本来可以把日子过得更好。

在广州的外贸市场刚刚升温，阿拉伯商人潮水般涌入，中介无人、翻译奇缺的时候，二哥操着一口精纯的阿拉伯语，并没有加入南下的大潮去赚钱。他一头扎进了大山丛里的广河，守着讲台，翻着经卷，朝夕和一帮孩子处在一起，如遵守着一项宗教的定制。与他同在北京、巴基斯坦学习过的同学，甚至他教出来的不少学生，大多都抓着机遇混成了大老板，而他依旧用千元工资养活着一家四口。别人不理解，问他为什么，他笑着说：各有各的道路，不能强求。何况，我有我的举意。

我站在隔壁远远地望着他。四十出头的人，两鬓已微见花白。他不好意思地看着老人说："那就按照你说的价钱吧。"哪知老人反问："你是阿语学校的老师？哎哟，那没说头，就按你说的价钱，我有三轮车，给你送到家里。你们是给回回穆民培养人才的人，不能挣你们的钱儿。"说完撇下手里的铁锤，大步朝三轮车走去。

二哥还要说些什么，老人却抬起沙发的一头说："来吧，抬上车，给你拉过去，这市场找车吃力。"二哥看着老人微微犹豫了一下，随后点点头，默默抬起了沙发的另一头。

旧货市场在马巷的一个陡坡下面，老人骑上车，我和二哥一人一边，将三轮车推出了市场。市场门口，停着学校那辆不知什么年代的皮卡车。沙发从三轮车搬上了皮卡车，老人还在车后大声招呼："缺什么再来啊，不挣你们的钱儿。"我按按喇叭算是回应，车缓缓开动，心里一颤，如晕开了一圈波纹。

皮卡车快到南街寺门口时，邦克（宣礼）念了。应着飘出寺院的召唤，人们接踵走进寺门。我们把车开进寺院，洗漱静心，融入了一场盛大的庄严。拜中跪坐时，心里却抑不住地冒出他念：一个身后无嗣的老人做点小生意，艰难地维持晚境，心里必然藏着几分黯淡。

礼毕，潮水般涌出的人群里，我居然看见了他——旧货市场的那个老人。他也看见了我们，从大老远就伸出双手，哈哈笑着走过来，道出一声"赛俩目"（平安），手和手握在一起望着对方的时候，感觉里竟没有一丝陌生，那是一双阅尽苍凉却依然清澈的目光。

皮卡车缓缓行驶在广通河边，柳树站成一排，无风自动。我心里，一池清水盈盈颤动。

晚间，二哥摸着河畔的月光回去了。我一个人坐在灰色的麻布沙发上，打开一沓稿纸，踌躇半天，只写下一行字：今天，我发现了另外一种活法。

二

学校那辆破旧的皮卡车，是我的向导。我开着它，它载着我，沿着与广通河横竖交叉的另一条河道：漳河一路向南，最后停在了两扇蓝铁门前。那一刻我有些激动，如武陵人闯入了桃花源，只要跨进那扇蓝漆铁皮的大门，里面生息的光景，就是没有愁苦的另一个顿亚（现世）。

以前常听到这所学校的事，二哥喜欢说。并且，他的描述里充满着青春和理想的味道。曾有那么一段时间，我深深地向往过那种生活。更为合适的是里面的学生，四百多人，据说都是考试失利、因故辍学的。就像曾经的我。半大的孩子，突然没书可读了，一个家就跟着乱了。进入社会，缺乏适应和辨别的能力，弄不好，还得惹一身毛病。左右打听，得知甘肃广河的大山沟里，有这么一所可以信托的学校。于是，毫不犹豫，带着孩子就来了。

我仿佛看到了自己的翻版。可是，我没有像他们一样，在最合适的年龄走进校园，而是过早地进入了生活这个大泥沼。进容易，抽身难。

此刻，我彻底抽出身了，可以进去了，但身份却被岁月一笔涂改。

久违十多年的课堂，终于被我进了一回。二哥从前门阔步走上讲台，我跟着从后门悄悄溜进去，在最后一排找个空位坐下，招致很多青春的面孔，纷纷向我投来探寻和诧异。我不自在地低下头，神思一晃，如回到了家乡旧城的某段时光。旁边一个长得清秀的男孩用胳膊肘轻轻碰我一下，低声问："叔，你是插班生吗？"

叔？

在我还活得不明不白一团糟的时候，在另一群人的眼里，已经稳重地荣升到了叔的位置上！"不是，就听节课。"我盯着讲台不去看他。

讲台上，二哥拍拍手上的粉笔灰说："……有这么一段阿耶提：'你们所憎恶的事情，或许它对你们是好的；你们所喜爱的事情，或许它对你们是坏的。'所以，好或不好，不是当时当地就能判断的……"那一节课，我就记住了这一句话，而且像被烙进了心里，很久以后，依然响亮新鲜。

那一段时间，我几乎天天往学校跑。曾在几株并肩紧挨的紫藤树下，一躺就是半个下午；从蓬密的枝丫缝里，隐约间像读懂了时光；那一回我头次见这么多的书，和操场一样大的半层楼里，书架围成里外两个大圆圈，摩挲着书脊轻轻地走，脚步一重，就怕惊扰了沉思在册页间的先贤大哲们；我去不知哪个年级的教室，乘着学生上体育的当口，在图文斑斓的黑板报上，忽然就看见了自己的理想。

书架的漆基本全擦掉了，斑驳地裸露着木头的颜色。我把书全摆在上面，端详一阵儿，心里少有地感到惬意。旁边置了一张书桌，不知哪个学校淘汰出来的，桌面上坑坑洼洼，刻满了淘气的岁月。都是从旧货市场那位老人跟前买的，怕为难在价钱上，专门求了学校一个老师跑了一趟。

阳光透过窗台照了进来，暖暖的。一屋独据，自足而惬意。因为在这里，我可以活得真实坦荡些。在这里，我的笔可以在洁白的稿纸上自由地起舞。屋外的天地水深浪阔，我却不是一个好的水手。在无边的大热闹中，我缺乏进入的能力。

就像那只随我多年的茶杯。汽车旧了，毛病就很多，扳子改锥轮番上阵，鼓捣一番，将就着开到某个饭馆门口，跳下车甩上门就向里走去，实在想离开这个破车，越远越好，离开时茶杯永远攥在手中。滚烫的开水冲进茶杯，扑入鼻息的除了粗糙的茶香还有油味儿。谁知道什么油，柴油机油液压油曲线油，任何一种进了茶杯都会浮现油花，我捧着茶杯定定看着，突然就懂了什么叫"游离"。它永远无法跟水融为一体，只能蜷缩成一点或一斑。

这像极了我和我的生活。

小屋是宁静的。泡杯茶放在已擦出木色的旧书桌上，把门一关，然后沉静于某种理想。这是活着的另一种形式，是我一直认为的高级的形式。在这单调的空间里，我想获得的不仅是退出的轻松，还有清空的启悟。这更趋于人的本质，更容易找到自己。

书桌临着窗。窗外，镶在半空的山沉入昏黄的傍晚，隐隐地隆成一道谜语。广通河披着岸边的垂柳，微微一抖，像是忽然想通了什么。柳树下的那条路，长长地伸了出去，中途拐了两拐，又接着向前延伸。

二哥沿着河岸，一个人不急不慢地走。晚风拂过，路显得更空旷了；岸边的背影，显得更寂寥了。我知道，这条路在未来的日子里，也会被我无数次地走去，又回来。正想着，二哥忽然停下身来，站在岸边的一个拐角处，远远地向我挥了挥手。

（原载《散文选刊》2016 年第 5 期）

书 房

花 盛

　　记得有一句话："你在哪里，书房就在哪里。"常年在外工作，无固定居所，我的大部分书都随我"东奔西走"，用这句话来形容我与我的书房的关系甚为恰当。

　　20 年前，我被分配到大山深处的一所学校当老师。开学前的一个周末，我用自行车驮了两纸箱书和铺盖去学校报到。学校依山而建，只有两排瓦房，一排是教室，一排是宿舍、仓库和煤房。有四个老师，两个是学校附近的，不住校，周末就只剩下一位 50 多岁的陈老师和一个比我大几岁的杨老师。学校为我腾出一间仓库当宿舍，仓库里有两个纯松木的旧书架，几乎掉光了油漆，上面落满了灰尘，刚一搬动似乎就要散架。陈老师建议将书架搬到煤房，等冬天来了生火用。我觉得拿来生火有点可惜，这可都是难得的"宝贝"啊。若要重新购买新书架，得到 60 里外的集市上去，山高路远的，非常不方便。杨老师知我心意，笑着说："那就把它俩留下，给你做伴儿吧！"他们很热心，不到半天工夫，仓库就腾出来了。他们顾不上歇息，又开始帮我搬砖支床，和泥裹炉子、镶烟筒，打扫顶棚上满是苍蝇尸体的蜘蛛网……我则用几个生锈的钉子和铁丝固定书架松动的木板，又找来一罐黄漆将书架刷了一遍。顿时，两个旧书架摇身一变，发出金色的光芒。他们一看，笑道："这俩破架子经你一收拾，还真是个'宝贝'呢!"

几天后,油漆干了,我将书架安置在床边,上面整齐地摆好我带来的书。宿舍不到 20 平米,办公、做饭、休息都在这里了。我喜欢这样的环境,遂将宿舍称之为书房,这也是我的第一个书房。学校里没有图书,更别说图书室了,这里就是我的图书室。尽管书不多,但学生们都很乐意到我的书房里来看书,一下课就蜂拥而至。后来,我只要去集市,都会买一些书回来。那时工资很低,只有 400 多元,入不敷出,无奈之下只能写信给我的同学,希望他们为山区的孩子捐书。一个月后,陆续收到了不少同学寄来的书,从五六本到几十本,从旧书到新书,一时间,两个书架早已经摆不下了,只能堆在地上。

杨老师见状,建议我将堆在地上的书分成几份,分别放在每个教室,设立图书角,也方便学生阅读。一个星期后,我们都发现图书角的好多书不翼而飞了。"书丢了,都怪我。"杨老师有些内疚地说,"我找了村里的木匠,让他做两个书架,估计两三天就能做好。"我安慰杨老师:"孩子们喜欢书是好事儿,就怕孩子们不爱读书呢!"

增添书架后,我的书房彻底成了名副其实的学校图书室。附近村庄的孩子们一有空闲,就跑到我的书房来看书。一天晚饭后,有个四年级的孩子来看书,怯生生地趴在我耳边悄悄地告诉我:"老师,您的书真多,我也想有个您这样的书房!"我拍了拍他的小肩膀说:"这就是你的书房啊,也是我们大家的书房!"那一刻,我看到他童真的脸上充满难以掩饰的喜悦和激动。那一刻,我决定,如果哪一天我离开这里,就将书房里所有的图书留下来。我知道,我的书房不再是我自己的,而是孩子们的,它承载着大山里孩子们的希望和梦想。

12 年后,我离开了大山深处的学校,也离开了那个陪伴我度过了 12 年时光的书房。后来,随着工作的变动,在不同的地方,我都布置过不同的书房，环境变得越来越静谧舒适。然而，每当我一个人待在书房里时，静谧舒适的环境反而让我觉得心里空荡荡的，没处着落，总觉得缺少了点什么。尽管有书陪伴，也可以时常与书中的人物安静地"交流"，但心里却多了一份压抑和孤寂。

　　或许，我与书房就像两个人的相逢，与第一个书房擦肩而过，但却终生难忘；与现在的书房平淡如水，但却默默相依相守。我想，无论是哪一个书房，只要我们曾经拥有过，付出过，爱过，人生就是幸福的。

　　　　　　　　　　（原载 2018 年 12 月 5 日《文艺报》）

两姨哥

黑小白

　　我常常会想起我的一位两姨哥，我母亲大姐的儿子，他长我两岁，但我从未叫过他一声哥，也从未听见过别人叫过他哥，印象中大家好像都直呼他的名字。

　　他离开这个世界已经十年了，殁的时候三十岁，很年轻，没有结婚。大阿娘（在我的家乡，父亲和母亲的姊妹都习惯称为阿娘）生他的时候四十岁了，在他之前，大阿娘还有一个女儿，比他大几岁。

　　大阿娘今年过八十岁了。她这个年代的人，都有几个孩子，可她只有两个孩子，这是比较少见的。

　　听母亲说，大阿娘是二婚。头婚时还不到十八岁，过了几年就离婚了。听说大阿娘的前夫在外面做了大官，母亲和二阿娘常常说大阿娘的命不好，享不了福，只能过苦日子。大姑父（大姨父）是个地道的农民，没出过门，没打过工，一年四季侍弄庄稼，还养着一两头牛，早些时候还有一匹干农活的马。

　　大阿娘倒是未曾说起过她的前夫，或者感慨自己的命不好，她是个不太爱说话的人，至少在她的兄弟姐妹中她说得很少，这点像她的大哥一样沉默寡言。二阿娘和母亲喜欢说话，她们姊妹三个在一起的时候，往往是东拉西扯地说个不停，大阿娘在旁静静地听着，偶尔插上一两句话。

都说人老了就会寂寞的，会找着人说话，可大阿娘就是安静。我不知道她年轻时爱不爱说话，我也没问过二阿娘和母亲，从我记事起，大阿娘就说话少，但对她的儿子却是个例外。

我的两姨哥是个哑巴，个头稍高，身体偏瘦，脸颊深陷，脸色青红，他没有同龄人正常的智力水平，一直像个孩子。我们无法了解他的内心世界，然而他却能洞察我们的内心世界，他像一位大智若愚的智者，虽然能看透一切虚幻，但却显得真实而安静。

大阿娘的家在乡下，离县城有十里路。这条路现在是水泥硬化路，而且有填方。原来的路是红土，一下雨，泥泞不堪，难以行走，红土粘得鞋都会脱掉。还有个陡峭的大坡子，走过这条路的人都会记得红土和大坡子，影响太深，没办法忘记。大阿娘隔三差五就从这条路上来到舅舅家或是二阿娘家。舅舅家和我家只有几步路，二阿娘家稍微有点远。

我常常能看到大阿娘，或是两姨哥。我只看到大阿娘是因为她来的时候没带他，只看到两姨哥是大阿娘上街买东西或是转亲戚去了。但最后总会看见两姨哥跟在大阿娘的身后面，两只手抓着前襟的衣角，戴着一只深色的帽子，眼睛很大，很亮。

大阿娘常常埋怨两姨哥跟着她，让他待在家里，说是一天到黑地跟着，有一天她殁了，跟谁呢？两姨哥不说话，听大阿娘说，他只管跟着，其实，他很少一个人待着，我们不留意的时候他就去找大阿娘了，而且还能找着。这让我们感到惊奇，他是怎么找到的我们无从得知，大阿娘为此又说过他多少次，说走丢了上哪里找他？他只是笑着，笑得让我们有点心疼。

那时候我们去大阿娘家，进门就看见两姨哥。大门的右边是院子，比地面稍高一点，种着庄稼和蔬菜。从大门到屋子有十来米，屋檐很短，两姨哥就坐在屋子前，阳光照在他身上，他像陷在时光里的老人。看见我们进门，他从小椅子上起身向我们笑着，还是那样让人心疼的笑。我们问他，你在啊？他还是笑着，有时会哇哇地说着，我们也听不懂，他也不多说，两只手攥紧了衣角。我们去屋里，有时他会跟着，有时就又坐在凳子上，阳光照着他，让我们觉得陌生又熟悉。

两姨哥和我们姑舅两姨拍过一张合影，有近三十年了，这是他留给我们唯一的纪念。照片上的他还是笑着，我好像没见过他哭过，有时也会见他生气，脸色越发青红，因为什么生气的我已不记得了。更多的时候，他一个人坐着，也许他在思考，或者他只是想晒晒太阳。

然而，他是大阿娘的影子，大阿娘在哪里，他就在哪里。他们是一个人，没有什么能分开他们。我们说起大阿娘就会说起两姨哥，我们看见两姨哥就知道大阿娘来了。然而有一天，他们还是分开了，两姨哥殁了，没有生病，没有意外，就那样走了。

他在世的时候，大阿娘还说你一天跟着我，我殁了，你跟谁呢？然而两姨哥走了，永远地离开了，他殁的时候三十岁，大阿娘已经是位老人了。从此以后，我们只看到大阿娘一个人来，一个人去，我们都再也没有说起过两姨哥。

自从两姨哥殁了之后，大阿娘的身体慢慢不好了。有两三年时间，她就在屋里待着，也不出门，也不干活，她病了，家里条件不好，去不了大医院，就在县城里的诊所和医院看着，一会儿说是胃病，一会儿说是头疼。大阿娘吃了很多西药，也熬了很多中药，都没见效，身体越来越差了，到最后，都很难下炕了，走路得有人扶着，还挂上了拐杖。

我们常常去探望她，家里有事也会去请她来。她对我们说，娃，阿娘殁呢。我们忙说，不会的，你还硬邦得很。我们都没有提到两姨哥，他已经不在了，大阿娘的身后我们再也看不到他的身影了。

最近几年，大阿娘渐渐好起来了，虽然弓着腰，离不开拐杖，但能在屋里屋外转转，到亲戚家里来，也会住上一两天。更多的时候，我们去她家里。从大门进去，就看见她坐在小椅子上，晒着太阳，拐杖搭在一旁。看见我们，她慢慢地站起来，喊着女儿，让她给我们倒茶做饭。

这样的情景让我恍惚，我仿佛看见坐在阳光里的两姨哥，然而院子也不是那个院子了，屋子也不是那个屋子了，大阿娘家重新盖了房，院子也平整了。能带给我们记忆的只有那几把小椅子了，其他的都不在了。

然而，我常常会想起我的两姨哥。戴着一顶深色的帽子，眼睛很大，很亮，阳光照在他身上，他憨憨地向我们笑着。这样的笑容，我再也没有见到过了。

（原载《格桑花》2018 年第 4 期）

生命中的二十四个月

陈 涛

离开甘南后，我多次梦中重回那个群山环绕的小镇。

梦中的我，站在熟悉的街头，不识来往行人，四处打量着陌生的建筑，无论如何都找寻不到居住过的小屋。还有一次，我梦到了窗外的核桃树，那棵高高大大的核桃树，风吹过，鲜亮的叶子轻摆簌簌作响，闭眼倾听，只觉天地间美妙的声音也不过如此。我极喜爱这棵核桃树，无数次，长时间坐在树下，目光越过对面的楼顶，与流转变幻的白云一起打发时光。或者在一个午后，看镇政府的朋友们打核桃。那时，许多人围在树下，用木棍、橡胶棒甚至砖块向枝头扔去，运气好就会有三两个核桃掉下来，一帮人冲上去抢，抢到的欢乐，抢不到的继续抢，而像我这样的旁观者获得了欢笑。也有身手矫健，胆子大的，沿着树杈爬上去，挑一根细一点的枝子拼命晃，很多核桃哗啦啦落下来，连同之前扔上去被枝条缠住的棍棒，于是更多的人围上去，更多的欢笑抢出来。我虽然没有抢，但常会有人送我吃。一个叫晶晶的小女孩，小学六年级了，来我的房间送六颗核桃给我，并让我一下子吃完，后来她得知我就只吃了一颗的时候，噘着嘴，一脸的失望。我告诉她，每天吃一颗，感觉很美好。她不理解，说自己一次可以吃很多。也有那么几次，夜深人静的时候，躺在床上，黑暗中想一些久远的事，偶有一粒核桃落在窗外水泥地上，“啪”的一声，清脆又悦耳。明天它会被谁捡走？又会滑入哪个口袋与腹中？这念想伴我坠入深沉的梦中。

有时也会回忆起在甘南的那段时光，它们以碎小瞬间的方式闪亮定格并一个个涌向我。想起一个人走很长的路去任职的村子，道路两旁欢快的溪流以及远处被阳光洒上一层淡淡金黄的绵延不断的山顶；想起许多次开摩托车沿着曲折环绕的盘山路进入大山深处，当站在路旁向山下望去时，触目而来的美以及伴之而来的哀愁；想起自己对一盘绿叶菜的强烈渴望，最后竟通过吃三鲜饺子中的点点青菜来达成心愿；想起大家夏日时在茂密森林与广阔草场"浪山"的情景，吃肉喝酒尽情谈笑，醉了睡，醒来再喝，心无旁骛；想起山里孩子们可爱、羞涩的模样，以及双手接到礼物时眼神中流露出的简单纯粹的欢喜；想起许多次师友们的到来，更想起任期结束返京前的那晚，与朋友们一次次地举杯，记不得饮下多少酒，只记得情难自已潸然落泪。

如何看待这段时光里的自己？可否完成了应尽的责任？这些念头冷不丁蹦出来，当然，每次的结论也不尽相同。理想，自然有理想的光芒，但现实，常会让这光芒暗淡。对一名挂职干部而言，既要尽力而为，更要量力而行。量力是前提，尽力是态度。不自量力下的尽力而为，是滑稽式的可怜与荒唐式的悲壮。这两年，为十多所乡村小学建立完善了图书室，并提供了许多的玩具、文具、书画作品，为十余个村子建立了农家书屋，以及购置了健身器械、安装路灯等等。做事时，困难如影随形，坚持与放弃，反复交织绕缠。深夜，在台灯之下，信笔涂写，更多的词语竟然是时光。是啊，时光，属于我自己的时光，属于我自己的不可被辜负的时光。时至今日仍清晰记得路灯安装好的那个夜晚，村子在高山上，我们在一团漆黑中沿着环绕的盘山路爬行，行至拐弯处，抬头就看到远方高高的山腰处有一盏灯，明亮极了，再一个拐弯，满目光亮，黑暗，被彻底甩在了身后。"天上的街灯亮了"，脑海中反复回响这一句。所谓的蛮荒之地,所谓的穷乡僻壤,究其本质,都与黑暗紧紧捆绑在一起。如今,光亮洒满了这个高山的村落。抬起头,望向布满星辰的夜空,群星明亮硕大,立于街口,半是欣喜,半是难言的酸楚。

在小镇的日子里,我始终都在学习如何独处。意大利导演费里尼说,独处是"人们嘴上说要,实际上却害怕的东西",害怕什么呢?"害怕寂静无声,害怕那种剩下自己一人与自我思绪及长篇内心独白独处时的静默"。短暂时间内的独处,是自我内心与情绪的平衡与调适,长期的独处,则需要一种特别的能力。旷野无人,天地静寂,一人独坐,是独处,人来人往,众声喧哗,穿行于其中,却又与己无关,那一张张看似熟悉的面孔,陌生到难以听懂的语言,无不提醒着自己外来者的身份,这同样是独处。

关于独处,周国平也有讲过:"人在寂寞中有三种状态。一是惶惶不安,茫无头绪,百事无心,一心逃出寂寞。二是渐渐习惯于寂寞,安下心来,建立起生活的条理,用读书、写作或别的事务来驱逐寂寞。三是寂寞本身成为一片诗意的土壤,一种创造的契机,诱发出关于存在、生命、自我的深邃思考和体验。"对照之下,第二与第三种状态,我都占了,只是第二种状态多一些,第三种状态略少一些罢了。

独处时的我,封闭内敛,沉默坚定,我会在核桃树下端坐许久,也会在午后或黄昏的暖阳中沿着河边行走,此时的自己大脑放空,有时会随手捡起一根柳枝在身前随意舞动抽打,只是那样走下去,再折回来。甘南的天气多变,经常走不了多远就遇到落雨,于是匆匆跑回房间。待回到居住的小屋,关上门,只觉世界都安静了。鲁迅所讲的:躲进小屋成一统,管他冬夏与春秋,说的就是我这种人吧。小屋不大,十平方的样子,我在里面居住、办公,一晃就是两年。斗室中的那个我,时常手插口袋低着头来回踱步,有时会思索一些事情,更多时候则无甚可想,只是那样反反复复地来回踱着。从入门处的书柜到窗台，正常六步走完，走得慢些则会八步。走久了，便一屁股坐在正对门口的那个砖头垫起的破败不堪的沙发上，整个人沉陷下去，接着随手取一本书读，再起身时，也不知时间又过去了多久。读书时，会泡一壶茶，或水仙，或肉桂，或滇红，慢慢来品。我有几把钟爱的壶，如梅桩、掇只、石瓢等，建盏也有几只，以束口居多。极无聊时，会把所有的紫砂壶摆放茶台之上，分别放入不同的茶叶，再一一注满开水，盖上壶盖后，用热水轻润壶身。对于它们，我是喜爱的，它们始终陪伴着我，在静寂里我们互相凝视，在孤独中我们互相诉说，只见得壶身日趋透润，盏内五彩斑斓，它们如同我最亲近的朋友，以这种方式陪我见证并记录了这段时光。

写到这里，我想起了与我朝夕相处同时也是命运多舛的那盆绿植。植物是小屋的前任主人留下的，初见它时，在堆满烟头的花盆中一副枯败模样，我为它更换泥土，每天浇水感受阳光，两个月后满盆皆绿，小屋也多了一份生机。春节后从北京返回，再见它时，上面爬满了白色的小虫，不管我如何照料，它仍旧是死掉了。几根干枯的枝条立于盆中，似乎在向我痛诉。我是自责的，每天仍旧会给它浇水，明知所做的一切徒劳，却从未放弃过奇迹的发生。直到有一天，奇迹竟真的出现了，一枝幼芽从枯枝的顶端发出，或是被我内心深处不屈不挠的祈愿所打动。我将它放入土中，依旧是每天浇水晒阳光。在一年多的时间里，它从最初的两片小叶，到六片，再到八片，苗壮成长。后来我再次返京，托人照看，不知被谁不小心碰到，根部脆断。这是你的命运，我心疼地对它说。我想扔掉它，但又鬼使神差地把它插入水中，它也鬼使神差般地生出了根须，我大喜，把它插入盆中，就这样，它再次回到了我的生活里。现在，我又离开了甘南，不知何时还能回去，也不知它现在怎样了。

在小屋里的那个我并非总是安静平和，我做不到也不应该假装坚强，无视那些莫名的脆弱，我不能因为那段时光的远离而去否认那些存在，因为那就是我。甘南的夜，忽然就落下雨来，忽然就飘下雪来，而我，忽然就流出泪来。记得一个夜晚，女儿给我打电话，她的声音很低，对我说："爸爸你什么时候回来？"我不知该如何回答，只是安慰她说很快就回家。她问我为什么还不回来？我继续安慰她说很快就回家。她命令我早点回来，要在她第二天晚上入睡前返回，我安慰她说："好。"她让我保证，不许撒谎，我缓缓地说："好。"类似这样的情绪都在随后的某一天某一刻，突然化作眼泪，从心底涌出，毫无缘由的，只是单纯地为了流泪而流泪。今日写下这段文字，不介意被误解为矫情，亦不会有难为情之感，我怀念那些莫名流泪的夜晚，因为那是自我情绪的梳理与平衡，我甚至觉得有泪可流是一件幸事。

很庆幸在自己的生命中有这样一段美妙的旅程，将我从固化的生活轨道中抽离，投入充满新奇未知的世界里。我知道，有些东西悄然发生了变化，我感受得到，并且欣喜于此。曾有一个作家说，如果不是遭遇苦难，我是无论如何不会想到我会成为一个作家的。而我如果不是到小镇任职，写作于我的意义可能要多年后才会意识得到。在小镇上，我写下了很多文章，在文字中不断地确认着对生活的感受与认知。我还在这里完成了自己的博士论文，尤其是读到丁玲在对中央文学研究所的作家学员们谈实践学习时说过的一段话时会心地笑了，她是这样说的："我认为下去是换换空气，接触些各式各样的人，使生活开阔一些，是要去锻炼自己，改造自己，不要犯错误，不要留坏印象给人家，也不要像钦差大臣一样下去调查一番。回来能写就写，不能写也没有关系，总结一下经验，看是否比过去不同，有些什么收获，看一些新事物，也是好的。"在甘南待得久了，所做所行正如丁玲对作家学员们讲的那样，整个人也越发地松弛，随之而来的是长期形成的谨严有序如夏日冰雪般消融。记得初到甘南时，朋友们带我四处游走。从未有过一次旅行是这般的漫不经心，走走停停、停停走走，随心随性，不克制也不压抑自己的内心。被认真与一丝不苟过度训练的我起初多有不适，我不知道目的地，也不知道我会在哪个确切的时间以怎样的方式抵达。但最后，在这场旅途中，陪伴我良久的那些精确、秩序、规则等等——退场，而是逐渐沉浸在由大概、也许以及模糊主导并由此而产生的愉悦中。的确，谨严有谨严的美，散漫，也有其内在的难与人言的妙趣。也唯有散漫，将自己丝丝缕缕融入小镇的生活里，学会在生活的内部去生活，破除刻板印象，重建对生活及世道人心的认知。这也是一个令我日趋沉默的过程，记不得从哪天开始，突然丧失掉对这份生活言之凿凿的自信，不再轻易地断言，所谓的悲悯与愤怒随时面临着转换，所以唯有小心翼翼地去表达对某件事情的看法，"不确定""可能性"变成了充满魅性的词语，如此迷人，一如海面之下的冰山，丰富巨大，耐人寻味。

在甘南的小山村待久了，似乎气息也就变了，再回到北京也就有了陌生感与疏离感。有次外出购物，面对地铁与商场中迎面而来的汹涌人流，一时间竟有些惊惶，甚至有些畏惧，走在摩肩接踵的人群中，第一次感觉到如此的格格不入。回京后时常睡眠不好，辗转反侧难以入睡，每逢此时便格外想念那间遥远的小屋，那间窗外有两棵高大核桃树的小屋子。当我真正回到那里时，如同一株枯萎的植物被投入清澈的泉水中，不管多么焦虑的情绪都会瞬间平静下来，失眠的症状也顷刻间烟消云散了。

回望这二十四个月，从最初的新鲜感到中间的煎熬期，再到最后的留恋不舍，一步步地走过来，也就这样过来了。看看做过的事，读读写过的文，想想交过的友，念念动过的情，我想，我是尽力了的。对这段时光，我用心对待，不曾虚度，遗憾也就少了许多。记得去年十二月回京后的一天下午，几乎每隔两个小时就会接到来自村里的信息，先是三点多钟，一个小伙子告诉我他的儿子昨天出生了，拜托我起个名字，算起来，这是第五个让我给孩子起名字的父亲了。后来五点与七点分别接到了两个老师的电话，其中一个要请我去家里吃饭，还给我准备了土特产让我带回北京，他说这都是他自己做的东西。我告诉他我要春节后回去，电话那头就没了声音。他说别人告诉他我只是回北京开会，没说春节前不回村里。我听到了他压抑的哭声，他反复说就一个春节，为何走前不告诉他。我跟他开玩笑，等我回到了镇上会第一个给他打电话，会带着二锅头去跟他喝酒的时候，他才破涕为笑。离开小镇前的最后一个月，当地的朋友们说要用这一个月来欢送我，虽是玩笑，但他们也这样做了。等到最后离开的那天，几十个人聚在一起，朋友们带来了自己珍藏的酒，那晚我不记得喝过什么酒，也不记得喝了多少酒，到最后，跟朋友们频频举杯，接着一饮而尽。此刻，言语已毫无意义了。那个叫晶晶的小女孩掉泪了，我摸摸她的头，眼眶突然湿润了。当朋友们唱起"祝你一路顺风"时，我的眼泪涌出来。他们让我感受到了这时光的意义。

在这二十四个月的时光里，还有一件事情是我必须要谈及的。离任职结束还有四个月的时候，凌晨我从梦中疼醒。恰逢周末，没有电，房间冷得厉害，所有的一切都是冰凉的。我用尽各种姿势去缓解我的疼痛，结果都是徒劳，只好一个人在房间，与疼痛一起熬到黎明的到来。两个半月后，疼痛再一次降临。这是另一种病症，它让我彻夜难眠，止疼药、止疼针也毫无作用。住院时，不能进食，不能饮水，每天只能躺在病床上，看不同颜色的药液通过红肿的手背流入身体。好在老天保佑，无须手术，躺过几天后，大夫允我进食。一碗粥，一个馒头，一片面包，两份不过油的小菜。当我把它们一一摆放整齐，凝视着它们时，我第一次对食物产生了虔诚之心与敬畏之情。我端坐桌前，神情专注又认真，没有人可以打扰到我，我缓缓品尝每份食物的味道，用心去一点点地咀嚼，再将它们全部吃下，一点都不剩。其实，我所遇到的这两种病症在小镇居民中很普遍，当地的朋友戏称它们为高原病。初时，我有些难以接受，疼时，也从未因此而对小镇有所怨恨，我把它当作是小镇对我节制欲望、善待肉身的劝诫，这注定是一份深刻而又深远的影响，从此以后，我的生命是彻底地与甘南联系在一起了。

如今，当这二十四个月终于过去，到了该说再见的时候了。难说再见，但是，再见！今天，我用这篇文章与生命中的二十四个月告别。正如马洛伊·山多尔所说的那样："有什么东西结束了，获得了某种形式，一个生命的阶段载满了记忆，悄然流逝。我应该走向另一个现实，走向'小世界'，选择角色，开始日常的絮叨，某种简单而永恒的对话，我的个体生命与命运的对话。"但我知道，不管怎样，从此以后的那个远方，以及那些远方的人，都与我有关了。

（原载《青年文学》2018 年 1 期）

兄弟记

王小忠

一

很久时间没回乡下老家，这天早上，我刚起来就接到二弟的电话。我怎么也不敢相信，那件事情是真的。尽管事实的确如此，但当二弟给我在电话里说清一切的时候，我依旧在质疑。七年前，村里就有人遮遮掩掩说着。我一向反感风言风语，愈是反感愈是听到的偏偏更多。兄弟们世世代代在那片土地上翻滚，实际上我早就习惯了那一切。听人笑话看人热闹，似乎成他们唯一的消遣方式了。

二弟的两个儿子在县城读书，学习成绩并不好。加之最近几年大学生就业悬之又悬，因而二弟心里有了新想法，他不想让大儿子继续读书了。读与不读都一样，只要睁开眼睛就可以。这是二弟经常挂在嘴边的一句话。也正是因为有了这样的想法，二弟才心急火燎给我来电话。可那件事情不太好办，一头是兄弟，另一头还是兄弟。提早给后人安顿家园，这是农村的惯例，是父辈们无法绕过去的一件大事情。看着一天天大起来的两个儿子，二弟心急火燎也属情有可原。

这件事情我必须要在场，二弟千叮咛万嘱咐。原本我想兄弟间的事情就由他们去，我夹在中间反而不好。但现在看来，我的想法有点单纯了。二弟的心思最明白不过，其目的就是看能不能在价格上压一下。胡林生没有告诉我，二弟如果不给我来电话，我还真不知道他返回家乡的消息。胡林生落户在遥远的河西的一个叫疏勒河的移民区，想来大约有十几年光阴了。我们好多年没有见过面，也没有联系过。二弟在电话里催得急，说胡林生住几天就要走。我口边答应着，心里便找各种不回去的理由。同时也责怪胡林生，既然来了，怎么连个招呼都不打？

关于胡林生的消息我倒是听过不少，无非是移民过去日子并不好，活儿苦，媳妇跟别人私奔之类的。有时候我也想，闲言碎语并非空穴来风。我看过许多报道，感觉移民区还是不错的，村里有好几户都去了那边，不但如此，而且他们连老人都接了过去。胡林生是村里第一批去疏勒河的移民，他过去两年后把母亲也接了过去，至此后我就再没见过他。他母亲过去之后，村里的老房子一直闲置着。这次胡林生回来就是要将老房子连同田地一同处理，这样的消息对二弟来说自然是惊喜无限，因而他一再催促我必须回来。

二弟催促了一周之后，我才回到家乡。二弟显得很不高兴，说我只顾自己，对弟兄们的事情一点都不上心。不要说二弟，就连老父亲都抱怨。我无心坐在家里，应付了一下家人，就直接去找胡林生了。

胡林生在村里几乎没有亲人了，他的几个本家兄弟我都打问过，都说不曾见到。我又去了他家老房子，老房子门锁着，好多年不住人，房前屋后显得十分破败。从门缝向里一望，院子里全是茂盛的蒿草，整个房子如荒野一般，令人心酸的同时又有种说不出的荒凉与惊悸。老人们都说房子长久不住人阴气便会加重，就会有鬼借居。二弟偏偏看中了胡林生的这个老房子，我想原因有两个方面：一是胡林生老房子和我家老房子在同一个巷子，住在同一个巷子自然方便多了；二是胡林生的大多田地在河湾，地势平坦，种植药材最好不过。

我返回家的时候，天色已经不早了。父亲和二弟坐在院子里，不说话。二弟见我来了，便从里屋搬出一个小凳子，屁股都没坐稳，他就问我关于胡林生及老房子的事情。我张口就说，都住满了鬼，你却看上了。二弟毫不在乎地说，先买过来再说，已经有好多人盘算着呢，就凭你和他的关系，我想他也不会轻易卖给别人吧？我一直没有开口，二弟似乎看出了我的为难，但他依旧没有停止他的打算，他和父亲商议着说，等买过来，拆掉老房子，然后重新盖一院气派的新房，田地里种上药材，几年之后就回本了。又说，这样的机会十分难得，批一处房屋地非得跑断双腿不可。

胡林立一直没有出现，我也很想见他，曾日出日落并肩在同一个巷子里出入，少说也有三十几年的兄弟交情了。二弟对儿子失望最为强烈的表现大概就是赶紧盖一院房，接下来就是让他出门挣钱，分家另起炉灶了。对二弟来说，这也是他这一生必须要做的一件大事情，是义务也是责任。

那天夜里，一家人吃完饭之后，再次讨论起关于收买胡林生老房子的事情。我被无形中从这个家里划分了出来，不但二弟客气，就连老父亲也用商量的口吻试探我。我知道，二弟及早为儿子盖房的心事在几年前就有了。家乡的这片土地无比辽阔，而在这片土地上生活着的人们却在日益膨胀的现代社会里心眼却越来越小了，小得容不下哪怕是别人多吃几顿好饭，弟兄之间更是如此。父辈们想着让弟兄之间住在一起，哪怕再建房屋，都会想方设法弄成房连房。殊不知到了子孙一辈，所有一切都成了罪恶的根源。房连房没有让血液进一步融合，而是加速了亲情的分离。这样的事情就在眼下，就在隔壁巷子。弟兄之间为了车路和水路大打出手，最后成了陌路人。我再次想起父亲说过的话——一个家毕竟容不下几个外姓人。是的，我也承认，尤其是在当下，在人心极为涣散的今天，怎么可能做到万众一心？可为什么父亲这次却支持二弟买胡林生的老房子？难道真如他们所言，批一处房屋地非得跑断双腿不可？

我没有更多的话要说，我知道情感与情感之间其实就是一道看不见的警戒线，你不能拿道德去衡量，也不能以金钱去试探，有些事情尤为敏感，无论你站在哪一边，都会留下遗臭万年的骂名。村里像胡林生家那样的老房子有好几处，我也说起了那些闲置的老房子，可是二弟偏偏铁了心要胡林生家的。二弟劈头盖面就说，其他人家的都不买，李福家的买，可是他家的那个破地方不吉利，谁要谁倒霉。怎么就不吉利了？人家好几辈人都不在那个老房子里过来了吗？我说。二弟看了我一眼说，都绝后了还吉利？我心里咯噔了一下，内心突然之间生出某种无法言明的酸楚与难过。

二

对李福来说，命运的确有某种不公，但我们也不能因为他命运多舛就冠上"绝后"的恶毒之语吧。没有和二弟继续拉扯关于买房的事情，我早早就睡了。

父亲在身旁鼾声如雷，我的心却一下子沉了起来。那时候我还在小镇上当老师，某日母亲来电话说李福走了，是在内蒙古一个工地上走的。李福的腿在孩子时代就瘸了，我不愿去回忆几十年前的事。偏偏在今夜，在父亲如山倒的鼾声中我又想起那一幕来。

我八九岁时，村里富裕人家已经有了黑白电视机。晚饭刚吃完，孩子们便抬起小木凳去看电视，在电视上，我第一次看见了火车，那么长，那么大。那时候的农村每家只有一辆拉粪的架子车，每年拉粪的时候我们都喜欢跟随着。这样的时日不长，因为拉粪的时节恰好赶上刚刚开学。或许是太想见火车了吧，一群孩子走在路上都齐声高呼着——咔嚓咔嚓，田间劳动的人都把怪异的目光投向我们。也就是在那时候，我的思想中萌生出拥有一列火车的想法。可谁知道它的背后却隐藏着如此巨大的隐患，以至于李福成了瘸子。

李福，胡林生，我，在当时是属于较大的几个。有一天放学路上，我和林生商量好之后对李福说，我们也弄列火车吧，没想到我俩的提议得到了李福的极力赞同。小些的几个更是雀跃欢呼。于是便各怀心事，一边想着如何从家里把车子弄出来，一边想着拥有火车的神气和伟大。吃完饭后，大家便不约而同地聚在一起。恰好父亲早上拉完粪后，把车子卸在门外（平常总放在里院，他担心调皮的孩子们用尖利的东西在车胎上乱划），我们很顺利地偷走了车子。李福最大，他当司机理所当然了。我们把车子拉到火焰山口，李福双腿蹬地，双手紧紧抓住车辕，我们坐到车上，一起高呼咔嚓咔嚓，车子飞一样冲下火焰山口。

火焰山口的路很陡，人们在路上放了许多石头，以便牲口拉不上去时挡车轮。李福在后面，他看不清前方的路，当我们高兴得快要飞上天时，耳边突然传来一声巨响，车子撞在一个石头上，翻了过来，死死砸在李福的腿上。后来的事我不大清楚了，听父亲说，车辕坏了，李福的腿也坏了。记忆中好像有半年多的时间，父亲没有和我说过一句话。

李福在家操劳，林生也是因为各种原因移民去了遥远的疏勒河，而我在一个小镇上当教书匠，这已经是事后二十几年了。接到母亲电话的那天，我给林生也去了电话。我说，李福走了。林生叹了口气说，如果当年不那么想拥有火车的话他或许不会走，工地上砖砾瓦块很多，他行动不便利，所以才那样。

李福走了，尽管拿到了不菲的一笔赔偿，然而对于年过七旬的李福的母亲而言，纵然有一座金山银山都无济于事了。李福没有结婚，自然没有子嗣。他的母亲在他走后不到两年时间里也离开了人世。那笔钱财的下落不得而知，而李福家那院老房子的使用权却由他们家族里一位堂兄掌管。有一段时间，村里有人为李福家的那院老房子出过很高的价钱，然而并没有真正卖出去，以至于后来大家都说不吉利，因此那院老房一直闲置着，无人问津。

三

整整等了三天，胡林生还是没有露面。但他的确是回来了，二弟给我打电话的那天说他就在村里。前几年胡林生就放出要卖掉老房子和田地的话来，只是他在遥远的疏勒河，所以老房子也就那么空放着。这次一回来，听说村里有好几户人家请他去吃饭，可还没轮到二弟他就不见影子了。

这天早晨我对二弟说，等他一来我再回来。二弟嗯了一声，没有多说一个字。很显然，二弟因为我的拖沓而怀有怨恨。实际上对于胡林生的老房子能否卖给二弟，我没有把握。再说了，我心里倒也希望他们之间不要搭成买卖的协议，倒不是我吃里爬外，也不是成心祈祷，我只是想着有些事情一旦牵扯到金钱，所有意义就会发生改变。也是因为有些事情看起来简单，而我们忽略的恰好是简单当中包含着的无法预料的复杂。这种简单常常会使我们失去判断，也会失去道德层面上的评议，占小便宜往往使人迷失人性最基本的善良，而落井下石的做法，偏偏就符合当下农村众多人们的心理。就其这一点，我更是反对二弟买胡林生老房子。

时间过去了快半月，二弟没有来电话，胡林生倒是找上门来了。我和他好久好久没有见面了，他能顺利找到我，自然是通过村里其他人的介绍。胡林生在我居住的小区门口等我，说实话如果他先不开口，我肯定认不出来。就算有几分相似，也不会跑过去相认，我压根不会想到他来找我，因为他当初斩钉截铁的誓言——要和工作的几个兄弟断绝关系。

那是胡林生即将移民去疏勒河的前几天，我，李福，林生，我们三个在我很小的宿舍里闹腾过两个晚上。从少年时代一起放驴、割草、掏马蜂窝说起，没完没了，一直到三人抱头痛哭。

三人当中数我最小，李福最大，林生次之。李福从小没有父亲，也没有读书，因而那时候的李福一边和我们贪玩，一边担当家务。林生比我大三岁，我四年级的时候他已经是初中生了，因而他比我懂得许多渠渠道道的事情。我依然清晰地记得，一次初夏我们一同去割草，半途歇息之时听见河边的灌木丛中有几个女娃娃的嬉笑声。于是我们放下背篓，弓着身，偷看她们到底干什么。几个女娃娃也是村里的，大家都熟悉。当我们看见眼前的一幕时，都吓得不敢出声。原来她们将河边的辣辣秆（一种空心植物，长在灌木丛中，初夏时分粗如手腕）割断放在下面，比赛谁的尿冒得高。三人静静看着，谁都没有出声，一直到她们比赛完，背着割好的草笑呵呵离开河边。

多么优美的抛物线呀——这是胡林生当初的感慨。我不知道什么是抛物线，李福就更不知道了。两年后，当我上了中学，才发现林生的比喻是世界上最贴切的，也是最美丽的。对抛物线的理解和影响至今难以忘怀，大概也是源于她们通过辣辣秆比赛尿之高远的印记吧。以至于后来，每见到村里那几个女娃娃我就忍不住哈哈大笑。当然她们也笑我，说我不要脸。其实她们哪儿知道，我笑她们的天真，也笑她们的无耻。

胡林生并不是差学生，可在初中毕业之后就远走他乡。没有人逼迫他，按照他自己的说法就是太丢人。林生没有杀人也没有放火，而是偷了村子里一户人家的一捆大豆。那户人家揪住不放，后来学校给了林生处分。那段时间，就连我的父亲也天天警告不让我和他来往。胡林生没有告诉我和李福偷豆子的原因和目的，只是当着我和李福的面，将当初三人结拜时用烟蒂烫在手臂上的疤痕使劲抠，同时流着眼泪，口口声声说不配做兄弟了。

李福在家劳作，林生就那样失学了。三人之间，就我在小镇上教书，算是有一碗可靠的饭。林生失学之后没了踪影，一直到我高中毕业他才回来，他对我和李福说，他在很远的一家砖场搬砖，不想回村里。也不知为什么，从那时候起，我们之间的关系不知不觉就疏远起来了。

算起来，我们三人唯一的相聚就是胡林生决定移民疏勒河的前几天了。林生喝醉之后伤心欲绝，他说以后再也不联系，兄弟之情算是到头了。他说那些话的时候，没有告诉我和李福到底为什么？仅仅是因为他所说的丢人吗？仅仅是因为偷了一捆豆子就要和我们断绝结拜之情？仅仅是因为李福的瘸而自我歉疚？仅仅是因为我有份工作而让他感觉彼此不在同一条线上？这似乎成了一个秘密，这个秘密藏在心底，谁都没有重新提起过。林生突然出现在我眼前的时候，我不知道该说什么。两人呆呆对望了一会儿，便无声无息朝家走去。那样的无声无息绝对是痛心疾首的，也是心照不宣的。

四

那夜林生住在我家，我们之间话少了，而多了莫名的叹息。其间我欲几次想问关于他媳妇的事情，但还是没能开口。因为他们移民到疏勒河的第二年，我就听到令人震惊的消息，说他媳妇与人私奔了，而且连丫头都带走了。这样的消息虽然不敢明目张胆传播，但还是不胫而走。

林生到疏勒河的第二年春节恰好来过一次，那时候他母亲还在看守老房子。我清楚地记得，初一早上我便早早过去看他。和林生坐了一整天，他说一家人都平安，只是河西那边风沙很大，人烟稀少，水很欠缺，丫头也长大了，一年四季除了操劳奔波外，剩下的只有和家人相依为命了。林生又说，天生就是修理地球的命，不过还算可以，疏勒河田地宽广，只要肯下苦几年之后应该能过上好日子的。我能看得出他矛盾的心情，毕竟是背井离乡，无论心理还是现实总需要一个漫长的接受过程。几杯酒后，林生就落泪了，他哽咽着说，疏勒河没有猫头鹰，也不见马蜂，只有长生不老的风日日夜夜刮得人心破烦。胡林生和我对坐着，一杯又一杯喝着，我感受到了光阴对人生的改变，也体会到了活着的艰辛与无奈。是什么让我们对生命的存在价值产生了怀疑——生存，我不得不想到这个可怕的词。正是因为生存，或是更好的生存，我们才在广大的世界里寻找适合自己的奋斗道路。

年过完之后林生又走了，而我也回到了学校。村里的传言我再也没有相信过，因为林生说了一家人都平安的话。那么至于说他媳妇和别人私奔的传言又从何而来呢？我自然不便问，甚至多年后的今天，我依然不敢开口。二弟却在电话里明说了，林生媳妇的确跟别人走了，丫头也走了，他铁心卖掉老房子是做了永不返乡的打算。树靠皮，人活脸。这话是对的，林生因为偷豆子而失去了继续读书的机会，丢了媳妇和孩子，更可能使他失去了重回家乡的勇气。话又说回来，天下黄土哪儿不能埋人？但我的的确确从林生无论表情还是言语上，都看出了他对老房子和这片土地做不到彻底的割舍。那又是什么令他有了如此决绝的做法？面子，我将一切延伸到我们看得见也看不见的心理深层去。要面子，顾面子，爱面子，留面子等等会将我们陷入一种无法翻身的绝境。这又似乎不是心理问题，也难以将它归到生活态度上去。当然我们也可以这样去想，不要面子，不顾面子，不爱面子，不留面子，好吗？这一切终究无法说清。不过那次见面后，我从和他的谈话中得知，村里的传言是没有根据的。时隔这么多年，我不知道后来的事情，也不知道他在那边的具体生活。村里人对移民过去的几户人家也似乎渐渐淡忘了，那么二弟所说的一切又从何而来呢？

五

林生看上去没有精神，显得很疲惫，说话也是前言不搭后语。我知道，林生是属于天不怕地不怕的那种人。九岁那年，他就偷过他爷爷的水烟锅，喊我躲到他家厕所里吸。不但如此，而且他还是掏马蜂窝的高手，我们都怕，就他不怕，马蜂也好像见人行事，老爱追我们，而不敢追林生。有一次，在一段高崖上我发现了一窝马蜂。那段崖很高，谁也爬不上去，更何况马蜂已将那段崖围得严严实实。林生眼珠子骨碌一转，就想出了个办法。下午，我们几个出发了，林生将他家门外驴槽里塞有麦草的背篓偷来，我也准备好了他事前吩咐过的铁丝。到了那段崖前，林生从我手中接过铁丝，绑到背篓上，然后取出一根长绳，把绳拴到铁丝上，最后将背篓里的草点着，慢慢吊下去。那些马蜂可惨了，它们在熊熊大火下一个个从半空跌落而下。等马蜂跌完时，背篓也不见了，攥在我们手中的只是半截冒着青烟的绳。

还有一次，我发现了一窝猫头鹰。遇到这样的事情，我们不能缺林生。那时正值初春，人是不用约的。吃罢早饭后大家便各牵毛驴，一路又喊又叫。到了地点，望着高崖上的老猫头鹰正在喂它的孩子，我们望着也是无可奈何。当众人无计可施的时候，林生却嘿嘿地笑了起来。笑个屁，快想办法。我们都骂林生。小的们，将驴缰绳拿来。但见林生一手叉腰，一手向天边挥去。我们很利索拿来缰绳，交到他手里。林生将那些缰绳一一绾起来，然后把一头拴到自己腰间，一头递到我们手中，说，牢牢吊住，要用劲。我们谁也不敢接，万一掉下去会死人的。狗日的们真没出息，拿着！林生生气了，我们最怕他生气，他一旦真生气了，以后遇到类似的事情就会没戏。就那样，我们将林生从高崖上慢慢吊下去。到了猫头鹰窝边，林生将手伸进洞穴，抓住了两个小猫头鹰，然后在下边喊，往上吊呀。

一二三，我们一起使劲往上吊，可林生依旧停留在老地方一动不动。林生在下面越是喊叫，我们越是觉得他沉重了。林生见我们拉不上去他，便又喊，慢慢往下放。可我们手中抓的已经是缰绳的尾巴了，然而林生离地面还有一丈多远呢。

一二三——放手。我们终究没能吊住他，只听见嘭的一声，林生被重重摔在地上。等我们跑到崖底时，见林生平平展展躺在地上，两只小猫头鹰还被他死死攥着。林生，你没事吧？我们异口同声地问。林生忽地爬起来，双目圆睁，对着我们几个人吼了一声——我日你们的先人！说罢又嘭的一声倒了下去。我们谁也没有生气，接二连三嘭嘭嘭倒下去，笑成一团。

往事不堪回首，此刻坐在我对面的胡林生很显然成了位历经沧桑的老人，是什么让一个生龙活虎的青年人提前迈入暮年的门槛呢？几近木讷的胡林生在我没有任何防备的情况下突然说，我成孤家寡人了。不是还有家人吗？我十分不解地问他。母亲前年走了，火化后骨殖埋在黄沙梁上了，他老人家生前不会想到连一口棺材都没有。林生说着便不住叹气。我给他递过一支烟，他猛猛吸了一口，接着又说，媳妇和丫头也离开了。原来一切都是真的。当林生亲口说出来的时候，我真想抱住他痛哭一回。什么时候的事儿？我小心地问他。好几年了。他说，也好，跟着我没有啥前途。我知道她娘俩在那里，起初杀人的心都有，后来慢慢释然了。既然她们选择了另一条路，我也无话可说。还好，丫头已经懂事了，我想有一天她会回来的。

同样是走，而走的路却不同。林生面对河西的风沙，经历了生命中我想象不到的艰难。我多么希望光阴能够倒回去，也希望眼前的林生永远像当年一样，一手叉腰，一手挥向天边，高呼小的们，将驴缰绳拿来。然而所有一切已经在时间深处成了发黄的底片，只有苦涩的回忆。同时我也发现，在饱经风霜的林生面前，我的确是一个"小的"。

胡林生说，我这次是断后路来了，就在疏勒河的黄沙梁上陪着母亲吧，因为家乡已经没有了任何牵挂。再说，我也不属于这片土地，当年移民之时户口都迁了出去。母亲的户口在这里，可她老人家已经走了，骨殖埋在黄沙梁上，我有何颜面再回家乡？林生说到这里已经泣不成声。我一边劝慰他，一边说，听说那边条件还可以，那么就安稳下来吧，一切会好起来的。他说，条件是可以的，不过话说回来，都是因为当年穷，嫌日子过得苦才过去的。政府承诺的房屋、田地、绿化都不错，可就是心安稳不下。当然，移民过去才知道，那边远比这边苦。他停了一下，接着又说，一辈人之后肯定会富裕起来的，我没儿子，媳妇都跟别人走了，想生个儿子的机会都没有了。听着林生的诉说，我彻底无言了。

母亲是移民后的第三个年头跟随过去的。胡林生擦了几把脸，继续给我说，后来我听说家里几亩田地在退耕还林时全种了树木，也听说政府对退耕还林的田地有所补偿，只是那几年到处忙乱，没有顾得回来，这次一回来我就四处打问，才知道一切都是真的，然而母亲已经走了，村里负责人也是换了又换，政府那边也无从查起，跑了几天毫无结果，也只能作罢了。

老实人都沉默了，是因为他们的确不懂无耻之道。我突然冒出这么一句。林生也是叹了口气，说，无所谓了，人都留不住，钱有何用！是呀，李福走了，他用自己的生命换来了一笔钱财，可得到的除了他母亲整日以泪洗面的痛苦外，还有什么呢？难得林生如此通达，如果不通达，还能怎么样？这是生活的态度。这真是生活的态度吗？生活为什么总喜欢惩罚沉默的老实人呢？其实我不想去思考这些，但当某些事情未曾落到自己头上的时候，大家总会沾沾自喜，呼称自己是生活的幸运儿。尤其是在农村，这样的心理更为突出。就拿我的二弟来说，他想方设法打听到林生要卖老房子的消息后，并不对他抱有同情，而是想借用我和林生之关系，便宜得到人家老房子。

林生后来也说到了他那院老房子，他说到村里有许多人盯着，其间也提起了我二弟。我没有任何偏护，不但如此，我还给他说起现在批一院房地的困难。林生不是糊涂人，他应该知道我的意思。可他依然说，钱会完的。

几天后林生走了，他说回村里处理妥当一切就回疏勒河。我没有执意挽留，也没有把林生回村的消息告诉二弟。在我家居住的那几天，我也帮他打问过关于他家那几亩地退耕还林的补偿情况，和他查问的一样，根本没有着落。

六

一月之后的一天中午，林生来了电话，他说老房子处理给我二弟了。我听完之后便陷入某种极不安稳的忐忑之中。林生，李福和我，我们当年是结拜过的，在具体实在的生活面前我们各自分散，说不上是怀念，还是感恩。总之，一切都在远离着当初的意愿，而一切又都在继续前行。

二弟是对我有意见的，我再次回家的时候他已经大兴土木，为他的大儿子兴建家园。我问过他给了林生多少钱？他只是说，从那么多想得到这院老房子的人手里夺回来不容易，可他对钱只字不提。二弟哪里知道林生所想，哪里晓得我和林生之间没有血缘而胜过血缘的那种情感呢！二弟得到了林生的那院老房子，还以为是自己的本事。当然他在心底怨恨我，在林生老房子的事情上没有帮忙，这也是人之常情。我不能理解的却是二弟为什么在这件事情上没有给我透露任何消息呢？亲兄弟之间一旦有了隔阂，那是多么可怕的一件事情呀。

果然，我在家里小住的几日里就听到了村里人的传言。在不尽相同的种种说法里，有一点是肯定的，那就是二弟假借了我的名义，从林生那儿便宜得到了老房子。二弟的手段真高，我打心底里就没有想到他会那样去做。林生是明白人，二弟既然那样做了，他难道还会转手卖给别人吗？

从老家回来，我给林生寄了三千元过去，同时还以二弟的名义给他写了一封信，信中简略地说明了两点：一、老房子原本可以高价卖给别人，但你留给我家，我们感谢不尽；二、这是我的一点心意，希望不要拒绝。

时间过去很久了，林生那边没有任何消息。我不好打问，心想就让一切就随缘吧。我们虽然正值青年，然而青年时代的那种洒脱早就不存在了，存在的只是早年那些美好的记忆，是此时此刻满腹的酸涩和无奈。

二弟盖好房子后给我来了电话。不管怎么说，这也是家里的一件喜事。新房盖好后的第三天我回家了，一家人吃完饭后，嘻嘻哈哈围坐一起，二弟更是喜笑颜开，原先对我不冷不热的那种态度早消弭于无形，换之而来的却是极不自在的殷勤和夸赞。我突然有了某种预感——这当中一定有故事。等大家入睡后，我拐弯抹角从父亲口中得到了可靠的消息，林生果然将钱退回来了。

第二天我早早起来，给父亲说了一声就回了。

从巷子里走出来的时候，我的眼中溢出了莫名的泪水，找不到任何理由。我想，这片土地大概也是要遗弃我了。

到底是它遗弃我，还是我要决定遗弃它呢？一切都不重要，重要的是兄弟之情于天地间能否天涯比邻？重要的是只要我们好好活着，再也不要去陌生的地方独自孤独。

（原载《文学港》2018 年第 2 期）

黄土里外两世人

马 麒

多年以前，每当晨光撑开夜幕，家乡熟悉的小土楼中，总会传出抑扬顿挫的声音，低沉的唱诵那么的饱含感情，那是爷爷的诵经声。而此时也是我梦醒时分，奶奶就会轻摇我的肩膀，说："tahhir，该上学了。"炕边的火炉上，热气腾腾的水壶"扑哧扑哧"顶着茶壶盖，茶香弥漫了整个小屋。

多年之后，物非人亦非，小土楼因年代久远塌落被拆，爷爷奶奶也相继故去。可那些与爷爷奶奶相处的情景，总是不经意间刺痛我的记忆，让人留恋又不敢想念。1999 年和 2009 年，是我最不愿回忆的年份，这两段岁月里，我的奶奶和爷爷相继走了。

奶奶心地善良，疼爱孩子。20 世纪八九十年代，家里很穷。唯一的经济来源便是土地。碰上收成好的年份，勉强糊口。遇上灾荒，颗粒无收，吃饭时有断顿之危。吃饱肚子已是奢望，像瓜子、罐头、蛋卷、冰糖等更是可望不可得。这些东西只有在亲戚来往时，作为礼物互相赠送。这些礼品如同"库拉圈"中的 mwali（贝壳臂镯）和 soulava（贝片项圈）成为象征性的互赠品，但不同的是，贝壳和贝片没有保质期，这些礼品的保质期却不长。贫穷让人们无限期地精心保存着这些"礼品"，忽略了物品是否过期，循环往复地转赠别人"过期"礼品并接受别人"过期"礼品的回赠。家乡的习俗是逢年过节，小辈看望长辈要送礼，长辈可以不回礼，尤其看望宗族中年龄较大老人，更是如此；平辈之间必须回礼。爷爷奶奶收的礼多，回的礼少。多余的稍微好点的礼品，奶奶便会存到食品柜中，让我嘴馋时吃。那是长身体和食物缺乏的时期，小柜子的食物总是"入不敷出"，罐头、蛋卷总是被我"洗劫一空"，奶奶的食品柜在我看来就是美食的代名词。有一次，我享用完柜子的东西。第二天又去打开柜子，看见里面空空如也，非常的失望。很久没人送礼来了，奶奶已无法用美食充实小柜子了。她不忍见我失落，安慰我说明天你打开就有了。第二天我急不可待地打开柜子，果然见柜子里有东西，是奶奶放了些馓子、粿粿，还有青稞面馍馍。而我的意识已形成了条件反射，认为只要是柜子里的就肯定是好吃的。奶奶的柜子里藏的并不是食物，藏的是爱，我无数次打开柜子，发现这份爱却是那么的迟。

我总喜欢和奶奶一起坐在炕头，一家人围着捏煮角（洋芋馅的饺子），捏煮角的时候，缠着奶奶给我讲故事。野狐精的故事，憨女婿的故事……这些或怪异或幽默的故事，在我童年的时光是一集一集没有屏幕的电视剧。等家里情况稍微好点时，父亲买了个14英寸的黑白电视。那时《天龙八部》风靡大陆，仅能收播的中央一台和甘肃电视台，都在播放这部电视剧。奶奶也喜欢看，但她听不懂普通话，总是一遍遍问我，"啥意思"，"说了个啥"。她最同情的剧中人是阿朱，当看到乔峰误会之下一掌将阿朱打吐血时，她说，"阿朱真孽障（可怜）"。而且念叨了好几天。多想再围着奶奶一起捏煮角，多想一起看看电视，这份平平淡淡的幸福，如今成为了奢侈的梦。

奶奶去世的那天，《天龙八部》正好播完。那天晚上，我给爷爷奶奶端上晚饭，奶奶只吃了一点就说不想吃了。似乎她早有辞世的预感，我劝奶奶多吃点，她说什么也不再多吃。谁知道，这竟然成了今生我和奶奶的最后的话。据爷爷说，奶奶是在半夜11点多咽气的。她走得很安详，脸上没有什么痛苦。奶奶一生磨难，

黄土里外两世人

271

爷爷出门时她二十多岁，而且一走二十年。她含辛茹苦，拉扯四个孩子。一生中没享过多少福。她善良待人，任劳任怨地付出，直至辞世，我没听到过她对生活的一句怨言。每当我人生处于低谷时，我就想起奶奶，生活用艰难考验着她，她报之以坚强和慈和。她的生活态度滋养着我，面对困难时不急不躁，从容面对。

爷爷是个大个子，为人豪爽、耿直。奶奶在世时，爷爷给我的影响是颇为严厉和持续不懈的礼拜功修。奶奶去世前后，正是我初三升高中阶段，我的年岁长了些，也或许由于奶奶的离世，爷爷变得慈和了许多，他常给我讲先辈们的故事，也讲他与他父亲的事。爷爷说，他父亲（太爷）也是个阿訇，还是"拳棍手"（武师）。当他少年时，有一次，他们父子俩一起牵头毛驴，准备出远门，太爷让他骑在毛驴上。行至半路，太爷说，"你先走，我小睡会就跟上"。于是爷爷骑着毛驴，晃晃悠悠大概走了 40 里的路。他不断向后顾盼，不见人影。大概快到目的地时，只见太爷一阵风似的到了毛驴后，笑盈盈地看着他。爷爷讲述的这幅图景，让我想起 11 岁那年，爷爷带我去"郭大"探望世交"主儿家"当孜角，我们牵的是一头牛，走到申藏路口时，我走不动了。爷爷抱我上牛背。他一手牵着牛，一手扶着我。此时正值七月，漫山是绿色，我们爷孙俩行走在两座山间的小路上，路边的马莲花簇成一团团的，风一吹，笑得颤颤巍巍。微风拂过，身上透过丝丝的凉意，一向严肃的爷爷，突然哼了几句小调，是当地的花儿。这是我听到他第一次唱，也是唯一一次。生命的延续其实就是记忆的传递，这些看似琐碎的点滴回忆，构成了生活中的欢喜悲伤，构成了我们人生中丰富的图景，生活也正是因为这些记忆才有滋有味，才有价值和意义。

记忆的门阀一旦打开，点点滴滴的相关片段就会肆意进来。那些和爷爷奶奶共处的日子，在我湿润的双眼中，迷离而又清晰。

少年时代，人人都有着英雄梦。20 世纪 90 年代是港片泛滥的时候，香港的枪战片、功夫片，金庸、古龙的武侠小说，让我们热血沸腾，梦想去少林寺苦练功夫，做回抱打不平的大侠。可惜能去少林寺的"幸运儿"凤毛麟角，那些"入戏太深"无法自拔的人，辍学后才有机会去河南嵩山。大多数人，只是做做梦，至多"自学武术"而已，且往往无疾而终。出于对辍学的恐惧，我变成了后者。在对飞檐走壁、义气豪情的大侠痴迷的岁月，我将家里晒粮食用的帆布，撕扯了边角，准备做沙绑腿。我的想法爷爷奶奶没有反对。爷爷教我长拳的基本功、套路，奶奶帮我缝制绑腿。正当我梦想身轻如燕、武艺高强，打算功成之日游走江湖、行侠仗义时，结结实实挨了母亲一顿"铁布衫"实战训练。原来帆布是母亲借别人家的，她给人还帆布的时候没细看，可人家不粗心。看到自己的帆布单子被团圆撕扯，心疼极了，埋怨母亲做事过分，这最终的后果由我不幸的屁股承受。

高中毕业，出门求学以后，很少和爷爷单处聊天了。推着爷爷的小车，和他一起出门散步、聊天，这些已经成了往事。繁重的学业和人际的纷扰，占用着大半的时间。每次假期回家和返校时，爷爷总叮嘱我，出门在外，多听少说，注意身体。而我，这些似乎都没做到。2008年，我复习考研，整整一年没有回家。很长时间也没有和家里通过电话，爷爷的近况我丝毫不知。2009年1月9日下午，父亲打电话说爷爷去世了。我拿着电话目瞪口呆，足足三分钟没有说话。父亲在电话里继续说，怕影响我考研所以没告诉我，爷爷是昨天去世的，今天要送"埋体"（引申意为举行葬礼）……此后父亲的话我断断续续，听得不大清楚了，似乎忘记了流泪，也忘记了何时挂断电话的。在学校冬青树下漫无目的地来回地走着，思绪已然纷乱。刹那间往事幕幕齐聚眼前，我似乎又看到了奶奶慈和的微笑，听到爷爷那充满磁性的声音，失去的痛感瞬间从心底游走到了喉咙，嘶哑得发不出悲戚的声音，头顶针刺般疼痛。人生中爱和痛时常相互纠缠，爱至深，就是痛的起始，痛至极，又或许会转回到爱的原点。

待考试完回家，我含着泪疾疾走上坟头，斯人已去，唯见黄土包，爷爷和我已是两世人。我一岁时的照片，爷爷存放在他常看的书中，这一存就是二十多年。每天翻书时，他就能见到我的照片。这个时时刻刻牵挂着我的老人没有了，黄土将成为我们见面的阻隔。从此以后，这块坟包也在我的心头鼓起深沉的思念和伤怀。

今年春天，我又一次带着女儿去探望坟地，探望逝去的亲人们。爷爷奶奶的坟头被风雨吹淋，坟包明显小了很多。黄土隔人心，岁月将浓浓的悲伤冲淡了许多，我给女儿讲述爷爷奶奶的故事，她歪着头认真地听着。不经意间，我瞥见坟头上的一束嫩草，从碎石缝中探出头，怯生生地瞧着我们……

（原载 2017 年 1 月 7 日《甘南日报》）

汗腾格里

薛　菲

由来已久，蘸过雪水的鞭子抽打出骏马，奔跑，神召的颜色，边沿接近于沉淀过的黑，天鹅栖息。

会飞。让出准噶尔和塔里木，随时与星辰一起消失。

在我的故乡，汗腾格里峰受烈风灌注，同蓝天（真正的），同草原（正宗的），背负边疆时间。

在父辈画中数次看到的手笔，千里昭苏大地，诱人淬炼风骨。

在许多个裂开冻口的夜，只剩一副肩膀高耸，幻想中爱狂烈如火。

谁带我来？

父亲在汗腾格里峰下教书的夜晚，惦念母亲的瞬间，灯影战栗着苦涩。

生存，不断奔波，编织时间的过程。

父亲写诗然后怀念妻儿，暴雪后，将学生送抵达草原上的帐篷。

尚年少的父亲，心底写满对共和国的忠诚；曾徒步跋涉，朝拜革命圣地延安；曾用画笔勾勒祖国上空起伏的云朵。

这个过程如此漫长，只有三件事紧密相连：出生。成长。死亡。摇曳在风中的花朵，从根到茎无法分割，却勾勒出阳光的另一面，使我明白成年后所犯的罪责。

渐渐聚拢，我甚至能看出额外的样子。

夜里，血液中的呼啸格外尖锐，夜里我不知道自己是谁。

像走失的影子，借取阳光。

渴望爱的烈焰，颓败于原型，显现出逃时的想象。

汗腾格里，城市里一切伪造的星星都在诉说中苍白，我在归向你的时候，流浪成为真实的谬论。

我翻过的山，走过的河都无法解释，你使用着怎样的锁链。

一个人的时间和一根草的时间没有区别，一个人的命数和一只蚂蚁也没有两样，我为什么还要走路，逃离现场。

谜底让哲学去揭示，留下诗歌陪我单纯。

不如羊群驯服，为了理想，长出统一的白同一种颜色，像献祭神灵那样满足自己的生命；不如圣佑寺周围屋舍低矮的姿态；不如油菜花灿烂；不如青稞强壮。

我们都自以为谦卑，去忏悔，盲目而热切地再次返回。

多少个夜的祈祷过去，风带来纯洁的消息，熟悉已经陌生，忧郁年少的脸被时间置换。

患了仰头的病症。凝望天空成为习惯，当我寂寞并满足于寂寞，天空不迎不拒只是矗立。

燃烧，时间成为一把飞翔的灰烬，在它对面，瞬间即永恒，一切追问纷繁正如一切答案简单。飞鸟相与还。

（原载《星星·散文诗》）

云朵上的临潭

禄晓凤

沿着 45 度的天空仰望，云朵上的临潭这片神圣的净土，那如星辰般撒落的山谷、森林、羔羊、玛尼堆、格桑花、帐篷，还有草原上深情美丽的牧羊姑娘，此刻正醉卧在温暖的炊烟里……

将军山

"狼烟起，江山北望，龙旗卷马长嘶，剑气如霜。心似黄河水茫茫，二十年纵横间谁能相抗。恨欲狂，长刀所向……"时空的船搁浅在了昨天。

刀光剑影里。湖湘稚儿揪心的夜啼，江南春闺如注的相思，中原慈母深情的遥望，柳荫道下的生死诀别，统统卷入滚滚腥风血雨里……

历史的天空，沸腾着龙的血脉：将军意气风发沙场秋点兵，战鼓如雷直冲云霄，壮士怒目圆睁所向披靡，马作的卢飞快，弓如霹雳弦惊……

秋风起兮白云飞，草木黄落兮雁南飞。您的忠魂却永留北国异乡。

从此，睡卧千年不醒。明月是您思乡的一滴清泪。

昨日，铁马金戈塞上。

今天，杏花微雨江南。小桥流水人家，牧歌正悠扬……

横跨在这段时空之上的，是一个铿锵的使命，是大爱，是永恒的守护！

赤壁幽谷

1

一折青山一扇屏，一弯碧水一条琴。

赤壁幽谷——褚红色的思念。云蒸霞蔚间，安谧而圣洁。

这里仅属于两个人——俞伯牙和钟子期。

圣旨崖上，伯牙端坐抚琴。

伏莽崖旁，子期捋须沉吟。

一曲《高山流水》。荡涤不尽相遇知音的绵绵情意。

那四屏峰便是他们的忠实的听众，谈笑间频频点头致意；一尾鱼春情萌动纵声跃出水面，为他们鼓掌喝彩；一只狗熊听渴了，鬼鬼祟祟伸出头来探水；觅食的小鸟听迷了回家的路，搬家的蚂蚁们来归相怨怒。而最痴迷的数那神仙渡，一不小心把心迷醉成了三瓣，独留一线天维持呼吸……

妖魔洞看着眼前的情景，忍不住咧着嘴笑……

水是眼波横，山是眉峰聚。

那灵性的绿色音符是滋润生命的交响，破译出了群山深藏多年的秘密。

连绵的山崖惺惺相惜，感动于伯牙和子期磐石般厚重的情义，瞬间浸染成了一片丹霞色。

风袅袅，柳依依。一片丹心映千秋。

山河拱手，为君一别。

子期西去。

伯牙便摔琴从此退隐。化作金猴痴迷的思归，化作虎踞龙盘褚红色的守望。

一颗心，卷在风里飘摇。动与不动间，从青青草木到巍巍崖石，从山水几案到浩浩江湖，寻寻觅觅。你一个人，独立幽谷之巅，将世间的尘埃化作千亿年的等待……

那小木屋，木板的栈桥，幻化出许多的禅意。他们躬身缝补伯牙满含遗憾的苍白色伤口，试图在另一种时空内延续出某种叫做缘的千古一遇……

空，是你的背景，也是你的心境。

历历往事如烟似梦，深藏在你清澈而宁静的眸子里。

任凭沧海桑田，岁月颠沛流离。你依然在历史的风尘里浅笑嫣然，在平淡中看红尘飞舞；在孤寂中，品世事沉浮。

一声叹息，撞落了衡山的夕阳。生命戛然而止，但情义却永恒……

那城楼状的山门。古老而空灵。像一支横笛静卧，诗意地连接在时空之上，连接在我们目光一遍又一遍的环望里……

云澹澹，水悠悠。一声横笛锁清幽。

黄捻子

林抹微云，天粘碧草。

黄捻子——原始森林。天然的绿色氧吧。

行走在这上帝遗失在人间的仙境中。

行走在那些如时光拼接的木质栈桥上，恍若穿梭在时空的隧道中。我们便从光怪陆离的现代穿越到了上古时期……

想想几万年前，原始先民们群居于云杉、冷杉所居的森林深处。那些驻足在潮湿的青苔上的脚印，携刻着原始部落茹毛饮血，钻木取火，刀耕火种的往事。

山坡上，丛林里，悬崖边，沟壑间。呐喊齐鸣，锣鼓助威。他们围猎狩兽。与疾病抗与自然争与毒蛇斗与虎谋皮与狼共舞。

有巢氏筑巢。燧人氏取火。神农氏尝百草授农耕。伏羲氏驯家禽习音律，演八卦……

先民们以自然为敌，拜自然为师，崇自然为神。用勤劳与智慧辟出一条光明之路，带领华夏民族从一个个丛林洞穴中一路披荆斩棘从愚昧走向文明，并将这股文明星火相传，绵延生息。

而今，这片土地上，森林依然是守护神。

他们在见证着远古文明的同时，亦如释放氧气一样地释放着亘古不变的爱。

（原载 2018 年 6 月 20 日《文艺报》）

哈尕滩：火树银花浓映的乡愁

王丽霞

　　"走洮州，过石门，不看亲戚不进城，单看十五放花灯……洮州八千一十村，火树银花独一家。"在临潭县新城镇哈尕滩村，这首童谣的各种版本与明太祖朱元璋"火烧庆功楼"的传说一样，在村民中世代流传。至今，当地仍有一种说法：南京一带的先民们为了纪念那些葬身火海的明朝开国功臣，在每年正月十五燃放起烟花。后经洪武大移民，又将这一习俗带到洮州，岁岁沿袭。

　　600多年后的今天，哈尕滩人赋予"火树银花"更丰富的内涵，寄予了更多美好愿景。每逢元宵，人们在烟花的绚丽梦幻中，遥想江南，遥想久别的故土。

　　时间是2015年3月5日，农历乙未年正月十五。我有幸亲眼看见了这场不同寻常的烟花盛会，聆听老者们讲述与之相关的老故事。

老爷庙

　　上午九时许，小雪。虽然春寒料峭，花会会长石生林老人的院子里，用来碾火药的碓钵、对窝、碾子等工具已完成任务，安静地靠在厢房墙角；绑好花盘、插好纸人（也叫花杆娃娃）的几个小花杆立在上房檐前；接近完工的九莲灯（因燃放时如九朵盛开的莲花而得名）在微风里舞姿婀娜。花匠们低头各司其职，院子里寂若无人。老爷庙（供关云长牌位）已被请到院子里。庙前，一炉柏香已经焚了很久。

老爷庙不同于传统的庙宇，虽为标准的古式建筑，但庙身仅有 1 米见方，可移动，似乎更接近于一件工艺品。庙门有门框，无门扇，与檐柱在同一平面，呈现出明三暗一的设计模式。门外的檐柱上有对联曰：匹马斩颜良河北英雄丧胆，单刀会鲁肃江南文武寒心；庙门上有对联曰：兄玄德弟翼德威震孟德，师卧龙友子龙匡月青龙；牌位为一张贴于后壁的红纸，纸上写着"供奉敕封关圣帝君之神位"，两侧有对联曰：志在春秋功在汉，心同日月义同天。村民对关羽这位传奇英雄的敬仰之情，集中于这三句不同出处的历史评价中。而哈尕滩这个不足二百户人的村庄，其历史文化底蕴在这貌似迷信的供奉中亦可见一斑。

孙孝文老人已年逾古稀，是花匠中最年长的一位，他向我细述着老爷庙的由来及塑造模式，就像描述一件熟悉且钟爱着的家传宝贝。

因民间传说关云长原为火帝真君化身，在神话故事"火烧曹州"中又是怜惜百姓的正面形象，先民们便为其塑庙供奉，以求年年花事平安。现有的老爷庙是在 20 世纪 70 年代末重新塑造的，工艺比原先稍有不及，主题风格、内容均沿袭旧庙所有。平时与制花物件一同被供于会长家的堂屋，元宵这天清早换上新写的牌位，插好还愿者送来的两束儿女花，装上马莲帽儿后，由四名男子从堂屋抬至院里，出花时再从院里抬出。

制　花

花会会长每年一换，52 岁的石生林老人自上一年正月十六接任后，就为这场花事操办起来了：先挑选两名年轻精干的帮手，即小班。待开春后，三人先从各家按人头收取制花费用，再根据花匠们的要求，采购原料。到农历六月，便逐步召集花匠开始打壳子（制花筒）。正月初九，八位花匠正式上工，所有制作工序在会长家集中进行。制花期间，由于工序紧凑，花匠们早出晚归，每日的晌午（午饭）就由会长和小班负责。

九点半，门口的锣鼓手们敲打开了，村民们逐渐聚集到附近。

花匠们娴熟地进行着出花前的最后工序：绑花盘、插花杆娃娃、穿九联灯、粘冲天旗、引眼子……他们用粗糙的手轻巧地摆弄着细致的艺术。"来扶一下，来拿一下，抹点糨糊，放到这里……"一时间，我周旋于三四个匠人之间，忙得不可开交。而他们，因为专注，竟忽略了我作为一个旁观者的存在。

制花仅需十天时间，却要悉心准备半年：选六月里天气最好的四天打壳子，壳子逢天晴必晒，一直晒到正月里，不能返潮。从正月初九到十四，用六天时间完成其他工序［包括配火药、搓眼子（导火线）、粘九莲灯、扎花杆娃娃等］，每道工序都有严格要求。"陈奎兑火药、配料，冯士琦扎纸人骨架、为纸人穿衣，孙长成卷壳子、表人头、定码子（点燃后可移动的导火索），石春林染纸、做纸活，高栋栋打纸（扎绣球），高瑞平卷眼子、粘冲天旗，石换个卷眼子、制九莲灯、表盘子。"孙孝文老人负责剪纸、为花杆娃娃画脸，他对每位匠人所负责的工序了然于心。老人介绍，花会共有 8 个花匠，各带一班人，至少负责一道工序，各自的手艺均由祖上传承下来，不会外传。

出　花

元宵三天，花是重点，也少不了陪衬——社火和灯。十点整，炮手开始"打铁炮"，再次召集社火演员和群众。铁炮为村民自制土炮，由三根长 11 厘米、直径 1.4 厘米的铁筒并列焊在一根长 55

厘米、直径 2.5 厘米的铁棒上。三根铁筒底侧各留一个针头样的小孔，燃放前先从小孔插入眼子，再将火药灌入铁筒，一次三响，响声清脆。

三声铁炮响毕，社火会所有角色已在门口集中就绪，青苗会、花会、社火会众人向老爷庙焚香叩头。石生林老人仔细检查过每件作品后，给花盘系上眼子。

十点二十五分，天放晴。上将鼓急促起来，鼓点激烈，气势磅礴。鞭炮随即燃起，老爷庙出门，正式出花。狮子开路，锣鼓紧随其后，接着是老爷庙、小花杆、龙、旱船和社火演员。石生林老人的家位于后街，因此，花队要从后街绕一圈到前街的主花杆处。若会长家在前街，则从前街绕到后街，再到主花杆处。沿途的村民们不断燃放鞭炮迎花队，焚香化表迎狮子，祈求健康平安，并不断有人参与到队伍中。

依照惯例，社火队要在前后街各做一次表演。选一片空地，打起狮子鼓，来自四路八乡的汉、回、藏等各族群众迅速以表演者为中心，里三层外三层地围起来。舞罢狮子，演员们声情并茂地唱上了船曲："难呀难来南海岸，南海岸边造筏船。天上一枝娑罗树，地下一案大浆杆。珍珠玛瑙镶船底，蜡珀琥珀镶船边。观音菩萨为船主，不渡无缘渡有缘。筏船渡在长江内，保佑合会太平年。"此时，花队在路边安静等待。

中午十二点二十分，花队到达主花杆处，鼓手再次击起上将鼓，鞭炮齐鸣，老人们面对花杆持香祈福。

花　杆

立花杆前，有一道烤火的工序，在正月十四夜里。哈尕滩人都迷信：烤火实为烤"吉利"，大家烤了这场火，开春后便可安心去工作；四路八乡的人则迷信：哈尕滩的花是儿女花，谁能抢到花杆顶上的冲天旗，谁就有望喜得贵子。因此，煨花杆坑是全村人的事，挖坑则被新婚青年和家人当作义务，一般不必会长操心。

十四夜里的社火唱罢，花会燃放起元宵节的第一筒花，以示烟花盛会正式开始。同时，社火会的小演员们三三两两地分头跑进各巷子连声高喊："蒿子拿来柴拿来，蒿子拿来柴拿来……"见人们将早已备妥的柴火抱出门，孩子们又调皮地喊着："多谢了，麻烦了……"跑向另一个巷口。十几分钟内，花坑上便堆起一座小山。待大火燃起时，众人瞄准新婚青年和他们的长辈，挨个抓到火堆跟前来烤，意在祝愿他们心想事成。烤完火后，土也解冻了，人们逐渐散去。次日天亮前，被烤的村民们已悄悄将坑按规定的尺寸挖好。大家心照不宣。

晌午一过，和会会长冯富荣再次击起上将鼓。伴随着激昂有力的鼓声，青壮年们给已经绑好花炮、气火、马莲磨、九莲灯、冲天旗的主花杆绑上一根粗麻绳，将根部挪进坑里。随即，四五个青年从花杆正面扯住绳子掌握方向，另有七八个人从后面钉楔子，逐渐将花杆撑起来。这个过程大概需要一小时，一名被众人称作冯掌尺的中年男子全程指挥。鼓声自始至终，鼓点越来越紧。

村民们一致认为，只有在冯掌尺的指挥下，主花杆才能顺利地立起来。指挥者虽不在花匠之列，但指挥要领也为祖传。

制花时的分工协作，对花事接近图腾的集体感情，是先民们的智慧，也正是这个有汉回两个民族、十三姓人的村子凝聚不散的无形力量。

东面立花杆，西面唱社火。人们在欣赏社火表演的同时，为立杆者加油鼓劲，暗自琢磨着冲天旗的归宿。花杆虽在众目睽睽下立起，但外庄人终究不懂其中的诀窍，所以常有人说："哈尕滩里四五个人就把花杆立起了。"只有本村人知道，这是众人团结协作的结果。

哈尕滩的花是儿女花，也是平安花，大小花杆的布置都包含着人们对平安生活的企盼。

主花杆高三丈六尺（约12米），象征一年三百六十五日；共七层，上有124个楔子，花与炮插花排开，各62筒，加上花杆顶部冲天旗下的一盘花，以63筒花象征60甲子和天、地、人；一至六层各有两个马莲帽儿，象征一年12个月；第四层两侧悬起九莲灯，每个九莲灯上有三根飘带、三串花，意为祈求六畜兴旺；杆顶绑一盘花，花盘上插冲天旗，旗杆约三米长，旗面上以红、黄、蓝三色染成太阳光的形象，意为祈求风调雨顺。花杆总体呈"虎"字（或作"寿""丰"），象征平安、吉祥。

主花杆立好后，六个小花杆和老爷庙随即就位。小花杆与老爷庙的分布由东至西，呈北斗七星状，按顺序与主花杆用钢丝绳连接，绳上缠有眼子。每个小花杆上绑一盘花，花匠们称之为花盘，花盘四角各插一支气火，象征24节气。花盘上方绑花杆娃娃，六个娃娃分别为孟良、焦赞、唐僧、孙悟空、猪八戒、沙僧，其形象依照《杨家将》《西游记》等小说、评书中所描写，结合戏曲脸谱塑造而成，特色鲜明，易于识别。

待一切准备就绪，已近黄昏。街上的人逐渐稀少，六个花杆娃娃和老爷庙在暮色中静待天黑后的绽放。会长随几位老花匠对大小花杆和所有引线做了最后的检查。

"《杨家将》里有'穆柯寨孟焦惹祸'，《西游记》里有'三调芭蕉扇'。这六个花杆娃娃都与火有关，把他们扎在花盘上是有讲义的。"这是冯士琦老人对花杆人物的解释。但为何要选择这六个出自不同小说的人物，而不选择真实存在的历史人物？我充满好奇地追问，未果。

迎　香

夜饭后，沿街的灯亮起来了，各家门头上的红灯笼也亮起来了，男女老幼三五成群，拎着油壶，端着自家的 12 盏面灯，到马王庙、戏台下、玉皇庙旧址点起来。随即，各家的散花燃放起来，花灯相映，《生查子·元夕》里那句"去年元夜时，花市灯如昼"恰如其分。

玉皇庙于"文革"期间被拆除，原供奉玉皇大帝和位列洮州十八位龙神的常遇春、李文忠、胡大海、郭英等四位明朝开国名将。关于这座只闻其名，不见其身的庙宇，村里也有传说：明末清初，该村一名为陈官保的商人南下经商生意顺利，怕路途坎坷不能将财宝安全运回家，就向玉帝许愿，若能平安回家，每年正月放花还愿。后来就有了玉皇庙，每年元宵节的花事便成为村民向玉皇大帝祈福的神事。至于四位龙神为何与玉帝同庙供奉，老人们也已经道不清所以然。

"一盏灯来什么灯？干哥讲来妹子听。一盏灯不是别的灯，鸳鸯楼上吕洞宾，洞宾爷吃的鲜鱼酒，众八仙吃酒醉醺醺……"观花前的社火表演里，眉户戏《下四川》（四川指扬州）必不可少。

夜社火开始于晚上 8 点左右，算是观花前的预热。社火表演以戏为主，第一场为神戏，祈求四季平安、五谷丰登、六畜兴旺。其余大部分戏为先辈们创作流传下来的，以眉户小曲为主，兼有少量秦腔、黄梅。"正月里采花无花采，二月里迎春领头开，三月里红杏出墙外，要采刺玫四月里来（《采花》）""送到扬子江，那却全无妨，变一个鱼儿水底里藏，单等几日来挑水，一把抓在你小手上……（《牧童放牛》）"村民们口耳相传的二三十折老戏中，大部分内容为江南人的劳作、生活场景。

社火表演至一半时，合会（包括青苗会、社火会、花会、灯会）开始"迎香"祈福。迎香队伍里，年龄稍大的老者们仍着大襟长袍，留须。众人双手持香，恭敬从容，自村东南的马王庙至戏台、玉皇庙旧址往返三回，每一回在不同地点烧一道疏（依次为玉皇庙旧址、马王庙、主花杆下）。迎香队伍每到戏台下，鼓手

缓慢庄重地击鼓示意，戏台上的演员与合会众人同时跪下，合会
会长高呼："会长小班给老爷烧香"，众人答曰："烧着呢"；会长
高呼："合会什人给老爷烧香"，众人答曰："烧着呢"；会长再呼：
"合会什人给老爷磕头"，众人再答："磕着呢"。队伍离开戏台后，
社火表演继续。

观　花

迎香活动结束时，已近晚上 11 点。和会众人在大花杆下烧
完第三道疏后，铁炮连响三声，随即，主花杆上燃烧着的码子飞
速蹿向孟良所在的小花杆。孟良开始"放火"后，唐僧、孙悟空、
沙僧、猪八戒处的四个花盘与主花杆第一层几乎同时被点燃。刹
那间，炮声震耳，气火鸣着笛音腾空而上，绽放的烟花划破天际。

此时，各处的灯光似乎逊色了些。烟花虽然色彩夺目，倒并
不刺眼，衬得夜色分外柔美。

主花杆上的花炮自第一层开始，逐层燃放。燃烧着的火药瀑
布般层层飞泄，所到之处，遍地流金；马连磨、九莲灯在花丛中
旋转、绽放，形态、颜色各异。房顶上、戏台下、大门口、街道
边，人们忘却了零下二十几度的寒冷，欢呼、雀跃、惊叫着期待
更惊艳的一幕。待燃到花杆顶上的最后一盘花，已近凌晨，一名
年轻男子趁着火花逐渐减弱，麻利地爬到杆顶，在众人的喝彩声
中摘下冲天旗。随后，一根火苗由主花杆顶部飞向焦赞处，再由
焦赞引向老爷庙，火树银花绽放完毕。

人们簇拥着，握着被冻僵的手，彼此祝福、互道晚安。

"今年的花利（顺利）得很，庄稼成呢。"在戏台下，我遇见
了两位已过耄耋之年的阿婆：一位是本村人，一位来自店子乡岐
山村。她们缠足、裹腿、顶头巾、着大襟衣裳，相互搀扶着看完
了夜社火和整场花。于老人而言，这是她们一生的情结，难得的

相聚。

三天十五三天年，哈尕滩的花事也有始有终：正月十六晚上社火唱罢再放一筒，才算圆满结束。花会的所有物件便由新会长请到家中，与老爷庙一同供奉，每月初一、十五点灯致敬。

"北方没有这么放花的地方，都是散花，江南才有火树银花。""我们祖祖辈辈放了几百年了，我们是从江南来的。"对于元宵节大放烟花的原因，在村里有多种说法。归根结底，哈尕滩人笃信：除了祭拜神灵，祈求平安，火树银花是他们思念故土的最美方式。不如当它就是一种乡愁：烟花短暂，乡愁绵延不断。

（原载 2018 年 6 月 20 日《文艺报》）

深秋厚妆冶力关

敏海彤

冶力关是个有着奇境异景，美得让人沉迷的地方。它的每个季节都散发着迷人的魅力，春的灵动，夏的芳菲，秋的飒爽，冬的苍茫，无不摄人心魂！

从黄涧子驱车而过，片片丹叶点缀着秋光，千林皆醉。不敢走近，只怕惊扰了秋梦，娇羞了林仙子，引起一片绯红。但见那碧涛如墨的松林苍翠挺拔。每棵松树都散发着怡人的气息，它们努力地站直了身子伸长了脖子，仰望着苍穹，倾听蓝天讲述曾经的沧海桑田。天上的白云不甘被冷落，调皮地翻滚着、变化着，沾沾自喜博着大地万物的眼球。那穿过林间的秋风，也耐不住寂寞，撩起松枝轻颤着，沙沙声悠扬缥缈，如痴如醉。林间的鸟儿，睡醒了，喜庆地拍打着双翅，扑棱棱地朝着朝阳的方向飞去。鸟儿的肆意抖动，带落了几片黄中带红的树叶，叶子旋转、飞舞、下坠，不带一丝的犹豫和留恋，或许此时树是失落的，但却美了在林间穿梭的溪流，高兴地带着落叶，一跳一跃地私奔了。秋有秋的来意，带着秋阳的温暖，带来一地的回忆。秋风打着拍子，带着那片桦树在歌唱。泛黄的秋桦叶，跳着动人的舞蹈，展示最后的一抹辉煌。但那富有个性的桦树皮，却不屑与他们为伍。那薄如丝带，羞红了脸庞的桦树皮，颤颤悠悠地和着自己的节拍，愣是将大合唱演奏成了二重唱。那或滚圆的，或是没棱没角形态各异的大石头，像是被外力运送过来的。让人不禁猜想，是女娲娘娘的补天石，还是精卫的填海石。经过沧海桑田的打磨，融入了周围的景物中。想来石头是最贴心的，路边的巨石都呈现不规则的矩形，可供人们休憩、停靠。而林涧的石头却是圆润的、经过青苔的打扮，宛若一个个敦厚的地精灵，憨憨地逗着水里的小鱼，也逗着清澈的溪流哗哗地嬉笑着消失在林间。

漫步街巷，胜似闲庭信步。冶木河荡漾着唱着雄浑的歌谣，一路凯歌而去。举目远眺，透过迷蒙的雾气，秋阳衬着卧佛，佛光闪闪，恍入灵山而不自知。行走在关街，纵横交错的小巷干净而静谧。白墙青瓦的民居，与欢畅流淌的池沟河水，勾勒出一幅美轮美奂的江南水乡图。触摸着墙壁上横挂的苍凉而陈旧的劳作工具，连枷、簸箕用苍老的容颜展示着过往的清贫与辛劳。一条街巷，用半立体的形态，展现着祖祖辈辈的生活状态。千年农耕文化浓缩在这里，用历史的沧桑与厚重，向世人展示着未来的希冀和期许。转出关街，赏着随清风摇曳的八瓣梅进入庙沟。白的、粉的、紫的相互映衬着、陪伴着，恬静地开着，招惹着蜜蜂、蝴蝶翩翩起舞。秋阳下，偶尔有一片花瓣伴着秋风旋转下坠，没有秋的悲凉与伤感，只是悄无声息地追逐希望和新生。庙沟是农家乐的天堂，一个个农家乐整齐地排列着，敞开的大门迎接着四方宾朋，院内温馨而干净。空气中夹杂着农家饭菜的香味，勾引你的味蕾跳动不已。不吃农家饭，又怎算到过冶力关。正是秋收的好时节，那一盘盘的山野菜，吃一次便终生难忘。嗅着香气，坐在农家小院里，品茶、观景，不诉离殇，漫谈时光，好不惬意！

在各色鲜花的牵引下，不觉已到池沟。看着在稻草迷宫里嬉闹的孩童，记忆在秋天里搁浅，童年的笑声萦绕耳畔。孩童的笑声弥漫在庙沟，突然之间，心迷失在儿时某个秋天的角落里……

拾级而上，两边的灌木仍倔强地绿着，和秋霜做最后的抗争。偶尔还有一些不知名的小花，迎着秋阳傲娇地绽放着。循着涓涓细流，逆流而上，神泉不知疲倦日夜流淌着。阳光倾泻在水帘上，一闪一闪的，像极了跳动的精灵。捧一掬泉水，让甘甜浸润我的心田，疲惫的心灵瞬间舒展。

转身，漫山填谷红霞片片，点缀着秋意渐浓的冶力关。饮马泉在山腰处安静地静卧着，好似高傲的处子，秋风竟激不起半点涟漪。那一汪碧绿，仿佛是世代相传的祖母绿，在岁月的雕琢下，绿得那么纯粹，那么醉人。阳光洒在水面上，扑棱扑棱地闪着光，恰似少女的满含秋波的眼睛，吸引着游人们爱恋的目光。经过岁月摩擦的石阶，被一层层抛在身后。在经幡和玛尼堆的指引下，嗅着水的气息，冶海便呈现在眼前，让你的心境豁然开朗。

冶海，优雅而灵动，浩渺又静谧，每次看到都会震撼人心。湛蓝的湖水纯洁地穿透着人的灵魂。站在湖边，抚手掠过一丛灌木的枝头，指缝中便残留了牛羊的气息，恍惚中能看到牛羊满山……这是一个承载着世间所有希望和美好想象的地方，人们更愿意叫她藏语的名字阿妈周措。

秋日温暖的阳光下，藏族老阿妈转动着经筒，经筒在阳光下闪着金光，一切被镀上了圣洁的光芒。玛尼堆就在身旁，阿妈诉说着古老的传说，阿妈周措保佑我们牛羊满圈，阿妈藏巴拉使我们儿孙满堂。顺着老阿妈的指点，寻找着、探究着，阿妈藏巴拉就是峭壁上那小小的洞穴。在老阿妈虔诚的笑容里顿悟，尘世间所有的伟大，都隐藏在这些看似微不足道的事物之中，阿妈藏巴拉便是如此。

乘着飞驰的汽艇，让湖水划过指尖，伴着汽艇的节奏，肆意地吼叫，宣泄着尘世间的烦恼，放空灵魂。跳上岸，踏着碧草丰茂的草原。回望冶海，竟是一片碧绿。让人不禁感叹着大自然的奇妙。顺着山坡，去谒拜这里的明代守边英雄常玉春。常爷庙屹立在山顶，威严肃穆。昔日征战沙场的将帅，漫过历史的积淀，化作神灵护佑这一方热土。

拜别常爷庙，驶入迂回曲折的村道，路两旁沙棘树被沉甸甸的沙棘压弯了腰。一片片地沉醉着惹人口水直流。经历了秋霜的沙棘，退去了酸涩，成了治病的良药。剪一桶沙棘，熬成浓汁，既可以稀释成饮料，又可以在冬日里当药来治疗气管上的疾病等。看！那铺了一地的金黄，不是落叶，是熟透了的野李子。别想着只尝一个，野李子的诱惑可不是一般人能抵挡的。

进入庙花山村，竟恍若置身世外桃源。张开双臂，尽情地嗅着花香。矢车菊、孔雀草竞相绽放。温暖的阳光让它们忘记了时光，努力释放自己的美丽；好想，就这样把自己放逐，放逐在这花的海洋里；好想，在花海的中央，盖一间茅屋，就此沉沦，遗忘俗世，沉醉在花香弥漫的秋风里。抬头，白石山抚摸着白云，抑或是白云亲吻着白石山。蓝天下的那片白，早已分不清是白云还是白石覆盖的山顶。

回到小镇，星光点点，万家灯火。夜色让一切变得朦胧而神秘。灯光让冶木河披上了五彩斑斓的外衣。此刻的冶木河潺潺地流淌着，好似娇羞的少女，收敛稳重了些许。路边树影婆娑，圆圆的路灯躲在树梢后，散出如月光般柔和的光线，迷蒙而又暧昧。

秋到冶力关，卸下疲惫与不堪，满载着收获和希望。而心却遗忘在冶力关的秋阳里。

（原载 2018 年 6 月《甘南日报》）

临潭的江淮遗风

丁　颜

时至今日，在抵达过的所有高原城镇里面，临潭的个性独树一帜。犹如高原寒冷，各个城镇都穿羊皮藏袍保暖，临潭也穿，但不一样的是临潭穿好藏袍之后，还要在腰间系一条西湖水的绫罗腰带。临潭人将此称为江淮遗风。外人称其为"半番子"，似乎是讽刺，然而完全是大实话，临潭人身上的确兼具游牧民族的果敢勇猛和中原民族的保守典雅。

印象里临潭回族多生意人，也大都集中住在一条巷子里面。不知受了什么影响，这些生意人慢慢开始提笔搞起了文化。写书法画山水自娱自乐，不然就是追根溯源，整理家族史。

这样的"野史"，我见过的几乎都大同小异。

都说自己的祖先是明朝时期从南京随军迁徙到临潭来的，为了与祖先的情感和记忆有联结，便沿河买地圈院，建起一座又一座江淮遗风的大宅。

大幅的篇章和图画结合起来，力证临潭人的宅子与南方人的住宅相似。都是四方四正的大宅，平顶四合院建筑，所有墙壁都以石块砌基，古老的墙壁是架板内夯土一层一层打上去的，土墙高高耸起，墙根生长出茁壮的苔藓。墙壁、地板、门、窗，多为柏桦木的木板。厨房带小炕，屋顶开着透光透气的老虎窗。屋檐下的横梁刻有木雕，上漆之后精美华丽。

东西厢房台基低于住房，中间双扇门，两边开母子窗，南边是杂物房，北房与厢房之间没有天井，各个房子之间严密紧凑。这样的房子，在我看来，没有什么江淮遗风不说，还如同迷宫一般神奇诡异。廊檐曲曲折折，厨房光线幽暗，阳光西落时从老虎窗里面照进一条金灿灿的光柱，无数尘埃在光柱里面飘飘浮浮。一进三院的宅子，一院一道门，后院另开小后门。厕所独立盖在前院的东南角，与车棚、草房在一处，拴在偏门口的大狗的两只眼像两颗清冷的玻璃珠，眨也不眨一下。前院一般都是空阔的，中院房间一间又一间，数辈同堂。后院春夏是菜园，入秋时就又被打磨平整作为碾粮食的场地。

衣着方面也与众不同。临潭妇女爱穿马蹄领的齐膝袢扣长衫，老年人穿藏蓝的或黑的，刚出嫁的女人穿各色绸缎的。说这就是祖先们从江淮一带带过来的穿衣风格。这也影响到了当地的藏族。头戴沙茹帽、珊瑚斑玛、金边毡帽、毡礼帽后背拖着三条长及脚踝的辫子的女人，原是不穿绸缎只穿藏袍的。但与其他藏区相比，临潭的藏族妇女服饰不仅用绸缎，还将藏袍变成了前后两片男士长衫的样子，然后继续在腰间系腰带，显得别具一格。

也有从食物上来讲的。站在西门桥上卖酸奶的老阿婆们永远都很喜乐。她们的酸奶都是将鲜牛奶放在牛粪加热的炕上发酵而成的，像果冻。酸奶一定要盛在青花细瓷碗里，用青花瓷调羹来吃。江淮人的生活讲的就是一个精致。

有一种用煮熟的青稞做成的絮状的食物。青稞煮熟之后，滤捡出颗粒，放进石磨里滚成一段一段细麻绳样的絮状物，本地人随口叫它"麦索"，可能就是麦粒滚碾成的绳索的意思吧。高原上的这种食物本是用手直接抓来吃的，但临潭人偏不。临潭人炒了葱、青辣椒、蒜苗、牛羊肉与其搅拌在一起，拌匀了拿筷子吃。青豌豆跟豆荚一起煮，煮之前要在铁锅底铺几张甘蓝菜叶。草原上刚下来的牛犊，牧民断定品种不好，就专门用车载过来卖给临潭人。因为临潭人会吃啊。买来宰杀之后收拾妥当，不用煮，在铁锅里倒足油，拿作料爆炒。

临潭人一直用各种各样的方式证明自己的江淮血统。街面上开一个酒店，取名"陇上江淮人家"。一些人家新修了建筑或者修缮旧的建筑，都刻意将墙刷得雪白，弄成白墙瓦黛江南民居的样子。要唱民谣，开口就是：你从哪里来，我从南京来，你戴的什么花儿来，我戴的茉莉花儿来……

于是我以临潭为背景，写了《雪山阿佳》《蒙古大夫》《达娃》《早婚》《玻璃翠》《六月伤寒》《万岁》《猫胎》《赊刀人》等一系列的小说。故事是临潭人的故事，对话也是临潭人的对话，甚至连某些人物也都是临潭街面上所能见到的。感觉只要一直观察，一直有好奇，就将成为一个怎么玩也玩不尽的文字游戏。

有一段时间我跟政府部门的扶贫人员一起去乡村走访，原是抱着私心，想要摄取一些写作素材。但下去之后，却另有发现。

去的是县城外的一个乡镇，羊永镇。与自然不可分割的淳朴乡下，泥土混着砂石的小巷，大宅院落，偶尔累累枝丫伸出墙头。空气清新，视野开阔。

挨家深入走访的时候，心一度下沉，生活的底层有太多苦痛的挣扎。偶尔碰到心惊的物品，便格外惊喜。老去的农妇收藏的百褶西湖水裙上有华美的挑色刺绣，我多看了两眼，她便跟我讲临潭人是做不出这样的刺绣的，这种刺绣是从江淮传过来的。

还有履尖上翘谓之为"凤头鞋"的鞋子和用各色绢丝制成花朵穿起来的头饰，布料都是上好的蚕丝绸缎。她说这样的做法都是从江淮传过来的，是江淮遗风。她保留着这些，并将年轻时穿戴着它们的留影一张一张认真摆放在显眼的地方。这可能并不是一种真实的、物质存在的江淮遗风，而是一种不随波逐流，专注保持自我的品格，是一种与众不同的坚持。

年华老去的妇女做过什么，经历过怎样的生活，对于我来说都是谜团。有可能她一生都没出过远门，没有离开过高原。她口中的江淮遗风，也许更多的是对生活的一种憧憬。

临潭人口中的"江淮遗风"，真要去江淮找，不一定能找到。但无论自己坚持的"江淮遗风"，还是外人口中戏谑的"半番子"，说的其实都是临潭人对于生活的一种的态度。

我觉得这种态度挺好。

（原载 2018 年 6 月 20 日《文艺报》）

兰兰娃

孟文燕

南门河村随了河流流向，是个呈东西走向的村子，村子西头有几间破旧的土屋，没有正式的院落，用河滩里的石头随便搭砌的不足一人高的围墙，几根木棍交叉编制的大门，便是兰兰娃的家了。

兰兰娃，不是本名，村子里的人都有起外号的习惯，像什么"拉毛子""鬼子""皇军"，起了外号便不呼本名了。兰兰娃也是外号，他本名叫米贵喜，比我长两岁。

以前的村子不大，不过百户人家。镇子封闭交通落后，长年累月，人的眼里是见不到几辆车的。那时候的村里人习惯依赖土地，春种秋收，一年四季忙在几块土地上，不像现在这样外出务工频繁，一年到头也没几个新鲜事儿拿来当茶余饭后的谈资。因此农闲时，东家长西家短便成了村里人的关注焦点，于是，谁家有什么事全村人都会知道的。

兰兰娃的外号来源于他那被村里人唤作"兰兰子"的母亲，我不太清楚名字后面加"子"的叫法盛行于哪里，村子里也只是部分人在叫，没有普及。我曾经也偶尔被唤"燕燕子"。每逢听到别人这样叫，我总不会答应。我不喜这样的叫法，任性地讨厌着给我乳名加"子"的人，便没有让他们形成习惯。只是"兰兰子"，仿佛已是村里公认的称呼了。我一直怀疑她可能有个好听的名字叫"兰兰",但没有人这样叫过。

兰兰子有丈夫、有儿子,却是村子里唯一一个讨饭的女人,她衣衫褴褛,头戴一顶的确良白帽子,帽檐边露出的几缕白发,脸上的皱纹因过分扭曲而影响了那双本来就近视的眼,因而看人的目光显得很不对称,干瘪的双手提着浸满油渍的红布袋子。腿脚不灵便的她每天的"工作"便是从西到东、从上河滩走到下河滩,再从下河滩走回家,到每家门口重复那句相同的声调:"给点儿馍馍噢……"村子里的人一听到这声音,便知道是兰兰子了。有旧馍的多少都会给一些,当天烙了新馍的就会喊一声:"兰兰子,今儿没有,到别处去吧。"兰兰子很懂规矩,不管到哪家都只站在门口,从来不进院子,也不会死缠,给多给少全凭自愿,给好给坏从不挑拣。村里人路上见了她,都会问声:"兰兰子,今儿要下多吗少?"馍多的时候,兰兰子就会笑着说:"今儿没白跑,够吃三天了。"少的时候,她就打开袋子给问的人看:"你看,今儿才这么点儿,平安回去肯定把我骂呢!"她说的平安,便是丈夫了。听长辈们说,米平安是一个好吃懒做的人,懒得种地也懒得给别人家做活,白天黑夜总喜欢窝在炕上睡觉,家里的生计靠催促兰兰子出去乞讨。要的多了一家人维持个三五天,但逢雨雪天,出不了门了,一家人就都窝在黑黢黢的屋子里挨饿。

那时候的我们是喜欢看见兰兰子的,每次看到她提着红布袋子慢悠悠地走下来,大孩子们就喊:"看,兰兰子下来了,快看走!"一群孩子就会停下玩耍,跑去各自家里问大人们有没有旧馍,有的就会跑着拿出来兴冲冲地放进她的红布袋子里,没有的也会跑到她跟前汇报一声。兰兰子每次走到这儿总会很开心,我们的"积极表现"让她少了站这几家门口乞讨的麻烦。

说起兰兰娃,也是在我们熟知她母亲后才认识他的。那是1996年秋季,小学一年级开始招生,我和兰兰娃成了同班同学。那时候他还是个健康的孩子,虽然我不知道他当时的报名费是如何解决的（当时还没有普及义务教育，所以收学费和课本费），但他终是来上学了。因为他个头大，因此坐最后一排，时间太久我已不大记得他当初的模样。他总是上课睡觉，所以数学老师总叫他上黑板做题，渐渐地大家也都记住了"米贵喜"这个名字。只是从二年级下学期开始，他再也没有来上过学。

河滩里偶尔会瞥见他的身影，干瘦的身躯上套着宽大的衣服，显得很不合身。孩子们见到他，总会问一句："兰兰娃，你怎么不来上学？"他总是傻傻地笑着说："我阿大打我，不让去。""那你去哪儿？""挣钱去。"那以后，我们经常看到，上午他提着塑料袋子在村里的许多垃圾堆里捡破烂，下午提着红布袋子沿河滩乞讨，代替了她母亲兰兰子的那项"工作"。

他阿大不在家时，他也会带我们去他家玩，破旧的三间土屋，仿佛一动就塌的感觉。我每次进门时常害怕进去后房子塌了将我们埋里面。兰兰娃家的屋子虽外面看着破旧但里面收拾得很干净，炕上的被褥虽破烂但叠放整齐，墙上贴着很多毛主席时期的大字画和毛主席画像。看到这样的屋子我们总觉得新鲜无比，也有人喊："兰兰娃，你每天醒来都能看见毛主席！"他若无其事地答道："我不在这儿睡，我在那间。"顺着他手指的方向我们看到炕下的墙根处，挖着一个半人高的洞，他顺势钻了过去，我们也跟着一一钻了过去。但见空荡荡的屋子里，只搭了个简易的小床，床上的被褥破烂不堪，也没有叠。我不禁问："兰兰娃，你就睡这儿？""嗯""为啥不睡那边？""我阿大不让睡。""那为啥挖洞不开个门？""没钱开门。"他无奈地说着。此情此景让在场的我们无比尴尬，大家沉默着又从那个洞钻出来，怕他阿大回来看见我们，立马跑出去了。

兰兰娃偶尔会加入我们玩耍的队伍，更多时候是坐在石头上看着我们玩，顺便给我们讲一些他在街上或是车站见到的新鲜事，惹得一大群孩子跟着他傻笑。他在我们那伙孩子当中年龄不算大，但他说出的许多话却是我们很少听过的。在我们都还不懂爱情的年纪，兰兰娃就已经说喜欢我邻居家的爱珍，用捡破烂的钱买了零食也总说要给爱珍留着，我们讨要他是全然不给的。那时候的慧珍总喜欢对我们悄悄说："兰兰娃说着呢，说要开着康明斯来娶我大姐。"我们听后就会捂着肚子笑起来，顺便跑去问爱珍："兰兰娃说要开着康明斯娶你呢，你嫁不嫁？"爱珍就会笑起来："等他把康明斯开到我家大门口再说，说大话还厉害。"兰兰娃的大话总是没有后续，几天之后，就又不见了踪影。

这一消失就是两年，再见到他时，他已瘸了一条腿。

瘸了腿的他走路已没有以前那样顺畅，但他还是会来找我们玩，我们又像看见了新鲜事儿一样围着他问长问短，"兰兰娃，这两年你去哪儿了？""兰兰娃，你怎么瘸了？""兰兰娃，快说快说你干啥去了？"兰兰娃总会寻个最佳地点坐下慢慢讲起："我跑班车去了，给司机当助手，谁知被人打了，就瘸了。"有人会追着问："谁打你了？是不是你干坏事了？"兰兰娃摇摇头，颓唐地说："没有，我也不知道谁打的。半夜打的，被打晕了没看清，在岷县车站地上睡了一夜，醒来后发现瘸了。"后来，听大人们说，是因为兰兰娃偷东西被车站上的人打了，下手太重打瘸了。

从健康的兰兰娃到瘸了一条腿的兰兰娃我们还没适应过来，就又听到一条新消息——兰兰娃的另一条腿也断了，是被他阿大打断的。这一新闻顿时轰动了整个村子，村里人一边痛骂着他那有点神经质的父亲，一边怜惜兰兰娃。孩子们也沮丧着，这意味着从此听不了新鲜事儿了。

兰兰子熟悉的声音又穿梭在了各家门洞里。

几年过去，村子里的人已开始淡忘这些事，便很少提起。一个平常的午后，我串完门儿回家，忽然看到医院门口的河堤旁坐着一个人，他似乎在唤我，声音极低，却很熟悉。我谨慎地走近一看，原来是兰兰娃，他双腿盘着用一根麻绳挂在脖子里，面目既黑又瘦，他使出全身力气，可是没有挤出一句完整的话来。我急忙说："兰兰娃你等着，我去喊人。"他连忙摇头，又摆了摆手，双手撑着挪走了。在那之后，村子里也没了他的身影和消息。有人说他一直窝在家里，有人说他已经死了，总之，我们再也没有见过他。

十多年过去，我们都已长大，村里人也都淡忘了有过这么一个人。近年来，政府大力实施民生工程项目，听说他们家现在也盖了新房子，修了暖廊，建了围墙和大门，拿了低保，乞讨的贫困岁月已经过去了，只是烙在兰兰娃身上的残疾和那本该健壮的生命，成了一卷风干的故事，消失在人们的记忆里。

（原载《格桑花》2017年第2期）

风在窗口掠过

刘宗何

花开半夏

摩肩人步履匆匆，多少相遇能有始有终。

——引子

2017 年的夏末，也是如今天这般一个夏至秋初的季节，岁月仓皇，当时我写罢"别矣《离人》"那篇文章的时候我正对着窗口掠过的风和波涛汹涌的黄河道别。黄河东流而去，我想，这世间亘古不变的唯有这东流的江河湖海以及人间无常的时光了吧。

这年的八月依旧是沾满了尘世的落落痕迹，更如老了一岁的你我，额间皱纹乍然而出，花落嫣然。

至此八月中旬，西北以北，那些苍然迟暮的黄土地和入秋已来的草木皆已预备凋零。万物似乎到了该入梦的前夕，连日光都显得慵懒迟钝，像一位迟暮的老人，但偏偏一场场秋雨的到来让这快要睡着的大地意识到这个季节时光还未曾散尽，它仍需清醒一些时间。秋风拂过，这年的秋风不比往年，温柔且沉稳，更像是一位在尘世历经沧桑却仍初心不忘的长者。他风尘仆仆，远道而来，他为我讲述了这一年来的所见所闻，语虽似平淡，闻者却牵动心扉，潸然泪目。

原本以为，我应该会在这个我深踱浅行七年之久的城市里扎根并且生活。曾经想，这个城市里留下了我人生最美好的年华，亦走过了人生的千山万水，那些念念不忘必有回响的东西也在这个城市生根发芽了，我是如此深刻地眷恋着她。

可事实并非如此。

黄碧云说："如果有一天我们湮没在人群里，那是因为我们没有努力要活得丰盛。"曾雅娴在她的文中如此这般的理解黄的这句话：女人若芙蓉花，必然是活出了真性情，颜色饱满，白粉红黄，丰盈至极，在初秋的季节姿态骄傲而明艳动人地绽放着。其实我觉得世人皆应是绽放的花朵，无论男女。有平淡无奇的，亦有美艳动人的，只是他们花开的季节不一仅此而已。而在此之前，我正如黄碧云那句话那般，深觉人生亦然，平淡无奇，花开花落皆已随缘。然而生活它是不肯放过任何一个人的，2018年初夏的一次偶然遇见让我对曾以为的所有东西都有了新的看法，比如，最好的年华其实并非仅仅留在了这个城市里，而我生命中的千山万水，也是行走了万分之一，那些发芽了的往事亦不过是我生命中匆匆然惊鸿一瞥而已。因为某件事或者某个人，我们的思想，我们的生命依然不甘心湮没在人群里，自此，就算是做坏人，也要为他做最坏的那个。

我走过的路，蹚过的河，是我的悲伤亦是我的幸福，无怨无悔。

我也因此毅然离开了这个我生活了快七年的城市。那一天，我行至千里，去另一个完全陌生的城市来完成一场真正意义上的死生契阔的奔赴，那是个改变了我多年想法的人，她笑起来的样子如若樱花开满枝头，若雨丝落满山阶，她的飘逸长发是这大千世界之中任何美丽都不可相比的，那长发该是我恬淡文字胜却红尘中的所有，抑或是我含烟惹雾的回眸胜却世间种种。她出现在我眼前时我深觉那是我此生见过的最美丽的风景，她的眼神如若深海容我栖息，是那样的久违和安心。那是我第一次遇见她，是个阳光明媚的日子。她不言不语，在我的怀抱里温柔依偎，我却觉得在她和那目光相触间，这一生就这样波澜不惊的过去了。自此，我深感需要经历的还有很多，这样的女子，非我这样一个浪荡子所能共行的。我也明白了，每个人的生活中都需要那样一些孤独的流浪，流浪的目的不是为了放逐自己，而是把自己放在天地之间，在孤独与漂泊中找到属于自己的人生坐标。于是，那些流浪不是迷失，而是寻找，不仅要寻找，而且要找到。如此浅显的道理我用一个思想的轮回才能明白过来。

"珍惜你们相遇的时刻，因为人生需要分开很久很久！"一个朋友对我如是说。那夜，我站在你离开的街头。望远山苍松柏木，回头一看我的高原，却已是草木枯黄，从此以后那些沉重似铁而又空虚如雾的寂寞会如期而至，在此之中，你我皆知何为默然承受。

陌上垂柳

"尘埃一别杨朱路，风月三年宋玉墙。"

归来的瞬间那种毫无归属的感觉袭来，原来，我生活了七年的城市并非我想的那般让我有安全感，甚至感觉它是如此的陌生和危机四伏，只有城南古旧的母校校园看起来是那么的亲切。这座城市像一位无悲无喜无爱无恨的修士，她自我地看着在她身上来来往往匆匆而走的众生，既无欢喜，亦无怜悯，我想，这才是我如此悲伤之处。亦是我想彻底逃离的理由，我的一个朋友说："其实并非这座城市冷漠，而是你牵挂的人不在这个城市而已。"

我惊愕不已，此非我不知，只是我不敢点头确认。

锦瑟无端思华年，山月不知心底事。烟花易冷，旧时南回，是谁唱旧故里草木深。又是谁说，今夜江河之源，只亮我的酥油灯，只照我的心上人。我亦想为身在千里之外的人点一盏灯，照亮她身影里漂泊的航程。

只身在母校的校园里游荡，这一别不知何时才能归来。她像一位慈母一般久居在这座古老的城市等待她的儿女们归来，是啊，她的儿女们丝毫不萧瑟拘谨，似普通的市井少年一样热衷于肆意放浪的人生，何况又是处于这样一个时代下春风得意的民大子弟，入的又是红尘广阔的柳繁华地。而我的归来竟是如此失意。这夜风雨交加，那应该是她最深沉的爱了吧。

那夜我与一个老友说起往事，谈笑风生间又是感慨世事沧桑。我说，我曾在这座城市度过的时光如潮水打起浪又悄无声息地流走。自那次在母校分别之后我被命运驱使又不甘被它呼来喝去，本想与她再也无缘相聚。此事故地重游，借酒浇愁，想起母校温柔待我的模样，而此生再无回头路可走，不由心碎成尘。

可惜，我这二十多年来走过的路，做过的事，没有声势浩大，没有精彩跌宕，即使它曾有过辉煌也未必有人熟知。它的质地和轻重只有彼此心知肚明。

此行不是长安客，从此江湖断乡音。

劝君更尽一杯酒，西出阳关无故人。

深爱的女子，远游在外。而居乡间等待的人用纸砚长笔记录红尘往事，他在风里开尽三生柔荑，一段红尘乍然而逝，一曲《相见欢》荡气回肠。花开花落里，当繁华褪尽，烈火成冰，我们方能平静，看残阳月华。而你，是否又会在某个忙碌的间隙里将我想起？

潮来潮往，梦已然在百转千回的尘世里空了。零落之外，胜负清淡。须知，这世间的事没有一件是我们能预知的，废兴万变，岂容一人一厢情愿。然我自知我执念深重，终有一日，你行过我的高原，你会看到那在佛前开满的株株青莲。也许我今生是无法看破，无法放下的。既然事事皆是无法预料的，那你我还是用余生来顾盼吧，你看那山间的风，你远方的云，你行过的万里河山，你脚下生长的人世沧桑，哪一个不是我！

我亦知生活在这些繁华城市里的人们的处境又何尝从容，丰饶礼俗被淡忘的今朝，人们都以另一种方式漂泊在外。很多话并不是欲说还休，是在漂泊的时候丧失了悲伤的表达能力，不知从何说起，一张口就深感心灵与嘴唇的麻木，只剩灵魂还在挣扎，尚存一息执念。

几十年的岁月重叠成薄如蝉翼的书页，所有的梦想和勇气都在这沧桑人世中灰飞烟灭。

摩肩人步履匆匆，多少相遇都有始无终。

就如同我说思念的那一晚，你眼中的波澜不惊和风轻云淡，我知这美好的时代，还是存留着那些暗影，它们已然消磨了对爱的信任和眷顾，而我要做的，即是坚守。长路漫漫，很多事都没有结果。很多话，也是在风吹过时已然成了过眼云烟。人在天命面前总是渺小得可怜，但纵然如此，我还是愿意去寻找，知其不可为而为之，那是怎样一种苍凉的勇气，我不知道，但我正在知道的路上。但我知其价值，它让我不再有不努力活的丰盛的理由。虽然很多人生命的底色都是苍凉的，相信的时候会有期，等来的却是后会无期，但我知晓你欣然面对人生，坎坷颇少，终有一日，你向我走来，你还对我微笑着叫出我的名字，那么，这一切的苦楚和心酸寂寞，都是值得的。

比之习惯遮掩自找退路的人们，我深感我活的坦荡而真实。向死而生，即使生命已然成为一场漫长的告别，即使我们再无相逢的日子，即使我们面对这世间的生离死别悲伤不已，即使我身边人皆已走散而落得孤身一人，我也愿意用生命缀锦为文，亦愿为你书一首长诗，因为你我皆知生命的意义，不单单只是活着而已。

　　而今，我在西北以北偏安一隅，那离别早已成为笔尖生出来的花朵，我在风掠过的窗口等待傍晚，等待春花争艳。有人说，在等待的姿势里，人们的模样各不相同。而我则最喜欢带着笑坐在长椅上，剥一颗橘子或者石榴，哼一段曲子。不必忧虑，不必前张后望。因为等待的人儿们一定会回来，纵使满身尘嚣，纵使山高水长。

（原载 2017 年《吐鲁番日报》）

附：临潭文学 70 年作家诗人名录

丁士荣（1935 年—），回族，生于临潭县城关镇城内村，曾任秘书、编辑、主编，中国当代诗歌学会会员，作品曾被收录多种选本。

王俊英（1937 年—），生于临潭县新城镇东街村，曾在甘南藏族自治州人委编译科、甘南广播电台、甘南报社担任翻译，甘南州地方史志编委会副主任、编委办公室主任、《甘南州志》主编。

郑恒瑞（1937 年 7 月—2017 年 11 月），生于陕西省西安市，毕业于西北师范学院（今西北师范大学），临潭二中高级教师，酷爱文学，曾有文学作品发表在《甘南报》《格桑花》等报刊。

宁文焕（1938 年—1999 年），生于临潭县城关镇古城村，长期在临潭二中任教，中学高级教师。一生致力于洮州花儿和洮州民俗的研究，1992 年出版《洮州花儿散论》。曾系中国民间文艺家协会甘肃分会会员、甘南州舞蹈协会会员、甘肃省民俗学会副秘书长，任临潭县文联副主席等职。曾在省内外报刊发表歌曲、民歌、民俗文章 40 多篇（首）。

张戈（1940 年 8 月—2017 年 12 月），原名张尊选，生于临潭县古战乡（今古战镇）古战村。1966 年 7 月毕业于西北师范大学政治系。原甘肃民族师范学院副教授，出版诗词集《桑榆集》《镜心集》。曾系甘肃省诗词学会会员。

海洪涛（1940 年 12 月—），回族，生于临潭县新城镇南门河村。

毕业于甘肃省教育学院汉语系，毕业后在临潭二中任教。短篇小说《马认真》于1987年获"格桑花奖"。出版《中国穆斯林三百历代名人歌》《中华历代名人歌》《天方大圣事迹歌》等著作。曾任临潭县志办主任，《临潭县志》主编，临潭县文联副主席等职。

马国良（1944年2月—），字永峰，笔名白岩，回族，生于临潭县城关镇土毛滩村。著有诗集《白岩诗集》。

王玉亭（1944年7月—），笔名禹挺，生于康乐县景古，临潭县三中教师，作品发表在《甘南报》《格桑花》等报刊。

张尊荣（1949年12月—），笔名路云，生于临潭县古战乡（今古战镇）古战村。甘肃省诗词学会会员。曾兼任临潭县文学艺术界联合会主席。出版诗词集《洮水渔歌》。

唐毅（1956年8月—），生于临潭县陈旗乡（今王旗镇）唐旗村，曾在迭部、卓尼、临潭等地供职。作品散见《星星》《延河》等刊物。现居临洮。

刘文学（1957年3月—），又名刘青之、刘青芝，回族，生于临潭城关，毕业于西北民族大学政治系，供职于兰州市民委。代表作有中篇小说《黄河颂》、报告文学《心灵的最高洗礼》、散文《秦腔》、诗歌《鼓声》等。

唐佐智（1958年10月—），生于临潭县古战乡（今古战镇）古战村。笔名雪野，斋号集粹堂。先后参编《临潭县志》《中国共产党甘肃省临潭县组织史资料》等。著有诗词书法集《雪野屐痕》。现为甘肃省诗词协会会员，甘肃省书法家协会会员。

马希云（1959年1月—），笔名云杉，回族，生于临潭县城关镇土毛滩，1980年毕业于西北民族大学。中国少数民族作家学会会员，甘肃省少数民族作家协会理事，兰州少数民族文学会

会员。

李城（1959年9月—），生于临潭县古战乡（今古战镇）尕路田村。1984年毕业于兰州师专中文系，曾任甘南州文联副主席。甘肃省作协会员，黄河文化研究会理事。出版散文集《屋檐上的甘南》《行走在天堂边缘》及小说集《叩响秘境之门》，长篇小说《最后的伏藏》《麻娘娘》等，多篇散文被《读者》《作家文摘》等转载。现居甘南州合作市。

马廷义（1962年4月—），回族，生于临潭县城关镇杨家桥村，1984年毕业于西北民族学院汉语系。现供职于临潭县志办，译著有《玄机与真光》《人类—起始与归宿》《麦克图巴特·书信集》等。

禄昌义（1962年5月—），藏族，生于临潭县八角乡中寨村西沟台社。作品散见《格桑花》《甘南报》等。

马旭（1963年—），笔名甘男马旭，或甘南马旭。生于临潭县新城镇东街村。曾任甘南藏族自治州政府发展研究室主任、州委政策研究室副主任（主持），在《青年作家》等刊物发表作品。

唐天（1963年—），生于临潭县陈旗乡（今王旗镇）唐旗村，兰州民间工艺美术家协会会员，作品散见省内外报刊。

王永久（1963年—），藏族，生于临潭县卓洛乡日扎村。1983年甘南师范毕业后在玛曲工作20多年。现任甘南州文联主席。作品散见《飞天》《西藏文学》《甘肃日报》等报刊。

闫国新（1963年2月—），笔名辛小琏，号莲山村夫，生于临潭县八角乡（今八角镇）牙扎村乔拉尕社。临潭三中教师。中国民俗摄影家协会。作品散见《甘南报》《格桑花》等报刊。

赵旭光（1963年8月—），生于临潭县新城镇西街村，临潭三中教师，作品曾发表在《甘南报》《格桑花》等报刊。

张俊立（1963年11月—），生于临潭县新城镇东街村，1984年2月参加工作，现供职于临潭县档案局。系中华诗词协会会员，有民俗类文章散见省内外报刊。

陈克仁（1964年1月—），笔名古原草，生于临潭县陈旗乡（今王旗镇）。先后在《人民日报》《中国青年报》等报刊发表文学及新闻作品600多篇。已出版文史资料集《话说铁城》《我的甘南》等。

陈拓（1964年3月—），原名陈忠仁，号草原野老，藏族，生于临潭县古战乡（今古战镇）古战村包家寺社。中国少数民族作家协会会员、中国西部散文学会会员、甘肃省作家协会会员。作品散见《飞天》《青海湖》《散文》《散文百家》等刊。著有散文集《游牧青藏》，诗歌集《鞍马格桑》，《六个人的青藏》（合著），主编有《玛曲县志》（第一部）、散文诗歌集《阅读玛曲》。获得甘肃省第四届敦煌文艺三等奖、天津市第十八届"文化杯"全国孙犁散文奖。现任玛曲县委党校副教授。

何子彪（1964年10月—）藏族，生于甘肃卓尼，1986年12月加入中国共产党，1985年8月参加工作，甘肃省委党校研究生学历，现任临潭县人大常委会主任。

敏建新（1965年4月—），回族，生于临潭县扁都乡（今新城镇）哈尕滩村。现为临潭县回民中学高级教师。系甘肃民族师范学院河洮岷文化研究中心特聘研究员。《临潭县志（1991—2006）》《临潭史话》《临潭县政协志》副主编，出版《临潭民俗文化》。

马广信（1965年9月—），回族，生于临潭县城关镇教场村，1989年毕业于西北民族学院政治系，现供职于甘南畜牧学校。在《宁夏社会科学》《西北民族研究》《甘肃社会科学》等刊物发表论文多篇，参编《甘南革命史略》。

马国山（1965 年 10 月—），回族，曾长期在临潭县生活和工作。以马伦、阿山、伍德等笔名发表作品。甘肃省作协会员、临夏州文联会员及理事。1990 年油印诗集《诗人日记》。出版诗集《心境花园——伍德的诗日记》，获甘肃省第五届少数民族文学奖。2015 年作者本人名录列入《中国回族文学通史（当代卷）》。

丁士仁（1966 年 10 月—），回族，生于临潭县城关镇郊口村。哲学博士，现为兰州大学哲学社会学院教授，研究生导师，担任兰州大学伊斯兰文化研究所所长、甘肃省少数民族文化教育促进会会长、丝绸之路（敦煌）国际文化博览会顾问、《伊斯兰文化》主编、《中国伊斯兰文献汇编》总编。出版个人专著 6 部，译著 10 部。

赵凌云（1966 年 10 月—），藏族，生于临潭县古战乡（今古战镇）古战村，1989 年 7 月参加工作，省委党校研究生学历，现供职于甘南州人民政府。业余从事文学创作。

敏彦文（1967 年 5 月—），回族，生于临潭县卓洛乡下园子四社，1991 年毕业于西北师范大学政治系。现供职于甘南州文广新局。在国内报刊发表诗歌、散文、文学评论等 630 多篇（首），曾多次获全国及省级文学专业奖（文艺评论奖）。出版诗集《相知的鸟》，散文集《生命的夜露》《在信仰的草尖》，文学评论集《甘南文学夜谭》等。名录列入《中国回族文学通史（当代卷）》。

北乔（1968 年 4 月—），原名朱钢，生于江苏东台，作家、诗人、文学评论家。曾从军 25 年，立 1 次二等功、9 次三等功。2016 年 9 月挂职临潭县委常委、副县长。在《人民文学》《诗刊》《解放军文艺》和《当代作家评论》等发表作品 610 余万字。出版诗集《临潭的潭》、长篇小说《当兵》、系列散文《天下兵们》和文学评论专著《约会小说》等 12 部，获多个文学奖。中国作家协会和中国文艺评论家协会等会员。

牧风（1968 年 9 月—），原名赵凌宏，藏族，生于临潭县古战乡（今古战镇）古战村。现供职于甘南州文广新局。中国作家协会会员、中国少数民族作家学会会员、鲁院学员。作品散见《诗刊》《民族文学》《青年文学》《散文》《诗潮》等刊。著有散文诗集《记忆深处的甘南》《六个人的青藏》（合著，任主编）。曾获甘肃省第六届黄河文学奖、甘肃省第五届少数民族文学奖、首届玉龙艺术奖等多个奖项。

高云（1968 年 10 月—），笔名浪子高云，回族，生于甘肃岷县，1999 年定居临潭县城关镇。中国民俗摄影协会硕学会士、中国摄影著作权协会会员、人民摄影协会会员、甘南州摄影家协会理事。文学作品散见《飞天》《时代青年》《甘南日报》《甘肃广播电视报》等报刊。

牛仲筠（1968 年 11 月—），生于临潭县古战乡（今古战镇）古战山村。1988 年赴玛曲任教，现居兰州。

李志勇（1969 年 10 月—），生于临潭羊沙乡。作品散见《诗刊》《诗歌月刊》《星星》《诗歌报月刊》《汉诗》等报刊。诗歌曾入选多种权威年度选本。著有诗集《绿书》。

彭世华（1970 年 3 月—），笔名沧浪之水，生于临潭县古战乡（古战镇）古战村。已在《诗刊》《文艺报》《中国诗人》《青年作家》《甘肃日报》等报刊发表作品，系甘肃省作家协会会员。现供职临潭县民政宗教局。

王旭光（1970 年 4 月—），笔名野草、天涯过客等，生于临潭县羊永乡（今羊永镇）李岗村五社，现供职于甘南州纪委监委。作品散见《格桑花》《甘南日报》等刊刊。

黎学龙（1970 年 9 月—），笔名流石，回族，生于临潭县卓洛乡上园子村。作品散见《诗刊》《飞天》等刊。

薛贞（1970年9月—），女，藏族，生于临潭县古战乡（今古战镇）古战村。毕业于西北师范大学中文系。中学高级教师。现供职于卓尼县教育局。甘肃省作家协会会员。作品散见《诗刊》《星星》《诗选刊》《扬子江》等刊物。

罗腾（1971年1月—），原名韩小东，藏族，生于甘南州舟曲县，1995年7月毕业于北京师范大学。现为临潭县委常委、组织部长。作品散见《甘南日报》等。

张润德（1971年3月—），生于临潭县石门乡草山村。现为临潭县石门学区教师。作品散见《文艺报》《格桑花》等报刊。曾获《格桑花》2018年度优秀作品奖。

王朝霞（1971年11月—），女，生于临潭县冶力关镇东山村。甘肃省作家协会会员，甘肃省文艺评论家协会会员，甘南州作协理事。作品散见《西藏文学》《散文》《青海湖》等刊。出版散文集《因为风的缘故》。现供职于中共甘南州委宣传部。

扎西才让（1972年1月—），原名杨晓贤，藏族，生于临潭县新堡乡（今洮滨镇）新堡村，中国作家协会会员，中国诗歌学会理事，甘肃省作家协会理事，甘肃诗歌八骏之一。作品散见《诗刊》《民族文学》《星星》《山花》《红豆》等刊，被《新华文摘》《散文选刊》《小说选刊》《诗收获》《诗选刊》《散文海外版》转载并入选《新中国成立60周年少数民族文学作品选》《中国好文学》《70后诗歌档案》《中国年度诗歌排行榜》等60余部选本。曾获甘肃省敦煌文艺奖、甘肃省黄河文学奖、中国红高粱诗歌奖、唐蕃古道文学奖、海子诗歌奖、《文学港》储吉旺文学奖、《飞天》十年文学奖、三毛散文奖、《红豆》年度作品奖等奖项，荣膺"第四届甘肃省中青年德艺双馨文艺工作者"

荣誉称号。著有诗集《七扇门》（2010）、《扎西才让诗歌精选》（2015）、《大夏河畔》（2016）、《当爱情化为星辰》（2017），散文集《诗边札记：在甘南》（2018）。现供职于甘南州文联。

唐为民（1972年2月—），藏族，生于临潭县古战乡（今古战镇）古战村，毕业于西北第二民族学院（今北方民族大学），作品散见国内报刊并入选多种文集。现供职于临潭县市场监督管理局。

薛兴（1972年8月—），出生于临潭县古战乡（今古战镇）古战村，1993年7月毕业于甘南州畜牧学校。作品散见《诗刊》《文艺报》《格桑花》《甘南报》等报刊。现为甘南州文联会员。

葛峡峰（1972年8月—），生于甘肃省渭源县，现供职于临潭县公安局。中国公安文联会员、诗词协会理事。甘肃省作家协会会员。作品散见《诗刊》《文艺报》等报刊。曾获第四届甘肃省黄河文学奖。

敏奇才（1973年11月—），回族，生于临潭县长川乡敏家咀村一社。1995年毕业于西北民族大学汉语系，现任临潭县文联主席。系甘肃省作家协会会员。鲁迅文学院学员。小说、散文、剧本散见《民族文学》《中国作家》《光明日报》《文艺报》等130多家报刊，入选《新时期中国少数民族文学作品选集》《2008年中国散文精选》等。主编散文诗歌集《洮州记忆》，出版散文集《从农村的冬天走到冬天》等。名录列入《中国回族文学通史（当代卷）》。

王力（1974年9月—）生于甘肃省通渭县。1999年6月毕业于天水师范高等专科学校，2000年3月到临潭二中工作。作品散见《中国诗人》《青年作家》《诗歌月刊》《格桑花》报刊。

敏彦萍（1974年10月—）女，回族，临潭县卓洛乡下园子四社，1994年8月参加工作，现供职于碌曲县史志办。在《甘肃日报》

等报刊发表散文、诗词等作品 300 多篇，作品入选《藏羚羊走过的地方——甘南当代散文集》《甘南日报 60 年文学作品选散文卷》《洮州记忆》等。曾获甘南州"第四届格桑花文学奖"优秀奖。

马建芬（1975 年 8 月—），女，回族，生于甘肃甘南临潭县新城镇南门河村。毕业于西北民族大学临床医学，供职于临潭县城关镇政府。作品散见《格桑花》《甘南日报》《民族日报》等报刊。

李雪英（1976 年 10 月—），女，生于临潭县冶力关镇蕙家庄村寨子社，供职于临潭县冶力关镇政府，散文《罐罐茶的记忆》入选《作家笔下的临潭》。

马慧梅（1977 年 10 月—），女，生于临潭县冶力关乡蕙家庄村二社。出版散文集《每一棵草都美丽》《一树一树花儿开》。

胡憬新（1977 年 11 月—），生于临潭县长川乡马牌村土门社。毕业于甘肃省商业学校，现供职于临潭县审计局。作品散见《草堂》《甘肃诗词》等。

唐亚琼（1978 年 12 月—），女，藏族，生于迭部县卡坝乡尼欠村，临潭县陈旗乡（今王旗镇）唐旗村人，现供职于甘南州文联。鲁迅文学院学员，第十八届全国散文诗笔会代表，甘南州作家协会副主席。作品散见《诗刊》《民族文学》《诗歌月刊》等刊。入选《中国诗歌年选》《中国散文诗精选》《中国诗歌年选》等选本。获甘肃省第六届黄河文学奖，第 25 届东丽杯全国鲁藜诗歌三等奖，第四届"格桑花"文学奖优秀奖。出版诗集《唐亚琼诗选》。

敏洮舟（1979 年 1 月—），原名敏玉林，回族，生于临潭县城关镇教场村。现居临夏州广河县。《我们》杂志主编、中国少数民族作家协会会员、甘肃省作协会员。散文多次被《散文选刊》

《中华文学选刊》转载及入选《2013年度随笔排行榜》《新时期中国少数民族作品选集》等年度选本。著有散文集《长途》（中文版、阿文版）、文化访谈录《耕耘在野》。曾获2014《民族文学》年度奖，2014年度华文最佳散文奖，第五届、第六届甘肃省黄河文学奖、第二届《回族文学》奖，散文《急救室》（哈文版）获2015《民族文学》年度奖。名录列入《中国回族文学通史（当代卷）》。

花盛（1979年3月—），原名党化昌，藏族，生于临潭县石门乡石门口村党家磨社（今石门乡梁家坡村石门口社），甘肃作协会员，鲁迅文学院学员。作品散见《诗刊》《民族文学》《青年文学》《诗选刊》《星星》《青年作家》《美文》等刊，入选多种选本。曾获全国十佳散文诗人奖、甘肃省少数民族文学奖、中国散文诗天马奖、甘肃黄河文学奖等多个奖项。著有诗集《一个人的路途》《低处的春天》《党家磨3号》《那些云朵》，散文诗集《六个人的青藏》（合著）《缓慢老去的冬天》等。

黑小白（1979年4月—），原名王振华，回族，生于临潭县城关镇郊口村，现供职于临潭县司法局。作品散见《中国国门时报》《甘肃日报》《散文诗世界》《散文诗》等报刊。

陈涛（1979年11月—），文学博士，2015年7月至2017年7月，在临潭县冶力关镇池沟村任职"第一书记"。现供职于中国作家协会创联部，从事中国现当代文学研究、评论工作与散文写作。作品散见于《人民文学》《当代作家评论》《光明日报》《文艺报》等报刊。先后执笔《80后文学创作群体创作与生存状况调研》《1—4届鲁迅文学奖短篇小说文本分析》等研究课题。主编有《中国青春文学典藏书系》。

王小忠（1980年3月—），藏族，生于临潭县长川乡土门村，中国作协会员。出版诗集《甘南草原》等2部，散文集《静静守望太阳神：行走甘南》《黄河源笔记》《浮生九记》等4部。曾获甘肃少数民族文学奖、黄河文学奖、《红豆》年度小说奖、《莽原》年度"非虚构"文学奖等。

马麒（1984年1月—）回族，生于临潭县城关镇上郊口村。现供职于甘南州人民检察院。作品散见《中国民族报》《甘南报》等。

薛菲（1984年2月—）女，生于临潭县古战乡（今古战镇）古战村。2011年毕业于西北民族大学，文学硕士。现供职于新疆伊犁师范大学。作品散见《星星》《西部》《诗歌月刊》《绿风》等刊。入选《中国年度优秀散文诗》《2018年中国年度作品·散文诗》等。参加首届"茅台酱香杯"《星星》诗刊全国青年散文诗人笔会。

禄晓凤（1984年2月—）笔名杜若子，女，藏族，生于临潭县八角乡中寨村西沟头社。现供职于临潭县冶力关镇人民政府。作品散见《文艺报》《散文诗》《甘南日报》等报刊，入选《爱与希望同行》《2018中国魂·散文诗选》《中国散文诗2017—2018卷》等选本，曾获原乡文学奖2016年度十佳作品奖。

王丽霞（1985年5月—），女，生于临潭县新城镇城背后村，现供职于临潭县委宣传部。爱好文学及摄影，作品散见《文艺报》《甘肃日报》《甘南日报》等报刊。

敏海彤（1986年4月—），女，回族，生于临潭县城关镇城内村。现供职于临潭县委宣传部。爱好文学，作品散见《甘肃日报》《格桑花》《甘南日报》等报刊。

丁海龙（1987年5月—），笔名古月星空，生于临潭县新堡乡（今洮滨镇）常旗村。作品散见《学生天地》《甘肃诗词》《白银日报》《格桑花》《甘南日报》等报刊。系中华诗词学会会员，甘肃省诗词学会会员，洮州诗词协会理事。

冯成才（1987年7月—），生于临潭县冶力关镇池沟村。作品散
见《散文诗》《诗歌周刊》《洮州文学》等。

丁颜（1990年12月—），女，东乡族，生于临潭县城关镇马家沟。
现供职于临潭县农牧系统。作品散见《民族文学》《青年文学》
《作品》《大家》《上海文学》《长江文艺》《收获》《花城》《天
涯》《文艺报》等报刊。著有长篇小说《预科》《大东乡》等。

孟文燕（1991年2月—），女，藏族，生于临潭县新城镇南门河
村。现供职于临潭县委宣传部。作品散见《格桑花》《甘南日
报》等报刊。

王学仁（1992年2月—）藏族，生于临潭县流顺乡（今流顺镇）
丁家堡村。作品散见《格桑花》《甘南日报》等，入选《中国散
文诗2017—2018卷年选》《中国魂·散文诗年选》等。

刘宗何（1993年8月—），笔名长安，生于临潭县冶力关镇关街
村，自2012年开始写作。好读书，读古文，好摄影，书法。现
供职于新疆吐鲁番某校。

梦忆（1995年4月—），原名马玉梅，女，回族，出生于临潭县
城关镇。现居卓洛乡上园子村。作品散见《甘南日报》《格桑
花》等报刊。

赵倩（1996年11月—），女，生于临潭县羊沙乡羊沙村，现就读
河西学院文学院。作品散见《飞天》《甘南日报》等报刊。

图书在版编目（CIP）数据

临潭文学 70 年 / 北乔编 . -- 北京：作家出版社，2019.6
ISBN 978 - 7 - 5212 - 0443 - 8

Ⅰ . ①临… Ⅱ . ①北… Ⅲ . ①中国文学 – 当代文学 –
作品综合集 Ⅳ . ①I217.1

中国版本图书馆 CIP 数据核字（2019）第 050797 号

临潭文学 70 年 · 洮州温度

主　　编：北 乔
执行主编：敏奇才　花 盛
责任编辑：李宏伟
装帧设计：意匠文化 · 丁奔亮
出版发行：作家出版社有限公司
社　　址：北京农展馆南里 10 号　　　邮　　编：100125
电话传真：86 - 10 - 65067186（发行中心及邮购部）
　　　　　86 - 10 - 65004079（总编室）
E – mail: zuojia@zuojia. net. cn
http: // www. zuojiachubanshe. com
印　　刷：三河市兴博印务有限公司
成品尺寸：152 × 230
字　　数：570 千
印　　张：56.75
版　　次：2019 年 6 月第 1 版
印　　次：2019 年 6 月第 1 次印刷
ISBN 978 - 7 - 5212 - 0443 - 8
定　　价：125.00 元（全三卷）

临潭文学 70 年

洮州温度

诗歌卷

北乔 主编

敏奇才 花盛 执行主编

作家出版社

临潭文学，从高原走来

——序《洮州温度》

北 乔

　　《洮州温度》对临潭 70 年来的文学作了一个小结。对于临潭文学，自然是一件大事。借此梳理和综述临潭文学，也相当有必要。

　　基本判断是，就一个县而言，临潭文学有理由值得自豪。

　　临潭古称洮州，早在新石器时期就有先民在此生息繁衍，千百年来一直是陇右汉藏聚合、农牧过渡，东进西出、南联北往的门户，被史家称为北蔽河湟、西控蕃戎、东济陇右的边塞要地，是唐蕃古道的要冲地段，史称"进藏门户"，是始于宋、兴于明、止于清的有名"茶马互市"。临潭县总面积为 1557.68 平方公里，境内属高山丘陵地带，海拔为 2209—3926 米，平均海拔为 2825 米。全县辖 16 个乡（镇）、141 个行政村，总人口近 16 万人，有汉族、回族、藏族、蒙古族等 10 个民族，少数民族人口占总人口的 26%。临潭处于青藏高原东北边缘，是离西藏最近的雪域高原。明代将军沐英西征并屯边军民，江淮之风得以在流传。农区与牧区、藏区与汉区接合部特有的地理人文环境，形成了多民族文化的互动。高原、大山和无边的草场，辽阔之中，也会让人孤独。江淮遗风的长久滋润，使得这里的人们粗犷里不失纤细、豪爽里温婉之风习习。

临潭作家群中的作家，基本上还生活在高原，创作极富高原品性。他们将心灵的成长、文学的行走与地域文化精神有机结合在一起。在他们看来，文学不是事业，而是生活的一部分，是自在绽放的格桑花，是大雪纷飞时的一盏心灯。这是其独特之处。李城、李志勇、扎西才让、王小忠、丁颜、敏彦文、牧风、花盛、敏奇才、陈拓、彭世华、薛贞、唐亚琼、葛峡峰、禄晓凤等作家、诗人，近年来，对大报大刊攻城掠地，四处斩获各类奖项。他们是临潭人，作品中的临潭气质从未消失。他们都在生活的第一现场，与生活对话，与世界倾诉，作品的生活气息浓郁，文化质感浓烈，生活的诗性与文学的诗意得到较好的交融。

特殊且丰富的自然地理、地域文化，饱受多民族风情浸染，是临潭文学创作独特的资源。更为重要的是，临潭的作家、诗人对这些资源的运用具有高度自觉性和表达的文学性。他们扎根生活，让文学真正接地气。以小镇为叙事场域，是他们不少人的选择，小说、散文如此，诗歌也是如此。

在生活和文化中，小镇的确是带有众多明示和隐喻之地。可以说，真正了解了乡镇，就能感知当代中国。在乡村人眼中，小镇是城市，在城里人看来，小镇属于乡下。应该说，小镇处于乡村和城市之间，既拥抱城乡的双重属性，又被城乡排挤在外。或许，小镇是乡村到城市的过渡地带，这样的表述更为恰当。这与临潭的处境十分贴合，临潭就是处于平原与高原的过渡区。过渡，也意味着交汇。小镇如此，临潭也是如此。对于创作而言，以小镇为承载地，既可以与乡村紧密相连，又能倾听城市的脚步。时下，农村正走在小康路上，城市向原生态回望，小镇是双方的聚焦点。临潭作家几乎人人都在文学中守住小镇，这在其他地域性作家群中是不多见的。尽管他们中的有些人早已离开了乡镇，有的还离开了临潭，但心灵和作品依然与小镇拥抱在一起。更难能可贵的是，他们时常会回到自己儿时的乡村或者翻进大山走村入户。他们没有认为这是在体验生活，而是源于内心本真的渴望。

　　始终潜在生活之中，创作如同血液的流动，这使得临潭作家能够抵近朴实之美，又自然地书写出临潭某些隐秘的存在。这在我们的想象之外，但亲切地参与他们的日常生活。藏、回、汉等多民族的风情，既是作品的外在气质，又是作品的内在气韵。他们在熟悉的状态下，写出了我们的陌生。

　　高原，总是空旷的，人烟稀少所生出的孤独，以及大山阻隔所带来的寂寞，恰恰是文学创作的迷人动力。如此，临潭作家都有追问生命的冲动和行为，在苍茫里寻找温暖，在辽阔里积攒力量。从这一向度来看，临潭诗歌好于其他文学体裁，是有道理的。诗歌，是情绪最直接也是最快捷的表达路径。写诗是一种释放，诗歌又可以是取暖的烛光。临潭有许多诗人，他们都已经把写诗当作了生命行走的方式，诗歌与他们一起生活，一起品味人生。诗本就在他们的灵魂里、血液里，他们是一群具有生命自觉性的诗人。与高原一样，他们不趾高气扬，不卷入汹涌的喧哗，让自己的诗歌静静地流在心中，和高原风一起与群山默默相守。

　　满怀诗意，挣脱诗的约束，接受散文的从容，散文诗当是比较好的创作路径。临潭作家正是如此。可以说，他们中间没有写过诗、没有写过散文诗的少之又少。而这之中，散文诗为他们所青睐，绝大多数人都涉足过散文诗创作，有许多散文诗的质量相当高，影响也很广泛。或许，散文诗这样的位置，与小镇、与临潭都有着某些本质性的联系。

　　如果论及临潭文学的关键词，"孤独"是最鲜明的。除上述提及的地理原因，还有一个极为重要的因素，这就是临潭作家的文化心理状态。

　　江淮遗风，一个"遗"字道尽了临潭人内心的乡愁。有些临潭人的祖上从别处迁移而来，但多数临潭人是江淮人的后裔。在建筑、饮食等方面，处处可见江淮身影。当地百姓至今还保留着

南京先人的穿着打扮和喜庆习俗，口唱"茉莉花"的歌谣。更值得注意的是，临潭境内至今还有不少庙宇供奉着徐达、常遇春、李文忠、胡大海、沐英等明朝功臣的塑像，有18位之多，当地人称之为"十八位龙神"。每年端午节，还有民间自发组织的"龙神会"。著名历史学家顾颉刚于20世纪30年代撰写的《西北考察记》中有一段话说："洮河流域一带的汉人都说祖先来自南京、徐州、凤阳三地，乃'初明戡乱来此，遂占田为土著'。许多人家比如刘姓、宋姓、李姓、朱姓等都有家谱，记录着可以追溯到明代封过官的祖先。"近些年来，不少临潭人还远赴南京寻祖，因为据祖上传说，他们的先祖都是南京人，几百年前从遥远的江南迁徙到西北，他们的家，在"应天府纻丝巷"。

乡愁，随岁月流转而弥坚，坚固于生命和文化之中。在异域扎根生活了一代又一代，然而内心那个遥远的故乡，也在隐约生长。看似安稳的生活中，漂泊的情愫依稀飘忽。乡愁是伤感的，但又充满淡淡的美好。临潭文学中的乡愁，不仅有"江淮遗风"这样的，还有更深层次的对于人的精神和存在的探寻。由乡愁到孤独，直到生存状态的叙事，使临潭文学获得极强的生命力和感染力。临潭文学终日行走于山大沟深的高原之路，倾听大地的呼吸，仰望天空的浩瀚，感悟人间的喜怒哀乐。这是文学的使命所在，也是临潭作家一直实践的创作理想。

在举世瞩目的脱贫攻坚战中，临潭是中国作家协会的对口帮扶县。为此，中国作家协会本着"以文化润心，以文学提神"的帮扶宗旨，在派出扶贫干部、积极筹措帮扶资金的同时，着重开展"文化扶贫"。在《人民日报》、《人民日报》（海外版）、《人民文学》等报刊以及网络媒体，以纪实、散文、诗歌和图片等多种形式宣传临潭脱贫攻坚的做法与成绩，以及临潭极具魅力的旅游资源。《文艺报》以前所未有的气魄，把文化扶贫做到实处，用两个专版集中展示临潭本土作家的文学、摄影作品，进一步展现临

潭人民扑下身子抓扶贫、竭尽全力奔小康的精神风貌和走在幸福路上的欢笑。动员各方力量，支持扶贫助困，为脱贫提供智力支持。协调社会力量为临潭县各级学校、贫困村等筹集图书、学习用品、文体设施和衣服等帮扶物资。帮助50名语文老师进京到鲁迅文学院免费接受培训学习，为他们开阔视野、提升文化素养。动员数十名作家倾情撰写反映临潭人文风情和旅游资源的散文诗歌，结集出版《爱与希望同行——作家笔下的临潭》。组织40多名临潭本土作者，开展"助力脱贫攻坚文学培训班"，让业余写作者向编辑学习，为大家相互交流学习提供了平台。现在，又帮助出版《洮州温度》，大视野地介绍临潭文学70年的成绩。

《洮州温度》的面世，是临潭文学史上的一件大事，也是我们进一步了解临潭的一个重要窗口。希望临潭文学越来越好，希望文学给予我们更多的温暖和力量。

对我个人而言，来临潭挂职扶贫，竟然学会了写诗，并出版了诗集《临潭的潭》。从古典的意味与现代的想象之间走过，进入高原内部，将神秘与隐喻引领到字里行间，临潭而立，自然的潭映出生命行走的心灵之潭。以诗歌的方式较全面、深入地书写了临潭的人文地理和旅游资源。

我由衷地感谢临潭，感恩这片土地上的人们。

海　眼

人们相信，这里曾经是大海

海鸥的飞翔，扑打远古的传说

一个熟睡的少妇，月光的舌头游弋闪着幽光的肌肤，

　　性感战栗

地平线，微喘的唇线，飘忽风的迷茫

焦土苍凉，激情过后的虚无，一块

无人问津的腊肉扔在山间

洁白的羊群，模拟浪花，血肉之躯，丢失水的性灵

牧民手中的皮鞭，枯萎的渔网，吆喝里，巨尘碎石
　　掠过砂纸

只是小小的水塘，天空雨水的弃儿

这是海的眼睛，大海留在高原的思念，这里通向遥
　　远的大海

我们生活在大海的故乡

海眼，人们把悲凄放牧成想象

穿过青稞地，爬上山坡

土城墙步履蹒跚，一汪水潭

是它的情欲，明亮的头颅

一只蓝色的兽，困在高原的群山之中，岁月的囚徒

　　　　　　　　　　　　——摘自《临潭的潭》

　　我喜欢这首诗，这是我在高原临潭的某种感受，也能从另一个侧面了解临潭，了解临潭文学。

　　让我们一起祝福临潭文学，祝贺临潭的作家诗人，向临潭人民致敬。

　　　　　　　　　　　2019 年 3 月 28 日于甘南临潭斜藏河畔

目 录

丁士荣的诗

露 珠

轻轻地轻轻地，

降落在小草叶上，

注射一剂催生激素，

结束长长的金色梦，

睁开你的眼睛，

欢呼一个春天的来临。

悄悄地悄悄地，

凝集在小花瓣上，

喷洒一勺甜甜的香精，

疏通爱河的积泥，

划拨你的橹桨，

拾回又一个枯焦的相思红豆。

梦

梦是茉莉花，茉莉花是梦，

花开时在梦里，花落时也在梦里。

梦是蝴蝶花，蝴蝶花是梦，

蝴蝶飞来时在梦里，蝴蝶飞走时也在梦里。

悲在花落时，痛在蝶走时，

梦醒兮，醒兮梦！

星

跳入银河清凉的水域，
贪恋湿淋淋的夜浴，
迷迷蒙蒙漂游过晨曦，
追忆起香甜的往事。
这么众多的家族，
运动在各自的格局。
谁也不会干涉别人，
谁也不会步入对方的禁区。
在五彩缤纷的光环里，
偷偷聆听情人的吻语，
千万不要撕开夜幕跌落人间，
那才是犯了最大的过失。

（原载《洮州诗词史话》）

王俊英的诗

故乡的小河

小河，故乡的小河，
一条闪动着光链的小河，
抚摸着草坪和林荫，
伴和着激越的奏鸣曲，
穿过母亲跳动的心窝。

小河，故乡的小河，
我一次次偎依在你的膝下，
使劲地吮吸你干瘪的奶房，
聆听你带着汗气的儿歌。
你奉献给人们一切，
可你得到的是什么，
给你的又有几多？
你没有金水桥汉白玉的装点，
你没有秦淮河缠绵的丝竹笙乐，
你没有苏州河的繁华，
然而，你每根毛发里都跳动着催人奋进的热血。

小河，故乡的小河，

我执着地凝望着你多情的一泓秋波，

你眸子里闪动着银光，

面对着古老的城郭，

唱起历史的挽歌。

那往昔狼烟弥漫的小河，

铁衣金甲，

覆盖了洪和、鸣鹤的城垛。

姜维、周武帝、哥舒翰、朱元璋，

多么响亮的名字，

如同鼓楼上的洪钟、铜坨。

小河，故乡的小河，

你饱尝了战火一次次的烤炙，

在你的喉嗓里留下了沐浴胜利的狂笑，

你的沙岸记录了金朝兴战旗的狂飙，

迎薰门外迎来了各族人民的欢笑，

古往今来，古城恰似一团烈火，

朝着凤凰起舞的是汉人、回民和藏胞。

小河，故乡的小河，

你依然是如此的寂寥，

虽然河道宽阔了，

岸边也炊烟袅袅，

有几多边幅，依旧是坎坷路、失修的板桥，

那同窠雏鸟阋墙的聒噪，

那山头上猫头鹰的喧嚣，

能激起奋发的浪花，

因为他把你的性格变得粗豪。

小河啊，故乡的小河，

你回过逆流，绕过险滩，

在历史无尽的艰险中，

跌宕越过多少坎坷。

凝聚着时代阳光的小河，

催动着希望的小河，

翻滚着熔岩一样的力量，

抛弃忧伤，

汇入浩渺的洪波。

（原载《洮州诗词史话》）

郑恒瑞的诗

羊呵，羊

活着，你：

吃不争嘴，喝不夺泉，

不妒羡满山花红，

不慕仰众鸟飞天；

死了，你：

留下一张羊皮，

好让我早出晚归，

遮挡透背的风寒。

梦中我听见你把我呼唤，

草地上依稀有你身影闪现，

醒来才知那是一场虚幻，

紧紧地把那毛皮搂在胸前，

绵软、轻柔、温暖，

情深意长，数十年不减！

羊呵，羊

这可是你，

用全部生命为我写下的一页痴情诗篇。

牧羊姑娘赞

依草原，傍河岸，
有座帐篷好像船上帆。
门口坐着尕代英，
手里拿着牧羊鞭。
头戴皮帽，脚穿马靴，
琥珀耳环坠两边，
雪白的牙，麦色的脸，
长睫毛下有一双聪慧的眼。
这双眼，
早出晚归深知羊饱暖，
十级风中也能把羊点，
云雾弥漫也能把路辨。
她，白天随羊走，
夜晚伴羊眠，
百母产百羔，
越冬不减员。
年年评比论贡献，
她是牧羊人中女状元。
要问姑娘有啥好经验，
毛主席教导记心间。

小 草

你激动时，

常用响脆的歌，表露内心的笑；

你愤怒时，

也像大海般呼啸，倾吐抗暴者的呼告；

你娴静时，

更有少女般的柔媚，也不乏母亲的沉静。

你领受星月的多情，在朦胧的爱中入梦。

你尽管微小却很有力量，

不是大海，却能掀起波涛；

不是航船，却能驮载羊的方阵、牛的城堡。

你珍惜短暂的生命，

该笑时你笑，该跳时你跳，

但是，需要你献身，

是嚼？是烧？

你也绝不会，怜爱这微小之躯，

甚至蹙蹙眉头。

（原载《洮州诗词史话》）

海洪涛的诗

游子的心声

确实是真主的相助与不可抗拒的必然，
使我来到这远隔重洋的红海岸边。
三十年流逝的岁月如大江东去，
丝毫没有淘走我对祖国的思念！
我虔诚地朝觐了举世闻名的天方圣地，
实现了一个伊斯兰教徒的终生夙愿。
陶醉在幸运中的灵魂却隐约作痛，
因为母亲的召唤拨动着游子的心弦。
我怀着一片憧憬未来的丹心，
向真主祈祷，登上了阿尔法替的峰巅。
我相信我的罪过减少了许多、许多，
我祝愿十亿同胞未来的生活甘甜。
我以无限向往而充满神秘的心情，
拜谒了古老的美索不达米亚平原。
我听见她对我激动地说道：
你的祖国和我开创了人类文明的纪元！
我游历尼罗河三角洲的奇异风光，
还饱览了耶路撒冷的古迹与恒河两岸，
于是，我自豪和欣慰之情油然而生，

因为扬子江与黄河的浪花翻腾在我的心田。

我仰望带着战争创伤的一座座西亚古堡，

怎能忘记那万里长城的雄伟壮观！

中东上空纷飞的战火与隆隆炮声，

使我更加怀念恬静秀丽的南方田园。

当宰牲节到来时我到麦加城的郊野，

多次目睹弥孤山的独特与非凡。

她常常在梦中领我踏入另一种境界：

我热烈拥抱着莽莽昆仑和祁连雪山。

我曾攀上波斯湾油田高耸的井架，

极目远眺羌笛吹奏春风已度的玉门关。

我欣喜白云和鸟儿带来了新的喜讯：

祖国大地又卷起了石油的滚滚波澜！

我漫步在辽阔灼热的阿拉伯沙漠，

仿佛听见祖国的戈壁把我呼唤；

看着一队队走向远方的骆驼，

真想再骑上河曲马驰骋在甘南草原。

我沉醉在山珍海味与蜜枣的香甜之中，

多想咬一口家乡古洮州的洋芋蛋蛋，

多少个日夜我都焦灼地渴盼，

能有一口山泉水、一碗青稞炒面……

我承受着严冬荒原上风沙的袭击，

恨不能飞进洮河之畔茂密的林间，

"羁鸟恋旧林，池鱼思故渊"呵，

木炭火旁，让我重享儿时的温暖……

再见吧：穆民们，请接受我

告别的色俩目，

感谢你们待我像亲人一般温暖，

允许我回到遥远的东方故乡，

让亲人们由衷地把你们夸赞！

再见吧！至贵的克尔拜，

饶恕我吧，安拉，你知道我的归心似箭，

因为你给亚当、夏娃造就了多情的心灵，

任何东西也不能把母子之情割断！

（原载《洮州诗词史话》）

马国良的诗

蝶恋花三阕

1

堤柳依依醉和风，

绿漪摇晴，春日初相逢。

烟笼海棠冰作影，露凝桃花玉为魂。

两心萦系脉脉中，

嫣然一笑，无语情自通。

绿红俏映曲槛外，待月西厢半掩门。

2

婷婷玉树烟霭中

白芍香风，轻轻度帘栊，

芳径苔冷露华浓，月移花影太匆匆。

瑶琴一曲画堂春，

相思情深，倩女欲离魂。

潇湘难分鸳鸯水，朝云暮雨梦巫峰。

3

春意欲阑怅惘风，

黄昏带雨，潺潺到帘栊，

南圃碧泣葬红影，北轩窗寒断诗魂。

仙云归去三更梦，

芳趾难寻，相思月明中。

一抔新土砌成恨，两树旧枝连理分。

（原载《洮州诗词史话》）

王玉亭的诗

希 望

是风筝，是彩色的气球？

是儿童爱吹的皂沫泡影？

——应该有海洋的深度，

——应该有天空的心胸，

——应该有大地的丰厚。

我，光荣的人民教师，

有人这样问我：

你就一辈子吸粉笔末？

我说：当一辈子教师铁了心，

因为党和人民培育了我。

是有人嫌弃教师工作，

说校园生活单调、寂寞，

像一块未开垦的荒地，

失去生机的沙漠……

我说这里的土壤十分肥沃，

我愿做一张犁将荒野开拓，

将文化、科学、理想的种子，

在这肥沃的土壤中传播。

我，是一名光荣的教师，
用粉笔末换来劳动的收获，
让幼苗饱尝知识的甘露，
让枝头结满累累硕果。
当我白霜满头回首往事时，
我很自豪地给他这样说：
我一生并没有虚度年华——
看这满园绚丽多彩的花朵。

（原载《洮州诗词史话》）

李城的诗

在牛头城遗址（组诗）

1

在龙首山之首，厚厚的城墙兀立

经受天行之火的烘烤

公元三世纪，谁在三足之鼎里

放进这喂养和平的青稞面饼，烙着

焦黄，脆酥，已被岁月吃残了

洮州，无数山峰烧得焦红

烧炼出良器无数，如铮铮赤金

我只寻找那个人，在牛头城遗址

一颗跌落于焦土的种子

他无音的话语铿锵在墙内，使这墙成为

一部散佚于乡野的《史记》

一盒胡笳羌笛演奏的录音

金戈铁马排练的录像

正看惊愕，侧看感叹

为那人身牛首的无名将军

立此丰碑

2

城墙上洞开着许多眼睛

那金盏银杯，注满盈盈慈爱

黑色如瞳仁的红嘴鸦钻出墙洞

扑棱棱抖落烽火的洗礼

"爱啊——快来！"

"爱啊——快来！"

红嘴鸦的嘴本来是红的吗

本来是红的吗

我把双手伸进黑木炭和红土层相间的年代

再举起目光——

凡有生灵的天空下

那个无名将军的名字

爱啊——爱啊

被冷峻的乌鸦呼唤得如此鲜红

3

铠铠铠——古代的语言

浑厚，隽永，不愧是文明清音

吆喝骡子的农民插稳犁头

点一支烟，蹲下来与一只陶罐对望

那只为传说之吻磨出幽光的陶罐

曾插着淡蓝色的马莲花

雪白的狗蹄子花

它装饰了一个血染的端午节

支撑了一部古洮州的历史——

"前城里唱戏

后城里杀人"

那值守城堡的将军、公仆、卫士

倒在汩汩流血的河边

山岳般的身躯散落成一句歌谣

——牛头将军

——牛头城

不知这民间的命名

可否抵达千里之外的庙堂

4

在八月的层层梯田里，青稞金黄

地平线上，阴沟里，不再翻腾红色的恐怖

头上戴着花手巾的女人正在收割

两只肥大的乳房下坠着，使衬衣失去意义

她手上的银镯叮当作响闪着光亮

弯下腰去（那是怎样一种安然的曲线啊）

把束子一个个立起，如扶起她跌倒的孩子

一群灰鸽子落在墙上

咕咕咕咕，用现代舞改编古典乐曲

我把目光探进城墙的层次

把千万子孙的爱，默默传导给你

5

我们仍生活在故事里

数世纪后，考古学将愈加盛行

我们没有把牛头嫁接在肩膀中央

他们就会说：你们啊——将军的嫡亲

生命就像一盏古灯，没有点着

——点起灯来吧，借那火

傍晚，那土丘上闪烁着蓝色的磷光

在牛头城遗址

它将燃烧到世纪之末

（原载《格桑花》1987 年第 4 期）

马
旭
的
诗

走出无缘的儿女情长

那时　为了爱得轻松

为了过得容易

我撕碎了一天一天的日历

撕碎了春花秋月的日子

那时　为了虚荣的体面

为了规矩的世俗

你剪断了麻花辫的美丽

剪断了云追月的情意

一个动人的童话　就这样

成了一篇出世不了的故事

一段山遮水绕的柔情　就这样

成了一首无言的歌曲

为什么　想忘记的心事

总是梦绕魂系

为什么　收获的季节

可又感慨不止

为什么　心花怒放的时候

却要暗暗哭泣

为什么　微笑与泪水

常常搅在一起

为什么　天涯咫尺

偏又不能重相识

为什么已逝的过去

沉重得再也提不起

抒一笔情　给你也给我

还有我们各领风采的伴侣

和我们一样多情的儿女们

人生匆匆　年华似水

莫让情深缘浅的伤逝

太多地辜负没有跌宕的现实

放弃相伤的恩恩怨怨

收起怀旧的缠缠绵绵

没有比人高的山

没有比腿长的路

走出深深浅浅的空劳牵挂

走出无缘的儿女情长

虽然年轻的历程万古常新

多年以后生活的风雨

会使我们最终苏醒

常常苛求爱人和儿女归期的言行

还有眼中常含的泪水　都是因为

对得到的生活有着深沉痴迷的爱

热爱每一片拥有的绿叶

拥抱每一寸沐浴的光阴

前方的日子里

还有许多东方红的美

得不到你也谢谢你

是谁制造了悲伤
让我们深刻地走进了彼此的灵魂
在各自沉默而孤独的时刻

淡若水的交往
构成了默契的情谊
你的微笑
使我灰暗的天气明朗
我的情愿
使你的心花开放
知音可遇不可求
我们的梦熠熠生辉
情到深处人孤独
悲哀也应运而生
只因我已拥有过去
我们咬着牙错过你错过我
眼睁睁地自己错过自己

我们不停地寻思

既然命中注定知己

岁月为什么安排差距

感情的长河

流淌着千言和万语

脉脉相望

跨不过今生的牵挂

跨不过世俗的规矩

高山流水

怎么成了这个样子

你的灵秀与脱俗

是吸引我的风景

我的品性与学识

是诱惑你的沼泽地

你说我们已陷了进去

却在思想和精神里

均有一种别样的快意

其实谁也不想勉强走出

走向理性的坦途

在寒气未尽的阳春里

我们皆像大孩子

水雪浇不冷兴奋的青春期

虽然脚下埋伏着冲动的陷阱

步入苦难的天堂

我们一路长行

日夜相思

一任热烈的痛苦

迷失方向迷失自己

相见时难别亦难

别后就像患了重感冒

孤枕难眠

无尽的空虚

向往的前方

憧憬为神秘的伴侣

因为深知同行是一生美好的事

真愿梦自己想梦的

做自己想做的

哪怕错误成千上万

生命毕竟只有一次

我们风雨兼程

携手走在万古常新的童话里

讲着出世不了的故事

记不起我怎样的忧伤

忘不了你为爱情而流泪

都因离不开理智

摆脱不了聪敏一时的自己

缺乏了一种刀的气质

苦苦地放弃

一个又一个属于机会的日子

谱写着情深缘浅的歌曲

不知你现在是恨还是感激

蛇美丽的教唆

创造了夏娃与亚当的美丽

上帝为什么偏要生气

你注意我背影的目光

叫我一直放不下

为什么我常禁不住地心疼你

不拒绝你让我的付出和劳役

为什么你的泪水有如此的湿透力

湿得使我的心田

四季长不出绿色的心事

万物更生我们更生

船过水无痕

但爱情不能

相遗忘需要一生的时间

在失眠的长夜

长久地数星望月

在流浪的梦里

很辛苦地黯然抽泣

谁也说不上痛楚有多彻底

很久很久的以后

仍然非常非常地感伤

仿佛彼此从体内抽走了生命与精力

人生如梦梦如人生

何时梦醒到早晨

作为土地
是谁播种了我
作为庄稼
是谁收割你
也许无结果的爱异常瑰丽
陆游与唐婉还有梁祝
人生长恨水长东
得不到你也谢谢你
你让我感受了刻骨铭心的相爱
体味了冰清玉洁的经历

（原载《世界汉诗年鉴》2004卷）

唐天的诗

往事如烟

一扇门

打开又关上

而另一扇门

等待把许多

陈芝麻烂谷子的事

全都塞进去

储满记忆的陶罐

注定的命运

让你选择了放弃

破碎的心

已盛不下太多的悲伤

后退一步

是为了前进两步

明白一些事和敷衍一些事

有本质的区别

如同两个杯子里的液浆

一杯是水

一杯是酒

无味和芳香

品质更加接近生活的原色

豪放　坦荡　胸襟磊落

卑劣　猥琐　鼠肚鸡肠

造境或者掘墓

延伸出两个不同的方向

坎坷也是一种财富

磕　碰　跌　撞

也能成就一生的辉煌

马家窑彩陶

普通得不能再普通的黄土

经先民的手

轻轻一捏

就在历史的某个层面定格

留下深深的印痕

点点滴滴

闪耀绚丽的光芒

逐水而居

极富想象的故人

在水与土的融合中

找到了自我

一抹土坯

一块瓦砾

共同演绎

幸福的祈祀

夯土声停了

敲打声止了

可窑里的火终究还在燃烧

风风雨雨　明明灭灭

照亮艰辛的历程

时空与现实的交叉点上

成人的童话

仍在继续

马家窑陶罐

难道仅仅是一种简单的器皿吗

开拓与创新

文明与进步

在华夏民族的血脉里流淌

一代又一代

丰饶而富庶

貂蝉故里行

都说临洮风水旺

生个男儿是才郎

生个女孩蛮漂亮

多少次雾里看花

多少次掩卷深思

天下可有倾国倾城的美色呢

侯公将相

帝王与美女

兴盛衰败

颓废迷惘

一段情

上演英雄传奇

一缕恨

泪洒紫禁胡广

杨贵妃　西施　王昭君

以及狄道人熟悉的貂蝉

会哭会笑的貂蝉

计谋和胆识超人的貂蝉

续写三国精彩的篇章

美女如云的临洮

法国香水味儿浸透的临洮

更多貂蝉一样的靓女

窈窕的身段

在露珠撒落玉盘的瞬间

走上街头

微启的红唇

樱桃般鲜嫩

一颦一笑

让晚霞飞红

流水思春

盛产美女的临洮

梦里的美眉

结伴而行

而我只是一条漏网的鱼

摸着的是　气息

错过的是　风景

疯狂的石头

在我迈出人生四十岁的
那个坎上
差一点被石头
活活噎死

大块大块的石头
被人们炒作包装
然后高价售出
卖石头的和买石头的
一时走红
有如三流明星
被花环簇拥强拉着登台演唱的滋味

这是石头吗
石头是有灵魂的
它在和你亲近的一刹那
产生共鸣

艺术的石头

免开尊口
从来都不在别人面前
炫耀自己
本真的石头
如同叔本华哲学思想
在智者聪慧的心里
牢牢扎根

默契的石头
回归自然
远离世俗的影子
让浮华不再拥有
让沉默迸发力量

石头仅仅是石头而已
一种是冰冷的
一种是滚烫的
摸一摸
情非亦情　古道热肠

石头最怕被人卖掉
人出卖人　屡见不鲜
石头的家族
精诚团结
摈弃背叛

（原载《格桑花》2009 年第 2 期）

赵旭光的诗

冶木峡的想象

冶木峡，在我想象的世界里，
我苦苦地寻觅你的足迹……

你是一群奔马吧，
从遥远的草原奔驰而来，
任百兽肆意追逐。
你疲乏了，
在严峻与凶猛的一瞬间，
在腾空的一声嘶叫中，
凝固成永久的惊奇。
痉挛的肌肉，化为巉岩怪石，
腾起的前蹄，化为险峰绝壁。
怒立的鬃毛，使森林如戟，
那变化莫测的云雾，
便是你满身的汗气。

哦，冶木峡，
你还想着什么？
哗哗，哗哗！

冶木河

有时候，我站在烟雨的岸边看你，

朦朦胧胧，我的面颊也被淋湿。

心儿拥抱着，亲吻着，

会心的笑簇拥出团团浪花，

馈赠予记忆，你，

却又匆匆离去。

有时候，我站在无边的绿意里看你，

温温柔柔，温柔得像害羞的少女。

在无声的思恋里，

你雕刻着我，我雕刻着你。

纵使天涯海角，我们都追求不息。

（原载《洮州诗词史话》）

陈拓的诗

写在合作羚羊雕塑前

沼泽消失　羚群远去

可是被那个雕塑家

羁留在广场北口的那三只羚羊

仿佛还站在曾经的雪山草原

沐浴着正午的阳光

听着溪水的奔流声

云雀的鸣啼声

静静伫立在那座巍峨的白石崖山巅

一只不断放大伸长与生俱来的灵敏警觉

瞭望四野

捕捉不断逼近的危机与欲望

一只安详地靠卧在山石下

任故乡清凉的山风

吹散夏日午后弥漫的郁闷

吹散生命中

曾被一只雪豹追逐而逃归的噩梦

一只轻轻地摇着不安分的尾巴

低头亲吻着岩缝中一叶带露微笑的嫩芽

合作，文字凿凿记载中的羚羊故乡

只能用一种这样的方式

怀念最后一群羚羊的远去

但是，羚群的远逝，传递给我们后人的痛楚

绝不可能在某个薄雾缭绕的早晨

或者风雨过后，彩霞满天的黄昏

兀然地在钢筋水泥林立的城市街头

以及聚蚊如雷的市声中

望着眼前，那三只栩栩如生的羚羊而消失

（原载《山东文学》2015 年第 3 期下半月刊）

写给九月

九月伏在我的肩头，嘤嘤啼哭

一千九百八十九年的格桑花

开在黑夜。泛着历久弥新的眼眸

山外的野羚羊和神话中九色鹿

躲进时间和壁画的深处

惊鸿一现。就被钟情的猎手击中

从此。滴血的秋天。褪至雪山凝脂之外

舔着流血的伤口

这个令人战栗的九月

这个让人不期而遇不期而别的九月

这个飘荡着游离被迫气息的九月

渐行渐浓的西风

忽然，吹起身边少女的裙裾

像伞被逆风旋起那样

兀然的风暴。直到天地之暗

热泪从心灵泪腺飞洒腮边

飞洒肩头飞洒草原

在羊群散尽。孤骑归来

野草惊呼着紧紧相拥的时刻

诗歌之刀依然有刃

（原载《星星》诗刊 2013 年第 8 期）

曲哈尔湖

是阿尼玛卿雪山溢出的最后一滴清泪

还是英雄格萨尔高高举起的酒杯

在赛马称王的盛宴，高高地举过头顶

忽然停顿在雪山之巅。泛着青稞的颜色

太阳的微笑。在一个早晨显得神秘而别样

雪山捧起的玉碗中泛着琥珀的光亮

诱使一朵冰雪的歌谣在鹰的翅膀下绽放

蝴蝶的尖叫，使一万匹野马疯狂

右转好像风摆柳，左转好似彩虹飘的伊人

逦迤而行在史诗中。被岁月越酿越浓

浇灌在草原牧人的心头

使一种向往锋锐如箭。穿透记忆的裙裾

将绵长的倾慕，一层层剥开

仿佛是天地雪山都醉了。燃烧的琼浆

把渐渐消沉的气血涌到心头颅顶

燃红紫色的脸颊。点燃历史的时刻：

马蹄翻飞，啸声如潮，哈达飞扬

河曲宝马驮载的格萨尔。被持续的风暴举起

不断地高高举起。从此沉醉了一个民族

（原载《星星》诗刊 2013 年第 8 期）

深 冬

我不想说话，也懒于倾听

所有的语言都哆嗦成一块冷冰

西风主导的世界，灰色苍白

一次一次被寒流唆使着，大雪覆盖

一时草木的灵魂，以及花朵的微笑

只能秘密藏于不为人知的地下

从此，太阳的睡眠更早起床更迟

北方柔软的河流。不以人的意志地

银装素裹。成为十二月驯服的情人

成为一段没有生命的附属

威猛无匹的十二月。滴水成诗

我不希望让一场更大的风雪暴

染白头颅。只想与我那个双眼皮女人

躲在一所她营造了很多年的紫色暖巢里

准备让春天受精怀孕

（原载《星星》诗刊 2013 年第 8 期）

雪后：卓格尼玛草原

不知道那些惹人怜爱的鸟儿

去了哪里

仿佛卓格尼玛草原上

只留下唯一的那棵白杨树

站立成一种深远的意境

呼啸传来的孤独和寒冷

穿透十二月瑟缩的娇躯和战栗的心房

天地只留下白茫茫的雪

还有羊群的伤痛，白云的骨头

以及一些野花的灵魂

苟延残喘的生命　被凝结在

山坡另一边的牦牛的鼻尖

被掩埋在无垠的草原

郭莽尔梁山口　呼啸的风

裹着呼啸的雪

呼啸而来　呼啸而去

郭莽尔梁山口　挣扎的经幡

剥剥飘荡　还有一切

没有经历爱情的生命与灵魂

（原载《星星》诗刊 2013 年第 8 期）

马国山的诗

海之诗——献给新世纪（组诗）

1

海　我来了　就在你身边

现在　我离你很近

在沙滩　在严冬的风里

我的窗就和你对话

夜　最深的时候

我们的话题

也伸向波浪的顶峰

当谁也不再吐出一个冗长的字节

我的心早已成了你海底的礁石

湮进了你硕大深邃的海岸

把我百年的苦恋

连作你千万年的海藻

与你构成生命默契的图案

2

就让我做你海底的山脉

即使我任性地露出海面

一些凸立的小岛

也为了给你增添深远的风景

你用浪花舔舐我的身躯

你用风浪摇动着我的梦幻

我用梦幻编制出金色的花环

戴给你宽广的海湾博大的胸膛

就让你天性坦荡健行的风暴雷电

掀起冲天的水浪吧——

天空中还有谁跟你的英姿比美

3

所有的陆地守卫着你

你用蔚蓝色的爱

浸润着大地的核幔和岩层

我是你大地的一粒尘埃

我是你海水的一粟分子

我是你脚下的泥沙石瓦

夜幕降临　威风飒飒

你睡吧　我将守卫你

守卫你的每一分领域

每一寸你头顶的天空

和每一秒时光

看啊　在你梦中熠熠闪烁的憧憬

将人类一切美好的事物

搂进你深厚的和谐之美

在脑际中滚动碰撞

锤炼出思想的火花

4

听　现在一切都已寂静

城市和远处的乡村

仿佛远离几世几劫

而奕奕沉思的面庞

棱角分明

勾勒出海的力度

世界和时间都留给了你

你闪动的眼帘

立于苍穹之下　遥视四方

目力千钧

穿透遥远的屏障迷雾暗礁

你的面庞显得那样年轻而蓬勃

任凭希望毁灭一万次

都能再生一万次的憧憬

不管艰难与否　遥远与否

在那些生来

就是为了寻找幸福的人们心中

很早就树起了崇高的理想

5

你咀嚼着豪迈的痛苦

不然在太阳下

定会晒成一具干瘪的僵尸

因理解你而挚爱你

因你的磨难和挫折

更加爱戴你

你的清高与骄傲

也充满生机和力量

给困惑和迷惘的心灵

簇生无限遐想

你那时而暴发几乎是排山倒海的激情

犹如五颜六色的火焰

跳跃喷射

像预言中的蟠龙喷出的火

毁灭虚伪的风帆

倾覆阴险的黑船

不满时就是波浪滔天

从不相信命运之舟覆灭

蕴藏真理的冲浪者——

6

你悲哀过　为那阴沉年代

被厄运累倒的马

你嘲讽一切放在狭长贝壳里的梦幻

你酷爱一切把生命溶进大地　小草　溪流

而心灵向着茫茫宇宙的灵魂

你以风暴浪潮的震撼

叫任何生命感受裂骨的疼痛

使伪善者触目惊心

给追求真理的勇士

让灵魂在烈日的炙烤中

熔炼生命实有的涵义

7

你蕴藏着一切预言的历史

我无法再用表白

给你树起文字的长城

夜深了　只有枕着你

濡湿的大地和田野

你的声音清晰而洪钟有力

浩渺平静的海面

熠熠闪烁的粼粼之光

与天空游荡的宇宙密码

息息交融　与流动的风

远方的森林　原野　男婴的呼吸

奏响共鸣出一种绝妙的音乐

给我热恋你的爱情旋涡

鸣奏起潺潺的旋律

涌——满——我的梦

留——在——我的——梦

8

我的悲哀在于

爱你而远离你

我的幸福在于

远离你而属于你

我血脉里流淌的河流

有你咸腥的气息飘扬

你盐水里成长的礁石

支撑着我身躯里的骨骼

所有的河流归于你

归于你海纳百川的气节和胸襟

我融于你时你正拥抱着我

让你每一湿润的水分

填满我相思的沟壑啊——

让你热烈奔放的激情

像催鞭千万匹蓝色的骏马

飞飚在广袤的海——岸

9

你以宽大厚实的手掌

抚平了我苦恋你的心灵皱褶

告别你　像宣言的雷雨

在雷电中嘶鸣

而我再也不会绝望

你把伟大和平凡的旗帜

高高举起在没有遮拦的天空

离别你　岂能远别蓝天

天空中有你隐藏的蓝图

看　那日出日落的景观

太阳的光辉与你的背影

熔化出的彩釉

犹如凤凰展翅

创造历史

昭示未来

（选自诗集《心境花园》）

敏彦文的诗

在草尖行走的六种方式

我们都喜欢在草尖行走，

这近似神仙的行走方式，

如今却成了我们生命深处的一种奢望，

往往在梦中才能实现。

在草尖行走，有六种方式：

风、雨、露、阳光、花朵、果实；

在草尖行走，草有六种表情：

幽怨、哭泣、惧怕、陶醉、欣喜、自豪。

风行走，草会摇摆，可知风的方向，

也可看留在草叶上的沙尘，

判断风的清浊。浊风会脏了草的脸，

爱美的草会不高兴，

也会弄脏我们的鞋，我们也不高兴。

雨行走，草会颤抖，但也会努力撑直腰杆，

再平凡的生命也有它的英雄气。

如果雨的时间太长，草就会哭泣，

我们也不忍心行走，怕惊破它的泪水，

伤了它的英雄气，也湿了我们的鞋。

露行走，草会担心，怕一不小心跌碎了那晶莹的珠儿，

葬送了人家的美丽、断了人家的梦想，

也使自己失去最水灵的饰物，

变得单调呆板、朴拙卑微、无精打采、面无颜色。

因为再漂亮的姑娘也喜欢神性的珍珠项链装扮。

阳光行走，草会陶醉，它用温暖的唇长吻草叶，

草快乐地成长，一个春天下来，

小姑娘就出脱成丰腴少妇，奶汁充沛而甘甜，

哺育漫山遍野的牛羊马匹膘肥体健，

滋养牧人蓝天一样的期许辽阔温润，

为山顶的玛尼旗增色，使山下的寺院光彩，

也使小伙儿心底的歌声嘹亮。

花朵行走，草会欣喜，对于荣誉，

卑微至于小草，也会从灵魂深处激动，

犹如对于美女，再平凡庸常的男人，

也会在心底掀起爱慕的浪潮。

请不要奇怪，也不要嘲笑，

这是生命更新、成长、美丽和壮阔的一个动力，

智慧至于人类，也摆不脱它的支配。

果实行走，草会自豪，

尽管那俊美香甜的果实最终会被人摘走，

犹如雏鹰最终要离巢高飞，

犹如女儿最终要高蹈嫁人，

犹如河流最终要归入大海，

犹如生命最终要归于寂灭。

这是自然的律例，伟大和奥妙恰在这里。

（原载《飞天》2015 年第 9 期）

下 山

天黑下来，山下铁皮房里的灯却暧昧起来，
粉红的嘴儿，把脸藏在窗纱背后。
疙瘩挎起背篼，对屋里的说声我下山了，
边猴急猴急地走了，院门也顾不上关。

每月初一，牡丹妹都在山下等他，
那暧昧着灯光的铁皮房是他们的鹊桥。
这一天，牡丹妹不接客，
挂出歇业牌，房里的灯却越发妖艳了。

疙瘩下山的时候，背篼是空的，
二日清晨，当他和太阳一起上山时，
背篼却是满当当沉甸甸的。
他照例用草帽遮着兴奋红润的脸，
一路和谁也不打招呼。

他照例会在卸下背篼时，
对着屋里的说一声我回来了。

屋里的也不迎出来，

隔门帘说你把鸡窝里的蛋拾进来，

我煮了给你补身子，便继续拜佛。

（原载《飞天》2015年第9期）

抱鱼飞翔

飞翔是一种高度，它的存在和吃饭有关，
这是生活层面的诠释；
在灵魂深处，飞翔是自由的必然选择，
它关乎生命的终极价值，
就像风一样本真，
就像天空中的鹰和大海中的鱼
——飞翔就是生活，就是幸福和荣誉。

然而，对于一只被鹰捕捉，
从辽阔的大海来到天空高处的鱼来说，
飞翔是多么的被动和悲伤啊！
生命近乎结束，眼睛依然大睁，
翅膀迎风展开，嘴巴慨然大张，
姿势显得英勇，表情不乏生动……
似乎努力飞翔的不是鹰，而是鱼自己。

那像滑板一样被鹰用利爪穿透脊梁的鱼，
大张着嘴巴喝着凌厉的风，
鲜血与疼痛一起凝固在心里，

连呼号的力气也没有。

鱼，此时将自己飞翔成了一道奇观，

如果猫看见，也许会想：

"要是此时鹰的爪子酸困了该多好！"

而我想："刹时，肥硕的鱼将只剩一条细瘦的骨架，可惜！"

鱼，多么哀伤！

鱼，多么慈悲！

但它用牺牲成就了鹰勇武绝伦的飞翔，

也使飞翔成为一种绝技和生存的至高境界。

（原载《安徽文学》2013年第12期）

北乔的诗

临潭地理①（组诗）

嗨，店子

喊山的嗓子，已经被旷野磨亮

能劈开挥之不去的沉闷

不再想轻言细语

张口，就让世界遍地嘹亮

那些悄悄谈论的爱与温暖

暂存在金黄的叶子下

放下肩头快要下雨的云朵

明天再和快乐的人说说忧伤的故事

用酒壶泡进温柔的绿茶

继续品尝生活的味道

店子，嗨，店子

---

① 临潭县隶属甘肃甘南藏族自治州，古称洮州，位于甘肃省南部，甘南藏族自
治州东部，地处青藏高原东北边缘，是农区与牧区、藏区与汉区的接合部。
诗中的八角、羊沙、洮滨、三岔、石门、王旗、流顺、店子、羊永、长川、
卓洛、古战、术布乡、冶力关镇、新城和城关，为临潭县的16个乡镇。

我喊出的店子，不只是临潭县一个乡的名字

店子，嗨，店子

这样喊起真痛快，尽管我不知道为什么

醉八角

阳光还没有照到的地方

花香已经献给炊烟一个吻

村庄，这瓶老酒

迎来了年轻的调酒师

花朵像风一样在村落里舒展

引来庄稼、草垛和狗的嫉妒

山谷在人间烟火里，醉入温柔乡

黑暗里坚硬的高原风也止不住轻吟起来

格子窗上的剪纸，听着花的娓娓絮语

金色的声音等待被拥抱

庄稼地戴着硕大的花环

向天空投去醉意的目光

种花的那个人

扛着锄头走向青稞地

他是八角乡的村民

黄昏归来时，他走成花海里的一条船

朝向三岔的风

古老的阳光，需要多么的漫长
才能来到三岔，探望
这个在深山中坐禅的乡村
擦拭千百年故事的眼睛

风从三处涌入，每一处都是世界的一角
翻动静默的传说
虎吼，狼嚎，大山的仁厚
与风达成从不示人的协议

这里是独居的大海
风像鱼一样生活
三个方向，太多的选择
自由是永远无家可归的孤儿

也许，三岔只是人们走出大山
对路的向往，渴望有多条路
我没有找到三岔的路口
这是幸运，还是沮丧，风没有回答

新城，或洮州卫

你刚过五十，已被人称作老张老李

六百多年的洮州卫，还叫新城

在时光的庞大身影里

我们学会了夸张缥缈的瞬间

在悠久的存在面前

一切都如初婴

老城墙打了个瞌睡

人已走过一生

因为有座老城，洮州卫成了新城

一切都被时光锁进囚笼

我们可以打碎所有的秩序

唯独挣脱不了时间的捆绑

年轻，或古老

回来，或走开

其实都只相隔一步，就看你

是校对时间，还是握住灵魂的钥匙

深山卧羊沙

猎人的枪声呼啸苍鹰的尖叫

山谷变换人间的意义

一棵老树梦游于黑色森林

闪亮的叶片隐伏爱的怀抱

蓝色的羽翼飞入漫游者的梦
我在紫色的语言里观望
羊沙乡坐在酒的光阴里
牧人的心头火花四溅

仰卧，天空是胸膛
俯卧，大地有了温度
侧卧，大山开始转身思考
卧的姿势，一杯酒的前世今生

最好的律动，是羊沙这一词语的问候
梦想，在山外的远方
纯净的灵魂呼吸月光的微风
我在期待雪花与一盏灯的相爱

长川：高原行吟诗人

向上的高原，垂下眼帘
蓝色的表情，梦幻绿色的诗行
山，在山的怀抱里
路，走在路的心情里

山川，在曲折中漫长
河流，在行走中迷醉
云朵，枕着云朵畅想
我在路的尽头，捡拾散乱的文字

长长的山川，铺满短暂的恍惚

温柔的河边，一位姑娘唱出青春的光芒

威猛的汉子

也有千回百转的思念

杨树，高挑向往的阳光

琳琅满目，梦已不是梦

给我迁徙候鸟的翅膀

我在长川舞动你如水的衣袖

想起术布时

术布是安静的，山谷的河水仰望

山顶的箭镞，无声地传递隐秘的问候

经幡走在阳光的心窝里

地上的影子就像众生的脚步

江可河寺，在晨光的安详中

村庄，在晨光的安详中

诵经声与炊烟一起

成为巨型天空的一部分

当我想起术布时，高原与雪山向我走来

牧人的歌声

从起伏的牧场飞向平缓的庄稼地

山坡屏住呼吸，敞开胸怀

风贴着大地，感受厚土的稳健

术布总是在那儿，被命名为临潭县的一个乡

日夜默不作声地跟着我的记忆

我时常想起术布，其实是

想多听听灵魂平静地讲述时光的故事

卓洛，我想描述你

来吧，卓洛，让我描述你

姑娘豪爽，你为什么害羞

风在山里修行

片片树叶，含着岁月的恩赐

长明灯，草木的阿拉丁神灯

荒原走在爱的光亮里

我在那棵树下

啜饮你酒窝里的绯红

淡蓝的湖水在月亮之上

月光流进目光的黑白里

你的彩色，琴弦上的指尖

快乐，从朝圣中归来

也让描述记住你我

书写向描述端起一杯酒

醉了众神的眼睛

你的面庞，滑下一片清辉

羊永，一种意象

你完全悟透喧嚣之后

就能在羊永与寂寞的美相遇

你深切理解孤独的虚弱之后

就能在羊永沉醉在自己一个人的脚步声里

世界没有什么可降临的

你走在自己的人间

目光穿透一滴水

丰盈的灵魂坐得如此安详

日子越来越饱满，大地越来简洁

那些朦胧的想象里

青绿的山川清晰一首歌的身影

一个孩子，蹲在小溪边

身后，一只头牛用角挑起夕阳

含蓄的山川，走出人间的隐喻

你在羊永乡寻找那头羊

山坡上的一群羊，是条河

走入溪谷，一群鱼在清泉中嬉戏

流顺的时光美学

最初，这里叫刘顺，一位明代军士的名字
现在，他的后人还住在他修建的红堡子里
岁月打了一个呼哨，他的名字回到家族内部
永恒的巨石，终于掉落一块碎片

许多小小的城堡潜入时光皮肤里
民房，庄稼地开始登场
战马，一匹又一匹倒下
一棵棵树围着村庄，泰然自若

谁也不能一直疾走如飞
风和鹰都会常常栖息枝头
时光，就是用来变幻的
有没有世界，都是如此

日常生活中，历史是睡在破庙里的乞丐
生活就是生活本身，与其他无关
流顺，如指尖轻轻按在唇边
词语，在微笑自身的意义

古战，走过想象的现实

一匹马的嘶鸣

历史的纸片吹起风尘

一头羊的执着

咀嚼牛头城的寂寞

在青稞地欢喜的镰刀

是否还记得祖先舔血的悲怆

月光落在时间上的光泽

一半是金属，一半是绸缎

这个地方叫古战

这个地方叫古尔占

这个地方叫牛头城

词语，让我的想象更加饥渴

我在现实的古战

古战的想象里有没有我

遍地的绿色里

远去的马蹄声与疲惫的马蹄印相依偎

洮滨，我想去的地方

我熟悉河水的奔跑

青蓝，青绿，那是我原先的肤色

记忆潜入河流的思考

天空之城只留下空虚

洮河仿着群山的合唱

水花如一群白鸽舞起高原的翅膀

洮滨头枕涛声，呼唤庄稼的成长

喧嚣在这里停下脚步，静若处子

我看见了家乡的大河

村庄，和我的乡亲

模糊我双眼的是那炊烟

任何地方的炊烟，都会牵我的手

狂吼乱叫，孤独了温柔的童谣

卷在骚动里，其实是为了寻找平和

洮滨这样的宁静之地

可以让巨大的困惑转身

从洮阳走来的城关

总有一些时光难以忘怀

马背上的凶悍骑士，一头栽下

故事长久站在风中

牧羊人扬起鞭子，把阳光搂进生活

一座城池，如同一个家族

根，有形，或无形，总坐在远古的源头

毁灭或再生，持续或断裂，灵魂一直在

我们总得与往事同行

这座城，从洮阳到城关

经历了无数的命名，刀枪是书写者

烈风与寒风，坚硬或柔软了大地

血脉偾张，也逃不过逝去的宿命

所谓古老，就是死去的现在

所有的拼杀，都是为了安乐

而时常把悲怆带进欢乐

比所有的拼杀都勇武

我们必须回望，但要一路向前

只能一路向前

王旗：遥远有多远

听说，明代分地时插旗为记

这就有了王旗，陈旗，张旗

如今地还在，名字还在

小旗化在人们的念想里

更远的时候，王旗是齐家文化兴旺的地方

现在的齐家文化遗址，让我们看到了晚石器时代的痕迹

有存在的，就有消失的

庞大的齐家文化，走进了历史的谜团

我们与大地朝夕相处

大地，离我们最近，又最遥远

大地上的人们，终将成为过去

成为大地的一部分

祖先，已在大地深处

我们的灵魂都无法抵达

祖先，就在我们的血液里

总有一天，我们也将走进祖先的行列

石门：金钥匙给了谁

锁住水的缠绵，锁住山的渴望

爱恋在河滩上痴情守候

幽谷传来的歌声

催熟了满山的野果

星星在月光里熄灭

灵魂在昏沉的大地上醒来

石匠对视石门

大大小小的石块掉入如水的目光中

敞开的大门

不属于我，不属于你

神是唯一的守门人

我们是石门永远的陌生人

石门，石门，门板去了哪里

我要找到钥匙

关严天地

把我的心跳你的呼吸锁进山的记忆

我在冶力关

炙热的皮肤召唤我来冶力关

这个山中小镇用清凉温暖我的情怀

冶木河的光影

让我清醒地滑入梦境

我想捉住山谷里游动的这条鱼

月光与月光之间

十里睡佛头枕血雨腥风

一个孩子的笑声

淹没刀光剑影

我向空旷的夜空

展示满手的片片鱼鳞

我说过冶海是女神落在人间的一滴泪

可我找不到忧伤

那些岩石、根须，还有那牛角

迷失我的寂寞和孤独

如果有一场大雨

那些台阶会映出我的虔诚

我想我应该去常爷庙

寻找古老的词语

从飞檐上

取下如潮汐的挚爱　以及

晕沉沉流浪的我

所有的行走都是一种仪式

所有的追寻都在找回自我

我在我的世界里

冶力关　是我的记忆

我在，或不在

这个山中小镇总在诉说那柔软的时光

我想起了家乡的海螺

还有海水里摇曳的月光

（原载《海内与海外》2017 年 12 期）

牧
风
的
诗

鹰是一种图腾

满目错叠的铁影

透视一种居高临下的神威

一种隐藏的目光　亮出雪丛

锐利而深刻

一种天地的精血　啸傲在历史的雪塬上

此时　我为一种孤独飞翔的思想

黯然神伤　抑或祈祷一种诡秘的宿命

站立在雪线上的神鹰　完成一种蜕变

飒飒作响的风

吹散了鹰翅往昔的沉重

湛蓝的天空　谁的玉指捎来三月的雨雪？

谁的灵魂穿透了死亡之壁？

一种揣摩不透的隐语

用巨大的翅羽温暖了覆盖着的肉身

（原载《诗刊》1999 年第 5 期）

回 首

仰望那记忆的空门

给你的梦 灿烂而真实

我的泪 岁月深处的一汪泉水

淌过你相思的眼眸

其实 那只美丽的蝶已失去

往日的风韵

岁月如尘封千年的老酒

被你忧伤的目光细心品尝

其实 爱已像雪花消瘦在阳光下

唯有情感的树 常绿在心头

（原载《诗刊》1999 年第 5 期）

写在纪念册上

一行雁阵

我感情的七颗石头

穿越了北国的秋风

那些躺在离别驿站上的语言

被翻动的手指剪去了舌头

今年我望着苍凉覆盖了相思

还是否有阳春暖酥？

让我打开话闸　喝上三口闷酒

（原载《诗刊》1999 年第 5 期）

桑 科

云层很低　我的心思透过草原的缝隙

阳光已经滑落　桑科的黄昏显得空旷而孤寂

哪里的牧歌飘进来　抚慰着我的梦境

青藏的声音落下来　环绕着牧人舞动的身影

格桑花开　难以替代久违的爱情

生活就是铺开在尘世的经卷

被人们忘情地诵读

桑科不远的地方　拉卜楞在黄昏里独自醒着

飓风滚动着　迅疾地洞穿桑科的暖意

滑翔的鹰隼　煽动着凌冽的诗情

雨露鲜润　擦亮佛的玉眼

而我的灵魂正在接受洗礼

（原载《民族文学》2016 年第 2 期）

九月之菊

眨动眼眸　九月的草原与我的视线最近

金盏之菊把辉煌的梦在秋天打开

我抬起希望之光　远眺秋之原野

是谁在忘情地歌唱金色生命拨动的恋歌和梦想

霜色已浓　草原上的牛羊被苍凉覆盖

凝固成一种仰望的眼神

九月生命强劲的王者之菊

将会抬起昂贵的头颅

呈现给尘世一个黄金时代

金菊的深刻潜藏在草原的激情里

我的脚步穿梭在海拔与雪线之间

被这金黄的生命震颤

目睹秋色凝重的大野

随处弥漫着花的清香和骄人的丰硕

我在绚烂的梦幻中嗅着花香

呼吸着秋菊阳光般的笑颜　释放的些许暖意

翘首企盼着金盏之菊围拢着我

以及我渐次快活起来的好心情

（原载《民族文学》2016 年第 2 期）

巴郎鼓舞

鼓声遥远　透出藏王故里亘古的气息

舞动的旋律　如洮水的波浪舒展开来

藏寨隐隐传来鼓乐之声　时缓时急

是谁的灵魂在大野里狂放恣肆　如痴如醉

在藏巴哇沙目舞的故乡

我看见鼓舞的人群眼神执着　步履铿锵

腾跃的身影透出阳刚之美

藏乡的歌喉嘹亮如初

向上苍祈福　羊皮面鼓

抡动心底的虔诚

我的固执还停留在鼓声中

而心思浩渺如烟

（原载《民族文学》2016 年第 2 期）

残 雪

一地衰败的胭脂涂抹谁的伤情

透过三月的雨雪

残破的蝶把身躯张贴在荒野上

固执地选择落寞

语言已失去声威

只有形象还坚持着最后的寒意

丰满的肌肤被岁月剥蚀得支离破碎

留下一地骨气舒展自如

满目的纯净被飓风掠尽

随处流动着残废的黑血

而鸟群打着口哨

充当了解冻的风铃

在早春的晨霭里唱嘹亮的歌

远望残雪斑驳的影子

它只是冬天最后蜕变的皮囊

在呵护中迅疾地褪去神采

（原载《星星》诗刊 2013 年第 8 期）

草原守望者

整个冬季他都沉默着　连同他的牛羊

青藏深处的报春鸟远远的传来初春的消息

黄河已醒　阿尼玛卿山的积雪已经消融

还有谁能阻挡前进的脚步呢？

口哨响起　河边冰凌碎裂的声音划破草原的春梦

格桑花初绽的季节

他在孤寂中寻觅夏日河曲马的嘶鸣

阿万仓娘玛寺院旁边鹰鹫的喧嚣

晨曦中裸露着黄河飞动的身影

还有仁青措背水时娇媚的笑靥

梅朵赫塘边静谧而卧的牛羊如午后慵懒的阳光

悠闲地将目光漫射到远处几圈海子的涟漪里

草原的一切都在如梦如幻中静默而沉思

如同超然世外的哲人

（原载《诗歌月刊》2012 年第 12 期）

李志勇的诗

夫 妻

从阳台望着落雪的小镇，对妻子保持着沉默

雪很轻很白的，来自远方。如果真有来自厨房的蝴蝶

也可能非常的多、非常的红，从锅下的火焰中飞出来

因为高温，谁也不敢捕捉，不敢喂养

丈夫吃饭时，不知用筷子在碗里默默写下了

多少文字，一天天已接近一本书了

如果不是那些字

他可能什么也无法咽下

此刻，妻子正悄悄读着他写在碗里的东西

在厨房里，一个人哭了

因此有的碗才有了裂纹，有的碗

才有了一种声音，有了一种静默的能力

野 外

道路上空，云朵渐渐转为黑色
一辆拉运石头的农用车，引擎的声音传出了很远
黑烟末儿停着不散。旁边一头牛无声地凝视这些
一种力量静静地，将它头上的角折得又弯了一些

整个蓝天似乎也跟随着弯曲了一些
一些草，如同女子明亮额头上的发绺垂着
冬天过去，一些雪仍被保存在周围高高的山顶
寒冷、明亮，随时都在准备着使用

家 乡

沿这条小河，从这里登到山上，就能看见
我的母亲深夜里仍在缝纫机上干活

每座山都有它自己的月亮、自己的雪
油菜花就是其中之一的黄雪

云朵飘走，它们的白色留了下来
从空气中甚至就能吸收到麦子的营养

在离开多年后，如同从水下
我从空气中过来了

家乡是存在的，安静、无声
风慢慢移动

白杨树伫立河边。雪可能
仍然纯洁如同动物

泉　水

在炎热中猛饮这阴凉的泉水会让人晕厥

见到一个更为清凉透明的世界。泉水

在这之前都是山上那些桦树、杨树的树汁

是山坡上去年的积雪

猛饮之后就会再次听到童年时脖颈里的咕咕之声

每个家，都有一个盛放泉水的桶或者水缸，它们

形式上看上去都像一些放大了的花朵

而泉水一直都冰冷、现实、清澈

呈现着我们的影子，当你扔进一个石子

水面上荡起的波纹，也会带给空中的宫殿

阵阵震动

甘 南

所有的日子，草原上连苍蝇也是干净的
帐篷里，始终都能看到湛蓝的空气
然而你仍然不来，山冈更加干净了

墨水瓶

墨水瓶，非常像一个无头者的塑像

但我希望在我的纸上，它仍能继续进行搏斗

墨水瓶里，储存的东西已经很多了

足够一个人在荒野上坚持下去

在冬天，墨水仍然不能喝

但也在不断减少。树木伫立在雪中

但它们也都想离开这里，去吸收另外的水分

随着春的到来，墨水里的冰层也开始化了

田野上，一些地正在播种，一些地已经种完

我也回到了屋里

一边写，一边等待着瓶中的墨水慢慢上升

院　子

人们在院墙背后生活着，并通过墙，倾听着
外面的风声
牲畜被拴在院中，它的眼球是黑宝石
匹配着贫困的生活
岁月没有寒冷，没有温暖。只是在流逝
在院子上空流逝而去。天边，一座雪山
像一张纸片，不想让任何词语挨到它
闪耀着真正宁静的光芒

钟

你的那钟冰冷、沉重

被你提在手上

如同一个罐子

没人敲打而它也响着

什么也不宣告

它只是被围起来的一点空间

钟舌敲打着这点空间

才发出了一些声音

你只能费力地提着它

如果它变轻，就会演变成铃子

甚至成为一个灯罩，钟舌在里面

像一根蜡烛在燃烧

你的那钟，不能再熔化

不能再被打造成

刀子，而那曾是你最渴望的东西

也许还是缺少足够浓烈的火焰

和足够的时间

伴随每一次失败，它都出现

你的那钟是在地道里的灯笼

你的那钟是向下开放的花朵

喜欢它的蝴蝶

还在远方的路上

雪飘下来，你可能看得更清

你的那钟

在校园里敲打着，学生们

却都听不到声音

你的那钟，像只狗带着个盲人

在前面带着你

现在，它正在前面

攀登着一座高峰

雪一般

从远方翱翔而来的石头

落到了我们的田野，不再离去

我也来到这里

如同雪一般，把自己交给了北方

六月过去，一些樱桃

在山的另一面已经变红

我如同雪一般，等待着品尝

鹰在头顶的高空中盘旋

和我攀登山峰一样都在升高

那些樱桃

在枝头像血一般鲜红

像血一般在某个躯体中循环

我拨开树枝察看着，却什么也没有

风，加重了枝叶间的透明和安静

樱桃如红色珍珠、活着的珍珠

已经成为它们自己

而做我，却仍然非常地艰难

石 头

山峰在那些日子什么也没做，它只提供了石头

草叶承担了大部分露珠的闪烁

小鸟搬运树枝搭建新巢

我感到母亲在某个地方等着我。她就要喊我了

从她去世后，我就在回想她的声音

我有很多石头可以放入房间

有很多石头，我感到

会发挥作用

鸟尽可以在空中静止不动。它飞行的轨道

可以像铁轨一般在空中保持着

等待后面过来的鸟们

树一次次长出来，给街道提供寂静

有很多次，我听到门打开而没人进来

我走出去又回到屋里

等待着群山提供的石头

（原载《诗刊》2016年第11期上半月刊）

彭世华的诗

奔跑的石头（组诗）

1

月亮从山上下来
风不说话
转身离开的人回头看了看

爱不过是云一样的黑影子
谁的叹息那么轻呢
轻得只有自己才能听见

2

尘世远了，喧嚣的河流
喧嚣的风，喧嚣的集市
都远了

河水白花花的
月亮白花花的
山里的花骨朵白花花的

多么好

3

一些土围起来，就是城
一些水跑起来，就是河
一些文字聚起来，就是半个天下了

一个女人把针扎进布匹里，疼了
一个男人把铁插入泥土里，累了
许多年就这样安静地过去了
轻烟一样，轻烟一样，存在过

4

一个老人的白胡子飘在秋风里
一座城门空空的
好像被月亮挖了个洞

5

一只羊跑起来，是孤单
两只羊跑起来，是悬念
许多羊跑起来，是汹涌的江河

一块石头跑起来，是石头

两块石头跑起来，是日月
许多石头跑起来，是汹涌的星空

6

一个帘子拉起来，一夜就过去了
一块石头落地，一些事就过去了
一些土堆起来，一辈子就过去了

月亮下去了，那人还睡不着
月光一定雪一样铺满了他家的屋顶

7

两个影子交谈着
不知说些什么

我远远地避开他们，怕两个影子
突然刀子一样缄口

8

在北山耕云，南山播雨
我们把世上干净和不干净的事都忘了

两只蚂蚁碰了碰触角

撤了

我还继续想深入这幽谷

不知一场雨即将落下

9

把日子摊开

晾晒一地的阳光

阳光散发麦香

双手下

全是金属的麦芒

想象女人

跪在麦粒里

她的手滑动着

麦粒丝绸似的战栗着

想象的女人

也曾是一匹五彩的战栗的丝绸呢

这一刻的风只吹动铁丝上的衣服

屋檐上的脊兽

10

我从秋风怀中摸出刀

从水中抽出冰冷之刃
从花瓣中取出梦，取出念想
从字里行间取出云，取出雨
铸成铅字

像古代的一位诗人活着，爱着

11

西部，摊开
不过是破损的年代久远的残卷
羊群，是一些滚动的文字
风一吹，有的发声，更多的保持沉默

长城，像一列烂火车，断断续续
可曾经无数次奔跑在茫茫北方

12

长夜扣留了那个傻乎乎的人
秋色怎样才能一分为二
路忘记了山，如何归去

13

起风了，草一低再低

草不出声

风有点慌

官走官道，贼走贼途

和尚在蒲垫上打盹

月亮穿过芦苇丛，鸟儿睡不着

但也不想睁眼

世间的风，不可能不吹

（原载《山旮旯的月亮》，

《中国诗歌》第 1992 期）

黎
学
龙
的
诗

甘南草原

在甘南

在高高的阿尼玛卿山脚下

鹰守护着美丽的村庄

白色羊群簇拥

嫩黄的花小心地开放

浓浓的草香自雪域深处荡漾

拍打着

盘绕草原的静谧

远处

怀抱羔羊的卓玛

娴雅地躺在黄河首曲的臂弯

沿着这条亘古的雪路

我走向雪莲的心脏

绿色的喜悦

深深打动我的心灵

阳光灼灼

我的肌肤　我的灵魂

开始一层层剥落

我已成为花朵的俘虏

在锦簇的花丛

长久地跪拜

或歌或哭

在甘南

在这绿色充盈的村庄

一片远古的呼唤

久久地迤逦

怀抱羔羊的卓玛

你可就是我一生的村庄？

聆听雪域

凝视雪域　我听见

煨亮的牛粪火旁

一曲淳朴的歌谣

在洁白的花上晶莹　荡漾

这是一种绿色的温情的歌谣

一种来自灵魂根部

敲响骨头的声音

掠过鹰　浓郁的草香

在十月的天空

像洁白的哈达

飘成一片深情的呼唤

十月的天空下　我

静静聆听　这些

纯洁的歌谣　我听见

溅起的酥油花

在血液中　流淌

在雪域上空　飘荡

薛贞的诗

一只鹰，正优雅地飞过

去黑措的路上

草色正由绿转黄

牛羊走走停停

风吹过

云彩一动不动

山坡上滑过黑色的投影

一只鹰

正优雅地飞过

宽大的翅膀匀速翻飞

天空因此而生动起来

鹰越飞越高

我仰视着它的身影

直到天边

而鹰

不会因为我的仰视稍作停留

（原载《扬子江》2015 年第 5 期）

在拉卜楞寺

那么多人在拉卜楞寺

磕等身长头

伏下又立起

像山，像河

一遍一遍

一丝不苟

最引人注意的

是一些孩子

是什么

让他们放下一颗贪玩的心

在佛前伏下单薄的身躯

像小小的山包

等待长高

（原载于《绿风》2018 年第 6 期）

雪地遐想

漫山遍野的白

耀人的眼睛

看不见一个人

不知名的鸟儿

藏在林子深处

啾啾，啾啾

林深雪厚

它们吃什么

忽然就想起杨靖宇

在完全断粮的五个昼夜里

他饿了吃树皮草根，和棉絮

渴了吃雪

还要与豺狼周旋

那些被杨靖宇吃掉的雪

和眼前的雪是否相同

（原载于《鹿鸣》2018 年第 10 期）

追 随

雪在窗外搅成一团

像人间许多事

说不清，道不明

偶尔有几片逃离而去

立刻就有许多的追随者

（原载于《鹿鸣》2018 年第 10 期）

雪里埋不住死人

雪里埋不住死人
上了年纪的人常常这样说

可是总有一些人
期盼雪下得厚一些
再厚一些
好埋下一些东西

是的，雪里埋不住死人
也埋不住春天

（原载于《鹿鸣》2018 年第 10 期）

没有脚印的雪地

越往山上走
越安静
脚印也越少

没有脚印的雪地
白得让人心里空荡荡的
偶尔可见到鸟雀来过的痕迹
干净得不带一点杂念

软弱如雪

松软而干净的雪
踩的人多了
就耸起又黑又硬的脊梁
像一把有缺口的刀

软弱如雪
也学会了偷袭
和制造祸端

（原载于《鹿鸣》2018 年第 10 期）

张润德的诗

乡村的清晨

雄鸡一唱，山村就醒了

羊儿咩咩，牛儿哞哞

牧人的吆喝声和各种鸟鸣

如各种不知名的乐器

和着早春嘹亮的歌喉

红领巾走在上学的路上

拾粪的阿妈走在路上

背水的姑娘走在路上

太阳也走在

通往东山顶的路上

一粒沉睡的种子

正走在

通往光明的路上

乡亲们你追我赶

走在奔小康的路上

洮水弯弯

洮水弯弯
你一路缓缓地走来
或幽深或清浅
清吟浅唱间跨越了万壑千山

洮水弯弯
你一路缓缓地走来
或灌溉或发电
举手投足间造福了故乡甘南

洮水弯弯
你一路缓缓地走来
或在高峡平湖漫步
或在万亩良田徜徉
有谁知道
诗意已栖居
你柔肠百折的心间

（原载《文艺报》2018 年 6 月 20 日）

薛兴的诗

我的草原

我的草原

我容颜美丽的草原

我一生渴望的卓玛呵

在岁月疲惫的步履里

渐行渐远

阿妈

难道鲜艳的格桑

只有在老去的梦里才能看见

难道弦子的诉说

只能是夹在遗产名录里的书签

难道牛羊的眸子

只能永远追随无限扩展的沙滩

他们把钢筋水泥搭成的积木

叫城市

他们把食客的集结

叫聚会

他们把奇装异服和金发碧眼

叫进步

草原

我曾经美丽的草原

我看见了帐篷

我闻见了奶香

在纷纷向前的人群里

我却是落寞的行者

残破的钢笔是我的拐杖

我要远行

怀揣卓玛留下的红头巾

和一朵枯萎的格桑

嗨，天津

嗨

认识我吗

你不言不语

海河

是你深邃的眸子

六百年斗转星移

我们曾有过相同的名字

金戈铁马

是历久弥新的回忆

嗨

你好吗

六百年之后

你珠光宝气

而我

依旧衣衫褴褛

神情局促

我凌乱的发间

是三月的飞雪

我疲惫的肩头

是风走过的痕迹

我怀揣梦想

和青稞一样生生不息的希望

嗨

你还好吗

林立的高楼之上

阳光刺眼

鹰

梳理躁动的羽翼

而远行的帆

刚刚扬起

故乡贫瘠的土地上

憨厚的庄稼一脸欣喜

嗨

你好

就这么牵着你的手吧

就这么执着地追随着你

在三月的星空下

为你点燃千盏万盏的酥油灯

这个多情的世界

有阳光

也有风雨

就让我用汗水

洗净这六百年的阴霾吧

在高原之上

在彼此深情的守望中

生死相依

（原载《文艺报》2018 年 6 月 20 日）

扎西才让的诗

夜　行

冬天的星辰下

微光湮没北方乡村

一颗流星划过长空

就这样我赶往家乡

穿行的地带被小雪覆盖了

就这样我心情美好想见亲娘

山尖已没有月亮

但我有灰灰的影子

丈量着一路银光

突然回想起

少年远行时的模样

禁不住两滴泪珠打湿衣裳

（原载《诗刊》1996年第10期）

双 亲

我出门上学的时候，他们的争吵还在继续
一路上，我经过磨坊、油坊和染衣坊
我经过的田野里，到处是油菜花刺鼻的芳香
我的老师已年迈了，他再也不能
把歪脖柳树上的那幢铁钟敲得山响
他讲过的真理尚未被事实证明
他教给我的汉字，尚未给我带来奇迹

我放学回家的时候，他们的争吵还在继续
我自己做好了午饭，削好了铅笔
我写了一行文字，那些院子里的罂粟
就想流出白色的乳汁，那些卧在红砖青瓦上的
阳光，就想背着我悄悄地挪动身子

我决定逃学的时候，他们的争吵仍在继续
我度过了童年，又在少年的背叛情结里
走向异域。最后，我还是回来了
但他们中的一个……已经死去

（原载《民族文学》2010 年第 5 期）

母亲坐在树桩上休息

林中的潮气仍未退去，鸟鸣之后

山野显得更静。松柏和白桦下面

母亲坐在半截树桩上

她看上去是那么陌生、困惑

仿佛坐在遥远的古代

秋风使白桦的叶子趋向褐红

使草籽饱满地垂向地面

使她的脸上浮起一层淡淡的灰黄

我守在她的身旁，听见这座

更高更大的山，在余晖里

渐渐热闹起来，又慢慢趋向冷寂

只有她还坐在那里，一个人

静静地待着，或许想到转世、投胎

或许什么也不想，只那么坐着

让我伤心，让我孤单

也觉得自己坐在遥远的古代

几年后的今天，当我干完了一周的

工作，在周末闲暇的时候

我还是徒步上了山。在余晖里

在那棵松柏和那棵白桦下

像母亲当年那样，静静地坐在树桩上

坐着自己的忧伤

坐成一截少言寡语的流泪的树桩

（原载《民族文学》2010 年第 5 期）

我的父亲

去年此时他就老了，蹲在墙角吸烟，脸色发黄

抽第五根烟时，他的手颤抖着，划不着火柴

我就站在他身后，只隔着一堵墙。我帮不上他的忙

太阳照在他身上，像照着一个形貌衰老的婴儿

风吹在他身上，像吹拂着一杆失去红缨的老枪

想起三十年前，十一岁的我跟在他身后，气喘吁吁地

翻越太子山时，我倒在风口。天阴得令人发慌

他站在我身后，蹲在石头上，边吸烟，边看着我发笑

太阳也照着我，像照着一个虚弱的老人

风也吹在我的身上，像吹拂着一粒尘埃般的希望

（原载《星星》诗刊 2013 年第 8 期）

如此陌生的人间

那些工人把柏油铺在路上，就走了。
母亲把一条黑毡铺在炕上，也走了。

铺着柏油的路，有着温暖的黑色，
一直伸向远方。

铺着黑毡的炕，冒着看不见的热气，
是块坚实的大地。

我开着车回到腾志街，长长的柏油马路
像条录音带，录下了我复杂的心情。

天黑了下来，我把车停到路边，
想起母亲，一滴泪砸在柏油路面上。

头顶的天空，像块巨大的黑毡，
要覆盖如此陌生的人间。

（原载《诗刊》上半月刊 2015 年第 5 期）

隐 痛

山后，死者劳作过的土地，又肥沃了一年
山前，那片树林中的阳光还是那么多

我从山上下来的时候天早黑了
我一点都不困，放下了柴火

但还是隐隐生出了疼痛
生出了山前山后的景色

生出了肥沃的土地下长眠人的寂寞

（原载《当代国际汉诗》2015 年第 4 期）

说起母亲

我跟着她走。天空那么阴沉。
有鸟从树上被大风吹落，松球一样跌在地上。
她无动于衷，拽着我走。

这个叫新堡的中国乡村，被九月的阴雨浸透。
没有太阳，没有太阳照耀我。
我想歇一会儿，她用力拽我，唯恐我离开她。

终于到了，是灰乎乎的四十年前，
我三岁，像个黑人小孩，
躲进非洲般的房子里不出来。

她放心了，开始做饭。
晚饭熟了的时候，我已长大成人，
妻子就坐在我身边。

我说起我的母亲，她不动声色。
我说起与一个老女人的相依为命，
她终于停下竹筷，流出了眼泪。

（原载《飞天》2015 年第 9 期）

葛峡峰的诗

春天帖

天空的衣衫薄如蝉翼
雨水，花蕾，清风
若隐若现。

鸟鸣挂在桃花深处
小桥连着竹林
小桥上青春的脚步如莲

老屋打扫经年的咳嗽，蛛网
阳光编织花篮
桃花和青石被微雨打湿

三月，打马过江南
燕子又有北方的行程
那些深陷温暖的心思
数着突如其来——
一场雨夹雪的素柬。

（原载《公安文苑》2018年第4期）

村 庄

落日提着灯笼

照亮村庄最后的辉煌

牛羊归栏

鸟儿归巢

宁谧的故乡

炊烟是她长出的白发

欢愉的村庄

肯定不会叙述

它黄金的粮食

朴素的菜蔬

肯定会让河流

带走悲伤的往事

想起村庄

想起黄昏提着灯笼

想起萤火虫的童年

一首歌谣

被大风吹得
支离破碎。

（原载《公安文苑》2018 年第 4 期）

春分劫

春风带着春分
微雪奠祭一茎衰草，乱石
死于春天边缘的羊

墙角，沙砾石，滩涂
有春风和水
会从干涸中醒来
寂寞的青蛙有亿万子孙

春风灿烂，活在光的接力赛中
人民活在农历的节气里
他们把毕生的力量和热情
专注抚养艰难的稻谷

春风欢快，它应该在天空，空气
梨，杏，坚硬的花椒树上
在蝴蝶斑斓的蝶衣上闪光

一条河谷空旷

童年，一条河的记忆

结满人类贪婪的蛛网

（原载《公安文苑》2018年第4期）

清 明

风替我们
吹去喉咙里的雾霾
山还是一副倔犟样子

水柔软的身子醒来
水草盈盈
土著鱼要去生死相依的故乡产卵

兰州南大门寂寂
逝者们护佑一方绿色
操各地方言的子孙
要抚摸和打扫墓碑上
疼痛的汉字

清明，心里柔软的人
宽佑万物
任火焚烧香烛，往生，纸钱
任膝下长出密麻麻的野草

（原载《公安文苑》2018 年第 4 期）

春天辞

打开春天

打开磅礴的春风

不知第几场雪

悄悄替我们

打扫了荒芜的人间

顺着洮河蜿蜒

山谷里有各自珍藏的美

桃花梳妆

松林归隐

不知名的山寺

小沙弥打扫庭院

山顶清风

和白云，不离不弃

一汪绿水，野鸭相伴

有几颗乡亲们种植的星星

春天，春风打开经卷

阳光颂读

青春蓬勃

而我两手空空

眼前的残雪

留守着山谷的双鬓

（原载《公安文苑》2018 年第 4 期）

草木辞

向死而生。唯有
愧对过的顺从
草木也有卑微的幸福

草木不言，言之凿凿
一生有面对
野火，牛羊，刀刃的宿命
也有过闪电掠过的惊悚

三月了，草木揭开洁白的床单
为阳光代言，温暖
为春天立传，纷繁

春天信手翻阅一部草木的日记
故乡的背影
绿色如蚁群
在洮水、渭水河畔漫漶
我却叫不住其中
任何一个名字

（原载《公安文苑》2018 年第 4 期）

春天书

雨要洗净旧的时光
洗净天空的灰色
和一棵树木的寂寞
还有黄土地上
背搭手老人的沉默

燕子已在途中
新砌的屋檐，刚好筑巢
阳坝的桃花一定不会
辜负春天的期待
疲惫的耕牛，也满怀喜悦
望了望南墙上生锈的犁铧

我们的先人也从春天醒来
清明时节，大地澄明
草们密麻麻
带着思念悄悄地，看看儿女
我们带着半生微薄的祭奠
脚印被蓬勃的荒芜淹没

春天，有这么多美好的事物

生根，发芽，盛开繁衍的花蕾

有这么明亮的阳光、雨水

供万物抒情、歌唱

多少年橄榄绿到藏青色

多少梦想，生生不息，如影相随

（原载《文艺报》2018 年 6 月 20 日）

天 空

春天，万物深陷其中
例如草、花萼、遗失的箭镞、青春
雄健的鹰，硕大的翅膀抖动
要卸下无边的黑，和寒冷

父亲。复活了村庄
生锈的犁，要阅读沉重的土地
幸好，接连几场雪花
温暖、湿润了记忆
切肤的耕作
盐和钙质，埋下祖先的骨殖

和这片土地一起
苍老。须发结满冰凌
和群山一起
起伏、蜿蜒
和大河一起流淌、歌唱
看阴云密布的日子
身后加冕的夕阳

（原载《文艺报》2018 年 6 月 20 日）

王
力
的
诗

扎西奇

凤岭山脚下的生灵有福了

那红墙金顶的建筑叫扎西奇

扎西奇寺院里的僧人有福了

他们替众生背起的苦难一定有人看得见

院内的丁香有福了，我们叫你菩提

佛泽众生，也及草木：

菩提的叶脉里，是十万佛的鼾声

姜托措钦

七仙女手里的翡翠

掉在草地上就是千顷碧波

姜托措钦，你有一个神女的名字

勒加秀姆。这水的女儿，这明眸

这蓝天下润朗的躯体

弥漫生殖之气息

不敢惊扰这美，这宁静：

我心怀的欲念，被湖边的清风吹散

扎尕那

石头城里，众鸟敛翼

鹰在神的家里聚会

霞光中的村寨，是神的四个孩子

名叫达日、代巴、业日和东哇

他们烧火，煮茶做饭

袅袅炊烟里，定然有拉桑寺里的经声

但需空出自己才能听见：

在扎尕那，你要敛声屏气

以免被扑面而来的静美伤害

阿万仓

水从巴颜喀拉来
青青阿万仓
黄河母亲怀抱的稚子
在八月展开了画屏：
一屏为水，风生水起
二屏为草，百草葳蕤
三屏为花，繁花似锦
四屏为香，香气袭人
黑黑的牦牛，有红红的心脏
阿万仓——
母亲河的肾脏，牧人的家园
卓格尼玛外香寺里的诵经声
在山包上猎猎的经幡里
一波一波，穿透远行者的心房

西山行

蜿蜒的山脊如波，视野及处全是迷醉

迷蒙的轻雾，是满含草香的眉黛

天地之气的笼罩，是提醒，更是清洗

让肉体这挂有限的马车，卸下多余的重负——

那缤纷的落英，就是对未来之花的护佑

我眷恋于这脚下的大地，她默默无言

却把世间所有卑微的骨头，一一收藏

（原载《中国诗人》2012 年第 5 卷）

唐亚琼的诗

叶子轻轻落下来

过道里脸色黯淡的女人们

抱着空空的小腹

虚弱地靠在冰凉的椅子上

青春用完之后

一片失去水分的叶子轻轻落下来

身体里再没有上帝

风还在吹

她们不愿说出来

流水的声音花开的声音

她们依然温顺

安静地躺下来

将身体里所剩不多的光、呼吸、青草

——归还大地

迭部民歌

那个男人一早晨在那里

像一场大雨落下来

穿透我的耳膜

我仰面躺着

悲伤不断敲打着肺叶和心血管

大量的液体越来越稠密地堆积在舌根和眼睑处

人们安静地喝着奶茶

河边种满了大豆和青稞

林子里潮湿的苔藓上

野鸡留下温软的羽毛

风吹着拉毛的衣襟

春天一夜之间就来了

当我转过身

他还在那里

和那遥远的故乡

从窗帘后面走了出来

他的低音他的小胡子卷曲的头发

满山的红桦

红桦下的野草莓

荆棘丛中的野兔

让我感到分外孤独

九 月

九月多雨，草根冰凉
风中的当周草原上
一个女人把头深深埋在黑色牦牛身下

她的骨头被露水打湿
她的十指有深深的倦意
她的腰间落着薄雪与矢车菊
她的眼睛里大雾还未退去

乘着夕阳未尽
她要把热乎乎的牛奶
送到黑措镇
使失眠者、梦游者、浪荡者、丢魂者
度过多雨的九月

秋 霜

秋霜落下来

覆在母亲的小腹上

母亲冰凉的子宫就在夜里独自醒来

独自种下星星小溪菊花与山羊

现在，苏鲁花已经败了

野草覆盖了尕海湖面

深深的霜里

我等待夜晚再次降临

昨夜，我种下的父亲

不在湖边就在附近的山梁上

尕海湖畔

阳光浓烈，湖水寂静

卖酸奶的扎西草比去年丰满了许多

比以前害羞了许多

她总是别过头去

假装去看草丛中跳来跳去的旱獭

风把她的红头巾高高吹起

把我不认识她时的时光吹起

把去年的倒影吹起

把我的孤独也吹起

人们说我走失多年的母亲就在这湖里

她有巨大的翅膀和长长的尾巴

她不开口也不说话

哭声划破漆黑的夜

当我转身，湖面平静

湖里的黑颈鹤早已无踪影

野草莓

野草莓红成一片在路两旁

他没跟我说一句话

也没有打听我是哪个寨子的姑娘

他的掌心握着我采摘的草莓

又酸又甜的野草莓

他的脸庞黝黑、头发卷曲

我在坡上站着

像一颗野草莓害羞得一句话都说不出来

黄昏在当周沟

黄昏的当周沟静悄悄的

去年我遇见的那群绵羊已不知去向

它们的足印深深

像一段遗言留在大地上

苏鲁花也已经败了

枯萎的叶子像一个人的泪滴伤心地挂在枝上

多么寂静啊!

这么多年一直都是这样

山梁上的那个人

也许会听我说说去年没说完的那半截话

也许对这空无一人的山谷充满深深的同情

山上的神

肯定在不远处

像我父亲那样看着我

紧皱着眉头

（以上原载《诗刊》2017 年第 11 期下半月刊）

花盛的诗

离 开

像飞翔的河流，我要离开故乡

离开三十年来酸涩的村庄

去寻找陌生的烟尘。在此之前

我沉默着，像一块石头经历着

被风化的疼痛以及暗藏的内伤

命运的马车就站在门外

我一边整理残存的手稿

一边以烈酒祭奠亲人沉睡多年的魂灵

收住眼泪，收住悲痛

像收住生命的缰绳。在不断的回首中

故乡与我的距离越来越远

最后像两道深深地辙痕

一道是昨天，一道是明天

中间是夜色一样漫下来的痛

（原载《诗刊》2009 年第 3 期下半月刊）

缓慢行走

让我在甘南的雪地里缓慢行走
不要触碰那些在草叶上睡眠的雪花
她们一定累了，被风摆弄着左右飘荡
酝酿了一生的梦只有在此刻静静地实现

让我在桑烟升起的时候缓慢行走
不要去打扰正在煨桑的阿妈
早已斑白的两鬓是雪花还是寒霜
缕缕飘动的桑烟那么轻，像我眼中滑落的泪

让我在马群的后面缓慢行走
不要挡住它们奔跑的道路和视野
扬起的灰尘尘封着我的双眼，这么多年了
我只愿走得更缓慢些，远离尘世喧嚣的灰尘

（原载《星星》诗刊 2009 年第 3 期）

等待下雪

冬天的时候，我总是这样

等待下雪，很多时候一个人站在雪地

看雪花轻轻地飘落在树枝和屋顶上

飘落在石头、冰面和枯草上

没有太多的欲望和需求，只凝视着

轻盈的雪花将一些我们看不见的黑渐渐变白

将旅途中一些凸起或凹陷的部分渐渐抹去

将生活填补成一片纯净的白

尽管这白是短暂的，甚至是虚无的

但我总是这样，等待冬天来临

等待下雪。纵使有着透骨的凛冽

也愿一场大雪飘落在尘世

飘落在心里，幸福地融化

（原载《飞天》2012年第7期）

在小镇

小镇很小，一支烟工夫就能走遍
但我仍在每个早晨或黄昏的时候去转悠
我似乎在寻找着什么

比如等待一个熟悉的身影
或者一句熟悉的方言，一只似曾相识的麻雀
或者一片干净的雪地……

小镇很小，比它更小的是我的身影
像一粒尘埃，被风吹着
在每个小巷走走停停，停停走走

在小镇，我的一切都似乎慢了下来
想起朋友给我写的一句话——
或许，慢，有时候也是一种加速度

（原载《诗歌月刊》2012 年第 12 期）

怀 念

这时的洮州，十月的风已愈加凛冽

洮州大地上，我的父老乡亲

关紧木门和窗户，在土炕上围着火盆计算年景

窗棂上的剪纸开始被风剥落

一点一点被风卷走

留下窗棂上一层薄薄的白纸勉强挡住风

像父亲母亲的白发

白得流泪，落得心痛……

父母像土屋一样日渐苍老

而我们还在奔波，在城市的钢筋与水泥间穿行

在人群中找寻家的方向和期盼的眼神

渺小而单薄的身影像一片轻盈的叶子

左摇右晃，但终于顶住了风的凛冽

和生活的重

（原载《诗潮》2013 年第 6 期）

每个冬天

每个冬天都一样的寒冷
风肆无忌惮地穿街走巷，翻山越岭
又不知去向

每个冬天我都会像雪花一样漂泊
背着沉沉的行囊，颠簸在远行的路上
无始无终

每个冬天都会有一只羊的呐喊
为找不到草食而迷惘、绝望。它的四周
铺天盖地的白

每个冬天都会有一些人无家可归
他们的身影像裸露的树干一样孤单
像雪地一样苍茫

每个冬天都会有一双眼睛
在村口，在那棵老杨树下借着星光
焦急而耐心地守望

（原载《青年作家》2012 年第 9 期

差 异

一定是预感到或看到了什么

那么多音符，一下子不见了踪影

抖落的雪花

从电线杆上轻轻地飘落下来

像一支乐曲缓缓地萦绕着

久久不息。阳光很淡

但正好照见这梦幻的一瞬

尽管是短暂的，容不得一眨眼

生活的忙碌已使我们无暇顾及

这短暂而罕见的美

一些东西一触即破，是那么脆弱

一些东西无坚不摧，是那么坚强

而我们却一直执迷地追寻着

虚幻的东西，比如地位和名利……

一定是预感到或看到了什么

以至于忽略了真实的美

（《诗林》2012年第6期）

雪停了

天空投下湛蓝，但风依旧
远处的山一片金银，云朵从山顶发芽
开出洁净的温暖

我们备好粮食、水和盐，以及牛肉干
打马启程。抽一击响鞭
我们就离信念更近了一步

一团火焰，霍霍有声
舔舐着冰凉的蹄音。铃声叮当，叮当
撞响低处的桑烟和白发

白，留在高处
缰绳在我们的手心，越攥越紧
不敢松开

（原载《扬子江》诗刊 2017 年第 1 期

黑小白的诗

等一场雪

秋夜，雪和雨搭伴

探望相隔了一年的大地

添衣之后，依旧挡不住寒气

也许，该生起炉火

又怕故人自远方而来

就像这场雨夹雪的造访

让我更加伤感叶子和母亲的告别

我打扫干净院子和屋顶

等一场雪把冬天带来

那时候的炉火一定像久违的问候

让我倍感温暖

（原载《甘南日报》2018 年 11 月 26 日）

立 秋

秋天从青草的额头跃入视线

停在我赤裸的胳膊上

我不相信叶落之前的完整

就像镰刀上挂着的麦穗

终究将支离破碎

没有谁会在秋天发烧

并怀念已经过去的春天

风像薄情的目光越来越凉

误入院子的几只蚂蚱

把夜当成了石头

在一处凸起的棱角上

叫了很久，很久……

（原载《风流一代》2018 年第 28 期）

包 裹

我要在这里开一家小店

墙上贴满枫叶

和关于爱情的轻言细语

我不卖东西

只存放记忆

我希望每一对恋人都能幸福

如果他们要分开

我会打包记忆邮寄过去

连同这最清新的空气

请他们像第一次到枫林谷时那样

大口呼吸

而那些轻言细语将再次

贴近他们的唇舌

让一片枫叶羞红脸颊

（原载《本溪日报》2018 年 9 月 12 日）

夜

夜，漆黑，漫如一片深海

独坐的女子，静似一轮新月

火光跳跃着，刺破黑夜的幔

眸子沁寒，宛若散落叶间的星星

窗沿停着一只安静的蝶

风带来记忆

黑一寸寸褪去，伤一夜夜隐去

海也无声，灯也无光

剩下你，如月，悬在心空

（原载《格桑花》2018 年第 4 期）

同 行

雪下得很有气势，却虎头蛇尾

短短几天，就看不到雪来过的痕迹

除非，远眺那些起伏的山峦

你才发现，雪还在那里

最冷的温度也在那里

然而，春天也是最先从那里开始的

谦卑的青山悄悄地披上淡绿色的风巾

温柔地迎接着新春的到来

青草泛着清新的味道

土地睁开惺忪的眼睛

河水吟唱着久远的曲子

鸟儿欢快地滑过天空

我大口呼吸，大步走路

——和春天一路同行

（原载《中国风》2018 年第 4 期）

拂去你身上的雪

昨夜的雪，像农夫扬起的谷粒

落于洮河畔的黑土地上

来年，麦浪翻滚的时节

杨柳依依的路口

我等你

那么，今夜

请拂去你身上的雪

让明月剪出你的身影

寄给远方的清风

吹满我的衣襟

（原载《中国风》2018 年第 4 期）

土地的温度

当阳光的温暖散尽夜风带着寒意吹来

在一个人的房间里守着一盏孤独的灯

想象着未来的日子并怀念着过去

丈量梦想和现实的距离

似春天隔着一段漫长的岁月和冬天相望

一些似曾熟悉的心情依旧让人沸腾却冷得更快

放弃也许是走向成熟的一个必不可少的步骤但还是令人痛楚

空空的手像沧桑的枯枝没有绿叶

贴近土地在冬天的背后慢慢感受春的气息

如在漫漫的长夜里期待第一缕阳光洒在窗沿上

（原载《参花》2018 年第 5 期）

王小忠的诗

杏花落了一地

轻轻地我来到院子里

卸去一夜疲惫

杏花落了一地

红色的，粉色的

这些落地的杏花

让我捡拾时间的珍贵

并为它们写下干净的墓志铭

母亲已经老了

她带着乙儿漫步在红色和粉色深处

静静回忆年轻时的美丽

怎么的感伤呀

它载着岁月的艰难和甜蜜

时间之上的白雪

落在心头无法释怀的白雪

像这些红色和粉色杏花的飘落

月光般干净地来到大地上

叫醒我长久搁浅的心思

我写在纸上的母亲呀

和杏花一样的母亲

让我把春天的阳光拴到你身旁

感怀一地杏花深处的温暖

（原载《诗刊》2008 年第 1 期下半月刊）

秋 风

阳光还是洒了下来——

一朵朵野菊花纷纷关上大门

它们独自抬起头颅

仿佛纷乱的事件里

无法理清自己的思绪

我从秋风里站起身子

就像那些野菊花

奔跑在时间前沿

努力把成熟扩散

让许多忧虑成为坚硬的核

而秋风过后的寒意中

我也不敢保证

纤细的茎秆

能否支起尘世之上的明亮灯盏

（原载《诗刊》2008年第1期下半月刊）

冶木河

我是一条梦想草原的鱼

有着众多遗忘和铭记的鱼

载满永不疲倦和苍老的冶木河

为什么总把回忆铺泻在我心灵深处

就在昨夜，我还梦见春天

梦见更早的草原

和草原上浅浅的河流

我听见同伴的笑语

听见自己被夹在书页

变成时间的标签而疼痛喊叫

为什么还要游进冰冷的河面

说不出遗忘和铭记所隐忍的根源

也找不到合适的词语

黑夜和黎明的上空

谁的呼唤叫醒了我

大地之上的冶木河呵

是你滋养我的苦难和幸福

父辈的河流是希望的彩带

一条向北的鱼

它渺小的腰身游动

善良的冶木河仿佛温暖的胎盘

让漂泊的我找到最初的热爱

（原载《诗刊》2008年第11期下半月刊）

经 年

许多年之前，桑多河边马兰花刚刚开放
白云飘动着，风缓缓吹着
草原青青一片。我们相约的激动流水样清澈
帐房里传来的歌声那么悠远
你笑着说，这是我们的世界，平静而祥和
今生来世都要相爱，把彼此放在最温暖的心怀
生出大海的宽广，生出蓝天的深刻

许多年之后，我们在小镇生活
墙壁一年一年地暗淡着，门框也在不经意间开始松动
从兰州运来的白兰瓜途经风霜
从四川运来的柑橘也有点枯皱
这些都是我最喜欢的。每次赶集你总是带点回来
它们被你浸在水里，生出隐隐晶莹
生出我心中无言的痛，感动与幸福

我们的鬓间又多出了几条花纹
梳子上的乱发也越来越多
脸盆里的影子日渐消瘦

孩子奔跑着，他在阳光下的身影越来越长

叶子青了又黄，这些健康的成熟和凋落

生出我心中隐忍的酸涩，生出深藏衰老背后

那些不易被人发现的笑容

（原载《诗刊》2009年第5期下半月刊）

秘　密

落下来了，这是最后一抹斜阳

那一片草原上隐藏着什么

被夜色涂黑的天空和眼前的冶木河

它们不断吞噬大野

晚风过后的另一个早晨

一朵花静静开放

秘密在翻过的书页上被打开

时间深处，它们和我一样，显得那样苍茫

（原载《诗刊》2009 年第 5 期下半月刊）

碎 句

我喜欢暮色，喜欢它喧嚣背后隐藏的安宁
更喜欢它把我揽在怀里，平息我心灵的骚乱
让我在夜晚里拥有一份劳动者一样光荣的睡眠

我喜欢露珠，喜欢它的干净
喜欢它在阳光下进入大地深处时的笑语

我也喜欢晚秋的风，喜欢它肆意卷起落叶时
那种充沛的激情

蓝天多么悠远，田野多么空旷
我想和花草做一回夫妻
满世界都是我的孩子，还有什么心愿比这更光辉

（原载《诗刊》2013年第9期下半月刊）

即 景

除了经幢的歌唱、细雨碎小的脚步
还有飞檐下嘀咕的鸽子、墙角处忙碌的蜘蛛
之外——
这里是寂静的

丁香开满院子
不炫耀，不争吵
经轮守护三千世界

……唯有这些野罂粟花在经堂门前兀自开放

佛从盲窗里窥视众生之秘密
佛从来不在高处，佛就在这些低矮的野罂粟花中间

（原载《诗刊》2013 年第 9 期下半月刊）

街　道

每天必须从这条街道经过，在固定的地方买上烧饼
然后开始在喧闹的世界里寻找自己

下午，太阳还高高挂在天上
我依然迈上这条街道，摇晃着去那个地方
挤进人群，或者坐在台阶上一直等到暮色来临

更多的时候，我会拎着烧饼慢慢走进毛刺林
风来了，雪也就来了，坚持了一个季节的叶子
它们缓缓落下来，落在脚下，无靠无依

突然之间我感到这条街道在变得十分陌生
冷清，孤寂，而且无比坚硬
变得让我找不到自己而掩面流泪

（原载《诗刊》2013 年第 9 期下半月刊）

薛菲的诗

麦西莱普

擅长迈动脚步的人

没有顺着大道走路

靠夕阳盘腿而坐

观看花朵，树，鸟羽的不曾生长

太持久

河流都消失了一半

依旧拍着手，坐着，听绿洲播种，夜风如艾德莱斯

习习吹过

（原载《诗林》2012 年第 5 期）

不是早晨

静而长久的坐姿一定可以挽留什么

我坐在常等待母亲回来的大门口

阳光下散发木头香气的门，和记忆中的一样

我守着记忆，观察高原在一场雨后的早晨

这次，不是等母亲回家

我回来，她洗菜擀面，忙碌一顿吃食

天蓝得让云无所适从，悠悠荡荡

小山包上矗立一座年代久远的小庙

小庙不安静，安静的只有早晨

风铃在四个檐角发出金属擦划的清越

我竖起耳朵听

除了风，还有佛来去走动的声音

佛踩动一碗碗清水的边沿

佛是不羁的民间乐手

这不，一个爆破音，清水洒出碗面的声音

恍然间什么空了，阳光倏忽烈起来

（原载《西部》2013 年第 4 期）

薛菲的诗

云

巩乃斯河谷

云，一排一排神放出的筏子

谁，可以如此轻盈

去天空的码头渡船

我想起灵魂那个轻盈的姑娘

我的姐妹

（原载《伊犁文化旅游丛书——古今诗人唱伊犁》）

七月。马匹。我的名字。

气味。汗血马粗粝鬃毛狂浪千里

剩下的都在光阴凌迟中白发苍苍

一个夏天的时间不容小觑

荒草像夜晚墓地灯火们

掩映下漆黑脱色的头发

前所未有一种衰竭

前所未有一种愤怒

低血糖病人与空气挣扎的勇气

我的名字让我与七月贴近

当狂烈的爱注入内心

日光掏也掏不走一股清泉渐渐生成

滋生一批不在意在春天提前发芽

情愿困在盛夏淤泥里生生灭灭的野草

疯长追逐鹰飞

与暴戾的天气一拍即合

绿色刀锋伸向盛大无比的西域秋天

我看见我的名字燃烧出野火的气势

为生命繁衍腾出大片自留地

淫雨霏霏我看着名字与天空交合

打开布满地面一张张小口

地下流火飞窜千万个水滴纷飞

我看见生命虬结的永恒之地

我的名字像一种理想的姿态

口含火焰鲜活的馨香

呈现八种相同的样子

染红圣洁之地的夕阳

向永恒的树身攀缘

那形状像一抹高出地面的颈项

草。会说话

离开春天低眉顺眼的可人

摇摆在风中有树的风骨

穿过荒草像穿过被野性哺育的森林

在我的祖国最低的事物中

还流着浓烈汁液

忍受割草机的弑杀

我又听过几则新闻

说不上震撼

但也绝不会使人轻松

高处的废墟

有人题字却没有人当真

海市蜃楼在一片粉色纸中愈演愈烈

没有人把白昼当作白昼的时候

黑色更能掩护信仰缺失

垃圾漂浮鱼池狂风塞满街道

只有暴戾的七月给予人喘息

（原载《西部》2014 年第 12 期）

戏剧社

让他们不夸张就可以开口

有人需要飞起来

有人顶破梦想的帽子

我有云淡风轻的外表

是因为我曾被它碾压

我痛

不愿自己听到声音

我痛

不愿你们看到口型

也许这只是一个冷笑话

谢谢冬天之口

（原载《绿风》2016年第1期）

花

比浮沫重
比铃铛轻
比空气沉
比鸟语香

我们知道的命名里
不安全因素
来自一个惊讶的唇齿音

谁给的礼物
用它来埋骨
用它来庆生
中间夹杂的
是向死而生的故事

往往结束了还没开始
而开始快得像西域六月的雨
没有开始

但是一大批人民靠它养活着

血液因为它而泛青

许多日子　说着情话便快

（原载《绿风》2016年第1期）

世界纯洁的时候正在下雪

白，冲毁时间的堤岸
毛孔里的灯，白的反光镜

白色，持重如观音姐姐
她惦记芸芸众生，甚至角落里斑驳的苦难

它们飞。没有秩序。六边形是唯一的秩序
以此衡量天山，衔接处的烟囱，石头森林

白总是慈悲为怀
任由它们的形状凸凹，在白的布施里

这一切，我看着
世界正在纯洁，我经历过
恋爱中的唇，干燥且潮湿

我在雪中放慢脚步
此刻，世界通过无数的白色邮件抵达我

（原载《西部》2018 年第 6 期）

丁
海
龙
的
诗

这一天

风柔了些、天蓝了些、心情好了些
那远方的伊人啊，清晰了些
这一天
感觉幸福快乐了些

（原载《甘南日报·羚城周末》2019 年 1 月 19 日）

故 乡

故乡的清晨是寂静的
冬日里，枝头泛着黑色的光
微微的，恰若一首朦胧的诗歌

山峦为晴雪所洗，仙肌胜雪
别有一番情调
密密的松柏在青石的衬托下
连着白云似乎多了一份乡愁

（原载《甘南日报·羚城周末》2019 年 1 月 19 日）

必 然

远山比远山更远
比远山更远的是人的欲望
而比欲望更远的是死亡的坟墓

这一天必然来临
像涣散了的晚霞

而更遥远的
也定然来临

（原载《甘南日报·羚城周末》2019 年 1 月 19 日）

小 屋

筑个小屋，明亮而通风
有足够的食物与水
能够裹紧我饥饿的肚皮

清晨来一阵鸟鸣
从山顶滑下一股清流
那是自然明亮的眼睛

这间小屋远离喧嚣
足够安静，足够美丽

这里面装着快乐
装着知足常乐的生活态度——
这些我就足够了

（原载《甘南日报·羚城周末》2019 年 1 月 19 日）

白云天

多么渴望，每一日都伴随着白云

没有暴雨，充满了明净与旷远

惠风和畅，每一次出行都是一次美好的记忆

写进心里，写进梦里，写进后半生的笔记里

每一条河流都有一颗明亮的眼睛

每一棵树都苍翠欲滴，自高处落下

绿色的瀑布，溅起的水花，绣成绿色的云彩

在生活的琐碎里我们不停地张望

在匆匆地脚步里

遗漏了多少这样美好的时光

只有云知，风知，山知，唯我不知

（原载《甘南日报·羚城周末》2019 年 1 月 19 日）

五月，本该这样

刻意这样：排除内心积压的痛楚
用时光疗伤。新雨多惆怅
叶子悬挂雨水，滋养苦涩的根

五月，我匍匐在诗歌的中心
手舞足蹈。不要说，雨水
蕴含不了阳光
不要说，彩虹不会凌空
踩着岁月，踩着流动的阳光
那一日
你哭也罢，笑也罢
可是那岸
多么遥远啊，风吹不落一滴泪水

此刻，脚踏土地，心底的顾虑
一若大颗粒的沙子，钻不出
幽暗的牢笼
任时光打磨我多触角的形体

五月，你需要准备考试的材料

一肚子的忧郁

没时间看窗外的风景

听树下的欢歌

你直来直往，铺垫着脚下的路

五月，抛弃与恋恋不舍

只有自己懂

这一帧五色的挂图

如夕阳一样摇摇欲坠

（原载《格桑花》2014 年第 1 期）

七　夕

秋夜薄凉如剑
葡萄架上的明月跌落一地
掌灯的酒吧打烊了
我们静静地待在七月的天空下

今夜，我们欣然仰望着苍穹
鹊桥相会的日子来临了

可是，黑云笼罩了明月
晚风抽打着密林

此刻，我想，牛郎一定喝醉了
织女一定出轨了

我们久久地等待在黑蝴蝶般的夜色里
默默地
谁也不理谁

（原载《格桑花》2018 年第 4 期）

冯成才的诗

寒冬的麻雀

校园里新入住了一群麻雀

浅灰色的羽毛上

零星地镶嵌着几点银白

冬天的早上是寒冷的

我推开门一不小心

惊醒了它们

我知道，这份勤劳是可贵的

要不然你看那

趴在桌子上咿咿呀呀

读书的孩子们

也用同一种敬畏

警醒了我

（原载《华语诗歌年鉴》2014年卷）

王
学
仁
的
诗

季节的风穿透岁月的薄凉

又一次黄叶从秋风中飘落

孤独的岁月

泛白的小路，装满行人的脚步

季风吹落头顶的梦想

吹落一个人内心的星辰

浸淫的秋雨，路过村庄的山梁

母亲的鬓角

多出了如丝的银光

我客居的城市，快结一张网

网住你透明的心脏

笼罩我的沉重行囊

将一路阻隔的山高水长

送达她清幽的橱窗

一个忧伤的男人，不停举念

祈求路过白天的时候

顺便把夜晚轻轻绽放

（原载《格桑花》2018 年第 4 期）

梦忆的诗

旷 野

空旷的山野，单薄的人影

白色的瀑布跌落千里后

细小的支流不再有干涸的痕迹

顺着脸颊

似忘记关闸的洪水般奔腾

奋力地淹没深秋叶落的哀伤

从高空俯视

归隐在杂草与山丘之间的细小支流

安静地舔食着叶落流血的枯死枝干

（原载《甘南日报》2017 年 11 月 20 日）

孤独老人

昏暗的暮色里

一轮明月　一座没有声音的空屋子　一盏暖黄色的灯

与一个形销骨立的老人相互观望

明月想望透老人内心的孤寂

空屋子等待着温度与欢笑

暖黄色的灯期待着被抚摸

而老人

深邃的眸子里一颗倔强而又无奈的眼泪

迫切地等待着儿女的归来

（原载《甘南日报》2017 年 11 月 20 日）

拥抱阳光

树下，花儿肆溢香味
老人与孩童嬉戏
阳光下，他的微笑那么爽朗

而我在等待
等待旧城低却不灼伤的太阳往西边奔跑
它奔向西，我便奔向东
奔向那个小小的黑木屋
只属于我的小黑木屋

打开封闭良久的花边窗，张开双臂
让西去的太阳直直地照射
直直地拥入怀里
照亮黑木屋里的小天地

（原载《甘南日报》2017 年 11 月 20 日）

遗失的幸福

小时候的冰凌花是幸福的

每一个晨曦微露的时候

有那么多孩子眨巴着通透的眼睛

蜷缩着一双冻得通红且皲裂的手

观望着

冰凌花如何在透明的玻璃上临摹

刹那间

或缥缈的云霞

或挂满冰晶的雾凇

或临空散落的垂柳……

都一一地映入眼帘

淡雅的意境惟妙惟肖

每一双通透的眼睛里写满了幸福

仿佛认知了世界

长大后的冰凌花是不幸的

钢筋混凝土的空洞中再也看不到

无根无叶无土壤生存的冰凌花

透过斑驳的记忆

多想，多想再哈一口气给你温暖

又怕你伤心流泪

突然间

冰凌花仿佛是一个无家可归的孤儿

（《格桑花》2018 年第 2 期）

小木屋

冷暖间，透过一面小木窗

我频频瞭望

桑科草原上广袤的心事

每一朵苏鲁花的挣扎

以及，那暮色浸透后的一片片灯海

都是我想要瞭望的天堂

暗夜里，静静聆听被雨淋湿的屋檐下一对鸽子的呢喃

像极了我与另一个自己的对谈

不后悔，滂沱大雨里放肆地疯一回

一个个回音仿佛比一次次的瞭望还要深远

我躲在小木屋里拼命地瞭望……

或许，只有那一面小木窗懂得

（《格桑花》2018 年第 2 期）

野 花

原野的云像一本厚厚的书

我在悠长悠长的山坳里一页一页地翻

沉重的　轻快的　柔软的

它们在湛蓝湛蓝的天空里游来游去

无边无垠的旷野里，风轻轻地吹过

那些不知名的野花在瀑布般的绿里尽情地撒着欢儿

这苍茫的原野是不加任何修饰的

小虫子　小野花　小草儿

都没有一点点的修饰，一点也没有

没有人问津它的苦难与忧伤

阳光下，它们如繁星般静静地点缀着这世间唯一的真实

犹如婴儿出世般干净……

（原载《甘南日报》2018 年 7 月 30 日）

赵倩的诗

长江图

凌晨一点

《长江图》里的游轮

缓缓行驶

我仿佛等了好久

闭着眼睛等

潮汐的水声

在我的体内逆流，去向不明

观音阁

类似与一个事物的经过

和它溢出来的节制

有时，我接不住它

就纠缠着，出逃

信仰，于是也投靠宗教

坠入长江的悖论里，失去重心

有些，我说不出来

就像和自己和解这种事

隐匿着，就失去了因果

期待可以省略了

我不想这样

过早地把自己交出去

（原载《飞天》2018 年第 5 期）

火车记

居住在西北风的预警里

热烈的事物像摄氏度

描述起来就是警报迭起

无休无止

从兰州回来的途中

深夜一点多的列车寂静

打工的中年妇女巧妙地蜷缩在座位上

折叠的身体，缺暖和的衣服

我成了另一个防空洞的俘虏

在夜窗上

回旋到肺叶的脉络里，打了一个激灵

月亮别在车厢的接头处

风往心里吹

而我想再睡一会儿

（原载《飞天》2018 年第 5 期）

活在暮色里的玉兰香

草垛、青烟路过暮色

树旁的小孩子，心不在焉地揪着蒲公英的耳朵

鸟儿的羽毛像白云呼吸

风筝的线顺着电网交叉

天很蓝

人像蚂蚁忙碌

搬运粮食的那个男人

在杏树下，抽了一根红兰州

开着破烂的拖拉机经过民主巷

小心翼翼地像拎了一群张着嘴的刀子

土坯墙倒在木塔寺的后面

黄昏开在玉兰的中央

盛产阳光的季节

日子被烤得发烫

（原载《飞天》2018年第5期）

实习录

1

平白多出来的黄昏

迟早还是会落下去

四棵树的，抑或是增生的枝丫

被鸟鸣声包围，剩下的在回声里往复

从食宿二楼窗口往外，孩子们在玩耍

风，带着贫瘠

一点一点吃掉了冬天

每天，我练习大声讲话

向办公室里的人问好，给孩子们上课

陌生的，包括慢热的光

都在辅佐我

说服漫长

只剩下局促的时候

我常常感觉，自己的分量越来越轻

某种生活稳定

平展、荒疏

白杨树在回旋的白云里

顺从着时间

教我热爱一些笔直的事物

那小小的村庄和千篇一律的红门框

一个好天气，我们对话

穿过乌苏的民主巷、和谐巷，还有幸福路

整个周末，只有鸟鸣一再被确认

风过旷野，过滤出蓬松的日子

和巨大的圆形调停

躲避热烈

我看见一只麻雀飞起来又落到了低处

2

无数柳絮乘着风，路过我

用身体盛满鸟鸣

旷野在五月的阳光下奄奄一息

蒲公英发出恭顺的和音

在校园面前

我想到象牙白的牙齿

吞下了整个实验室闲置的器材

静默在某一刻，是加缪的

钝感，松弛下来

我以光的裂缝为半径

声波，像浪尖

朝一个方向涌来

有光，宽慰

我们迎合虚词

单调没有时差

3

一路上，人很多，湖边的浪潮在我左边

或是脚下，但同样是被缓慢的波纹包围

蒲公英在草地上，穿花裙子的姑娘咯咯地笑

我幻想朝西的路程已到了尽头

停留在此刻，面对空旷

一个人被荒凉的美安慰

我以我的方式横渡黄昏

低着头挑拣石子

如同对着生活中不愿漏掉的琐碎仪式

享受平静，像一颗石子遗忘自己的命运

我没有任何行李

归去的时候，只带了几颗石子

远处的天空被灰色占领

天鹅伸长脖颈等待游客投食

六月漫长

在我身边，风向轻盈

每个人带着心事，演练远方

石子们什么也不表达

光是这沉默本身

它属于我

带着负重，我甚至一无所思

（原载《飞天》2019 年第 1 期）

附：临潭文学 70 年作家诗人名录

丁士荣（1935 年—），回族，生于临潭县城关镇城内村，曾任秘书、编辑、主编，中国当代诗歌学会会员，作品曾被收录多种选本。

王俊英（1937 年—），生于临潭县新城镇东街村，曾在甘南藏族自治州人委编译科、甘南广播电台、甘南报社担任翻译，甘南州地方史志编委会副主任、编委办公室主任、《甘南州志》主编。

郑恒瑞（1937 年 7 月—2017 年 11 月），生于陕西省西安市，毕业于西北师范学院（今西北师范大学），临潭二中高级教师，酷爱文学，曾有文学作品发表在《甘南报》《格桑花》等报刊。

宁文焕（1938 年—1999 年），生于临潭县城关镇古城村，长期在临潭二中任教，中学高级教师。一生致力于洮州花儿和洮州民俗的研究，1992 年出版《洮州花儿散论》。曾系中国民间文艺家协会甘肃分会会员、甘南州舞蹈协会会员、甘肃省民俗学会副秘书长，任临潭县文联副主席等职。曾在省内外报刊发表歌曲、民歌、民俗文章 40 多篇（首）。

张戈（1940 年 8 月—2017 年 12 月），原名张尊选，生于临潭县古战乡（今古战镇）古战村。1966 年 7 月毕业于西北师范大学政治系。原甘肃民族师范学院副教授，出版诗词集《桑榆集》《镜心集》。曾系甘肃省诗词学会会员。

海洪涛（1940 年 12 月—），回族，生于临潭县新城镇南门河村。

毕业于甘肃省教育学院汉语系，毕业后在临潭二中任教。短篇小说《马认真》于1987年获"格桑花奖"。出版《中国穆斯林三百历代名人歌》《中华历代名人歌》《天方大圣事迹歌》等著作。曾任临潭县志办主任，《临潭县志》主编，临潭县文联副主席等职。

马国良（1944年2月—），字永峰，笔名白岩，回族，生于临潭县城关镇土毛滩村。著有诗集《白岩诗集》。

王玉亭（1944年7月—），笔名禹挺，生于康乐县景古，临潭县三中教师，作品发表在《甘南报》《格桑花》等报刊。

张尊荣（1949年12月—），笔名路云，生于临潭县古战乡（今古战镇）古战村。甘肃省诗词学会会员。曾兼任临潭县文学艺术界联合会主席。出版诗词集《洮水渔歌》。

唐毅（1956年8月—），生于临潭县陈旗乡（今王旗镇）唐旗村，曾在迭部、卓尼、临潭等地供职。作品散见《星星》《延河》等刊物。现居临洮。

刘文学（1957年3月—），又名刘青之、刘青芝，回族，生于临潭城关，毕业于西北民族大学政治系，供职于兰州市民委。代表作有中篇小说《黄河颂》、报告文学《心灵的最高洗礼》、散文《秦腔》、诗歌《鼓声》等。

唐佐智（1958年10月—），生于临潭县古战乡（今古战镇）古战村。笔名雪野，斋号集粹堂。先后参编《临潭县志》《中国共产党甘肃省临潭县组织史资料》等。著有诗词书法集《雪野履痕》。现为甘肃省诗词协会会员，甘肃省书法家协会会员。

马希云（1959年1月—），笔名云杉，回族，生于临潭县城关镇土毛滩，1980年毕业于西北民族大学。中国少数民族作家学会会员，甘肃省少数民族作家协会理事，兰州少数民族文学会

会员。

李城（1959年9月—），生于临潭县古战乡（今古战镇）尕路田村。1984年毕业于兰州师专中文系，曾任甘南州文联副主席。甘肃省作协会员，黄河文化研究会理事。出版散文集《屋檐上的甘南》《行走在天堂边缘》及小说集《叩响秘境之门》，长篇小说《最后的伏藏》《麻娘娘》等，多篇散文被《读者》《作家文摘》等转载。现居甘南州合作市。

马廷义（1962年4月—），回族，生于临潭县城关镇杨家桥村，1984年毕业于西北民族学院汉语系。现供职于临潭县志办，译著有《玄机与真光》《人类—起始与归宿》《麦克图巴特·书信集》等。

禄昌义（1962年5月—），藏族，生于临潭县八角乡中寨村西沟台社。作品散见《格桑花》《甘南报》等。

马旭（1963年—），笔名甘男马旭，或甘南马旭。生于临潭县新城镇东街村。曾任甘南藏族自治州政府发展研究室主任、州委政策研究室副主任（主持），在《青年作家》等刊物发表作品。

唐天（1963年—），生于临潭县陈旗乡（今王旗镇）唐旗村，兰州民间工艺美术家协会会员，作品散见省内外报刊。

王永久（1963年—），藏族，生于临潭县卓洛乡日扎村。1983年甘南师范毕业后在玛曲工作20多年。现任甘南州文联主席。作品散见《飞天》《西藏文学》《甘肃日报》等报刊。

闫国新（1963年2月—），笔名辛小琏，号莲山村夫，生于临潭县八角乡（今八角镇）牙扎村乔拉尕社。临潭三中教师。中国民俗摄影家协会。作品散见《甘南报》《格桑花》等报刊。

赵旭光（1963年8月—），生于临潭县新城镇西街村，临潭三中教师，作品曾发表在《甘南报》《格桑花》等报刊。

张俊立（1963 年 11 月—），生于临潭县新城镇东街村，1984 年
　　2 月参加工作，现供职于临潭县档案局。系中华诗词协会会员，
　　有民俗类文章散见省内外报刊。

陈克仁（1964 年 1 月—），笔名古原草，生于临潭县陈旗乡（今
　　王旗镇）。先后在《人民日报》《中国青年报》等报刊发表文学
　　及新闻作品 600 多篇。已出版文史资料集《话说铁城》《我的甘
　　南》等。

陈拓（1964 年 3 月—），原名陈忠仁，号草原野老，藏族，生于
　　临潭县古战乡（今古战镇）古战村包家寺社。中国少数民族作
　　家协会会员、中国西部散文学会会员、甘肃省作家协会会员。
　　作品散见《飞天》《青海湖》《散文》《散文百家》等刊。著有散
　　文集《游牧青藏》，诗歌集《鞍马格桑》，《六个人的青藏》（合
　　著），主编有《玛曲县志》（第一部）、散文诗歌集《阅读玛曲》。
　　获得甘肃省第四届敦煌文艺三等奖、天津市第十八届“文化杯”
　　全国孙犁散文奖。现任玛曲县委党校副教授。

何子彪（1964 年 10 月—）藏族，生于甘肃卓尼，1986 年 12 月加
　　入中国共产党，1985 年 8 月参加工作，甘肃省委党校研究生学
　　历，现任临潭县人大常委会主任。

敏建新（1965 年 4 月—），回族，生于临潭县扁都乡（今新城镇）
　　哈尔滩村。现为临潭县回民中学高级教师。系甘肃民族师范学
　　院河洮岷文化研究中心特聘研究员。《临潭县志（1991—2006）》
　　《临潭史话》《临潭县政协志》副主编，出版《临潭民俗文化》。

马广信（1965 年 9 月—），回族，生于临潭县城关镇教场村，1989
　　年毕业于西北民族学院政治系，现供职于甘南畜牧学校。在
　　《宁夏社会科学》《西北民族研究》《甘肃社会科学》等刊物发表
　　论文多篇，参编《甘南革命史略》。

马国山（1965 年 10 月—），回族，曾长期在临潭县生活和工作。以马伦、阿山、伍德等笔名发表作品。甘肃省作协会员、临夏州文联会员及理事。1990 年油印诗集《诗人日记》。出版诗集《心境花园——伍德的诗日记》，获甘肃省第五届少数民族文学奖。2015 年作者本人名录列入《中国回族文学通史（当代卷）》。

丁士仁（1966 年 10 月—），回族，生于临潭县城关镇郊口村。哲学博士，现为兰州大学哲学社会学院教授，研究生导师，担任兰州大学伊斯兰文化研究所所长、甘肃省少数民族文化教育促进会会长、丝绸之路（敦煌）国际文化博览会顾问、《伊斯兰文化》主编、《中国伊斯兰文献汇编》总编。出版个人专著 6 部，译著 10 部。

赵凌云（1966 年 10 月—），藏族，生于临潭县古战乡（今古战镇）古战村，1989 年 7 月参加工作，省委党校研究生学历，现供职于甘南州人民政府。业余从事文学创作。

敏彦文（1967 年 5 月—），回族，生于临潭县卓洛乡下园子四社，1991 年毕业于西北师范大学政治系。现供职于甘南州文广新局。在国内报刊发表诗歌、散文、文学评论等 630 多篇（首），曾多次获全国及省级文学专业奖（文艺评论奖）。出版诗集《相知的鸟》，散文集《生命的夜露》《在信仰的草尖》，文学评论集《甘南文学夜谭》等。名录列入《中国回族文学通史（当代卷）》。

北乔（1968 年 4 月—），原名朱钢，生于江苏东台，作家、诗人、文学评论家。曾从军 25 年，立 1 次二等功、9 次三等功。2016 年 9 月挂职临潭县委常委、副县长。在《人民文学》《诗刊》《解放军文艺》和《当代作家评论》等发表作品 610 余万字。出版诗集《临潭的潭》、长篇小说《当兵》、系列散文《天下兵们》和文学评论专著《约会小说》等 12 部，获多个文学奖。中国作家协会和中国文艺评论家协会等会员。

牧风（1968 年 9 月—），原名赵凌宏，藏族，生于临潭县古战乡（今古战镇）古战村。现供职于甘南州文广新局。中国作家协会会员、中国少数民族作家学会会员、鲁院学员。作品散见《诗刊》《民族文学》《青年文学》《散文》《诗潮》等刊。著有散文诗集《记忆深处的甘南》《六个人的青藏》（合著，任主编）。曾获甘肃省第六届黄河文学奖、甘肃省第五届少数民族文学奖、首届玉龙艺术奖等多个奖项。

高云（1968 年 10 月—），笔名浪子高云，回族，生于甘肃岷县，1999 年定居临潭县城关镇。中国民俗摄影协会硕学会士、中国摄影著作权协会会员、人民摄影协会会员、甘南州摄影家协会理事。文学作品散见《飞天》《时代青年》《甘南日报》《甘肃广播电视报》等报刊。

牛仲筠（1968 年 11 月—），生于临潭县古战乡（今古战镇）古战山村。1988 年赴玛曲任教，现居兰州。

李志勇（1969 年 10 月—），生于临潭羊沙乡。作品散见《诗刊》《诗歌月刊》《星星》《诗歌报月刊》《汉诗》等报刊。诗歌曾入选多种权威年度选本。著有诗集《绿书》。

彭世华（1970 年 3 月—），笔名沧浪之水，生于临潭县古战乡（古战镇）古战村。已在《诗刊》《文艺报》《中国诗人》《青年作家》《甘肃日报》等报刊发表作品，系甘肃省作家协会会员。现供职临潭县民政宗教局。

王旭光（1970 年 4 月—），笔名野草、天涯过客等，生于临潭县羊永乡（今羊永镇）李岗村五社，现供职于甘南州纪委监委。作品散见《格桑花》《甘南日报》等刊刊。

黎学龙（1970 年 9 月—），笔名流石，回族，生于临潭县卓洛乡上园子村。作品散见《诗刊》《飞天》等刊。

薛贞（1970年9月—），女，藏族，生于临潭县古战乡（今古战镇）古战村。毕业于西北师范大学中文系。中学高级教师。现供职于卓尼县教育局。甘肃省作家协会会员。作品散见《诗刊》《星星》《诗选刊》《扬子江》等刊物。

罗腾（1971年1月—），原名韩小东，藏族，生于甘南州舟曲县，1995年7月毕业于北京师范大学。现为临潭县委常委、组织部长。作品散见《甘南日报》等。

张润德（1971年3月—），生于临潭县石门乡草山村。现为临潭县石门学区教师。作品散见《文艺报》《格桑花》等报刊。曾获《格桑花》2018年度优秀作品奖。

王朝霞（1971年11月—），女，生于临潭县冶力关镇东山村。甘肃省作家协会会员，甘肃省文艺评论家协会会员，甘南州作协理事。作品散见《西藏文学》《散文》《青海湖》等刊。出版散文集《因为风的缘故》。现供职于中共甘南州委宣传部。

扎西才让（1972年1月—），原名杨晓贤，藏族，生于临潭县新堡乡（今洮滨镇）新堡村，中国作家协会会员，中国诗歌学会理事，甘肃省作家协会理事，甘肃诗歌八骏之一。作品散见《诗刊》《民族文学》《星星》《山花》《红豆》等刊，被《新华文摘》《散文选刊》《小说选刊》《诗收获》《诗选刊》《散文海外版》转载并入选《新中国成立60周年少数民族文学作品选》《中国好文学》《70后诗歌档案》《中国年度诗歌排行榜》等60余部选本。曾获甘肃省敦煌文艺奖、甘肃省黄河文学奖、中国红高粱诗歌奖、唐蕃古道文学奖、海子诗歌奖、《文学港》储吉旺文学奖、《飞天》十年文学奖、三毛散文奖、《红豆》年度作品奖等奖项，荣膺"第四届甘肃省中青年德艺双馨文艺工作者"

荣誉称号。著有诗集《七扇门》（2010）、《扎西才让诗歌精选》（2015）、《大夏河畔》（2016）、《当爱情化为星辰》（2017），散文集《诗边札记：在甘南》（2018）。现供职于甘南州文联。

唐为民（1972年2月—），藏族，生于临潭县古战乡（今古战镇）古战村，毕业于西北第二民族学院（今北方民族大学），作品散见国内报刊并入选多种文集。现供职于临潭县市场监督管理局。

薛兴（1972年8月—），出生于临潭县古战乡（今古战镇）古战村，1993年7月毕业于甘南州畜牧学校。作品散见《诗刊》《文艺报》《格桑花》《甘南报》等报刊。现为甘南州文联会员。

葛峡峰（1972年8月—），生于甘肃省渭源县，现供职于临潭县公安局。中国公安文联会员、诗词协会理事。甘肃省作家协会会员。作品散见《诗刊》《文艺报》等报刊。曾获第四届甘肃省黄河文学奖。

敏奇才（1973年11月—），回族，生于临潭县长川乡敏家咀村一社。1995年毕业于西北民族大学汉语系，现任临潭县文联主席。系甘肃省作家协会会员。鲁迅文学院学员。小说、散文、剧本散见《民族文学》《中国作家》《光明日报》《文艺报》等130多家报刊，入选《新时期中国少数民族文学作品选集》《2008年中国散文精选》等。主编散文诗歌集《洮州记忆》，出版散文集《从农村的冬天走到冬天》等。名录列入《中国回族文学通史（当代卷）》。

王力（1974年9月—）生于甘肃省通渭县。1999年6月毕业于天水师范高等专科学校，2000年3月到临潭二中工作。作品散见《中国诗人》《青年作家》《诗歌月刊》《格桑花》报刊。

敏彦萍（1974年10月—）女，回族，临潭县卓洛乡下园子四社，1994年8月参加工作，现供职于碌曲县史志办。在《甘肃日报》

等报刊发表散文、诗词等作品 300 多篇，作品入选《藏羚羊走过的地方——甘南当代散文集》《甘南日报 60 年文学作品选散文卷》《洮州记忆》等。曾获甘南州"第四届格桑花文学奖"优秀奖。

马建芬（1975 年 8 月—），女，回族，生于甘肃甘南临潭县新城镇南门河村。毕业于西北民族大学临床医学，供职于临潭县城关镇政府。作品散见《格桑花》《甘南日报》《民族日报》等报刊。

李雪英（1976 年 10 月—），女，生于临潭县冶力关镇蒽家庄村寨子社，供职于临潭县冶力关镇政府，散文《罐罐茶的记忆》入选《作家笔下的临潭》。

马慧梅（1977 年 10 月—），女，生于临潭县冶力关乡蒽家庄村二社。出版散文集《每一棵草都美丽》《一树一树花儿开》。

胡憬新（1977 年 11 月—），生于临潭县长川乡马牌村土门社。毕业于甘肃省商业学校，现供职于临潭县审计局。作品散见《草堂》《甘肃诗词》等。

唐亚琼（1978 年 12 月—），女，藏族，生于迭部县卡坝乡尼欠村，临潭县陈旗乡（今王旗镇）唐旗村人，现供职于甘南州文联。鲁迅文学院学员，第十八届全国散文诗笔会代表，甘南州作家协会副主席。作品散见《诗刊》《民族文学》《诗歌月刊》等刊。入选《中国诗歌年选》《中国散文诗精选》《中国诗歌年选》等选本。获甘肃省第六届黄河文学奖，第 25 届东丽杯全国鲁藜诗歌三等奖，第四届"格桑花"文学奖优秀奖。出版诗集《唐亚琼诗选》。

敏洮舟（1979 年 1 月—），原名敏玉林，回族，生于临潭县城关镇教场村。现居临夏州广河县。《我们》杂志主编、中国少数民族作家协会会员、甘肃省作协会员。散文多次被《散文选刊》

《中华文学选刊》转载及入选《2013年度随笔排行榜》《新时期中国少数民族作品选集》等年度选本。著有散文集《长途》（中文版、阿文版）、文化访谈录《耕耘在野》。曾获2014《民族文学》年度奖，2014年度华文最佳散文奖，第五届、第六届甘肃省黄河文学奖、第二届《回族文学》奖，散文《急救室》（哈文版）获2015《民族文学》年度奖。名录列入《中国回族文学通史（当代卷）》。

花盛（1979年3月—），原名党化昌，藏族，生于临潭县石门乡石门口村党家磨社（今石门乡梁家坡村石门口社），甘肃作协会员，鲁迅文学院学员。作品散见《诗刊》《民族文学》《青年文学》《诗选刊》《星星》《青年作家》《美文》等刊，入选多种选本。曾获全国十佳散文诗人奖、甘肃省少数民族文学奖、中国散文诗天马奖、甘肃黄河文学奖等多个奖项。著有诗集《一个人的路途》《低处的春天》《党家磨3号》《那些云朵》，散文诗集《六个人的青藏》（合著）《缓慢老去的冬天》等。

黑小白（1979年4月—），原名王振华，回族，生于临潭县城关镇郊口村，现供职于临潭县司法局。作品散见《中国国门时报》《甘肃日报》《散文诗世界》《散文诗》等报刊。

陈涛（1979年11月—），文学博士，2015年7月至2017年7月，在临潭县冶力关镇池沟村任职"第一书记"。现供职于中国作家协会创联部，从事中国现当代文学研究、评论工作与散文写作。作品散见于《人民文学》《当代作家评论》《光明日报》《文艺报》等报刊。先后执笔《80后文学创作群体创作与生存状况调研》《1—4届鲁迅文学奖短篇小说文本分析》等研究课题。主编有《中国青春文学典藏书系》。

王小忠（1980年3月—），藏族，生于临潭县长川乡土门村，中国作协会员。出版诗集《甘南草原》等 2 部，散文集《静静守望太阳神：行走甘南》《黄河源笔记》《浮生九记》等 4 部。曾获甘肃少数民族文学奖、黄河文学奖、《红豆》年度小说奖、《莽原》年度"非虚构"文学奖等。

马麒（1984 年 1 月—）回族，生于临潭县城关镇上郊口村。现供职于甘南州人民检察院。作品散见《中国民族报》《甘南报》等。

薛菲（1984 年 2 月—）女，生于临潭县古战乡（今古战镇）古战村。2011 年毕业于西北民族大学，文学硕士。现供职于新疆伊犁师范大学。作品散见《星星》《西部》《诗歌月刊》《绿风》等刊。入选《中国年度优秀散文诗》《2018 年中国年度作品·散文诗》等。参加首届"茅台酱香杯"《星星》诗刊全国青年散文诗人笔会。

禄晓凤（1984 年 2 月—）笔名杜若子，女，藏族，生于临潭县八角乡中寨村西沟头社。现供职于临潭县冶力关镇人民政府。作品散见《文艺报》《散文诗》《甘南日报》等报刊，入选《爱与希望同行》《2018 中国魂·散文诗选》《中国散文诗 2017—2018卷》等选本，曾获原乡文学奖 2016 年度十佳作品奖。

王丽霞（1985 年 5 月—），女，生于临潭县新城镇城背后村，现供职于临潭县委宣传部。爱好文学及摄影，作品散见《文艺报》《甘肃日报》《甘南日报》等报刊。

敏海彤（1986 年 4 月—），女，回族，生于临潭县城关镇城内村。现供职于临潭县委宣传部。爱好文学，作品散见《甘肃日报》《格桑花》《甘南日报》等报刊。

丁海龙（1987 年 5 月—），笔名古月星空，生于临潭县新堡乡（今洮滨镇）常旗村。作品散见《学生天地》《甘肃诗词》《白银日报》《格桑花》《甘南日报》等报刊。系中华诗词学会会员，甘肃省诗词学会会员，洮州诗词协会理事。

冯成才（1987 年 7 月—），生于临潭县冶力关镇池沟村。作品散
见《散文诗》《诗歌周刊》《洮州文学》等。

丁颜（1990 年 12 月—），女，东乡族，生于临潭县城关镇马家沟。
现供职于临潭县农牧系统。作品散见《民族文学》《青年文学》
《作品》《大家》《上海文学》《长江文艺》《收获》《花城》《天
涯》《文艺报》等报刊。著有长篇小说《预科》《大东乡》等。

孟文燕（1991 年 2 月—），女，藏族，生于临潭县新城镇南门河
村。现供职于临潭县委宣传部。作品散见《格桑花》《甘南日
报》等报刊。

王学仁（1992 年 2 月—）藏族，生于临潭县流顺乡（今流顺镇）
丁家堡村。作品散见《格桑花》《甘南日报》等，入选《中国散
文诗 2017—2018 卷年选》《中国魂·散文诗年选》等。

刘宗何（1993 年 8 月—），笔名长安，生于临潭县冶力关镇关街
村，自 2012 年开始写作。好读书，读古文，好摄影，书法。现
供职于新疆吐鲁番某校。

梦忆（1995 年 4 月—），原名马玉梅，女，回族，出生于临潭县
城关镇。现居卓洛乡上园子村。作品散见《甘南日报》《格桑
花》等报刊。

赵倩（1996 年 11 月—），女，生于临潭县羊沙乡羊沙村，现就读
河西学院文学院。作品散见《飞天》《甘南日报》等报刊。

图书在版编目（CIP）数据

临潭文学 70 年 / 北乔编 . -- 北京：作家出版社，2019.6

ISBN 978 - 7 - 5212 - 0443 - 8

Ⅰ . ①临…　Ⅱ . ①北…　Ⅲ . ①中国文学 – 当代文学 – 作品综合集　Ⅳ . ①I217.1

中国版本图书馆 CIP 数据核字（2019）第 050797 号

临潭文学 **70 年**·洮州温度

主　　编：北　乔

执行主编：敏奇才　花　盛

责任编辑：李宏伟

装帧设计：意匠文化·丁奔亮

出版发行：作家出版社有限公司

社　　址：北京农展馆南里 10 号　　　邮　　编：100125

电话传真：86 – 10 – 65067186（发行中心及邮购部）

　　　　　86 – 10 – 65004079（总编室）

E – mail: zuojia@zuojia. net. cn

http:// www. zuojiachubanshe. com

印　　刷：三河市兴博印务有限公司

成品尺寸：152 × 230

字　　数：570 千

印　　张：56.75

版　　次：2019 年 6 月第 1 版

印　　次：2019 年 6 月第 1 次印刷

ISBN 978 – 7 – 5212 – 0443 – 8

定　　价：125.00 元（全三卷）